COLLECTION FOLIO

Aragon

Le mentir-vrai

Gallimard

1897. Naissance d'Aragon. Il est le fruit d'une union illégitime. Son père, Louis Andrieux, marié, ancien préfet de police et homme politique célèbre, ne le reconnaîtra pas. Sa mère, Marguerite Toucas, cachera d'abord cette naissance. Puis la famille vivra chez la grand-mère d'Aragon. On dira à l'enfant qu'il est le fils d'amis défunts, recueilli après leur mort dans la famille.

1914. Il entame des études de médecine pour faire plaisir à sa mère.

1916. Naissance du mouvement Dada en Suisse autour de Tristan Tzara.

1917. 20 juin: il est incorporé, puis affecté à l'hôpital militaire du Val-de-Grâce. C'est là qu'il rencontre André Breton. Ils se découvrent des goûts communs, notamment Lautréamont.

1918. Premier poème publié dans la revue *Nord-Sud*.

1919. Arrivée de Tristan Tzara à Paris. Aragon et Breton feront partie du groupe Dada.

1921. Parution du premier texte en prose d'Aragon: *Anicet ou Le panorama*.

1922. *Les aventures de Télémaque.*

Jacques Doucet engage Aragon en tant que « conseiller personnel ». Arrivée à Paris, à la fin de l'année, de Denise Lévy, la cousine de Simone Kahn, l'épouse d'André Breton. Elle épousera plus tard Pierre Naville. Une correspondance entre Denise et Aragon a été publiée.

1923. Aragon séjourne à Giverny, en compagnie entre autres du poète E. E. Cummings. Il y rédige pour Doucet un *Projet d'histoire littéraire contemporaine*. Si Aragon part au printemps 1923 à Giverny, c'est aussi pour tenter d'oublier Denise. Il la rejoint pourtant à Strasbourg.
6 juillet : dernière soirée dada à Paris.
1924. Publication du *Premier manifeste du surréalisme* d'André Breton.
1925. Rupture avec Drieu la Rochelle, modèle avoué d'Aurélien.
1927. Adhésion au PCF.
1928. Rencontre avec Elsa Triolet, à la Coupole, boulevard du Montparnasse.
1932. Rupture avec Breton.
1934. *Les cloches de Bâle* entament le cycle du *Monde réel* (selon la page de couverture du roman, « le premier exemple dans le roman français de ce "réalisme socialiste" que l'on a défini au premier congrès des écrivains soviétiques »).
1936. Aragon obtient le prix Renaudot pour *Les beaux quartiers*.
1940. Début de la parution en feuilleton des *Voyageurs de l'impériale* dans la NRF.
1942. Aragon écrit *Aurélien* pendant qu'Elsa travaille au *Cheval blanc*.
Début 1943. Aragon écrit : « Il n'y a pas d'amour heureux. » Elsa a voulu le quitter pour ne pas nuire à leur activité de résistants.
1945. Publication sans grand succès d'*Aurélien* malgré un article élogieux de Paul Claudel.
1949-1952. Publication des *Communistes*.
1965. Publication de *La mise à mort*, roman autobiographique.
1967. *Blanche ou l'oubli*.
1969. *Je n'ai jamais appris à écrire, ou les Incipit*.
1970. Mort d'Elsa Triolet.
1974. *Théâtre/Roman*.
1982. 24 décembre, mort d'Aragon.

Le mentir-vrai

Naturellement que Paul est mon meilleur ami. Je sais ce qu'il y a : je lui ai dit que Youn était mon meilleur ami, mais ça, c'est une histoire de vacances. Youn habite à Saint-Malo, il ne m'écrit même pas. Et puis aussi Paul est jaloux de Guy, ce qui est absurde. D'abord, Paul et moi, on s'est connus tout petits, ça fait cinq ans, avant même d'aller au cours de Mlle Boulanger. Les rapports entre nous sont un peu différents, c'est vrai, depuis qu'on a tous les deux changé d'école. Paul est entré en B, il ne comprend pas que je m'intéresse au latin, et puis c'est surtout le catéchisme. Dans sa famille, on n'est pas très religieux, et lui me reproche mon emballement, ma piété. Il dit que je fais de la lèche à M. l'Abbé Prangaud. Et qu'est-ce que ça veut dire qu'il m'appelle Jacques, celui-là ? Paul ne me suit pas dans mes lectures. Il aime rire. *Le Sapeur Camembert*... Bien, moi aussi. Mais comment lui expliquer que dans la vie les choses ne sont pas si simples ? Avec Youn, c'était courir, sauter, jouer dans les dunes, Gustave Aymard, Curumilla, les Araucans, on coupait les têtes de chardon, on tuait les papillons et les mouches avec une latte de bois tranchante, en plein vol, on faisait des massacres de criquets... Avec Guy, c'est un type de cinquième, et il ne fait pas de différence entre lui et moi, ce qui est chic, il ne me traite pas en enfant, on parle de choses sérieuses. Guy est pour le Roi, le duc d'Orléans, c'est-à-dire ; ça devrait nous séparer, puisqu'il sait bien que moi je tiens pour la République. Clemenceau, bon, il me l'abandonne, on n'en parle jamais, c'est à cause de ma famille, mais on s'entend sur Fallières et on écrit sur les murs ensemble, à la craie ou au fusain, toute sorte de quolibets, comme il dit, contre ce président qui manque par trop d'allure. Être gouverné par la Phosphatine ! J'ai jamais aimé la Phosphatine, je préférais le Racaout. Avec Paul, on a des jeux où personne d'autre n'entrerait : comme ce voyage au pôle Nord dans le sous-marin transformable en automobile, une invention à lui. Qu'est-ce que je dis, un jeu ! c'est un projet. Il n'admet pas que je me « partage ». Je ne voudrais pas lui faire de la peine. Il faut lui cacher que je ne suis pas l'homme d'une seule amitié. Et qu'est-ce qu'il dirait s'il savait ce que je pense, au fond ? Enfin je n'irai pas lui raconter que mon meilleur ami c'est Dieu, parce que, là... D'ailleurs, je ne l'avouerais à personne.

À la maison, Maman voulait me mettre tout

de suite au lycée, puisque j'étais trop grand pour rester à un cours avec des filles. Mais ça fait loin où aller et finalement Grand'mère l'a persuadée et on m'a envoyé à l'École Notre-Dame qui a cet avantage d'être de l'autre côté du pâté de maisons où on habite, si bien que je n'ai pas à descendre du trottoir pour aller ni revenir, que je passe par le boulevard à droite, ou l'avenue à gauche. Maman n'est pas contre la religion, mais enfin elle ne fait jamais ses Pâques, il lui arrive de manquer la messe. Un soir qu'elle s'était disputée avec Grand'mère... il faut dire, Grand'mère, elle ne veut pas que Maman aille au théâtre sans elle, elle ne la laisse pas sortir seule le soir, et entre nous il y a de l'abus! Maman n'est pas vieille, mais enfin c'est une grande personne. Donc, je disais, Maman était partie au théâtre avec des amis, après des éclats de voix, c'était quand il faisait chaud, l'année dernière, les fenêtres étaient ouvertes, Grand'mère est venue me parler, j'étais déjà au lit, la lumière éteinte: «Tu ne dors pas, Pierre?», et puis, elle en avait dit, elle en avait dit, que Marthe... Marthe, c'est Maman... elle était une ci et une là, une sans-cœur, et qu'elle ne lui laissait pas acheter des marrons glacés, par avarice, qu'elle tenait de son père, une égoïste... et surtout que c'était une fille sans religion! Tout d'un coup, que ça lui ait échappé devant moi, elle a eu peur, peur que je le répète, et elle s'est mise à pleurer, dans le petit fichu de tête qu'elle se noue sous le menton pour la nuit, et elle s'est jetée à genoux à côté de mon lit, un grand lit en cuivre très haut, et elle m'a pris la main et l'a couverte de baisers et de larmes, et elle gémissait : « Jure-moi, jure-moi que tu ne le répéteras jamais à Marthe, ni à personne... oublie ce que je viens de dire... parce que si Marthe le savait, ce serait horrible, et je n'aurais plus qu'à me jeter dans la Seine ! » Qu'est-ce que je pouvais faire, j'ai juré, bien sûr. N'empêche que je tiens pour Maman, et si elle n'a pas de religion, eh bien, je prierai pour deux.

Pauvre gosse dans le miroir. Tu ne me ressembles plus, pourtant tu me ressembles. C'est moi qui parle. Tu n'as plus ta voix d'enfant. Tu n'es plus qu'un souvenir d'homme, plus tard. Si c'était ton journal, il y aurait le prix de ta toupie, le sujet de composition française, les visites dans le salon Louis XVI et la petite boîte de dominos nains que tu y as chipée hier soir dans la vitrine de Vernis-Martin. Je me répète. Cinquante-cinq ans plus tard. Ça déforme les mots. Et quand je crois me regarder, je m'imagine. C'est plus fort que moi, je m'ordonne. Je rapproche des faits qui furent, mais séparés. Je crois me souvenir, je m'invente. Je n'invente pas cette histoire de Grand'mère, mais quand était-ce ? Ces bouts de mémoire, ça ne fait pas une photographie, mal cousus ensemble, mais un carnaval.

D'ailleurs, je ne m'appelais pas Pierre, c'était l'Abbé Pangaud (et non Prangaud) qui m'appelait Pierre, et pas Jacques. Tout cela c'est comme battre les cartes. Au bout du compte, le tricheur a gardé en dessous l'as de cœur, et celui qu'on appelle un romancier, constamment, fait sauter la coupe. Quel progrès y a-t-il à appeler École Notre-Dame l'École Saint-Louis ? Ah, c'est plus fort que moi, je joue avec M. l'Abbé à changer les patronymes ! Mais Guy s'appelait Guy, avant d'aller, à ce qu'on dit, dans un élevage d'Argentine, il faut croire que tu lui gardes trop de sentimentalité dans tes souvenirs pour lui changer son nom, à ce petit camelot du Roi.

Ce Guy-là, aussi tu le cueilles dans un drôle d'arbre. Qui sait comment lui se voit maintenant, sa pèlerine... Et de toute façon, toi, je veux dire moi, tu je ne pensais pas Maman, à onze ans. Cela, c'est un mensonge concerté, dc fairc croire que tu jouais ainsi double jeu entre toi et les autres. Cela viendra plus tard. Pour l'instant tu superposes. Je... enfin, c'est posé, nous posons.

À l'École Notre-Dame, les premiers temps, j'avais peur de la récréation, les grands me battaient. Guy a pris ma défense : « Laissez-le, ce petit ! » et c'est un solide, Guy[1], il est le meilleur gardien de but à balle-pied. Il a une

1. Guy, histoire de démentir le système, je ne vois pas d'inconvénient à dire que c'est Henry de Montherlant, dans la vie. Mais c'est aussi un autre qui « descend de Jeanne d'Arc par les hommes », comme c'est dit tout de suite après.

bonne gueule, le visage toujours brûlé comme si c'était l'été, avec les yeux clairs, là-dedans, la casquette en arrière, sa pèlerine courte, et son cartable à lui, pas comme ma serviette en portefeuille, une simple poche à rabat, avec une serrure de nickel, et une poignée, quand elle est pleine de bouquins et de cahiers et qu'il frappe avec ceux qui lui cherchent des histoires... Qu'il soit de l'Action Française, c'est bien naturel, puisqu'il descend de Jeanne d'Arc par les hommes ! Il habite ici, chez sa tante, parce qu'on a dû l'isoler de sa famille, dix enfants sans le compter, tous tuberculeux comme son père et sa mère : alors, lui, on l'a élevé à la dure, et même l'hiver il garde les jambes nues. On revient ensemble de l'école, en traînant un peu, et parfois tant pis : je descends du trottoir, histoire de le raccompagner jusqu'à l'Hôtel de Ville, il habite à côté, et ce n'est pas si loin que tout ça. Quand on a des sous, on achète des coquelicots à l'épicerie au coin de notre rue, sur le boulevard. Là, parfois, je rencontre Solange ou Marguerite, des filles du cours Boulanger : c'est curieux de penser qu'il y a encore quelques mois j'étais dans un cours mixte, Guy m'en plaisante un peu, pas trop.

Et puis, à Guy, je peux montrer ce que j'écris, mes vers. Devant Paul, d'écrire des vers, ça me fait honte : j'ai peur aussi de le blesser, comme si par là je voulais me distinguer de lui. Avec Guy, on parle librement romans et poésie. Et que, malgré ses douze ans quand je n'en ai que onze tout juste, j'aie lu plus que lui, ça l'étonne, et il m'admire un peu, bien que cela lui semble drôle que je parle de Jean-Jacques Rousseau, l'année où je prépare ma communion. Mais voilà ! C'est comme Paul qui ne comprend ni Youn, ni Guy : je me partage, il y a ce qui est pour moi seul, mes lectures, et puis avec l'un, avec l'autre, chacun son royaume : je veux dire qu'avec l'un c'est les voyages, la science, on lit Paul d'Ivoi (d'abord c'est que les parents de Paul lui payent *Les cinq sous de Lavarède* ou *Miss Mousquetaire*, le volume coûte onze francs, pensez ! et chez nous, on n'a pas les moyens, on me repasse les vieux bouquins rouges, assez fatigués, les Louis Boussenard de l'oncle Édouard...), avec l'autre, c'est la politique et la littérature... mais de même, il y a un domaine qui est celui du Bon Dieu, le catéchisme et M. l'Abbé Prangaud, M. l'Abbé Flynn qui est mon confesseur et que j'admire beaucoup... mais je ne leur parle pas de Rousseau, tout de même ! Il faut dire que dans la salle à manger, chez nous, il y a des planches de chaque côté de la baie, c'est la bibliothèque de l'oncle Édouard, et j'y chipe les bouquins pour les lire sans qu'on me voie. *Les Confessions* de Rousseau, je n'y ai pas tout compris. Je préfère au fond Charles-Henry Hirsch et *La Confession de Nicaise* de ce M. Valdagne qui est venu dîner une fois à la maison, parce que c'est de lui que ça dépend, chez Ollendorf, qu'on prenne ou non les romans d'Édouard. Il n'a pas plu à Grand'mère, ce monsieur, mais elle dit qu'elle préfère ça à si Édouard leur amenait ses maîtresses. À la maison, on dit toujours les maîtresses d'Édouard, il paraît qu'il en a des tas.

D'abord ce n'était pas chez Ollendorf, justement, mais chez Juven ou chez Calmann, je mélange tout. C'est-à-dire que ce sont ici des images télescopées. Il faut que mon personnage (Pierre) ait lu Rousseau et Valdagne à onze ans. Si c'était moi... Naturellement, à moi, vous me passeriez tout. Je suis un personnage hors série, tout le monde n'a pas écrit *Le Paysan de Paris*, tout le monde n'a pas appris à lire dans *Télémaque*. Il faut que Pierre ait lu à onze ans Valdagne et Rousseau, et bien d'autres choses, Marmontel, *Le Génie du Christianisme*, Homère, Shakespeare... pour expliquer ce langage que je parle cinquante-cinq ans plus tard avec ce demi-siècle de lectures, deux guerres, en plein yé-yé, jam-session et ce qui s'ensuit, quand je veux faire mil neuf cent huit, c'est-à-dire un temps où le langage était entièrement écrit, même chez Colette, *Les Vrilles de la Vigne*, ou Bataille, *La Femme nue*, chez Abel Hermant, *Les Trains de luxe*, ou Bernstein, *Israël*... jamais de toute façon, cet enfant, il n'écrirait ce parler syncopé, ce français oral, qui est de ma génération. Je ne puis pourtant pas, sous prétexte de mentir vrai, lui donner l'imaginaire écriture qu'il *aurait pu* avoir, pour que ça ne jure pas avec les textes des petits garçons typiques. Cet écolier qui me ressemble, il ne faudrait justement pas que ses mots ressemblent aux miens d'alors, ou adieu la vraisemblance. Pour autant que je me souvienne, en sixième A, j'écrivais *comme Dickens*, disait mon professeur, celui qui m'a donné une anthologie de Barrès pour prix de composition française en juillet 1909. Qu'est-ce que ça veut dire ? Le mélange de Montaigne, sur quoi j'ai souvenir d'avoir alors peiné, et de *La Famille Fenouillard*, notre grande lecture à cet ami d'alors que j'appelle ici Paul et moi, ça fait peut-être bien Dickens, le tout *additionné*, mot que le *Larousse* ignorait alors et que Pierre disait pourtant sans malice, n'ayant pas lu Faguet. J'essaye de rendre, comme si Pierre l'écrivait, ce que je pense aujourd'hui de lui alors : j'ai bien conscience de ce que cela peut avoir de boiteux, comme un Moyen Âge décrit dans le style troubadour de 1820...

M. l'Abbé Prangaud, il m'appelle Jacques. Personne n'a jamais su pourquoi. Ça doit être un nom qui lui plaît, et comme je suis toujours premier au catéchisme... Je n'ai guère de rival, il faut dire, tous ils ne pensent qu'à se bagarrer, sauf une fille. À la chapelle Saint-Antoine où ça se passe, il fait assez sombre, dès l'automne, rien qu'avec la petite lampe rouge au-dessus de l'autel, et sur la moitié gauche de la nef on range les chaises de part et d'autre d'un espace ménagé au pied de la chaire, où l'Abbé monte parfois, préférant donner ses leçons pourtant appuyé au pied de l'escalier, si bien que c'est tout garçons : les filles sont à ma droite, dans l'autre moitié de la nef, perpendiculairement. Je ne sais pas si je me fais bien comprendre, il y a un carré vide, les garçons partagés en deux paquets se faisant face, et les filles un seul, face à la chaire. Alors je les vois mal, de côté, et puis pour les regarder, il faudrait se tourner, de quoi ça aurait l'air ? La petite qui a été une fois à égalité avec moi, je ne l'ai jamais très bien vue. Elle est habillée en foncé avec un canotier ciré noir, et une voix qui chante les r, c'est bizarre. L'Abbé l'appelle Sonia, comme dans un roman d'Hector Malot. C'est peut-être son nom comme à moi Jacques. Paraît que c'est une Russe, elle a les yeux un peu bridés, et le teint très pâle, pas blanc, pâle, sans couleur. Je me promets toujours de la regarder la fois suivante, et puis j'oublie. Enfin si c'est oublier. Sa grand'mère, on dit, vient la chercher à la sortie, et elles s'en vont très vite, pour les suivre il faudrait courir, on me dirait : qu'est-ce qui te prend ? Une petite dame, assez grosse, en noir, un chapeau qui fait bonnet, avec des ailes, la grand'mère. Elle ne ressemble pas à la mienne.

J'aime bien le catéchisme, sauf chanter les cantiques, je n'ai pas la voix juste, alors j'ouvre la bouche, je fais semblant. Je me demande si je ferai une bonne première communion. Maintenant, bien entendu, je suis lancé, je connais sur le bout du doigt mes dix commandements, puis M. l'Abbé Flynn quand je lui avoue mes péchés... C'est un Irlandais, ça s'explique mieux que pour Sonia… je ne lui dis pas tout évidemment (j'ai l'impression qu'il est un peu trop jeune pour certains détails), d'ailleurs ça prendrait trop de temps, puis ce serait immodeste. Comment voudriez-vous que je lui explique ma situation de famille ? Là aussi, c'est comme entre Guy et Paul, je me partage. Il y a des domaines qui sont et des qui ne sont pas pour le bon Dieu. L'important, c'est d'être sincère, de tout dire dans les limites où on fait son examen de conscience. Je ne vais pas raconter à M. Flynn comment je joue avec Tom et Mildred, par exemple, ils ne m'y ont pas autorisé. Et puis, M. l'Abbé, il se moquerait de moi. Non, ce qui est pour lui, ce sont les mauvais sentiments. À confesse, je n'en rate pas un, peut-être même je m'en prête un peu, mais ne faut-il pas mériter l'absolution ? Le jour, pourtant, où je lui ai dit que j'avais souhaité couper en petits morceaux Bertin d'Azy et le mettre dans le saloir comme dans la chanson de saint Nicolas, il a protesté. Il avait tort, parce que si je ne l'avais pas vraiment pensé avant de le lui dire, là à genoux, en tout cas le lui disant j'y croyais ferme et j'avais plaisir à imaginer Bertin d'Azy haché menu, avec toute sorte de détails. C'est un vilain cafard et Guy dit de lui qu'il descend d'un régicide.

J'aime bien le catéchisme, la seule chose c'est que ça me fait manquer la salle d'armes. Parce qu'avant de commencer mon catéchisme, tous les jeudis et dimanches matin depuis l'âge de six ans, je me rendais à travers le Bois du côté de la place Victor-Hugo à la salle d'armes de mon père. Mon père est marié, il faut vous dire, avec une vieille dame que je ne connais pas. Alors il n'habite pas avec nous. Il a eu des duels, ça, des flopées, à ce que m'a dit Maman, et il n'admettrait pas que je ne sache pas me battre à l'épée. Pour l'instant, je ne fais encore que du fleuret, des exercices, le salut, battez, contre-de-quarte, battez, contre-de-sixte, maintenant fendez-vous, là, là, la tête en arrière... Mais, avec le catéchisme, ça ne faisait plus qu'une fois par semaine. L'escrime aussi, c'est un domaine à part, que je ne partage ni avec Guy, ni avec Paul, ni avec l'Abbé Flynn.

J'appelle publiquement mon père mon tuteur, et Maman Marthe : il est convenu que pour les autres je suis un enfant adoptif de Grand'mère. Ma mère s'appelait Blanche et elle est morte, son mari est parti pour l'Espagne ou l'Amérique du Sud, ce n'est pas très clair, alors Grand'mère m'avait pris en charge, et puis il est arrivé de mauvaises nouvelles. Quand j'étais petit, je ne savais pas : puis un jour que j'étais malade, mon tuteur, il est venu dans ma chambre et, à droite de la cheminée, au mur, sous le Jésus de Prague, il a aperçu la photo du Monsieur qui était mon père pour tout le monde, un Monsieur en redingote croisée, bordée d'un large ruban de soie, une tête comme on en voit chez les coiffeurs, les cheveux noirs avec quelques fils blancs, formant un toupet à droite, et une raie à sa naissance, la barbe aussi partagée en deux, avec un air de ces dessins de paraphes qu'on affiche chez les marchands de cartes de visite. Mon tuteur, il a demandé, qu'est-ce que c'est que ça, et j'ai dit c'est Papa, et lui il s'est mis dans une colère, mais une colère! La photo a passé dans sa poche et, devant mes protestations, il m'a promis de m'apporter son portrait à lui, pour remplacer le petit cadre ovale. Après quoi, Marthe m'a expliqué, et on a mis au mur, au-dessus du Jésus de Prague, cette fois, une grande image un peu passée, jaunie, de mon vrai père, comme s'il y avait toujours été. Plus jeune que je ne l'avais connu, la moustache batailleuse, une seule main gantée, l'autre tenant le gant sur la canne, en pied. N'empêche que je dis toujours Marthe à Maman, devant le monde... Maman, pour nous, c'est un nom secret, les portes fermées. Même pas devant Grand'mère. Maman n'aime pas Grand'mère. Elle m'a dit une fois: « Écoute, le jour de tes dix-huit ans, promets-moi: on s'en ira tous les deux, on laissera les autres, ce sera bien leur tour de s'occuper de Grand'mère, on s'en ira n'importe où, en Égypte... » Bien sûr, j'ai promis. Et de cela non plus, je ne parle à personne, ni à mon confesseur, ni à mes amis. J'ai lu des livres sur l'Égypte. Mais quand on a eu une leçon là-dessus en géographie, je me suis fait flanquer une sale note, parce que l'Égypte, c'est un royaume à nous, Maman, et j'aurais peur qu'on me dise: tiens, l'Égypte, ça vous connaît, d'où ça vous vient tout ça?

Est-ce que je raconte d'ailleurs ce que je sais des parents de Tom et de Mildred ? C'est Maman qui me l'a dit, parce que je n'y comprenais rien, à des allusions qu'Édouard avait faites à table, et quand j'avais posé des questions il m'avait répondu comme toujours : « Ça ne te regarde pas, sale moutard... » que je le déteste, cet Édouard ! On peut bien me les interdire, je n'ai même pas envie de lire ses romans, que je pourrais si facilement prendre dans la salle à manger, il les fait relier en cuir repoussé, avec des femmes nues et des iris en relief. Alors Maman, qui sait bien, m'a pris à part, et m'a raconté les Bedford. Mme Bedford, en réalité, est née allemande, bien que sa mère se soit remariée avec un Français, elle préfère dire qu'elle est suissesse, l'important n'est pas là. Après la mort de son beau-père, ces dames avaient été habiter sur la Côte d'Azur, un hôtel à Hyères, et le fils de l'hôtel avait fait la cour à la jeune fille, il avait demandé sa main. Elle l'avait échappé belle. Parce que Léopold, le fiancé, il paraît qu'il était tout ce qu'il y a de respectueux, au moins (disait Maman) c'est comme cela que l'histoire se raconte, et puis un jour, crac ! on est venu l'arrêter. Il avait une vie double. La nuit, il filait à Toulon, ou ailleurs, il avait des histoires avec des bonnes et puis il les tuait dans les mansardes. Il en avait tué dix-sept. Un procès retentissant. La pauvre fiancée n'était plus que l'ombre d'elle-même, et puis sa mère avait placé tout son argent dans l'hôtel, et la famille de l'assassin ne voulait rien entendre pour le restituer. C'était alors qu'un client, un Monsieur anglais qui avait passé la cinquantaine, un grand type maigre avec le cou en S, et une petite tête grise dégarnie sur le dessus, un bouc, l'air d'un chien battu, toujours un plaid écossais plié au bras, s'était terriblement attendri sur le malheur de la jeune fille si mince, avec ses yeux rouges d'avoir pleuré, et lui avait proposé le mariage. Elle avait accepté, gardant toujours dans sa chambre la photo encadrée de Léopold pour monstre qu'il eût été, même après qu'on l'eut décapité. M. Bedford était le Bedford, des Usines Bedford, de Manchester. Tom, puis Mildred avaient récompensé sa bonté. Mme Bedford s'était remise de ses chagrins. Elle avait pris des formes. La famille, sans belle-maman, vivait dans un petit hôtel particulier de notre quartier, avec un jardin, pelouse et rosiers grimpants aux arbres, trois marronniers, un charme et deux petits conifères bleus à nom compliqué, un grand chien à longs poils stupide, ayant un air de parenté avec le maître de maison. Les Bedford, c'était dans ma vie encore un autre compartiment. Et qu'on jouait à cache-cache dans le noir chez eux, à la tombée du jour, après le croquet, cela aussi, cela ne regardait personne, ni que Mildred se plaignait devant sa mère que je lui abîmais tous ses petits pantalons avec mes mains... ce qui faisait un peu glousser cette dame rêveuse déjà tout encline à me considérer comme son futur gendre. Je ne vais pas dire ça à Guy ou à Paul, et encore moins à M. l'Abbé Flynn. Les Bedford, ça ne les concerne pas. Ni non plus que Mme Bedford, qui parle toujours des « Messieurs », avec un grand air de considération, de ce qu'ils aiment, de ce qu'ils n'aiment pas, soit maintenant plus que grassouillette, elle a des bras comme mes cuisses, oui, dit Grand'mère, et que pendant que M. Bedford entretient le jardin, roule la pelouse, taille ses rosiers, fait marcher le tourniquet d'arrosage, il y ait chez sa femme un jeune médecin roumain, lequel a une voix d'opéra et la montre en soirée. *Werther* ou *La Tosca*. Werther, je ne l'imaginais pas comme ça, si bruyant...

Bon. Est-ce que vous croyez que Pierre, puisque Pierre il y a, insisterait vraiment sur ce dernier détail ? À moins que ça soit pour noyer le poisson, je veux dire son histoire à lui. Parce que si j'étais Pierre, alors le mensonge ici serait d'évidence, je veux dire le maquillage des brèmes. Moi, tout le temps de mon enfance, je n'ai jamais menti aux autres, si je disais *Marthe*, ou enfin, ne me cherchez pas les poux sur la tête ! tout autre nom ce n'était pas au lieu de Maman. Bien sûr, j'avais pour celle que j'ignorais être ma mère des façons douces de l'appeler, que je n'aurais pas employées devant d'autres, mais cela ne signifiait rien que la pudeur. Je disais *Parrain* à ce personnage qui me préparait pour une vie de duels, et la trouvait mauvaise que je refuse de faire de l'équitation. Je ne savais rien de leur histoire. Je n'en ai jamais rien su, même si, un peu plus grand, j'avais été pris de quelques doutes, que je m'abstenais bien d'approfondir. C'est seulement quand j'ai été mobilisé que ma pauvre mère a dû se résoudre à m'avouer... Cet homme, il ne voulait pas que je sois tué sans avoir appris que j'étais le fruit de ses vertus viriles prolongées. Il avait exigé qu'on me dise la vérité. Je portais déjà l'uniforme, parce que Maman remettait toujours le jour de sa confession. Naturellement ici, où ce n'est pas de moi qu'il s'agit, d'un moi qui n'est plus, un moi irretrouvable, mais d'un petit garçon que j'ai inventé de toutes pièces, dans mon genre, bien sûr, pour présenter son histoire en raccourci, dans l'année scolaire 1908-1909, j'ai supposé que sa mère, pas la mienne, avait tout dit à l'enfant dès l'incident du portrait. Cela me permet de rendre plus sensible ce trait de caractère chez Pierre, cette façon qu'il a de se distribuer à tous ceux qu'il connaît, comme de la brioche ; et, tout naturellement de dissimuler son secret à tous, puisque chacun n'a connaissance que d'un côté de lui. Moi, je n'avais pas cette complexité de comportement, puisque je n'avais rien à vraiment cacher. Une fois pourtant, oh, mais cela, bien avant 1908 : pendant les vacances à Donville : il y avait à l'hôtel des Lyonnais, le fils s'appelait Noël, et nous avions trouvé une cachette dans les buissons épineux sur les premières dunes, en creusant dans le sable, on pouvait s'y tenir assis, à l'abri d'une tonnelle nature, et personne n'aurait eu l'idée de venir nous chercher sous les épines. On y sortait nos accessoires de jeux, un arc, des flèches, est-ce que je sais ? et on y restait des heures à bavarder, des histoires de Peaux-Rouges, en réalité je n'avais pas grand-chose à lui dire, à ce Noël. Je m'ennuyais avec lui à la longue. Alors, un jour, j'ai inventé de lui raconter une histoire, les mystères de mes origines. Qu'on disait que j'étais né à Madrid (en effet c'était ce qu'on me racontait), mais que moi, je croyais être né à Alger (la famille avait habité l'Algérie, quand mon grand-père, celui qu'on voit dans *Les Voyageurs de l'impériale*, était sous-préfet de Guelma), et que peut-être j'étais le fils de quelqu'un d'autre, et l'histoire de la photo dans la poche de mon Parrain... Tout cela était du pur roman. Autant pour épater Noël que pour me distraire, moi, de cet été gris et maussade, où il faisait un vent à décorner les bœufs. Ce petit corniaud de Noël n'avait rien eu de plus pressé que d'aller raconter ça à son Lyonnais de père, il devait avoir une petite usine et un cercle catholique pour ses ouvriers, qui était venu me déterrer dans notre cachette (même de cela Noël n'avait pas eu la loyauté) pour me dire que j'étais un salopiaud, un gosse perverti, que je finirais en prison si pas pire, que je n'avais pas honte, et que je ne m'avise pas de recommencer parce qu'il irait tout dire à mère (c'est-à-dire à Grand'mère) et qu'on me chasserait de l'hôtel... J'en avais reniflé pendant trois jours. Mais ni à Paul, qui s'appelait autrement, ni à Guy, ni à personne, je n'ai jamais menti : je croyais ce qu'on me disait, moi, je ne discutais pas la vie, elle était comme on me la donnait. Et je ne savais pas encore, de cette expérience de Donville, que c'est ainsi qu'insensiblement on passe de la banalité des choses quotidiennes à l'invention romanesque, à ce raccourci de nous, où l'on change de nom, se choisit un décor comme au théâtre, et tout d'un coup les événements prennent un sens, deviennent injurieux à ce Lyonnais en vacances, avec son panama, et pourraient peut-être faire réfléchir dangereusement un quelconque morveux de Noël, au lieu d'aller rapporter à son papa.

... À vrai dire je regrette... *bien entendu, c'est Pierre qui parle*... le cours de Mlle Boulanger à cause de Solange, qui avait un peu des yeux comme la petite Russe du catéchisme, et qui était la fille d'un dessinateur (Solange) dont je voyais toutes les semaines les dessins, en couleurs sur la couverture, en noir à l'intérieur, dans *Le Jeudi de la Jeunesse*. J'aurais préféré me marier avec Solange, plutôt qu'avec Mildred (elle était trop petite) bien que l'intimité entre nous n'eût jamais été au-delà de ce jour où j'avais chipé vingt sous dans l'armoire entrouverte de Grand'mère pour lui offrir des choux à la crème chez un pâtissier de l'avenue. Elle n'en a jamais eu idée. Mais, à elle, j'ai osé parler, chez l'épicier une fois, de la petite

Russe. Elle la connaît un peu, lui ayant dit un mot ou deux au catéchisme, et l'ayant invitée à un bal costumé chez ses parents. « Et, demandai-je avec la gorge un peu serrée, en quoi était-elle déguisée ? » En Tzigane, bien entendu, avec une robe toute déchirée et les bas qui tombaient. J'ai pris l'air de trouver cela tout à fait naturel. J'étais bouleversé. En Tzigane, cette demoiselle si réservée, qui semble ne pas faire un pas seule dans la rue. Cela doit être le signe de quelque chose. Après tout, les filles sont comme nous : elles ont leurs mystères, leurs vies doubles, triples... Dans les romans d'Hector Malot, il y a aussi des Tziganes.

Pour l'instant je suis surtout occupé par l'expédition projetée avec Paul. Les plans de la machine, il les a exécutés au lavis. C'est l'une des choses en quoi Paul a sur moi l'avantage : le dessin d'architecte, d'ingénieur, ça le connaît. Moi, j'y suis si maladroit ! Évidemment, il y a beaucoup qu'à ma rentrée en sixième la famille n'a pas voulu se fendre d'une boîte de compas, c'est très cher, d'autant que mon tuteur disait qu'il m'en apporterait une, qui avait servi à ses fils, un peu usagée, mais pouvant encore aller. Personne ne peut se faire une idée de la honte que m'est cette boîte, avec les tire-lignes épointés ne permettant pas de faire un trait net, le velours violet fané, des pièces qui manquent. J'aurais pourtant aimé apprendre, mais la main m'en tremble. Et tout ce qui me vient comme cela, les miettes des fils de mon père, me donne un sentiment de répulsion. Par exemple les dictionnaires allemand-français et français-allemand, où ils ont constellé les colonnes de dessins de toute sorte, des femmes à poil, et pire. Encore un domaine dont je ne peux parler à personne, cette fois, pas même à Marthe : si elle ouvrait mes dicos, je crois que je mourrais de confusion. Je les cache. Un jour, je les jetterai dans la Seine.

Je me suis mis à lire les Évangiles avec une passion dévorante. C'est qu'au fond il y a entre ma naissance et celle de Jésus quelque ressemblance. Je me sens pris du vertige de la bonté. Je voudrais cirer les souliers des pauvres dans la rue, déchirer mon manteau à martingale pour en donner la moitié à un mendiant, mais il faut penser à Maman qui a tant de peine à joindre les deux bouts. Le soir et le matin, je mets à ma prière une telle ferveur que j'en laboure mes joues avec mes ongles, et on croit que je me suis encore battu : et je m'en laisse faussement accuser pour mes péchés. M. Flynn est assez effrayé de ma ferveur, il en a parlé à M. l'Abbé Prangaud, c'est sûr. Celui-ci m'a pris à part, le jeudi suivant, à la chapelle, et m'a donné un rosaire de grains rouges avec une médaille de nacre blanche, lequel a été béni par le Pape. Moi, j'en ai été tout confus, comment le remercier. Je pensais que c'était parce que je savais si bien mes leçons. Il m'a dit soudain : « Jacques... tu as pensé peut-être parfois que tu pourrais te faire prêtre ? Tu aimerais servir la messe ? » Non, je n'aurais pas aimé. L'amour de Dieu, pour moi, c'est affaire intime. J'ai bafouillé je ne sais quoi, j'aurais voulu lui rendre le chapelet. À la maison, je l'ai enfoui dans le tiroir de la table de nuit derrière des boîtes de pastilles contre le rhume et des billes d'agate. Il ne faudrait surtout pas que quelqu'un, Maman, me demande d'où cela vient.

Pour autant que je me souvienne, il y avait un certain lien entre ces accès religieux qui me prenaient comme à Pierre, et les sentiments que je ressentais pour mon parrain. Il n'avait pas été possible de me cacher, car lui-même en parlait volontiers, qu'il eût sous Jules Grévy présidé à l'expulsion des religieuses. Peut-être M. l'Abbé Prangaud était-il plus que moi renseigné sur mes origines, et faut-il dans la sollicitude qu'il me témoignait penser qu'il y avait un peu de l'horreur que lui inspirait celui qu'on appelait l'Homme-aux-gants-gris-perle. Je n'ai jamais rien écrit où il se reflète, même si dans *Le Fou d'Elsa* l'enfant Boabdil peut-être me ressemble, qui dit : *Je n'aimais pas mon père.* Parrain ne ressemblait pas, lui, à l'émir Aboû'l-Hâssan : il avait cinquante-six ans à ma naissance, soixante-sept en 1908. Le *roman* de cet homme, je m'en suis toujours détourné. Il me suffit que l'un de ses fils soit venu, au temps de la drôle de guerre, ait dit à ma mère de lui un tel mal, qu'elle en eut mal au cœur. Je craindrais trop, ma mère morte pourtant, de ne pouvoir parler de cet homme autrement que ce fils qu'il eut de la Loi. Après tout, je n'ai été que le témoin de hasard entre lui et ma mère, et même sous un déguisement je ne vais pas ouvrir à d'autres ce long déchirement. Tant pis si l'on me juge mal parce que *je n'aimais pas mon père* ! Je ne dis pas cela pour me justifier : je veux seulement parler des limites du roman. Par exemple, j'ai été dans ma vie le témoin de bien des choses qui pourraient se transformer en fictions, mais c'est précisément l'une des grandes difficultés du réalisme au XXe siècle : aussi bien dans le domaine politique le nombre des sujets tabous va croissant, du fait des censures extérieures ou des autocensures que s'impose l'écrivain. On est pour écrire, dans ce troisième quart de siècle, plutôt gêné par ce qu'on sait, qu'on a connu, vécu : ce sont là les difficultés internes du réalisme, et parfois je me demande combien de temps encore il sera possible de les surmonter. Les réalistes de l'avenir devront de plus en plus mentir pour dire vrai.

Les expulsions de religieuses, Dieu sait ce que ma Grand'mère en pensait ! L'orgueil de la famille tenait à ce que nous descendions de Massillon. Et un prêtre de Notre-Dame de Paris, qui en avait dirigé la maîtrise quand y chantait à quatorze ans mon oncle, s'était dérangé pour dire la messe à Neuilly et me donner lui-même l'hostie, à cette première communion de 1909. L'abbé Renard y était aussi venu marier mes deux tantes, l'une à un officier anglais, l'autre à un officier français. C'était lui qui, passant dans l'avenue Gabriel, avait été hélé par la garde de l'Élysée pour apporter à Félix Faure les secours de la religion, comme Mme Steinheil venait de filer par une porte de derrière. Il ne détestait pas raconter cette histoire au dessert. Je veux dire que j'étais partagé entre la tradition voltairienne et les exemples chrétiens: et si peu que ma mère eût de religion, paraît-il, c'étaient pourtant ses larmes, sa tristesse, trop souvent surprise, qui me poussaient vers l'Abbé Flynn, il s'appelait bien ainsi, comme pour Guy, je ne lui ai pas changé son nom, lequel me donnait l'absolution pour mes fautes imaginaires, comme des romans en puissance, sans entendre derrière les sanglots de la réalité.

Je voulais parler de notre grand projet. Et puis il y a toujours quelque chose qui m'en détourne. Cette fois, c'est Catherine Simonidzé. Il y avait longtemps qu'elle n'était pas venue à la maison. Mon Dieu, comme elle est belle ! Je l'avais un peu oubliée. Je crois que si on ne la voyait plus, c'est que le rôle joué par sa mère dans le mariage de Paulette lui a déplu. Elle dit à Maman qu'après tout, si cela plaisait à sa sœur d'épouser ce colonel, elle, cela ne la regardait pas, ce n'était pas sa famille: mais que Mme Simonidzé ait fait la marieuse, cela... Moi, la conversation ne m'intéressait guère: parce que, Paulette, eh bien, elle pouvait se marier avec le diable ! Le résultat est qu'elle ne nous encombre plus, bien qu'on n'ait pas vraiment récupéré le petit salon, puisque Édouard l'occupe ayant abandonné la chambre du sixième.

Le prétexte de Catherine, c'était d'apporter à Maman le dernier fascicule paru de *Jean-Christophe* : ce n'est pas commode cette façon de publier les livres, la dernière fois j'avais essayé d'y fourrer mon nez, mais comme je n'ai pas lu le commencement, je n'y ai rien compris. C'est drôle que Catherine aime tant ça, parce qu'une autre amie de Maman, cette petite maigre si laide, avec un grand nez et les cheveux en boudin sur un front luisant, est folle aussi de l'auteur : il est vrai qu'elle habite à côté de chez lui, rue Léopold-Robert, alors ça s'explique. Édouard le déteste : c'est un bon point pour ce Romain Rolland, mais Maman dit que c'est trop difficile pour mon âge. Moi, je sais bien que Catherine vient pour moi, mais cette fois elle n'a pas trouvé moyen de me parler, elle était distraite, elle m'a seulement repris les *Récits de Sébastopol*, de Tolstoï, qu'elle m'avait prêtés quelque temps auparavant, elle m'a demandé si j'ai lu *Anna Karénine*, et comme je ne l'ai pas lu, ce roman-là, elle m'a promis de me l'apporter un autre jour... Ce sera peut-être l'année prochaine. Pourvu qu'elle ne se marie pas avant que je sois grand !

En attendant, avec Paul, notre entreprise fait des pas de géant. Évidemment, le submersible n'est pas encore construit, mais quand on regarde les plans, avec tout le détail... maintenant, il ne s'agit plus que de trouver le

Mécène. C'est affreux, que tout dépende toujours de l'argent! Je ne peux pas en demander à mon père, ça lui est difficile à cause de sa femme.

On avait longtemps hésité, avec Paul, pour savoir ce qu'il s'agissait d'explorer: peu à peu, tout est connu sur la terre, archiconnu, il ne reste plus que les pôles et les gouffres. On a choisi le pôle Nord, à condition de se presser, parce qu'un jour ou l'autre, un Suédois quelconque... enfin. Le submersible est équipé pour les grands froids. Il peut plonger en mer libre et faire surface dans les régions glaciaires, en déployant sur sa tête un dispositif brise-glace, genre rhinocéros, que je ne saisis pas bien, mais c'est l'affaire de Paul, lui, il sait.

Si l'entreprise a avancé, c'est qu'elle a pris un nouveau caractère depuis qu'on a décidé d'emmener une femme avec nous. Cela change tout le paysage. Sans doute, il serait plus logique d'en emmener deux, puisque nous sommes deux hommes. Mais elles pourraient se disputer entre elles et puis il n'y a pas la place. Les machines qu'il faut avoir, c'est fou ce que c'est encombrant. D'ailleurs, qui voudrait venir avec nous? J'aurais bien demandé à Catherine... mais elle a ses histoires, et puis est-ce que je sais si Paul lui plairait? Elle n'aime pas beaucoup les scientifiques. C'est dangereux de mêler les gens, les sentiments, les choses. Catherine, c'est une affaire à moi, je n'en ai jamais parlé à Paul, pas plus que de la petite Russe. Lui, Paul, il a sa candidate:

et il faut dire qu'elle est ravissante. Tout le contraire de Catherine, une blonde, comme sur les images. C'est la fille de gens qu'ils connaissent, ses parents. Elle a dix-sept ans, elle en aura dix-huit quand nous partirons. Elle est actrice et elle va jouer *La Belle au Bois dormant* de Jean Richepin, au théâtre Sarah-Bernhardt. Paul lui a parlé, elle accepte. On a eu un goûter ensemble, on lui a fait voir les plans, on lui a expliqué où serait sa couchette. On était un peu inquiets tous les deux, parce que pour une actrice, sa cabine, ce n'est pas merveilleux. Paul lui a demandé de défaire ses cheveux pour me montrer. Ah, c'est bien la Belle au Bois dormant ! De l'or, et puis légers, légers, quand elle penche la tête, ça lui caresse les pieds. Il y avait du Kugelhopf à goûter.

Naturellement on n'a pas trop insisté sur les raisons qu'il y a d'emmener une fille : la cuisine à faire, les boutons, les chaussettes, enfin, elle comprend bien toute seule. On a dit galamment que, une expédition, quand il y a une femme, c'est une tout autre atmosphère. Je me demande si elle sait repriser. Paul dit qu'elle a été très bien élevée, et puis que le théâtre c'est une idée toute récente qu'elle a eue.

Il faut tout prévoir maintenant. Notre passagère, c'est tout de même une responsabilité. On a décidé de lui acheter du parfum. Le plaisir en sera aussi pour nous, et sur les frais généraux ça ne comptera pas tant que tout ça. Paul parle beaucoup des régions au-delà du cercle polaire, comment on y fait du feu, les animaux qu'on rencontre. Moi, au fond, je ne pense qu'aux premières étapes du voyage. Sur le pôle, mes idées ne doivent pas être très sérieuses, je ne peux pas m'empêcher quand on en parle de voir les choses comme au Châtelet, au dernier tableau de *Pif paf pouf!*, quand les icebergs croulent et de derrière surgit le Géant des glaces qui roule des yeux terribles. Et puis, je me sens un peu la cinquième roue du carrosse, à nous trois. D'abord parce que la Belle au Bois dormant, en bonne camaraderie, il faut bien que je considère qu'elle concerne plutôt Paul que moi. Je ne l'ai pas inventée et je n'ai pas non plus inventé le submersible.

Quand Paul parle dynamo, coussinets *et cœtera*, moi, je me perds... Alors je me suis trouvé une petite spécialité pour me donner un peu d'importance dans l'affaire : je tire les cartes. Oui. Pour tout ce qui peut se produire, si la machine sera construite, et quand, d'où on partira, le matin ou le soir, si on devra s'habiller chaud tout de suite ou bien attendre la plongée, au Havre. Parce que finalement on a décidé de rouler sur route de Paris au Havre pour roder le moteur. Un, deux, trois, quatre, cinq, six, sept... je tourne un valet. Qu'est-ce que c'est que celui-là ? Qu'est-ce qu'il vient faire dans notre voyage ? « Ton valet m'embête, dit Paul, ramasse les cartes et recommence... » Je mêle, il coupe. Un, deux, trois, quatre, cinq, six, sept... Encore un pique ! « Il n'y a que des piques dans ton jeu... » dit Paul, sévère.

J'ai fait des centaines de réussites pour tous les détails de Paris au Havre. On ne se rend pas compte. Tout ce qui peut se passer de Paris au Havre dans un submersible sur route! Mais quand on commence à y penser... Il y a une petite chose qui nous ennuie tous les deux: on a appris par les cartes que notre voyageuse aurait un léger accident avant d'arriver à la mer. Oh, pas très important, elle va se couper à la main gauche, on lui fera un pansement! Il ne faudra pas oublier le matériel d'infirmerie, on ne l'avait pas marqué dans les frais. Tu sais une pince, des agrafes, des compresses, le coton hydrophile, la teinture d'iode, ça ne va pas chercher bien loin. Et l'ipécacuana? Comment? L'ipécacuana. Pourquoi veux-tu qu'on prenne de l'ipécacuana? Il faut toujours. On peut avoir besoin de vomir. En tout cas, pour le petit accident, comme on est prévenu, ça n'aura pas le temps de saigner beaucoup, on tiendra prête la bande Velpeau, hein? Mais, de toute façon, mieux vaut ne pas prévenir notre amie: on ne sait jamais avec les filles, elle pourrait s'effrayer, changer d'avis...

Il y a un point qui me tranquillise. D'ici le mois de mai, on ne sera jamais prêt. Par conséquent, on aura le temps de faire notre première communion. Moi, ça m'aurait ennuyé de devoir partir avant. Paul, il aurait dit tant pis.

Je n'ai rien raconté à Catherine Simonidzé de mes idées religieuses. Je sais bien qu'elle, c'est une impie. Mais d'abord, elle n'est pas catholique. Au Caucase, c'est la religion orthodoxe. Alors, ne pas croire, ce n'est pas si grave. Et puis, Catherine, je l'ai dit, c'est aussi un domaine séparé. Pas plus qu'à Paul ou Guy, je n'en parle à Dieu, ni à M. l'Abbé Flynn. Pour elle, je prie la Sainte Vierge.

Top. La main dans le sac. Voilà le roman. Dire que Pierre prie la Sainte Vierge. L'enfant moi n'a jamais prié la Vierge. Drôle d'invention. Pourquoi ? Gratuitement ? Sûrement pas. Pour prendre mes distances. Mais personne n'en saura rien ! Il ne s'agit pas des autres. Il s'agit de moi. Moi, je sais, Pierre se distingue de moi parce qu'il prie Marie mère de Dieu. Où est-ce que je veux par là l'entraîner ? Au pôle Nord de quoi ? J'imagine donc que pour le salut de Catherine, Pierre, il lui faut l'intercession mariale. Évidemment cela implique déjà dans sa tête l'idée que la Vierge serait compréhensive au cas de Catherine qui a des amants, paraît-il. Et ce n'est peut-être pas seulement pour elle qu'il a besoin de son intercession : mais est-ce qu'un fils peut parler de sa mère à la Vierge, savoir devant la Vierge ce qu'il sait, l'avouer ? Et ainsi de suite. Non rien de tout ça. À rayer. Ce petit, pour lui, la Sainte Vierge a une ceinture bleue, voilà tout. Il ne se pose pas de questions. Ni sur saint Joseph, ni sur l'ange Gabriel. Il ne se demande pas comment Dieu fait les enfants. Il prie. Il croit. Rétrospectivement, mieux vaut respecter cela. Que son langage sonne faux, ne corresponde ni à l'âge, ni à l'époque, encore à la rigueur.

Mais prêter à ce garçonnet, comme disent les catalogues des grands magasins, les pensées de l'homme fait, ou défait, non. Est-ce que je sais encore comment, il y a cinquante-cinq ans de cela, j'entendais les mots *Immaculée Conception* ? est-ce que je sais comment pouvait les entendre un autre que moi, dont par là même je veux marquer qu'il est un autre ? Stendhal, racontant après trente-six années, l'ascension du Saint-Bernard, doute s'il entra vraiment dans l'Hospice et se demande si les récits de l'intérieur qu'on lui en fit produisirent une image qui prit *la place de la réalité.*

Et suis-je entré dans l'âme de cet enfant ? Ce que je crois y décrire *comme si vous y étiez*, est-ce bien dans sa prière ? Ou qu'est-ce donc ici qui prend la place de la réalité ? L'homme qui ne croit point, comment va-t-il imaginer les mots de la prière d'un enfant qui lui ressemble, mais par cette prière même se distingue de l'être qu'il fut ? Si j'étais encore à égalité avec mes personnages, je veux dire comme Pierre devant Solange ou Sonia, à égalité d'ignorance, peut-être alors pourrais-je sans effort pénétrer cette prière, lui donner écho, cette respiration toujours fraîche... Oh, cette impuissance à revenir en arrière ! Il s'agit bien de la mémoire ! Que ne donnerais-je pas pour éprouver cette faculté de retour, cette disponibilité d'un recommencement.

Tout d'un coup, me voilà confondu de la vanité de ce monde. Rien n'a plus de goût pour moi, ni les livres, ni la musique, ni mes amis. Quelle agitation sans but ! L'école, l'escrime, les dimanches chez les Bedford ou chez Paul, et le matin Maman et moi, on a été au-devant de mon père par le Jardin d'Acclimatation, l'avenue des Acacias, la Porte Dauphine... Il y a quelque chose qui ne va pas entre eux, je ne sais pas quoi : l'autre jour, au coin de l'avenue Bugeaud, elle lui a dit qu'après tout, elle pourrait se marier, pendant qu'elle était assez jeune, et il a fait de grands moulinets avec sa canne, avec des éclats de voix : « Marie-toi si tu veux ! Je ne t'en empêche pas... » Et elle a eu tout de suite les larmes aux yeux, j'ai bien vu. Cela fait quinze jours qu'on ne le voit pas, mon tuteur. Il m'a envoyé une montre. Je ne la porterai pas.

Ô mon Dieu, il n'y a que vous seul qui méritiez qu'on vous aime ! Et pourquoi ne voudriez-vous pas me reprendre dès maintenant ? N'ai-je pas assez vécu ? Assez en tout cas pour savoir que vous seul êtes aimable, que vivre n'a de sens que pour mourir un jour, c'est-à-dire pour retourner à vous. Ne me donnez pas à subir de trop longues épreuves ! Qui sait, je ne suis pas meilleur qu'un autre, je pourrais me prendre aux illusions de ce monde, je pourrais me détourner de vous un jour ! Ah, je n'ai peur de rien tant que de vous être infidèle ! Que m'est la gloire, que me sont les succès ? Eh bien, j'aurai le Prix d'excellence, je serai l'un des conquérants du pôle, des jeunes filles pleureront en lisant mes vers... Perspectives misérables : le seul bonheur dont je me veuille flatter c'est de mourir en Vous aimant, qui êtes l'Amour même. Ô mon Sauveur, mon Dieu ! accordez-moi cette faveur insigne... Je ne suis plus un enfant, puisque dans quelques jours je m'approcherai de votre Sainte Table. Faites qu'en recevant votre Corps adorable j'atteigne le bout de mon calvaire et que je n'y survive point. Mais est-ce que je ne me trompe pas sur moi-même ? Suis-je déjà digne de succomber d'amour ? Et puis, j'ai promis à Maman, pour mes dix-huit ans, l'Égypte... je ne peux pas lui faire faux bond. Vous qui y avez été, mon doux Jésus, comment c'est l'Égypte ?

J'ai lu dans le Père Lacordaire une chose qui m'empêche de dormir. C'est où il parle à un jeune homme du *Cantique des Cantiques* et dit que le *poids de cette gloire* est trop pesant à une âme qui n'a pas encore atteint la virilité de l'âge surnaturel. Et si je ne l'avais pas atteinte ? J'ai beau me priver de tout ce que j'aime, ne plus lire, renoncer aux sucreries, m'infliger la torture de ne pas écrire, me mortifier de mille façons, m'enfoncer sans crier la lime sous les ongles, me blesser aux endroits les plus tendres... suis-je digne de vous qui êtes mort sur la croix ?

Édouard est de pis en pis. Il fait passer dans le *Cri de Paris* des échos sur ses aventures féminines. Qu'à Donville on l'a surpris dans la cabine de Mme X... qu'il avait pourtant vue toute nue comme tout le monde à la *Nationale*, sous le pinceau du peintre Roll, en République... Depuis qu'il est journaliste à *L'Homme Libre*, Édouard se croit dans le gouvernement. Maman a eu une scène avec lui parce qu'elle lui a dit qu'elle voulait rompre avec mon père. La porte était ouverte, je n'ai pas pu ne pas entendre : « Eh bien, disait-il avec un ton de fureur, ne te gêne pas ! Romps, ma fille, romps. Ce qui arrive aux autres, tu t'en es souciée peut-être... Tu sais bien que ma situation au journal vient de ce que le Patron — Édouard appelle mon père le Patron, parce qu'il a été son secrétaire — m'appuie auprès de Clemenceau. On va me ficher à la rue, et toi, tu t'en fous, bien entendu ! Juste au moment où le Quai d'Orsay me confie une rubrique au *Berliner Börsen Courrier* ! » Qu'est-ce que c'est que ça le *Berliner* je ne sais quoi ? Édouard me l'explique quand je l'ai trouvé dans sa chambre, assis le dos à la fenêtre devant sa table, ayant installé sur un fauteuil en face un coussin et un polochon, comme un personnage à qui il posait des questions, dont il faisait lui-même les réponses. On l'a chargé de rédiger pour ce journal de Berlin (que le Quai d'Orsay paye en sous-main) des articles inspirés où il est supposé interviewer des personnalités influentes, des sphères gouvernementales, auxquelles il fait dire sur les questions économiques, diplomatiques et militaires, ce que le gouvernement Clemenceau désire qu'on sache en Allemagne. D'abord j'ai ri. Ce qui me fait bien craindre de ne pas avoir atteint la *virilité de l'âge surnaturel*. Parce que c'était la mise en scène qui était comique, la comédie d'Édouard. Mais la chose. Ce mensonge. Qu'est-ce qu'il en aurait pensé, Jean-Christophe? Et vous, ô mon Seigneur Jésus?

Est-ce que je puis parler de cela à qui que ce soit au monde? Ni à ma pauvre mère, ni à M. l'Abbé Flynn... Guy? Il s'en prendrait tout de suite à la République. Et puis, j'aurais trop honte avec tous. Sans compter Paulette qui a dit à sa sœur: «Marthe, tu ne viendras pas à mon jour cette semaine, parce qu'il y a des parents de Gaston que je ne tiens pas que tu rencontres...» Gaston, c'est le Général: le Colonel est général depuis huit jours, et sa famille, c'est son cousin le Président et Madame, le Régent de la Banque de France, enfin du monde comme ça: il ne faut pas qu'ils rencontrent Marthe qui a un enfant et pas de mari. Je vois bien que Maman est bouleversée. Elle n'est pas venue à table, elle a la migraine. La nuit, je l'ai entendue qui se levait, marchait dans sa chambre, parlait toute seule à voix haute. Quand je pense que Paulette a vécu dix ans à ses crochets...

Mon Père, éloignez de moi ce calice... et que ma sueur soit faite de gouttes de sang qui tomberont à terre et s'y enfonceront!

J'ai demandé à Grand'mère si nous avions le *Cantique des Cantiques* à la maison. Elle s'est récriée que ce n'était pas une lecture pour moi. De toute façon, Grand'mère n'est qu'une sotte, et je ne lui demande pas son avis si je prends dans la bibliothèque la *Leçon d'amour dans un parc* de René Boylesve, par exemple. Ou *Les chansons de Bilitis*. Mais le *Cantique des Cantiques*, ça l'a agitée. On en a parlé à table, et Édouard a été pris d'une douce rigolade, Maman lui a dit : « Tais-toi ! Le petit t'entend... » Peut-être que vraiment il faudrait atteindre l'âge surnaturel pour lire ça... Toujours est-il qu'on vient de lui donner un bureau de tabac, à Grand'mère. À Toulon, sur le port. C'est mon tuteur qui l'a obtenu, c'est clair ! Lui et Clemenceau, dit Édouard, c'est comme cul et chemise.

*

Dieu a-t-il voulu m'éprouver ? Je n'en sais rien, mais la désillusion est terrible. Rien. Je n'ai rien senti quand l'hostie est descendue en moi. Il y avait trois jours que je ne dormais plus. Je priais le Seigneur dès que m'était fait le grand bonheur d'être seul. Je mangeais tout juste de quoi me soutenir. Je m'humiliais même devant Édouard. Grand'mère disait : « Mais il devient très gentil, cet enfant... » et je ne lui criais pas que c'était pour Jésus, pas pour elle. En classe, je prenais sur moi toutes les corvées. Je laissais passer les autres devant moi dans les portes. « Qu'est-ce que tu as ? me disait Guy. Tu vas te présenter aux élections, et tu essayes de gagner des voix ? » Je tâchais de sourire sans trop d'amertume. Meilleur je me faisais, plus on me marchait sur les pieds. J'aurais dit merci pour chaque affront. Puis est venu le grand jour, je me suis levé bien avant l'aube... Le costume avec le pantalon long, le brassard blanc. Cette impatience patiemment supportée. Maman ne serait jamais prête. Enfin, enfin, et les grandes orgues, les cantiques, les genoux sur la paille, en baissant la tête je m'arrangeais pour me heurter les lèvres au bois du prie-Dieu, et moi je savais bien que j'avais mes bras en sang.

Et puis rien. Le prêtre qui dit à tous les mêmes paroles latines, en pensant à autre chose. La crainte de toucher l'hostie avec les dents, je me suis un peu étranglé, j'avais l'envie de boire. La musique, ce n'était plus que comme si grinçait une porte quelconque, assurément pas celle du ciel. Alors, tout va reprendre comme par le passé? L'escrime, l'école, mon père au Bois, le voyage au pôle Nord, Guy qui essaye de m'apprendre la chanson des Camelots du Roi:

Et viv' le Roi, à bas la République!
Et viv' le Roi, la gueuse on la pendra!

Je suis retourné au catéchisme. On prépare le Renouvellement. Mais décidément, je n'ai pas atteint l'âge surnaturel. Je m'ennuie maintenant, l'Abbé Prangaud m'agace avec ses façons de me demander si je dis bien mon rosaire. Si je lui avouais la vérité, la table de nuit, cela lui ferait de la peine, alors je mens. Et puis, comment s'accuser de ce mensonge-là à confesse? Alors je n'y vais plus. Mais, à la sortie de la chapelle, je suis arrivé sur les talons des dames russes. Sonia a grandi, presque une jeune fille. Elle n'a pas vu que je la suivais. La dame non plus, elle bavarde tout le temps. Elles étaient sur le trottoir, le long des maisons. Moi, par discrétion, un peu à l'écart, sur le terre-plein, de l'autre côté de la ligne du tramway. Elles habitent un peu après la place du Marché. Ça fait un bon bout. J'avais le cœur qui battait, qui battait. Une autre fois, je tâcherai d'avoir le courage de me tenir plus près, pour entendre ce qu'elles disent. Elles, enfin, la grand'mère. Parce que ma bien-aimée n'a pas dit un mot de tout le chemin.

Maintenant tout a changé. J'écris, j'écris. On se moque de moi parce qu'à la rime (avec *parler tout bas*) j'ai mis le mot *isba*, qui n'a pas d'*s* au bout, et puis qu'est-ce que c'est que cette couleur locale ? Guy, bien sûr. Il ne comprend plus rien à ce qui se passe en moi. Il a de tout des idées enfantines qui me font hausser les épaules. Bien que, peut-être par invention, pour regagner mon estime, il m'ait avoué qu'il était amoureux d'une de ses cousines. Ah, je la vois d'ici ! Il a déjà un peu de poil sur la lèvre, Guy, mais ce n'est sûrement pas la virilité de l'âge surnaturel. Alors, un jour, où j'affectais de parler des femmes au pluriel, il me dit en baissant la voix, après avoir regardé autour de lui, s'il n'y avait personne sur le boulevard : « Tu sais, toi, comment on fait les enfants ? » J'ai bien eu l'envie de crâner, m'exclamer : cette idée ! Mais aussi de savoir. Alors, j'ai dit non, avec la tête, et après une hésitation : « Et toi ? » Alors Guy m'a fait jurer de ne le répéter à personne, il y avait un type de troisième qui lui avait expliqué... « Tu comprends, c'est si facile à faire, si ça se savait ça aurait des conséquences... » Peut-être qu'il m'a raconté des histoires, mais toujours je n'ai pas très bien compris. Encore une chose qu'on ne peut partager avec personne. Je ne vais pas dire ça à Paul, d'abord j'ai juré, et puis ça le ferait rougir, qu'est-ce qu'il penserait de moi ? Quant à l'Abbé Flynn... Il irait trouver l'Abbé Prangaud. On est seul au monde, tout de même.

Avec Catherine, peut-être, avec Catherine je pourrais parler de cela, sans qu'elle croie que je lui fais des « avances »... Mais c'est difficile pourtant, d'abord, j'aimerais qu'elle pense qu'il y a longtemps que je *savais*.

Je me demandais ce que venait faire ici Catherine Simonidzé. Expliquer un peu la bizarrerie des lectures de Pierre... Au vrai, je n'avais pas pu résister à lui donner entrée dans cette histoire. Sans doute estimera-t-on que l'auteur des *Cloches de Bâle* y voulait trouver à bon marché quelque consistance avec cette héroïne peut-être que déjà mon lecteur aura rencontrée, ou pourra, lisant ceci, avoir curiosité de connaître. Un truc de romancier, quoi. Justement, il en va tout à l'envers. Que Catherine s'appelait Élisabeth, et que je ne l'ai pas inventée, que c'est de ma vie qu'elle vient et non des *Cloches*, cela change complètement les données. Sans doute est-ce un cadeau que j'ai fait à Pierre de la rencontrer, et ce petit imbécile qui s'amourache de Sonia plus que d'elle! Nulle part, dans tout ce que j'ai jamais écrit, le carrefour de l'imaginaire et du réel n'est plus sensible qu'en cette étrange fille dont j'ai tant rêvé, que bien sûr j'ai fini par croire la connaître. Comme l'Hospice du Saint-Bernard... Voilà pour m'apprendre à réunir dans une même année scolaire, par je ne sais quel engouement de la règle des trois unités pervertie, les battements de ce cœur précoce, où il y avait place pour des gamines et des vraies femmes, mais pas toutes à la fois. Hors de propos, de nos jours on chante sur un air de Léo Ferré, un poème de moi qui est devenu une chanson de lui, et je n'ai jamais compris pourquoi cela fait rire les gens quand les vers disent: *J'aimais déjà les étrangères — Quand j'étais un petit enfant*... Mais c'est d'un effet de comique assuré. Je ne le dirai pas à Pierre, ça lui donnerait un coup. Pierre est un petit garçon beaucoup plus simple que moi dans ce domaine. Je veux dire *alors*... car que serait-il devenu? Vous le voyez surréaliste? Quant à moi, en 1909, au dernier trimestre, mai, juin, juillet, les romans ne me suffisaient plus, ni les poèmes: j'avais beau en écrire tant que je ne savais plus où les cacher, il me fallait inventer d'autres miroirs à mes folies. Je traçais sur des bouts de papier des phrases qui n'avaient sens commun que de l'exaltation. J'en faisais de petits rouleaux que je glissais dans les marches de l'escalier de ma mère souvent mal jointoyées. Peut-être les y trouverait-on encore. J'ai fait cela pendant près de dix années. Parfois j'ai pensé aller les rechercher, mais la honte m'en retenait. Ainsi j'ai perdu beaucoup de mes enfantillages. Phrases sans doute obscures, sans valeur à d'autres, mais que j'ai mêlées alors à mes rêves et à mes brumes. Précisément parce que cela pouvait paraître des mots sans suite, qu'on n'y aurait jamais vu que l'argot d'un jeu d'écolier, j'imagine qu'à les rejoindre on eût écrit ce que je suis incapable aujourd'hui d'écrire, ce que j'avais peut-être ambition de faire...

J'imagine ainsi que dans les cachettes des maisons, sous des pierres de jardin, ou des détritus dans les terrains vagues, il y a des enfants qui enfouissent leurs incompréhensibles secrets. Personne heureusement ne les retrouve, on en rirait, et rien au monde à penser ne me paraît plus insupportable. *Le Monde réel* est aussi fait de ces rêveries, je dirais même qu'il est bâti dessus.

Je ne vis plus que pour ces minutes, derrière Sonia, quand on sort de Saint-Antoine. C'est chaque fois exactement la même chose. Ces dames marchent sur le trottoir. Je les suis sur le terre-plein : je ne peux pas me décider à m'approcher. D'ailleurs, ce que dit la grand' mère ne m'intéresse pas, et la petite ne prononce pas une parole de tout le chemin. Elle se tient extraordinairement droite, elle a relevé ses cheveux déjà comme une grande fille et les porte tirés, tirés. Elle n'est pas du tout jolie comme Catherine Simonidzé ou notre compagne du submersible. Elle n'a pas même ces manières de petit animal de Mildred quand on lui caresse les jambes. Je n'ai jamais rien vu de si modeste dans le maintien. Je n'imagine pas que jamais elle rie, elle doit sourire peut-être, elle est un peu comme un sourire discret. Elle a toujours la même robe dont il n'y a rien à dire. Je ne l'ai jamais vue de face. D'abord, il me semblait qu'elle avait la joue très ronde, mais elle a dû maigrir. Tout sur elle est beige et gris. Une fois, elle a tourné un peu la tête, et j'ai vu ses lèvres, pas ses yeux. Des lèvres d'enfant, j'ai hâté le pas, mais elle regardait à nouveau droit devant elle, l'avenue était dans ses couleurs, il n'y avait que la vieille dame qui tirait sur le noir, et qui faisait du bruit, dans une langue d'ailleurs que je n'entendais pas. Le russe, je suppose.

Jusqu'au jeudi suivant j'ai essayé d'imaginer les lèvres de Sonia. Pour cela, il me fallait regarder les lèvres de tout le monde, parce qu'au fond je ne sais pas très bien comment c'est fait une bouche de fille. Ce n'est jamais ça qui m'a intéressé.

On croit qu'on a de l'imagination. Guy me dit toujours : « Toi, avec l'imagination que tu as... » Mes professeurs de français aussi, c'est l'imagination qu'ils louent dans mes copies. Je ne sais pas pourquoi, je n'invente jamais rien. Mais aussi, dans mes devoirs, vous y chercheriez longtemps pour trouver une bouche. On ne doit pas pouvoir, avec les yeux seuls, comprendre les lèvres. Je passe mon doigt sur les miennes. Le soir, parfois, sur les bancs près de l'église, j'ai vu des amoureux s'embrasser.

Les semaines passent. Elles sont longues et courtes. Maman a dit à mon père : « Eh bien, tu vois, Pierre... il est tout aussi passionné pour le catéchisme qu'avant sa communion... » Il a haussé les épaules et dit quelque chose très vite que je n'ai pas entendu. Maman a eu un petit sursaut : « Écoute... s'il t'entendait ! »

Il fait déjà très chaud. C'est le mois de juin qui commence. Je n'ai qu'une peur : si, après le Renouvellement, Sonia n'allait pas au catéchisme de persévérance ? Tout se passe comme si la vie continuait, avec tous ses compartiments : la religion, Maman, Édouard, les Bedford, Catherine qui m'a apporté *Anna Karénine*, les vers que je montre à Guy, toutes sortes de difficultés avec le submersible, et Paul qui doit refaire ses plans, il s'est aperçu qu'on pourrait avoir des ennuis en plongée... Le Général qui a été nommé au Maroc, alors on ne verra plus Paulette, c'est pas dommage... Mais, pour moi, il y a cette chose rien qu'à moi, tellement à moi qu'on ne peut rien du tout en raconter, toujours le même battement de cœur, la crainte d'être vu, l'envie aussi de l'être, ce chemin, il a seulement poussé des feuilles aux platanes du terre-plein, la petite bien droite sur ses reins, et la grand' mère qui parle, qui parle...

Tout d'un coup je viens de comprendre pour *quoi* Catherine Simonidzé devait entrer dans la vie de Pierre : pour lui apporter *Anna Karénine* sans doute, mais c'est à moi que ce geste s'adresse. Aucun livre jamais n'a pour moi posé plus violemment la question de la genèse des romans. De février 1870 à janvier 1878, de l'idée brusque qui le détourne de Pierre le Grand (*Hier soir*, écrivait la comtesse Tolstoï, *il m'a dit qu'il avait entrevu un type de femme mariée, du grand monde, et qui se serait perdue...*) à l'édition du livre, par les doutes, les rêves, désespérant de lui-même, trois ans avant de se mettre à écrire, le premier brouillon fait de mars à mai 1873, et cinq ans pour refaire sans cesse... jamais l'engendrement d'une chimère ne s'est ainsi fait sous nos yeux. C'est entre ce soir de février 70 où il confiait à sa femme son premier songe d'Anna et ce mars de 73 où l'écriture commence, aux premiers jours de 1872, que brusquement la fin du roman s'était imposée à lui, dans la vie : la maîtresse de l'un de ses voisins de campagne s'était jetée sous un train, et Tolstoï avait demandé à en examiner le corps. Mais ce qui provoquera la *naissance* de cette femme vouée à ainsi mourir, il faudra attendre 1949 pour le savoir quand la *Lit-Gazeta* publie une lettre à Strakhov que je ne peux pas, je ne peux absolument pas ne pas recopier ici... *Il y a environ une semaine, Serge, mon fils aîné, a commencé la lecture de « Iouri Miloslavski » ; cela l'a passionné. J'ai estimé que c'était prématuré, et l'ai lu avec lui. Puis ma femme nous a apporté d'en bas les «Récits de Bielkine» pensant y trouver quelque chose pour Serge, naturellement elle a trouvé que c'était trop tôt. Après avoir fini de travailler, j'ai pris ce tome de Pouchkine... Je crois que jamais Pouchkine, que jamais rien ne m'a inspiré un tel enthousiasme.* Et c'est le fragment d'une histoire inachevée, *Les invités s'étaient réunis à la datcha*, qui l'entraîne: *Malgré moi, sans intention, sans même savoir ce qu'il en résulterait, j'ai imaginé des personnages, des événements, j'ai poussé plus loin, puis, bien entendu, j'ai modifié et soudain tout s'est enchaîné si heureusement, si étroitement qu'il en est sorti un roman dont j'ai aujourd'hui terminé* (cela doit être le 18 mars) *le brouillon*. Ce roman, qu'il croit achevé, le premier brouillon fait encore l'objet de six semaines de remaniements, il en dit alors que c'est son premier roman, et cela quatre ans après avoir achevé *La Guerre et la Paix*... il répète qu'il lui est venu *malgré moi, grâce au divin Pouchkine*. Je ne sais s'il eût alors trouvé qu'*Anna Karénine* pourrait se mettre entre les mains de Pierre, qui a onze ans et huit mois quand Catherine apporte le livre. Il ne l'aurait pas donné à lire à son fils Serge qui avait dix ans moins trois mois quand la comtesse Sophie juge que Pouchkine n'était pas de son âge. C'est à partir de 1875 qu'*Anna Karénine* commence à être mis sous les yeux du public, bien que le roman ne soit point achevé, en feuilleton dans le *Rousski Vestnik*. C'est deux ans plus tard qu'un conflit oppose Tolstoï au rédacteur en chef de cette revue quand éclate la guerre russo-turque ; l'épilogue d'*Anna Karénine* ne paraîtra ni dans la revue, ni dans le livre, tel que l'auteur l'avait écrit. C'est que dans l'homme et son roman vient d'entrer une donnée imprévue, qui n'était ni dans l'image de la femme du monde en 1870 ni dans le corps broyé de 1872. La guerre. Elle apparaît dans la huitième partie qui commence après la mort d'Anna : *on ne parlait autour de lui que de la guerre de Serbie et la foule des oisifs ne songeait plus qu'aux « frères slaves »*... Toute cette partie s'appelait *Épilogue* sur le plan que s'était tracé Tolstoï. Le recrutement et l'envoi des volontaires en Serbie et au Monténégro amène de 1876 à 1877 à l'état de guerre avec la Turquie. *La pensée de la guerre recouvre pour moi tout le reste,* écrit Tolstoï dans l'été qui en suit la déclaration. Et si quelques pages, après l'incident du *Rousski Vestnik,* en seront supprimées par l'auteur, devançant la censure d'Alexandre II, la huitième partie qui ne s'appelle plus épilogue en garde cependant le sens, et l'on pourrait croire que tout le roman n'a été écrit que pour ces pages-là dont Tolstoï n'avait et ne pouvait avoir idée avant 1877 :

Tout ce que faisaient les classes aisées pour tuer leur ennemi naturel, l'ennui, se faisait maintenant au profit des Slaves. En tête venaient tous ceux qui travaillaient dans le journalisme...

Ensuite venaient les ratés, les frustrés... Répandre sciemment le mensonge et cacher la vérité était considéré comme du tact politique, si c'était nécessaire à l'exaltation générale... Dans cette guerre pour la défense de la chrétienté, on ne parlait que de la nécessité de se venger des Turcs. Des dames en pelisse de zibeline et en robes à traîne allaient extorquer de l'argent aux paysans et le produit de la quête était inférieur au prix de la traîne...

Et la jeune chimère tombée sur une voie ferrée secondaire, du côté de Iasnaïa Poliana, a brusquement cette grande traîne de sang après elle, qui n'a rien à voir avec l'histoire d'Anna Karénine, sauf que Vronski est parti comme volontaire pour la Serbie... il fallait tout ceci cependant, et aussi cette histoire d'amour, pour que Lévine en vînt à sa résolution finale: désormais tous ses actes ne s'inspireront que de la loi du bien. Supposez qu'on ait commencé par là, qui aurait lu *Anna Karénine*? Plus: Tolstoï l'aurait-il écrit? Il ne voulait que décrire une femme du grand monde, *digne de pitié et non coupable*... et qui se serait perdue.

J'ai rencontré Solange. «Mais tu t'intéresses bien à la petite princesse!» elle m'a dit. La petite princesse? Elle est princesse maintenant? Solange a bien ri. Comment? Je ne savais pas? Mais c'est une petite-fille morganatique d'Alexandre II, voyons. Alexandre II? Le pont, c'est Alexandre III... Je m'y perdais.

La petite-fille d'un Tsar! Celui d'Anna Karénine. Qu'est-ce que ça veut dire morganatique? Ça, Solange ne pouvait pas l'expliquer; elle savait seulement que c'était comme cela que ça s'appelait.

J'ai demandé à Maman: « Maman, qu'est-ce que c'est *morganatique?* » Elle m'a regardé avec étonnement. « Ça se dit d'un mariage... » Guy a été plus explicite. Parce que c'est des histoires de rois. Mais pourquoi je voulais savoir? J'ai parlé d'autre chose.

Ainsi, Sonia, c'est une princesse un peu comme moi, quoi, qui ne suis pas prince. « Maman, est-ce que je suis un enfant morganatique? » Elle s'est mise à pleurer. Bon, maladroit! Je ne lui demanderai plus rien. Seulement, Paul, il a remarqué mon manège. Ça l'agaçait, aussi, qu'à chaque fois, de la chapelle, pas question de faire le chemin ensemble, je m'échappais. Ça lui a pris, deux, trois fois pour comprendre. D'abord, j'ai farouchement nié. « Menteur! » il me disait. « Mais je t'assure! » Il a fait une chose pas jolie du tout: il en a parlé à sa mère. C'est une femme très bien, sa mère, avec les idées larges, et tout. Elle m'a expliqué, d'une part qu'un jour ou l'autre, ça m'amènerait des ennuis de suivre cette petite dans la rue, ça ne se fait pas, bien qu'elle, à vrai dire, elle ne trouve pas ça si mal. Son mari, par exemple, avant qu'elle le connaisse, l'avait suivie dans la rue, puis il s'était fait présenter à ses parents. Seulement est-ce que je me rendais bien compte que j'étais encore un petit garçon?

Oh, pour ça, oui, je m'en rendais compte. Et puis que personne au monde ne croirait que je ne savais pas qui elle était, cette petite. Alors on dirait, que ne dirait-on pas de moi ? Et elle, qu'est-ce que je voulais qu'elle pense ? Elle habite là où sa grand'mère la conduit, c'est chez sa mère qui est très souvent en tournée, elle chante. C'est même comme ça que la mère de Paul était si bien au courant, ils avaient beaucoup d'amis musiciens. La mère de Sonia donne des concerts, et c'est elle qui s'est convertie au catholicisme. La grand'mère s'occupe de la petite, elle a cette belle maison boulevard des Sablons, tu sais, à main droite ? Bien sûr, c'est elle, l'épouse *morganatique*. Comment ? cette vieille dame, la grosse là ? Tu es bête, on est d'abord jeune, puis on devient vieille, on était mince et on grossit. Comme Mme Bedford, ça, c'est vrai. Alexandre II, c'était du temps de Napoléon III, alors la vieille dame était presque une petite fille, et une fois que la guerre de Crimée a été terminée, quand les empereurs se sont réconciliés, la jeune Catherine est venue rejoindre Alexandre à Paris...

« Catherine » ?, j'avais la tête bouleversée de tout ça, et la guerre de Crimée, avec les *Récits de Sébastopol*, que Catherine Simonidzé m'avait prêtés, et cette vieille femme du temps de Sébastopol, qui se nommait Katia comme elle... C'est-à-dire... parce qu'en réalité ses sœurs l'appelaient Lolo... La petite, là-dedans... Et si nous... je veux dire elle, bien entendu... Pourquoi ne serions-nous pas des époux morganatiques ?

Si j'en parlais à Catherine ? Après tout la Géorgie, c'est aussi la Russie, et puis Catherine, je puis lui dire des choses qui ne sont pas faites pour les autres. Elle ne me traite pas en bébé, elle parle de l'amour devant moi. Seulement, c'est une Révolutionnaire ! Voilà. Qu'est-ce qu'elle va penser que j'aime une princesse, la petite-fille d'Alexandre II ! d'un Tsar qui a sauté avec une bombe mise là par quelqu'un de ses amis... enfin, qui aurait pu en être, à trente ans près. Impossible. Même Catherine qui ne me comprendrait pas ! Tout se ligue contre moi : l'âge, le rang, l'indifférence... mais est-ce que je n'ai pas déjà les sentiments d'un homme, et devrais-je n'être toujours pour Sonia qu'un étranger ? Je croyais trouver quelque consolation dans les livres, et j'ai rouvert *Les souffrances du jeune Werther*, que j'avais lu trop distraitement il y a six mois. Ah, j'ai pleuré, j'ai pleuré ! Il n'y a rien de si beau, rien qui me ressemble davantage ! On me rirait au nez si je le disais. Catherine, Catherine, je ne peux même pas t'écrire, moi, je n'ai pas de Wilhelm à qui parler de Sonia, c'est trop injuste !

Mais pendant quelque temps, Paul et moi, ça n'allait plus. Je le soupçonnais d'avoir raconté la chose à ses camarades de sciences-langues. Les types de B se moquaient évidemment de moi. Un jour, sur ma règle que j'avais laissée à ma place, en classe d'allemand, qu'est-ce que je vois d'écrit ? *Prince consort*... J'ai été bouleversé. J'ai été briser ma règle et la jeter aux cabinets. Ce que la mère de Paul m'avait dit et que je n'avais pas bien compris, me revenait : personne ne croira que je ne savais pas que c'était une princesse, elle-même... alors on imaginera... Et ça, ce n'est pas supportable. J'aimerais mieux mourir qu'on croie que je cours après elle parce qu'elle est la petite-fille du Tsar !

Je n'ai pas eu le Prix d'excellence. L'hôtel de l'avenue des Sablons avait ses volets clos. La princesse Iourievski avait emmené Sonia, qui ne s'appelait pas plus Sonia que moi Jacques, quelque part dans la montagne où il y avait des fleurs. Ma famille est partie en vacances à Port-Bail, dans le Cotentin, où Édouard a tout de suite couché avec une dame que je trouve très laide, qui me fait de grands compliments sur la pureté de mon français ; et moi je suis tombé amoureux fou, alors là, perdu, d'une fille de quatorze ans avec qui je pêche les crevettes, mais qui embrasse dans les coins un jeune homme de dix-huit ou dix-neuf ans, un salaud, qui va, c'est sûr, lui faire un enfant morganatique.

De toute façon, je ne crois plus à rien. Ni à Dieu, ni au pôle Nord, et la vie sera ce qu'elle sera, j'écrirai pour séduire les femmes et quand j'aurai dix-huit ans sonnés, en Égypte, j'aurai tant de maîtresses qu'Édouard qui sera déjà tout à fait un vieux, s'il le lit dans les journaux, succombera *sous le poids de cette gloire*. Aussi, à cause des maris, vais-je à la rentrée retourner à la salle d'armes, c'est promis.

Le ministère Clemenceau, en attendant, est par terre et, Édouard, il a perdu sa rubrique au *Berliner Börsen Courrier*.

Mais, tout bien réfléchi, mon meilleur ami, c'est tout de même Paul. Pour toute la vie.

1964

Le cahier noir

Voire, ou que je vive sans vie,
Comme les images, par cœur, Mort ?
F.V.

I

Travailler m'a toujours ennuyé. Mais c'est vers quatorze ans que je compris que je n'étais pas fait pour ça. « Il y a temps pour tout dans la vie », qu'on me disait. Vous croyez ? J'étais peu à peu envahi par une obsession qui devint si urgente qu'elle ne laissa de place à rien d'autre. Les classes. Ah bien ! Je fis de jolies études. Pendant qu'on me parlait de la guerre de Sécession ou des propriétés du chlore, moi où avais-je la tête ? Pas une minute ma pensée ne se détachait d'un objet précis. J'étais poursuivi par des odeurs. J'étais hanté par certaines impressions que je cherchais à reproduire. Cette fois-là, comment est-ce que ça a commencé ? « Ledoux, au tableau. » La craie crisse sous mes doigts. « Eh bien, vous dormez ? » Je regardais mes doigts.

Cela vous tient par tout le corps. On ne sait pas, d'abord, de quoi il retourne. On a l'envie de ne rien faire. On traîne. On est lourd. Tout ce qu'on entreprend paraît oiseux, bien particulier. Il n'y a pas moyen de fixer son attention sur ce que les gens vous disent. Alors on se cache pour être seul. Il faut souvent mentir pour en avoir la possibilité. Quand je suis seul, enfin, mes regards s'attachent à tous les objets. Comme ils luisent. Il règne une lumière inaccoutumée. Les moindres aspects du monde sont tout à coup pleins de sens. Est-ce que je viens de retrouver la clef d'un grand secret perdu ? Il s'établit un mystérieux rapport entre moi et tout ce qui m'entoure. Une espèce de complicité. Je reste immobile à m'attendre. Je n'y suis pas encore. Ça vient. Il y a aussi la peur qu'au premier geste toute l'illusion se défasse comme un mannequin.

Dans cet état, j'étais sourd à toute préoccupation. Tout me semblait subordonné à mon plaisir et dès que je retombais dans le domaine vulgaire, je ne songeais plus qu'à m'en échapper à nouveau. Peu à peu dans les retraites où me précipitait un sentiment de puissance, je me mis à découvrir mon corps. Je ne lui connaissais guère que la faculté de frapper. Je n'avais de lui qu'une science globale. Toute une géographie se révélait. J'étudiai mes territoires, leur dépendance, leurs aptitudes. À chaque propriété de moi-même correspondait une qualité des objets extérieurs. Je découvris le froid, le chaud, le poli, le râpeux. Mes mains se prirent à aimer certaines formes ; certaines surfaces répondaient au désir de mon front, de mes pieds, etc. Bientôt je variai les éléments de ces expériences. C'est ainsi que je fus amené à fuir un peu moins mes semblables. Ils devinrent solidaires du décor où je me jouais une pièce sans fin. La connaissance de moi-même, toute récente, m'entraînait à saisir chez les autres et la beauté et la laideur. Gaucherie ou souplesse : tout m'émouvait, car je savais le passage subtil d'une attitude à un geste, et je frémissais des associations physiques que me représentait mon esprit. Au fur et à mesure que je perdais ma sauvagerie, le miracle s'étendait sur ma vie comme une nappe de pétrole sur l'eau. Il la recouvrit tout entière. Ainsi commença cette existence que ne dominait pas l'idée de plaisir, dans laquelle l'idée du plaisir trouvait peu de place, mais que le plaisir même emplissait comme il l'emplit encore aujourd'hui sans que jamais cet étrange soleil ait subi d'éclipse depuis l'époque de la révélation de ma nature humaine. Révélation essentielle : j'imagine ainsi le bouleversement des peuplades auxquelles de grands hommes blancs viennent un jour annoncer qu'elles ont une âme. J'étais donc conscient de mon destin. J'avais appris quel but l'homme poursuit sur la terre. Certitude profonde, intérieure, incessante, plus assurée encore que la certitude intellectuelle et claire qui se réduit à des formules finies. Tout ce qui semblait devoir me distraire de ce but, tout ce qui ne semblait pas directement approprié à l'accomplissement de ma fatalité, dès lors avec quel mépris je le regardai ! Une pensée unique me possédait à chaque souffle. Je lui sacrifiai tout, je lui soumis toutes mes velléités. La sensualité s'était pour toujours emparée de ma vie.

Dès lors, je jugeai différemment les hommes et leurs manières de vivre. Je fus frappé de leur folie. Quelle négligence en eux de tout ce qui m'occupait. Une curieuse aberration leur permet de croire qu'on peut distribuer son temps entre des soins divers. Je savais bien qu'ils se trompent. Ce n'est pas trop de chaque heure du jour pour adapter mon corps et tout mon esprit au grand vertige dont je fais mon affaire. Aucune liberté ne leur est laissée, aucun loisir. Que me demandez-vous de pénétrer vos sciences, d'acquérir une habileté pratique et parcellaire, que me demandez-vous de consacrer ma vie à l'apprentissage et à l'exercice d'une profession ? Elle ne m'appartient plus, ma vie. J'étais très jeune quand la conviction m'en vint. Elle ne m'a plus quitté. D'abord je ne pensais pas à l'amour. Je ne voyais pas qu'un lien pût s'établir entre l'amour et cet envoûtement ; ce sont les femmes qui m'apprirent plus tard un mot qui naquit très lentement en moi à la réalité. Il est remarquable que les premières femmes que je connus ne le prononcèrent pas, ce mot. Sans doute la gloutonnerie de volupté que je témoignais auprès d'elles, égoïste, pressé, les détourna-t-elle de penser même, auprès de moi, à ce sentiment qu'elles avaient peut-être éprouvé ailleurs. Ce feu qui m'était propre, je me dévouais à lui sans songer qu'il fût destiné à quelque objet extérieur. La fusion de ces matériaux épars, mon esprit ne se pressait pas de l'entreprendre. Il arriva que je crus rechercher dans la compagnie des femmes un tout autre vertige que celui dont je me savais capable. L'inexpérience, la lecture me faisaient attendre de leur commerce je ne sais quel prodige qui ne pouvait se produire que dans leurs bras, à l'instant de la conjonction même. Ce que j'estimais si haut, j'ignorais que ce fût le désir et qu'un même mouvement me rendît l'existence précieuse, et par ses effets et par la faculté potentielle que j'avais de m'y abandonner. J'ignorais — qui me l'eût dit ? — que l'amour, ce fût le désir partagé.

Mais dans l'inconscience, l'équivoque, la confusion, je sentais de façon poignante le défaut d'un bien anonyme, au moment que j'étais en proie à tout moi-même. Pourtant le don magique ne me quittait point. Je demeurais accablé de sa force. Une seule voie s'ouvrait à mon esprit ; je me montrais distrait, car le moindre propos qu'on me tenait, l'entendre eût exigé que je me détournasse ; et ce n'était pas trop que les nécessités les plus pressantes pour me désensorceler. Je voyais avec étonnement mes compagnons d'âge épris des formes les plus oiseuses de l'activité que nous nous donnons pour prétexte en ce monde. Pendant un certain temps, je les avais crus possédés du même objet que moi. Et ils l'étaient sans doute. Je pouvais en croire des conversations, grossières à la vérité, mêlées de pudeurs sottes, de plaisanteries, de rires, mais bien préférables enfin à toutes les conversations sérieuses des hommes. Je pouvais en croire leur avidité de connaître des phénomènes pour eux si nouveaux et si pleins d'attrait, le temps qu'ils consacraient à combattre leur ignorance et, prêts à accepter les solutions les plus folles, à débattre le vrai du faux dans ce royaume qui leur était tout soudain ouvert. Il avait suffi d'une ou deux expériences pour que s'évanouît cette inquiétude. Renseignés, ils passaient à d'autres passions, comme s'il en existait d'autres ! Quoi, la connaissance de quelques gestes leur suffisait donc ? Ceux que j'interrogeai me parlèrent avec suffisance de la période qu'ils avaient traversée. Ils estimaient la cause entendue. Crise banale, physique, propre à un âge, qu'ils n'avaient plus, et s'attarder à ces problèmes de la seizième année, leur semblait pur enfantillage. Ils avaient d'autres loups à courir. Ainsi méprisaient-ils le seul instant de leur vie pendant lequel, même à la faveur d'un trouble vulgaire, ils avaient agi en hommes, et non pas en machines. À quel hasard devais-je de ne pas avoir chaviré avec eux dans l'indifférence précoce ? Toujours est-il que je restai seul avec mes hantises, et ce besoin pressant sur lequel je commençais d'avoir des clartés passagères.

Que la tranquillité était loin de mon cœur ! Ces connaissances communes qui suffisaient aux autres, qu'elles étaient pauvres à mes yeux. Les faits ne me nourrissaient pas. Je me heurtais en eux à l'inexplicable. Le secret de mon délire ne m'était pas donné dans cette marche à suivre qui était tout ce que je savais encore de l'amour. Et même cette fureur des corps, dont je voyais si généralement abandonner l'étude dès les leçons élémentaires, était toujours pour moi la source de découvertes renouvelées. Les détails infinis de la volupté, les chemins sans nombre du plaisir, j'avais à les apprendre le même émerveillement qu'à la première révélation. Tout en eux me faisait prévoir un emploi différent de ces sens qui n'en étaient qu'à l'exercice. Je n'avais pas épuisé le mystère : il ne sera pas dit qu'une fois seulement au bout de l'adolescence, l'homme aura éprouvé le vertige, et tout le vertige de l'univers. Les miracles se poursuivent. À moi de les saluer.

Je vaquais ainsi aux soins d'une vie tourmentée par les désirs et les désordres, quand il advint naturellement que Marie m'aima et que je me demandai si je l'aimais. Il est malaisé de saisir l'amour dans son commencement. Il se présente emmêlé à une ardeur moins rare qui le masque ; on ne voit pas son visage. Je n'y pensais guère, et Marie n'en parlait pas. Je ne croyais pas qu'il y eût dans les plaisirs assez vifs que nous goûtions ensemble un principe nouveau, auquel je fusse étranger. Je me louai simplement, aux premiers jours, de l'emportement de mon amie, et je me laissais aller au ton romantique qu'elle mettait à toutes choses. Il donnait à nos relations un caractère exceptionnel qui ne me déplaisait pas. Que d'autres abandonnent aux modistes l'imagination et ses écarts, pour moi j'ai toujours aimé les dérèglements de l'esprit, et je regrette de ne pas les rencontrer plus souvent chez les femmes. Il n'y avait donc rien d'étonnant, l'abus de ce mot est si habituel, à ce que Marie parlât fortuitement de son amour, au cours d'une phrase; et toutefois je ne m'y trompai pas. Je feignis de n'y pas croire; je suppliai Marie de ne pas introduire une notion inutile entre nous. Il m'apparut aussitôt qu'il était trop tard. Mon amie m'aimait et me l'avoua. Tout d'abord, l'idée ne me vint pas que je pusse partager le sentiment qu'elle m'exprimait. Je m'évertuai à en localiser l'origine. J'interrogeai Marie, elle ne me donna pas grand éclaircissement d'un état déjà constitué sur lequel elle répondait de façon contradictoire, ignorante qu'elle était des limites du désir et de l'amour. Ce qui me frappait à le considérer en elle, dans ce mouvement inconnu à mon cœur, c'était son caractère impérieux, l'impossibilité de transfert à un autre objet, si facile à celui qui n'éprouve que le feu de sa nature et qui peut, dépité, le porter ailleurs. Ma vanité ne se rendait pas à ce spectacle. Elle n'était pas rassurée. Je ne comprenais pas qu'on m'aimât ainsi. Marie ne savait que dire que je faisais violence à sa quiétude, qu'elle ne pouvait se défendre de m'aimer, sans en apercevoir les raisons. Elle était arrachée à soi-même. Il fallait que ce fût ainsi. On eût dit qu'elle subissait une grande injustice. Elle était honteuse de me montrer sa faiblesse et elle me remerciait de la rendre si faible dans le même instant. Je ne savais quelle conduite tenir, quand je l'entendais. J'étais dans la crainte de démentir ce qui l'avait ainsi engagée. On me confiait tout à coup un rôle que je n'avais jamais appris. Qu'avais-je qui m'y désignât précisément ? Je m'examinai.

À tout prendre, je n'étais vraiment qu'un amoureux médiocre. Mon physique n'est pas de ceux dont on attend qu'ils éveillent les passions. Il y a entre mes membres et mon corps une disproportion qui donne de la gaucherie à tout mon air. Ma figure doit de plaire aux uns à ce qui déplaît aux autres ; des traits un peu grands, qui semblent stupides quand ils ne sont plus éclairés par les yeux, que j'ai fort mobiles. Je ne suis pas doué d'un tempérament miraculeux. J'ai dit que j'avais de l'égoïsme dans le plaisir. J'ajouterai que j'y manquais d'imagination. Enfin, je le crois bien, je n'aimais pas Marie. L'excès du goût qu'elle avait pour moi, peut-être plus que n'importe quoi, me tint éloigné d'elle. Mais il ne me laissa pas insensible. J'éprouvais une sorte de stupeur d'être aimé. Cela m'empêchait de rompre un engagement qui déjà me pesait. Cela me retenait et je suivais en Marie les progrès, et tous les reflux de ce que je nommais tantôt un mal et tantôt un bien. Le peu fondé de cet amour me touchait, et me rendait sensible à tout instant que je ne partageais pas cet amour. Je mesurais quel gouffre me séparait du vrai délire, duquel, un jour, j'allais être capable. J'accédais à l'idée de l'amour sans avoir encore jamais aimé. J'en contemplais la vivante image. Je saisissais en elle ce qui me manquait. Je me préparais aux ravages que ma froideur peu à peu décelait en Marie. Je l'enviais, et je m'éloignais d'elle. Cela se dénoua lentement, dans l'ennui.

Je m'adonnai alors à toute ma frénésie. Mais, comme les eaux troublées s'apaisent et dissipent leurs rides pour refléter à nouveau le paysage qu'elles ont accoutumé d'accueillir, cette agitation vaine en se calmant laissa renaître dans mes abîmes le visage de l'amour qui s'était un jour miré dans mes yeux. Maintenant que l'importunité ni la tyrannie n'en tourmentaient plus le dessin, que ce visage était donc pur. Je m'étonnais d'en avoir retenu les détails. Tout m'y était familier. Je me complaisais dans l'idée de l'amour. Sans doute, s'enrichissait-elle en moi, je ne croyais qu'en écarter les ombres. La douce lumière m'envahissait. C'est ainsi qu'avec mes chimères, animé de désirs, dans la paix des longues rêveries, j'atteignis mes vingt ans sans les avoir entendu venir.

II

Ainsi, tout possédé de l'idée de l'amour, je m'assurais que j'aimerais un jour ou l'autre. Je sentais en moi la possibilité et comme la fatalité de la passion. C'était ce sentiment qui ne me lâchait pas, qui m'accompagnait partout, parmi les hommes ou dans la solitude, dans le décor quotidien, dans mes voyages, c'était ce sentiment qui me distinguait de la foule à mes yeux, qui me bannissait des lieux bruyants, dans un âge qui recherche l'éclat du monde et sa presse et ses entraînements, si bien que l'on me réputait sauvage et qu'on évoquait des mystères pour justifier un isolement que ni la pauvreté ni l'amour de l'étude n'expliquaient. Les amis que je m'étais faits dans l'abord me demandaient l'emploi habituel de mon temps. Je leur répondais bien vraiment, mais comme leur incrédulité visible m'amenait à sourire au milieu des paroles, ils croyaient que j'éludais de répondre, et se taisaient; et, par la suite, observaient à mon égard une réserve que je n'avais pas l'envie de leur faire quitter. *Je vais aimer*: les jours fuyaient dans cette certitude, les mois, bientôt les années.

Mais le temps ne s'écoulait pas sans des illusions moins générales. Il n'était presque pas d'instant dans le fait que je ne crusse trouver l'emploi de moi-même. C'est une nécessité de ma nature que je sois incessamment occupé d'une femme. Je ne peux m'y soustraire, je ne peux me résoudre à ces déserts physiques où je vois qu'il est permis à d'autres de vivre sans en mourir. La possession d'une femme m'est peut-être moins précieuse que cette possession de mon esprit par son image, et de tout mon corps tout le long des jours. L'instinct, la force du désir, et une espèce de manie du délire sans doute, la violence qu'il y a dans la nouveauté et l'inconnu, tout faisait qu'à chaque fois que je m'adaptais à un autre amour, c'était vraiment l'amour qui, dans le premier aveuglement, s'emparait de tout son royaume. Je plains ceux qui peuvent se jeter dans les liaisons, fût-ce les plus éphémères, sans cette folie et ce vagabondage des sens. Il n'est pas une fille des rues, à laquelle je ne fais encore que de parler, pas une passante, de laquelle je rencontre à peine le regard, qui ne remette en question pour mon cœur et le présent et l'avenir, qui ne me fasse attendre quelque révolution totale de mon sort. On tient le plus souvent cette disposition profonde pour de la légèreté. Elle est tout ce qui me permet de supporter une vie qui reste toujours un peu en deçà de ce que j'attendais d'elle. Plût au ciel que je fusse dément à moins calculer encore.

Je ne subis que trop la froide raison, dès que la réflexion me force de juger mes emportements ; et c'est alors que le goût de l'amour, la conscience que j'ai de sa grandeur, me détachent brusquement de l'objet auquel j'allais m'attacher, et que l'horreur de me mentir coupe court les liens qui se formaient. Du consentement universel, il n'y a que le mépris pour les individus de ma sorte qui n'ont point de suite dans leurs engagements. Changer trop souvent a quelque chose qui déshonore l'homme auprès des esprits généreux. Pour moi, je ne pense pas ainsi. Je ne puis composer avec moi-même. J'ai de l'amour une représentation trop haute pour accepter cette idée primaire de la débauche et du libertinage. Sans doute y a-t-il dans le changement un alcool duquel on peut difficilement se passer tout à coup. Je concède, je m'avoue que j'aime singulièrement me trouver avec une femme que je ne connaissais point, qui m'était absolument étrangère, étrangère à tous mes sens, à tout mon esprit; de laquelle je ne pouvais prévoir ni le goût des lèvres, ni les maladresses; ni ce qui me dérange, ni ce qui m'agrée, et qui, subitement, accepte et abandonne tout, et me fait vivre avec elle, comme avec moi-même je ne pouvais le faire que dans l'inconscience. Il y a là une opposition si brusque, un contraste si enivrant, que je ne comprends pas par quel absurde détour moral je pourrais m'obliger de m'en priver. Je vois au moins dans le mouvement qui alors m'anime cette grandeur qui fait complètement défaut aux liaisons qu'une vertu médiocre voudrait m'imposer, qui ne persisteraient qu'au prix de ma lâcheté et par un esprit de commodité bien bas, vraiment. Ainsi, dès qu'une illusion de cette espèce s'est présentée à moi, je ne sache pas que j'en aie jamais évité la chance.

Je ne suis pas l'ennemi de mes plaisirs. Dans le premier moment comment se pourrait-il qu'on ne cherchât point à les hâter ? Mais cet attrait qu'il y a dans leur nouveauté, la répétition ne le reproduit pas. Alors je compare mes plaisirs à cette idée de l'amour que j'ai, dans laquelle les plaisirs ne jouent qu'un rôle auxiliaire. C'est à peine, j'imagine et j'ai plusieurs fois commencé de sentir, si ces plaisirs qui viennent par surcroît, l'amoureux véritable arrive à s'y attarder. Ils ne sont que le moyen d'atteindre à un état de confusion, dans lequel la plus grande volupté est peut-être l'oubli de la volupté, et jusqu'à la perte du tracas qui vous pousse à la chercher sans cesse. Une enfance. Que voudrais-je qui ne soit le simple abandon ? Il y a tout un art de dormir ensemble. C'est peut-être à ce moment du repos que l'amour se trahit de façon irréfutable. Douce présence qui est l'apaisement du désir. Qu'on rie si l'on veut de l'imagination de l'amour qui se rencontre au théâtre. Pour moi, qu'elle est plus réelle que celle qu'en avouent les gens. C'est encore dans les livrets d'opéra qu'on parle le plus justement de cette passion, et avec le plus de simplicité. La sotte pudeur n'y intervient pas. Le chant de l'homme alors n'hésite pas à se répéter, à répéter la plus banale des phrases, le *je t'aime* ou le *mon amour* qui dit à lui seul l'essentiel. Là, qu'on est près de la marche naturelle des sentiments. Dans un lit, dans la nuit, ou dans un cœur assez haut pour faire s'il le veut à jamais la nuit dans le monde, rien n'est plus faux, rien n'est plus amphigourique. La proximité des amants permet tout langage, tout devient langage dans une telle harmonie. Un homme alors se dissout. Il n'a plus de vie propre. Il est envahi par une femme comme par un parfum. Peu à peu, cette femme s'identifie à ses pensées les moins distinctes. Il porte avec lui comme un écho d'elle. Ne serait-ce que son nom... Chaque fois que le silence se reforme autour de lui, il sent qu'y transparaît une présence. Elle ne laisse plus de blanc dans sa vie. Ainsi elle se substitue lentement à ce grand désir qu'il sentait confusément avant de la connaître. Elle capte son attention la plus trouble, elle éclipse enfin pour lui le démon de la sensualité, car elle est la sensualité même.

Aimer, si l'on en éprouve en soi la faculté secrète, je vois trop comment par quels expédients misérables on arrive à s'en retenir, pour ne pas penser que par un retour inverse on peut volontairement se précipiter à aimer. Le désir de l'amour prépare l'amour et l'engendre. Il faut vouloir aimer. Au moins, je le crois, et cette volonté, j'y incline. Une idée de la perfection se cache certainement pour moi dans le fond de la conception de l'amour. Si je remarque en moi quelque petitesse, tout de suite je cherche à m'en affranchir et je me dis : « Ceci t'empêcherait d'aimer. » Ce culte emplit toute ma vie, il s'oppose à ce que rien n'y prenne le pas sur les préoccupations vulgaires. Il réduit tout ce qui n'est pas lui-même à un rôle épisodique et passager. Je l'ai porté avec moi dans les situations les plus diverses. Il m'a fait paraître étrange aux yeux des hommes. Il m'a valu d'éviter des excès pour me jeter dans d'autres. Il m'a retranché d'un monde. J'ai passé ainsi les années de la jeunesse entre la paresse et la sensualité, dans l'attente d'un bien abstrait, ridicule pour les uns, odieux pour d'autres, tenu par les uns et par les autres pour un cœur sec, un esprit bizarre et, je crois bien souvent, pour un sot.

III

Il y a des hommes qui n'ont pas encore admis la malédiction divine. Ils ne travailleront pas à la sueur de leurs fronts. Rien ne leur est de rien dans le vaste monde déchu. Ils n'ont d'intérêt ni dans la botanique, ni dans l'ethnographie, ni dans l'histoire du droit. Rien ne leur est de rien que cette étincelle au fond de leurs yeux, et il y a malheureusement des miroirs. Dès qu'ils l'ont vue, tout est bien fini. Ils ne feront plus comme les autres hommes, ils ont maintenant une idée de la déchéance. On sait qu'ils n'ont pas le sens commun, on les traite de fous, ces sages qui ont repris la conscience de leur noblesse ancienne. Que leur importe : ils ne travailleront pas à la sueur de leur front.

Or voici précisément venir le temps de la grande résignation humaine. Le travail-dieu trouve à son tour des prêtres. La paresse est punie de mort. À l'orient mystique, on institue le culte des machines. Les madones d'aujourd'hui sont des motobatteuses. À l'horizon, dans les panaches laborieux des cités ouvrières, le miracle nimbé s'en va en fumée. Personne ne laissera plus à personne une chance unique de salut. Elle sonne, l'heure du grand contrôle universel. Qu'ils agonisent ceux qui n'ont pas perdu la mémoire du Paradis, qu'ils agonisent donc ce soir quand les déments feront retentir les asiles de cette vaine clameur qui veut retenir le soleil. Je vois grandir autour de moi des enfants qui me méprisent. Ils connaissent déjà le prix d'une automobile. Ils ne jouent jamais aux voleurs.

Tout ce qui respire pense au lendemain, paraît-il. Il y a de la honte à ne pas penser comme tout ce qui respire. On me dit : « Et maintenant qu'allez-vous faire ? » Détournez, détournez cette conversation inutile. Vous ne pouvez pas comprendre. Contentez-vous de l'explication *Paresse*. J'ai, depuis longtemps, renoncé à l'estime. Comme vous votre tâche, moi j'ai su accepter ma tare. Perdu pour perdu, qu'on me laisse au moins le silence. Ne me demandez pas de me justifier. Ne troublez pas mon sommeil, vous qui vivez à votre manière. Quand les prodromes de la mort apparaissent, par quelle inexplicable férocité refusez-vous la morphine à celui qu'aucun pouvoir ne peut sauver ? Je ne veux pas des sacrements de votre église. Je ne demande ni la pitié, ni l'assentiment de vos cœurs.

Certains jours me ramènent au milieu des compagnons du premier âge. Car tous ne m'évitent pas encore. Amis de jadis, quel étrange sentiment vous possède quand vous posez sur moi ces yeux bien connus, qui ont enfin désassimilé le ciel. Rien ne nous distinguait dans l'abord. Dans l'abord, tout nous faisait complices. Sans contrainte. Contre tout. Sans traité. Et sans crainte. Il y a au cœur des enfants l'espoir d'une ligue immense contre le monde. Que rien n'arrive plus désormais avec cette voix désabusée des personnes d'expérience. Finie votre raison. À nous le nouvel ordre où l'anarchie est reine. On ne dormira plus, les maisons n'auront plus de portes. Les bêtes sont lâchées, et tous ceux dont les yeux sont rieurs, ceux qui portent encore des cheveux sur leur tête, ont le droit de crier, ont le droit de crier, crier, CRIER aux oreilles velues des vieillards récitant le bénédicité du repas qu'ils avaient, un beau jour, cru pouvoir faire.

Ah, nous étions bien tous des sacripants à pendre. N'IMPORTE OÙ, N'IMPORTE COMMENT, ces deux oriflammes brillaient dans l'air jeune. Bons à tout, prêts au reste. Et puis... Et puis, me voici seul. Un à un, qu'est-ce qui les emportait ? La crainte, peut-être la fatigue, le scepticisme aux lunettes jaunes. Parfois le découragement prenait une figure singulière. Vous auriez cru les passions. Une femme en fixait un. C'était encore la folie et ses flammes, et à peine l'entrée des soucis quotidiens : le qu'en-dira-t-on, les visites, une paire de gants... amour, il est donc vrai, tu mènes parfois les hommes à désirer les palmes académiques ? Non pas cela. Mes amis, fermez ces yeux, qui ne reflètent plus pour moi que la lueur des souvenirs.

Je sais aujourd'hui ce qu'est l'expérience. Reconnaître la maîtrise de ce qu'on haïssait, s'avouer vaincu, composer avec soi-même, souscrire à son tour à l'esclavage séculaire, et croire ainsi acheter la paix et le bonheur ; n'y a-t-il pas de la grandeur, pense alors celui qui se range, à confesser sa petitesse ? Il s'enivre d'un strapontin au concert universel. Voilà donc cette étoile lointaine que ce n'était pas trop payer qu'au prix de la jeunesse ! Je sais aujourd'hui ce qu'est votre expérience. Livreur, vous pouvez reprendre le ballot.

On me tolère, c'est tout ce qu'on peut faire pour moi. Il faut voir la figure que je prends chez les autres. Naturellement. À chaque geste mon bras sent que, jusqu'à la poussière en suspens, tout dans cette atmosphère tranquille ne fait que me tolérer pour la minute. Comme un singe : ce que peut penser le calorifère d'un singe qui se croit chez lui à partir de vingt et un degrés Réaumur. Chaque regard signifie : ENFIN. Et toutes les phrases supposent une restriction mentale, si nous avions agi comme toi, serais-tu là ? Les meilleurs sont ainsi. Ils voudraient bien chasser de leur mémoire ce problème offensant qui les trouble, qui parfois les force à se juger avec moi-même. Qu'est-ce que ça réveille donc qu'on aurait juré endormi ? C'est agaçant, ce scandale en chair et en os, là, dans son fauteuil, la main pendante, qui fume. Vas-tu te décider, prendre un parti ? Moi, je les regarde. Ce qui les enrage, c'est qu'après tout ils n'ont aucune raison à se donner de l'obscure partialité qu'ils éprouvent en eux pour ma folie. Je parle des meilleurs. Rien. Si encore j'étais un artiste, un poète. Il y a de grandes prérogatives pour ces gens-là. On peut toujours espérer qu'ils feront quelque chose. Espoir reposant. L'art, cela retient un peu le jugement, à cause du mystère. On respecte aussi cette faculté potentielle, le talent. Si ce Monsieur allait écrire ou peindre un chef-d'œuvre. Le monde vit dans l'attente des chefs-d'œuvre. Mais moi, songez donc. Je ne promets rien. On ne peut pas se promettre à mes dépens. Je n'ai aucun talent. Je n'y prétends même pas. Alors pourquoi ? On m'interroge comme si j'allais m'excuser. Que je déclare seulement que j'ai l'idée d'un livre, d'un petit livre, et tout est sauvé. On veillerait sur moi : je serais, sait-on jamais, capable d'enrichir le capital humain. Le capital humain, voilà le grand dogme qui somnole au fond de toutes ces cervelles. On ne s'en rend pas compte, mais cela revient à cela. Voyez ce qu'ils admirent, les vivants : des producteurs, rien que des producteurs. La qualité du produit les trompe. Ils pensent n'aimer qu'elle, mais ils ne me dupent pas. Bouche inutile :

dans un siège, on me sacrifierait avant les femmes et les enfants. Finalement, justice faite des paradoxes, respecte-t-on les destructeurs ? Et ceux qui ne détruisent même pas ? Ce que vous chérissez, vos goûts, vous trahissent, esprits larges, fiers de votre largesse. Il y a des trafiquants de pensée qui feignent de m'approuver si, par faiblesse, un jour, je me laisse aller à parler devant eux. Simple jeu de leur part. Ou bien pourquoi continuent-ils à vivre comme s'ils me désapprouvaient ? On m'a dit un jour que j'étais un amateur. Il s'agit de faire rentrer les cas difficiles dans les difficultés déjà connues. Le dilettantisme est, il faut croire, une explication suffisante. Mille regrets, je ne suis pas un amateur.

Ce qu'ils savent bien, ce qu'ils n'avouent pas, c'est que la vie m'échappe, que je ne puis la reprendre, recommencer. Cette opération à fonds perdus donne le vertige à ces pères de famille qui songent au rapport, à la rente. Une noyade sans exaltation. Je ne me suis pas lancé dans une aventure, je n'ai pas été pris dans un engrenage. On ne pourra pas raconter mon histoire. Elle se réduirait à des va-et-vient misérables : de petits voyages, des déménagements, quelques embarras d'argent, des fréquentations d'habitude. Telle année j'ai été ici ; telle année là. Avec celui-ci, avec un autre. On me trouve assez bon caractère : personne ne veut se fâcher avec moi. Puis, j'ai un peu moins souvent vu mes amis, nos relations se sont espacées, j'en ai, il s'en est noué d'autres. Ainsi de suite. Pas un fait saillant. On a dit que je subissais l'influence de certaines gens, parce qu'on nous voyait ensemble. Cela n'avait pas d'autre fondement. Il n'y a pas eu de grands tournants dans ma vie, je n'y peux pas distinguer des époques. Je n'ai jamais eu de conversations décisives. J'ai aimé quelques femmes. Au sens qu'avait *aimer*, pour moi, alors. Deux ou trois. Je les ai assez aimées pour cesser de le faire sans drame. Je me suis un peu distrait de mille spectacles. La rue, la mer. Triste personnage, vraiment. Il y en a donc de gais ? On m'en montre. Pantins. On m'en montre d'autres plus secrets, qui sait ce qui se passe derrière ce front ? Moi. À quelle pauvre chose est réductible une vie intérieure. Cela, je l'ai assez profondément senti pour que mon sentiment prévale sur toutes les mines, les restrictions, les sous-entendus. Moi, voyez-vous, je ne suis pas même secret. J'ai rencontré des hommes que cette impudeur révoltait. Ils me reprochaient ma nature, comme si elle eût été quelque horreur. Ils étaient pourtant assez libres dans leur pensée. Mais, dans le domaine intellectuel, ils admettaient encore sans doute les personnes maudites, semblables aux traîtres de théâtre, que rien ne peut racheter, ni l'intelligence claire, ni les vertus négatives. Là, comme ailleurs, je parais anormal. Ma vie est un non-sens. Elle n'a pas une direction générale. Elle n'est en rien exemplaire, même au rebours. La morale qu'on en tire est toujours contre moi. J'ai essayé plusieurs métiers, j'ai entrepris plusieurs folies. Je n'ai rien mené au-delà de son amorce. Chacune de ces expériences n'a fait qu'assurer un peu plus de mon incapacité. On en déduisait toujours que si je pouvais, je serais autre. Et quel est donc l'homme, qu'on me le montre ! dont on ne pourrait le dire ? Peut-être est-ce moi, après tout.

Que les jugements des hommes passent donc sur moi. Une erreur judiciaire de plus ou de moins. Se défendre, cela n'en vaut jamais la peine. Est-ce que je vais donner mes raisons maintenant ? Je laisse aux toxicomanes de toutes catégories leur goût du prosélytisme. Je sais qu'il y a dans le monde d'autres individus qui ont éprouvé ce que j'éprouve, qui l'éprouvent encore. Je ne cherche pas à les connaître. Je n'ai pas non plus l'instinct grégaire. C'est à peine si pour moi-même, et moi seul, je suis un cas. Je n'ai pas de curiosité. Je l'ai dit, je ne m'amuse pas. Je déteste la sottise.

IV

J'ai aimé, voilà tout ce que je trouve à dire. Comment cela se peut-il ? et c'est fini. Jusque-là tout encore était possible. Rien dans la vie n'était décisif, puis je suis tombé sur le destin. J'ai aimé. Ceci est irréparable. Cette clarté se perpétue. Il règne avec elle un principe de la destruction. Il me semble que j'apprends désormais à mourir. Les faits les plus simples s'infléchissent d'un accent insolite et j'éprouve à tout propos le frisson passager des présages. Ainsi le temps prend sa ravageuse origine dans l'essence même des passions. Dans le silence, il se forme une idée extravagante et terrible. Alors vous commencez à vieillir.

*

C'est par une espèce de temps très clair, au matin, que je puis vraiment me rendre compte du tracé décrit en moi par le mal ; le mal n'est pas le mot. D'abord je ne faisais rien que remarquer très vivement la robe de Blanche, ou ses bas. Il s'imprimait une image absurde, occasionnelle, un geste : tout à son désavantage. Curieux instantanés qui me semblaient hors de portée de l'oubli. J'aurais pu compter les agrafes de son corsage, les fils d'une dentelle. Je ne pouvais penser à elle, tout de suite Blanche m'apparaissait dans un jour déjà connu, les granges, la campagne, n'importe et elle était condamnée à recommencer devant moi un acte, une attitude connue. Reflet rétif, elle ne se pliait pas à mon imagination. Il me semblait qu'une femme quelconque, je pouvais toujours la posséder en rêve. Ce n'était pas le cas de Blanche. Je ne la faisais revenir que pour constater mon impuissance. Cela devint une obsession.

Et puis je ne vais pas m'abaisser à repasser par ce chemin. Ce qui m'entraîne, il est préférable que je l'ignore. Une insurmontable honte me revient peu à peu au visage. Tout le sentiment que j'ai de Blanche s'accompagne de façon inexplicable de ce mouvement de la gêne qui s'amplifie de l'égarement même de mon cœur.

*

Ce n'était d'abord que la curiosité. La curiosité par un chemin scabreux, fantasque. Le vêtement, les tics. J'attendais, je provoquais à nos premières rencontres, ce qui venait de se produire en elle, ce que Blanche avait déjà montré d'elle-même. Je voulais obstinément qu'elle fût une mécanique, réduire à une mécanique tout ce qu'elle laissait paraître, et qui n'était pour moi que l'objet d'une irritation longue. Je remportais dans mes retraites cette sorte de hantise précise, elle a ainsi relevé sa manche, ainsi noué son mouchoir. Il faut dire que ma solitude était bien nouvelle, et déjà il y transpirait quelque chose de ma vie morte. Je vivais dans les champs en proie à mes fantômes.

Rien de passé n'avait cet accent impérieux. Les images qui revenaient dans les terres labourées tandis que je me promenais, cette hâte et cette brusquerie qui m'avaient rendu odieux aux gens de mon père, toujours en elles je découvrais un grand reflet de moi-même: une chambre, une femme, j'y fumais, j'en remuais la ceinture. Ce que j'en avais retenu, c'était précisément ce que j'avais pu en croire, mon erreur. Les souvenirs ont toujours été pour moi plutôt des idées générales que des cartes postales. Ceci, cela, tout se ramenait à mes préoccupations, à moi-même. Là j'ai pensé trouver la raison de mon humeur, ici j'ai imaginé une quiétude particulière. Tout le détail de la mémoire ne m'apparaît qu'un moyen commode de faire revenir un état d'esprit, une sorte d'épingle qui le fixe. Voilà qu'avec Blanche la marche se faisait à l'inverse. Je partais de ce que j'avais pensé d'elle, de ce qui s'était dit, de moi-même qui étais assez bouleversé du printemps et aussi de cette vie animale que je menais, et tout cela se réduisait à un ruban, à un petit mouvement de la nuque, une inflexion de la voix. Je commençais par lui attribuer, à elle, une propriété énigmatique qui empêchait qu'on la saisît autrement, qui faisait qu'on la saisissait ainsi. Il ne me semblait pas que je pusse croire à une modification de moi-même, puisque aussi bien les autres, je me comportais avec eux comme autrefois. Blanche était plus laide que belle, assez attirante ; d'ailleurs elle ne m'envahissait pas comme la première fille venue le fait si je me laisse aller à la considérer un peu. Aussi ne me surveillais-je pas, me sentant si détaché d'elle.

*

Blanche, c'était une compagne, un objet que je permettais à ma rêverie, parce qu'il ne semblait pas que cela fût en rien engageant. Je m'y faisais un peu depuis le premier propos qu'on m'avait tenu d'elle, à mon retour. Après mes études manquées, mes voyages, les péripéties de mes vingt ans, toutes mes aventures avaient renseigné les miens : un propre à rien, il faut qu'on le marie. J'avais donc assisté muet à la révision de toutes les femmes que mon père pensait à me donner. Pour Blanche, il l'avait nommée, l'éliminant, elle est déjà prise. Je ne crus pas un instant que ce ne fût assuré. J'avais donc sans l'avoir jamais vue un peu l'esprit de l'adultère envers elle, et aussi du coup de la liberté.

Je désirai connaître Gérard, pour me faire une idée de ses goûts, à elle.

*

Un jour, tout un long jour dans la forêt s'est consumé sans que j'y prisse garde. J'allais, errant, possédé du désir que le temps fuie, que deux heures enfin s'évanouissent. Je coupais les baguettes dans les arbustes, de petits arbustes droits pour m'en faire une canne, puis un nouvel arbuste n'avait pas de tache, pas de nœud, je sortais mon couteau et je l'enfonçais doucement dans le bois. Je me disais bien : « Il y a longtemps que tu es là », puis une sorte de doute que je portais sur ma durée, une incrédulité en moi-même, me rejetait sur un lit de feuilles où je cherchais avec lenteur une position qui anéantît tout sentiment particulier des ramifications de mon corps. Je prenais goût à considérer de quoi est faite sur la terre cette matière qui retourne au sol, et qui garde encore un souvenir passager de sa vivante origine : brindilles, ailes d'insectes, faines, baies flétries, feuilles dépouillées qui découvrent peu à peu leur dentelle, tout ce qui est léger dans le monde et qui vient seulement de mourir. J'arrivai ainsi sur les plateaux, au bord des marécages, où par un insensible virement le sol mue, et soudain sous les pas murmure : trompeur et magique. Je suivais, comme du doigt, une naissance de cheveux, cette lisière du danger, je m'y prenais même, pour aussitôt me reprendre, et gagner le ferme de la terre, et m'assurer de son grain compact, quand le soleil, un instant caché, revint au travers des branches par une voie si basse que je compris que j'avais laissé tout ce jour se défaire à former en moi une pensée sombre qui n'avait pas réussi à prendre corps. Il était évident qu'un seul objet m'avait occupé toutes ces heures, qu'un seul objet fuyait devant moi, qui ramenait mes pas à l'orée des taillis ; et quand je fus sur la partie nue des collines, avec l'horizon à mes pieds, et les maisons voisines, je compris que le long cercle de mes pas m'avait depuis le lever du soleil porté par un détour sournois sur le sentier qui enserre en descendant l'enclos où, à la tombée de la nuit, Gérard une fois s'était couché auprès de Blanche. Et comme cette certitude se nouait, le rouge me venait aux joues, pensant, le rouge, qu'il n'y a aucune raison que ces deux-là reviennent au même point à la même heure toute la vie, tout juste comme s'élevait derrière la haie, que je suivais tête basse, la voix même de Gérard, qui posait une question. Là-dessus, j'imaginai ce rire connu qui allait répondre. Silence. Ou ce parler traînant qui m'avait irrité la veille. Tout le soir s'appuyait à la haie d'aubépine. Tout le soir s'étirait dans l'absence du vent. Blanche ne répondit jamais à cette interrogation crépusculaire. Gérard, d'ailleurs, était tout seul, au pied des arbres, dans le champ.

*

Il y a des femmes qu'on veut prendre, une grande décision se fait jour. L'homme songe à l'emploi de soi-même, il est debout dans sa maison et dans sa sensualité. J'avais toujours connu ce goût ardent de la rapine, ces façons de pillard, et les gestes brutaux qu'elles supposent. Cette chaleur soudaine n'a rien de commun à voir avec le trouble dont j'ai fait maintenant l'expérience. Une aisance trop grande, aveuglante, et puis la gaucherie qui renaît en y pensant, en cela seulement se résume en face d'elle le maintien que j'adopte, et ce n'est que plus tard que je retrouve en moi de bizarres dessins qui semblent s'élever de la profondeur, un filigrane que je me découvre. Dans la solitude, je me sens pris et mené. Qu'elle soit là, un instant, et je ne fais plus attention à Blanche. J'ai traversé une longue période, comme la mer, ni moi ni vous n'aurions su qu'il était question de

Blanche. Je vivais dans ma forêt, pensant à autre chose, usant un temps plus amer que les noix.

*

Une blancheur me retient. L'éclat de cette femme comparable à une cornée. Par moments, je la regarde, et c'est un enfant véritable. Je la domine de toute ma vie d'homme, de toute son ignorance, de son destin d'emblée fixé. Par moments je circule dans sa vue, je ne la touche pas, je sais qu'il n'y a que le bras à étendre. Puis quelque chose en elle étincelle, une candeur. Je me remets à tourner, je ne lui ai pas dit quatre mots à la file depuis que je la connais, je ne sais pas si elle est vierge, elle m'attire et me repousse, elle m'attend et je m'en vais.

Cette espèce d'ombre qu'elle a, Gérard, revient dès que je m'éloigne ; sans me retourner je l'apprends, revient tout près d'elle, à sa lueur, et je me demande ce qui les lie, un doute que j'avais de ce lien s'efface. Je connais cette chair, ce sourire, ce laisser-aller des épaules. C'est dans un lieu de confusion où, des dentelles défaites au bord d'un piano, une fille s'abandonnait aux soins d'une vieille fardée il y a longtemps, que j'ai fumé cette cigarette dont le goût renaît à ma bouche. Je ne vais pas regarder Blanche une fois de plus, elle est sous mes paupières toute mêlée à ce souvenir, identique, avec cette impudeur de l'après-midi, et une bouteille de vermouth au pied du lit.

Cela m'éloigne et me ramène à elle, pour voir Gérard s'éloigner un peu, qui la respirait. Tout en elle provoque et soufflette. Où avais-je pris qu'elle ressemblait à l'autre, rue de Lübeck ? Pour la juger, jauger cet homme. Ce qu'il y a de niais, et d'épris, de fermé : elle le limite. Je suis la proie d'un instinct bien vulgaire. Là où un homme atteint une femme, comme un rivage, là toujours j'ai l'envie de me dresser avant qu'enfin le pied soit pris, et de rejeter l'homme à la mer. Je ne suis jamais tout à fait étranger à ce qui se forme entre celui-ci et celle-là. On dirait une colonie de moi-même. Le désir de séparer accroît en moi le désir. Je me concède aimer la femme d'un autre de toute la force de cet autre, multipliée dans la croix de mes bras.

*

Qu'attend une femme de l'homme assis auprès d'elle ? Toute l'idée de l'homme comme une fourrure qui l'enveloppe. Ce qu'il fera, ce geste insignifiant, cette démarche de la voix, ce silence va-t-il s'adapter au désir de sa compagne ? Sans que rien ait trahi ce désir, sa précision, sa violence, quelque appel, que de loin je ne peux pas entendre, l'a traduit par un frisson de l'air, une sorte d'arc-en-ciel invisible qui va de l'un à l'autre corps. Le voisinage les vainc. Il y a un tremblement brûlant, il y a dans les profondeurs du souffle une région de tourbillons qui a la forme du baiser. L'imagination dans l'immobilité relative s'effrange. C'est alors que se lève dans un désordre naturel ce spectre de l'impatience qui étend son ombre aux indifférents, au paysage. Sous les regards du monde, une force s'use et se retient. Tout ceci rompra par mégarde, si l'on bouge un verre ou une fleur.

Un double mouvement m'anime. Je suis un siège de marées. Toute l'écume dans ma bouche, et au premier ressac par-dessus ma tête la vague, énorme raison qui s'écroule, traîne devant mes yeux ses cheveux de varech. Alors je veux tuer, alors j'écrase, en moi j'écrase un reflet, je piétine une braise. Aucune part ne me sera donnée dans ceci qui grandit en moi.

*

Ou bien j'interviendrai, ou bien j'ai le désir que tout se précipite : mon plaisir est joué sur leurs têtes. Qu'ils se hâtent, qu'est-ce qui les sépare encore, je ne peux pas me passer de leur bonheur. Cela est sorti de moi, je suis le maître de la course et, de l'estrade où je me tiens, ma fièvre déferle sur eux.

L'illusion a repris ses droits sur mon cœur. Quand je m'en retourne, elle persiste dans ma chambre, elle me suit dans ce sommeil qui m'est si lourd. Elle est là, dès le matin pâlissant. Et me jette dehors par les deux épaules. Blanche dort encore, à cette heure. J'attends, foulant cent fois mes traces au même nœud de chemins, que s'ouvrent les portes du théâtre. Les champs, sous une buée chantante, fatiguent une éternité de mes regards. Ce sont d'abord de petites gens, qui sortent. Et un bruit de portes et de volets sur le monde donne une grande naïveté à l'aube. Non, je ne leurre pas mes sens, je ne nourris pas mon cœur d'un mirage. Me voici tout moi-même à la quête d'un feu.

Cela est sorti de moi. Cela est sorti de moi.

*

Mon amour prend la forme qu'il veut. Il se loge où je ne puis l'atteindre. Il m'échappe, et d'abord je ne le reconnais plus. Il a fallu bien des erreurs, des retours, des refus, un grand découragement, pour que je retrouve mon bien et ce qu'il retenait de moi-même. Je me croyais borné à ce corps, à cet habit. Je sais maintenant ce que vaut mon ardeur, comment elle se propage vers le monde, je tiens la clef de ses métamorphoses. Ce qui me revient d'elle aujourd'hui se souvient de son départ. Voyons, je ne suis plus jaloux de mes fantoches. J'éprouve, comme une clarté, la conscience de mes prolongements. C'est moi qui porte ce vertige, que j'imagine sous les espèces d'un couple auquel j'ai fini de m'opposer.

*

Comme ma pensée se développe, et je suis son déroulement, son ampleur. Elle se fait main, et se déplie, elle s'approche, elle se recourbe ; mon goût de toucher l'avance, et ce bras qui résume hâtivement à force d'éclat la douceur, tente la main de Gérard, un instant l'arrête. Puis les doigts ont saisi la succulence ; le fruit serré, j'imagine le refoulement du sang au-delà du contact. Un brusque mouvement de Blanche la dégage et le bras s'élève. Une mèche avait glissé qu'il fallait replacer au-dessus de l'oreille. Oreille transparente, et décidée : elle est faite d'un seul coup, et le lobe légèrement duveté se gonfle vers la joue ; on a renoncé à le percer parce que l'enfant criait trop fort, il n'y a qu'une fossette où mettre une canine.

*

L'amour est un bien abstrait qui nie tout ce qui n'est pas lui-même. Je ne me détacherai plus de mon amour. Ou ce n'est plus l'amour. Ce n'était pas lui.

L'amour est un grand soleil... la fureur me prend contre les métaphores. Qu'ai-je à faire de savoir ce qu'est l'amour ? Pourtant voilà bien où je suis humilié ; je ne crois plus personne que moi-même, et moi... l'ignorance affreuse du désespoir.

Ils parlent du bonheur, ils croient que le bonheur... l'amour, vous dis-je.

Levé de bonne heure et prêt aux mille tracasseries du jour, je vais enfin accomplir mécaniquement ma vie. Tout est éclipse dans cet univers, qu'on me donne des verres noirs, déjà pourtant cette obsession m'a enlevé la vue. À l'échelle de cette passion sans fond, que me font les connaissances de l'esprit ? Tout ce que je sais, je l'abaisse.

L'inconnu.

J'ai lu quelque part d'un homme qui avait fait de l'amour sa grande affaire, qu'il avait consacré ALORS sa vie à l'étude des religions. Je comprends ce que l'on veut dire par là : oui, je me bornerai peut-être à la patiente histoire du mystère. D'où est venu ce mot, *mystère*, et quel usage ont bien pu en faire les gens sur cette changeante apparence du monde, au milieu des illusions fuyardes, au bout de leurs vies dépeuplées ?

L'inconnu me tient. Je ne veux lui ménager la place, il est en moi, il est ailleurs. L'inconnu me fuit et me harcèle. Je ne peux faire de progrès à connaître l'inconnu. Ah ! tout est bien fini. Le désert est mon maître. Le vent des sables... balayé par l'éclair au milieu des voitures. J'aime.

Qui a parlé ? Silence, pantin. Tu te dépasses. Tu ne veux plus rien. Salut, épave. Nuit, nuit, nuit. L'aurore est bien loin, et la caravane. Ah ah ! les chameaux porteurs de boîtes à biscuits. Le mal aux pieds. Déchausse, déchausse ta douleur, pantin.

Tu es plein de cadavres. Tu es pourri.

*

J'ai essayé d'écrire à Blanche : « Il y a un grand mystère dans le monde, Blanche, et je l'éprouve un peu dès que je pense à vous. Hier, tout hier, avec sa grande pluie du dimanche et toutes les hésitations, les fantômes de mon cœur, vous viviez en moi d'une façon étrange : c'était le ciel, le ciel même, je ne vous nommais pas, vous ne vous seriez pas reconnue dans mes paroles, mais tout ce jour je ne parlais que de vous ; c'était vous encore cette inflexion légère, cet arrêt dans ma voix. Oui, vous étiez à mes propos ce qu'est le ciel, si vaste, à tout ce que je vois du monde. Avec un ami, cet après-midi-là, il paraît que j'ai eu un entretien.

De quoi aurions-nous pu nous entretenir, si ce n'est de l'amour ? Vous vous leviez dans chaque mot, vous étiez sur le sofa, ou adossée à la petite fenêtre, parfois je savais que vous étiez dans l'autre chambre, j'attendais votre retour, je n'entendais plus rien que les bruits lointains, le parquet qui craque, le frôlement des animaux contre un meuble... » Je ne suis qu'une lettre qu'on n'envoie pas.

Ainsi se défait ma vie. Ainsi je m'en vais à vau-l'eau de l'amour. Que la tourmente qui se lève, au moment où je lève les yeux vers le plus noir du ciel, enfin m'emporte. Que les dévastations déchirent le terrain des routes, que mon cœur... je puis donc prononcer le nom misérable de mon cœur ? Perdu à tout jamais sous la nuée, je rêve, et rien n'arrêtera ce songe vers la mort.

Entre 1923 et 1926.

Le mauvais plaisant

I

J'ai toujours détesté le « monde ». Enfant, les rares expéditions qu'on m'y fit faire m'avaient toujours procuré le même écœurement, le même malaise que je retrouvai après des années et des années les rares fois que je me laissai tenter, comme par un spectacle exotique, par ces réceptions, ces rassemblements hétéroclites d'hommes et de femmes, avec ou sans prétexte, qui sont le courant de la vie de chacun, qui donnent la mesure de la vie de chacun, et d'où je sortais sans manquer au comble de la fureur. Qu'est-ce qu'ils font ensemble, ces gens-là ? Pourquoi l'un se met-il à parler ? Comment se fait-il qu'ils ne parlent pas tous à la fois ? Et j'éprouvais avec honte l'absurdité de la situation géographique du siège que j'occupais dans un salon. On se demande au reste ce qu'est au juste salon, à quoi ça répond encore, et ce mot allume en moi un grand instinct incendiaire.

Les gens pendant quarante ans se répètent les mêmes mots. Ils n'ont ni pudeur ni sensibilité : moi presque chaque parole humaine me fait rougir. Quatre fois pour une la même phrase, et mille le reflet de la même idée. C'est ainsi qu'il se trouve encore périodiquement des gens pour me reprocher de fréquenter les cafés. Nom de Dieu, une certaine idée de la bohème ne quitte-t-elle donc plus ces moralistes à la manque ? Il y a prescription, Messieurs. Regardez-moi, est-ce que je ressemble à Verlaine ? Alors, de quoi vous plaignez-vous ? Mes cafés ne sont pas ceux des autres. La vie de chacun se consume, se consomme d'une façon qui est avant tout à autrui incompréhensible. Qu'on veuille bien me dire quel est l'endroit que trouvent décent pour moi les bonnes âmes qui me portent une attention mitigée de regrets ? Voudraient-ils me voir petit fonctionnaire ? Gratte-papier ? Maquereau ? Ministre ? Mondain ? La sottise de tout cela.

Je vais donc au café parce que cela me chante. Il passe plus de femmes dans les cafés que n'importe où, et j'ai besoin de ces allées et venues des femmes. J'ai besoin de l'éventail des robes dans le long chemin de mes yeux. Et d'une pleine communication avec les rues. Je suis l'homme des rues, je l'ai toujours été, et ce n'est pas près de finir.

J'ai vécu passablement solitaire avec de nombreux amis. La plupart de ceux que j'ai nommés ainsi, après avoir traîné avec moi par mes lieux d'habitude jusqu'à des six mois, un an, à la fin me lassaient ou se lassaient de moi. J'usais deux, trois compagnons de sortie par an. Avec les uns, avec les autres, je poursuivais une existence négligente, et avec tous assez semblable. De cette flânerie, quelques petites occupations littéraires n'arrivèrent jamais à me distraire. Elle constituait bien l'essentiel de mes jours. De mes jours et de mes nuits. Car, pour moi, les nuits étaient longues, je dormais peu, deux à quatre heures au plus. Ce qui modifiait bien ma vie. Il fallait peupler ces longues heures nocturnes. Voilà ce qui me fit l'habitué des rares endroits qui restaient ouverts aussi longtemps que mes yeux. Voilà ce qui me fit un pilier de dancings, au grand dégoût de mes contemporains.

L'homme qui vit très seul (je prétends que je vivais très seul, les contradicteurs sont des aveugles) a parfois un besoin insensé de la multitude humaine. Je passais ce désir violent grâce aux musiques absurdes et au public flottant des boîtes de nuit. Ces temples de l'instabilité où s'usait doucement ma vie m'étaient devenus nécessaires comme un stupéfiant. J'aimais à voir s'y faire et défaire de précaires destins. Au seuil de toutes les aventures. Là où joue le hasard. Là, et ailleurs. Parfois je me jetais dans une de ces intrigues qui se formaient devant moi. J'ai toujours eu plutôt le goût du romanesque que celui des romans. Montmartre me servait très bien sous ce rapport. C'est pourquoi pendant des années je n'ai guère quitté Montmartre.

II

Montmartre est une espèce de creuset de l'imagination où les pires conventions, la plus basse littérature se fondent avec la réalité des désirs, la simplicité des désirs, et ce qu'il y a de plus libre, d'inaliénable en moi, je veux dire en l'homme. Il ne sert à rien de décrire ce baroque entonnoir de lumières où, dès avant minuit, roulent les corps mal ficelés de vêtements de tant de nostalgies vulgaires et de quelques désespoirs. Regards fixes, snobismes et gueulements, votre tumulte et mon ennui. De la perlouse de lueurs de la rue Pigalle aux culs-de-sac noirs où s'affolent les couples misérables, par ces stations chamarrées d'un chemin de croix spécial, l'abrutissement de tout un peuple fait une traîne bruyante, comme la soie du tonnerre, à quelques vrais *traînards* dont je suis, dont j'étais, qui chaque nuit reviennent dans cette serre (je ne sais plus s'il s'agit d'un oiseau de proie, ou d'une végétation tropicale) exhiber ses croupes luisantes et la chute des faux diamants sur les véritables baisers. Ils se croisent, les habitués de ces passerelles nocturnes, ils se toisent en se croisant, avec la suspicion des sauvages dans le désert. Ils ne se parlent jamais. Ils se reconnaissent pourtant, se donnent pour eux-mêmes des surnoms, et ne s'expliquent pas ces présences perpétuelles là où ils entendent seuls, chacun, garder le bénéfice d'une mélancolie unique et menaçante.

J'ai connu cette défiance, la mienne et la leur. Nous cherchions du regard de qui l'autre pouvait diable être le maquereau ou le giton. Des années m'ont appris la vanité des hypothèses. Il est inutile de chercher à deviner l'emploi du temps de ces pantins qui ne seront jamais que les ombres blanches et noires des nuits de Montmartre. Inutile. Des mois et des mois vous les rencontrerez sans rien comprendre. Vous vous habituerez insensiblement à leur aspect physique et c'est bien tout. Là où le plaisir établit sa foire, où rien n'est plus secret du commerce des corps, ces clients réguliers pourtant gardent un plus complet mystère qu'il ne saurait y avoir pour leurs compagnons du plein jour. Hommes et femmes, qu'ont-ils à revenir ainsi chaque soir ? Ce n'est pas qu'ils boivent. Les drogues ? Rien ne permet de le croire. Qu'aiment-ils ? Ah, voilà où le mystère de Montmartre prend corps.

Il y a une grosse et grande femme qui fait toutes les nuits son apparition vers les une heure et demie, deux heures à ce carrefour de la rue Fontaine et de la rue Pigalle qui est l'un des principaux nœuds des intrigues et des énigmes de la flânerie ombreuse. Là, survit à l'heure des cafés, une brasserie orangée qu'une décoration agrémentée de costumes 1850 a fait nommer par un jeu de mots avec le nom du premier patron sans doute la *Brasserie Gavarnie*.

Là, je rencontrais souvent, entre les soirées tôt finies et les nuits au début tardif, Antonin Artaud qui m'attendait près d'une tasse de café, un peu après minuit, et qui m'accompagnait, avant de se coucher, aux portes d'une de ces boîtes où il me laissait avec une horreur que je comprends parfois. À ce même coin, il y a un bistro avec zinc où se mêlent les populations flottantes des chauffeurs, des filles, des lopes et des chasseurs, les nègres des jazz, les ivrognes qui n'ont pas le courage d'aller plus loin. Et un hôtel meublé. Le domestique au gilet rayé noir et rouge sur la porte. Le passage horaire de l'autobus de nuit à la rouge lanterne. L'encombrement à trompes des voitures dans les directions sécantes de la place Blanche où tournent encore la roue du Moulin Rouge et la jambe nue du *Tip-Top*, et de la place Pigalle où, dans l'éblouissement du virage des Rolls, des garçons hâves jetés à la prostitution comme des chiffes attendent au *Tabac* et sur les trottoirs l'aubaine aussi maigre qu'eux-mêmes qui, vers le matin, leur donnera un lit au moins pour y dormir.

J'étais à ce carrefour d'où l'on aperçoit le commissariat de police de la rue La Bruyère qui veille sur cet inquiétant va-et-vient de promeneurs, même pas munis du prétexte honorable et bourgeois qui les fait errer le jour dans les rues vides au voisinage des boulevards. À ce point précis où se coupent deux stations de taxis perpendiculaires, ce qui est unique à Paris, une grande et grosse femme vers deux heures fait son apparition. En robe de soirée avec une cape de soie noire, ou l'un de ces manteaux, orange ou rose, au col ruché qu'on a beauçoup vu depuis la fin de la guerre. Décolletée. Écrasante opulence des seins. Et ce visage majestueux. Le beau grand nez. Proportions du front et des narines. Cette immense figure mythologique chantonne des blues. Elle est peut-être plus jeune qu'on ne croit. Française ou américaine, qui peut le dire ? Terriblement vulgaire, et puissante au sens méridional du mot. Elle surgit et commence à errer. Commence à errer de dancing en dancing, s'accoude aux bars, boit, elle est souvent saoule, mais alors par sa vulgarité, grande dame, Junon moderne assez familière avec les ouvreurs de portières, les marchands de roses, les grooms. Elle passe du *Shanley*, le *Palermo* d'aujourd'hui, au *Zelli's*, à la *Perle*. Est-ce une gousse ? Il nous faudra attendre très tard, quand elle sortira du *Grand-Duc* ou du *Capitole*, pour la voir revenir très lasse, traînant sa cape dans l'aube, les yeux noyés, et parfois avec de grands rires. Seule ? Seule souvent. Ou souvent avec un chauffeur de taxi, qui la rosse, à qui elle répond.

Je la revois, une nuit, au *Killey's*. Une boîte qui a disparu, dans le sol du *Gaity*, le petit music-hall de la rue Fontaine. Une vaste salle toujours vide avec un très bon orchestre et l'endroit où l'on dansait avait l'air d'une piste. Les chevaux rompus venaient boire à côté au petit bar où Mme Killey jouait aux dés avec les consommateurs. Et Killey, un homme très las, qui avait tant de fois fait faillite, caressait son grand chien policier. C'était un soir où Michel Leiris, Roland Tual, Jacques Baron et moi, et une petite grue viennoise qui n'avait pas fait ses affaires chez Lango et qui souriait à Baron avec ses dents noires et brisées, nous constituions l'essentiel du public. Au bout du bar il y avait la statue endiamantée dont je parle. Droite. Ivre. Attendant que l'un de nous tombât d'ivresse à son tour pour l'emporter Dieu sait où. À l'hôtel.

C'est tout. Ce n'est pas une anecdote : il n'est rien arrivé. Elle a offert à boire à Baron qui était le plus jeune. Et puis c'est tout. Mais c'est ainsi que je la revois, grande figuration d'un instinct au bout d'une barre de cuivre devant un long retable d'acajou. Son manteau recouvre le tabouret où elle appuie de son gros pied gonflé un soulier d'argent. Ses mains agrippent le gobelet où dort le whisky d'or, ses beaux bras nus attendent que, de la ville de musique et d'alcool où s'est concentrée toute la vie d'un monde, se détache enfin comme un fruit mûr un homme ou un enfant pour leur entrelacs patient. Puis, ce sera encore et la rue, et l'ombre, et la provocation aux ivrognes, les cochers, les maquereaux disponibles, la nuit.

C'est un penchant vulgaire, et comment y résister ? que de vouloir toujours dissiper le mystère. Je comprenais bien que cette femme vivait d'une vie surnaturelle. Confusément je voyais en elle une de ces démones qui se dérobent à l'attention moderne, mais président encore aux jeux ténébreux du plaisir. Souvent je l'épiais, elle me regardait avec une indifférence méprisante, la tête rejetée en arrière, balançant son pied, le regard glissant sous ses lourdes paupières ramenées sur les yeux par le geste favori des myopes. Par ses entours, j'aurais voulu, insensé, lui donner un état civil. Allons donc. Elle sortait avec des contradictions. Un jour, elle trimballait dans Montmartre un couple sordide, comme des domestiques. Et elle tous bijoux dehors. Une autre fois, c'était une Américaine assez dans son goût. Enfin vous vous croyiez fixé. Vous remarquiez la similitude des provocations aux clients des bars. Et riiez un peu si elles se mettaient relevant leurs robes à se faire vis-à-vis pour le Charleston. D'ailleurs, c'est satisfaisant pour un Français de penser que les Américaines sur le retour apportent leurs diamants aux petits mecs qu'elles hébergent, vous prendrez bien un verre? Oui, seulement, la fois suivante, elle jurait en français, rigolait, se bousculait avec des mégères vraiment autochtones, des patronnes de bordel peut-être, deux ou trois en bordée. Et quand, de la main, elle releva une mèche de ses cheveux courts, comment auriez-vous pu douter, l'autre main secouant la cendre d'une cigarette, qu'elle fût parisienne, et parisienne des faubourgs, peuple peuple jusqu'aux narines, écumantes un peu, et mal poudrées. Puis les habitués, les grues, les musiciens d'une boîte, qu'on retrouve avec elle dans une autre. Est-elle riche ? Je l'ai entendue se disputant avec les barmen pour un verre qu'elle n'avait pas payé. Ou demandant du crédit. Qu'on lui refusait parfois. Et puis, d'autres jours, de son petit sac en perles, qu'est-ce qu'il ne sortait pas comme billets ! Peut-être Cruykshank, le pianiste couleur cendre que sa femme a assassiné une nuit de 1926, aurait-il pu nous renseigner sur elle ? Ils se parlaient souvent. Malgré le grand dédain que le Noir portait aux gens, avec sa lèvre aristocratique et son nez fin comme un couteau. Mais que nous aurait-il appris ? Sans la connaître, je reconnaissais en elle, j'y reconnais quand j'y pense, une grande force métaphysique matérialisée. Elle est le premier fantôme que nous rencontrions dans Montmartre, le plus identifiable fantôme, et en cette qualité elle porte assurément un sens général qu'expriment ses traits qui ne sont pas à la taille humaine... Et de même elle appartient assurément à une histoire particulière. Et cette histoire et ce sens nous échappent, nous échapperont toujours. Inexplicables fantômes, voilà ce qui fait votre pouvoir et notre inquiétude dans les châteaux hantés de ce temps où vous promenez vos chaînes brisées et vos voiles blancs.

Grande femme, garde donc ton secret. Je te dédie Montmartre et son clinquant de lumières. Passe chaque nuit à l'horizon de mes veilles : j'accepte ta venue comme un signe qui m'est adressé par les puissances obscures, un signe cabalistique dont l'intelligence m'est refusée. Remontant la rue Fontaine du carrefour où tu viens d'apparaître, je me fournis en cigarettes au *Tabac* du trottoir de gauche, où le gaz pâle éclaire les marges de la nuit, le chasseur d'un établissement voisin, et les somnolentes formes de deux ou trois consommateurs, puis, sans m'arrêter à la pâtisserie qui seule de Paris reste ouverte jusqu'à l'aube, et plus tard vous verrez quelle nostalgie se lève au matin de ses babas au rhum, sans écouter le serviteur persan qui veut m'entraîner par l'escalier étroit, qu'on aperçoit dans un faux jour mauve, dans le dancing qui porte ton nom, Omar Khayam, je pénètre de préférence chez Joe Zelli, précisément parce que c'est dans le tumulte un lieu hanté entre tous, où tout ce que l'univers moderne compte de spectral vient défiler avec sa joie et sa tristesse dans les nuits dansantes de Paris.

III

Je crois que j'ai eu besoin des femmes comme pas un. D'autres les ont sans doute aimées davantage. J'en ai eu besoin. Et non pas d'une. De toutes les femmes. De la foule des femmes. Du tableau indéfiniment mobile de leurs possibilités. Celle-ci, celle-là, j'étais la proie du changement, cela m'a repris souvent dans ma vie, entre deux amours, ou pendant un amour que n'insultaient pas ces voyages physiques, ces orages d'un soir, ces chutes dans la nuit. Comme j'étais différent avec elles, et avec... Anonyme amant des putains, je me suis plu à cet effacement de ce qu'on croyait moi-même, dans leurs bras faits à d'autres et leurs yeux déjà vides. Je crois que j'ai eu besoin de *ces* femmes comme pas un.

Je parlerais sans fin du goût que j'ai eu d'elles, si je m'écoutais. Ne sachant plus alors vraiment si je parle de moi ou d'elles. Tout mêlé à ces souvenirs qui ont un seul visage aussi changeant que les couleurs des joues au moment de l'amour. Je parlerais sans fin de leurs corps ; de leurs jambes, la diversité sans nom des bouches, le comportement dans le plaisir, l'indifférence et l'allant, ce qui les distingue, ce qui leur donne souvent un air de famille, leurs gouailleries, le sérieux et la tristesse, leurs mains, leurs robes, leurs histoires, leurs terribles vulgarités. Pendant qu'elles racontent leurs journées, leur enfance et montrent des photographies, est-ce toujours elles que je vois ? Mes yeux se perdent. Je regarde leur ombre qui est un lit ou une guillotine.

Comme vous m'êtes familières, filles à tout le monde, et par là vraiment miennes. Je vous contemple au matin, est-ce bien le matin, ou l'après-midi gris ? dormant encore dans le coude replié, et tout votre habillement sur la chaise, livré à mes supputations méchantes. Ou bien, levées les premières, vous allez et venez dans la chambre d'hôtel que vous quitterez les premières. Vos bas... d'ailleurs c'est là que vous mettez l'argent. L'argent qui est dans vos doigts seulement devient noble. Tiens, prends dans ma poche, toi-même que tout l'argent du monde enfin retombe dans vos doigts. Là, il se reforme en lingot pur sous vos caresses. L'argent est fait pour les putains. Dignes, honorables, belles, vertueuses, honnêtes putains, reprenez-le, l'argent, qui vous vient par les hommes, restituez-le à la grande vie métaphysique d'où les hommes l'ont fait sortir. J'aime à parler d'argent avec vous. J'aime entendre l'argent de vos propos. Quand l'écrevisse de vos baisers se rompt, quand vos yeux s'ouvrent comme la terre, l'argent dans sa nudité divine s'assied sans façon sur le bord du lit, et vous causez. *Montrez-moi vos souliers qu'on écrase en dansant.* Elles se plaignent des hommes. Ils croient que c'est pour leurs beaux yeux. Ils trouveraient ça tout naturel. Des brutes. À danser des nuits et des nuits. Puis, dans la chambre, il y en a, qu'est-ce qu'il leur faut ! Jusqu'à des midi, trois heures. Furieux quand tu veux partir. Qu'est-ce qu'ils cherchent donc, le plus souvent pas tant que ça le plaisir, mais dormant, et voulant que tu restes là, à les regarder. Ah oui, des brutes, et que je les comprends, tandis que vos doléances tombent comme des noix dans ma fatigue. Je pense à ce qui s'use de passion dans vos bras. Dans le grand signe blanc de vos bras. Belles abstractions. Images de nos nuits. Sorcières des corps, ah filles filles, qu'avec raison jadis on vous brûlait, magiciennes. Maintenant que je brûle en vos bras. Vous n'êtes pas seulement des femmes, vous êtes vraiment ces chimères qui s'évanouissent dans le jour, ces apparitions brûlantes des ténèbres dont la mémoire n'est pas tellement perdue qu'étudiant vos mœurs, observant vos démarches, je ne vous reconnaisse, ondines, et dans quel lac entraînez-vous maintenant ceux qui ne veulent pas sortir de vos caresses quand vient l'aurore et le bruit monotone des rues ? Il y a un grand charme à l'intimité des filles, une torpeur. J'ai traîné des journées à leur suite, dans leurs chambres, au sortir de ces nuits commencées au matin. *Ah, ceux qui rougissaient de mes façons nocturnes. — Qu'auraient-ils dit souvent de mes jours paresseux ?* Vous perdez votre temps. Eh bien, que je le perde. Mais dans cette atmosphère où se meuvent les corps dévoués au plaisir. Mais dans ce grand parfum des femmes. Dans cette haleine implacable du perpétuel amour.

Le chasseur du *Zellis's* a ordre de laisser entrer environ cent cinquante femmes non accompagnées, que le patron lui a désignées lui-même. Dans sa tunique bleue, à quoi pense-t-il, surveillant les entrées ? Je songe aux facettes de ses yeux où sont peints les portraits des danseuses admises. Je porte la main à mon chapeau, passant devant ce scarabée qui tamise les femmes. Il me répond militairement, tandis que le même marchand m'offre pour la millième fois des roses, et que, dans l'ombre, prend patience la longue file des chauffeurs de taxis.

IV

Il y a dans Paris tant de races de filles qu'il faudrait une étude attentive pour les délimiter, et un observateur qui payât de sa personne. Cependant, elles ne sont pas si mêlées que la géographie urbaine ne permette de rendre compte de leur diversité. La division en quartiers est bien grossière, pourtant quelques quartiers sont des capitales du putanisme et chacun d'entre eux présente à peu près purement un type de filles qui va se dégradant autour du lieu central où se fait la prostitution pour se teinter progressivement des caractères ethniques circonvoisins. C'est ainsi qu'il semble que les filles du quartier de l'Europe se tiennent par le physique comme par les mœurs à mi-chemin des Montmartroises et des grues des Ternes, et l'irisation de cette écharpe de prostituées est douce à suivre au flâneur qui en sait apprécier les passages. Indigo de la rue Bréda et ses coulées vers le quartier Saint-Georges. Le Montmartre des dancings a ses limites fixées. Il ne touche pas à la Butte, il ne dépasse guère Pigalle, il atteint Clichy, il descend par deux voies sur la Trinité et sur le quartier de Lorette. Mais dans cet éventail s'inscrit une petite main où se confinent les hôtels et les logements des filles. Cependant quelques-unes n'habitent pas cette paume de l'amour. Elles ont dans quelque coin de la ville une demeure, et peut-être un téléphone. Ce sont les fortunées, la haute classe des danseuses, j'en ai connu jusqu'au Trocadéro.

Il est rare que dans le jour on les rencontre, ou sans doute est-ce vers le soir. Sur le boulevard de Clichy, ou un peu plus loin vers Barbès. Elles se dépaysent peu. Il a fallu les marins américains pour apprendre à des habituées du *Palermo* ou du *Pigall's* le chemin de Montparnasse. Encore ne s'y risquent-elles pas souvent. Un œil expert peut classer dans la rue les putains suivant leur quartier d'habitude. Qui prendrait une fille de Grenelle pour une fille du Sébasto ? Nulle part, elles ne sont plus reconnaissables qu'à Montmartre.

Du trottoir aux boîtes de nuit la différence est pourtant grande, elle est moindre à Montmartre qu'ailleurs. C'est qu'il y a là une sorte de pénétration des maisons par la rue, et qu'inversement les rues restent un peu le vestibule des maisons. Et il y a tant de lumières dans les rues que souvent on se croirait au théâtre. Aussi ne faut-il pas s'étonner si l'on retrouve le même personnel dans l'encombrement des tables et du champagne et dans le va-et-vient électrique des rues. Ce sont les filles qu'une incartade a fait mettre à la porte, celles qui n'ont pas eu de chance à l'intérieur, ou les passantes qui se rendent simplement à leur dancing, et que quelque chose en vous retient. Une idée. Ce sont aussi les plus vieilles qui craignent la crudité des lumières. Seules, ou par deux. Demandant une cigarette. Et lasses regardant le paradis éclairé des hôtels. Ceux qui portent une plaque et un nom d'hôtel. Ceux qui portent en tout le mot *Chambres*, plus chers. Ceux qui ne portent rien qu'un air édénique et parfumé. La quête féminine a son maximum dans le morceau de la rue Pigalle qui va de la place jusqu'au croisement de la rue Fontaine. Elle commence ainsi sous l'égide du Paris d'avant-guerre, pour traverser un îlot russe, et finir devant l'oriental *Harem*, en plein quartier nègre. À l'heure du plein-battant des dancings la prostitution de la rue ne comporte pas (y compris le segment du boulevard extérieur qui limite comme je le disais le Montmartre nocturne) plus de cent femmes environ. À le voir, on dirait que c'est à bon marché que se taille la légende de la nouvelle Babylone. Mais poussez la porte de ces lieux enchantés d'où s'élèvent les rumeurs de la musique et du plaisir, et c'est alors que vous verrez grouiller le peuple à demi nu des filles, le peuple ardent des corps vendus aux baisers de la nuit, de chaque nuit, d'où qu'elle vienne. Forêt aux arbres mouvants et variables, forêt féminine, aux sentiers sans nombre et sans noms, mer des bras et marée immense des poitrines, et vous sources aux mille couleurs, regards : j'ai passé dans votre onde, à votre ombre, ma vie, j'ai passé ma jeunesse au milieu de vos pas. Je vous ai parlé, je vous ai suivies, je vous ai touchées, je vous ai laissées. Vous m'avez repris. Vous m'avez souri. Encore une fois. Et puis c'était dans l'ombre un grand conciliabule magique. Et puis je vous croyais, je ne vous croyais pas. J'attendais un miracle à tout moment. Je me sens infiniment votre complice. Que pensiez-vous de moi ? Cela, je ne l'aurai pas su. Moi je puis dire à l'une : « Toi, c'était ton épaule. » À l'autre, l'énervement incroyable de ses mains. Une autre, une autre encore. J'ai aimé plus que tout leur application dans les caresses. J'ai aimé à la folie leurs existences dérivées. J'ai aimé cet encens consumé pour le plaisir à cause de son parfum entêtant et banal qui était celui du temps irrémédiable qui passe. Chevelures sortant des mains habiles du coiffeur, ongles à peine teintés par la manucure, et vous pieds, bien taillés d'avance pour l'amour. J'ai aimé le fard outrageant, les merveilleux maquillages. J'ai aimé les putains parce qu'elles étaient putains avant d'être des femmes. J'ai adoré les pires d'entre elles, celles qui font frémir dans les livres, et qui font frissonner de plaisir dans les lits.

V

Pour comprendre le spectacle que tant de nuits m'a offert le *Zelli's*, le coup d'œil qui fait apercevoir après le corridor orné de glaces, l'entrée avec les toilettes hommes et femmes sur la droite, le vestiaire à gauche et en retrait le bar, au fond la salle mauresque, sorte de patio que le balcon du premier étage réduit encerclant sous ses arches les tables chargées de femmes et d'écume, au-delà des danseurs l'orchestre dans son haut nid de miroirs polygonal où se brise le coup d'œil par quoi débute cette phrase, ce coup d'œil ne suffit pas. Tout ici se présente dans un ordre factice, façade à ce point correcte que vous n'imagineriez guère ce que signifie cette colonne si vous n'aviez déjà le cœur si perverti. Tout est sourire, danse, et ni l'amour ni l'irrésistible perversité ne montrent ici leurs traits, à la lueur du champagne. Ils seraient tout aussitôt reconduits poliment à la porte. Ce sont les manières de Paris.

Pourtant Paris est une ville sanglante. Mais j'ai souvenir d'un roman de Dickens où un homme qui songe à tuer entend raconter un crime qui lui semble merveilleux : le coup a été porté à ce point du cœur où une piqûre suffit à la mort, à peine une goutte de sang s'est perdue dans la chemise ou peut-être la flanelle, le cadavre est resté debout contre une porte, dans la rue. Paris est comme nulle autre la ville où les cadavres restent debout. On y voit peu d'ivrognes, les cocaïnomanes savent se tenir, il y a des maisons tranquilles pour chaque plaisir de l'homme, et jusqu'au meurtre tout y recherche l'ombre. Dans les lieux publics les acteurs de mille drames sont en représentation. À peine si, dans ce palais d'Orient américain où je pénètre, un sursaut de révolte se trahit parfois chez un homme violent, aussitôt une sorte de remous l'arrache à sa fureur et le jette à la rue, les couples ne se sont pas arrêtés au milieu de leur danse, on voit déjà revenir, rajustant leurs smokings, Joe Zelli et son second, un peu moins gras qui l'imite ; à eux deux ils suffisent à maintenir ce calme joyeux, qu'à la rigueur rétablissent aussi les garçons. Attention, un plat de spaghettis sort des cuisines. Les curieux se rangent. Zelli se frotte les mains, court à des visiteurs : « *A Royal Box* pour le Prince et la Princesse de Venise ». Bouffonne, mon garçon, bouffonne.

Pourtant Paris est une ville sanglante. Où commencent les drames dont voici les éléments épars ? Boulevard Sébastopol, il ne dormait pas sur son banc, cet homme auprès duquel la foule avait longtemps passé sans prendre garde. Aux Halles, j'ai vu deux femmes pour sonner déranger un ivrogne qui barrait la porte, il roula comme une masse avec son couteau et le sang noir. Sous le pont ferroviaire, rue d'Alésia, sept employés des chemins de fer de l'Ouest une fois sont tombés sous la hachette d'un seul homme dont ils avaient plaisanté la femme. Ils étaient ivres. Je les ai vus au réveil, ahuris, n'ayant rien compris, le visage sauvagement tailladé, l'un d'eux avait tous les muscles du cou tranchés, habilement de la gaine de la carotide droite à la gaine de la carotide gauche, on voyait sortir les nerfs des trous vertébraux et lui, tenait sa tête avec ses mains, saint Denis cheminot. Rue Aubry-le-Boucher dans le petit bar bleu à peine entrais-je un jour que les siphons, les tables et les surins volaient. Nul ne savait ce qui s'était passé. Sept morts. Les agents entraînaient les blessés écumants, deux ou trois femmes qui hurlaient. Quand j'étais à Lariboisière, pas de semaine qu'on ne ramassât au pied même du mur de l'hôpital, à ce coin sombre du boulevard Barbès et de la rue je ne sais quoi, un homme poignardé, une fille en morceaux, comme si cette place était municipalement affectée à ce genre particulier de dépôt. Il y a dans l'esprit du meurtre quelque chose qui est aussi de l'ordre. Il semble que ce soit là l'humour de l'assassin, il tue comme on range. Place Blanche, en 1924, j'ai assisté à une Saint-Barthélemy des marins américains, dont l'un avait assommé un nègre à coups de table de café. La Renault rouge découverte où s'étaient entassés les fuyards, arrêtée par la foule, le geste de merci des grands diables blancs épouvantés, les cannes levées, et un homme qui fonce et disparaît puis un cri : au fond de l'auto qui part alors lentement, quelqu'un qui ne retournera plus jamais dans le Minnesota. Une heure plus tard d'autres marins arrivaient gaiement à Montmartre. Le meurtre passe assez inaperçu. Une convulsion de l'intérêt l'emporte, l'attention générale alors tourne la page. On range, on range. Il faut que les rues servent aux voitures et à la prostitution. Il y a plus de badauds pour les camelots que pour les drames. Dans la rue Blanche, tout en haut, dans la maison de la modiste, j'ai entendu une femme qui hurlait, elle arrivait à la porte, la secouait, criait à travers le vantail. Le concierge ne voulait pas lui ouvrir. Quelques gens s'étaient arrêtés, puis se lassèrent. On entraînait la femme, là-dedans. Elle criait de moins en moins fort.

C'est seulement devant la mort que les victimes perdent tout à coup la mesure et la décence humaine, et clament, et agitent les bras, et saignent, leurs cheveux se défont. Jusque-là, rien ne les distinguait des passants. Rien ne disait leur destin tragique. Il y avait même de la joie sur leurs visages. Mais Paris est une ville sanglante. Au moment où l'idée de la mort violente est plus lointaine que jamais, dans ce *Zelli's* plein de musique et de lumières, pour comprendre un seul mot de ce que ne trahiront jamais ces professionnelles apparences du bonheur, revoyez à tout instant dans la nuit de votre imagination le cadavre debout qui n'a qu'un confetti pourpre sur le cœur.

VI

Si on appelle ainsi Carmen, c'est qu'elle est brune, assez petite, coiffée à l'espagnole, c'est-à-dire en bandeaux collés avec un accroche-cœur plaqué en point d'interrogation au milieu du front, et souvent un châle. Elle a les dents un peu trop écartées, elle tend le cou comme si on allait la battre, elle est pourtant robuste. Elle vous fait tâter ses biceps. Elle s'est engagée dans les épreuves féminines des jeux Olympiques, voilà la grande illusion de son existence. Elle pensait sortir par le sport d'une vie qui ne l'amuse guère parce qu'elle n'a pas beaucoup de succès et que c'est fatigant. Elle avait lu des prospectus, elle avait connu un type de Joinville. Et si elle s'est entraînée ! Le tennis, mon petit, la course à pied, le saut en hauteur. Elle, c'était surtout la course. Et aller tous les matins, quelquefois sans avoir dormi, sortie du *Zelli's* pour prendre un morceau n'importe où et gagner le Bois, faire l'exercice en vue des épreuves, en plein hiver, tu te rends compte. Championne, c'était une autre vie qui commençait. Des histoires. J'ai raté de rien. C'est Yvonne, eh bien tu la connais, Yvonne ? Une grande blonde, qui a gagné. La vie, quoi. Elle fait toujours le métier comme avant, c'était bien la peine. Ce qu'elle cherchait, elle, Carmen, c'était pour sa fille. Cinq ans. Elle ressemble à sa mère ? La photo replonge entre les seins. J'ai bien soif. Tu permets. Avec une autre paille. Un garçon de banque, le père de la petite. Je l'aimais pas tant que ça, le tennis. Ce n'est pas que je sois malade, mais ça ne se fait pas. Tu le connais, John ? Il chante des fois ici. Si tu étais gentil, tu sais ce que tu me payerais ? Si j'avais été Yvonne, moi. Une cerise. Non, j'ai jamais rien eu, c'est même étonnant. Ça ne te coûtera pas cher, et puis ça me fait bien voir, tu comprends. Non, la petite, c'est pas John, un garçon de banque, je te dis. Non, mais donne-moi une cigarette. Une cerise, c'est pour Monsieur. N'est-ce pas ? C'est mon amant voilà des mois. Le malheur, c'est qu'il cause pas le français. Ah ! tu vois celle-là ? C'est sa robe de l'année dernière, elle y a mis une tunique. J'aime bien ça, le cerise. Si seulement je pouvais l'écrire, l'anglais. Je le parle un peu. Ce n'est pas une bonne camarade, Yvonne. L'autre soir, imagine-toi. Mais au fait tu pourrais m'écrire, toi, si je te disais ce que je veux dire. Oui, elle lève un type qui était avec Germaine, non, pas la tienne, Mémène, une qui a la bouche comme ça. On fera ça tout à l'heure. Tu crois que c'est bon le matin, le café au lait ? Je parle pour la gosse. Tu la verras. Ah ce que je me suis trouvée bête quand j'ai vu que j'étais enceinte. Et maintenant je l'aime bien. Tu l'as vu, John ? Il joue à ne pas parler. Pourtant on s'est réconcilié. Il m'a fait dire par un ami. Et encore qu'elle vient lui danser devant le nez, à Germaine, cette salope. Pardon, ça m'a échappé. Tu permets ? Un mot à dire à un vieil ami. Elle me quitte pour un terrible vieillard américain couleur noisette sous ses cheveux blancs. Il y en a une trentaine comme ça ici. Aux murs, les portraits-charges de cet horrible petit Italien Zito, qui fait des courbettes d'une table à l'autre, en ont fixé plusieurs. On peut les retrouver. Y compris celui qui a un portrait plus grand que les autres, une sorte de clergyman négligé, visage brique fade sous la neige, les poches du pardessus béantes, un lorgnon avec un grand fil noir rond, un parapluie à la barre du bar.

J'aime les cendriers-réclames prometteurs de whiskies et de tabacs improbables. J'en ai tant volé.

Le bar du *Zelli's* est à main gauche de l'entrée, un long placard où l'on a peine à circuler qui est parallèle au couloir de la rue. Avec cinq ou six tabourets qui juchent des femmes, des buveurs tout le long, et quelques bavards contre le mur. Le mur, il y avait des peintures maladroites avec un champ de courses sur lequel descendaient des femmes relevant leurs jupes en parachute. On leur avait dessiné au crayon le sexe. Cela a disparu avec l'année 25. Deux barmen. Et Mme Zelli, grosse blonde aux lèvres minces à la caisse. Les doigts couverts de bagues. Des diamants, faut voir. On dit que c'est à elle, la maison. Le chiffre des affaires circule tout bas. On parle de cent mille un samedi soir. On est peut-être en dessous de la vérité. La musique alterne un ou deux fox-trot, un tango, un air français, java ou air militaire, et il y a deux orchestres qui se remplacent l'un pour le français et l'espagnol, l'autre pour l'anglais et l'américain. Langage des cuivres. Puis tout se suspend pour un numéro, et les couples enfin se reforment.

L'avantage du bar, c'est que les consommations sont à six, huit, dix francs. On ne s'assied pas, mais on peut regarder, circuler, danser. On monte au premier et on s'accoude. On voit alors un spectacle de cinéma. Comment peut bien vivre Carmen? Elle se fait payer à boire, mais c'est tout. Je ne l'ai jamais vue emmener un client. Ou alors c'était une telle fête. Elle n'est pas exactement laide. Mais vous savez ce que c'est qu'une bonne, je ne dis pas une femme de chambre, une bonne. C'est incroyable ce que son second imite Zelli. Cette espèce de rite, avant les numéros, on roule le tambour, et Zelli ou son ombre commande le feu avec un grand tourniquet du bras, et l'arrête brusquement de l'index tendu, une jambe fléchie, et se retourne béat. « Ce soir par grâce espéciale » et son anglais est du même tonneau. Marthe est en beauté ce soir. Le beige lui va bien. Germaine, complice, me fait un signe en s'enfonçant dans le bar avec un jeune Américain rouge qui déjà perd pied dans l'alcool et l'amour. Toujours le même couple de danseurs espagnols petits et bruns, à larges bouches fendues par l'amabilité stéréotypée, en habit, tous deux, mais blanc. La femme, ses cheveux bouffants sous le gibus. L'imbécillité des gants et de la canne. Et le manège commence. Tout ce que les États envoient chaque année à la France, ici se congestionne. Ô campagnes du Middle West ! Le jeune homme qui quitte vos villages et vos cités, sûr ici de parler son nasonnement natal, y apporte sa candeur et ses appétits. On peut reconnaître sur ces visages de quel paquebot plus ou moins lointain ces grands garçons sont descendus. À leur aisance, comme l'âge des arbres aux stratifications du bois. Est-ce cette Yvonne-là que disait Carmen ? Il y en a trois ou quatre ici. Une d'elles est enceinte. On ne sait pas de qui. Je veux dire qu'elle ne sait pas.

J'esquive la petite Jeanne qui ne parle que de ses hôpitaux. La grande Jeanne est une Belge molle et perdue, avec de très beaux bras. Elle n'est pas sérieuse. Elle a un amant. Elle manque des soirs. Les gens les plus élégants sont ici quelques Italiens, amis de Zito, tirés à quatre épingles, avec de belles cravates claires dans des vêtements sombres. Ils dînent à côté, chez Arsène. Plus tard, ils sont ici. Parfois au *Palermo*. Qu'est-ce qu'ils font de leur métier? On n'en voit que deux ou trois ensemble. Ils sont peut-être dix. Il y en a un qui a de ces affreux sourcils noirs que je déteste tant, et un autre qui n'a pas de menton, comme Chirico. Des amis souvent ici me rejoignent. Ils arrivent. Regardent. Et s'ils ne me voient pas me demandent aux femmes du vestiaire. Ils me rejoignent. Nous errons du bar aux colonnes qui soutiennent le balcon à l'entrée de la salle. Au-dessus de nous se trouve l'appareil à projection. Ou nous buvons. Ou nous parlons aux femmes. C'est à peine si ceux qui viennent ici avec moi m'y parlent. On n'en a guère la possibilité avec tout ce vacarme, du jazz aux grands rires américains. À moins qu'on y tienne. C'est rare, ça m'étonnerait de notre part.

Il y a place ici pour un mot par-ci, un mot par-là.

Tout d'un coup c'est un team de football qui entre, capitaine en tête, avec le costume du jeu. Ils ont encore battu les Français à Colombes. On joue des airs nationaux, la Marseillaise, non pas, mais le *Yankee Doodle* et la Madelon, peut-être *Swanee River*. Et voici le team mélancolique.

Il y a parfois des femmes tellement belles que leur entrée est comme un grand coup de couteau dans le fond de la salle. Quand leur manteau glisse de leurs épaules nues, sur les perles, et la peau éblouissante luit, alors les filles se taisent, regardent les hommes engoncés dans leur col au-dessus du plastron blanc bombé, un bouton peut-être a sauté, et évaluent les hommes. Mais les hommes, les autres hommes je veux dire, se détournent de leurs compagnes et regardent lentement s'asseoir ces splendeurs. Tandis que Zelli s'empresse. Tandis que l'orchestre change, et le pianiste en vacance va boire. Tandis que je change de côté pour mieux voir.

VII

Puissance du regard, même abstrait il pose, il pèse sur moi. Cet extraordinaire chemin ordinaire de la langueur a toujours défié les pinces précises, les compas des physiologistes et des cartographes. Et tant de regards ne sont que coups d'épée dans l'eau que lorsqu'enfin l'un d'eux perce l'air, et ce cœur, alors une NOUVEAUTÉ sans nom se fait jour par cette déchirure et c'est une vie qui commence dans un corps qui semblait avoir oublié jusqu'à l'existence de la vie.

J'ai vécu de désert en désert, ayant dans ma

mémoire le récit de voyageurs rencontrés qui avaient traversé les pays légendaires des villes. Là, paraît-il, on n'est pas seul. Je n'ai jamais vu de villes, ce doit être bien étrange. Par vous, regards, je me fais des villes une idée, une idée enivrante, et semblable à celle que se fit des femmes dans Lyon mythologique un poète nommé Scève, comme l'image agrandie de celui-là qui se brûla jadis une main sur les diamants noirs de l'héroïsme, semblable à l'idée qu'il tenait dans sa main déliée, des femmes qu'il tenait à peine en son délire qu'elles se déliaient déliaient déliaient. *Ô Souffrir non souffrir* comme signait ta main, dédie à Délie le dédit de ta lyre : souffre enfin qu'on t'écoute et ramène-moi par les chemins sacrés de l'amour vers le regard qui donne à l'est sur les trébuchements et leurs collines.

Il faut pour parler du regard une langue de soupirs, et l'abandonner. Je suis hanté par les regards, les quelques regards qui m'atteignirent. Ils ne reviennent pas seuls, ces fantômes de la fascination. Autour de leurs tiges d'acier, comme le moyeu d'une roue illusoire, et elle tourne, s'organise le décor des lieux évanouis où ce ventilateur, je veux dire le regard, chaque fois qu'on ne sait ce que je dis c'est du regard que je parle, où cette ventouse, où ce diabolo, ce nid des guêpes, ce niveau d'ombre, ce passage à niveau, ce steam-swing, ce démon, ce demi-deuil, cet astre, où le regard, le ciel renversé, le champagne, la poudre, le baiser, je veux dire où le regard, je ne le dis plus, je veux le dire, où, par le diable je le dirai, déjà s'efface au fond de ma gorge le signe vocal de ce pointillé qui renoue au plaisir le sommeil hypnotique, le saisissement, les ciseaux du sang, le musc oculaire, où le regard une fois, pour toutes, s'égara. Palais de ma pensée, églises de mon trouble. Ici, là. Au café comme par hasard, l'œil et le café sont si noirs. *Brasserie Lorraine*, place des Ternes, vers trois heures de l'après-midi.

Il y a deux parties dans ce café, et la seconde, vers la rue du faubourg Saint-Honoré, qui est surélevée, ne sert plus aujourd'hui qu'au restaurant, mais alors s'ouvrait aux simples consommateurs. Je tiens à spécifier que j'étais assis tournant le dos au reste de l'établissement, sur cette plate-forme au pied du pilier central de faux marbre jaune à socle vert foncé. Sur la table il y avait un buvard réclame *Tomysette*, et si j'ai bonne mémoire, deux pyrogènes tronconiques Dubonnet, debout Dubonnet, l'un à côté de l'autre. Le garçon n'avait pas donné au marbre le coup de torchon qui l'aurait nettoyé d'une trace de menthe verte laissée par un prédécesseur que je ne connaissais par rien d'autre, et cela me gênait pour appuyer mon bras à la table ; enfin je revois le sable fraîchement parsemé sur les carreaux, l'allure et non le visage des garçons, du gérant, la densité moyenne des spectateurs de la scène, plus élevée à gauche qu'à droite, et dans la fenêtre qui fait l'angle de la place et du faubourg, à la table unique qui la bouche, avec la lumière du plein jour derrière soi, assise, par conséquent sur ma droite et à l'opposé de la salle, de telle sorte que je me tournais à peine sur ma banquette, la regardant, un peu renversé moi-même, mais surtout à cause de la menthe verte que je disais, une femme, comme beaucoup d'autres, avec la peau assez brune, sans que je pusse bien apercevoir plus qu'imaginer, le corps dissimulé par les chaises, la table, l'ombre, les verres, le sac posé et surtout le geste qui avançait son épaule droite, effaçait dans le contre-jour ses seins pas si petits que ça, et je m'arrêtais guère à sa nuque, une femme, était-ce machinalement, qui tenait sur moi un regard tranquille, au cran d'arrêt.

La *Brasserie Lorraine* dans mes souvenirs est un centre de fables. Fables de valeurs diverses. Fables. Je me souviens. J'ai oublié. Le drôle de garçon que j'étais ne me touche pas dans ma mémoire par chacun de ses gestes et chacun de ses sursauts. La *Brasserie Lorraine* est un lieu assez nul, où agonise une idée de la vie. Elle prend inutilement chaque soir les rayons dorés du couchant dans ses vitres et ses toiles rayées. Quand elles ne savent plus que faire, quand leur chien pékinois ronfle sur les coussins des Trois-Quartiers, emportant dans la nuit un espoir de pagodes, quand la bonne est sortie abandonnant l'office et le tablier brodé, les femmes entretenues des Ternes, ressortant d'un petit sac fantaisie acheté peut-être chez le coiffeur, les Abdullahs inévitables, s'en vont fumer les heures creuses, où leur amant travaille, où leur gigolo dort, devant une liqueur de dame, à la *Lorraine*. Dans ce désœuvrement qui ressemble au désespoir des hommes jeunes, qui n'ont pas su être banquiers ou maquereaux, alors elles deviennent capables de comprendre ce que je fais là, traînant les banquettes, alors si elles devinent le feu que cache en vérité ma cendre, alors c'est le moment qui me les apparie, et nos regards se croisent, nos regards. Chaque minute de la vie d'un homme a l'importance qu'on accorde à l'agonie.

J'ai assez aimé la *Brasserie Lorraine*, après tout. Il faut dire qu'habitant Neuilly, elle m'était une halte pour ne pas rentrer chez moi. Puis cela s'était transformé, avec mon sang, avec ma vie. L'été me semblait incomparable dans ce lieu. Vers cinq heures y éclatait la musique. Ouvertures et variations. J'y épiais des rendez-vous, des lâchages. J'étais jaloux de ces hommes qu'on attendait. Vers le même temps la femme dont l'idée seule arrêtait ma respiration comme un nuage au-dessus d'un navire était si loin sur la mer qu'on ne l'aurait plus vue avec les instruments dérisoires de la science. J'échouais au pied des miroirs, et n'aimant pas le Byrrh-cassis, je commandais au hasard des pancartes les breuvages nouveaux pour moi, dont les noms absurdes m'obsédaient comme ceux d'improbables îles des Tropiques. C'est alors que parfois, sur ces Sargasses imaginatives, soufflait le vent chaud, annonciateur d'orages, qui part des yeux et qui meurt en bourrasque aux plages de la chair. Je me sentais soudain regardé : j'étais ivre.

La femme dont je parlais ne bougeait pas, si l'on peut dire qu'une femme qui regarde est immobile. Pour moi, j'étais strictement changé en pierre. J'avais à peine pu noter la petitesse de ses dents, et à ses doigts ses bagues bleues. Je ne suis pas sujet aux cyclones. J'ai bien souvent pensé de moi que j'étais à tout prendre une pauvre nature. Le désir n'est pas mon serviteur. Mais quand il s'empare de mon souffle, alors il est mon maître, et je n'ai jamais pu l'éprouver sans croire à un miracle. Ma main gauche reposait doucement sur la moleskine, et la droite jouait avec mon verre, et la soucoupe. Mes yeux s'offraient simplement à l'épingle indifférente du regard. Me voyait-elle ? Elle me voyait. Elle me voyait comme on appuie. Je parle de la femme qui avait sorti son rouge et qui, sans glace, approchait le rouge de sa lèvre, un peu grasse.

Je suis en général assez lent à m'émouvoir. Je n'en crois pas mes yeux uniquement, avant de perdre la tête. Je suis comme tout le monde assez craintif pour les choses du corps. Assez la proie de ma pudeur et de mes habitudes. J'ai besoin qu'on me force au vertige. Au moins qu'on m'y invite. Il n'y avait pas l'ombre d'une sollicitation dans ce regard. Pas même un ordre, un mot, une équivoque, une ombre. C'était un regard silencieux et vide, mais un regard continu. Je vous jure que je ne suis pas comme ça d'habitude ! D'ailleurs cela se comprend.

Enfin cela ne m'était jamais arrivé. Je ne sais pas si c'est une monstruosité, si vous autres cela vous vient dix, vingt fois l'an. Mais moi, jamais. Ni avant ni après. Et le démon sait si parfois un nom seul me bouleversait la tête. Qu'est-ce que c'était que cette femme ? Je ne me le demandais pas, était-elle seulement belle à ce point et troublante ? Ce n'était pas elle, pas même ses yeux. Mais son regard. Mais le regard. Toujours est-il qu'elle ne perdait rien de mon visage, et que ma confusion fut extrême quand au milieu de mon trouble je vis sans aucun doute qu'elle avait saisi sur mes traits la convulsion passagère du plaisir. Il y avait près de quatre mètres entre elle et moi, je n'avais pas remué du tout. Le transport avait été si brusque que je n'avais pas songé à mentir. Elle avait vu, et bien vu.

Tandis que, dans les nuages, le coton, le brouillard, je débattais mon étonnement, et l'air indifférent me revenait avec la honte, je regardais les gâteaux sur une assiette, deux éclairs et un chou, un peu plus loin, le rouge avait disparu dans le sac, les gants s'agitaient, le pourboire laissé s'éparpillait sur la table, les rayons du soleil interféraient avec les ombres du départ, et la femme glissait entre les consommateurs. À ce moment je *devais* regarder ailleurs. Quand je me retournai, la femme était tout à fait sortie. Il y avait une grande suspension d'or derrière les vitres.

VIII

Le temps s'use comme il peut. La place que tient la flânerie dans la vie d'un homme, il semble que personne n'ait pris la peine de l'apprécier. Vous êtes un paresseux, me dira-t-on. Je regarderais mon interlocuteur, qu'il ne rougirait pas. Rien ne s'oublie comme ces grandes lacunes dans la vie de tous les jours. Pour dire le vrai, je me crois un peu moins paresseux qu'un autre, puisque j'ai gardé le souvenir de mes flâneries.

Paris offre à mes pareils une diversité qui est un alcool merveilleux. J'ai eu la rage de certains lieux, non qu'ils ne me plussent tant que ça, mais la rage d'y revenir. Ma vie était brusquement décentrée par un endroit où je prenais pied. Ainsi le nageur trouve une île, un récif. Je suis sorti de l'eau dans tous les quartiers. Il y a eu un mois de juillet au *Canon de Grenelle* près du métro Motte-Picquet, c'est un café-tabac avec deux salles, la droite en large et tournant à l'angle d'une rue avec le comptoir, la seconde en profondeur, avec les billards au fond. Le matin, à l'aube, il y a là une agitation incroyable, maraîchère à droite, journalistique à gauche. Les marchands de journaux plient les feuilles du matin et l'encre grasse souille le marbre, les hommes en blouse bleue avalent debout la chicorée noire. Dans le jour, peu à peu, se refait ici une solitude. On y rencontre des couples d'amoureux. Des soldats. C'est un quartier de casernes.

Une autre année, à la naissance de l'été, je me trouvais tous les jours, l'après-midi, à la *Brasserie de la Taverne du Clair de Lune*, là où la rue Oberkampf aborde les boulevards extérieurs, quand ceux-ci changent de nom, le boulevard de Belleville succédant au boulevard de Ménilmontant. C'est un lieu bien désert d'où je pouvais à mon aise examiner le glissement de tout un peuple au point de contact de trois quartiers. De l'autre côté de la rue, il y avait la piscine Oberkampf où je m'étais baigné une ou deux heures plus tôt, et un coiffeur qui annonce vingt artistes à sa clientèle, mais décline toute responsabilité dans la disparition d'objets perdus aux portemanteaux. À ce carrefour, plus qu'ailleurs, et sans que j'y prenne bien garde une résolution s'est peu à peu formée en moi, et tout d'un coup, j'abandonne un métier que j'étudiais depuis six ans.

Ce n'est que deux ans plus tard, que je pris l'habitude d'aller dessiner des bonshommes sur les tables d'un café qui n'était séparé du *Clair de Lune* que par le boulevard. *À la Vielleuse,* au coin de la rue de Belleville, est un immense café recoupé en plusieurs salles par des demi-cloisons vitrées, et la grande glace au-dessus du comptoir reste étoilée par un obus de la Bertha, pendant une guerre récente ; Fanchon-la-Vielleuse est peinte sur la glace avec son instrument, et un quatrain qui célèbre son courage sous le feu, car elle n'a pas cessé de jouer et sa voix couvrait celle du canon. Ici les garçons commencent à tutoyer les consommateurs. Si les voyageurs aiment à dire de certains ports, Marseille ou Brindisi, pour signifier au plus bref la lutte des montagnes qui s'y débattent, que « c'est la porte de l'Orient », que dira-t-on au seuil des quartiers passionnels de Belleville et de Ménilmontant, de ce café brillant, bruyant et de débraillé, plein de casquettes et de légendes, où les rixes commencent aux lumières, et n'est-il pas la porte d'un orient moral, plus pittoresque et plus subtil que celui des narghilés de zinc et des marchands de tapis ? Dans ce creuset où viennent boire vers les six heures les grands fauves des hauts quartiers, on m'appelait communément Monsieur Marcel. J'étais un voyageur en passementerie, qui ne dédaignait pas de bavarder avec l'un et l'autre. J'avais donné quelques échantillons de ma marchandise à la demoiselle de la caisse. Je recevais des lettres que le garçon me remettait en clignant de l'œil. Curieuse correspondance. Qui n'était pas pour moi. Je connaissais alors des gens bien romanesques. D'ailleurs l'année 23 fut essentiellement une année de romans, comme il en passe dans la tête des prisonniers. Je me revois assis un peu partout, à *La Torpille*, vers les 200 de la rue du faubourg Saint-Honoré, au *Tout va bien* de la porte Maillot, plus tard au *Dupont* de la place Clichy, à la fenêtre du premier étage, dans le salon *Violettera*, au sous-sol du *Dupont* de Barbès, dans le jardin d'hiver, je me revois partout, si semblable à moi-même, et si dissemblable pourtant de celui que je suis à l'instant. Quand je me ressaisis ainsi dans ma mémoire, quand je surprends soudain mon image rêveuse, dans un de ces palais provisoires, jouant avec le pied du verre, ou fixant dans le vide une pensée qui se dénoue, je me demande à quelle idée générale répondait ce garçon qui portait mon nom, ce corps à ma semblance. J'ai toujours pensé que si l'on voulait élever une statue à la fuite des idées, le sculpteur ne trouverait pas de meilleur modèle que moi.

IX

Qu'est-ce que c'est que ça, Paris ! Il y a la province et l'étranger, et à chaque creux de ces catégories terrestres, il y a pour les heures perdues, pour le moment où un homme aime à entendre battre son propre cœur, dix, cent, mille et un de ces lieux, dont l'ameublement varie suivant le barreau de la cage géographique, mais où, sans doute, avec leurs vêtements divers, les clients dissemblables, plus que par l'alcool ont les yeux rouges par une nostalgie analogue ; et c'est de cette analogie qu'est fait le mépris qui les englobe, ces sages véritables qui sont une nargue à l'agitation universelle.

Et aussi que serait la sensualité humaine, à quelle pauvre habitude se réduirait-elle enfin, sans ces milliers de serres de la lenteur et de l'oisiveté, qu'on nomme ici cafés et là-bas d'autres vocables à pâlir les mères de famille? Voilà pour le jour, mais quand la nuit descend l'escalier des lumières, quand elle enlève sa mantille pour le bal, alors à la subtilité de son corps mulâtre la flânerie emprunte une diversité à jamais inconnue du soleil. Dans les ténèbres, on perd son temps un peu partout: les rues, les promenades y sont bonnes, les bordels se mettent à flamber, les cafés se transforment, l'air devient transpercé de musique, et la ruche est la proie des frelons pendant le sommeil de ceux qui butinent. Tout de même entre les innombrables modalités de ces maisons publiques où la liberté dit son mot, les hommes de mon âge auront particulièrement aimé une invention qui est de leur temps, qui le marque, le *dancing* que je me refuse à considérer comme une lente déformation moderne de ces bastringues connus par les générations précédentes. Inutile de me rappeler l'ancien Moulin-Rouge ou l'Abbaye de Thélème tels qu'ils flambaient au lointain de l'affaire Steinheil et de la conquête du Maroc. Le dancing d'aujourd'hui vaut par une atmosphère qui lui est propre, sa musique et la population flottante qu'elle suppose, les hommes venus de loin avec un peu de bruit entre les doigts, les femmes avec un peu de mystère aux dents. Nomades particuliers qui sont à la vie de ce siècle, à ses villes, ce que le Moyen Âge a connu de l'horizon par les bohémiens chanteurs.

Maintenant ce n'est plus des troubles frontières de l'Arabie, de l'Europe centrale mâtinée de Huns aux jardins d'or des Hespérides espagnoles, que viennent les romanichels réinventés. Une année, l'Argentine a couvert Paris de ses drôles, une année, le Pacifique a soulevé d'une grande lame les Hawaïens cendrés pour les déposer à Montmartre avec leurs concerts de soupirs. Puis les Russes, poignards et fourrures, sont venus gémir à Paris. Puis les Nègres de l'Amérique, et ceux-ci ont envahi comme une tache d'encre les alentours de la place Saint-Georges. Ainsi, à l'entour des boîtes de nuit, se fait une infiltration de la ville par un immense corps irrégulier qui ne vit que de la sensualité humaine, des yeux, des oreilles et du sexe d'autrui, et qui tient à la fois par une combinaison étrange du légendaire Montparnasse des artistes, des quartiers interdits, des villes maritimes, et de toutes les cours des miracles du passé.

Les joueurs d'instruments bizarres, les danseuses au numéro, leurs amis, jusqu'à leurs familles, quelques ivrognes que l'habitude enfin, et la boisson, joignent à cette population parfois incroyablement bourgeoise et parfois plus romantique et folle qu'on ne peut l'imaginer, s'agglomèrent au hasard des rencontres, et bien plus à celui des nationalités. À côté des dancings où ils travaillent, ces gens ont leur lieu favori où ils se retrouvent, tard la nuit, tôt le jour, où ils traînent souvent avant l'heure de l'orchestre ou de la danse. Bars, cafés, cela prend des airs dont Paris est absent. Je me suis souvent dépaysé dans ces Russies, ces Florides en miniature. Avec Michel Leiris, il n'y a pas si longtemps, j'ai eu un grand goût d'un petit endroit dans le bas de la rue Pigalle, *Fred Payne's*, un étroit bar avec trois tables, et son comptoir, qui est perversement londonien. C'est peut-être l'exemple parfait de ces lieux que je disais.

La vie commence ici vers les quatre heures de l'après-midi quand ceux qui se sont, comme à leur ordinaire, couchés à l'aube, retrouvent la rue et le jour, et se débarrassent d'une nuit qui est propre à leurs yeux en mangeant des œufs au bacon sur le bois rouge des tables. Tout est encore silencieux, réduit aux mouvements nécessaires. Sombre aussi. Ce n'est qu'après l'incertaine clarté des réverbères, qu'apparaîtront les murs, sur un signe du patron. Et d'abord vous verrez celui-ci. Fred Payne est un grand Anglais au visage élargi avec un nez long. Assez vulgaire. Et l'élégance de sa vulgarité, qui pour un Français passerait pour une élégance extrême. Avec des knickerbockers parfois ou des pantalons clairs, dans ces étoffes qui surprennent Paris, avant que ses calicots les copient. Des chandails comme on en verra l'année suivante à Deauville, sur de maigres Français tremblant d'audace. Mais ce qu'on ne chipera pas à Fred Payne, ce qu'il ne doit ni aux tisserands de Manchester ni aux lampions de Montmartre, c'est l'aisance et la familiarité de ce grand corps avec tout ce qui traverse son royaume, clients hébétés ou tapageurs, filles, verres et bouteilles, l'aisance et la familiarité dominatrices de cet homme aux traits immenses et aux mains lourdes. C'est qu'il manie son monde. Les femmes sont assises par ses soins. Il les touche, et tout autre que lui ferait crier à l'impudence. Presque toutes, ces danseuses qui le jour ont retrouvé, avec leurs cheveux pâles et le teint un peu défait de la poudre, le costume tailleur et le maintien assez rêche des Anglaises que je voyais jadis chez Kardomah, prenant le thé avec ma mère, presque toutes sont amoureuses de lui, l'ont été. J'aime à croire qu'il les a eues toutes. Elles tournent leurs yeux vers lui. Elles attendent plus ou moins l'instant où sa fantaisie est de poser sa paume sur leur nuque. Ce serait un endroit assez bas, à Londres, que ce bar. Ici, comme sur des talons, il se rehausse de tout le pays qui s'étend de la Trinité à Soho, où il a sûrement sa pâle réplique française. Peu à peu, il s'emplit comme l'ombre revient. Des hommes, dès six heures, ont encombré les tabourets et les banquettes. De quel travail sortent-ils donc ? Si vous aviez passé ici la nuit dernière, vous reconnaîtriez celui-ci et celui-là. Vous les y retrouveriez la nuit prochaine. D'autres sont purement et simplement des Anglais, comme une brique est une brique. L'air s'emplit doucement de fumée.

Aux murs, le long des boiseries, il y a des photographies : numéros de music-hall, danseurs nus, acrobates, femmes en fancy-dress, d'autres en costume de ville, avec dédicace à Fred Payne, et des groupes, un peu partout, où l'on reconnaît souvent celui-ci. Par exemple, place de la Concorde, six ou sept femmes levant la jambe d'un même mouvement et se tenant par la taille, la file terminée par le propriétaire du bar. Deux ou trois acteurs français ont fait un peu d'esprit, peut-être en vers, au bas de leur lamentable image. Ailleurs un ensemble de nageuses, allant plonger dans le goût des *Sunshine Comedies*, m'a bien l'air de n'être là que pour l'art. Dans un groupe ou deux, dans celui de la place de la Concorde, une fois seule, une autre fois avec une danseuse habillée comme elle, je reconnais une des Anglaises qui font tous les soirs leur numéro au *Zelli's*. Il y a de grandes chances qu'elle soit là, au bar. J'ai souvent vu Fred Payne l'applaudissant chez Joe Zelli. Elle ressemble beaucoup à la femme d'un banquier de mes amis, que j'ai connue jadis à la Faculté, mais elle n'a pas d'aussi belles jambes que celle-ci. Ce genre de ressemblance est un grand recours contre l'ennui pour les traînards de ma sorte, et l'origine de toutes sortes de jeux, dont certains sont sans innocence. Je me souviens que j'avais rapporté à un ami qu'une des pires putains de la Taverne de l'Olympia avait avec sa propre femme une de ces ressemblances qui coupent la respiration, quand elles se mêlent d'une mimique obscène et provocante, et d'une grande grossièreté. Il voulait à tout prix la rencontrer, l'inviter à dîner avec sa femme, jouir de la confrontation de ces deux images confondantes, et se tromper au dessert. J'ignore s'il l'a fait. J'en doute, à vrai dire. Mais c'est déjà beaucoup que d'avoir une semblable idée, qui implique dans sa conception un assez diabolique attentat.

La ressemblance est d'ailleurs un mystère qui sent la flamme. Vous rencontrez un cave qui ressemble à votre père, cela vous fait rire. Mais songez donc, quelqu'un qui ressemblerait à... ce nom qui n'est écrit que dans votre cœur. Est-ce permis, est-ce possible? Comme on comprend que ce seul ressort ait suffi à faire vivre presque toutes les fictions humaines pendant des siècles et des siècles. Et encore si souvent le cinéma américain. Ceci ne m'entraînerait pas si loin qu'ont fait bien plus souvent encore les photographies au mur de Fred Payne, les groupes hideux et rieurs, que j'ai si longtemps contemplés.

1926

La sainte Russie

Le prince Michel Dolgorouki, quand il eut dilapidé l'argent de sa femme, constata sans déplaisir que sa jeune sœur, Catherine, élevée à l'Institut Smolny, sur la cassette privée du tsar, avait l'honneur de plaire à Alexandre II. D'autant que le souverain offrit au prince à Saint-Pétersbourg, sur le quai des Anglais, un palais où il logea la petite au rez-de-chaussée.

Catherine adorait les chiens. Alexandre lui en avait donné un, un chou : tout blanc, tout fourrure, avec deux têtes d'épingles noires en fait d'yeux. Il lui donna aussi trois enfants de 1872 à 1880. Le 17 février 1880, au Palais d'Hiver, pendant un dîner en l'honneur du prince de Bulgarie, une bombe fit sauter la salle à manger, et le petit chien blanc fut tué. Pour calmer Catherine épouvantée de la méchanceté humaine, le tsar lui donna deux petits chiens : un blanc et un noir.

Le 3 juin 1880, l'impératrice Maria Alexandrovna, femme d'Alexandre, qu'on soignait depuis quelque temps en l'enveloppant dans les peaux encore saignantes de bœufs fraîchement tués, eut l'heureuse idée de mourir. Un deuil de tsarine ne se porte que six semaines. Alexandre II donna un lévrier à Catherine et, au grand scandale de la famille impériale, l'épousa, lui conférant le droit de se faire appeler Son Altesse Sérénissime la princesse Iourievski. On se mit à craindre au palais que le tsar ne la fît couronner tsarine et ne mît son fils Georges sur le trône au lieu du tsarévitch Alexandre.

Mais, à temps pour la destinée des Romanov, une bombe tua Alexandre II le 1er mars 1881. Alexandre III monta sur le trône, donna à la veuve de son père un palais de marbre rose, bâti naguère pour la princesse Souvorov d'Italie qui l'avait perdu à la roulette à Monte-Carlo, et fit pendre six révolutionnaires dont l'un s'appelait Oulianov, dont le jeune frère Vladimir s'appela, plus tard, Lénine. Le palais avait un jardin immense où Catherine dépensa un trésor pour que ses chiens eussent un paradis où jouer. Outre la fortune personnelle que le tsar lui avait laissée, elle avait jusqu'à la majorité de ses trois enfants la jouissance de neuf millions de roubles qu'il lui avait remis pour eux.

Ce fut une période de disgrâce dans la vie de Son Altesse Sérénissime, car Alexandre III ne l'aimait guère. Aussi n'était-elle que l'été à Pétersbourg... Le reste de son temps à son hôtel de l'avenue des Sablons à Neuilly et sa villa de Nice. Avec ses chiens de plus en plus nombreux, elle se consolait de n'avoir pu revêtir les robes qu'on avait spécialement dessinées pour son couronnement, et dont elle conservait les esquisses au mur de son oratoire entre une icône et un portrait d'Alexandre II.

Ses enfants ne lui donnaient pas satisfaction. Georges, l'aîné, dit Gogo, dont elle avait pensé faire un tsar, s'était collé avec une tzigane. Ce fut une raison pour lui refuser les trois millions de roubles qui lui revenaient. Le malheureux prince en était réduit aux 40 000 roubles (160 000 Frs) par an qu'après la mort d'Alexandre II, Nicolas II lui donnait. Le nouvel empereur offrait d'autre part à chacune des deux sœurs de Gogo une annuité de 30 000 roubles et à leur mère une annuité de 180 000 roubles. Cela permettait quelques aménagements dans le jardin du palais.

À vrai dire, Son Altesse Sérénissime la princesse Iourievski préférait de plus en plus son hôtel de Neuilly et sa villa de Nice au palais de Pétersbourg. Il y avait trop d'attentats, de grèves, de troubles en Russie. Le peuple y est affreux. C'est vrai que la France est une république, mais les gens du gouvernement y sont très polis, et puis leur révolution, c'est déjà de l'histoire ancienne. Enfin, à Paris, il y a des expositions canines vraiment tout à fait passionnantes. Un loulou de Poméranie de la princesse avait été primé en 1913, l'année où son fils Gogo mourut.

Elle subit cette année-là une opération intestinale, et elle fut en danger de mort. C'est alors que par un joli trait se révéla la belle âme de Son Altesse : elle fit son testament et y coucha son chien Gordon, un bâtard, un de ces chiens qui ne lui faisaient aucun honneur, pour une somme de 25 000 Frs. Ce Gordon, d'ailleurs comme un héritier trop pressé, faillit la tuer pendant sa convalescence. Il était très lourd, et la princesse se l'était fait apporter sur sa chaise longue dans le jardin. En le caressant, elle fit péter, sauf votre respect, la cicatrice encore jeune de son vieux ventre princier. Il fallut la recoudre.

Un peu gênée, en ce temps-là, elle vendit (un million deux cent mille roubles) le palais de marbre rose et son jardin d'été, et séjourna désormais en France où elle mangea son palais de marbre comme elle avait déjà mangé la plupart de ses bijoux et les terres léguées par Alexandre II. Le grand hôtel désert de l'avenue des Sablons retentissait, deux mois l'an, des jappements de ses chiens. Elle apparaissait au Bois de Boulogne dans sa victoria, un cocker blanc et brun dans ses bras. Puis elle retournait sur la Côte d'Azur. Elle mangea avec ses chiens son hôtel de Neuilly et s'installa définitivement à Nice, n'ayant plus que la pension faite par Nicolas, sept cent vingt mille francs par an, une misère avant guerre ! Dans le jardin de sa villa, à la fin de l'année suivante, elle fit installer un cimetière pour ses chiens.

Il faut dire que c'était le temps de la guerre, et tout ce qui se passait là tournait l'esprit de Son Altesse Sérénissime vers des idées sombres et sérieuses. Aussi, désirant conserver de chacune de ses bêtes une image durable, faisait-elle exécuter, par de grands sculpteurs, comme il s'en rencontre sur la Riviera, des portraits fidèles de ses morts, *en pied* de préférence, pour orner leurs tombeaux. Même elle se prenait parfois à penser que ses chers toutous vivaient trop longtemps, elle avait peur de mourir avant eux, et qui sait alors s'ils auraient eu leur statue ? Elle en fit sculpter plusieurs, prudemment, par avance. Curieuse chose que la guerre, qui n'incite pas, à vrai dire, que les princesses à la statuomanie !

Sous les palmiers de son jardin, elle se félicita, en février 1917, d'avoir vendu son palais de Petrograd et d'être loin de toutes ces tracasseries. Autour d'elle un peuple de chiens frétillait, se pressait, se poussait, lorsqu'elle prenait dans le plat un morceau de dinde ou une bonne tranche d'épaule de mouton qu'elle agitait au-dessus des têtes avides. Un petit pékinois essayait de faire le beau derrière les autres, plus grands, et perdait à chaque coup l'équilibre. Quel amour ! Ah, si les gens du peuple étaient comme ça ! Il y en a qui ne sont pas méchants, paraît-il.

Ce Nicolas, elle ne l'avait jamais trouvé très intelligent. Ce n'était certes pas un homme comme son grand-père ! Elle ne comprit jamais très bien ce qu'il avait pu fabriquer, Kolia, comme elle l'appelait, mais enfin le fait est qu'il ne lui servit plus sa rente, et qu'on commença à parler des bolcheviks, et toutes sortes de mauvaises nouvelles vinrent de Russie. Les obligations de l'emprunt de guerre auquel elle avait souscrit ne rapportaient plus rien à la princesse Iourievski. Une de ses filles, mariée à un prince Obolenski, chantait au music-hall maintenant. Même elle mettait son nom sur les affiches: Obolenski-Iourievski. Que n'ajoutait-elle «*fille d'Alexandre II, tsar de toutes les Russies et représentant de Dieu sur la terre*». Il est vrai que reniant la religion dont son auguste père avait été le chef, elle s'était faite catholique, trouvant sans doute cette religion plus conforme à l'ambiance du music-hall.

La vieille princesse se mit à liquider dentelles, nécessaires de toilette, flacons de sels, portraits de famille, bobèches de malachite; mais les chiens étaient terriblement voraces. Les projets de robes pour le couronnement y passèrent comme les icônes, comme Alexandre II lui-même, et ses lettres d'amour. Catherine Dolgorouki continuait ainsi, sur le tard, à escompter ses nuits de 1867, quand elle était venue retrouver en fraude à Paris son empereur qui y visitait l'Exposition universelle en compagnie de Napoléon III.

Elle se rencontrait parfois avec la princesse Souvorov d'Italie (dont Alexandre II avait été aussi amoureux dans les années 60) qui lui survécut d'une année. Encore plus à plaindre qu'elle, la princesse Souvorov: elle n'avait pas aimé les chiens dans sa vie, mais la roulette. Aussi était-elle bien seule pour ses vieux jours, et cela lui faisait une belle jambe qu'une des salles du casino de Monte-Carlo, bâti en grande partie avec l'argent qu'elle y avait laissé, portât le nom de Souvorov en son honneur ! Ces dames au milieu des chiens, parlaient sous les palmiers de la villa Georges du palais de marbre rose qu'elles avaient toutes deux possédé.

Le chien Gordon, l'arrière-train paralysé, faisait doucement ses ordures un peu partout. On racontait qu'il y avait la famine sur la Volga. Les enfants y mouraient comme des mouches. Un peu d'espoir revenait donc de revoir les annuités si fâcheusement disparues dans la tourmente. D'autant que le préfet des Alpes-Maritimes avait dit merveille à Son Altesse Sérénissime d'un général Wrangel qui était en train de reprendre l'affaire en main. Pauvre Gordon ! Tu auras peut-être ton héritage ! Votre Altesse n'est pas trop fatiguée ? Non, non...

... Elle s'est éteinte très doucement en 1922, l'Altesse, sans avoir eu le temps d'assister à toutes sortes de choses, qui eussent été pour elle d'inépuisables sujets d'étonnement. La villa Georges a été vendue, elle s'appelle aujourd'hui « Le Pouf ». Mais le cimetière des chiens existe toujours, très bien entretenu par l'ancienne femme de chambre de la princesse, avec des fleurs sur chaque tombe. Gordon s'y est traîné encore quelques années, préhistorique, monstrueux, baveux, rampant ; on a finalement dû l'abattre, sept ans après l'exécution de Nicolas II et de sa famille.

Toute une société qui s'en va...

1933

La souris rouge

Quand sur le mont Brocken, par les sentiers de brumes et d'illusions, au milieu du peuple menteur qui sort de la tête du poète, mêlant à plaisir les costumes, les temps et les pays, la légende et la réalité, Goethe, je veux dire le docteur Faust, se mêle à la ronde dont la musique est sa propre inspiration, soudain dans la nuit de Walpurgis, Méphistophélès le voit s'écarter avec horreur.

« Pourquoi, lui dit-il, as-tu donc laissé partir la jeune fille qui chantait si agréablement à la danse ? » Et Goethe répond :

« Ah ! au milieu de ses chants, une souris rouge s'est échappée de sa bouche ! »

Cette fille est la poésie en 1933. Sur le Brocken moderne, où le poète amoureux de ses illusions, perd de vue les réalités sociales, brusquement il abandonne la danse à cause d'une souris rouge qui lui rappelle parmi les étoiles le cloaque oublié, qu'il interdit lui-même à son délire.

*

La poésie. Ce vocable inconditionné (heureux encore s'il ne s'orne pas d'une majuscule) n'a pas fini de mener par les chemins de l'illusion des hommes qui jureraient pourtant, si vous les interrogiez, qu'ils sont des matérialistes.

Ce simple paragraphe suffit à soulever des clameurs: «Ah, le voilà maintenant qui part en guerre contre la poésie! Nous défendrons la poésie, etc.»

Camarades, à chacun sa manière. Au risque de passer pour un démagogue ou un charlatan, je vous dirai que moi, je défends la poésie quand je défends l'Union soviétique, par exemple. Mais défendre une abstraction qui peut aux mains de n'importe qui devenir piège, mitrailleuse ou prison, pour le service de la classe dominante, n'y comptez pas. Je quitterai la chanteuse du Brocken pour redescendre avec la souris rouge vers des fumées qui ne sont pas les vôtres, vers un monde où les cris qui vous émeuvent risquent d'être à jamais perdus.

*

Nous voici donc à Paris, dans cet été de la guerre du Haut-Atlas, alors que Torgler est aux fers, que les bateliers barrent la Seine de leurs péniches, qu'à Strasbourg empoignant leurs bécanes sorties de la manufacture d'armes et de cycles de Saint-Étienne, les vaches à roulettes sabrent à la moderne le front de chair de la foule ouvrière.

L'illusion de la liberté poétique, de la liberté pour le poète, sans considération de classe, de parler du tonnerre et des petits oiseaux, comment se porte-t-elle ces jours-ci ?

À Nuremberg, vers les 17 heures 25 du grand congrès national-socialiste, l'homme du Capital, le monstre à torche que les maîtres du monde ont à jamais substitué à la Liberté lampadaire de New York, l'Adolphe-des-patrons s'est écrié à l'usage des successeurs de Goethe comme de ceux d'Arthur Rimbaud :

Ceux qui se sont livrés à des extravagances dans le seul désir d'être modernes méritent, s'ils sont sincères, d'être enfermés dans des asiles d'aliénés. Si, au contraire, ils ont agi dans un esprit de spéculation, ils devraient être inculpés du délit d'escroquerie. L'État appartient maintenant au national-socialisme et ces artistes — particulièrement de l'époque libérale — n'ont plus leur mot à dire. Nous avons de l'art une conception fort différente de celle de l'État weimarien.

Nous n'admettrons pas que, par une comédie indigne, certains artistes simulent une adhésion de pure forme à notre régime. Nous considérons que l'artiste ne doit pas se consacrer à la satisfaction des instincts matérialistes les plus bas, mais doit exalter les sphères supérieures vers lesquelles l'individu doit s'élever pour le plus grand profit de la communauté nationale.

Cela est si parfaitement clair, qu'on ne voit pas comment nos «poètes» ne se rendent pas compte qu'ils sont tout simplement les démocrates de la pensée. Cela sonne d'une façon bizarre, mais je veux dire qu'à la manière où les démocrates en face du fascisme grandissent à nouveau le fantôme libéral, l'outre dégonflée de la démocratie, les poètes qui continuent à prétendre garder intacte, à défaut de celles qu'ils ne peuvent que se voir arracher par des puissances supérieures, *la liberté de poésie*, sont les «démocrates» d'un domaine où ils font le jeu du fascisme, c'est-à-dire du capital, comme les démocrates ailleurs.

*

La poésie, celle qui n'admet pas de qualificatif, celle qui éblouit par elle-même, celle qui descend toute armée de l'inconscient Jupiter des siècles, fille de dieu, pure à la façon du diamant, la poésie enfin qui vient d'en haut, la poésie révélée, on criera au sacrilège si nous la considérons cinq minutes avec les yeux de la froideur.

Je me souviens qu'un poète, dont rien ne faisait alors prévoir qu'il deviendrait catholique, Pierre Reverdy, disait vers 1919 à André Breton et à moi-même qu'il était attentatoire d'essayer de comprendre le mécanisme poétique. Le surréalisme qui a été le plus grand effort que je connaisse de *réduction* de ce mécanisme, semble aujourd'hui devoir s'opposer à la poursuite de cette profanation.

C'est qu'une fois saisi le mécanisme individuel de l'inspiration poétique, un autre problème se pose qui soulève des réticences profondes des individus : la connaissance du mécanisme *de classe* de cette inspiration poétique.

*

Quand l'illusion s'éteint, que les années font de ce qui était insolite de simples objets coutumiers, quand après tout Mallarmé devient compréhensible et pareil à un peintre d'éventails, que reste-t-il de la production poétique *moderne* d'une époque ? de ces *extravagances* qui pour les Hitler sont surtout des détournements de forces intellectuelles, utilisables pour les pogromes ultérieurs, au profit d'un pacifisme de collaboration de classes ? des cendriers.

Tous les poèmes, les plus *beaux* des poèmes, qui ne sont que poèmes, et non point armes aux mains des exploités contre les exploiteurs, sont au bout du compte comparables à ces cendriers où le rêve d'un homme se résume, qui a figuré dans le bronze ou le lapis-lazuli une femme nue très belle, avec ses cheveux épars, dénoués vers 1905 (au temps du *Potemkine*) suivant les lois baroques du modern style. Tous les poèmes, avec ou sans sujet (car il est paraît-il des poèmes sans sujet), sont au bout du compte cendriers pour les cigares des banquiers, des banquiers descendus vivants des affiches soviétiques.

Aujourd'hui passons en revue les derniers cendriers jetés dans le commerce à l'époque où l'Europe met l'athéisme au rang des crimes et où s'achève, au nord du pays rouge, le Biélmorstroï sorti des mains criminelles rendues à la vie sociale par la sagesse déroutante du Prolétariat.

*

Madame de Noailles vient de mourir. Constatation qui ne cherche pas à être un symbole. Les grotesques oripeaux dont elle composait pour elle-même autant que pour ses vers une sorte de beauté grecque à l'usage des palaces et des villes d'eaux ont depuis fort longtemps été raccrochés au vestiaire d'une époque démodée, qui est celle de Porto-Riche et de Paul Hervieu au théâtre, celle de Fachoda dans les concurrences inter-impérialistes, celle de Draveil dans l'industrie.

Cependant l'influence de cette poule de Ritz se retrouve jusqu'à aujourd'hui dans les gloussements rimés que M. François Mauriac, une des plus récentes acquisitions de l'Académie française, trouve moyen d'éditer chez Stock (*L'Adieu à l'adolescence*).

Une certaine hideur barrésienne dans les traits aidant, M. François Mauriac est devenu le romancier d'un monde qui aime à mêler la religion et le péché, à donner à ses loisirs le plaisir double du sexe et de la croix. Issu de la *bonne* bourgeoisie protestante de Bordeaux, c'est un représentant des couches réactionnaires de la bourgeoisie. Il écrit, pour des femmes de notaires et de financiers, des livres pleins du long vide des journées de ces dames, qu'entretiennent devant Dieu et les hommes des requins à rosette dont l'argent sort de terre par l'opération du Saint-Esprit.

L'Adieu à l'adolescence est le livre de vers du fils d'une de ces dames-là. Alexandrins d'un jeune homme dont l'enfance s'est partagée entre un appartement spacieux et une propriété de campagne.

Le salon de famille est tiède, et l'on a mis
Dans le vase un bouquet vieux rose de bruyère...

Tout ce qui constitue *la poésie* de M. Mauriac, datant certains de ses morceaux *grandes vacances de telle année*, n'est qu'une espèce de nostalgie de cette vie de famille de sa jeunesse, où l'éducation chrétienne se nuance de petites rêveries pas dangereuses sur les héroïnes de Racine, qui ne risquent pas de lui donner des maladies vénériennes. Petites variations sur deux ou trois thèmes de tout repos dont la prière, qui est une des choses qui font toujours leur effet à l'auteur :

On va prier ce soir dans beaucoup de maisons...

(Alexandrin qui vaut une cocotte en sucre), 209 pages, au prix du papier, pour nous dire :

Nous regardons l'album où des photographies
Évoquent de l'immense oubli tant d'humbles voix.
C'est un groupe de gens que l'on connut aux Eaux.
. . . .
... et voici gras et court dans son aube,
Décoré, souriant, le Cardinal Donnet...

Tout le livre est assez réductible à cet album de famille. On dira que c'est ici accorder une attention singulière à une morne rimaillerie d'un assez piètre prosateur. Qu'on nous comprenne : Mauriac n'est rien, mais il n'est pas possible, il est trop simple de nier que ceci soit pour lui, c'est-à-dire pour une catégorie assez considérable d'hommes et de femmes, *la poésie*, une poésie au moins : la question n'est pas de savoir ce qu'elle *vaut*, mais ce qu'elle *signifie*.

Une citation encore, nous sommes dans les Landes où les forêts prennent feu rien qu'à les regarder :

Quand le tocsin sonnait de village en village,
Le vent nous apportait l'odeur des pins brûlés...
— Cris de terreur, chevaux hâtivement sellés —
Mais lui restait l'enfant indifférent et sage.
Rien ne l'intéressait que l'ardente lecture
Et les vers de Musset qui le faisaient pleurer...

C'est bien là qu'est le secret de cette *poésie* : le goût de l'enfance, des parents qui gagnent l'argent, à l'abri des événements sociaux qui ne l'intéressent pas tant que *ce qui fait pleurer*. Cette poésie du regret, du retour au passé, à l'enfance, est avant tout symptomatique de la crainte qu'a toute une catégorie sociale dont M. Mauriac est le porte-parole de voir disparaître à jamais ses privilèges, ses propriétés, la bonne vie poétique à bâiller sur des albums et dans les housses du salon maternel.

De là cette *poésie* archaïque où le cardinal Donnet cache mal les Tardieu de l'avenir. C'est pour défendre ce petit *bouquet vieux rose de bruyère*, que toute une classe saura retrouver ses Galliffet au moment venu. Aussi ne faut-il pas trop s'étonner de voir sortir un gros livre de poèmes de cet acabit aux jours de Hitler et de Mussolini. Voix mineures, sans doute, que celles de Mauriac. Mais c'est là ce que nos fascistes locaux nous donneront un jour comme la culture *humaine* qu'ils défendront contre nous, et contre vous-mêmes, poètes modernes, qui refusez de laisser entrer dans vos poèmes les mots grossiers et rudes de l'agitation révolutionnaire.

*

Le mois d'août 1933 a vu paraître à Paris le deuxième numéro d'une nouvelle revue de poésie, *Eurydice*, qui publie « des poèmes, des études grecques et latines, des chroniques » d'un très grand nombre d'auteurs inconnus parmi lesquels on trouve le nom de Charles

Maurras, ainsi que ceux de quelques déchets des écoles romanes, néoclassiques, etc., qui ont traduit au cours des années les aspirations poétiques des milieux d'*Action française.*

Ici aussi, c'est en vain que vous chercheriez l'actualité, la réalité sociale. Une traduction d'un poème latin de Joachim du Bellay (1558) y est encore ce qu'on y trouve de plus combatif. Nos camelots du Roi devenus poètes mettent en vers français Théocrite et Virgile, et se posent des questions de ce goût :

Sables trompeurs des bords de Fantaisie
Faux paradis franchis en quatre pas,
Italie âpre aux mers de Poésie,
Existiez-vous ou n'existiez-vous pas ?

Sans parler d'un monsieur Pascal, qui parle aux femmes un langage vraiment irrésistible :

Salut, je t'ai donné mon corps épouvanté,
La chance de souffrir au-delà de mon sang.
Ah ! puissé-je te suivre en nos calamités,
Car je sais que les morts sont prodigues d'enfants.

Qu'on le veuille ou non, ces invraisemblables et fantomatiques passe-temps sont pour des gens qui ont à manger et à dormir à leur suffisance *des poèmes*. Et ces poèmes poussent sur fond de matraques, sous l'égide des mêmes théoriciens qui préconisent le retour au style de la Pléiade et le recours à la manière forte pour la défense du capital et l'écrasement des mouvements ouvriers.

*

Dans certains milieux d'écrivains, il est mené grand bruit d'un poète qui se nomme Gaston Bonheur. Le livre de celui-ci, *Chemin privé*, répond assez à son titre. Voilà donc encore ce qu'est la poésie pour bien des gens : une petite nostalgie sexuelle, histoires d'adolescence et de curiosités. Il y a chez Gaston Bonheur tout ce qui peut permettre ce genre de succès qu'a connu Raymond Radiguet. Un certain régionalisme méridional jette, sur quelques anecdotes d'écolières, de collégiennes et de paysannes, une lumière locale qui est sans doute ce qui retient les apologistes de ce jeune poète. L'extrême prétention du vocabulaire ne nous cachera pas le soin que l'auteur met à ne pas se situer socialement.

Ce jeune homme qui traîne avec les filles ici et là, dans les greniers et dans les champs, a les loisirs de ne penser à rien d'autre. À l'arrière-plan de ses poèmes, apparaît encore une de ces petites maisons de campagne où il a son couvert mis. Poésie de hobereaux, et même si les reflets de l'exploitation paysanne y sont négatifs (pour négliger le droit de jambage du seigneur), poésie de classe. Les « arbouses » et les « garrigues » de M. Bonheur signifient ce que signifie le petit bouquet de bruyère de M. Mauriac.

*

Je m'en voudrais de ne pas m'arrêter davantage sur le cas de Fernand Marc, qui vient de publier *Nomenclature.*

On sait de ce poète qu'il a signé récemment avec tout un groupe de jeunes gens des manifestes contre la répression aux colonies, en faveur de l'U.R.S.S., etc. On penserait trouver dans de nouveaux poèmes le reflet de ces préoccupations. Il n'en est rien.

Le cas de Fernand Marc est somme toute très semblable à celui des surréalistes, auxquels il s'apparente par sa poésie. Ses poèmes ne sont pas inférieurs à ceux des surréalistes. Ils en ont la couleur, et plus d'une des qualités.

Reprenant la *morale* du premier poème de *Nomenclature*, on peut dire que tout ce qui est du monde extérieur y est traité avec cette désinvolture, cette liberté qui lui permet de dire de la *maison*, des *visages*, et sans doute de ce qu'il ne nomme pas, que ce sont

pur caprice d'écolier.

C'est par quoi cette poésie en impose à Fernand Marc sans doute, comme à d'autres que je connais mieux, pour une négation des valeurs sociales bourgeoises, qu'ils seraient tout prêts de considérer comme *révolutionnaire*. Négation en soi et pour soi, mais qui jamais ne se dépasse. Négation idéaliste qui n'oppose au monde réel que les libertés prises avec lui par un individu, et pour lui-même.

Que Fernand Marc soit *un poète*, au sens indéterminé du mot, comme l'entendent de nos jours les meilleurs porteurs de culture au-dessus des classes (c'est-à-dire *dans* la bourgeoisie), cela est indéniable. Mais comprendra-t-il qu'il ne suffit pas de trouver, et de dire, que les condamnations de Saigon sont révoltantes, que pour n'en être pas solidaire, un homme doit cesser de se réserver une zone expérimentale à l'abri des perturbations de l'actualité de classe, fût-ce sous le prétexte de la poésie ?

*

Les revues ont rarement donné une place aussi restreinte aux poèmes que dans ces derniers mois. Les poètes en déduisent de terribles conclusions contre les revues, d'où *leur* poésie sort auréolée du nimbe du martyre. Pourtant il faut bien se faire à l'idée que ce ne saurait être le pur et simple effet de la bassesse (que je ne nie pas) de MM. les directeurs de revues bourgeoises. Si dans les revues de la bourgeoisie, pour littéraires ou artistiques qu'elles se disent, les poèmes trouvent moins de place que jamais cela provient de ce que dans ces derniers mois les dramatiques événements du monde entier sur le plan social nécessitent jusque dans ces revues un réajustement, un réarmement idéologique auquel les poètes bourgeois eux-mêmes ne savent pas encore efficacement concourir. La bourgeoisie n'a pas de poètes qui puissent faire actuellement le travail pressé de ces messieurs d'*Esprit* ou de *L'Ordre nouveau*. La poésie bourgeoise est dépassée par les événements. Elle ne correspond plus aux besoins de la bourgeoisie, qui se sent menacée en tant que classe dominante.

Cela est un argument de plus pour les amateurs de poésie qui se prennent pour des révolutionnaires. La poésie, disent-ils, est incompatible avec la bourgeoisie. Et ils en reviennent à une vieille opposition murgérienne au bourgeois, considéré comme un être qui n'a point d'idéal.

*

Pourtant cette nécessité sociale de la poésie, confusément, se fait sentir, et dans les cadres du système économique, les *thèmes* de la vie ouvrière et paysanne, parfois même de la lutte ouvrière et paysanne, pénètrent la *poésie* de certains écrivains en prose ou en vers. Toutes considérations de *talent* mises à part, pour le plus grand nombre ces poètes sont seulement des bourgeois plus avisés ou des ouvriers d'origine qui à des fins bourgeoises exploitent une couleur locale *dans les classes* sinon dans l'espace. Leur refus catégorique, et haut proclamé, de se plier *à des mots d'ordre* (voir la collection du *Bulletin des écrivains prolétariens*, 1932) aboutit à de petites revues style *Prolétariat* où fleurit la poésie humaine, trop humaine de l'incomparable de Man, qui n'est pas seulement un écrivain grotesque, mais aussi un ennemi du prolétariat. Et dans cette même revue nous trouvons un poème de Francis André, un poème *à thème paysan.*

Ce n'est pas ici que nous nous attarderons à ce qu'il y a de rabâché dans ce poème, dans le genre Angélus de Millet. Mais il nous importe de prendre les poèmes par le fond, fussent-ils surréalistes, fussent-ils populistes. Un tel poème se résume, et ne se critique pas.

Le poète rentrant *la dernière charrée* de blé constate la beauté des champs et des forêts mais se demande qui achètera le blé dont on fera du pain qui ne sera pas pour tous. Il se demande à quoi bon travailler. Il se plaint de ne plus savoir pourquoi il travaille alors que monte en lui *l'afflux des sèves du passé* dont la *montée englue* sa pensée. Voyant que d'autres s'en vont comme lui, le poète a honte de lui-même et se dit qu'il ne faut pas *douter de l'avenir* puisque *toutes les choses qu'il faut* sont là, et qu'en étreignant son enfant, il aura dans ses mains *pleines de sa chair chaude*

Des plaines, des forêts, des blés lointains qui
chanteront,
Des pays, des années et l'infini des hommes?

C'est là tout. Et il faut demander pour *qui* sont écrits de tels poèmes. Pour les paysans? On peut répondre que non. Alors qu'est-ce qui donne le droit à l'auteur d'exproprier les paysans de la thématique paysanne ? Qu'est-ce qu'il fait en s'emparant de celle-ci sinon ce que fait le minotier accapareur de blé ? S'il ne fait pas ici, à défaut de parler pour elle, les affaires de la paysannerie pauvre, il fait celles de la paysannerie riche, celles de la bourgeoisie.

C'est ainsi que sur des thèmes paysans ou ouvriers, c'est tout un, une certaine catégorie de *poètes* (je n'emploie ce mot comme tous les autres que dans son sens *vulgaire*, un poète est un homme qui écrit des poésies ou poèmes, sans considération de la valeur poétique de ceux-ci) jouent le rôle de la social-démocratie sur le plan politique. Ils ne font plus des cendriers pour banquiers, ils font des bronzes d'art pour les bureaux de patrons. Vous savez, l'ouvrier qui s'appuie sur son marteau, avec des muscles, et une expression *loyale*, qui se trouve sur la cheminée devant laquelle le directeur d'usine refuse d'écouter les délégués des grévistes ?

*

Aux éditions de la N.R.F. vient de paraître un livre qu'on donne, paraît-il, pour un livre de poésie *révolutionnaire : La vie est unique* de Pierre Morhange. Il y a là de quoi retenir.

Il paraît que l'auteur, à en croire la réclame du livre, a voulu traduire *l'horreur de vivre dans le monde capitaliste*. L'horreur n'y fait rien, il y est et il y reste, et vers la fin du livre le bout de sa révolte apparaît dans un poème intitulé *Finalement* qui nous prophétise l'attitude de M. Morhange en temps de guerre :

Quel est l'orage qui m'environne ?
Où ai-je été surpris ?
C'est la fameuse guerre dont on parlait...
... Avoir vécu comme on dort
Avoir laissé la mort prendre cette forme énorme
Adieu, c'est le trait final
D'une fantastique misère.

Il n'y a là rien qui rende étrange la parution du livre de M. Morhange qui s'inscrit parfaitement dans la nullité poétique *de classe* de la petite bourgeoisie à langage radical et à prétentions scolaires.

Ceci n'est aucunement de la poésie révolutionnaire. C'est de la poésie de maniaque. Petites histoires personnelles, rancœurs qu'il nous est impossible de partager ; c'est à regretter les petites amies de M. Gaston Bonheur.

*

Dans cette époque troublée où s'affole la boussole de la bourgeoisie, dans le clan des poètes nous retrouvons donc des fascistes aux pseudo-révolutionnaires les reproductions caricaturales de tous les visages que se façonne l'exploitation de classe. Mais un trait significatif de cette période est le besoin qu'il y a chez tous de faire appel, qui dans leurs *vers*, qui à côté, à un révolutionnarisme de langage.

On peut tenir pour acquis que l'expression *poésie révolutionnaire*, même par ceux qui nient les conditions révolutionnaires d'une poésie de classe, n'est plus employée qu'en bonne part, n'est plus regardée qu'avec des yeux d'envieux. C'est là une situation nouvelle, et que rend étrange en France le discrédit qu'avec une fureur sacrée les poètes, dépositaires de l'héritage des siècles, cherchent à jeter sur toute poésie qui se propose par exemple la défense des revendications immédiates de la classe ouvrière.

Mais si le *mot* a cours, qu'en est-il de la chose qu'il couvre ? La poésie révolutionnaire est-elle une simple *vue de l'esprit*, une sorte de confus désir qui se réalise dans l'avenir, un but vers lequel la poésie tout court tend sans l'atteindre ? Curieuse conception, qui suppose au mot révolutionnaire une application verbale sans contenu !

Non, le mot suit la chose, et non la chose le mot. *La poésie révolutionnaire* est le produit de l'époque révolutionnaire[1]. Les cygnes ambitieux du Parnasse contemporain m'en voient désolé : il n'est pas vraisemblable que les révolutions soient le produit de la poésie révolu-

1. Non, comme le voulait M. Rolland de Renéville dans un article qu'il m'a fait *l'honneur* de me consacrer l'an dernier, le produit d'un esprit prophétique et génial qui par avance prévoit des révolutions dont le germe même ne serait pas perceptible ; quitte pour nous à faire ce qui lui paraît la démission des démissions, à scander une révolution *donnée*.

tionnaire. Il faut se faire à cette idée, sans avoir d'attaques de nerfs, Messieurs.

Donc la poésie révolutionnaire existe à l'heure qu'il est, et c'est une tout autre affaire de savoir si elle vous plaît. Elle existe, et elle dépasse les cadres nationaux des poésies antérieures. Le nom de Maïakovsky qui brille parmi d'autres au pays du prolétariat ne vous suffit pas, mais Langston Hughes en Amérique, Weinert en Allemagne, Laouti en Perse, Alberti en Espagne, Siao en Chine et cent autres font éclater la conception ancienne de la poésie; déjà l'histoire de la poésie doit tenir compte de ces faits internationaux. L'échelle des valeurs est changée. « Et la France? » Question de Français. Il me serait trop simple de vous montrer déjà les signes révélateurs d'une immense convulsion qui, dans ce pays entré le dernier dans la crise économique mondiale, annonce, je ne dis pas la naissance, mais l'épanouissement de ce monstre que vous redoutez de voir grandir, quand hypocritement vous soupirez, parce que dans votre *patrie* vous n'apercevez pas de poètes comparables à ceux que vous acceptez encore qu'il existe dans les pays des autres.

J'entendais, l'autre soir, rentrant de la fête de *L'Humanité* à Garches, par le train bondé et chanteur, les émouvantes, les nouvelles paroles mises sur l'air des *Gars de la Marine*, transformant cette chanson chauvine en un appel des marins à la révolte, où l'exemple admirable des Mutins de la Mer Noire jette toute l'immense poésie que vous êtes là, aveugles, à chercher à tâtons dans l'héritage des grands poètes du XIXe siècle. Croyez-vous que l'inconnu qui a fait pour les foules ces paroles à un air connu ne soit pas un poète révolutionnaire ?

Ils viennent, ils naissent de la foule prolétarienne, les poètes révolutionnaires français, et le concours de *L'Humanité* comme un coup de sonde jeté dans cette foule a découvert des gisements poétiques qui distancent soudain les joailliers de la poésie *moderne*. Je ne citerai ici que le poème de Fernand Jean, *Chômeurs, chômage* qui remet au pas des tapisseries tous vos châteaux hantés, pour modernes qu'en soient les panoplies dont vous les ornez.

La naissance d'une poésie révolutionnaire de classe a pour effet premier de ranger définitivement dans l'arsenal où dorment l'abbé Delille et Verlaine, les plus éclatantes *trouvailles* poétiques qui perdent leur sens à la façon de ces merveilles d'orfèvrerie qu'on peut voir aujourd'hui dans le musée du Kremlin. Natures mortes, natures mortes ! La grande *révolution* de la peinture dans les premières années de ce siècle n'a-t-elle pas été de s'en prendre à des guitares, et non plus à des pommes ?

Et la poésie *moderne* en est là : à ne pas reconnaître que le désespoir, les femmes nues, le rêve, les météores, les boules de neige, le papier mâché, les pianos volants, les robes de sentiments, les armures, les cristaux, les fougères, les allées et venues de sphinx sur les belvédères de l'imagination, la symbolique de la sexualité, le crime, la magie à dormir debout, tout jusqu'à ce cri du cœur si ressemblant que le passant s'arrête, n'est que pomme, clair de lune, Tircis, Mignonne-allons-voir-si-la-rose, et Voici-des-fruits-des-fleurs-des-feuilles-et-des-branches. Assez, assez !

... Avancez et parlez sur le sujet
de la Révolution
Nous désirons savoir ce que diable vous pourrez dire[1].

1. Langston Hughes.

Un roman commence sous vos yeux

Longtemps les œuvres de l'art virent expliquer leur naissance suivant un rite mythologique : le poète, le musicien, le penseur était visité par l'Inspiration, et celle-ci était une Muse, c'est-à-dire une dame surnaturelle, habillée dans le péplum de la tradition gréco-romaine. Le vêtement se modifia, au cours du siècle dernier, suivant le stylc des auteurs, leur pittoresque particulier, jusqu'à même emprunter à la vie réelle la défroque de la Muse qui se rapprochait de cette autre espèce d'inspiratrices qu'on appelle des Égéries et qui sont, on ne sait pourquoi, les Muses des ministres, des tribuns et des journalistes.

Dans l'époque contemporaine, la Muse ne subsiste guère plus que sous le ciseau du statuaire qui s'entend à enlaidir nos villes.

Ce sera l'apport de ma génération dans la littérature, de ma génération formée au contact des réalités de la Grande Guerre, et s'exprimant à leur lendemain, que d'avoir démonté sans crainte de profanation le mécanisme du mystère, l'inspiration toujours préservée jusqu'alors par les écrivains et les artistes qui avaient intérêt à laisser le public dans un étonnement sacré devant leurs secrets professionnels. Nous avons montré comment l'inspiration est réductible à certaines données élémentaires qu'explique la psychologie moderne, comment l'inimitable de la poésie et de l'art est en réalité reproductible par des moyens bien déterminés, comment la suppression de notre propre censure psychologique due aux habitudes et à l'éducation, la rapidité sans contrôle introduite dans l'écriture par exemple, permettent de reproduire ce qui, jusqu'ici, passait pour le propre du génie. Les plus belles images du monde, le lyrisme, le torrent des mots ; tout cela s'expliquait à la fois dans la poésie et dans l'art, comme dans le rêve et la folie (qui apparentent souvent les hommes ordinaires aux génies de l'humanité) par une certaine faculté de passer outre à la censure psychologique, faculté qui s'acquiert, et qui s'acquiert même par des procédés mécaniques.

Jolie découverte, et qui ruinait assez bien l'industrie des Muses ou Égéries. Mais les hommes de mon âge se rassurèrent dans la paix relative qui suivit 1918. Ils se prirent à leur jeu, et ayant démonté la mécanique, la remontèrent à leur propre profit, et firent à nouveau joujou avec l'inspiration. Celle-ci avait changé de forme, s'était modernisée, avait perdu son air de divinité pour devenir un appareil automatique ; c'est là le sort des dieux dans les philosophies contemporaines. Mais mes contemporains, artistes et poètes, avaient vite redécouvert l'intérêt qu'ils avaient à laisser ces distributeurs de poésie dans une ombre propice au frisson sacré. À l'image de leurs devanciers, ils replacèrent l'inspiration dans le temple par eux-mêmes profané, et va comme je te pousse ! L'escroquerie poétique reprit de plus belle. D'autant que le goût de la spontanéité, l'appel à l'inconscient, qui excusent l'auteur de la médiocrité de sa production, des lieux communs poétiques où il tombe, en un mot de son mauvais travail, rendaient ici facile le métier d'écrivain, de peintre, d'empoisonneur public.

À vrai dire, il n'y a pas de mystère dans la création de l'œuvre d'art, et c'est à juste titre que ceux que l'on nomme les surréalistes et parmi lesquels je me trouvais, prétendirent initialement arracher l'inspiration à son faux théâtre, il y a de cela seize ou dix-sept années. Ils n'avaient pourtant en vue qu'un moment de cette création, et ce moment ne suffisait pas à rendre compte des autres.

La machine de l'inspiration, c'est-à-dire l'homme qui se met par exemple à écrire, ne se trouve pas dans une cloche pneumatique où se fait le vide : il y asphyxierait. C'est un homme qui mange, qui a chaud ou froid, qui se mouche, qui ne sait plus où il a mis son carnet de tickets de métro et que ça impatiente, que le téléphone dérange, qui n'a pas payé son terme, qui s'interrompt pour lire le journal et il y a encore quelque part une guerre qui va lui trotter par les méninges, il a une plume qui ne vaut rien et pas moyen d'en changer, c'est dimanche, il se lève et marche et se voit dans la glace, et éclate de rire à cause d'une petite ride auprès de son nez, et pourtant ce n'est pas drôle de vieillir, et il se rassied, et il écrit sur le papier blanc que rien ne préparait à cette phrase :

« *Claudine, avec son air de ne pas y toucher, faisait dans la petite ville l'effet d'un arc-en-ciel dans la pampa...* »

Et voilà que de ce point précis, absurde, apparemment arbitraire, vient de naître à son départ le long roman de cinq cents pages où l'auteur justifiera cet arc-en-ciel, Claudine, la petite ville et la pampa.

Ici, vous m'arrêterez, amateurs de mystères, et vos : *Vous voyez bien!* font trembler les vitres de la victoire. Attention, mes amis, vous allez les casser...

Cette Claudine qui vient de naître n'a pas été apportée sur le papier par une cigogne, l'auteur ne l'a pas trouvée sous les feuilles d'un chou. Claudine est une résultante, plus ou moins intéressante je vous l'accorde, mais une résultante de toutes les idées, les expériences de l'auteur, qui sont conditionnées par les idées et les mœurs de la société où il vit ; cette Claudine avec son air de ne pas y toucher dépend du prix du pain, du chômage qui règne, de la loi sur les Assurances sociales, du degré d'analphabétisme chez les conscrits de la classe 1936, des traditions de la culture dans les couches moyennes, de vieilles chansons montmartroises et du folklore des nourrices, d'un roman de Mme Colette et de l'air des « Dix filles dans un pré » : *Y avait Dine, y avait Chine, Y avait Claudine et Martine*... Enfin le petit distributeur automatique où nous venons de mettre une pièce française de zéro franc dix centimes, a fonctionné dans un monde donné, où il y a des pauvres et des riches, des trusts et des mendiants, des ouvriers et des actionnaires.

C'est cette considération qui est négligée par les fils effrénés du lyrisme, qu'ils s'étiquettent suivant les années romantiques, symbolistes ou surréalistes. C'est cette considération qui oppose et sépare les surréalistes, extrême pointe de l'idéalisme artistique, et les réalistes qui entendent baser leur art sur le monde tel qu'il est pour le transformer en le monde tel qu'il doit être, et qui, par cela même, abandonnant les vieilles baudruches de l'inspiration, les Mimi Pinson penchées sur l'oreille en plâtre du poète barbu, acquièrent le droit orgueilleux de se réclamer du matérialisme agissant qui ne descend pas des nuages pour piquer du nez dans la boue à la façon de l'idéalisme, mais qui marche les pieds sur la terre et grandit vers le ciel glorieux, avec l'homme et son effort, avec l'homme qui, dans de petits ateliers mal éclairés et mesquins, a su déjà se fabriquer des ailes.

Le réaliste dont je parle est un homme comme tous les hommes et qui ne s'oppose point à eux à la façon du poète vaticinant. Comme les autres hommes, il sait que qui ne travaille pas ne mange pas, et reconnaît cette dure loi qui est la grandeur de l'humanité. Il aime comme l'ouvrier le beau travail, le fini, le bien fait. Son livre n'est pas un monstre sorti de la fièvre et de l'ignorance, mais un être bien équilibré qui doit à la réflexion et à la connaissance des ouvrages passés, les qualités qui lui donnent le droit à l'existence. Nous n'avons pas besoin qu'un écrivain réécrive de nos jours *Madame Bovary* ou *La Peau de chagrin*. Mais les expériences de Balzac et de Flaubert ne seront, entre autres, pas négligées par l'écrivain, parce que rien ne peut faire que ces expériences n'aient eu lieu, et qu'il faut tenir compte d'Emma Bovary pour que cette Claudine qui a des airs d'arc-en-ciel appartienne au temps présent, au monde réel, à la vie, sans laquelle que venez-vous m'importuner avec vos livres ? Tout comme le constructeur d'avions qui fabrique un nouvel appareil susceptible d'aller porter la mort à 600 kilomètres à l'heure pour satisfaire aux besoins de la guerre moderne se doit de connaître le touchant appareil avec lequel Blériot traversa pacifiquement la Manche...

Mais ce n'est pas de cela qu'il s'agit. Nous disions donc : « *Claudine, avec son air de ne pas y toucher, faisait dans la petite ville l'effet d'un arc-en-ciel dans la pampa ; et quand les bêtes tapies au fond des boutiques l'apercevaient entre les roseaux de leurs vitrines, quand l'éléphant assis sur le dos de deux mille métallurgistes croisait dans sa vieille Delauney-Belleville le sourire bizarre de la fille du rémouleur, il se faisait du désordre dans la hiérarchie sociale...»*

Un roman vient de commencer sous vos yeux.

SERVITUDE ET GRANDEUR DES FRANÇAIS

SCÈNES DES ANNÉES TERRIBLES

Sous le titre *Servitude et grandeur des Français* sont regroupés les textes suivants :

Les rencontres — Les bons voisins — Pénitent 1943 — Le mouton — Le collaborateur — Les jeunes gens — Le droit romain n'est plus.

Les rencontres

Sa sœur était sténo de presse au journal : une fille courageuse et dévouée, cette Yvonne ; presque jolie malgré ce petit nez en l'air. Elle avait de grands yeux bleus. Je lui aurais bien fait la cour, mais elle était sérieuse et moi... le mariage... C'est au Vél'd'Hiv' que je les ai rencontrés ensemble, la première fois. Bien que je ne sois pas du tout un sportif, on avait la rage de m'envoyer, en plus du type des sports, aux grands trucs, football, courses, etc., pour l'atmosphère. Vous me ferez un chapeau de vingt-cinq lignes, Julep...

Ce que ce nom m'agace. Je m'appelle Pierre Vandermeulen, je n'avais signé Julep que par plaisanterie, d'abord, rien que les petits machins idiots qu'on me faisait faire à droite et à gauche, réservant mon vrai nom pour les textes sérieux, bien écrits... Ce sont les idioties qui ont eu du succès, et Julep qui est devenu célèbre, et peu à peu Pierre Vandermeulen s'efface devant Julep... Ce que c'est que la vie...

Donc c'était au Vél' d'Hiv' il y a peut-être dix ans. Un soir des Six Jours, dans la lumière mauve et brutale, les coureurs tournaient, tournaient... J'avais passé une heure en bas, entre les haut-parleurs, le buffet, les gens chic insultés de la frise par la masse des vrais amateurs et puis j'étais grimpé au populaire, comble ce soir-là. D'une des travées, j'avais vu en dessous, vers les premiers rangs, ce jeune possédé qui scandait la course à grands coups de poing contre l'air, qui criait, se penchait vers sa voisine... Juste ce qu'il me fallait pour l'atmosphère, précisément. Je m'étais approché pour l'observer quand sa voisine m'interpella : « Monsieur Julep ? » La gloire, quoi. Non, enfin, ce n'était qu'Yvonne, et le forcené à côté d'elle son frère, Émile Dorin, un métallo, avec le même nez en l'air qu'elle, mais pas ses beaux yeux, des cheveux châtains qui faisaient de grandes mèches plates, et pour l'instant des perles de sueur au front. Une bonne gueule. Il me présenta sa femme, Rosette, une petite brune, avec la peau un peu laiteuse et des taches de rousseur, des yeux clairs, elle aurait été bien jolie si elle s'était arrangée... Quant à Émile, il était repris par la course. Il s'y débrouillait comme un poisson dans l'eau. Moi je n'y ai jamais rien pigé, à tout ce mélange de sprints, de primes, de réclames pour les Cachous Lajaunie, les bas de soie Étam, le vin de Frileuse, et les cris des annonceurs, et les maillots bariolés, les grands chiffres affichés au tableau noir... Il était de ceux qui jettent de rage ou d'enthousiasme leur casquette sur la piste quand ce ne sont pas leurs clefs (on se demande comment ils font pour rentrer chez eux, après, ceux-là).

Et puis, ça a été comme un fait exprès : je le rencontrais partout, Émile. Une fois dans le métro, une autre fois Porte Maillot à un départ du Tour de France, est-ce que je sais ? Parce que, pour un mordu du vélo, c'était un mordu du vélo. Partout où ça pédalait, on pouvait être assuré de le voir s'amener, et jamais lassé du spectacle. Il me reconnaissait : « Salut, Monsieur Julep. » Je lui avais bien dit de m'appeler Vandermeulen, mais rien n'y faisait.

Alors, on causait... Il travaillait chez Caudron, en ce temps-là. Monteur-ajusteur. Il gagnait bien sa vie. C'est-à-dire qu'il appelait ça bien gagner sa vie. Un excellent ouvrier. Pour l'énergie, il n'avait pas son pareil : à la sortie du boulot, il enfourchait sa bécane et il filait à l'autre bout de Paris, dans la zone des Lilas, où, par je ne sais quelle combinaison, il avait un de ces petits jardins à vous fendre l'âme où il cultivait des légumes, des fleurs et des boules de verre pour éloigner les oiseaux. Il prétendait que ça le reposait de bêcher. Le dimanche, alors, il était tout à la Petite Reine : il filait avec Madame, à des soixante, soixante-dix kilomètres de Paris, sous le prétexte de pique-niquer, ou de retrouver une guinguette où ils avaient cassé la croûte avant d'être en ménage.

Mme Dorin était enceinte quand Yvonne eut

l'idée de me mener un soir chez son frère. Il me fallait à tout prix interviewer l'homme de la rue pour je ne sais plus quoi, pour un hebdomadaire illustré, et j'avais eu des réponses si idiotes des trois ou quatre lascars honnêtement interpellés rue Picpus, boulevard des Italiens ou place Maubert, que je désespérais. Bon. Yvonne, le photographe, un nommé Protopopoff, je me souviens, un fils de général, bien entendu, et moi, on s'amène tous les trois en chœur avec l'appareil, le magnésium, à Boulogne-Billancourt, dans le petit logement. Il y avait là Émile, Rosette déjà bien ronde, une sœur à elle et son mari, un grand blond, approchant la trentaine, qui était chez Renault comme sa femme, d'ailleurs, une sorte de forgeron de ch'Nord, avec un cuir, plutôt taciturne. Ça, Émile a été parfait. Je ne me souviens pas de quoi il s'agissait, ni de ce qu'il m'a répondu, mais parfait. On a pris un verre. Je me suis engueulé avec le beau-frère, en passant, parce que c'était évidemment un communiste, et qu'on s'est accroché sur deux ou trois choses, bien entendu. Émile me confia qu'il achetait à tempérament un tandem, pour sa femme et lui, quand l'enfant serait né.

C'est en tandem que je les ai revus, au printemps suivant, du côté de Champagne-sur-Seine, par un soleil de plomb. « Ah ! Monsieur Julep ! » Émile m'a expliqué les caractéristiques de son nouveau cheval-deux-places, et les changements de vitesse et ci et ça... Je lui ai poliment demandé des nouvelles du beau-frère; on était dans une période agitée, après février 1934. Mais Émile évita de parler politique, il était bien trop occupé de son tandem.

Je l'ai encore rencontré à Montlhéry, pour des courses derrière moto. Mais ça, il trouvait que c'était du chiqué. Pas sérieux. Il aurait voulu suivre Paris-Nice, pas moyen avec le travail à l'usine, ça devait être en 35. Puis encore sur les routes, sur son tandem maintenant le couple véhiculait leur mioche, un garçon qui ressemblait à Émile que c'était un beurre, dans un petit panier ficelé au guidon.

Puis il y a eu un deuxième gosse, une fille, c'était en 36, au moment des grèves. J'avais aperçu Émile à une de ces incroyables séances-concerts en pleine usine occupée, où les vedettes venaient chanter pour les grévistes. Il avait l'air de s'amuser sans malice. « Comment, Émile, vous voilà en grève, maintenant? — Oh! bien, Monsieur Julep, on fait comme tout le monde. On ne peut pas trahir les copains. » Ça devait être l'influence du beau-frère.

Je l'ai encore rencontré au Vél' d'Hiv'. Je suis tombé dessus au Salon de l'Auto. Je l'ai aperçu de loin à Clichy pour un Paris-Roubaix quelconque, et on s'est fait des signes. Puis c'est au circuit organisé par mon canard, on m'avait bombardé commissaire et au départ je me démenais avec un brassard tricolore et un tas d'insignes au revers, que je me suis entendu héler: « Eh! Monsieur Julep. »

Émile et sa femme, tous les deux toujours

les mêmes, Rosette un peu fatiguée. Ils avaient décidé d'adopter un enfant espagnol, était-ce qu'on allait avoir le droit d'en avoir à Paris... «Qu'est-ce que vous allez vous mettre un enfant étranger sur les bras, vous n'êtes pas dingo?» Elle sourit et dit: «Quand il y a pour deux il y a pour trois...» Cette fois, ça devait bien être le beau-frère qui leur avait mis ça dans la tête. Qu'est-ce qu'il devenait, celui-là? «Ça fait un bout de temps qu'on ne l'a pas vu... — Tiens, tiens, brouillés? — Oh! non, il est en Espagne... il se bat contre Hitler...» Il prononçait *il est h-en Espagne* sans faire la liaison, tout juste comme M. de Montherlant que j'avais interviewé la veille, sur les demoiselles qui le poursuivent de leurs assiduités, disait aristocratiquement: «Comment h-allez-vous?» D'ailleurs, on n'a pas autorisé les Parisiens à prendre des petits Espagnols. J'en ai reparlé à Émile, par la suite, dans l'autobus de Vincennes. Il a hoché la tête: «On l'aurait bien fait... Ils se sont fait crever pour nous...» La propagande prend sur ces gens-là.

J'avais été encore une fois, à bout d'idées, refaire le film de l'homme de la rue au moment de Munich, et naturellement, j'ai pensé à Émile. Mais, cette fois, on m'a coupé Émile, ce qu'il m'avait dit était imbuvable, il faut l'avouer. Et encore, j'avais adouci... Aussi n'ai-je guère repensé à lui jusqu'à la mobilisation. Mais là, dans un bled perdu, du côté de Metz, en soutien de la ligne Maginot, j'étais lieutenant dans un régiment d'infanterie, un jour à la popote la radio jouait, Chevalier s'est mis à chanter *Mimile*. Et moi, on est bien bête, je ne pouvais pas m'empêcher de revoir la bonne gueule d'Émile, ses cheveux raides, son nez en l'air. Où était-il, Émile, à cette heure ? Et le beau-frère, le communiste ? Il devait se trouver dans de beaux draps, retour d'Espagne, celui-là... Les occasions de se rencontrer se faisaient rares. Plus de courses cyclistes, plus d'homme de la rue à interviewer sur le voyage du roi d'Angleterre ou la vague du black-bottom.

Pourtant, je devais le revoir en pleine guerre, Émile, en pleine bagarre. Dans le cœur de cette dégueulasserie. Après que nous avions tenu sur l'Aisne et sur l'Oise, partout lâché pied, la rage au ventre, par ordre. Ça devait être le 12 ou le 13 juin. Je reverrai toujours ça. Un patelin de Normandie, dans l'Eure. Avec un château Louis XIV à pièce d'eau, arbres taillés en avenues noires et silencieuses, de grandes statues mythologiques aux pilastres de l'entrée. Une place sillonnée de convois incessants vers l'arrière, les tristes inscriptions sur la porte de l'église : *Georgette Durand a passé ici... Pour Maman, on s'en va sur Angers...*, et nous là-dedans mêlés avec des dragons et leurs chars, les blessés qu'on rapporte, les Boches devaient être à un kilomètre, quinze cents mètres au mieux sur la route d'Évreux. Combien de temps tiendrait-on ? Dans une rue en face du couvent, l'école des Sœurs était occupée par les toubibs, l'infirmerie, et nous devions déjeuner avec eux, parce que la popote... eh bien ! il n'y avait plus de popote. Il faisait chaud, lourd, un ciel de plomb, retrouvant brusquement par grandes éclaircies ses couleurs de juin, pour repiquer tout de suite une mine sombre. Sous les petits arbres de la cour, une longue table de bois. On mangeait tous ensemble, les médecins, quelques officiers et dans un coin des sous-offs, de simples infirmiers et ceux des blessés, sans distinction de grade, qui pouvaient s'asseoir, et qui attendaient que l'auto-ambulance vînt les chercher. Une petite Sœur en laine blanche, avec sa cornette disproportionnée, virevoltait au milieu de nous, apportant des assiettes, aidant les cuistots, avec toutes sortes de saluts aux officiers, sa robe qu'elle ramenait à deux mains pour sauter par-dessus des armes jetées en tas dans un coin de façon inattendue.

L'artillerie allemande tirait par-dessus nous. Ils devaient bombarder la route, à la sortie.

Là, il y avait un soldat, ce devait être un soldat ? le torse nu, le bras gauche et l'épaule pris dans un plâtre de fortune, avec une écharpe de gaze, pas rasé de trois jours. Quand il me dit : « Monsieur Julep », j'eus un drôle de sursaut. J'étais le lieutenant Vandermeulen maintenant ; qui pouvait bien ? « Vous ne me reconnaissez pas ?... Dorin, le frère d'Yvonne... » C'était Émile, ah ! par exemple. Il me raconta qu'il était dans un groupe franc de la division de cavalerie ; après Dunkerque, on ne leur avait pas rendu assez de chars parce que d'abord il conduisait un Hotchkiss... « Ça ne vaut pas la Petite Reine, hein, Émile ? » Il sourit assez pâlement. Ça devait lui faire mal, son épaule. De temps à autre, il y portait machinalement sa main droite, touchant le plâtre. Enfin, il venait des abords de Rambouillet. Ils avaient défendu Rambouillet, le groupe franc, avec des mitrailleuses, la route... après le départ de l'armée... « Ça faisait drôle... Rambouillet... On pédalait par là souvent, nous deux Rosette... » Il ne savait pas ce qu'il était advenu de Rosette et des enfants, peut-être bien qu'ils étaient toujours à Paname, avec les Boches qui arrivaient... ou pis, qu'ils étaient partis sur les routes comme... Un obus péta, pas très loin. Je n'écoutai pas la suite, le médecin-capitaine m'appelait. Il y avait une conversation générale. Des bruits couraient. Les Américains allaient se mettre de la partie, les Russes avaient attaqué les Boches, et puis à Paris il y avait le communisme... On répétait tout ça sans rien y croire et on se regardait les uns les autres pour voir ce que les autres en pensaient. C'était le premier jour où nous avions comme ça sur nous la lumière de la défaite. On avait du bon vin ramassé dans une cave, on n'allait pas le laisser aux Fritz qui ne savent pas boire. « Qu'est-ce que vous voulez que les ouvriers y comprennent à Paris ? dit le médecin-capitaine, un gros assez jeune avec une moustache en brosse. Imaginez que Thorez arrive avec l'armée allemande... »

C'est à ce moment qu'Émile éleva la voix.

Pas très fort. Avec une espèce de réserve. Mais avec décision.

« Quand j'étais à l'entrée de Rambouillet, dit-il, là, vous savez, devant le château du Président, Monsieur Julep... nous avions les mitrailleuses et nos flingues braqués sur la route... Les Boches n'arrivaient pas encore... mais il y avait des Parisiens qui rappliquaient sans arrêt... avec des choses pas croyables, des vieux..., et puis il y eut des groupes d'ouvriers, une usine d'un coup... ça se reconnaissait... Ils nous parlaient au passage. Ceux de chez Salmson... et puis Citron... et là, qui est-ce que je vois ? Mon beau-frère et ma belle-sœur, songez donc... Ah ! pour un coup... Alors ils nous ont raconté... À l'usine, et chez Renault pareil, quand ils ont su que les Boches allaient entrer dans Paris, ils voulaient tout briser, les machines, brûler les bicoques... Ah ! ouitche... On leur a envoyé les gardes mobiles, qui ont menacé de tirer sur eux... Ils n'y comprenaient plus rien, vous pouvez dire... Préserver les machines pour les Boches, vous imaginez ? On ne comprend plus rien à rien... »

Comme tous, je me retournai pour regarder Émile : il avait de grosses larmes dans les yeux.

Cette fois, quand l'auto-ambulance l'a emporté, je me demandais si je le reverrais jamais. Et puis c'est Yvonne que j'ai retrouvée, avec ses beaux yeux bleus, sténo dans un journal replié à Marseille. Il avait coulé de l'eau sous les ponts. Par la fenêtre, on entendait des gosses qui chantaient : « Maréchal...

nous voilà ! », il y avait des jeunes gens importants habillés dans des genres d'uniformes qui paradaient sur le trottoir. La zone libre était en pleine illusion. « Émile ? me dit-elle. Il est rentré à Paris, puis il a dû filer. Il y avait du sabotage à l'usine... — Oh ! ça, m'écriai-je, je suis bien sûr qu'Émile n'est pas un saboteur ! » Il me parut qu'Yvonne me regardait drôlement de ses yeux bleus. Une sensation comme ça. Elle ressemblait de plus en plus à son frère. Je me demande pourquoi elle ne s'est jamais mariée.

Vers la Noël, je suis remonté à Lyon. Le patron multipliait les éditions du canard. C'est sur le quai de Perrache, un soir, comme je prenais le train pour la Camargue où on m'envoyait enquêter sur le retour à la terre, qu'un type pressé me heurta et dit : « Pourriez pas faire attention ? Tiens... Monsieur Julep. » Encore mon Émile. Son épaule et son bras ? Tout à fait remis. Les gosses chez les grands-parents... « Et Rosette ? — Oh ! elle travaille... » Comment ? Elle avait laissé ses enfants ? « Bien, vous qui vouliez adopter un petit Espagnol. » Le même regard bizarre qu'avait eu Yvonne : « Dans des moments comme ceux-ci, dit Émile, on n'a pas le temps de s'occuper de ses mioches à soi... » Il ne s'expliquait pas trop sur ce qu'il faisait. Je lui demandai des nouvelles du beau-frère. Il me répondit d'une façon évasive. Son train partait.

On peut dire que c'est dans l'été 41 que les idées des gens changèrent. Pourquoi, je ne sais pas. Les Allemands étaient devant Moscou, mais ils ne l'avaient pas pris. Dans les trains, les langues commençaient à se délier. Tout le monde ne pensait pas comme on le croyait. Quelque part, du côté de Tarbes, dans un de ces couloirs bondés, entre des valises et des gens qui vont tout le temps aux cabinets, il se disait des choses à faire frémir et rire à la fois. Ce fut à la voix d'Émile que je le reconnus. « Attendez un peu, disait-il, vous verrez ce qu'ils vont leur mettre. » Quelle flamme il avait dans les yeux. Je retrouvais mon Émile du Vél' d'Hiv', l'Émile qui jetait sa casquette aux coureurs, mais il ne parlait plus de vélo, maintenant, il parlait des Russes. « Vous ne m'avez pas dit, l'autre fois, ce qu'il était devenu, votre beau-frère ? » Soudain, il passa une espèce de brume sur son visage, Émile releva d'un coup de main ses mèches raides retombées sur son front. Il se pencha vers moi. Je me mépris à son expression : « Vous êtes fâchés ensemble ? » Il haussa les épaules. « Les Boches... dit-il à mi-voix. Quand ils l'ont eu abattu avec leurs mitraillettes... ils ont marché dessus... Ils lui ont écrasé la figure à coups de talon... Défoncé le crâne... » Je m'y attendais si peu. Le beau-frère. Le communiste. « Qu'est-ce qu'il avait fait ? », dis-je bêtement. Il haussa les épaules. Ce n'était guère un endroit pour parler de ça... Enfin, dans l'usine où il avait repris du travail par ordre de son parti, les ouvriers s'étaient mis en grève... Dans la cour, on avait voulu en fusiller dix, les autres s'étaient jetés contre les Boches pour les leur arracher... Oui, comme ça, sans armes... le beau-frère en tête... Alors ils l'ont piétiné...

Quand Émile disait *piétiné*, il me semblait voir la scène, il y avait dans sa voix assourdie une danse sauvage de soudards verts, un déchaînement de brutes casquées... Je voulus dire quelque chose : « C'est terrible... aussi est-ce raisonnable de faire grève ? » Émile d'abord ne répondit pas. Puis il me regarda bien : « Monsieur Julep, dit-il, on est pas des Boches... Raisonnable ? S'agit pas d'être raisonnable... Faut chasser les Boches... Vous vous souvenez de 36 ? Alors, vous m'avez demandé pourquoi je faisais grève... Eh bien ! aujourd'hui non plus on ne peut pas trahir les copains... Et quand un tombe, il faut qu'il y en ait dix autres qui se lèvent. » C'était un énorme feldwebel qui passait entre nous, sentant cette odeur particulière de la soldatesque allemande, avec un de ces visages sans expression dont ils ont le secret. « Ils sont bien habillés », dit Émile, et il parla d'autre chose.

Je ne l'ai pas revu de tout 1942. Les choses prenaient un drôle de tour. On ne rencontrait plus de gens pour défendre Vichy. Le métier était devenu impossible. Les journaux se faisaient avec le pot de colle, et les communiqués de l'O.F.I. On essayait bien de temps en temps de glisser un mot par-ci par-là, mais qu'est-ce qu'il pouvait y avoir comme vaches à la censure. Heureusement que c'étaient souvent des zigotos d'intelligence moyenne. Avec novembre, l'entrée des Américains à Alger, l'occupation de la zone zud par les Allemands, ceux qui avaient encore des doutes devaient être bouchés à l'émeri. Le canard se saborda. Le patron a été très chic, il nous a payés quelque temps comme si de rien n'était. Au fond, pour la première fois de ma vie, je pouvais voir venir. On m'avait fait des ouvertures de plusieurs côtés, de la part de la Résistance. Je me tâtais encore... Il y eut cette nuit où Hitler, en détruisant l'armée, porta le coup mortel à Vichy...

Finalement, j'acceptai de faire des papiers-magazines qu'on me prenait encore dans les journaux où il y avait des camarades. Évidemment, ce n'était pas drôle de voir ce qui s'écrivait à côté. Mais je ne traînais là-dedans ni le nom de Vandermeulen, ni la signature de Julep. Avec le prix de la vie. Sans manger tout à fait au marché noir... mais dès qu'on prend un supplément dans les restaurants, les prix que ça cherche. Et puisque je ne faisais moi-même ni des salades sur la Relève, ni des salamalecs aux doryphores...

Quand j'ai su qu'on avait arrêté Yvonne, ça m'a fait de là peine. La pauvre fille. Elle était à la prison de Montluc d'abord. Il paraît que c'est très moche et puis surpeuplé. Qu'est-ce qu'elle avait bien pu faire? Ah! ces centaines de milliers de gens dans les prisons et dans les camps, est-ce qu'on peut savoir ce qu'ils ont fait, tous? Yvonne était une fille vaillante, toujours de bonne humeur même quand on avait un coup de chien. Il fallait seulement avec elle surveiller l'orthographe des noms propres...

Je ne suis pas très sûr, quand je l'ai aperçu à Nice, qu'Émile m'avait vu. Pourtant il m'avait fait l'effet de faire celui qui ne m'avait pas vu. J'avais envie de lui courir après, surtout pour lui demander des nouvelles d'Yvonne, et puis... Oh! ce n'était pas la peur d'être indiscret. Émile aime bien, au fond, rencontrer ce vieux Julep... Non, mais je n'étais pas seul; vous me comprenez. Enfin, il était toujours vivant.

J'ai pendant quelque temps caché chez moi un confrère, un Juif, qui était traqué, sans avoir rien fait pour cela, que d'être juif. Il lui fallait des papiers. J'en ai bien demandé à ceux que je savais de la Résistance... Mais après tout, je le cachais déjà chez moi. On se sent gêné, à la fin, de ne rien faire. L'arrestation d'Yvonne m'avait fait un drôle d'effet.

Toujours est-il que mon hôte s'était débrouillé, il avait soi-disant trouvé des gens qui faisaient très bien les fausses cartes, à un prix respectable, et il devait partir pour une planque à la campagne quand, un matin, on frappe à la porte: toute une compagnie, un commissaire de police français, ses bonshommes, et deux types de la Gestapo. Je n'aime pas beaucoup raconter cette histoire, les détails, ça n'a rien à faire ici. Ils nous ont battus. Moi, les Français m'ont gardé. Le pauvre type, personne ne sait ce qu'il est devenu. Il devait être dans ce wagon à bestiaux en partance pour l'Allemagne qu'ils ont oublié sur une voie de garage à la sortie des Brotteaux, les portes cadenassées, et où tout bruit a cessé au bout de cinq à six jours. Je m'en suis tiré : six mois de taule, pour non-déclaration de locataire.

C'est dans la cour de la prison, cette fois, que j'avais revu Émile. Pendant la promenade. Vous parlez de promenade. Un puits entre les murs hauts et noirs, et on tourne en rond les uns derrière les autres, pas le droit de se parler, à bonne distance, ça va chercher dans les dix mètres sur huit... Il était derrière moi, je ne l'avais pas vu. J'entends tout à coup murmurer : « Eh ! Monsieur Julep... Monsieur Julep », pas possible de s'y tromper : c'était Émile. On n'a pas pu se dire grand-chose. Un tour de cour entre question et réponse. Des nouvelles d'Yvonne ? « Elle est dans un camp. Pas trop mal... — Et Rosette ? » La réponse ne vint pas tout de suite. Nous tournions. Le gardien regardait de notre côté. Enfin, la voix, un peu changée : « En Silésie... depuis janvier... pas de nouvelles... »

Ça m'avait donné un coup. Dans ma cellule, je pensais tout le temps à Rosette. En Silésie. Où ça ? Dans les mines de sel, qui sait ? Cette gosse. Je la revoyais encore comme la première fois, au Vél' d'Hiv', une petite fille... Le beau-frère, Yvonne, Rosette... Ah ! c'était une famille éprouvée, qui ne s'était pas ménagée. Ils n'avaient rien à gagner. J'avais avec moi un type du marché noir et un petit voleur à la tire, qui me regardaient de travers parce que j'étais un *politique* : un comble, vraiment, moi un politique...

Une autre fois, à la corvée de tinette. J'étais dans le couloir. Voilà Émile qui passe à côté de moi. Il me souffle : « Comment c'est votre nom, Monsieur Julep ? » Drôle d'idée de me demander ça : j'ai tout juste pu lui répondre. Quand je l'ai revu à la promenade, à ma question : « Qu'est-ce qu'elle avait fait, Rosette ? », il m'a répondu : « Rien, son devoir... »

Le type du marché noir disait qu'on était mal traité, parce que, dans cette prison, il y avait un tas de communistes, que ça rejaillissait sur les autres. Et il louchait sur moi. Je lui expliquai que je n'étais pas du tout communiste, même pas gaulliste... « Vous êtes pourtant un politique, dit cet homme, alors il faut choisir... »

Voilà qu'un soir, il y a un drôle de boucan dans la turne. On entendait les portes claquer, des va-et-vient. Nous trois, on se regardait, vaguement inquiets. Qu'est-ce que c'était encore ? Puis des pas dans le couloir, la clef dans la serrure. On était déjà dans le noir. La porte s'ouvre, la lampe du gardien, un autre gardien avec lui, et derrière trois prisonniers qui avaient l'air de leur donner des ordres. La voix d'Émile : « Celui-là, dans le fond... Vandermeulen... » Et le gardien : « Vandermeulen, avancez. » Qu'est-ce que c'était ? une révolte ? Émile expliqua : « Une évasion collective... »

Mes compagnons exultaient, mais ils les repoussèrent dans la cellule : rien que les politiques... Ça, ils râlaient.

Je n'ai jamais rien vu de si bien organisé. Le directeur de la prison comme un petit garçon, plusieurs gardiens passés du côté des prisonniers, les autres ficelés. C'étaient les révoltés qui faisaient la police. Ils avaient les listes avec le directeur. Émile disait : « On ne fait sortir que les patriotes... » Il me comptait parmi les patriotes. Je ne peux pas dire, je me sentais fier.

Je ne vais pas raconter la suite, le camion la nuit, ce terrible accident sous le pont du chemin de fer, puis l'arrivée dans un village de montagne, les braves gens qui nous ont cachés, les vêtements apportés, cette extraordinaire gentillesse de tout le monde. Tout de même, je n'avais jamais cru qu'il y avait tant de dévouement dans le pays, tant de braves gens... Je ne peux trouver d'autres mots... de braves gens... Émile n'était plus avec nous. On nous avait dispersés par petits groupes. Avec moi, il y avait un avocat de Clermont, deux gaullistes dont je connaissais l'un, un confrère, et un paysan de la Drôme. On s'était évadé à quatre-vingts, pensez donc.

Voilà que je ne m'appelle plus Vandermeulen, ni même Julep. J'ai des papiers au nom de Jacques Denis. Des bons papiers, bien faits, autre chose que ce que les margoulins avaient vendu à ce pauvre bougre de Juif que j'avais hébergé. Mes compagnons m'ont demandé si j'avais où aller. D'abord, j'ai dit non. Puis, quand ils m'ont dit : « Alors, viens avec nous », j'ai interrogé : où ça ? Eh bien ! dans le maquis... J'avoue que ça ne m'a pas souri. L'été encore, mais l'été était bien avancé. Le maquis. Je ne me vois pas du tout dans le maquis.

Avec ce que m'ont procuré les gens du village, j'ai pu aller jusqu'à M... où mes amis Y..., je ne vais pas les compromettre, ont un joli petit château. Ils me donneraient le temps de me retourner. Ils n'ont pas eu l'air très contents de me voir. Mais enfin ils ont été corrects. Paul Y... n'en revenait pas ; il me posait un tas de questions. Ce qui l'inquiétait, c'était le village où on nous avait si bien reçus : « Alors, disait-il, dans ce petit patelin, en pleine montagne, ils sont tous communistes, maintenant ? » Pourquoi communistes ? Jamais de la vie. Des braves gens, quoi. Ils ont un Comité de Front National... Ça ne rassurait pas Paul Y... « C'est effrayant, disait-il, le progrès que cela fait... » Je n'ai rien dit, mais je me suis promis de ne pas traîner chez lui. Ce qui l'effraye, celui-là, ce ne sont pas les Boches qu'on voit de ses fenêtres passer sur la route avec des automitrailleuses, allant pourchasser les réfractaires sur le plateau de L..., où on dit qu'il y en a. Non.

De fil en aiguille, j'ai fait une descente en ville. Des amis m'ont aidé, et puis j'ai retrouvé Protopopoff, parfaitement Protopopoff, le fils du général, le photographe de chez nous avec qui j'avais été jadis chez Émile. Imaginez-vous qu'il est déchaîné, déchaîné. Il n'en a que pour Staline. Il dit que son père était un idiot qui ne comprenait rien à rien, que lui, il se considérait comme un malheureux de ne pas être en Russie, dans l'armée rouge, à se battre pour sa patrie. Toujours est-il que je ne sais pas ce qu'il trafique, mais il est à un grand hebdo illustré, et il m'a arrangé de faire des papiers à la pige, des légendes pour ses photos, avec le rédacteur en chef qui est très bien, paraît-il. Je n'ai pas besoin de paraître, je signe Odette de Luçon. Personne ne va penser que c'est Julep, avec un nom comme ça. Je fais ma matérielle.

C'est un petit bourg, là où j'habite. D'abord je ne parlais à personne. Puis, enfin, je vois souvent le curé. Un exalté, ce curé. Il a des conciliabules avec des types à l'allure militaire. Il a organisé un ouvroir où des femmes du pays, des petites-bourgeoises, même des ouvrières (nous avons une petite usine de limonade), travaillent on ne dit pas pour quoi, mais ça se comprend. Si on avait dit ça en 1940. C'est tout le pays qui est comme ça maintenant. Je vais écouter la radio chez le boucher. Un drôle aussi, celui-là. Il donne de la viande à toute sorte de réfugiés bizarres, qui n'ont pas de cartes. On sait que le médecin soigne les gens du maquis, pas très loin. Il y a eu un blessé l'autre jour. Le bourg a l'air bien calme, mais quand on y regarde de près... Chez le boucher, il vient de temps en temps des gens qui ressemblent à ceux que le curé reçoit en grand secret. Ils parlent tous plus ou moins comme Émile. Ce qu'ils sont, je n'en sais rien. On discute de la guerre qui ne va pas vite en Italie, on a des tuyaux sur ce qui se passe à Vichy, on pousse les petites épingles sur la carte du front russe.

Dans la ville voisine, pour l'anniversaire de Valmy, le 20 septembre, il y a eu une grève. Les Boches ont pris trois cents ouvriers, et ils les ont emmenés on ne sait où. Le curé cache un gréviste qui leur a glissé entre les doigts. On va le placer dans une ferme. Il dit qu'il aimerait mieux passer chez les francs-tireurs. C'est extraordinaire, ils sont enragés, ces gens-là. On est fier d'être Français.

Il n'y a guère qu'une ombre au tableau dans le bourg. Un bonhomme qui habite à la sortie, cette maison jaune. Paraît que quand les Allemands ont passé par ici, en 40, il les a reçus à bras ouverts, il les a conduits dans la campagne pour le ravitaillement, il buvait avec eux... Enfin, on ne l'aime pas. Surtout que son petit neveu qui a sept ans, jouant avec le fils du boucher, a dit : « Moi, quand je serai grand, je serai comme mon oncle, milicien... Je gagnerai comme lui cent cinquante francs par jour à ne rien faire... » On en parle. Il n'est probablement pas le seul. Pour les autres seulement, on n'est pas sûr. Lui, de temps en temps, il reçoit par la poste un petit cercueil, et tout le monde en rit sous cape.

Protopopoff et moi, on a été faire un reportage dans un camp de Compagnons, pas loin de Grenoble. Il faisait déjà chaud. Quatre heures de car. Un endroit très beau. Les arbres roux... La description importe peu. Enfin, pendant que les chefs faisaient parader leurs troupes, et défilé et redéfilé, le cantonnement, tout ce qu'on a vu cent fois, je dois dire, voici que deux camions se présentent à l'entrée du camp, et il descend en bon ordre des types armés qui nous couchent en joue. Une vingtaine, et on était bien cent cinquante. Mais sans armes. Les chefs faisaient une drôle de tête. Les Compagnons se sont assez facilement laissé persuader de donner leurs vêtements, leurs souliers, tout le matériel. Protopopoff et moi, on ne nous a pas touchés. C'étaient des jeunes gens avec des blousons, des gros souliers, des culottes et des bandes molletières, un certain disparate, que le béret uniformisait un peu. Naturellement, quand un de ceux qui les dirigeaient m'a dit : « Eh bien ! qu'est-ce que vous faites ici, Monsieur Julep ? », j'ai sursauté. Encore Émile. Il sera dit. Le voilà franc-tireur maintenant. Il a tenu à emporter une bicyclette qu'avaient les Compagnons. Il fallait le voir, la détaillant, son air satisfait : « Allez, embarquez-moi ça. » On ne l'avait pas changé, Émile. Ils sont partis comme ils étaient venus.

De retour chez moi, j'avais la langue qui me démangeait de raconter ça au curé. C'est singulier comme la perspective morale varie... Il n'y a pas si longtemps, j'aurais considéré Émile comme un bandit. Aujourd'hui, et ce n'est pas à force de réfléchir, c'est tout simple, les choses ont changé de sens, de signification. Pas seulement pour moi. Le boucher, par exemple. Le curé. Et presque tous ici, ces gens qui ont travaillé toute leur vie, dans le respect des lois, saluant le maire. Petitement. Ceux qui allaient à la messe, ceux qui bouffaient gras le Vendredi saint. Le patron de la limonaderie qui a ses deux fils en Allemagne, parce qu'on n'était pas encore organisé quand ils sont partis, tout au début, et qui fait de son mieux pour empêcher ses ouvriers d'y partir. Les dames du notaire et du médecin. J'ai raconté au boucher l'histoire du beau-frère d'Émile, celui qu'ils ont piétiné. Il m'a dit: « Dites donc, le maréchal Tito... Est-ce que c'est vrai ce qu'on dit, qu'il est communiste ? » Ça le chiffonne. Je ne peux évidemment pas lui dire que moi, quand j'ai filé de prison, je n'ai pas demandé qui me faisait évader.

C'est très peu après le 11 novembre qu'ils ont cerné la bourgade. Les Boches. Le matin de bonne heure, il faisait encore nuit. À ce qu'on raconte, ils ont été à la mairie, et on les aurait vus aussi, avant tout le reste, frappant à la porte de la maison jaune, et le milicien les a accompagnés à la mairie. Moi j'ai eu la chance qu'ils ne soient pas entrés dans la maison où j'ai une chambre, chez une des demoiselles des Postes. En fait, qu'est-ce que je risquais ? Mes papiers en règle... Ils ont emmené vingt jeunes gens et il y en a un de dix-neuf ans, qui a essayé de s'enfuir, ils l'ont abattu, derrière l'église. Le plus terrible aussi, c'est comme ils ont arrêté le curé, le pauvre vieux curé... On dit qu'ils l'ont jeté dehors, qu'ils le frappaient à coups de crosse, il est tombé plusieurs fois, il disait : « Notre Père qui êtes aux cieux, que votre nom soit sanctifié... que votre règne arrive... » Il paraît que le milicien était là quand ils l'ont mis dans le fourgon et qu'il lui a crié : « Adieu, sale communiste... » Voilà le curé maintenant qu'on appelle comme ça... Il y a une grande colère dans le patelin contre l'homme de la maison jaune. S'il lui arrivait malheur, ce ne serait pas moi qui pleurnicherais.

On dit, c'est-à-dire le boucher m'a dit que ça venait de ce qu'il y avait un camp dans les parages. Ils ont dû se déplacer en vitesse. C'était le curé qui les avait fait prévenir. Le médecin doit savoir où ils ont passé. En attendant, par ici, c'est infesté de mouchards. Il y a des motos qui circulent la nuit. Toute sorte de gens ont apparu à l'Hôtel des Voyageurs, au restaurant Bourillon. On en a surpris à écouter aux portes. La radio anglaise, qu'on faisait marcher à toutes pompes, maintenant on ne la prend plus qu'en sourdine. Il y a eu une dénonciation contre le médecin et sa femme. La Gestapo est venue, on ne les a pas emmenés cette fois-ci, mais ça donne l'impression que c'est pour voir qui ils fréquentent. À la ville, de temps en temps ça saute ; un café, la devanture de l'Office allemand, une grenade au Cinéma-Palace... Trois fois en huit jours, la voie de chemin de fer a été coupée.

Tout ça, pour moi, c'est bête, il me semble que c'est toujours Émile qui le fait. Est-ce que je le reverrai, Émile? Et comment va sa sœur? Maintenant que je vieillis un peu, je me dis que j'ai été un niais, j'aurais dû épouser Yvonne, c'est une brave petite Française, avec de beaux yeux. On aurait peut-être été heureux ensemble... Peut-être que je me suis trompé sur tout le sens de la vie. On ne peut pas revenir en arrière. N'avoir été qu'un égoïste...

C'est la terreur dans toute la région. Les Boches patrouillent. On s'attend à une descente à la limonaderie. Le mari de la femme de ménage a été désigné pour ce qu'ils ont le culot d'appeler la Relève. Il va se faire mettre la jambe dans le plâtre, et avec un certificat médical... Je trouve qu'il a tort. Il ferait mieux de prendre le maquis. Il vaut mieux être un soldat qu'un déserteur.

J'ai revu Émile. Mais en rêve. Dans une ville qui n'était ni Grenoble, ni Paris. Une grande avenue vide, triste, l'hiver. On ne voyait pas les Allemands. Ils étaient là pourtant, derrière les arbres dénudés, dans les chambranles noirs des portes... Je portais une petite valise et je me dépêchais. Je ne savais plus si c'était le train ou moi, qui avait quatre heures de retard. Tout d'un coup, des coups de feu, des hommes qui n'avaient rien fait qu'être là, tombaient... Tout cela et aussi cette histoire vague qu'on m'a racontée d'un homme arrêté sur lequel ils ont lâché leur chien, après l'avoir pendu par les poignets... Tout cela... C'est alors qu'Émile m'est apparu. Il était sur un vélo magnifique, nickelé. Un vélo comme en ont, au music-hall, les acrobates. Je savais que c'était celui qu'il avait pris aux Compagnons. Il passa près de moi, et dit : « Bonjour, Monsieur Julep... » Tout d'un coup, je compris que, derrière moi, il se passait quelque chose. C'était l'homme de la maison jaune, le milicien. Il visait Émile. Je voulus crier. La voix s'arrêta dans ma gorge. Mais c'était Émile qui avait tiré et le milicien, sur les pavés, saignait, saignait...

Je me suis réveillé en sursaut, effrayé de moi-même. Est-ce que je souhaitais vraiment la mort d'un homme ? On dit que c'est lui qui a dénoncé le curé, guidé le Boche vers le camp des francs-tireurs... Peut-être bien que je me suis trompé sur toutes les choses de la vie. J'imagine Rosette, avec ses taches de rousseur, dans ce bagne de Silésie. Comment sont devenus ses mains, ses cheveux ? Voilà l'hiver. Elle doit avoir froid, terriblement froid. Et cette fatigue des journées. C'est insupportable à penser. C'est tous les jours un peu plus insupportable à penser.

J'ai été à la ville. Dans le car, il y avait l'homme de la maison jaune. Bien habillé. Tout insolemment neuf... Les souliers, le pardessus, les gants en cuir clair. Le car était bondé. Si on lui avait enfoncé un poignard dans le cœur, au milicien, il serait resté debout, tenu par les autres. C'est effrayant à songer, qu'il y a des Français qui en livrent d'autres aux Boches. À

Grenoble, à Clermont-Ferrand, ils ont commencé à tuer ceux qu'ils appellent leurs otages. Dans leur journal, il y a de grands placards : *Miliciens, marquez vos hommes*...

Je ne rencontre plus Émile, maintenant. Mais, partout, je rencontre le milicien. Je ne sais pas, auparavant on ne le voyait pas tant. Il a été à Lyon dans le même train que moi. Je l'ai trouvé chez l'horloger, quand je lui ai porté mon réveil à réparer. Une fois dans la campagne... près de ce petit village qui a une grande usine aux fenêtres bleues... Je faisais une promenade hygiénique. Nous nous sommes trouvés face à face. La plaine autour de nous. Les champs déserts. Je n'avais pas d'arme, voilà, je n'avais pas d'arme.

Le boucher a été prendre la garde sur la voie ferrée, à quinze kilomètres d'ici. Il m'a raconté que, maintenant, les Boches avaient, pour les aider à faire les rondes, des Français et des miliciens.

Si je savais où trouver Émile, j'irais lui demander conseil. Tout se passe comme si Émile jadis apparaissait dans ma vie pour l'orienter. Est-ce qu'ils l'ont tué ? J'ai pas mal voyagé. J'ai été à Toulouse, à Marseille. J'avais le secret désir de revoir Émile. Est-ce qu'il n'allait pas surgir sur un quai de la gare, dans une rue déserte ? Personne.

Le maréchal Tito continue à tracasser le boucher. Il m'agace à la fin, le boucher. Qu'est-ce que ça peut lui faire, au boucher, ce qu'il est, Tito, puisqu'il se bat contre Hitler ? Comme je pensais ça, j'ai eu une espèce de frisson, il m'a semblé réentendre Émile disant : « Il est en h-Espagne, il se bat contre Hitler... » Alors, j'étais comme le boucher... même pire. Je ne comprenais pas ce qu'il voulait dire, se battre contre Hitler, ce qui me frappait, c'était la prononciation d'Émile, pas ce qu'il disait.

Et cette Yvonne avec ses yeux bleus... Elle est dans un camp... pas mal, somme toute... pas mal... Nous sommes en décembre. Ce sera bientôt Noël. Les gosses de Rosette auront-ils un arbre de Noël, chez les grands-parents ? Quel âge ont-ils ? Le garçon, l'aîné, doit avoir ses dix ans... La petite, voyons, la petite est née quand...

Cet hiver est terrible à supporter. Je n'écoute plus la radio, c'est trop long, il n'y a pas assez de changements. L'année dernière, il y a trois mois encore, j'attendais ce débarquement. Il y aura un débarquement un jour ou l'autre. Mais ça ne me paraît plus l'essentiel. Est-ce que le beau-frère, ou Yvonne ou Rosette, ont attendu le débarquement ? Il faudra qu'on s'en mêle. On ne peut pas laisser les choses continuer comme ça, sans s'en mêler. Des armes, si on avait des armes. Ce jour, sur la route, quand j'ai vu venir l'homme de la maison jaune. Ah !... des armes...

On m'apporte tous les matins *Le Petit Dauphinois*, et on le met derrière ma porte, c'est-à-dire entre la porte ballante à toile métallique qui nous préserve des mouches l'été, et la porte fermée à clef. C'est ma logeuse qui le ramasse, et qui me l'apporte avec le petit déjeuner. Ces temps-ci, il est devenu tout petit, trois fois par semaine, et puis quand il y a eu toutes ces histoires à Grenoble, plusieurs fois, il ne m'est pas arrivé. Ils ont tué deux journalistes, là-bas. Comme je n'écoute plus la radio, ou enfin plus régulièrement, le matin je retrouve quelque intérêt à cette feuille absurde, avec ses mensonges de Vichy. En avalant mon café national, voilà qu'un placard me saute aux yeux. Encore une fois, nom de nom... C'est un communiqué du commandant militaire allemand du Sud Frankreich... AVIS... Trois exécutions... Attaques à main armée contre la Wehrmacht ayant causé des pertes à la Wehrmacht... et ils entraînaient des réfractaires au maniement des armes contre la Wehrmacht... et quand la Wehrmacht les avait cernés, ils avaient résisté à la Wehrmacht. Trois *terroristes*, disaient-ils, ces messieurs de la Wehrmacht. Trois terroristes dont ils donnaient les noms : l'un était étudiant, avec un nom plein de soleil, le second était aussi un étudiant, le troisième métallurgiste, Émile Dorin, de Paris...

Émile... Émile Dorin... de Paris...

Des armes... des armes, qu'on me donne des armes. J'étais lieutenant, Dieu du ciel, dans l'armée française. Je saurais entraîner les réfractaires au maniement des armes, moi aussi. Contre la Wehrmacht. Contre la Wehrmacht. Le médecin, ici, est en liaison avec le camp qui est revenu ces jours-ci, à cinq kilomètres du bourg, à ce qu'on prétend. Il pourra me dire...

Émile... Émile... Causer des pertes à la Wehrmacht... et à ces miliciens maudits... Je suis le lieutenant Vandermeulen, pas ce mollasson de Jacques Denis, pas cet égoïste de Julep. Émile... Le lieutenant Vandermeulen se moque pas mal de qui sont les francs-tireurs qu'il va rejoindre, aujourd'hui ou demain dans les collines, où bientôt tombera la neige.

Un maréchal Tito quelconque, qu'il croie à Dieu ou au diable, mais qu'il se batte contre Hitler, contre Hitler, c'est tout...

Mon cher Émile... Aujourd'hui même. Je t'ai rencontré pour toujours, Émile.

Aujourd'hui, le lieutenant Pierre Vandermeulen recommence sa vie. On ne peut pas trahir les copains.

Et quand il y en a un de tombé, il faut que dix autres se lèvent.

Les bons voisins

Ça s'est passé comme au cinéma. Ces messieurs sont entrés d'un seul coup d'épaule. Sauf que chez moi il n'y a pas de porte tournante, et que huit bonshommes à la fois dans notre deuxième au-dessus, on manque un peu d'air. Et en été, pensez donc. Nous allions nous mettre à table, on dîne tôt pour économiser l'électricité, et Pauline m'a crié de la cuisine de les mettre à la porte, que tout allait être froid. Ça les a fait bien rigoler. Pauline est arrivée avec la soupe, et c'est tout juste si elle ne l'a pas laissée tomber de saisissement. Notre chez-nous n'est ni bien grand, ni très luxueux, mais on tient à ses affaires, ce qu'on a depuis longtemps vous raconte toute sorte d'histoires. Nous avons plus de souvenirs que de meubles, quoi.

Huit. Leur patron était le gros, qui rejetait son Borsalino beige en arrière pour mieux se gratter les tempes. Il y avait un très maigre avec des grandes mains, on aurait dit des pinces de homard: ça s'avançait vers tout comme pour tout prendre. Les autres... Ils étaient comme sur les images, pas difficiles. En moins de deux, tout était sens dessus dessous. Pendant que je m'expliquais avec le gros, que je protestais, me rappelant qu'ils doivent vous présenter un papier, un ordre, quoi. Ça aussi, ça les a fait bien rigoler. Paraît que ça n'est plus comme ça de nos jours. Pauline avait d'abord crié à cause de son dessus-de-lit. Ah! il avait vite volé en l'air, le dessus-de-lit. C'est inouï, cette façon qu'ils ont de tortiller les draps comme un mouchoir sale, et déjà il y avait un bonhomme dans le buffet, l'autre dans l'armoire à glace, les papiers volaient, une boîte à épingles était renversée par terre, ils regardaient sous les chaises, enfonçant de grandes aiguilles dans le capitonnage. Deux ou trois qui ne faisaient rien qu'encombrer. Puis, grossiers. Quand le maigriot a appelé Pauline *la Mémère*, j'ai éclaté: «Ah! permettez, permettez.» C'est ça encore qui les a fait rire. Dans l'ensemble, ils étaient hilares. Celui qui me fouillait, parce qu'il y en avait un qui me fouillait, secoua mon portefeuille, en faisant dégringoler dix petits papiers inutiles que je n'avais pas l'énergie de mettre au panier, une carte de savon, il m'interrogeait sur tout, voulait à toute force que mon trousseau de clefs eût des usages que j'ignorais. Le gros s'était emparé du classe-lettres orné de coquillages que nous avons rapporté du Tréport, et il lisait les notes de la blanchisseuse, les lettres d'Alfred, et il fallait lui dire qui étaient les gens sur les photographies.

J'étais incapable, dans le groupe pris à Meudon, trois ans avant la guerre, de dire qui était le type qui se trouvait derrière le cousin Maurice ; un gaillard avec une envie sur la joue, un ami des Picherelle, je crois bien, mais c'était tout ce que je savais. Ça lui parut suspect, au gros, et il commença d'embêter Pauline avec cette histoire ; pour essayer de nous faire couper. Pauline, comme toujours, me contredisait : « Un ami des Picherelle ? Qu'est-ce que c'est que cette idée ? C'était l'amoureux de Mme Janeau, la corsetière... » J'ai eu le malheur de dire que l'ami de Mme Janeau était blond et que celui-là était brun... Quand on commence à discuter de la couleur des cheveux... Le gros s'intéressait à notre dispute : « Là, là, disait-il, mettez-vous d'accord. » Moi, ça me flanquait hors de moi. Qu'est-ce que ça pouvait lui faire que ce fût l'ami de la Janeau ou bien... « Vous bilez pas, qu'il me disait, c'est mes oignons. » Et il se tripotait le Borsalino. Ceux qui encombraient la pièce à ne rien faire avaient l'air d'un jeu de quilles. Cette chaleur.

À la fin, je le lui dis : quand on est chez des gens, on enlève son chapeau. Ça suffit déjà de tout mettre en l'air. Pauline criait. Ses taies d'oreiller qu'il lui dépliait maintenant. Sûr qu'il faudrait tout donner à laver, après leurs pattes sales... Le maigriot siffla d'un air menaçant : « La grosse, dit-il, et j'en fus pour mon geste de protestation, tâchez à voir d'être polie ! » Un comble.

Il y en avait un, trapu, avec une moustache rousse, ça devait être un vicieux, il ne s'intéressait qu'à la machine à coudre, mais alors. Il avait ouvert le tiroir, tout répandu par terre, vidé les navettes, débobiné le fil, la soie de toutes les petites bobines, examiné avec une curiosité exorbitante chaque bout d'acier, chaque truc qui sert à faire le plissé ou je ne sais pas trop, enfin tous ces fourbis que Pauline considère comme plus précieux que tout dans la maison. Et puis, il vous les envoyait dinguer par-dessus son épaule. Ça tombait où ça pouvait. Même que ça fit une dispute avec l'un de ses collègues qui avait reçu un machin quelconque dans le cou. Alors, j'ai dit : « Messieurs, messieurs ! » et, cette fois, ça ne les a pas fait rigoler du tout, et ils sont tombés tous les deux sur moi à me poser des questions sur le gouvernement.

Moi, je ne pouvais pas leur répondre à cause des cris de Pauline qui se débattait avec un grand diable, lui arrachant notre photo en mariés, celle qui a un cadre d'argent. Quand les petites cuillères ont valsé du tiroir du buffet, ça m'a encore couvert la parole. À la fin, je leur ai montré le portrait du Maréchal, qui est à la place d'honneur sur la cheminée, celui où il caresse un chien (le portrait de famille, comme dit Alfred), mais ça ne les a pas adoucis pour un centime. Le gros a ricané et déclaré, sur un ton péremptoire : « Nature, trop facile, mon gaillard. Ils en ont tous chez eux, ces bougres-là. » Et les autres ont opiné du bonnet. On voyait qu'ils en avaient l'expérience.

« Mais de quoi nous accuse-t-on ? » pleurnichait Pauline.

Le gros la regarda à vous faire frémir :

« On ne vous accuse pas, Madame, dit-il, on vous soupçonne, c'est pire... »

Et ça devait être pire, en effet. Le maigriot malaxait le coussin en tapisserie que ma belle-sœur Michaud a fait quand elle est devenue aveugle, et il poussa un cri de satisfaction :

« Qu'est-ce que je disais ! »

Je ne sais pas ce qu'il disait, mais ce que je sais, c'est qu'il s'est mis à arracher la tapisserie au petit point, et à répandre les plumes qui volaient autour de lui. Après, il a affirmé qu'il avait senti dedans quelque chose de dur. Peut-être qu'il l'avait senti, mais il ne l'avait pas trouvé. Pauline hurlait. Le maigriot eut le toupet de lui mettre sa pince de homard sur la bouche, et qu'est-ce que je me suis fait passer, quand j'ai protesté. Remarquez que j'ai soixante-deux ans, que je sais me tenir, et que je respecte la justice de mon pays, mais enfin, quand on touche aux dames...

« Vous mettez pas en nage », me conseilla le rouquin.

Le fait est qu'on étouffait.

Deux des inspecteurs s'étaient assis à table et mangeaient la soupe. Ils s'étaient versé du vin. Ils trinquaient. Comme je le faisais remarquer au gros, il me dit :

« Ne cherchez pas à détourner la question. »

J'aurais bien été en peine. Quelle question ? Je me creusais la tête pour savoir ce qui nous valait cette visite : sûrement une lettre anonyme... Les gens sont si mauvais de nos jours... Mais enfin qu'est-ce qu'elle pouvait bien dire, cette lettre anonyme ?

Pauline avait voulu s'asseoir sur le pouf. Mais alors le maigriot, pris de soupçons, s'était jeté sur le pouf, l'avait retiré de sous elle, en arrachait les franges, en sondait la profondeur. Un autre l'empêcha d'ouvrir la fenêtre, malgré la chaleur. Des fois qu'elle aurait voulu ameuter les voisins...

« Allez-vous me dire, enfin, messieurs, ce qui nous vaut l'honneur ?...

— L'honneur, l'honneur, vous payez ma fiole ? »

Je voulais bien reconnaître que j'étais allé fort : la visite de ces messieurs n'était pas précisément un honneur... mais...

« Mais quoi ? dit le gros, en s'asseyant dans mon fauteuil Voltaire, le rouge et brun, comme si tout cela l'avait épuisé. Vous m'agacez à la fin avec vos formules hypocrites, vos si, vos mais, vos que. Est-ce que c'est vous qui allez m'interroger, peut-être ? Le monde renversé, Pfeffer. »

Le maigriot se retourna, il était tout occupé à démonter la pendule, ma belle pendule, avec le mécanisme apparent, qui marche cent jours... il faudra la faire entièrement réviser, c'est sûr...

« Quoi donc, patron ? » demanda-t-il.

L'autre soupira :

« Pfeffer, est-ce que c'est moi qui vais interroger Monsieur, ou est-ce que c'est Monsieur qui va m'interroger ? Qu'en pensez-vous, Pfeffer ? »

Pfeffer leva les sourcils d'un air de grande perplexité :

« Je me le demande...

— Eh bien, ça a assez duré !... Où caches-tu le matériel, dis-nous où tu caches le matériel, et un peu plus vite que ça.

— Quel matériel ? »

Je jure que je n'avais pas la moindre idée de quel matériel il voulait parler, mais ça lui parut d'une mauvaise foi insigne, et il ne me l'envoya pas dire. Sur quoi, il sembla changer d'idée et, à brûle-pourpoint, il me demanda :

« Qu'est-ce que tu penses de la politique du président Laval ? »

Ce que je pensais de la politique... Il paraît qu'il aurait fallu répondre sans réfléchir, que de réfléchir prouvait que j'en pensais pis que pendre.

« Ah ! pardon, dis-je, c'est vous qui le dites... »

L'autre haussait les épaules :

« Pas même le courage de ses opinions. »

J'essayai de lui expliquer que j'avais été surpris par sa question. Personne ne m'avait jamais demandé...

« Ça donne idée, triompha l'homme au Borsalino, des gens que vous fréquentez ! »

Le maigriot approuva d'un son qui faisait à peu près *Houimph*. Et c'était peine perdue que d'essayer de se disculper.

Je voulais dire que je ne pensais rien de la politique du président Laval, pas plus que de la politique de tout autre président. Il y a des gens qui s'occupent de ces choses-là, moi pas. Si on met un homme à la tête du gouvernement, il doit pour cela y avoir des raisons. Comme je ne les vois pas, ces raisons, comment, à plus forte raison, voulez-vous que je juge de sa politique ? S'il fait cette politique-là, c'est sans doute pour cela qu'on l'a mis où il est... alors... Bien sûr, je n'ai pas pu expliquer ça au gros, qui ne m'écoutait pas, et qui ne semblait guère me poser des questions que pour le plaisir de se les entendre prononcer.

Tous les vêtements de Pauline, et les miens, gisaient par terre. Le trapu à moustache rousse était monté sur une chaise et farfouillait dans les cartons au-dessus de l'armoire d'où il ressortait de vieilles fleurs artificielles, un tablier noir qui avait servi à Alfred à la maternelle, des chiffons de toute sorte... La pièce avait bonne mine. Les deux affamés égouttaient la soupière et l'un d'eux cria :

« Et le second service ? »

Alors ça, la rigolade était complète. Quand elle se calma un peu, le gros ramena son Borsalino jusque sur les sourcils :

« Vous écoutez les radios étrangères, à ce qu'il paraît ? »

Voilà, qu'est-ce que je disais : une lettre anonyme, ça ne pouvait être qu'une lettre anonyme.

« Moi, dis-je, dans l'innocence de mon cœur, mais je n'écoute même pas la Radio Nationale.

— Ah ! vous n'écoutez pas la Radio Nationale. Notez, Pfeffer, que Monsieur a le front de se vanter de ce qu'il n'écoute pas la Radio Nationale.

— Mais...

— Il n'y a pas de mais. Et pourquoi n'écoutez-vous pas la Radio Nationale et écoutez-vous les radios étrangères ? Vous les trouvez plus intéressantes ? Mieux renseignées peut-être ? Mieux faites, qui sait... Quel toupet.

— Avec quoi voulez-vous que je l'écoute, la Radio Nationale, arrivai-je à dire.

— Avec quoi ? Ah ! ne faites pas l'imbécile, mon gaillard. Avec quoi ? Bien, pas avec mes fesses peut-être... Avec votre poste...

— Mais je n'ai pas de fesses... »

Ça m'était parti, il faut bien le comprendre, dans le feu ; je voulais dire, je n'ai pas de poste. Ça fit un de ces raffuts !

« Dites donc, le petit vieux, vous faites de l'esprit ? Si je vous prenais au mot, et que j'y allais voir, si vous n'avez pas de fesses ? »

Je rougis très fort, et je m'excusai de mon mieux. Mais, c'est vrai, ces messieurs me bousculaient, je ne sais plus ce que je disais, j'avais voulu dire que je n'avais pas de poste, alors comment voulait-on que j'écoute la Radio Nationale ?

« Évidemment... Si vous n'avez pas de poste... Mais c'est à voir si vous n'avez pas de poste... et comment, si vous n'avez pas de poste, écoutez-vous donc les radios étrangères ?

— Eh bien, justement, je vous demande...

— Vous me demandez, Pfeffer. Il me demande. Le monde renversé. Qui est-ce qui interroge l'autre ? Tâchez d'être correct. Alors, comment est-ce que vous prenez les radios étrangères...

— Mais je ne les prends pas. »

Le gros siffla longuement :

« Voyez-vous ça. D'abord, vous avez mis bien longtemps à trouver ça... Vous ne les prenez pas... Tous disent la même chose. Vous auriez pu avoir un peu plus d'imagination...

— Mais je n'ai pas besoin d'imagination...

— On a toujours besoin d'imagination. Surtout dans la situation où vous vous êtes mis...

— Mais dans quelle situation...

— Voulez-vous comprendre que c'est moi qui vous interroge. Avancez, Madame... »

Le nommé Pfeffer poussa Pauline à côté de moi. Les silencieux encombraient toujours la pièce, comme des candélabres. Je voulais lui dire de ne pas se troubler, que tout allait s'expliquer, que c'était une lettre anonyme. Mais Pfeffer me mit sa pince de homard sur la bouche, et d'un air menaçant :

« Pas de ça, Lisette... Il n'est pas permis de se consulter. »

Là-dessus, le rouquin, qui trifouillait les rideaux de la fenêtre depuis un moment, en décrocha un qui dégringola, lamentable.

Le gros recommençait à tracasser Pauline maintenant, avec la Radio Nationale, les radios étrangères... Comme elle jurait que nous n'avions pas de poste, il s'écria :

« Vous dites ça, parce que vous avez entendu votre mari le dire. »

J'essayais d'expliquer que ça aurait été bien la première fois en trente-cinq ans de mariage, on ne prêtait aucune attention à mes paroles.

« Vous voyez bien, s'exclamait Pauline, que nous n'avons pas de poste. »

Le Borsalino reprit sa place sur la nuque rougeaude, découvrant un début de calvitie suante. Le gros leva son index droit :

« Un peu de logique, Madame, un peu de logique. Comment voulez-vous que je voie *bien* quelque chose qui n'est pas là ? C'est toujours comme ça avec les femmes, Pfeffer... Il y a deux choses qu'il ne faut pas demander aux femmes : de la logique et l'heure qu'il est...

— Surtout que vous avez démoli la pendule. »

C'était bien vrai, mais je frémis de l'audace de Pauline. Je l'admirai. Il y a trente-cinq ans que je l'admire et qu'elle m'agace.

« Madame, prenez garde aux mots que vous employez. Démoli la pendule, c'est vite dit...

— Vite fait aussi...

— ... Mais il faudrait le prouver. Est-ce que je sais si elle marchait, cette pendule ? Dans laquelle vous avez peut-être caché des tracts...

— Comment voulez-vous y cacher des choses, puisqu'on voit tout à travers la glace ?

— Voilà qui est bien subtil, chère Madame, bien subtil, et vous ne nous avez pas habitués à des remarques aussi pertinentes... »

Pauline se fâcha, elle avait cru qu'il disait

qu'elle était impertinente, je dus m'en mêler, dire à Pauline qu'elle se mettait dans son tort, alors que pourtant nous n'avions rien à nous reprocher. Alors Pauline piqua une colère contre moi. Ça n'arrangeait rien.

« Tout de même, reprit le gros, si nous en revenions à ces radios étrangères ? Vous prétendez donc que vous ne les écoutez pas parce que vous n'avez pas de poste ? »

Ça me paraissait lumineux. À lui, pas.

« On dit, je n'ai pas de poste, et on croit avoir tout dit. Mais... »

Et ici il fit avancer le fauteuil Voltaire et se pencha en avant, les deux mains sur ses cuisses. Je vis qu'il portait une chaînette d'or au poignet gauche :

« Mais... pourriez-vous me prouver que vous n'avez pas de poste ?

— Regardez vous-même...

— Ce n'est pas à moi, proféra-t-il avec solennité, d'apporter la preuve, mais à vous et à vous. »

Son index pointait vers moi, puis vers Pauline.

« Il ne manquerait plus que ça que je dusse apporter la preuve de ce que vous n'avez pas de radio ! Est-ce que je sais, moi, si vous avez ou non une radio ? Vous me direz que je n'en vois pas ici. Est-ce une raison ? D'abord, je n'ai pas tout regardé ici... »

Il eut, sur le grand saccage de notre logis, un coup d'œil circulaire.

« Mes hommes, ajouta-t-il en souriant, n'ont

fait qu'un examen très superficiel des lieux... Rien dans la cuisine, Petitpont ? »

Petitpont et un autre dans la cuisine, les deux affamés de tantôt, fouillaient les tiroirs. Ils répondirent en chœur :

« Non, patron », avec la bouche pleine.

Je ne sais ce qu'ils avaient pu dénicher, par le temps qui court, mais Pauline me cache toujours des provisions qu'elle fait on se demande comment.

« Et alors, qu'est-ce que ça prouve ? continua le gros. Votre poste peut être ailleurs, en réparation. Vous avez été prévenus, vous l'aurez fait filer. D'ailleurs, je ne vous ai pas trouvés bien surpris de notre visite, vous aviez préparé vos réponses, votre défense...

— Je vous jure...

— Ne jurez pas. Ce n'est pas joli. On s'en repent toujours. Enfin, reconnaissez que vous écoutez les radios étrangères, que nous ne perdions pas notre temps... et vous le vôtre... »

Il était jovial et conciliant, soudain.

« Entre nous, ce n'est pas un bien grand crime que d'écouter les radios étrangères... tout le monde le fait... Nous le savons bien... Moi qui vous parle... et puis, c'est compréhensible... c'est plus intéressant que la Radio Nationale... Mieux renseigné... mieux fait que la Radio Nationale... »

Mais j'étais buté :

« Je n'en sais rien, puisque je n'écoute pas la Radio Nationale. »

Il leva les bras au ciel :

« À quoi bon se guinder comme ça entre nous. Cette guerre est trop longue aussi, on s'ennuie, je comprends ça. Alors, une fois par hasard, comme on est à son poste...

— Mais puisque je n'ai pas de poste !

— Ne m'interrompez pas tout le temps : c'est désobligeant. Une fois, comme on est à son poste, on tourne le bouton, on tombe sur le brouillage, on essaye de l'éliminer, on entend mal, on veut entendre mieux... Oh ! ce n'est pas par méchanceté : par jeu, par sport... On n'est pas un conspirateur parce qu'on écoute les radios étrangères... sans ça il faudrait croire que toute la France conspire... C'est bien un peu vrai du reste... Mais enfin ce n'est pas si grave que tout ça... on écoute un peu... on conspire un peu... On n'a pas mauvaise intention... Alors, vous avouez ? »

Comme je faisais non de la tête, le ton changea, menaçant :

« Vous refusez de reconnaître les faits ? Bon, bon. Nous suivrons cette affaire. Après cette façon louvoyante que vous avez eue de parler du président Laval...

— Ah ! mais permettez...

— Je ne permets rien ! On a trop permis. C'est ce qui fait que nous en sommes où nous en sommes. Des gens qui parlent mal du président Laval, ça, c'est un test. Vous ne savez pas, probablement, ce que c'est qu'un test ? Pfeffer, il ne sait pas ce que c'est qu'un test. »

Il eut un geste de lassitude, de découragement. J'aurais su ce que c'était qu'un test, que je n'aurais pas eu le loisir de le lui expliquer. Il parlait pour Pfeffer maintenant :

« Voyez-vous, Pfeffer, quand vous serez dans la carrière depuis aussi longtemps que moi, vous éprouverez parfois un sentiment de fatigue à l'idée des gens que nous sommes amenés à fréquenter, à coudoyer dans notre métier. Intellectuellement parlant. Ah la la ! Un monde assez mêlé. Il faut tout le temps se mettre à leur portée, surveiller ses mots, choisir son vocabulaire. Comment voulez-vous que les choses aillent bien ? Et avec une langue qui est un modèle de clarté et de simplicité. Songez qu'en allemand... tenez, en allemand, à ce qu'il paraît, c'est cet officier de la Feldgendarmerie qui me le disait l'autre jour, il y a des mots de soixante, soixante-dix lettres... alors, vous imaginez... Et déjà, voyez-moi ces benêts-là, rien qu'avec un petit mot français de quatre lettres, comme test... »

Il s'interrompit, et sembla en proie à un doute grave :

« Je ne me trompe pas, Pfeffer, quatre lettres... t, e, s, t ; ça ne prend pas d'e muet au bout, test, teste, test ? non, je crois que ça n'a que quatre lettres... »

Ici, il regarda son subordonné avec un air de mépris mêlé d'indulgence :

« Quatre lettres, Pfeffer... Mais j'attendais au moins que vous me fassiez une remarque. Un petit mot français de quatre lettres... ça ne vous dit rien ? »

Pfeffer marqua sur tout son visage une

grande inquiétude. Qu'est-ce que le patron voulait dire? Un mot de quatre lettres? Il ne savait pas s'il fallait rire: interrogea du regard ses collègues, ceux qui faisaient les quilles. Ils ne l'aidèrent pas.

« Un petit mot *français*, Pfeffer, vous êtes un ignorant. Ce n'est pas un mot français, c'est un mot anglais, Pfeffer, un mot anglais... Oh, ne prenez pas l'air prude comme ça, on peut employer un mot anglais de nos jours, sans être anglophile pour ça. Par exemple le mot *trust*... Eh bien, c'est un mot anglais, et puis tout de même c'est du vocabulaire de la Révolution nationale. Il faut les nommer pour les combattre... Les trusts, pas les tests, bien sûr, vous êtes stupide. »

Pauline eut l'imprudence de lui couper la parole. C'est son genre, je le lui dis toujours, mais elle ne m'écoute pas.

« En fait de trust, dit-elle, est-ce que vous n'allez pas décamper? »

Il faut reconnaître que c'était très incorrect, et puis que ça n'avait ni queue ni tête. Le gros et Pfeffer se mirent à tempêter. Je tâchai d'intervenir:

« Pauline est comme ça, monsieur l'inspecteur, ça fait trente-cinq ans...

— Eh bien, glapit-il, si vous la supportez depuis trente-cinq ans, moi ça ne durerait pas trente-cinq minutes. »

Là-dessus, ceux qui fourrageaient dans la cuisine apparurent avec la bouteille d'huile. Petitpont exultait:

« Vous voyez, patron, marché noir. Il y a près d'un litre d'huile. »

Pauline se défendit :

« C'est une bouteille, et regardez le culot qu'elle a. C'est la ration de juillet. »

Le gros ne voulait rien entendre :

« Marché noir, marché noir. Ils écoutent les radios étrangères et achètent de l'huile au marché noir. »

Là, je me mis de la partie. C'était trop absurde. Je ne le disais pas, remarquez bien, parce que je commençais à comprendre que ça n'aurait rien arrangé. Le gros agitait les bras :

« Je confisque, je confisque, quand le pays manque de matières grasses, votre compte est bon. »

Ça, Pauline était effondrée. Son huile, vous comprenez.

« Et puis, en voilà assez, cria le gros. Conspirez si vous voulez, mais n'affamez pas le pauvre monde. Tant qu'il y aura des gens comme vous, la France ne se redressera pas. »

À nouveau, il eut ce changement de ton qui m'avait déjà étonné.

« Allons, vous me direz bien qui vous a vendu cette huile...

— Naturellement, fit Pauline, c'est Mme Delavignette...

— Ah, ah ? Delavignette, notez Pfeffer, Delavi...

— ... Aux Docks Réunis, Mme Delavignette, notre épicière.

— Dans la rue?...

— Bien sûr, à côté... C'est tout naturel. Puisque c'est notre épicière...

— Et combien vous l'a-t-elle vendue?

— Ma foi, je ne sais pas, le prix quoi... le prix...

— Huit cents francs le litre, hein?

— Vous n'êtes pas fou? Oh! pardon, monsieur l'inspecteur... »

Enfin, encore un quiproquo sans nom. Ils avaient empilé un tas de choses sur la table à écrire, dont ils avaient jeté le tapis par terre; mon vieil agenda, les quittances du gaz, la bouteille d'huile, un livre de détectives qui leur avait paru louche parce qu'il s'appelait *Le crime de Vichy*, enfin des bricoles; et l'un de ceux qui ne parlaient pas suait sang et eau, à côté de leur butin, à rédiger un procès-verbal de perquisition qu'ils me présentèrent à signer. Moi, je voulais lire avant de signer. Il paraît que ça aussi ça ne se fait pas. Enfin, j'ai signé pour en avoir la paix. L'un des silencieux s'essuyait les souliers avec le tapis de table. Le gros a pris le papier et a soufflé sur la signature. Puis il l'a écarté un peu comme pour lire. Il a lu ma signature. Il a froncé le sourcil. Il a rapproché le papier de ses yeux, puis l'a écarté de nouveau. Il a éclaté.

« Qu'est-ce que c'est que cette plaisanterie? Comment avez-vous signé? »

Je courbai légèrement le dos

« De mon nom, dis-je. C'est mon nom, malheureusement..

— Comment, malheureusement ? Vous prétendez vous nommer...

— Pétain... mais Robert, moi, Robert Pétain... Oui, ça me fait un peu tort dans le quartier... Mais je n'y peux rien, c'est mon nom... Oh ! nous ne sommes pas parents. »

L'inspecteur écumait. Qu'est-ce que j'ai pris. Enfin, j'ai sorti mes papiers, je lui ai montré que je ne me moquais pas de lui, que je m'appelais bien comme ça, et mon père aussi, le pauvre digne homme. Si on avait su, on aurait changé de nom. Mais mon père, quand il était jeune, c'était un nom comme un autre...

« En voilà assez. »

Le Borsalino se rabattait sur les yeux.

« Vos plaisanteries sont déplacées... Mais si vous vous appelez... comme vous dites..., alors qui est-ce qui s'appelle Sellières, Simon Sellières ? Pas vous, vous prétendez, pas vous ? C'est bien ennuyeux. Vous ne vous trompez pas ? Nous devions perquisitionner chez un certain Sellières Simon... Voyons, c'est le combien, ici...

— Le combien ?

— Je veux dire dans la rue... le numéro...

— Le dix-huit...

— Maladie, c'est au seize qu'il habite, ce Sellières... »

Là-dessus, Pauline, comme toujours, crut qu'elle pouvait reprendre du poil de la bête ; et elle commença à crier :

« Ah ! par exemple, vous ne savez pas compter jusqu'à dix-huit et vous venez embouscailler les gens chez eux. »

Encore une fois, ça n'avait ni queue ni tête, car les maisons ça ne se compte pas de un à dix-huit, mais de deux en deux, et puis ce ne serait pas une raison parce qu'on sait compter jusqu'à dix-huit pour avoir le droit d'embouscailler son monde. Le gros ne le lui envoya pas dire :

« D'ailleurs, ajouta-t-il, vous avez signé le procès-verbal et l'affaire suivra son cours... »

J'eus beau protester, dire que si j'avais su, je n'aurais pas signé, j'avais signé et j'avais signé.

« Bien attrapé, dit Pauline, tu n'en fais jamais d'autre. »

En moins de deux, le Borsalino avait rassemblé son jeu de quilles.

Ils partirent comme ils étaient venus, d'un coup d'épaule... Mais avec, en plus, l'huile, les notes de gaz et le procès-verbal, sans parler de quelques petits-beurre raflés en dernière minute. Le maigriot, sortant le premier, se retourna, le bouton de porte dans sa pince de homard, et dit simplement à notre intention : « Houimph », et ce fut leur dernier mot.

Bien. La maison avait bonne mine. Quel capharnaüm ! Le piteux, c'étaient surtout les plumes du coussin et le rideau décroché. Je jetai un œil de regret sur le litre vide (on n'aura plus de vin avant mardi), et la soupe mangée...

Pauline ne décolérait pas. Tout était de ma

faute. Qu'est-ce que j'entendis comme noms d'oiseaux. Le pis, c'était cette histoire du prétendu amoureux de la corsetière. Comment, du prétendu, Pauline ? Elle dit que naturellement c'était cet ami des Picherelle, mais qu'est-ce que j'avais eu besoin de mêler les Picherelle à cette affaire, de les nommer devant la police ? Pourquoi est-ce que je ne les aurais pas nommés, je ne voyais pas...

« Tu sais bien, dit-elle, ne te fais pas plus bête que tu n'es, leur fils est chez de Gaulle...

— Oh bien, ils ne pouvaient pas voir ça sur cette vieille photo !... D'ailleurs, ce n'était qu'un ami à eux... qui a été écrasé, si je me souviens bien, à moins qu'il n'ait chopé une pneumonie... »

Tout d'un coup, qu'est-ce qu'elle avait, Pauline ? Elle ne s'intéressait plus du tout aux Picherelle, ni à la corsetière. J'allais ouvrir la fenêtre, histoire d'aérer, elle m'en empêcha.

« Laisse la fenêtre, viens vite ! » cria-t-elle.

Et elle se précipita dans la cuisine, vers le mur du fond. Je regardai l'heure. Bon Dieu, c'était vrai. Alors, à côté du fourneau à gaz, nous nous installâmes, l'oreille aux aguets. On entendait, dans l'appartement à côté, la voix qui hurlait à toute gueule :

« Aujourd'hui, 753e jour de la LUTTE du peuple français pour sa libération... »

Pauline eut un geste de fureur :

« Les canailles, dit-elle, ils nous auront fait rater les informations. »

Pénitent 1943

« Monsieur le Curé ne rentrera pas trop tard ? C'est à cause des bettes.

— Non, Marie, ne me faites qu'une légère collation ce soir... avec cette chaleur ! Non, je ne serai pas long, je reviens tout de suite après les confessions. »

M. Leroy avait bien maigri. Sa gouvernante murmura qu'un bon plat de bettes n'aurait pas été du luxe, c'était précisément ce qu'il voulait éviter. Ça l'agaçait toujours que Marie dise des bettes, comme tous les gens du pays. Lui les appelait blettes, comme il se doit. Il ne les aimait guère. On pouvait passer par le jardin du presbytère à l'église : les acacias étaient en fleur, ça sentait merveilleusement bon. Mais le curé préférait sortir, faire un petit tour avant d'aller s'enfermer dans son confessionnal.

Non pas qu'il aimât beaucoup le quartier, où, après dix ans, il gardait comme au premier jour ce sentiment de ne pas être à sa place. Il aurait préféré la vraie campagne ou la vraie ville. Ce faubourg, ni chair, ni poisson, peuplé de petits rentiers, de petits commerçants ou de gens qui avaient leur travail ailleurs, contents d'avoir trois brins d'herbe et un arbuste derrière leurs murs, et de leurs maisons mesquines, toutes pareilles : on entre, à droite une pièce, à gauche l'autre... Si seulement il avait été curé de V..., à un kilomètre de là, une banlieue ouvrière, avec ses difficultés, un combat de tous les jours.

Sur la place, avec le bitume encore torride, et les faux ombrages du square dans le soir tout clair, deux femmes bavardaient sur un banc, qui le saluèrent. Un peu plus loin, au bord du trottoir, un garçon et une fille se parlaient de très près. Lui, doré avec son tricot bleu pâle, le cou et les bras nus, adossé à son vélo, cette gloire de la jeunesse, M. Leroy ne le connaissait pas. Mais la petite, toute mignonne, quinze ans, pas plus, avec sa blouse blanche, bien lavée, où se devinaient des seins encore aveugles, une brune dans sa jupe courte, sans bas, fière de ses souliers de bois, il n'y avait pas longtemps encore qu'elle venait au catéchisme de persévérance. M. Leroy détourna la tête pour ne pas les gêner. Toutes les années, c'était comme ça : le printemps... Le printemps peut-être n'apportait pas que le péché... Les voies du Seigneur sont impénétrables...

Les petits arbres de la place pliaient sous leur charge de fleurs. M. Leroy soupira : il regardait devant lui son église, et il songeait sans gaîté aux confessions qu'il allait entendre.

Toujours la même chose ! Ah, ce n'étaient pas de bien grands pécheurs que ses paroissiens ! Tout au moins ceux qui venaient... Il avançait doucement vers son église, des enfants qui jouaient, toujours la même chose ! Ah ! ce n'étaient pas de bien grands prétextes à traîner. Et puis, si petits pécheurs qu'ils fussent, les gens qui l'attendaient l'attendaient.

Au fond, les gens étaient comme l'église. M. Leroy les regardait avec désapprobation. Il ne s'y était jamais habitué, à cette église. Qu'est-ce qu'elle avait d'extraordinaire ? Précisément, elle n'avait rien d'extraordinaire. Une de ces bâtisses gothiques de 1910, qui avait d'abord eu l'air fabriquée avec un jeu de construction, tant que la pierre était restée blanche, les joints bien apparents. Puis elle s'était un peu salie, patinée. La fumée de V..., que le vent rabattait par ici. Dc dehors, elle avait l'air assez grande ; en entrant, on était désappointé, le chœur n'était pas assez profond, les ailes manquaient d'envergure. Et rien, pas un objet, qui ne fût de cette piété vulgaire, à la grosse, qui est bien décevante quand on a quelques aspirations artistiques, comme M. Leroy, qui, dans son jeune âge, avait un peu étudié diverses choses, couru les musées. Oh ! il se serait satisfait de peu. Et puis l'intention est le principal dans la maison du Seigneur : si tout n'est pas très beau, il suffit, n'est-ce pas, que ceux qui s'y agenouillent apportent l'élan spirituel qui fait défaut à l'architecture. Oui, mais voilà : ils ne l'apportaient guère.

M. Leroy n'aurait pas tellement tenu à être prêtre d'une basilique romane, ou de quelque vaisseau gothique parfait. Il se serait satisfait d'une de ces églises paysannes, un peu biscornues, comme il y en a tant dans les campagnes de France, qui témoignent d'une certaine ferveur maladroite. Le Seigneur, et l'évêque, en avaient autrement décidé. C'était la croix de M. Leroy que d'officier dans ce bâtiment sans âme, avec sa rosace de convention, ses retables de bois ciré, ses vitraux sans mystère, le carrelage de salle de bains, les statues de plâtre aux couleurs de bonbons. Mais il y avait des jours où c'était comme pour les blettes : il s'en serait bien passé.

Ce que ce quartier était désespérément tranquille ! N'eût été ce ronron, assez bas sur les têtes, auquel on ne prêtait guère d'attention, avec le champ d'aviation tout à côté, on ne se serait jamais cru en guerre. Surtout que par ici il y avait peu de ces affiches qui bouleversaient M. Leroy. Sauf sur la colonne, où elles avaient pris la place des annonces des cinémas ou des concerts, faisant de la réclame pour la Relève, le ramassage de la ferraille, ou la Milice. On voyait rarement les uniformes verts des occupants par ici. Dans les rues voisines, on entendait siffler le laitier qui distribuait le lait écrémé.

« Allons, pensa le curé, il faut se décider », et il gravit le perron de l'église. Il se représentait ce qui l'y attendait, ses clientes, comme il disait en plaisantant. Mme Guillebouton peut-être... la vieille mère Buzevin... le bonhomme Boudart, le cantonnier... un ou deux des jeunes gens de l'Institution Sainte-Eulalie qui avaient des doutes d'adolescents... Quelle patience il fallait avoir ! M. Leroy offrit à Dieu l'ennui dont il se sentait saisi par avance. D'autant que pour peu qu'il y eût du monde cela lui ferait rater la radio, les nouvelles d'Afrique du Nord... Cela aussi il l'offrit à Dieu, un peu à contrecœur. Dans sa poche, il toucha son rosaire.

Il y avait sept personnes qui l'attendaient. Six femmes là-dessus, et au premier coup d'œil, M. Leroy, à la lueur des cierges qui brûlaient devant l'Immaculée Conception, reconnut de terribles bavardes. Il en avait pour un moment, il ne s'était rien exagéré d'avance. Il savait de bout en bout ce que ces impitoyables dévotes allaient lui dire; dans quel monde petit, cancanier, il allait lui falloir, pendant une heure au moins, se confiner. Mon Dieu, que votre volonté soit faite ! Le curé passa s'habiller à la sacristie. La pitié du linge qu'on avait maintenant ! Quand il pensait à la beauté ancienne des surplis, de cette belle toile fine d'autrefois, des regrets assaillirent M. Leroy, qui se reprochait bien un peu de sacrifier aux vanités du monde, mais quoi ! il fallait ce qu'il fallait, un prêtre doit à ses fidèles de se bien présenter. Comment remplacerait-il sa soutane, déjà rapiécée ? Combien de points de textile demande-t-on pour une soutane ? Au moins cinquante ! Et on n'a la disposition que de vingt !

Assis dans son confessionnal, il écoutait assez distraitement le murmure qui venait par la grille, sous les rideaux verts: «Mon père, pardonnez-moi parce que j'ai péché...» Il y a des pénitentes qui se complaisent dans le détail insignifiant, grossi à plaisir, comme pour faire valoir la légèreté de leurs fautes, on dirait qu'elles viennent non se confesser de leurs péchés, mais se vanter de leurs vertus. Vertu est un bien gros mot... M. Leroy pensait aux acacias du jardin, au plaisir qu'il aurait eu à jouer aux échecs avec le curé de V... si celui-ci n'avait pas cette affreuse manie de parler politique... Il se demandait même, bien qu'il n'eût pas très faim, ce que Marie allait avoir préparé, les blettes gardées pour le lendemain. Il se prit soudain en flagrant délit d'inadvertance, posa à la pénitente une question un peu à côté, et eut honte. Un directeur de conscience se devait de se surveiller mieux que cela. «Ma fille, vous direz dix *Pater* et dix *Ave*...»

Une autre voix montait de la grille de droite, cette fois. M. Leroy écarta le rideau devant lui pour voir si, sur les prie-Dieu, à côté du confessionnal, quelqu'un ne s'était pas découragé d'attendre. Hélas!... Il faudrait aller jusqu'au bout de cette tâche! Le curé se força à mieux écouter, il tenta de s'intéresser à ce balbutiement. Il voyait derrière le rideau mal tiré la lueur des cierges et ne pouvait se retenir de penser combien la cire était une dépense somptuaire de nos jours, qu'on manquait de savon... Était-il bien sûr qu'il fût très agréable à la Vierge de voir inutilement brûler ce qui aurait pu servir... Il chassa ces pensées dangereuses... « Par pensée, par action et par omission... » Quoi ? Ah ! oui. « Ma fille, cessez de vous reprocher des choses bien naturelles... »

Ainsi, dans l'ombre descendante, le défilé se poursuivait et le tribunal de la pénitence fonctionnait alternativement à ses deux guichets. M. Leroy, ce soir-là, avait une étrange envie de sortir, de se promener au hasard, de respirer les fleurs qui abondaient dans le quartier. Deux fois, il crut avoir fini et s'aperçut s'être trompé dans le compte de ses pénitents. Enfin, ce devait être la dernière, cette brave dame qui s'accusait d'avoir triché l'épicière sur les DT des denrées diverses, pour se procurer des conserves de tomates et, le plus bête, c'était qu'après quinze jours, la tomate en boîte était tombée en vente libre, alors... Le curé crut entendre une certaine agitation dans l'église. « Vous voyez bien, ma chère fille, que la tromperie ne paye pas : le Ciel a voulu par là vous montrer l'inutilité du mensonge... Mais enfin votre faute, grave d'intention, en est heureusement plus vénielle, puisqu'elle n'a pas eu d'effet, qu'elle n'a pas nui à la personne qui... » Il souleva le rideau : on remuait des chaises. Qu'est-ce que c'était ? Il n'y avait plus personne à attendre. « Au nom du Père et du Fils... » Il expédiait la vieille femme, un peu inquiet.

Quand il sortit du confessionnal, il remarqua à la logette de droite des pieds d'homme sortant de sous le rideau. Il s'était donc encore trompé dans son compte ? Encore un pénitent ! Mais, dans le chœur de l'église, il y avait des gens qui parlaient haut. Il fronça le sourcil. Qu'est-ce que ça voulait dire ? Il s'avança.

C'étaient trois agents de police, et deux hommes en civil, qu'il identifia tout de suite. Ils avaient regardé sous le nez la vieille femme qui sortait du confessionnal ; mais l'avaient laissée passer.

« Qu'y a-t-il, Messieurs ? » dit M. Leroy avec beaucoup de dignité.

Et d'un de ces tons de voix qui ne sont ni hauts ni bas, dont il avait le secret, qu'on aurait entendus de bout en bout d'une cathédrale, sans avoir l'air de faire autre chose que murmurer. Les policiers s'étaient arrêtés, intimidés.

« Monsieur le curé... », commençait l'un d'eux.

L'un des civils lui coupa la parole :

« Il vient d'y avoir encore un attentat à V..., une bombe, et l'homme que nous avons vu fuir a pu se réfugier dans votre église... »

C'était indéfinissable, cet homme parlait très bien le français, mais il avait une rudesse d'accent... M. Leroy dit très calmement :

« Cherchez, Messieurs, cherchez... mais, vous voyez, il n'y a personne...

Il s'arrêta :

« ... que le dernier de mes pénitents qui attend depuis trois quarts d'heure que je lui donne l'absolution... si vous le permettez, je continuerai à recevoir sa confession... »

Dans l'ombre, un instant, il hésita. Le cœur lui battait. Il entendait le souffle angoissé de l'homme, là, à côté, dont en revenant il avait encore regardé les souliers, de pauvres souliers, aux talons usés, qui auraient eu besoin d'un bon ressemelage. Il songeait comme il venait de dire pour cette absurde histoire de DT: «La tromperie ne paye pas...» Puis il n'était pas très sûr de lui: peut-être y avait-il de la curiosité... Il se décida: il ouvrit le guichet de droite, et mettant la main sur ses yeux pour mieux se concentrer:

«Parlez, mon fils, dit-il, je vous écoute...»

Dans l'église, on entendait aller et venir. M. Leroy imagina qu'on ouvrait la porte de la sacristie. Le bedeau devait y être. Mais là, tout près, la voix de l'homme, une voix profonde, étouffée, disait: «Monsieur le curé... Mon Père...» Ce devait être un homme qui n'avait guère l'habitude de parler à un prêtre. Il avait trouvé tout de même de l'appeler mon Père... Peut-être s'était-il confessé, enfant: «Pardonnez-moi, mon Père...» avait-il même dit, mais c'était peut-être simple rencontre, il voulait s'excuser de s'être réfugié là. «Mon fils, je vous écoute...» répéta le confesseur. Des pas approchaient du confessionnal. Le curé eut l'intuition que cet homme à genoux se ramassait sur lui-même prêt à bondir. Il souffla vers lui: «Attendez... taisez-vous...» et se leva pour se trouver en présence de celui qui lui avait parlé tout à l'heure au milieu de l'église.

«Qu'est-ce qu'il y a encore, Monsieur?»

proféra-t-il, cette fois, à voix très haute, avec cette voix des prêtres pas gênés de parler haut dans leur église, eux qui ont l'habitude du prêche, des observations faites aux gosses du catéchisme.

L'autre était devant lui presque à le toucher du corps, surpris par la sortie brusque de ce prêtre, et il recula, et répondit à voix basse :

« *Entschuldigen Sie*... Excusez-moi, Monsieur le curé, je voulais... »

Le curé eut un petit tressaillement de satisfaction, celui de quelqu'un qui ne s'est pas trompé ; et il se mit à claironner :

« Mais, à la fin, où vous croyez-vous, Monsieur ? Me laisserez-vous, oui ou non, exercer mon ministère ? J'ai là un pénitent, un paroissien à moi, dont je réponds, et qui est ici depuis trois quarts d'heure, je vous dis, trois quarts d'heure... Et quant à moi, j'ai mon dîner qui attend, des blettes, Monsieur, si vous voulez savoir, et j'espère que vous allez vider les lieux... »

Les policiers revenaient :

« On ne trouve personne », dit l'un d'eux.

L'Allemand dit quelques mots à l'autre civil.

« Je vous ferai observer, dit le prêtre, qu'il y a une petite porte à l'église dans la chapelle de saint Jean-Baptiste... »

Les autres regardèrent d'un bloc dans cette direction. C'était vrai, mais alors...

« Vous avez laissé du monde dehors, brigadier ? »

Le brigadier disait que oui. Tout le groupe

s'avançait vers saint Jean-Baptiste, la casquette ou le chapeau à la main. M. Leroy les regarda s'éloigner, sortir. Il sourit pour lui seul. Cela lui chantait le *Gloria* dans les oreilles. Il avait perdu toute espèce de sens du péché. Il était installé dans son mensonge et il en tirait vanité. Pis : il se surprit à penser que la confession de l'homme, eh bien ! il allait la prendre, avec une certaine jubilation. Mais quand il se retourna, le faux pénitent se trouvait debout derrière lui, les mains ballantes qui ne tenaient pas de chapeau. L'éclairage des cierges lui faisait des ombres dans le visage.

« Vous ne voulez pas vous confesser ? » dit M. Leroy avec un peu de déception dans la voix.

« Monsieur le curé, dit l'homme, et Dieu que sa voix à lui était profonde et qu'elle semblait venir du bout de ses membres et faire frémir la carcasse solide et large, cette stature de camionneur ou de soldat ! Monsieur le curé, merci, c'est chic de votre part... Mais vaut mieux que je file maintenant...

— Si vous sortiez maintenant, ils vous mettraient la main dessus, mon fils. »

Il insistait un peu sur cette appellation de confessionnal, comme pour prolonger une situation où il avait l'avantage. Il s'en rendit compte et s'accusa de manquer de vraie charité chrétienne.

Aussi rectifia-t-il, très doucement :

« Mon enfant... »

L'enfant se grattait la tête. « Quel pétrin ! »

dit-il avec conviction, et puis tout d'un coup il se sentit pris du besoin de s'excuser :

« C'est que j'étais forcé, Monsieur le curé, je ne voulais pas vous offenser... Chacun a ses idées... Mais je n'avais pas le choix ! »

Il voulait s'excuser évidemment d'avoir pris place dans le confessionnal, lui, un incroyant, qui ne songeait pas à venir se confesser...

« Je comprends, je comprends, acquiesça le prêtre, c'est tout naturel ! Je ne voudrais pas profiter de la situation... »

L'autre ne comprit pas cette phrase et le fait est qu'elle n'était pas très compréhensible, mais il y a des moments où on dit un peu n'importe quoi, ce qui importe c'est de dire quelque chose.

« Ils ne vous ont pas dit, demanda-t-il, s'il y en avait un de clamsé ?

— S'il y en avait un de... ? » Non. Ils ne l'avaient pas dit.

« Ah ! soupira l'enfant, je ne voudrais pas les avoir ratés. »

M. Leroy le regarda bien. Ça avait l'air d'un très brave garçon. Qui n'aimait pas l'ouvrage « mal faite ». Le curé, timidement, risqua :

« Des Boches ?

— Enfin, dit l'autre, si ça n'en est pas, ça revient au même ! »

Évidemment, la question était sotte. Pour la faire oublier, M. Leroy dit encore :

« Bon... et qu'est-ce que vous comptez faire ?

— Eh bien ! si vous permettez, je vais attendre ici, dans un coin, bien sage... »

Ils rirent en même temps.

« Non, dit M. Leroy, et si les... enfin les flics revenaient ? »

L'autre eut un geste évasif, il avait un peu l'air de mesurer l'église du regard, comme la scène future d'un pugilat. Le curé secoua la tête.

« Non, non... Mieux vaut pas... Venez avec moi, par ici : de la sacristie on peut gagner chez moi... le presbytère... »

L'homme ne se le fit pas redire. Il répétait :

« Ça fait rien, c'est chic... pour un curé... »

Les acacias sentaient si bon qu'il fallait bien que le bon Dieu fût d'accord.

La vieille Marie leva les bras au ciel quand M. le curé lui dit qu'il avait un hôte à dîner :

« Ça, vous n'en faites jamais d'autres ! Vous me dites que vous ne voulez qu'une collation ! Et puis vous ramenez du monde ! »

Le monde en question, d'ailleurs, l'étonnait un peu. Elle ne demanda rien et s'en fut dans la cuisine où on l'entendit fourrager, remuer les casseroles, sortir des assiettes.

« Je crains, dit le prêtre, que nous n'ayons que des blettes à dîner... Mais à la guerre... Vous aimez ça, vous, les blettes ? »

L'autre fit une petite grimace :

« Vous voulez dire les bettes ? Je préfère les frites, c'est sûr, mais les bettes, c'est pas mauvais, mauvais... c'est meilleur que les rutabagas...

— Ce n'est pas mon avis, protesta M. Leroy. Le rutabaga, mélangé, c'est vrai, avec des pommes de terre... Et puis vous avez tort ici de dire des bettes, c'est blettes qu'il faut dire...

— Chacun a ses idées: ici nous disons bettes... »

Tout d'un coup, ils éclatèrent de rire. Mais alors pas un petit rire, comme tout à l'heure à l'église. Un de ces rires francs qui vous secouent bien la bedaine. Ils ne pouvaient plus se calmer. On était dans le bureau de M. le curé, et le grand crucifix sur fond de velours vert regardait la scène de haut. M. Leroy essuya ses yeux mouillés. Pour la première fois, en pleine lumière, il voyait clairement le visage de son visiteur. Ce n'était pas tant ses mâchoires puissantes qui y étaient caractéristiques, mais ses yeux de grand gosse, qui reluquaient tout, des yeux bruns et vifs et ces taches de rousseur sur le nez. S'il n'avait pas eu cette petite ride près de la bouche, on l'aurait pris pour un conscrit... M. Leroy se rappela la gueule de l'autre, l'espèce de grand flandrin, là, l'*Entschuldigen Sie mich*, et il fit la différence. Des types comme celui-là, tous les ans il en voyait d'autres, au catéchisme, des gamins, qui se bagarraient entre eux, jouaient aux billes, parlaient un langage pas très choisi, faisaient des niches aux filles. Puis ils grandissaient, on ne les revoyait plus guère à l'église, ils ne saluaient plus toujours quand on les rencontrait, mais avec des épaules en plus, et cette aisance du corps développé, c'étaient eux qu'on apercevait en vélo, ou dans les coins chambrant des gamines... Ils avaient des gueules comme leurs pères il n'y a pas très longtemps...

« Vous fumez ? »

S'il fumait ! Ce n'était pas de refus. Le curé le poussa dans le petit fauteuil bas, en reps.

« Asseyez-vous donc, mon garçon ! »

L'autre avait sur le visage une expression heureuse. Il fumait, et puis il était assis, et puis il répétait :

« Chacun a ses idées... On dit bien, il y a des braves gens partout, mais... Ça fait plaisir de voir que c'est vrai... Chacun a ses idées... »

Il devait tenir aux siennes. M. Leroy se dit que ce serait peine perdue que d'essayer d'évangéliser ce gars-là. D'ailleurs, ce n'était pas ça qu'il avait en tête. Ils étaient contents l'un de l'autre justement parce qu'ils pensaient si différemment sur un tas de choses. Si ça n'avait pas été un curé, par exemple, M. Leroy, eh bien ! l'aventure aurait été moins satisfaisante : de même... Bref, le prêtre pensait que ça gâcherait tout que de profiter de l'occasion pour gagner quelqu'un à l'Église. Et le grand Christ sur velours vert avait l'air d'accord.

Mais il avait autre chose en tête, le brave curé. Deux ou trois fois, il chercha la formule. Sans la trouver. Alors, approchant sa chaise, il frappa familièrement sur la cuisse de son hôte et, se penchant vers lui, il lui dit, l'œil interrogateur, éveillé, malicieux :

« Et alors... entre nous... cette bombe ? »

Le mouton

« Alors, te décideras-tu à parler ? »

On le battait, ça faisait un bail. Les deux hommes en avaient plein les bras. Les cuisses et le dos étaient vilains à voir. L'inspecteur Bellême soupira : des brutes, ces gens-là. Ils ne sentent rien, ma parole. On dirait encore qu'il ne connaissait pas son métier parce qu'il n'avait rien tiré de ce salopard. « Allez ! » dit-il découragé. On rejeta les vêtements au prisonnier. Il fallut le soutenir pour qu'il parvînt à se rhabiller, et je vous prie de croire que ce n'était pas ragoûtant. « À se boucher le nez ! » expliquait l'inspecteur, un peu après au café, à un collègue, devant un de ces jus de fruits saccharinés qui sont tout ce qu'on peut avoir un jeudi, quand on n'aime pas la bière. L'autre hochait la tête : « Après des choses comme ça, on devrait avoir droit à un petit schnaps, pour se remonter... »

La cellule n'était pas grande, on ne peut pas dire. Ce devait être le soir. La lumière diminuait dans le trou grillagé, là-haut, la nuit allait se refaire complète bientôt. L'œil se tourna vers la tinette. Comment se traîner jusque-là, encore soulever le couvercle avec les dents ? Les mains dans le dos, et les menottes, on ne peut pas se défaire, et quand on a des plaies partout, c'est pénible de faire sous soi. La prison était pleine à craquer, mais par exception, le prisonnier était seul dans sa cellule. C'était sa fiche de consolation, d'ailleurs : il n'y avait rien qu'il redoutât tant que la promiscuité des droits communs... et si on lui avait mis un mouton... Une hantise, la crainte du mouton.

Sur la paillasse, dans l'odeur infecte, il ne savait comment se tourner : toutes les positions étaient intolérables au bout d'une minute ou deux. Sur les rares places indemnes de sa peau, une démangeaison s'éveillait, que la chaleur de la saison, le manque d'air, rendait affreuse. Il devait y avoir plein de vermine dans cette paillasse pourrie, nauséabonde, des mouches tournaient dans l'air, se posaient sur leur victime qui sursautait.

L'homme pensait invinciblement à ces gros hannetons lourds, qui avaient été si nombreux ce printemps-là, dans la banlieue, et qui, tombés sur le dos, restaient à agiter les pattes, incapables de se retourner. C'était son tour de faire le hanneton. Ce que le printemps avait été beau ! Songer ici au merveilleux parfum des arbres.

Dans tout ça, s'il avait pu ne pas être couvert de mille brins de paille, cette paille qui se prend aux vêtements, en petits brins, impossible, inutile de s'en secouer... Étrange, quand on est couvert de plaies, douloureux de partout, de souffrir surtout de cela. Et quand la saleté de tout est si monstrueuse, l'air irrespirable, d'être exaspéré au-delà de tout par ces miettes jaunes, cette fine poudre qui s'en prend à tout, qui fait à tout ce toucher spécial, asséchant, le toucher de la prison...

« Je n'ai rien dit... » De se le répéter, cela le remontait un peu, il avait la lèvre enflée, saignante. Un coup de poing de l'inspecteur à bout d'arguments. De la langue, il tâtait sa dent cassée, dont le bord était coupant, un goût salé.

« Je n'ai rien dit... »

Le gardien, quand il ouvrait la porte, c'était pour jeter un mot, toujours un mot seul, comme s'il eût parlé à un Chinois, un mot aboyé : *Pain*, ou *Courrier*, ou *Silence !*... Parce que quelquefois l'homme, pris d'une sorte de folie, frappait contre le battant lourd de ses deux poings... Cela, c'était avant qu'on l'eût battu comme cela... Il lui fallait à tout prix voir quelqu'un, même ce visage de cendre au nez camard, entendre quelqu'un, même ce seul mot qui sortait de ce visage comme de la poussière d'un paillasson : Silence... Maintenant il avait les menottes. Son cas s'était aggravé ! Silence... « Je n'ai rien dit... »

Courrier... Ce n'était pas un mot pour cette cellule-ci !

Pain... Il y avait bien par terre une demi-boule de pain, et de l'eau pas plus atteignables que la tinette. Le cou tordu, l'homme calculait comment s'y prendre pour au moins, sans répandre toute l'eau, y tremper ses lèvres. Il faudrait attendre le matin, à moins qu'une ronde n'ouvrît la porte. C'était l'heure noire où la prison semblait s'éveiller.

Les murs se mettaient à parler leur langage incompréhensible : des coups sourds, lents et précipités, toutes les combinaisons possibles de brèves et de longues, un alphabet qu'il aurait fallu connaître. À travers toute la bâtisse on se répondait, on s'appelait. Tous les soirs, à cette heure-là, c'était pour cet homme enchaîné, une torture d'espoir et d'impuissance. Le voisin d'à côté avec une inlassable patience répétait cent fois le même signal, auquel il s'attendait qu'au bout du compte quelqu'un lui répondît. L'homme avait essayé de reproduire cet appel, le même, en frappant le mur de sa tête. Mais il ne connaissait pas le secret de ce langage. On ne pouvait pas aller plus loin. Ce soir-là, d'ailleurs, il était bien trop faible pour donner même ce seul signe de vie, à l'inconnu qui frappait derrière le mur. Le concert qui partait de toutes les cellules, retentissait dans cette tête tuméfiée et malade. Le malheureux donnait une attention absurde à cet entrecroisement de sons pour lui mystérieux. Il ne savait ce qu'il aurait préféré : que tous ces gens se taisent, ou que leurs conversations deviennent assourdissantes, à ébranler les pierres. Lui, comme un ignorant coiffé d'un casque télégraphique écoutant le Morse qui parle des bateaux perdus en mer, il grinçait des dents, il fermait les yeux, mais il ne pouvait se boucher les oreilles. Il avait la fièvre sûrement. S'il avait assez la fièvre, on le mettrait peut-être à l'infirmerie. Il ne fallait pas trop y compter. Cette fièvre-là, est-ce qu'on en crève ? Des cloches aux oreilles. Et toujours les coups sourds dans les murs, entêtés, persistants. Qu'est-ce qu'ils peuvent raconter, bon Dieu ? La nuit était absolument étouffante. « Je n'ai rien dit... je n'ai rien dit... » Il y avait des mouches sur lui, lourdes et bruyantes. Quand elles remuaient sur sa nuque, l'homme tressaillait comme un cheval dans les brancards. La démangeaison devint intolérable au bas-ventre. En essayant de se frotter à la paillasse, le prisonnier réveilla la douleur des reins. La fièvre. « Je n'ai rien dit... » Cette parole magique avait perdu son pouvoir d'apaisement. Elle se répétait de façon mécanique, sans utilité. « Je n'ai... » Des lueurs colorées naquirent sous les paupières, des phosphorescences aussitôt éteintes, des formes fugitives. Un visage, une expression de la bouche, des yeux affolés... Peut-être un paysage au lointain, dans une lumière d'orage... la masse d'un troupeau de moutons... Le sommeil était tombé comme un filet sur sa proie.

Un bruit vague, mêlé à des douleurs retrouvées, le réveilla. Il faisait toujours nuit. Cependant, à la hauteur de son regard, quelque chose qui remuait intercepta une clarté mouvante : le pinceau de la lampe de poche du gardien, sans doute. La fin des paroles retomba dans l'obscurité, la porte claquant. Quelqu'un était resté dans la cellule ! L'homme comprit que c'étaient des jambes de pantalon qui avaient passé près de lui. On bougeait. On trébuchait même. Dans quoi le maladroit s'était-il pris les pieds ? On entendait sa respiration. « Qu'est-ce que c'est ? » Lequel des deux avait dit : « Qu'est-ce que c'est ? »

Ils mirent quelque temps à faire connaissance. Quand le premier occupant saisit qu'on lui avait donné un camarade, sa première pensée fut de défense.

Le mouton, ce devait être le mouton. C'était sûrement le mouton : « Je ne lui dirai rien », pensa-t-il, et ses plaies brûlantes semblèrent répéter cette assurance qu'il se donnait. Il gémit. L'autre dit : « Ça ne fait rien, c'est coquet chez vous ! Vous permettez que je me présente ? Caulier, Joseph Caulier... »

Ça devait être un drôle. Mais comment était-il, grand ou petit, maigre ou gras ? Un mouton en tout cas. Il tombait bien, toujours, pour la tinette. Et l'eau qu'il trouva à tâtons, qu'il lui passa sur les lèvres. « Vous avez la fièvre, mon vieux... » C'était étrange, ces mains sans visage dans la nuit.

Au matin, quand ils se regardèrent, que pensèrent-ils tous les deux ? Le nouvel arrivant découvrait le fond de sa misère dans l'aspect de la cellule, dans ce corps qui gisait les poings liés dans le dos, dans la saleté, dans la noirceur du jour. Le premier détenu se souleva de côté et dévisagea l'intrus, le mouton. Un type plutôt mal fichu, maigriot, dans son linge trop large, avec des yeux baroques, je ne sais comment dire, une sorte de rat... Il lui faisait mauvaise impression. L'autre avait les lèvres tremblantes en regardant l'homme sur la paillasse. Il avait dû dormir à terre, lui.

« Ils vous ont battu ? demanda-t-il.

— Paraît ! » dit l'autre.

Ils n'avaient pas encore eu le temps de s'habituer l'un à l'autre que la porte s'ouvrit, et qu'ils héritèrent d'un troisième copain, une manière de géant avec une tignasse noire de crin qui partait en flèche au milieu du front. Cette fois, ils eurent la même idée tous les deux. C'était évidemment celui-là, le mouton.

En attendant, à trois, dans cet espace médiocre pour un, dans la puanteur, il fallait se coucher à tour de rôle ; et bien sûr, le premier avec ses plaies, ses mains liées, on pouvait difficilement lui disputer la paillasse. Joseph Caulier était le plus causant. Le premier serrait les dents, on ne savait pas si c'était qu'il avait mal, ou qu'il aurait préféré se couper la langue à parler. Le géant prétendait qu'il était là par erreur, et s'appelait Duponchel. Les mouches avaient l'air heureuses qu'il y eût trois bêtes dans l'écurie.

« Ça schlingue, disait Joseph, c'est pas croyable ce que ça schlingue ici ! »

Par erreur, quel genre d'erreur ? Si c'est un patriote, il n'y a pas d'erreur.

On perd le compte des jours et des nuits,

dans un local comme ça. L'assiettée d'eau chaude appelée soupe qu'on vous passe, le pain qu'il faut faire durer puisqu'on l'a pour deux jours, la corvée de tinette, tout ça n'arrive pas à meubler richement le temps. Peu à peu, la conversation s'établit. On y allait avec prudence, à cause du mouton. Joseph était électricien, Duponchel garçon boucher. On n'arrivait pas à en savoir autant du premier locataire de la piaule, avec ses dents serrées. Il parlait comme un monsieur. Bien que ce fût drôle à imaginer que ce pauvre bougre, écorché, avec ses mouches, pût être un monsieur, dans la vie, au-dehors. C'était un homme châtain clair, allant sur les quarante, avec des lèvres minces, et un cou épais. La barbe lui avait poussé, un peu de toutes les couleurs. Ce matin-là, on vint lui retirer les menottes. On avait dû, pour l'instant, renoncer à lui tirer les vers du nez.

Et aussi bien Joseph et l'autre, que les inspecteurs. Tout ce qu'on obtenait de lui, c'était cette affirmation féroce, se frottant sans fin les poignets meurtris : « Je n'ai rien dit... je n'ai rien dit... » À eux non plus, sauf qu'il s'appelait André Ménard.

Ils prétendaient être tous les trois des politiques. Cela aurait pu être une raison pour ne pas se méfier les uns des autres. Mais sait-on jamais ?

Duponchel avait dit, presque aussitôt dans la turne :

« Je donnerais bien deux sous, pour savoir ce qu'ils ont fait du commandant Arnaud ? »

Caulier n'était pas né de la veille : on savait, dans son organisation, que le commandant Arnaud, qui avait été chopé trois semaines plus tôt, était le chef régional de l'Armée secrète. Il se le fit réexpliquer, l'air bête. Cette conversation n'intéressait pas du tout le troisième compagnon, qui avait bien assez à faire avec ses plaies. Sacré mouton ! Un peu simple !

Caulier était très doux, très attentif, avec le premier locataire. Le grand pendard, lui, vous marchait sur les pieds que c'était un beurre. Si on avait pu savoir de quelle organisation les autres prétendaient être... Avec des ruses de Sioux, Joseph essayait de se renseigner. Mais il y avait le mouton. Et peut-être bien que ce Joseph lui-même...

« Si au moins ils se dépêchaient, avait-il dit une fois, de me désigner cet avocat d'office ! Maintenant qu'on ne peut plus choisir... »

Et juste le lendemain, Duponchel était appelé par le sien.

« Tu as de la veine !

— Oh ! répondit-il, moi non plus je ne l'ai pas choisi. »

Pendant son absence, Joseph confia à Ménard :

« Pas si bête... Il veut me faire comprendre qu'il est du Parti... histoire de se mettre bien avec moi... »

L'autre ne dit rien. Il pensait que toutes les chances étaient pour que ce fût le géant, le mouton ; mais ce Joseph... C'était peut-être lui qui voulait savoir...

« Moi, dit-il, mon avocat ne pouvait pas me voir… j'étais au secret. »

Un bon point pour Joseph : il n'en demanda pas davantage.

Toujours est-il que, mouton ou pas, le géant se porta pâle au bout de quatre ou cinq jours. Ces grands types, ça vous a l'air solide, et puis des mauviettes ! Le régime du Palace ne lui convenait pas, faut croire. Il avait mal au ventre, il accaparait les commodités de l'endroit. Joseph était intarissable sur ce sujet. Il faut bien rire.

De la visite qui n'avait lieu que tous les trois jours, dans cette prison où il y avait douze cents détenus, dont mille malades, Duponchel revint dépité. Quant à Ménard, qui ne pouvait pas s'y rendre, le médecin avait dit à Duponchel qui avait osé lui en parler, qu'il n'allait tout de même pas se déranger *individuellement* pour tous ceux à qui on avait flanqué une tournée un peu vive : ça n'en aurait plus fini.

Les démangeaisons dévoraient Joseph, et à trois dans cet espace réduit, avec la chaleur, les odeurs, le manque d'air, il n'était pas rare qu'au matin l'un d'entre eux tournât de l'œil.

Une autre fois que Duponchel était avec son avocat, Joseph dit que qui veut trop prouver ne prouve rien. Qu'est-ce que c'était que tout ce zèle ? Attirer l'attention sur eux, pour quoi faire ? Médecins, avocats… tous des mouchards… Il le répéta au mouton, quand celui-ci leur confia, très fier de lui, qu'il avait intéressé son défenseur à son sort, au régime ignoble de la prison.

« *Ton défenseur!* Tu n'es pas cinglé ? Pourquoi tu ne l'appelles pas ta nourrice, pendant que tu y es ? »

Si on avait pu avoir des paquets seulement ! On la sautait, et qu'est-ce qu'on n'aurait pas donné pour un peu de tabac ! Ménard avait eu un colis dans les premiers jours, mais c'était loin.

« On y a droit, disait Duponchel.

— Tiens, tu me fais marrer, avec tes droits, s'exclamait Joseph. On a le droit... on n'a pas le droit... Quand ils te passent un colis, tu dis merci, et ça fait la rue Michel ! »

Pour la sauter, on la sautait. Et cette paille sur toutes les choses.

Le jour que la porte s'ouvrit à une heure inhabituelle, et que le gardien, pas le camus, un autre, au teint de navet, entra — une inspection ! — avec un grand diable maigre qui se grattait le nez à propos de bottes, on n'en attendait rien de bon. Ce fut une drôle de surprise, quand le grand diable piqua une colère, on ne comprenait même pas contre qui, et le gardien moins qu'un autre. Il avait pris la main de Joseph, il lui écartait les doigts :

« Mais ce type-là a la gale... et celui-là aussi... »

Duponchel, tout ahuri, disait que lui c'était son ventre.

« Puisque je vous dis que vous avez la gale ! »

Bon, bon. Si ça lui faisait plaisir ! Il se penchait, le docteur, car c'était un docteur, sur le troisième larron, chassait les mouches :

« Une honte, disait-il, une honte ! »

Il avait une façon à lui de faire siffler l'*h* aspiré de honte.

C'était surtout ça qui frappa Joseph. Le gardien essayait de dire que c'était ces salopards, des dégoûtants qu'on ne peut pas forcer à tenir leur taule propre...

Ah là là ! S'il se fit enguirlander, la face de navet !

« Taisez-vous ! Une honte ! des Français, traiter comme ça des Français ! »

Les voix s'éloignaient, aigres. Dans la cellule, Joseph répétait :

« Une h-onte ! une h-onte ! »

En attendant, on les transporta tous les trois, le même jour, dans une voiture cahotante, avec un garde mobile assis dedans à côté d'eux, à cette clinique, sur la colline, qui faisait infirmerie spéciale, depuis que celle de la prison était si pleine qu'on ne pouvait s'y retourner. L'étrange sentiment, de la prison à la clinique, de traverser cette ville inquiète et ramassée, où ils avaient vécu libres, mêlés aux épisodes d'une lutte qui se poursuivait sans eux.

C'était une clinique privée, pas très moderne, avec de vastes salles basses de plafond. Elle avait servi, avant guerre, pour les ouvriers des grandes usines, là-bas ; le service social, comme ils disent... Maintenant que c'était une dépendance de la prison, il y avait un drôle de mélange d'infirmières et de gardes, et la nuit les petites lampes bleues, toujours allumées, faisaient qu'on se serait réveillé rien que pour les regarder luire après ces ténèbres de la prison.

Le même toubib, qui les avait envoyés, vint les voir à la clinique : ils étaient dans trois lits côte à côte, et Joseph était devenu très copain avec le monsieur (comme il disait), toujours aussi taciturne. Mais tous les deux se méfiaient encore du mouton. D'autant que le mouton avait un jour demandé, se penchant de son lit après la frotte :

« Dis donc, Joseph, tu n'as pas entendu dire... le commandant Arnaud ? Il paraît qu'ils l'ont torturé, le commandant Arnaud. »

Pour une gale et rien de plus, c'était inouï d'être maintenus dans un lit, à la clinique. Le toubib avait envoyé promener l'infirmière-chef qui le lui faisait observer. Un brave homme, que ce toubib ! Paraît qu'il faisait nettoyer la prison tout entière, qu'il avait soulevé tout un barouf à ce sujet... Il prétendait qu'il y avait du typhus et peut-être qu'il y en avait ? Il gardait ses trois bonshommes en observation.

Quand l'inspecteur Bellême avait voulu reprendre l'interrogatoire de son patient, le toubib, qui était inspecteur de l'Hygiène du département, une espèce de préfet sanitaire, quoi ! il lui avait drôlement sonné les cloches : sous aucun prétexte, vous m'entendez ? Où vous croyez-vous ? Qui est le maître ici ? et autres gentillesses. Tout le monde rigolait dans les lits. Même le principal intéressé. Il filait doux, l'inspecteur Bellême, il ne savait plus où il en était.

« Et je vous ferai casser moi. Et ça ne continuera pas longtemps comme ça ! Et c'est une honte ! une honte ! »

Même qu'après leur départ, on s'oublia jusqu'à bavarder avec le mouton sur ce sujet. Et le mouton, qui avait de la suite dans les idées, fit la gaffe :

« Je me demande, dit-il, ce qu'ils ont fait du commandant Arnaud !... »

Cela rétablit le silence. Joseph fit des signes à Ménard. Lui, qui arrivait maintenant à se soulever dans son lit, avec ses poignets bandés, hocha la tête, les dents bien serrées, avec l'air de dire : « Attends un peu qu'on soit libre, et il verra un peu, le mouton ! » Les infirmières apportaient la tisane.

Tout de même, ça ne pouvait durer. On allait sûrement retourner dans son chez-soi, disait Joseph, la villégiature ici était trop demandée. Pas que la cuisine était fameuse, mais enfin il y avait du chou et de l'eau chaude, et même il y avait eu une fois des pommes de terre. Et puis, pour la conversation, la salle commune, c'était tout de même plus varié que le petit bastidon à trois avec ce monsieur trop bien élevé pour parler, et l'autre qui vous demandait, d'un air naïf, si on ne connaissait pas le commandant Chose ? Parce que si on avait connu le colonel Machin... Ah ! ma chère ! Il y avait aussi les cabinets, qui étaient presque des cabinets comme chez soi, avec une lucarne par où on voyait le ciel. Quand on allait à la salle d'opération, il paraît, parce que Joseph n'avait pas eu cette veine, qu'il y avait une fenêtre par où on voyait la ville... une grande ville trouée par une rivière, qui n'en finissait plus au loin, dans tous les sens ; une grande ville à quoi on rêvait pour tout ce qu'elle contenait, les gens, les choses, tout ce qui s'y tramait, tout ce qui continuait à s'y tramer, malgré les cocos en gris et vert qui paradaient dans les rues et qu'on voyait sortir de la caserne en chantant leurs marches funèbres et piquant du pied tous à la fois. Tous ceux qui étaient là-bas, libres, tout ce qu'il y avait d'audace, de courage, d'obstination.

De temps à autre, le matin, on entendait, au loin, une explosion sourde ; et les malades se dressaient sur leur lit, et des voix basses disaient : « Tu l'as entendu, celui-là ? » Même des gardes, à la porte, une fois... Joseph allait commencer à dire quelque chose à ce sujet, mais le monsieur lui fit les gros yeux. C'était vrai ! Il avait oublié le mouton.

Bon. Mais quand, un matin, les Boches se présentèrent à la clinique, un civil et deux militaires, et les militaires avaient sorti leurs feux, tandis que la voiture et le chauffeur attendaient au-dehors, qu'est-ce que vous vouliez que les gardes et les infirmières fassent ? Ils ont bien demandé de montrer un mandat signé du préfet, ou quelque chose dans ce genre, mais les autres ont montré leurs revolvers, et dit :

« Voilà notre mandat ! »

Et le civil a prononcé le mot *Gestapo* comme il aurait dit *Sésame*, et cela ne l'a pas impressionné quand les gardiens ont menacé de téléphoner à la préfecture. Ils réclamaient trois hommes pour les emmener. Ils sont entrés sur les pas de l'infirmière dans la salle, au milieu des malades, sans s'occuper des protestations.

Et qu'on les fasse s'habiller un peu plus vite que ça ! Il a bien fallu que Caulier, Joseph, le premier appelé, se grouillât, l'un des soldats a commencé de lui caresser les côtes à coups de crosse ; et Duponchel, le mouton, lui, c'est avec le pied au derrière qu'ils l'ont fait radiner. Mais le pis, ç'a été pour le monsieur.

« Ménard, André, allons, pressons ! »

Il ne pouvait pas se tenir debout et ses plaies n'étaient pas fermées, on le savait. Les Fritz, ça ne respecte rien.

Ils vous l'ont empoigné, faut voir. Allez, allez. Dans les lits, les autres grondaient. Alors, ils ont tourné leurs revolvers vers les lits. On s'est tenu tranquille, bien sûr. L'homme de la Gestapo fit empoigner le monsieur sous les bras par les deux autres, et en route ! Toujours sous la menace des revolvers.

« Pour un sale coup », pensait Joseph. Et aussi il regardait avec ironie ce pauvre mouton géant ! Embarqué dans une sale affaire : les Boches, ils vous bousillent tout sans y voir de si près. Une des infirmières, qu'il avait remarquée, qui n'était pas chien, il faut dire, s'essuyait les yeux; et on voyait bien que même les gardiens rageaient.

Comme on passait la porte, Joseph eut une sorte d'éblouissement: devant eux, au pied de la colline, dans le grand soleil libre, la ville... Elle avait l'air toute en argent, les toits papillotaient, et la rivière s'y ouvrait un beau chemin clair et sinueux. Dans le lointain, fumaient des usines, un parc faisait une grande tache verte, et on ne sait pourquoi de hautes maisons blanches semblaient surgir sur l'horizon, comme des palais de contes de fées, on entendait le bruit des tramways, il y avait des rues pleines de monde, il était tout juste midi... Ah! ceux qui étaient là-bas, libres, libres... ceux qui continuaient la lutte...

Joseph en oublia de bien soutenir son camarade qui trébucha. L'homme de la Gestapo jura en allemand, et, à son grand étonnement, Joseph entendit le mouton dire tout bas, au monsieur:

«Du courage, mon Commandant, du courage!»

Il n'eut pas le temps de bien réfléchir. On les poussait dans la voiture, et fouette cocher! Une grande bagnole spacieuse, marquée WH. On y était entassé avec les quatre Boches, et on décrivit la courbe devant la clinique, par le jardin. Tiens, on tournait à droite, pas vers la ville.

C'est alors que l'homme de la Gestapo poussa un *Ouf!* sonore, et se penchant vers le monsieur:

« Vous m'excuserez, mon Commandant ; j'espère qu'on ne vous a pas fait trop mal ? »

Comment, comment ? Le mouton rigolait, rigolait :

« Tu en faisais une tête, mon pauvre Joseph, quand je te parlais du commandant Arnaud ! Eh bien, mes renseignements n'étaient pas trop mauvais, pas, Maurice ? D'abord, je n'étais pas sûr d'avoir reconnu le commandant... Mais quand le docteur est venu, il m'a dit que c'était bien lui... Un chic type, le docteur ! »

L'homme en civil acquiesça :

« Vous pourrez le remercier, le docteur. Il avait bien combiné son affaire... Dès que l'avocat a été le voir de ta part... Ah ! j'ai un paquet pour toi... de ta femme... Et toi, Caulier, ne fais pas cette gueule-là. Tu ne vas pas pleurer, des fois ? »

Caulier n'allait pas pleurer, bien sûr. Mais il se creusait la tête. Maurice... Maurice... je l'ai vu quelque part, ce gars-là ! Le commandant Arnaud, lui, disait tout simplement :

« Vous savez... je n'ai rien dit. »

Brusquement, Joseph se souvint :

« Je me disais aussi... En 1932, au rayon de V... Tu es Pierrot, je te remets ! »

Et Maurice lui fit observer :

« Puisqu'on te dit que je m'appelle Maurice... Non, alors, pour un camarade, tu n'es pas rapide ! »

L'auto s'enfonçait dans la campagne. À côté de Joseph, l'un des soldats sifflotait *La Marseillaise*.

« Alors, ça ! » s'exclama Maurice, tout à coup catastrophé.

Il se tâtait les poches.

« Quoi donc ?

— Je suis un triple imbécile, un imprudent, j'ai oublié... c'est impardonnable ! »

Ils s'inquiétèrent :

« Mais quoi ? »

Et Maurice, tout à coup joyeux :

« Non ! les voilà ! Les cigarettes ! »

Le collaborateur

La porte du magasin se referma. À travers la vitre, M. Grégoire Picot regarda s'éloigner le client qui venait de sortir, un petit homme brun, courbé, à lunettes :

« Ça ne doit pas être un Français, dit-il, avec ce pli de désapprobation rien que d'un côté que Mme Picot redoutait si fort, quand il l'avait devant la soupe.

— Tu crois ? demanda-t-elle avec un ton d'angoisse. Un Juif, peut-être ? »

M. Picot haussa les épaules : Juif ou pas Juif, en tout cas, il écoutait la radio anglaise. Le poste qu'il avait laissé à réparer était là, au milieu des autres, un petit Lincoln qui s'était mis à grésiller lamentablement. Une connexion défectueuse. Ou une lampe, on verrait. Quand on aurait le temps, parce que, qu'est-ce qu'il y avait comme réparations qui s'entassaient, et tout le monde voulait un tour de faveur. Avec ça, plus de pièces de rechange.

« Moi, dit Mme Picot, je ne suis pas comme toi. Je ne suis pas pour la collaboration, mais ça me fait quelque chose quand un Juif entre chez nous... C'est tout de même eux qui nous ont valu la guerre... et qu'on a tué notre pauvre petit.

— D'abord, interrompit son mari, agacé, tu l'as déjà dit, et puis Pierre n'a pas été tué, tu le sais très bien... Il faut un peu de logique. Il y a des gens qui ne sont pas juifs et qui n'en valent pas mieux pour ça... »

Berthe Picot soupira : qui savait comment tout cela allait finir ! Avant, il y avait moins de travail, il fallait sourire aux clients, mais aussi les rassortiments étaient faciles, et puis on ne se préoccupait pas de savoir à qui on avait affaire. Grégoire disait bien que c'était ce qui nous avait menés là. Il était pour la collaboration, Grégoire ; dans le quartier, tous les gens étaient contre, et on parlait très mal des collaborateurs, cela effrayait un peu Mme Picot, qui se contentait d'être pour le gouvernement, mais pas pour la collaboration ; son mari avait beau dire qu'il faut de la logique... Mme Picot était une brave femme, mais elle avait peur des Juifs. Avec tout ce qu'on en dit ! Mme Delavignette, l'épicière, prétendait que c'étaient des menteries : il n'y a pas de fumée sans feu. Grégoire, lui, disait toujours qu'il n'était pas antisémite : eh bien ! pourtant, il en racontait sur les Juifs, des vertes et des pas mûres. C'est la preuve que ce n'est pas le parti pris. Une chanson emplit la boutique.

« Quel talent, cette Suzy Solidor ! » dit M. Picot qui avait du goût pour la musique, même que c'était pour cela qu'il s'était spécialisé dans la radio. Il avait tourné le commutateur du Telefunken de Mme Princeton. Quelle merveille, ces postes allemands ! Il y a des gens, il suffit que quelque chose soit allemand, pour qu'ils le dénigrent.

« Moi, je sais reconnaître ce qui est », dit-il à voix haute, et Berthe crut qu'il s'agissait de Suzy Solidor.

Parce qu'elle-même, depuis le 11 novembre, elle n'aimait plus tant que Grégoire parlât bien des Allemands. Ce qui lui faisait hausser les épaules, à Grégoire :

« Il faut un peu de logique... Tant qu'ils n'occupaient que la zone occupée... alors ils étaient bons pour les autres, ils avaient toutes les qualités, mais maintenant que vous les avez, alors ça ne va plus... Il faut un peu de logique. »

C'était vrai que, dans le quartier, des tas de gens avaient varié d'opinion, depuis le 11 novembre. Grégoire Picot n'était pas comme ça, lui : il ne tournait pas sa veste toutes les cinq minutes. Une occupation, c'est une occupation, ça ne peut pas aller sans inconvénients, il fallait s'y attendre.

« Quand on voit les choses de près, disait Mme Picot, ce n'est tout de même pas la même chose ! »

Son mari répondait que ça le faisait ricaner, des raisonnements à la gomme comme celui-là : alors, ce qu'on pense dépendrait du premier incident venu, vous parlez de convictions ! Et puis, si dès que ça vous touche, ça change tout, quelle valeur! C'était comme les gens qui lui disaient qu'il aurait dû être contre les Allemands, à cause de son fils. D'abord, Pierrot n'avait pas été tué par les Allemands. Et d'un. Un de ces stupides accidents des routes de l'exode, comme il se repliait avec sa batterie... Ceux qui disaient que c'était du pareil au même, parce que s'il n'y avait pas eu les Allemands, il n'y aurait pas eu l'exode, et tout ce chambardement, ceux-là parlaient pour ne rien dire. Enfantin. Et puis, si Pierrot avait été tué par les Allemands, ça aurait été le même tabac. Parce que ce n'est pas parce que c'est mon fils. Parce qu'il faut avoir un peu de logique, tout de même, tout de même. Si son fils avait été tué par les Allemands, M. Grégoire Picot n'en aurait pas moins été collaborateur. Parce que, sans ça, cela aurait été le fils de quelqu'un d'autre la prochaine fois. Parce qu'où serait le mérite, si on était à l'abri des inconvénients de ses opinions? Qu'on ne va pas dire qu'il fait nuit en plein midi, parce que le soleil vous dérange. Et ça va continuer longtemps, ces vendettas? Je tue ton fils, tu tues son fils, il tue notre fils... On se croirait à l'école! Eh bien, tenez, j'accepte de penser que Pierre a été tué par les Allemands... pour faire plaisir à Berthe... parce que c'est étrange, mais ça lui ferait plaisir... C'est inexact, mais je le pense. Eh bien, ça ne modifie rien de ma vision du monde...

Quand Grégoire parlait de sa vision du monde, Berthe était tout simplement écrasée.

Elle savait que son mari aimait bien Pierrot. C'était la preuve... quelle preuve meilleure aurait-il pu donner de sa sincérité ? Elle se tuait à le répéter à Mme Delavignette, à tout le monde, à M. Robert, aux vieilles demoiselles de la mercerie...

Bzz... brr... gr... Fchtt... badaboum... *tue les mouches... tue toutes les mouches*... Ah ! cet enfant.

« Tu sais bien, Jacquot, qu'il ne faut pas toucher ! »

Suzy Solidor avait glissé dans les mouches. M. Picot rétablit *Lily Marlène* et caressa la petite tête bouclée. C'était sa faiblesse, cet enfant, tout ce qui lui restait de Pierre. Abandonné par la mère, une pas grand-chose. Il ressemblait aux petits anges des images, vous savez ceux qui sont drôlement accoudés...

« Va avec ta grand-mère, mon amour. Grand-père a à travailler... »

Il le regarda s'éloigner avec sa femme, touchant à tout au passage, manquant de jeter par terre la boîte avec les lampes apportées le matin même par le représentant de Visseaux, tirant sur l'antenne déployée du poste portatif à peine réparé. Ce qu'il était mignon pour trois ans et demi... Il était né au début de la guerre. Il y avait du fading sur Radio-Paris. Cette Suzy Solidor, une Malouine : elle descendait d'un corsaire qui avait combattu les Anglais. C'était sur *Sept-Jours*. Qu'est-ce que j'ai fait du tournevis ? Ah ! le voilà.

C'est un métier propre, et M. Picot se félicitait sans cesse de l'avoir adopté, malgré les difficultés de l'heure. La cabine de réparations où il s'isolait du magasin, comme un cordonnier dans ses chaussures qui ne veut pas que les pratiques le dérangent, dès le printemps, tous les ans, il la déplaçait du fond où elle était en hiver, pour qu'elle fût ouverte du côté de la devanture, histoire de ne pas perdre un rayon de lumière. C'était agréable de travailler en musique. Aïe ! Il s'était piqué à la main gauche. Qu'est-ce que j'ai ? La vue baisse.

On était vendredi. Mme Picot avait failli oublier le confiseur. Et le petit qui avait ses bonbons à toucher. Elle reparut dans la boutique :

« J'avais oublié le confiseur... Je te laisse le petit ou je l'emmène ? »

M. Picot n'avait pas compris. Il baissa le poste.

« Comment ? Ah ! oui. Laisse le petit, il ne me dérange pas. »

Évidemment, si le père de cet enfant avait été tué par les Allemands, ça les aurait arrangés, les voisins. Ils auraient eu un argument contre lui, Picot, qui ne pensait pas comme eux, qui s'était inscrit à la Légion, qui avait cessé d'y aller d'ailleurs, parce que la Légion nous a bien déçus, et que qu'est-ce que c'est que ces parlotes... On a un gouvernement. Eh bien ! il gouverne. Et un chef de gouvernement. Alors.

Oui, ça les aurait arrangés. Le malheur, pour eux, était qu'on savait à quoi s'en tenir. Une lettre de son capitaine. La visite d'un camarade, ce voyageur en pâtes alimentaires. Un homme pas très intelligent. Qui croit tous les bobards. C'est son affaire. Il avait assisté à l'accident. Et je ne vois pas, mais alors là, pas, ce que ça aurait fait comme différence. Berthe donnait l'exemple de ce grand cheval, qui travaillait aux Biscuits Blond avant, et qui était maintenant dans l'administration. C'était une fine mouche, Berthe, avec ses airs bébêtes. Elle choisissait le grand cheval comme exemple, parce que le grand cheval était collaborateur, pour acheter Grégoire par là. Qu'est-ce que ça pouvait lui faire ? Lui, justement, les arguments personnels ne le touchaient pas. Il s'agit de dominer la question. Dominer la question...

Ah ! la barbe pour les nouvelles sportives ! Il tâtonna un peu, et vous trouva une de ces petites musiques aux pommes... Rome probablement... Ils ont de bons orchestres, en Italie.

Le grand cheval... comment s'appelle-t-il donc ? enfin ! il est tout à fait pour la collaboration. Avant la guerre, il avait des idées plutôt... Il avait raté son concours. On ne l'aurait jamais pris dans l'administration. Et puis, après l'armistice, avec toutes ces révocations, comme il n'était pas mal noté pour les idées... ayant changé... certainement le facteur personnel jouait dans son cas, les gens le disaient parce qu'ils étaient contre lui, à cause de la collaboration, mais Grégoire était juste ! Il reconnaissait que c'était vrai, le facteur personnel avait joué. Mais qu'est-ce qu'on voulait prouver par là ? Le facteur personnel... Le facteur personnel... Est-ce que j'ai intérêt personnellement à la collaboration ? Je n'étais pas plus malheureux avec la République non plus. Pourtant, c'était une pourriture. Mais je n'étais pas plus malheureux. Le grand cheval, d'ailleurs, il était pacifiste, avant guerre. Alors, il a changé sans avoir changé. Il faut de la logique. Il croyait à la paix par le chambardement, maintenant il croyait à la paix par la collaboration. Dommage qu'il n'y en ait pas plus comme lui... même si c'est le facteur personnel... tout le monde ne pouvait pas être comme M. Catelin. Celui-là ! Vous parlez de logique : antimilitariste quand on avait une armée, maintenant qu'on n'en avait plus, il ne pouvait plus s'en consoler.

C'est embêtant. Il faut tout le temps surveiller le poste. On n'est pas plus tôt sur de la musique, que ça se met à bavarder...

Évidemment, je l'aurais parié. C'est la 6Q7 qui ne vaut plus tripette. Ça, il me l'a bien dit, l'homme de Visseaux : le client pourra se brosser. S'il n'est pas content, il ira ailleurs. On ne la lui aura pas. À moins qu'il tombe sur un type qui fait du marché noir. Moi, je ne vois pas pourquoi je ferais du marché noir. Pour se faire prendre un jour ou l'autre, et aller à Fort-Barrault, quand on gagne très bien sa vie comme ça... Et pour qui, je vous le demande, pour ces gens qui écoutent Londres dix fois par jour... Vous ne m'avez pas regardé !

D'ailleurs, M. Picot était un honnête homme.

Même les voisins, les blanchisseurs, qui étaient des gaullistes enragés, ne disaient pas le contraire. C'était bien ce qui les faisait tous bisquer, les mercières, M. Robert, tous : honnête, et collaborateur ! Et pourquoi est-ce que cela leur paraissait si contradictoire, je vous le demande ? Voilà comment est le monde : celui qui ne pense pas comme vous est une canaille, a tué père et mère, *et cætera*...

« *Et cætera...* », répéta tout haut M. Picot, qui venait de laisser tomber à terre un petit écrou, et pas de plaisanterie : on n'en retrouve plus.

M. Picot, lui, pensait qu'on pouvait être anglophile et bon père de famille et même il n'aurait pas fallu le pousser beaucoup pour lui faire dire qu'il y avait des braves gens chez les francs-maçons. Partout d'ailleurs. Enfin, il ne faut rien exagérer, parce que... Les communistes... mais qui est-ce qui parle des communistes ? Les salauds sont les salauds.

« *Aqui Radio-Andorra...* »

Et tuitt, tuitt, tuitt... et tuitt, tuitt, tuitt. Cette femme, c'est un vrai oiseau. Alors ce n'était pas Rome du tout. Ça n'empêche pas qu'ils ont de bons orchestres en Italie.

Maintenant, être gaulliste et intelligent, ça, non, ce n'était pas Dieu possible. Vous me couperiez la langue, plutôt que me le faire dire. Il faut être bouché. Est-ce que je n'ai plus de ce petit fil ? Si. Bien. Bouché. Je voulais toujours tenir un registre des bourdes de la radio des émigrés. Il faudrait l'écouter pour ça. On peut reconnaître à l'adversaire qu'il n'est ni un voleur, ni un vendu... Enfin, quelques-uns... mais lui dénier... dé-ni-er... la plus élémentaire intelligence... Voyons si le courant passe... Il passe. Alors, ce n'est pas ça... Mais je croyais que Jacquot... Est-ce que Berthe n'avait pas dit qu'elle le laissait là ?

M. Picot se leva précipitamment. Où son petit-fils pouvait-il être ? On n'entendait pas le moindre bruit. L'arrière-boutique... La cuisine... Le cœur lui battait : ce petit devait avoir fait une bêtise. Ah, Berthe avait laissé la porte de la cour ouverte ! Naturellement ! Il n'était pas dans la cour. Par exemple ! Le vantail qui donnait droit sur la rue béait. Le gosse jouait à la balle sur le trottoir.

« Jacquot, veux-tu bien ! Quand on pense qu'une voiture... »

La petite main douce bougeait doucement dans la main du grand-père.

« Nain... Nain... Jouguer à la balle, bon pape ! »

Bon pape s'attendrit encore. Mais il avait eu chaud. Dire que c'était déjà assez grand et assez fort pour ouvrir cette diablesse de porte tout seul, et elle était lourde ! et aller dans la rue... Heureusement que la circulation n'était plus ce qu'elle était...

« Là, mets-toi là bien sagement, avec tes cubes, écoute la jolie musique ! »

Oui. Mais le petit ange ne voyait pas plus tôt les yeux du grand-père accaparés par le travail qu'il touchait déjà à tout, que des objets sonores tombaient, des bruits singuliers et effrayants se déchaînaient à l'autre bout de la boutique, où on ne croyait pas qu'il était déjà. J'aurais dû dire à Berthe de l'emmener. Il est si joli, ce petit chat, malgré tout... Dire qu'il ressemble à sa garce de mère ! Ah, et puis, c'est le fils de Pierre, d'abord ! Pierre aussi, tout petit, était insupportable. Et puis costaud...

Qu'est-ce qu'il penserait, Pierre, s'il vivait ? Comme moi. Pourquoi pas comme moi ? Il était intelligent. Il aurait tout de même pu ne pas penser comme moi. Sans qu'il soit gaulliste, parce que ça ! Il pourrait y avoir des divergences d'opinions entre nous... Pas trop fortes, j'espère... Mais enfin on ne peut pas penser exactement la même chose... Logiquement. Il aurait dû penser la même chose que moi. Si tout de même il n'avait pas pensé tout à fait la même chose que moi... Puisque le pauvre petit nous a quittés, qu'est-ce que j'ai besoin d'imaginer ?

« Jacquot ? joue avec tes cubes, mon enfant ! »

Il n'y a que les imbéciles qui se refusent à envisager les choses désagréables : s'il n'avait pas du tout, mais alors, là, pas du tout pensé comme moi... Eh bien, ça n'aurait rien changé à rien ! La vérité est la vérité. Un et un font deux, même si Pierre...

Ça aurait été pénible tout de même. Parce qu'autrefois on pouvait ne pas être du même avis dans une famille. Nous étions tout à fait d'accord. Mais enfin si on n'avait pas été d'accord... tandis que maintenant... Déjà avec tous les voisins contre soi. Et ces menaces de la Radio anglaise contre tous ceux qui pensent français ! Il y a un colonel avec une voix qui lui sort des talons... Je l'ai entendu une fois... On serait joli, s'ils étaient vainqueurs ! Sans parler du bolchevisme. Heureusement que c'est impossible. Pas si impossible que tout ça, c'est pourquoi il faut ce qu'il faut... Impossible quand même...

« Jacquot, mon mignon, où es-tu passé, diable d'enfant ? Ah, non, je n'étais pas fait pour être nourrice ! Le chatterton ! Malheureux ! Il me flanque du chatterton partout. »

Cela prit un petit temps de décoller le chatterton, de tout remettre en place. Puis il fallut laver les petites pattes du mignon, toutes poisseuses, et il riait, si blond, si lumineux, en agitant les menottes dans l'eau savonneuse ! Pour lui, on avait encore du savon d'avant guerre.

Tout de même, Pierre n'aurait jamais été assez bête pour couper dans leurs panneaux. Ce que les gens racontent ! Ça vous rappelle l'autre guerre, les mains coupées des petits enfants... Tant qu'on s'est battu, ces histoires-là avaient cours, on se serait fait écharper si on avait eu l'air d'en douter. Puis la paix est arrivée : on n'en a plus entendu parler, plus d'atrocités allemandes, personne ne disait plus boche, personne... Maintenant, c'est pareil : on écouterait les gens, les occupants seraient des monstres, et je te fusille, et je te torture, les mères séparées de leurs petits, les malades achevés dans les hôpitaux, est-ce que je sais ce qu'ils vont inventer, moi ! Et comme ça ne leur suffit pas d'accuser les Allemands, ils prétendent que les Français en font autant, que NOUS en faisons autant ! Ces récits horrifiques de ce qui se passe dans les camps de concentration, les prisons... des épingles dans les talons... le genre chauffeur de la Drôme... enfin, la police du Maréchal, si on les croyait, ce serait l'inquisition, l'inquisition ! Naturellement, pas un mot de nos villes bombardées, des bombes systématiquement jetées par les Anglais pour plaire aux Juifs de Washington, sur les hôpitaux, les écoles maternelles, les jardins d'enfants ! Ça, pas un mot ! Non, Pierre n'aurait pas été assez bête...

Une idée.

« Tiens, mon Jacquot chéri, voilà le beau livre d'images où on voit les tigres et les lions, et le pauvre petit agneau, et le méchant loup. C'est extraordinaire, la passion de ce bout de chou pour les images. J'en ai pour un quart d'heure au moins de tranquillité... »

Dzing. La sonnette prolongée de la porte qu'on ne ferme pas.

« Fermez la porte ! »

Le monsieur bafouilla.

« Non, Monsieur, je ne tiens pas cet article-là... »

Le monsieur battit en retraite. Il ressemblait à Michel Simon. Mais d'où lui venait cette idée saugrenue de demander des pinces à linge à un réparateur de radio ? Je vous le dis, les gens sont incroyables, de nos jours. Des pinces à linge ! On leur dirait : « Tenez, voilà des pinces à linge ! » ils les prendraient sans s'en étonner. Je parierais même qu'ils demanderaient combien ! Alors la radio de Londres a beau jeu, vous pensez ! Et si on avait le bolchevisme, ils ne s'en apercevraient pas. Ou bien... enfin, non... C'est-à-dire si, ils s'en apercevraient alors ! Ah, oui, ils s'en apercevraient ! En attendant, ils flirtent avec ! Les mercières, pas plus loin : l'autre jour, elles disaient qu'elles préféreraient Staline chez elles qu'Hitler ! Non, mais il faut se représenter ce que ça a de bouffon : Staline chez ces dames, venant chercher dix sous de coton à repriser... Ah, ah, au fond, il n'y a pas là de quoi rire ! Elles ne riraient pas, si Staline... Il est plus près qu'on ne croit... Pas personnellement, bien sûr, mais... Tandis qu'Hitler... Elles seraient jolies, les mercières, si Hitler était battu ! Moi, c'est bien simple, à cette idée... Mais M. Laval a dit que c'était impossible... et cet homme-là, j'ai confiance en lui... Il ne s'est jamais trompé. Il a toujours combattu le bolchevisme. Il a tout de suite vu que Mussolini, c'était la paix. Dzing. Bon. Qu'est-ce que c'est encore ?

« Fermez la porte, Madame ! »

Mais cette rage qu'ils ont tous de rester comme ça, là, la porte ouverte et la main sur le bec-de-cane !

« Monsieur, c'est pour le Secours National... Vos débris de laine...

— Mais, Madame, quels débris de laine ? Je ne suis pas matelassier, Madame ! Je répare des radios, Madame... »

Elle se contenta de dix francs. C'était une personne pâle sur mesure, avec toute sorte d'insignes sur ses seins plats.

« Le joli enfant ! dit-elle en s'en allant. Comme il est sage ! »

C'était vrai ! Jacquot avait la fièvre à regarder le petit agneau. Il leva des yeux brillants sur son grand-père et lui montrant du doigt le Chat Botté, il demanda : « Qui c'est, ça ? » avec une soif de savoir un peu artificielle, car il n'ignorait rien du Chat, du marquis de Carabas, ni de tout le reste, cent fois raconté. Le grand-père le prit sur ses genoux et commença pourtant l'histoire :

« En ce temps-là, le monde n'était pas tranquille, ni bien arrangé comme de nos jours... Les petits garçons ne pouvaient pas courir dans la rue, parce qu'il y avait des brigands, et des ogres qui les mangeaient, et dans la campagne il courait des méchants loups avec de grandes dents...

— Il a été sage ? demanda Mme Picot, qui rentrait.

— Comme une image... C'est-à-dire que ce sont plutôt les images... »

Il s'arrêta, effrayé :

« Mais, qu'est-ce que tu as, Berthe, tu es toute pâle ? »

Elle était toute pâle, en effet. Dans la toile souvent lavée de sa robe blanche à fleurs imprimées, elle faisait peur, la bonne grosse. On lui voyait le cœur battant, elle tenait les deux mains serrées sur le minuscule paquet de bonbons pour Jacquot.

« C'est affreux, dit-elle, il y a encore eu une bombe... »

Ce n'était pas une raison pour se mettre dans cet état, mais en effet c'était affreux. Picot demanda :

« Il y a des morts, des Allemands ?

— Oui. Deux. Ces pauvres gens... Mais ce n'est pas ça...

— Comment, pas ça ? On a tué deux pauvres garçons, et tu trouves que ça n'est pas ça ?

— Non, tu sais, le fourreur... Oui, M. Lepage, cette nuit... ils sont venus l'arrêter... La Gestapo... et sa femme et sa fille. »

M. Grégoire Picot regarda sa femme avec stupeur :

« Qu'est-ce que ça veut dire ? D'un côté, deux morts... deux jeunes gens... vraisemblablement des jeunes gens... qui faisaient leur devoir... De l'autre, des gens qui ne faisaient apparemment pas le leur, qui conspiraient, qu'on vient chercher chez eux, comme ils s'y exposaient, pour savoir à quoi s'en tenir... et c'est ça qui te bouleverse ? »

Berthe eut du mal à s'expliquer, les Lepage avaient été enlevés, emmenés on ne savait où, le père de Madame avait essayé de savoir, on lui avait dit de se mêler de ce qui le regardait, il avait dit que justement, les Allemands avaient dit que c'était un bon conseil, et les Français que ce n'était pas leur boulot... Son mari l'interrompit :

« Vous jetez des bombes, et puis après vous venez vous plaindre ! Un peu de logique, nom de Dieu, un peu de logique !

— En attendant, dit Berthe, vexée, on a une fois de plus le couvre-feu à huit heures, et dès ce soir, s'il te plaît... »

Le couvre-feu ? Grégoire la regarda, interloqué. Puis se ressaisit. Très vite. Parce que le couvre-feu, ça le connaissait, on l'avait tous les huit jours. Ce n'était pas le couvre-feu, qu'on eût le couvre-feu qui l'avait, à vrai dire, interloqué : mais le ton de Berthe. Un ton péremptoire, d'évidence, de démonstration. Qu'est-ce qu'elle cherchait à lui démontrer par là ? Le couvre-feu ? Et puis après ? Bien entendu, qu'on avait le couvre-feu. Quand on jette des bombes, il y a le couvre-feu. Tout le monde sait ça. Qui est-ce qui a commencé, on n'allait pas reprocher le couvre-feu aux Allemands. Ils n'y étaient pour rien. Il faut un peu de logique.

« Évidemment, c'est dérangeant, concéda-t-il. J'avais envie d'aller au cinéma, ce soir. Pour un film allemand qu'on joue au *Ciné des Fleurs*, justement, *Le Juif Süss*. J'avais regretté de ne pas l'avoir vu, quand on l'a donné en ville, l'autre année. Il paraît que c'est très fort. Très bien joué... Tant pis. On n'en mourra pas. À la guerre comme à la guerre. Mais toi, bien sûr, du moment qu'il y a le couvre-feu et que ça te gêne tant soit peu, du coup tu voudrais voir les Allemands au diable !

— Oh, ça, oui ! s'écria-t-elle du fond du cœur.

— Si le ciel t'entendait, malheureuse, nous serions dans de beaux draps... J'aime mieux avoir le couvre-feu de temps en temps que tous ces excités jouant du revolver sur l'ordre de Londres... ou un commissaire du peuple dans mon magasin!

— Un commissaire du peuple dans ton magasin, pour quoi faire?

— Ne fais pas l'idiote, tu me comprends très bien. Mais parlons d'autre chose: imagine-toi que Jacquot, que je croyais bien tranquille, tu étais partie depuis dix minutes pas plus...

— Viens de l'autre côté, il faut que je me dépêche pour faire mon dîner. Je me suis attardée avec cette histoire du fourreur. Le confiseur dit que sa fille recevait des parachutistes...

— Des parachutistes? tu vois bien! Ces gens-là ne sont pas intéressants. Mais si on écoutait tout ce qui se raconte! D'abord, les parachutistes, ce sont des histoires pour faire peur aux petits enfants. Il n'y a pas de parachutistes. C'était un espion, ton fourreur, et la petite Lepage est une grue.

— Oh, une grue, elle est très correcte!

— Tu la défends? Si tu avais une fille, est-ce que tu lui permettrais de recevoir des parachutistes? Non? Alors. Un peu de logique. Et puis, quand je dis, moi, que les Allemands sont corrects, qu'ils font ce qu'ils ont à faire, je vois sur ton visage que ça t'exaspère!

— Ça ne m'exaspère pas, ça me gêne.

— Ne joue pas sur les mots! Ça t'exaspère. Mais la fille du fourreur reçoit des parachutistes dans son lit, et tu la trouves correcte!

— Qui est-ce qui t'a dit que c'était dans son lit qu'elle les recevait, la pauvre fille?

— *La pauvre fille* est admirable ! Mais toi... ou plutôt... non... Personne... Mais avec un peu de logique... elle ne devait pas les recevoir dans le lit de sa mère... et puis, je suppose que c'est dans son lit, parce que c'est dans son lit qu'on faisait ces choses-là, de mon temps... et à moins qu'on ait tout changé... c'est peut-être le swing... le genre zazou... Qu'est-ce qu'il y a, Jacquot ? »

Le petit voulait des bonbons.

« Tout à l'heure, mon mignon, au dessert, ça te couperait l'appétit. Tiens, je ne discute pas avec toi, Grégoire, tu es injuste pour cette malheureuse, et puis il est sept heures, et mon fourneau n'est pas allumé.

— Des bonbons, des bonbons ! »

Jacquot disparut sur les pas de sa grand-mère. Sept heures déjà ! La porte du magasin s'ouvrait avec le dzing qui ne s'arrête pas de la sonnette.

« Fermez la porte ! cria M. Picot. Qu'est-que c'est ?

— Vous ne pourriez pas me dire où je pourrais trouver du blanc d'Espagne ? »

Un comble. Du blanc d'Espagne maintenant ! Sept heures du soir ! Et un homme avec une voix de basse, on aurait dit Raimu ! Tout à l'heure, Michel Simon, maintenant Raimu... tout le cinéma, quoi. Il ne demanda pas son reste.

Il était l'heure d'enlever le bec-de-cane. On viendrait lui demander des lacets de chaussures sans ça, la prochaine fois. Sur le pas de la porte, pourtant, il s'attarda un peu. Il faisait doux, chaud, mais pas trop tout de même pour la saison. C'était cette pluie de la veille qui avait fait du bien. Il salua l'épicière d'en face, qui s'inclina assez sèchement. Une mijaurée, cette Mme Delavignette! Il sortait comme une buée de chez le blanchisseur à côté, c'était une rue bien calme, avec la place tout près, où il y avait le terminus d'un tramway qui n'y arrivait plus depuis six mois. Un bicycliste passa comme un fou.

« Vous voyez ça, monsieur Picot, lui dit le blanchisseur de sa porte. Ces jeunes gens se croient tout permis, maintenant qu'il n'y a plus d'autos. Des fois que votre petit-fils, par exemple, aurait joué sur la chaussée.

— Ne m'en parlez pas, monsieur Brun! répondit Grégoire avec ce petit air de supériorité qu'il avait avec les gens qui n'étaient pas de son monde. Des gamins comme ça, un petit tour en Allemagne ne leur fera pas de mal!

— Ce n'est pas ce que je voulais dire... »

Quelqu'un avait dû appeler M. Brun à l'intérieur, qu'il disparût brusquement. M. Picot hocha la tête. La Relève était un fait. La susceptibilité des gens n'y changeait rien. C'est excellent pour les jeunes gens d'être un peu dressés. Jadis, il y avait le service militaire. Maintenant, il n'y avait plus de service militaire. Heureusement qu'en Allemagne... Nous leur devrons une fière chandelle, à ces gens-là. Qu'est-ce que nous aurions comme vauriens, sans eux! et comme fainéants!

Il fit un tour jusque sur la place. Là encore, il y avait des garçons de seize, dix-sept ans, à ne rien faire, assis sur le dossier d'un banc d'autres debout, parlant fort. M. Picot ne dit pas ce qu'il pensait. Il s'arrêta devant la colonne où on avait apposé une affiche de la Milice, et la lut. Décidément, le péril rouge ne s'éloignait pas. Pour qu'on fît toute cette dépense de papier, quand le papier manquait ! Il suffisait de regarder cette jeunesse pour comprendre, du reste. Et quand on a été à l'Exposition antibolchevique et qu'on a vu ce que ça représente, et leurs prisons où on ne peut pas s'asseoir, et le reste. Ça n'est pas des racontars, ça, au moins.

C'est ce qu'il dit à M. Robert, quand celui-ci, soulevant sa casquette plate à visière, lui fit quelques remarques sur le temps, le couvre-feu dont tout le monde parlait, et les incidents dans ce petit bal où il y avait eu une femme, une Française, blessée en même temps que les deux Allemands tués. On disait que c'était bien fait, qu'elle n'avait pas besoin de danser avec des... M. Robert, qui était un homme d'âge, assez timide, avec sa grosse moustache grise et pas de menton, ne disait pas des quoi, mais on l'entendait. M. Picot se fâcha un peu. Par contre, M. Robert était toujours très aimable, et au bout du compte M. Picot se sentait un peu isolé dans le quartier.

« Voyons, voyons, monsieur Robert, vous avez été en Rhénanie, en 19, vous aussi, comme moi ! Eh bien ! est-ce que nous étions mécontents, quand une jeune fille voulait bien danser avec nous, et même ?... Non, n'est-ce pas ? Alors il faut être logique...

— Bien sûr, mais aussi les... enfin les Allemands leur rasaient la tête, vous vous souvenez ?

— Il y a des exaltés partout, monsieur Robert, ça ne prouve rien.

— Oh, ça ! ça ne prouve rien, dit l'autre, rien du tout. Je dis ça plutôt histoire de causer. Si on devait faire, nous, tout ce que les... les Allemands ont fait, on n'aurait pas fini !

— Il y a des leçons que nous pourrions tirer de leur exemple...

— Des leçons d'allemand ? Euh, euh, je dis ça pour faire drôle... »

Plaisanterie douteuse sur un sujet sérieux. M. Picot avait la tête un peu rêveuse. Le souvenir lui était revenu de ce temps de l'occupation française, quand il était au 25e Chasseurs, à Godesberg. Et Wiesbaden... une belle ville, il n'y a pas à dire ! Il n'aurait pas aimé alors qu'on lui jetât des bombes, et quand il y avait un chasseur qui récoltait un coup de couteau, le commandant n'était pas content non plus.

« Il faut de la logique », affirma-t-il avec force.

M. Robert, qui n'avait pas suivi la suite de ces pensées rhénanes, leva des yeux bleus et surpris :

« Qu'est-ce qui vous fait dire ça ?

— Rien... dit M. Picot, simplement : qu'il faut de la logique.

— Ah, vous avez bien raison ! »

Sur ce, ils se séparèrent.

Le dîner n'était pas prêt, il était bien huit heures quand on se mit à table, et comme c'était vendredi, le dîner manquait un peu de corps. Berthe avait fait un mate-faim, ce qu'on appelle un mate-faim par ici. Où avait-elle pris les œufs ? Ses explications embarrassées n'arrivèrent pas à cacher à son mari que les œufs venaient du marché noir. Elle ne lui disait pas quand elle achetait quelque chose un peu irrégulièrement, parce que ça lui gâtait le plaisir, à Grégoire, de penser que c'était du marché noir. Et s'il avait fait du marché noir lui-même ? Et si tout le monde en faisait, où irions-nous ? D'ailleurs, tout le monde faisait du marché noir, les gens n'ont pas de conscience, et si nous n'avions pas les Allemands... Berthe l'interrompit :

« Oh ! ils en font bien un peu aussi, tu ne crois pas ? »

Il hésita. Dire, laisser dire que les Allemands faisaient du marché noir, c'était porter de l'eau à un certain moulin. D'autre part, M. Laval l'avait laissé entendre. Et puis, il craignait de se laisser emporter par la partialité. Les Allemands ne sont pas des petits saints, après tout, ce sont des hommes, et même des hommes un peu là...

« Ils en font, dit-il, je ne dis pas le contraire, mais quand c'est eux, ça ne s'appelle pas le marché noir... »

Jacquot mangeait très mal sa petite purée.

« Allons, mon chéri, une fourchette pour Bonne Mame, une fourchette pour Bon Pape, une fourchette pour Pauvre Pape... Qu'est-ce que c'est ? Tu n'en veux plus, ce n'est pas gentil... »

Le moyen de lui refuser les bonbons, quand il vous entourait de ses petits bras doux et frais, et qu'il vous regardait en relevant ses longs cils cendrés dans son visage transparent, où le sang semblait si voisin sous la peau blanche, que pour un rien le petit changeait de couleur.

« Bon, va t'amuser ! »

Par la porte-fenêtre, ils le regardèrent courir dans la cour avec sa balle. Une belle petite balle de caoutchouc. Luisante avec des cercles de couleur. Il ne savait pas encore très bien s'en servir, Jacquot. Le drôle était de la jeter, peu importait comment et où, mais de la jeter. Ses éclats de rire faisaient de la lumière dans le soir tiède et calme, où une odeur de tilleul venait des jardins voisins dans cette cour, entre des maisons basses.

« J'ai rencontré M. Robert sur la place, dit Grégoire. Il y a quelque chose qui ne va pas chez cet homme-là, je ne sais pas quoi, mais qui ne va pas...

— Il n'a pas été aimable avec toi ? »

C'était son inquiétude, à Berthe. Généralement, M. Robert, lui, était bien poli. Le jour où M. Robert commencerait à ne plus être poli avec Grégoire, ça sentirait mauvais.

« Non, non, ce n'est pas ça. Mais ce qu'il dit n'a pas de sens...

— Il est peut-être tourné au gaullisme, soupira Mme Picot, le plus naturellement du monde. Tu vas fumer ta cigarette sur le pas de la porte ?... Oh ! le couvre-feu : moi qui n'y pensais plus !

— Tu exagères, dit M. Picot, sans sortir dans la rue, on peut...

— Tu crois ? Je vais regarder de quoi ça a l'air. »

Plus il y pensait, et plus Grégoire trouvait ce M. Robert bizarre. La plaisanterie qu'il avait faite, à y resonger, était stupéfiante d'indécence. Un vieil imbécile. L'âge lui portait sur la cervelle.

Berthe revenait, très agitée. Non, on ne pouvait pas se mettre sur le pas de la porte. Tout était fermé, elle avait regardé par la fenêtre du premier étage. Personne en vue, sauf que sur la place, en se penchant, elle avait aperçu des Allemands.

« Comment, des Allemands ? ici, sur la place ?

— Oui, bien une vingtaine. Ils font un barrage au bout de la ruc, et ils ont des fusils... Il y a des voitures, à côté de la colonne...

— Ici, sur la place ? »

M. Picot n'en revenait pas. Et quand il y réfléchissait, il se trouvait absurde. Puisqu'il y avait des Allemands dans le pays et dans la ville même, pourquoi n'y en aurait-il pas eu sur la place, à côté de chez eux, leur place ? pas l'ombre de raison. Ils étaient là pour faire respecter le couvre-feu, c'était clair. M. Picot repensa à ces jeunes gens tout à l'heure, qui flânaient sur cette même place.

« Ça ne prouve rien », dit-il à voix haute.

Mais cependant ça lui était désagréable. À Berthe aussi, du reste, alors cela développa, chez lui, l'esprit de contradiction, et il trouva tous les arguments nécessaires pour démontrer que la présence de ces soldats était explicable, naturelle, normale, souhaitable, et après tout rassurante.

« On est gardé comme ça, tu comprends. Dans ces périodes d'attentats... avec tous ces excités... »

Et, à la réflexion :

« Eh bien, j'irai fumer dans la cour, avec Jacquot... »

Jacquot avait inventé de pousser la balle avec son pied. C'était une découverte, faite dans cet enthousiasme qui accompagne toujours la création du génie humain. Il la lançait à droite, à gauche, au fond... Un instant, il s'arrêta pour donner tous ses soins à une petite carriole de bois vert et jaune dans laquelle une dizaine de cailloux étaient entassés, et il s'y attelait au bout d'une ficelle en faisant : Chchch, chchch... comme si cela avait été un train, et lui, Jacquot, la locomotive...

La grand-mère le regardait avec des yeux qui n'en pouvaient plus. Au vrai, c'était un enfant adorable.

« Quand j'étais au 25e Chasseurs, à Godesberg... » commençait à raconter M. Picot, qui après chaque bouffée de sa cigarette la regardait comme s'il l'avait vue pour la première fois.

Le petit s'était fatigué de son chariot. Il avait repris sa balle et la lançait à la main. Cela se fit très vite. Elle était partie sous la voûte, et avait glissé sous le vantail qui ne touchait pas terre. Jacquot y courut, et sur la pointe des pieds atteignit le loquet de fonte. D'une façon presque incompréhensible, tant cela avait l'air lourd, et c'était silencieux, le vantail s'ouvrit, le petit pendu après. Le grand-père l'avait vu, et sans réfléchir bien exactement, il se jeta dans la direction de la porte.

Pas assez vite. Jacquot était sorti et ramassait sa balle dans la rue, en pleine chaussée.

Assez vite pourtant pour voir, au coin de la place ronde, le soldat allemand, énorme, athlétique, qui visait soigneusement l'enfant et, d'un coup de feu, correctement, fit mouche.

Les jeunes gens

Rien, dans cette vie, n'est tout à fait comme on l'imagine. Je ne sais si vraiment Dieu dispose, quand l'homme propose. J'aimerais de toute mon âme pouvoir me rassurer, le croyant. Mais alors qu'il dispose étrangement...

Ils étaient nés presque dans le même temps, Guy, Élisée, la paix déjà revenue, et l'aîné, Marcel, n'avait pas quatre ans en 1918. Ce n'étaient pas trois frères, rien ne semblait lier leurs destins. Extraordinaire à penser même, combien il était improbable qu'un lien entre eux s'établît. Rien ne s'y prêtait, tant que le monde était en ordre, que Guy jouait sous les belles tables cirées de sa mère, dans le Nord, au fond de la maison spacieuse, avec des housses sur les meubles du salon, et un grand Christ au-dessus du piano sur ses pieds de verre... tandis qu'Élisée, fils tardif d'un petit fonctionnaire retiré dans la Drôme, menait aux champs les chèvres, et d'une ferme sortait une vieille femme furieuse parce que les bêtes, encore une fois, entraient dans son blé... et

Marcel déjà, à douze ans, avait les mains brûlées d'acide, dans l'usine qui empuantissait tout le quartier d'Italie, de cette odeur de corruption des peaux, une vieille usine de bois, d'où sortaient des eaux de couleur...

Non, rien ne les disposait même à une rencontre. Ils n'avaient pas de langage commun. Ni alors, ni plus tard. Tant que le monde suivait sa pente, que les jours étaient bien peignés, les gens à leur place, et la machine en tournant ramenait aux mêmes heures, aux mêmes lieux, les personnages attendus, comme dans ces horloges anciennes et compliquées où un paysan sort à l'aube, une jolie dame à midi, à minuit enfin le roi mage...

Ils n'avaient ni la même taille, ni de ces airs de famille qui font que des gens d'origine dissemblable se reconnaissent pourtant dans la foule, ont l'un pour l'autre une sympathie irraisonnée. Quel rapport entre Élisée, avec ses faibles épaules, son nez de travers, ses cheveux noirs qui poussaient trop bas sur le front, formant un épi à lui donner toujours l'air décoiffé, mal tenu, poussiéreux, et petit avec ça, et qui en souffrait ; et ce grand oiseau brun de Marcel, aux membres longs, au visage grave, avec ses baguettes de tambour qu'il domestiquait, les baignant de brillantine, la nuque toujours bien rasée, singulièrement propre pour ses pauvres hardes. Et, à vingt-trois ans, la lèvre supérieure un peu courte, découvrant les dents très blanches, avec des cheveux bouclés, d'un blond cendré, Guy était ce qu'on appelle un beau garçon, que le sport empêchait de s'alourdir. Il avait deux fois raté la guerre de justesse : né en 1920, mobilisable en 40... Il était reconnaissant à son père, un grand fabricant de liqueurs, de lui avoir donné une moto, une bonne éducation, un idéal chrétien. Toutes ses idées venaient de sa famille.

À ce compte-là, qu'aurait pensé Marcel ? Fin 1917, un soir, à Versailles, des voisins muets avaient ramené une femme sanglante, la tête traversée d'une balle, sa mère qu'il ne reconnut pas tout d'abord avec ses cheveux défaits, bruns comme les siens, sa mère tuée dans une grève par les soldats annamites. Son père, mort en captivité du côté de Königsberg, n'était qu'une photographie jaunie qu'il avait perdue, quand on avait déménagé à la sauvette, avec toute la famille de cette tante qui l'avait recueilli par surcroît de huit mioches à torcher. Ses idées... un miracle, comme sa grande carcasse qu'il n'était pas Dieu possible qui se fût formée de ce qu'il avait eu comme pitance à l'âge famélique, où ses cousins tambourinaient autour de lui sur un pot de chambre cassé, et le plus petit avec son visage de crêpe et ses mèches de ficelle traînait sérieusement une grande branche d'arbre noire sans feuilles, comme un sceptre aux doigts écartés... Le travail l'avait sauvé du rachitisme, il l'avait fait grand et osseux, ce gosse maigre par tempérament, il lui avait mis aussi des pensées dans sa caboche, qui y tournaient comme des rats. Le travail l'avait lâché tout jeune parmi les hommes. Marcel s'y était fait lui-même les muscles qui tenaient ensemble les longs os de sa charpente. Il s'y était fait lui-même les idées qui devaient aussi rassembler les données brutales de son univers. Des idées violentes comme la vie. Mais où dominait l'horreur de cette guerre, dont on parlait encore, qui servait à expliquer tout jusqu'à l'inexplicable, les injustices, la sueur des jours, les hivers sans feu, de cette guerre qui avait laissé derrière elle des hommes comme des os mal rongés derrière un chien, de cette guerre qui serait la dernière si on savait s'y prendre, pour que les Marcel de l'avenir aient une enfance différente, des livres à lire, un père comme tout le monde, une mère qui vieillirait... Un jour viendrait où l'homme ne tuerait plus l'homme.

Ah ! ce n'était pas le souci d'Élisée. Lui, il n'aimait pas les siens. Il les méprisait d'être sans fortune, avec cette fausse aisance des retraités. De ne pas avoir su lui préparer une vie oisive. De n'avoir voulu faire de lui qu'un paysan. Il haïssait la terre, cette peine toujours recommencée. Il n'était pas fort, on n'aurait jamais dit qu'il avait poussé à la campagne. Sa mère, qui était une femme très bornée, l'avait nourri de mille superstitions physiques, elle l'avait longtemps tenu loin des autres, cet enfant tard venu, quinze ans après sa fille, aujourd'hui demoiselle des postes. Un petit couvert de châles croisés, pâle, sauvage. Méchant avec les bêtes, qu'il poursuivait pour les battre sans raison, criant : Tété-tété ! pas capable d'un autre travail. Pas besoin de lui demander d'où lui venaient ses idées, à lui. Il n'avait pas d'idées. Il n'avait que des rêves. Des rêves vagues et interminables. Toujours de la même sorte. Il avait grandi avec ses rêves.

S'il y avait quelque chose de commun entre ces trois garçons... Mais je suis là comme un vannier qui fait ses tresses, et il y a une paille pourrie qui plie entre deux brins plus forts, et c'est lassant ce jeu qui entrelace trois destins séparés, ce n'est pas un jeu pourtant : vous ne pouvez pas voir comme moi le barreau de chaise où se fixent les joncs, vous ne voyez pas l'horizon où se confondent un instant trois regards... Vous ne voyez pas le sang qui a la même couleur pour tous.

S'il y avait donc quelque chose de commun entre ces trois garçons, c'était peut-être une certaine propension au rêve. Rêves dissemblables comme leurs cheveux, reflets fantastiques d'un même monde qui à tous trois apparaissait si différent en toute chose. Comment Élisée ou Marcel auraient-ils eu ce goût de l'ordre qui donnait aux songes de Guy sa lumière ? Celle qui avait fait son enfance heureuse, et qui mettait des flammes aux meubles bien astiqués de chez lui. Aussi aurait-il voulu que ce même ordre régnât partout, comme chez sa mère. Le bel ordre que surmontait le Christ au-dessus du piano, aisance et bonté mêlées. Le père de Guy était un homme juste autant qu'il est possible d'être juste à un homme riche. Si la mère parlait de Dieu à l'enfant, le père lui parlait plus souvent de la France. La France de Guy, c'était une sorte de grande femme guerrière au regard droit et clair, une Jeanne d'Arc qui avait des traits de sa mère, et à ses pieds s'étalait un paysage de fleuves majestueux et de cathédrales, une sagesse de la terre peuplée de savants, d'artistes, d'artisans, d'hommes graves, de filles douces.

Chez les siens, rien ne venait contrarier ce rêve, et tout ce que les journaux et les conversations apportaient du dehors, même alors qu'il avait seize, dix-sept ans, si c'était contradictoire à l'image sacrée du pays qui s'était formée en lui, Guy le rejetait facilement, ce n'était pas la France. Son univers, celui qu'il portait comme une révélation du ciel, s'accordait à la vie qui lui était faite : il avait mis sa passion dans les jeux puérils et mystérieux des scouts, qui prolongeaient les livres de son enfance, les histoires de Peaux-Rouges, les films de la Prairie, et ce regret d'une chevalerie à laquelle se vouer, sacrifier sa jeune force pure, et peu tournée vers les plaisirs, toute faite pour la dépense physique de l'effort.

Son admiration allait à Gérard, de deux ans son aîné, un grand type couleur de paille, brûlé d'air même à Noël, avec des dents pointues de jeune loup ; fils d'officier, Gérard se destinait à l'armée. Un été, entre des feux qu'ils avaient allumés dans les bois des Vosges, Guy avait subi les épreuves de l'initiation. Gérard lui avait approché de l'épaule un fer rouge, la chair avait grésillé, mais Guy n'avait pas bronché. Sa mère avait été furieuse, ça avait fait toute une histoire. Guy respectait sa mère, mais avec une fierté secrète il passait la main sous sa chemise, tâtant sa cicatrice.

Cette histoire-là aurait été du chinois pour Élisée ou pour Marcel, si on avait voulu leur en rendre compte. Tenez, prenons Marcel, ses rêves à lui. La vie ne lui permettait pas de les séparer d'elle. Si Guy pouvait fermer les yeux sur le paysage habituel, paisible et sage, de ses songes, Marcel n'avait droit qu'au songe éveillé, un songe actif, qui s'emparait des choses les plus courantes, les plus rebutantes à l'imagination, un rêve d'avenir, où se transformait le monde même dont il ne se séparait point. Ces rêves-là l'avaient, à seize ans à peine, mené parmi d'autres hommes comme lui, qui parlaient du pain disputé, d'injustices et de colère. Dans le XIIIe arrondissement, au milieu des fumées lourdes et jaunes de son usine, maintenant ouvrier des produits chimiques, le jeune Marcel vivait avec toute sorte de gens pauvres et singuliers. Ils étaient venus de tous les coins du monde dans ce Paris si beau et si terrible, ils portaient tous une longue histoire humaine, qu'on ne pouvait expliquer seulement avec des livres d'images, des aventures sans exaltation, de déchirantes déchéances. Un premier mai, Marcel avait été réveillé par des coups de feu, et, descendu en hâte dans la rue, il avait vu le spectacle de la

Cité Jeanne-d'Arc assiégée, d'où des hommes désespérés tiraient des fenêtres des plus misérables taudis dans la nuit pleine de policiers et de soldats, où tournaient des phares éclairant les rouges pompes à incendie, la barricade à l'entrée de la cité, et soudain, à un étage, une femme apeurée, derrière un insurgé frappé en plein cœur. Ce n'était pas la caserne, là-dessus, qui aurait pu lui ouvrir le monde du petit scout Guy, avec ses chants en chœur autour des feux, et son image pieuse de la France. Comme il venait en permission à Paris, aux jours de Juin 36, il avait semblé, à Marcel, qu'une porte tournait sur ses gonds; il avait retrouvé toute la ville transportée, ce n'était pourtant pas une fête, les gens ne rentraient plus coucher chez eux, il y avait des va-et-vient sans fin, les gardes mobiles appelés semblaient avoir peur, se cachaient. C'étaient les grandes grèves d'occupation, joyeuses, pleines d'accordéons et d'ocarinas, avec des pancartes, des banderoles aux lettres rouges et noires. La force ouvrière paralysait la machine à gagner les sous. Aux Galeries Lafayette, changées en un immense dortoir, des vedettes de music-hall venaient chanter pour les vendeuses, pour la petite Marie qui était devenue son amie, sa femme...

Qu'est-ce que Guy aurait pu comprendre à l'enivrement, à l'exaltation de ces jours-là? Diversité des hommes et des rêves : un soir, un émigré italien, dans un estaminet du boulevard de l'Hôpital, les yeux brillants, disait à

Marcel qu'enfin il avait retrouvé la France, celle dont on parlait jadis, dans les faubourgs de Milan, celle de 48, celle qui est, dans toutes les villes saignantes du globe, la contrebande d'une chanson... Il avait un peu bu. Il chantait *La Marseillaise* dans sa langue...

Diversité des hommes et des rêves: et Élisée, avec tout ça... Je n'ai rien dit des rêves d'Élisée. Il ne rêvait que de lui-même. Périsse le monde, et les siens, et les autres, qu'il pût, même passagèrement, lui, briller, triompher, vivre... Il aurait applaudi à n'importe quel chambardement, mais que changeât son existence médiocre, la ronde des saisons, les travaux des champs ennuyeux à mourir. Des rêves toujours de même sorte: riche, considéré, puissant, entouré de femmes flatteuses... des femmes à lui, de haut rang... un rêve grandiloquent et médiocre où rien ne rendait compte du temps qui passe... un rêve de tableaux plastiques, comme on dit dans les foires, une succession d'images sans lien... des villes superbes, des colonies avec des esclaves à la façon des affiches pour l'enrôlement dans l'infanterie de marine... des femmes aux yeux bridés, des négresses... Pas que cela le travaillât vraiment, Élisée, mais les femmes, c'est une part du rêve de domination, de l'orgueil d'être quelqu'un. Et puis la revanche d'une partie pas même tentée; car il aurait redouté comme une humiliation insurmontable qu'une quelconque de ces petites niaises de P... où il était confiné, eût ri de son visage dissymétrique, de sa faiblesse, l'eût repoussé. Adolescence prolongée, sauvage, malsaine. Il détournait les yeux, quand il voyait un couple de son âge, dans une combe, au temps des chèvrefeuilles.

Il ne rêvait que pour être séparé des autres, que pour être seul et comme ivre, et il eût trouvé misérables les préoccupations d'un Marcel, toutes mêlées de débats vulgaires, matériels ; et bourgeoises, celles d'un Guy : aussi bien, lui, appelait-il son rêve, l'Aventure. De très pauvres lectures avaient entretenu cette soif d'images irréelles ; où toujours Élisée détenait un singulier pouvoir, qui confondait tous ceux qui l'avaient à P..., jusqu'ici, traité avec tant de désinvolture.

Dans ses rêves, P... était à feu et à sang. Tous les gens qu'Élisée connaissait mouraient de mort violente. Il y avait une grande peste, ou un typhon comme on disait dans la géographie, ou une guerre, une jacquerie. Le moyen importait peu : mais au bout du compte, la vie recommençait, avec un Élisée lavé de toutes les souillures du passé. Il fermait les yeux pour voir P... en ruine.

Il faut vous dire que P... est un petit village de trois cents âmes, au pied des collines qui portent des châtaigniers, de petits champs entre deux bois comme une pièce de toile à un vêtement de velours, avec de brusques dépressions jouant la grande montagne, des combes où les pluies font parfois un cours d'eau de ces sentes de pierres, et, dans les sables roux des remblais, des bouches d'ombre qu'on appelle ici des balmes. La plupart des gens vivent des cultures, il y a des pêchers dans la petite plaine de P..., un peu de vigne, du blé, du seigle; mais d'autres préfèrent faire les bûcherons, ce sont les plus hardis, souvent des étrangers, fixés là par toute sorte de hasards; ils débitent les arbres marqués, et puis, après, c'est un tintouin pour les descendre avec les bœufs. Ils ne vivent pas que de cela: tous plus ou moins braconniers. La nuit, les coups de feu faisaient sauter Élisée dans son lit. Il n'aimait pas les coups de feu. Il avait toujours, dans ses rêves, l'impression que c'était sur lui qu'on tirait.

Sur la croupe des collines, il y a de grands morceaux pelés qui ne servent à rien. On ne les cultive pas. Ils ne portent point d'arbres. Et, de-ci de-là, des maisons abandonnées comme un reproche. Les bûcherons s'y abritent en cas d'orage. Ils y font du feu, qui laisse des traces noires aux murs. Souvent, Élisée venait s'asseoir parmi eux, silencieux. Ces gens-là étaient moins moqueurs que ceux du village. Plus forts aussi. Dans les rêves du garçon, ils étaient un élément trouble: comme la négation des familles. Il les regardait couper de l'ail sur leur pain. Eux ne prêtaient aucune attention à lui. Il aimait voir luire les haches. Il aimait le bruit exaspérant des scies.

C'est en 1938, alors que le pays commençait à frémir d'une grande peur, que Guy secrètement souhaitait la guerre, ou fuir les études de droit, entrer dans l'armée comme Gérard, que Marcel, épouvanté de lui-même, lui qui avait tout soumis dans ses pensées à une religion violente de la paix, née de la souffrance des siens, commençait à douter de l'entente des peuples, c'est alors qu'Élisée tout occupé de sa propre aventure, fut le drôle de héros de cette histoire qui fit parler de lui dans *Le Petit Dauphinois*.

Il portait, peu après Pâques, à son oncle de Grenoble, les douze cents francs, que celui-ci avait jadis prêtés à son père, quand, dans le train, les employés le découvrirent aux W.-C. lié comme un saucisson, délesté de son portefeuille, et balbutiant à demi endormi, avec un tampon de chloroforme sous le nez. Pendant quelques jours, il fut, à Grenoble, et de retour à P..., le centre de l'attention d'un tas de gens, la famille, les amis, des inconnus, la police. Il racontait son histoire: il avait été attaqué, il s'était défendu, mais contre trois hommes, n'est-ce pas? et le chloroforme... Par malheur, on le chicana sur la ficelle et comment elle était entortillée, on découvrit qu'il s'était procuré le chloroforme à Valence, grâce à une ordonnance maquillée... Cela faillit faire du vilain, la police se fâchait, son père pleurait. Le maire, qui était de leurs amis, arrangea l'affaire. Élisée, furieux, aurait préféré la prison, le tribunal, à cette pitié méprisante, aux ricanements des garçons de P... sur son passage. Oh, lui, il souhaitait une guerre... Rien que pour qu'on pensât à autre chose, que tout cela fût dépassé.

Il l'eut, avec un peu de retard.

*

Il est peut-être trop tôt pour parler de cette guerre sans amertume. Ce n'est au moins pas moi qui en serais capable. J'écris ceci alors que le malheur encore règne sur le pays, et bien des choses sont devenues claires, comme un vinaigre décanté ; mais il y a encore tant de lâcheté, tant de sottise pour compenser tout l'héroïsme ; tant des nôtres sont encore prêts à détourner les yeux, à renier ceux qui combattent, les sacrifiés... qu'à la fin ce serait trop me demander que me demander de parler de ces années-là sans passion.

Or donc, ni Élisée ni Guy n'étaient d'âge à servir. Cette guerre fut celle de Marcel seulement. Du moins il sembla qu'elle allait être celle de Marcel seulement. Il lui fallait passer par l'enfer. Un jour viendra où l'on pourra écrire la tragédie de ces hommes qui avaient de tout leur cœur, de toute leur générosité, cru par-dessus tout à une grandeur pacifique, et qui virent coup sur coup leur propre langage volé par les gens les plus suspects, les faussaires de la paix, qui sournoisement les amenèrent à une guerre perdue d'avance, à une guerre qu'ils ne purent ni refuser, ni accepter, une guerre sans horizon ; où l'on prétendait les faire se battre contre eux-mêmes, contre leurs élans, leurs enthousiasmes. Un jour...

Marcel, donc, la guerre avait pour lui commencé par un grand débat, un désarroi profond. Tout se dressait contre l'idéal qu'il avait et qui embrassait tous les hommes : les faits, les commentaires, l'apparence et l'interprétation. Tout ce qui se disait, tout ce qui pouvait s'écrire, tournait cet idéal en dérision. On faisait honte à Marcel, à ses pareils, de ce qu'ils avaient cru la vérité d'évidence. Pour lui, Marcel, il avait été jeté dans un régiment singulier : l'armée si on veut... on n'y avait ni armes, ni uniforme, un brassard, un béret et ses vêtements civils. C'était ce qu'on appelait un régiment de travailleurs. Il était supposé creuser du côté de Meaux, Coulommiers, la septième ligne de soutien de la Ligne Maginot. Autant dire une antichambre du bagne, où on avait rassemblé les suspects, des condamnés de droit commun, des ouvriers de la ceinture parisienne, des tailleurs et des fourreurs juifs d'autour de la Bastille, des Russes blancs, une invraisemblable salade... Tout cela était mené par des officiers qui, pour la plupart, parlaient haut un langage triomphant, enfin... Ce langage que Marcel avait toujours cru celui de l'ennemi... l'ennemi de l'intérieur et l'ennemi de l'extérieur confondus dans une même haine... Et des sous-officiers qui avaient des airs de gardiens ; dans les bureaux des gens venus de Paris consultaient les dossiers. La Sûreté. Marcel, comme des centaines de milliers de Français, portait sur son livret matricule la marque d'infamie P.R. (Pour renseignements) qui désignait dans l'armée même, d'où la politique était si bruyamment bannie en paroles, ceux qui ne pensaient pas comme il était permis, ceux qu'il fallait à tout prix disqualifier, compromettre, jeter dans quelque sale histoire...

C'était ainsi qu'on entraînait, en 1939, Marcel, et d'autres, à défendre la France. C'était ainsi qu'on leur en donnait l'image. Songez à ce qu'il fallait qu'il se produisît pour qu'au bout du compte Marcel et Guy, par exemple, eussent un langage commun, pussent entre eux parler de leur patrie commune. Un Guy ne comprend même pas qu'il y ait des hommes nés français pour qui ce n'est rien que ce drapeau tenu par d'autres, mais que lui ne peut sans exaltation voir s'élever dans le ciel. À l'abri de ce drapeau pourtant, qu'avait rencontré Marcel, sinon la police traquant une pauvre cour des Miracles, des gens qui ne savaient plus à quel saint se vouer ? Comment cette guerre aurait-elle été sa guerre ?

C'était lc contraire de ce qui se passait plus tard dans les conversations, les journaux des gens de Vichy. Ceux-ci n'avaient pas renoncé à leur vocabulaire, les grands mots y régnaient toujours : honneur, patrie, fidélité, loyauté... Mais, voilà, sous ces pavillons passait une autre marchandise. Tandis que ceux-là qu'on enfermait jadis parce qu'ils criaient contre la guerre, ou qu'ils voulaient du pain, les mêmes aujourd'hui parce qu'ils refusaient de se mettre à genoux, de servir l'étranger, de souscrire à l'étrange et dérisoire pacifisme des généraux passés à l'ennemi, et qu'ils parlaient, eux, maintenant, de la France, de la Patrie, ceux-là allaient en prison. On racontait des histoires à ne plus dormir des camps et des geôles. Puis il y eut des hommes fusillés ; des têtes qui tombèrent. Allemands et Français s'entendaient parfaitement sur le choix de ceux qu'on tuait, qui prétendaient, qui osaient prétendre crier : Vive la France ! jusqu'à l'échafaud.

Pour en revenir à Marcel, on affirmait qu'il n'avait rien à craindre de la Relève, puisqu'il était évadé. Cela, c'était ce qui se disait à Saint-Étienne. Que savait-on de ce qu'il avait à craindre, de ce qu'il faisait ? Son rêve ne l'avait pas quitté, il avait toujours ce caractère d'autrefois, qui le mêlait à la vieille, à la dangereuse vie de tous les jours.

*

Dans le cœur de la catastrophe, une femme rendait grâces à Dieu. Du moins, dans l'excès du malheur de tous, elle pouvait se dire que son fils, son petit garçon, son Guy aux yeux clairs, avait passé à travers tout cela sans avoir à tuer. Car, pour cette chrétienne, le commandement de Dieu : *Tu ne tueras point*, ne souffrait pas d'être transgressé.

Tout avait été bouleversé de fond en comble dans ce pays humilié, rien n'était resté à sa place. Le ciel même avait perdu ses couleurs. La fabrique de liqueurs, la belle maison aux meubles luisants, le parc merveilleusement ratissé, tout cela avait soudain vu déferler une foule hâve et terrifiée. Pendant quelques jours, on avait installé un buffet à l'entrée, une cantine. Puis l'inexplicable reflux des armées... Guy disait que c'était une honte, mais le lendemain la famille prit à son tour la route vers les Charentes, où on avait des cousins. Et la fabrique, et le parc, et la maison abandonnée virent arriver les chars de l'ennemi, les soldats gris dans les tourelles...

Quand ils parvinrent dans les Charentes, la famille, lassée de l'exode, cette fois se laissa dépasser. La guerre était finie. La voix brisée du Maréchal... Les cousins disaient que d'un mal il peut sortir un bien. D'ailleurs, pour eux, le ciel était toujours aussi bleu : les hommes n'ont que trop tendance à considérer leurs malheurs passagers comme l'essentiel. Et le petit village à côté de la propriété des cousins, qui faisaient du cognac, n'était-il pas malgré tout heureux ?

Peut-être y avait-il aussi le secret désir de voir repartir les parents venus du Nord qui encombraient un peu, il faut bien le dire, la belle demeure paisible, mais enfin les cousins des Charentes reparlaient de plus en plus souvent de la reprise économique. Sans doute avaient-ils raison : il fallait rouvrir la fabrique.

On retrouva la maison pillée, des écriteaux gothiques cloués aux arbres du parc. D'abord, le père de Guy suivait religieusement les consignes nouvelles. La Légion, le Secours National, la Charte du Travail... Guy répétait ce que disait son père : que le malheur était dans toute cette politique. C'est la politique qui nous a menés là... Quand le Maréchal parlait contre les politiciens, on l'avait suivi d'abord. Mais voilà : qu'est-ce qu'il y avait autour de lui, et qu'est-ce qu'on faisait à Vichy ? de la politique, de la sale politique.

Comme Marcel en 1939, Guy à son tour passait par une crise. Comment cela avait-il débuté ? C'était très obscur. On aurait tort de croire que les yeux s'ouvrent toujours pour de bonnes raisons. Aussi longtemps qu'il le put, Guy imputa à son entourage et non au Maréchal ce qui lui déplaisait à Vichy. Et ce qui lui déplaisait à Vichy, n'était pas nécessairement ce qu'il y avait de pire. Un malaise, plus que des raisons. Dans le désarroi de 40, Guy avait comme son père cru ce Maréchal aux cheveux blancs, avec ses yeux pâles, sa parole de grand-père. Les mots qu'il lui entendait prononcer étaient ceux qui faisaient le fond de sa foi... Ceci n'est pas l'histoire de Guy tout seul. Il y a toujours, lui disait-on, disproportion entre le rêve et la réalité. Eh bien, il ne se contentait pas de cette explication : il tenait à sa France, à son image héroïque, comme l'autre année, Marcel, à son rêve d'universelle fraternité. Un fossé se creusait entre lui et ceux qui l'entouraient. Il avait peur de ce que sa mère pouvait penser. Ah, si Gérard avait été là. On était plusieurs mois resté sans nouvelles de lui ; puis une carte à demi imprimée avait apporté de Poméranie des mots stéréotypés, entre lesquels il n'y avait pas de place pour les questions.

Plus tard, les missives au crayon n'apportèrent encore du Stalag que peu d'éclaircissements sur ce que pouvait bien penser Gérard. Toutes les questions que Guy aurait voulu lui poser... Au début de 42, une lettre un peu plus explicite parlait évidemment d'une évasion manquée, du camp de représailles. Puis le silence.

Comme Marcel en 1939, Guy passait par l'enfer du doute. Il était moins bien armé pour se défendre. Il ne savait pas grand-chose de la vie. Les mots avaient sur lui plus de prise. Des mots si grands, si généreux... Quand son père se mit à aider ses ouvriers à se soustraire à la Relève, Guy eut un grand poids ôté de la poitrine; et il en conçut un grand orgueil. Il ne l'avait su que très tard, une fois qu'en rupture de ban il était venu voir les siens passant en fraude la ligne de démarcation (encore un jeu de scout...).

Car, depuis un an, il avait gagné la zone sud, où il s'était engagé dans les Compagnons. Il s'y débattait entre bien des scrupules. Il prenait l'habitude de n'accepter qu'une part de ce qu'on lui enseignait. Il fallait se taire, tolérer que devant lui fussent dites certaines choses qui étaient le propre de la grande et contraignante conspiration, où, croyait-il, le pays était entré... Dans son rêve, le vieux rêve scout, on ne mentait jamais pourtant. Le difficile était d'accepter de mentir: il lui semblait qu'il aurait été plus facile de tuer, même un être sans défense...

Il y avait entre les deux zones une surprenante différence de température. Si Guy n'était pas venu voir les siens, peut-être, en zone sud, certaines choses ne se seraient pas éclairées pour lui. En zone sud, chacun gardait le silence, on regardait son voisin avec défiance. Dès la ligne de démarcation, un peu avant de la passer même, il s'établissait une complicité générale, à commencer par les regards des gens sur ce cheminement trop explicable de voyageurs de toute sorte vers les passages qui étaient des secrets de Polichinelle. En zone nord... En zone nord, c'était un autre pays, avec la révolte dans les veines, des paroles de défi à la bouche. Même sa mère qui avait dit à Guy : « Là-bas, vous auriez besoin d'avoir les Boches, comme nous, voilà de quoi vous auriez besoin... »

Mais de retour dans cette enfance prolongée, parmi les Compagnons, il se serait laissé aller, il se laissait aller... L'envoi des couleurs était une cérémonie à laquelle il était toujours si sensible qu'il en avait les larmes aux yeux. Pourquoi fallait-il que certains de ses camarades tinssent des propos intolérables, révoltants ? Ne pas discuter. Ne pas entendre...

Les rares nouvelles qu'il recevait de ses cousins des Charentes le mettaient de méchante humeur ; ces gens-là ne pouvaient plus écrire une lettre naturelle, on aurait dit qu'on lisait les journaux de Paris... C'est extraordinaire, cette manie de répéter ce qui s'imprime et de faire perpétuellement de l'agitation. D'ailleurs en pure perte : parce que Guy avait beau avoir très profondément le goût de jouer aux Peaux-Rouges, il n'avait pas la moindre envie d'aller se geler les pieds sur la Berezina, comme on le lui conseillait, avec des mots un peu moins brutaux.

Ce qui le troublait bien plus que ces façons de vous endoctriner, c'était cette camaraderie du camp. Quand on est un certain nombre, du même âge, à entreprendre de toute sa jeunesse et sa force, des tâches dont précisément l'humilité est l'ivresse... quand il est constamment fait appel à ce qu'il y a en vous de plus désintéressé, quand l'absurdité parfois de l'emploi du temps est pourtant toujours une mise au défi, un concours de générosité folle, peu importe au bénéfice de qui, on ne se demande justement pas au bénéfice de qui... quand on vous rappelle tout le temps que cette grande épreuve de la jeunesse qui en fait la beauté est le fait même du nouveau régime, et que naguère encore on ne vous aurait pas appris à manier une pioche, à marcher le torse nu quand il neige, à abattre les arbres, que sais-je moi ? alors il est très difficile de se dire que tout cela est vrai, mais que pendant ce temps-là... C'était l'époque où on s'étonnait de chanter en marchant...

Un soir... Ils avaient alors leur camp près de Châteauroux, dans une vallée avec une rivière sinueuse pleine d'ajoncs, qu'on ne pouvait passer de plusieurs kilomètres, parce que le seul petit pont avait sauté en juin 40, un dérisoire petit pont, alors que l'ennemi avait franchi la Loire sans encombre. C'était à deux pas de la ligne de démarcation. Un soir, il y eut des coups de feu. Le voisin de Guy sursauta dans leur baraque, on couchait sur des châssis superposés, et se pencha vers lui :

« Tu as entendu ? »

Il y avait les abois des chiens de la Feldgendarmerie, on devait chasser à l'homme de l'autre côté de l'eau, dans les terrains marécageux. D'autres voix questionnèrent dans l'ombre :

« Qu'est-ce qu'il y a ? On ne peut pas dormir... »

Puis le silence retomba ; les chiens, au loin, aboyèrent, et longtemps Guy écouta l'ombre.

Au matin, comme ils allaient, le torse nu, dans leurs culottes vertes, le béret sur l'oreille, chantant des airs de l'ancienne France, vers le point des bois où ils avaient mis en train une coupe, ils croisèrent les gendarmes du poste, dans leurs uniformes beiges, qui emmenaient un type pâle, attaché à l'un d'eux par le poignet. C'était un homme jeune, pliant de fatigue, avec l'autre bras en écharpe et on voyait le sang étoiler le pansement. Les Compagnons s'étaient tus, ils regardaient. Au passage, Guy reconnut Gérard. Il cria : Gérard... Un Gérard blessé, défait, exténué... On ne voulait pas le laisser approcher. Les gendarmes refusaient toute explication. Il y avait, sur le visage de Gérard, un drôle de sourire lointain. Il n'avait pas l'air de reconnaître Guy. À le voir de plus près, d'ailleurs, il se ressemblait moins : quelque chose d'indéfinissable en lui manquait pour qu'on pût être sûr que c'était bien Gérard. C'était pourtant Gérard. Ce devait être lui que les Boches avaient chassé comme un gibier d'eau, cette nuit-là, et maintenant les gendarmes, les gendarmes français, l'emmenaient... Un évadé, voyons, un évadé... Des courlis criaient sur les eaux basses.

Guy ne devait plus jamais revoir Gérard. Parfois, il se demandait s'il n'avait pas été le jouet d'une atroce illusion : était-ce bien Gérard ? Il passait sa main sous sa chemise et il tâtait la cicatrice de la brûlure de jadis : comme pour s'assurer de la réalité de cette vie, de sa continuité... Était-ce vraiment Gérard ?

*

À P..., tout s'était passé bien doucement. En juin 40, Élisée avait couru vers le cimetière, quand on avait annoncé les Allemands. Une compagnie à peu près, des gens bien vêtus, tout frais, faisant contraste avec les fuyards qui avaient passé avant eux. Les gens tremblaient. Élisée haussait les épaules. Faut-il être stupide... Il aurait voulu que les soldats demeurassent à P... Mais ils ne firent que traverser, descendant sur Valence, le gros défilait là-bas, sur la grand-route. L'aventure n'était pas pour cette fois encore.

C'était bien P... : même les Allemands n'en voulaient pas pour garnison... Élisée leur savait gré d'effrayer ses concitoyens. Il en tirait ainsi revanche. Il avait attrapé au vol des cigarettes que des soldats lui avaient jetées. On aurait cru, après cela, que les choses allaient changer... Comptez là-dessus... P... était le coin le plus désespérant de France. Il ne s'y produisait rien, mais rien du tout. Tout y demeurait comme par le passé. Tant et si bien que ça avait été la croix et la bannière pour trouver, tenez, seulement un maire pour remplacer l'ancien. Entre nous, le nouveau ne valait pas mieux. Les gens se taisaient, mais n'en pensaient pas moins. Les belles affiches de Vichy, on les affichait toujours si haut, que personne ne pouvait les voir. Ou à l'envers.

Ah, si Élisée avait pu... Il était tout agité des idées nouvelles, il dévorait les journaux, écoutait la radio, que son père, furibard, venait tout le temps interrompre... Ce vieux bonhomme imbécile... Ailleurs, on aurait pu s'engager dans un de ces mouvements où un jeune homme, très vite, peut prétendre à n'importe quoi. Mais à P... ! les gens se moquaient de lui. Il les menaçait alors. On riait. Pourtant, pourtant... quand la gendarmerie reçut contre l'hôtelier une dénonciation pour marché noir, ils furent bien embêtés, les gendarmes. Mais ils instrumentèrent. Un homme qui leur payait à boire.

La solitude d'Élisée à P... s'était aggravée du fait de tout cela. Il détestait les garçons de son âge, fuyait les filles. Toujours rongé par ses rêves, il n'en sortait guère que pour jeter aux gens des phrases arrogantes, des assertions chipées dans les journaux qui l'avaient cordialement fait prendre en grippe par tous. Souvent, en le voyant dans les collines, les bergers lui jetaient des pierres, ou excitaient contre lui leur chien.

C'était encore parmi les bûcherons qu'il trouvait un semblant d'accueil. Beaucoup d'entre eux étaient des Lorrains réfugiés, peu communicatifs, dont le silence allait à son humeur. Il les regardait travailler. Regarder travailler les autres, c'était son passe-temps favori. Il imaginait qu'il commandait ces grands gaillard qui se démanchaient à abattre les arbres. Cela le flattait. Puis, entre eux, ils parlaient quelque chose qui sonnait comme l'allemand. Il y avait aussi deux ou trois Italiens parmi les bûcherons : c'était encore un peu de la puissance occupante. Bien qu'en réalité, ce fussent des émigrés qui avaient servi dans l'armée française, comme ce Martini, un drôle de bonhomme rouquin, avec un morceau de tapisserie vert et jaune en guise de cache-nez.

Élisée aurait dû aider les siens, arracher les carottes, sarcler la cour, biner le jardin. Il se sauvait dans les collines. Son père était trop vieux pour le battre ; sa sœur, elle le faisait ricaner. Ces travaux saisonniers étaient indignes de lui. On pouvait bien le traiter de fainéant. L'essentiel était qu'on ne l'arrachât pas à ses rêves. D'ailleurs, quand sa paresse trop évidente le gênait, il se contentait de mentir : prétendant d'abord avoir donné un coup de main à l'un ou à l'autre; puis, pris en flagrant délit d'invention, insinuant une première fois des occupations mystérieuses, et cette explication trouvée commode, reprise, devenue habituelle, une légende familiale tendait à s'installer.

Élisée aurait voulu être craint. Ce qui lui plaisait dans les Allemands, c'est qu'ils savent se faire craindre. Quand on racontait des histoires sur ce qu'ils faisaient ici ou là, les gens joignaient les mains de terreur, mais Élisée approuvait dans son cœur. Il se gargarisait des anecdotes les plus horribles. On n'en ferait jamais assez à ce peuple d'idiots. Mais le tout était de se donner de l'importance. Il faisait, de temps en temps, de mystérieux petits voyages en ville, à Valence, plus loin peut-être, d'où il revenait avec des airs satisfaits. Les gens n'y prêtaient pas attention, malgré ses efforts. Non plus qu'à ses propos, quand il se mit à raconter qu'il était de la Sûreté. On le connaissait, avec ses mensonges, c'est comme cette manie qu'il a de s'épingler toute sorte d'insignes... Vous pouvez vous en acheter aussi, au bazar, ou moi... Il ne sait pas même ce que c'est, ces trucs qu'il s'accroche... Et ces lettres qu'il reçoit par la poste, vous avez vu ces manières qu'il fait pour les sortir de sa poche devant vous? Des lettres de Valence, d'après les cachets. Il vous les met sous le nez. Ça vient toujours de Valence. Il prétend qu'il a des relations puissantes, il fait le mystérieux. Vous voulez savoir ce que c'est, ses relations? Eh bien, c'est sa sœur qui me l'a dit, la postière : tout simplement il se les écrit lui-même, les lettres, puis il va les mettre dans la boîte à Valence, pardi.

Ah, voilà le pourquoi des petits voyages !

Une deuxième fois, Marcel s'est évadé. Cette fois d'une prison française. La terrible prison de Saint-Étienne. Après six mois de famine, d'asphyxie, de nuit, d'horreur. C'était juste au moment où les Boches ne s'étaient plus contentés de leur morceau de France ; il leur avait fallu le pays entier. Alors, chez les jeunes gens enclins au rêve, le rêve, si différent qu'il fût de l'un à l'autre, avait chez tous cessé d'être entièrement séparé de la vie. L'objet de leur rêve était dans la vie même, il se confondait avec elle, et Guy, par là même, n'était plus si différent de Marcel. Il retrouvait sa songerie dans les petits détails de chaque jour, il comprenait qu'on n'atteint les grandes choses que par le souci des petites, par l'acceptation de tâches obscures, vulgaires. À lui, tout était devenu aventure. Il fallait être téméraire pour respirer. Les scouts et les ouvriers commençaient à se ressembler, à se comprendre. Bien sûr, ils ne parlaient pas tout à fait le même langage. Mais pour les mots essentiels, on se comprenait. Peut-être ne représentaient-ils pas tout à fait la même chose pour les uns et pour les autres, c'est un mécompte courant dans la conversation. L'important était que, maladroitement même, on se servît des mêmes mots dans le même but.

C'est un grand moment de la vie d'un

peuple que celui où tout le monde, où presque tout le monde, s'applique à employer les mots dans leur sens véritable ; et c'est un moment terrible de cette vie, quand, à nouveau, ceux-là mêmes qui avaient cessé de le faire, se remettent à jouer avec les mots...

En ce temps-là, on ne jouait plus.

À la fin, Marcel et Guy se rencontrèrent. Oh ! ce ne fut pas un événement remarquable... Pour Marcel, il n'y avait pas d'autre chemin à suivre que celui du maquis. Pour Guy, il croyait peut-être encore que c'était toujours le grand jeu des scouts, mais enfin il aurait pu faire autrement, son père lui avait proposé... Un coup de tête. Ils étaient donc tous les deux dans cette ferme vide, dont la moitié n'avait plus de toit, quelque part du côté de Bourdeaux, un paysage de vallées stériles et abruptes, un pays âpre, avec des tours en ruine, encore marqué des passions religieuses pour lesquelles on s'est égorgé il y a deux cents ans.

« Deux cents ans, dit Marcel, c'est pas tant que tout ça... »

Guy ne dit rien. Il n'était pas protestant, mais il pensait qu'il y avait seulement quatre ans Marcel devait être un anticlérical farouche. Guy savait allumer le feu en plein vent, et trois ou quatre trucs de scout dans ce genre-là, mais Marcel, lui, savait tout faire. Un bricoleur comme pas un. Qu'il s'agisse d'avoir une table, un banc, de réparer un fourneau abandonné, de poser l'électricité...

Il y avait une chose qu'il ne voulait pas faire : abattre un veau ou un mouton, même pas saigner un lapin. Guy ne savait pas s'y prendre non plus ; heureusement qu'il y avait avec eux de jeunes paysans pour qui c'étaient là des tâches courantes, qui ne leur levaient pas le cœur. Quand on vit comme ça dans la nature, on doit se débrouiller et tout faire soi-même. Il faut ce qu'il faut.

La première fois qu'ils firent sauter des rails, cela leur sembla drôle. Surtout à Guy. Détruire... Marcel n'était pas si raisonneur :

« Ce qu'on bousille, on peut le refaire, alors... »

Voilà : pour Guy, la création de toutes ces choses qu'on détruisait, un pont, un pylône, était enveloppée de mystère, il n'était pas sûr, lui, d'y participer un jour.

« Tiens, regarde, disait Marcel, voilà comment tu places ton plastic... »

Le plastic était une matière molle, comme une innocente cire beige, presque blanche. L'autre nuit, au parachutage, on leur en avait donné pas mal. Moins bien servis pour ce qui était des F.M., ils formaient un groupe de huit, onze avec leurs sédentaires.

Bourdeaux est bien au sud de P..., dans la Drôme. Il y avait de tous les côtés des petits groupes comme le leur. Beaucoup d'entre eux avaient cru les Anglais sur parole, enfin leur radio, et avaient pris les armes, croyant qu'il y en avait pour cinq ou six semaines. À ceux-là, plus qu'aux autres, l'hiver était dur. Et puis, le plus démoralisant encore, c'était qu'on ne s'entendait pas tous très bien: il y avait des organisations différentes, il y avait des chefaillons qui prétendaient s'assurer leur indépendance, il y avait la rivalité pour les armes... il y eut des défections.

Mais ceux qui demeuraient, sachant ce qu'ils faisaient, comme Guy ou Marcel, n'avaient jamais ignoré que le sacrifice consenti serait de longue haleine... Ils eurent le temps de se connaître, de parler ensemble, d'apprendre à s'estimer les uns les autres. Guy se faisait raconter par Marcel des histoires de la prison. Ce qui le gênait pourtant chez son interlocuteur, c'était que celui-ci parlât politique.

« Pourquoi mêler la politique à tout ça? » disait-il.

Cela flanquait à Marcel des impatiences dans les épaules. Leur vocabulaire n'était pas tout à fait le même.

Élisée, lui, n'avait pas peur de la politique. Il en aurait bien fait pour la République ou pour le Roi de Prusse, pourvu qu'il eût pu parler, se faire applaudir... Mais à P..., pensez donc, à P..., rien n'en valait la peine, dans ce maudit patelin.

Pas pourtant qu'on pût dire qu'il ne s'y passait rien. Depuis quelque temps, il y avait des conciliabules. Des gens de passage. Des visages qu'on n'avait jamais vus. Des étrangers qui habitaient dans la petite maison au-dessus du cimetière, des Juifs à ce qu'on disait. Plusieurs jeunes avaient disparu. Un jour, Élisée disait qu'il ne comprenait pas cette peur qu'on avait d'aller en Allemagne, ça devait toujours être plus gai que P..., il se fit flanquer une de ces tournées, du soigné, par ce bûcheron italien qui portait un cache-nez de tapisserie. Qu'est-ce qu'il attendait pour y aller, cet Élisée, en Allemagne, puisque ça le tracassait ? Sans doute, sans doute : le mal était que, pour les Anglais ou pour les Boches, il n'aimait pas se lever tôt, se donner du mal, travailler.

Dans le voisinage, il était venu s'installer un maquis. Dans la grande maison vide du père Rapin, du côté de S... Sur la petite route qu'on n'entretenait plus, au-dessous de la Tour. Un beau maquis superbe. Pas comme le petit maquis de Guy et de Marcel. Presque un maquis légal. On disait que c'étaient les Jeunesses du Maréchal et on clignait de l'œil. Les chefs allaient dans les fermes, au ravitaillement, payaient le prix fort. Il y avait un peintre parmi eux, qui avait décoré leur réfectoire avec des fresques. Ils avaient même un butagaz. C'était un maquis qui n'avait pas passé à l'action. Il n'y manquait rien. Même les armes dont on ne se servait pas encore... Cela dura trois ou quatre mois. À P..., les jeunes gens ne parlaient guère d'autre chose entre eux. On disait que le maquis avait des complicités jusqu'à la Préfecture. On se montrait ce grand garçon avec des lunettes et des genoux nus : c'était le fils du Président de la Chambre de Commerce... Des voitures passaient dans la direction de la Tour de S... qui dominait le maquis. Des messieurs avec des airs d'officiers en civil. Élisée avait été rôder par là, plusieurs fois. C'était son métier, n'est-ce pas, de savoir ce qui se passe. Quand on est de la Sûreté...

« Tais-toi, dit sa sœur, tu me fais mal au ventre... »

Elle pouvait bien hausser les épaules. On verrait, on verrait.

Un matin, un bruit de camions, des gens qui courent dans les rues de P... Les Boches... Ils ont demandé la route de S... Il faut prévenir le maquis. Une bécane s'enfuit par un chemin de traverse.

Élisée regarda passer la colonne. Elle était conduite par une auto noire, où il y avait deux Français. Une auto-canon, puis des camions avec les hommes, ils étaient bien deux cents, les mitraillettes braquées, prêts à tirer... La force. Ah ! devant ceux-là, les bravaches de P... n'en menaient pas large... Ils ne se seraient pas moqués d'eux. La peur des femmes derrière les volets le faisait doucement rire : les voilà faraudes, maintenant...

Le maquis avait pu fuir, perdant une partie de ses armes, le poste émetteur, mais enfin... La maison du père Rapin, pendant une heure ils avaient tiré dessus, les Boches. Sans en approcher. Ils l'avaient bien détruite, flanqué le feu à ce qui restait, quand ils s'étaient aperçus qu'il n'y avait plus personne dedans. Et tué, à tout hasard, un vieillard, qui regardait le spectacle à trois cents mètres de là, derrière un arbre.

P... était terrorisé. Pas tant que, pour un propos imprudent à propos des peintures grillées, Élisée ne se fît remettre à sa place par un des fils Rapin qui lui flanqua une gifle. Pas de chance, Élisée : l'autre jour, Martini, aujourd'hui... Ce petit menteur ne sait pas ce qu'il dit. Tout de même, quand on a eu sa bicoque brûlée, on n'a pas envie de se laisser faire la leçon par un morveux... Qu'on n'a que ce qu'on mérite... Vous ne l'avez pas entendu ? qui disait qu'on n'a que ce qu'on mérite...

Plusieurs fois, le groupe de Marcel et de Guy avait dû, lui aussi, changer de refuge. Un milicien signalé dans le voisinage, un renseignement venu de Valence... Ce n'était pas une petite affaire, chaque fois, de trouver un endroit convenable, qui ne fût pas un traquenard, avec des issues faciles à garder, et où le vent ne soufflât pas trop fort. Il s'était mis à faire froid. Il y eut des jours de neige.

Pour Guy, Marcel était comme un livre parlant d'un pays étranger. Il le lui dit un jour. C'était après cette expédition qui avait mal tourné, où les gendarmes avaient tiré sur eux descendu le petit Bernard.

« Pourtant, dit l'autre, nous aussi, c'est la France... »

Il fallait bien en convenir, et que la France, ce n'était pas seulement des cathédrales, des maisons spacieuses, aux meubles bien cirés. La France, c'était aussi un pays de misères banales, avec son décor de mines, de taudis, de baraques enfumées, un pays d'hommes comme ceux-là, que Guy n'avait jamais vus que de loin ; et qui, sans doute, n'avaient pas tout à fait le même vocabulaire, mais qui à leur manière avaient aussi le sens de la grandeur... Ce Bernard, par exemple, qu'est-ce qui l'avait poussé parmi eux ? Un petit bonhomme jamais rebuté par la peine, qui se levait avant tous, faisant les corvées sans qu'on le lui demande... On n'aurait jamais cru qu'il était comptable dans le civil. Il avait des mains fortes pour un comptable. On se fait une idée fausse des comptables... Quand ils l'avaient emporté, dans leur camionnette, dans la nuit... comme Gérard, dans ce matin des marais, avec le cri des courlis...

On avait remplacé Bernard. Onze tout de même. Ils ne marchandaient pas avec le danger, les nuits blanches. Un homme, un jour, vint les voir. Mandaté par le centre, qui leur parla avec beaucoup de sérieux. On leur demandait d'entreprendre un travail spécial. D'abord, ils se rebiffèrent. Puis l'autre, un grand type couperosé, avec les cheveux gris déjà, la nuque forte, la chemise de toile foncée qui avait l'air de l'étrangler, leur expliqua les choses. Il fallait bien que quelqu'un le fît. Si tout le monde avait des scrupules... La sécurité de tous était en jeu dans ces cas-là. On n'entreprenait rien que quand c'était nécessaire, sur des preuves certaines. Leur groupe était bien vu, sérieux à l'ouvrage. On savait qu'on pouvait compter sur eux. La France.

Il partit, on avait accepté. D'ailleurs, est-ce

qu'on pouvait ne pas accepter ? Guy était d'accord, mais il n'en dormit pas. La nuit, comme il se relevait parce qu'il faisait froid et que le feu allait s'éteindre, les copains roulés dans leurs couvertures, leurs respirations égales, il vit Marcel, qui était de garde et qui le regardait.

« Tu penses aussi à ça ? souffla-t-il.

— Oui, dit l'autre, mais pas comme toi... »

*

Ce Martini, l'Italien, quand les Boches le demandèrent, une auto avec six hommes, il leur passa sous le nez ; ils ne le connaissaient pas. Il était chez le boulanger de P..., il en sortit roulant une cigarette. Ça faisait un bail, depuis la cabriole de Mussolini, qu'on voyait dans le journal l'appel aux Italiens pour se présenter à Valence, s'enrôler, est-ce que je sais ? L'autre était toujours là, bien tranquille à abattre des arbres. La solitude devait lui peser, il avait la réputation de se jeter sur les femmes. Facile à remettre à sa place, malgré ses airs de satyre.

Une fois qu'il eut pris les collines, allez lui courir après... Le printemps était arrivé, magnifique, un printemps fait de toute la pourriture de la guerre, sans doute, pour être si beau que ça. Et l'homme des bois s'était évanoui dans le décor des coupes et des schlittages, ruisselant d'eaux, avec les bourgeons couleur d'amande sur les branches noires luisantes..

Enfin, l'officier interrogea quatre ou cinq personnes, passa à la mairie, il savait que ce Martini, Giuseppe, né en... voyons, 1908, à Poggibonsi, avait un fusil chez lui, qu'il s'en était vanté devant témoins, qu'il avait aidé un réfractaire... Lui avait procuré une veste bleue usagée, appartenant à... Ils repartirent bredouilles.

Qui est-ce que ça pouvait être ? Trois, quatre jours plus tard, une magnifique bagnole à essence, noire, avec un WH, s'arrêta devant l'hôtel. Il y avait dedans un chauffeur et deux civils. Ils demandèrent leur chemin. Ils venaient voir Élisée. Comme on hésitait à leur répondre, l'un d'eux sortit son revolver et dit :

« Gestapo... »

Élisée n'était pas chez lui, sa sœur était en train de faire des tommes, elle versait la crème du lait de chèvre d'une biche dans les faisselles, quand ces messieurs entrèrent. Ça la saisit. Ils lui dirent :

« C'est votre frère, n'est-ce pas ?... C'est lui qui a voulu nous voir... »

Ils parlaient bien le français pour des Fridolins, elle insisterait là-dessus, plus tard, le racontant. Justement Élisée rentrait.

Ils le virent venir, petit et noir, avec ses cheveux dépeignés, ses épaules étroites, il avait une veste de cuir. Ils se regardèrent : ils ne l'attendaient pas comme ça, sans doute, si faible.

« Vous m'avez demandé, Messieurs ?

— Nous avons eu votre lettre. Nous voulions parler avec vous... »

Le visage d'Élisée s'éclaira. Enfin, enfin, on

le prenait au sérieux. Trois hommes s'étaient dérangés à cause de lui, une voiture . L'Aventure, l'Aventure...

« Voulez-vous monter avec nous ? »

Une faisselle tomba, avec la crème, une dégoûtation ! Il ne songeait pas à aider sa sœur, tout à son triomphe. Elle s'excusait, elle lui souffla :

« Tu leur as vraiment écrit ? »

Il dédaigna de répondre. Avec quel empressement il les accompagnait... Et ce regard à sa sœur épouvantée... La sotte.

Au-dehors, le printemps frissonnant était rayé de soleil et d'ombres pâles. C'était un temps à courir les collines, un temps à patauger dans les champs où levait la première herbe, un temps pour les chansons et les rencontres, un temps d'oiseaux sur les portées encore nues des arbres...

Dans la voiture, assis entre les deux voyageurs, Élisée se laissait aller, il parlait, il parlait. Il expliquait sa position à P... La bêtise des gens, qui ne se méfiaient pas de lui, si bien qu'il lui était facile de tout savoir. Celui-ci ravitaillait des réfractaires, cet autre avait hébergé un parachutiste, un troisième était communiste. Vous savez, le père Rapin, celui qui avait prêté sa maison au maquis ? Son fils était toujours en liaison avec eux, et il mentait quand il prétendait ne pas savoir à qui il avait loué sa bicoque... Il y avait des Juifs à côté du cimetière...

« Les jeunes du pays, c'est par le bourrelier qu'ils gagnent le maquis... Non, pas celui que vous avez brûlé... Ça, c'était un maquis de riches, eux, ce sont des petits maquis, des groupes mal armés, faciles à réduire... C'est qu'ils ont des idées avancées par ici. Antimilitaristes, vous comprenez... »

Élisée se rattrapait pour des années de silence, de mépris, d'isolement. Ah ! il serait bien entré dans la Milice, mais il vaut mieux avoir affaire au Bon Dieu qu'à ses saints, n'est-ce pas ? Cet imbécile de Martini, il le connaissait bien, le bûcheron. C'était facile de le retrouver. Il y avait gros à parier qu'il était allé se cacher chez Cheval, le marchand de bœufs, avec lequel il était très copain, à V... On n'aurait pas dû venir le chercher comme ça, ouvertement. « Je le disais dans ma première lettre. C'est la seconde que vous avez eue ? Jusqu'ici je n'osais pas donner mon adresse. Mais quand j'ai vu qu'on était venu pour Martini... J'ai préféré vous expliquer de vive voix... Vous n'avez pas été longs à venir. Dans ma seconde lettre...

— Celle-ci ? » demanda l'un des messieurs, le brun.

Élisée la reconnut. « Oui, ça, c'est la seconde. Mais j'en ai préparé une autre, tenez, attendez, attendez... » Il se fouillait, ne la retrouvait pas. À la fin, il l'avait mise dans son portefeuille, où il portait étrangement aussi une image de sa première communion.

Le blond prit la lettre, et l'image par erreur. Il lut machinalement, sous l'illustration en sépia bordée d'or, la phrase sainte : *Laissez venir à moi les petits enfants*, et assez précipitamment rendit à son propriétaire ce souvenir pieux, gardant la lettre avec la suscription: *Kommandantur, Valence.* Il n'y avait pas de doute. C'était la même écriture, la même mention que sur celle qu'on leur avait passée.

« Vous verrez, dit Élisée, j'y donne la liste de tous les gaullistes, tous ceux qui écoutent Londres... Oh! ils ne se gênent pas. Si vous entendiez ça, le soir, à neuf heures un quart! »

On venait de passer par cette montée où la route s'étrangle dans une sorte de défilé avec des balmettes. C'était là que, plusieurs fois, des gens du maquis avaient « réquisitionné » des bagnoles. Au-delà, elle redescend dans la vallée qui tourne et tourne et tourne... Les premières feuilles et l'air doux et humide..

Le brun avait posé sa main sur l'épaule du chauffeur. La voiture s'arrêta. « Nous serons bien ici pour causer... » Élisée résistait, ils le poussèrent. C'était un coin qu'il connaissait bien, où la route surplombait un ravin pas très profond, mais avec une descente abrupte entre des acacias qui seraient en fleur plus tard dans la saison, embaumant extraordinairement ce lieu encore noir.

« Qu'est-ce que c'est? Mais voyons, Messieurs! »

Ils avaient sorti leurs revolvers. La voix d'Élisée s'étouffa dans sa gorge. Il ne comprenait plus. Il mit même quelques secondes à avoir peur, à commencer d'avoir mortellement peur. Il n'était pas beau à voir, vert. Ils le poussèrent encore vers le talus. Ils ne s'expliquèrent pas.

C'était parfaitement inutile. Les narines d'Élisée battaient comme si elles avaient vainement cherché l'odeur des acacias. Le blond y remarqua un petit piquetis de sueur. Le rêve d'Élisée se confondit soudain avec la réalité, avec l'effroyable réalité. L'aventure.

Ils avaient tiré en même temps, croisant leurs balles. Quand leur victime se fut affaissée, ils se regardèrent. Le blond surtout paraissait pâle.

« Qu'est-ce que tu veux, dit l'autre, il faut ce qu'il faut. Aide-moi... »

Guy aida Marcel. L'un par les pieds, l'autre sous les épaules. Ils balancèrent le mort dans le ravin. On le vit tournoyer, s'abattre. Par cet air doux qui plus tard fleurerait l'acacia. Ce n'était plus en bas qu'une tache sombre dans l'herbe et les cailloux.

Du pied, Marcel rejetait de la terre sur une petite flaque de sang. Il y avait des gouttelettes accrochées à la première verdure.

« Alors, c'est fait ? » cria le chauffeur.

Ils regagnèrent la voiture. Sur le coussin, il y avait la lettre qu'un employé des Postes avait interceptée et transmise à la Résistance. Ils s'assirent et roulèrent en silence.

Marcel regardait avec bonté le front humide de Guy. Il toucha le bras de son compagnon :

« Va, va, dit-il assez bas pour que le chauffeur ne l'entendît pas, il n'y a rien de changé, mon vieux, on ne tuera pas toujours... »

Mai 1944

Le droit romain n'est plus

Ah quel ennui, pour une fille de mon genre, cette petite ville française où il n'y a rien à regarder, rien à acheter, où les hommes sont petits et noirs, et les commerçants d'une servilité, tenez, je les fouetterais ! Nulle part où entendre de la musique ! Notre garnison, ne m'en parlez pas : ces gens de Silésie sont lourds, lents, stupides. Ils vous font tous la cour de la même façon. Tant qu'il y avait Puppchen ici, encore : elle était assez drôle, elle me lisait ses lettres, ce n'était pas une fille géniale, mais elle avait de la méchanceté, elle parlait comme il faut des hommes, et puis de nous voir toujours ensemble, cela nous donnait un genre.

Pendant un temps, il y avait les Italiens à l'*Hôtel Central*. Ils ont de beaux yeux. Mais ils ont mal tourné. De quoi ils avaient l'air quand on les a emmenés, tous, tous, gardés juste par un homme à nous pour cent d'entre eux. Pitoyable, pitoyable.

Il y a bien un magasin de sports, où on peut

encore trouver des chandails en belle laine. Mais ce n'est pas mon genre. J'en ai envoyé dix à Klärchen. Ça lui va très mal. Pis qu'à moi. Elle m'a écrit que j'étais adorable. Elle peut bien. Ce sont de beaux cadeaux. Quand on pense comme les gens d'ici en auraient besoin, s'ils pouvaient les acheter, parce que pour eux il faut des bons, des points, je ne sais pas trop. Ils sont mis pauvrement, avec des choses vieilles, rapiécées. Les femmes ne sont pas du tout élégantes comme on nous l'avait pourtant seriné. Pas même jolies. Maigrichonnes. Il y a des Silésiens à qui ça plaît, naturellement. C'est leur genre.

Il y a le *Dauphinois*, tout blanc, genre Trianon, sur la place à côté de la *Cloche d'Or*. À défaut de mieux, c'est là que je vais prendre le café avant de retourner au bureau. Ce café, ce n'est pas du moka. Et le café, je veux dire le lieu, oh, non plus ! On aurait envie d'un orchestre, des valses. Tout cela est sinistre, la petite ville, les clients qui se connaissent, et la jeunesse dorée de l'endroit, deux ou trois garçons qui font semblant de regarder des dames un peu fardées, pas jeunes, femmes de fonctionnaires... Ah Dieu, tout ça abominablement normal, comment disent-ils ici ? popote, voilà, popote. Et Bubi qui m'écrit du front russe qu'il aimerait bien être de ce côté ! Il ne sait pas de quoi il parle.

Le seul homme bien élevé ici est cet officier de la Gestapo, un Oberleutnant, qui a des yeux si spéciaux. C'est un littéraire. Il m'a prêté un roman français qui s'appelle je ne sais plus comment. C'est d'un grand écrivain qui est notre ami. Je n'y ai rien compris. J'ai pourtant habité la Suisse. L'Oberleutnant m'a dit: «C'est cochon, hein?» parce qu'il parle tout à fait le français comme un Français. Je n'ai pas trouvé. J'ai une autre idée de ce qui est cochon. Les Français ne disent jamais rien directement. Et moi, j'ai besoin qu'on soit très direct avec moi. Voilà mon genre. Pas comme les Silésiens naturellement. Eux, alors, pour être directs! Mais l'Oberleutnant... je ne dois pas être son genre. Et puis il est occupé: sa spécialité, ce sont les Juifs. Il en trouve partout. On dirait qu'il les fait naître. Il les fait bien mourir aussi.

Nous sommes seize filles couchant à l'*Hôtel Métropole*, un drôle de petit hôtel tout en hauteur. On dirait un pensionnat. On écoute la radio le soir... On prend des douches ensemble, on se frotte les unes les autres au gant de crin. J'ai passé l'âge du pensionnat. Il n'y avait que Puppchen de gentille. Elle est à Paris, elle n'écrit pas. Elle doit s'amuser. Je m'ennuie quand je pense que les autres s'amusent, oh! alors je m'ennuie.

Le seul bon moment de la journée, c'est quand il y a tribunal. Depuis que je suis la secrétaire du Commandant von Lüttwitz-Randau, trois fois par semaine, j'assiste aux séances du tribunal. Le Commandant est juge militaire. C'est dommage qu'il ne soit plus jeune. Je préfère les hommes jeunes. Le Commandant n'est pas très drôle, mais on voit du monde au tribunal, des gens qu'on ne verrait pas sans ça. Des Français, des communistes, des assassins. Aussi des soldats à nous, qu'on a pris à faire ce qu'il ne faut pas, des déserteurs. C'est curieux, je déteste les déserteurs, mais ils m'intéressent. Une fois il y avait un SS qui avait couché avec une Juive. Mais avec une Juive qui ne demandait pas mieux. C'était très curieux, très curieux. Pis qu'un déserteur !

Le Commandant von Lüttwitz-Randau me fait la cour, bien entendu. Il n'est pas tout à fait assez direct. Il est gêné, cet homme. Il ne voudrait pas que cela se sache. Mais moi... qu'est-ce que cela me fait que ça se sache ? Sans être direct comme un Silésien, il pourrait être un peu brutal. Je regrette qu'il ne soit pas plus jeune. Il a un de ces visages sans couleur, avec les cheveux blonds, un peu clairsemés, qui ont foncé vers la quarantaine, des petites rides près des yeux. Peut-être qu'il a des vices. Il ne sait pas le français comme l'Oberleutnant de la Gestapo. Alors, de temps en temps, il me demande comment on dit en français... et un mot bien ordinaire, toujours bien ordinaire. J'ai très envie de lui souffler des mots obscènes. Les Italiens m'ont appris des mots obscènes. Il les répéterait à voix haute, sûrement, devant les accusés. Je ne peux pas faire ça, non. À cause du Parti. Je suis membre du Parti. Je ne peux pas l'oublier. Je ne sais pas si le Commandant... Ces familles aristocratiques n'arrivent pas à comprendre notre socialisme. Ni notre Führer. Je me demande si je dois me laisser faire la cour par le Commandant von Lüttwitz-Randau... Je vais écrire à Bubi, lui demander son avis. Il est capable de s'en faire tuer par les Bolcheviks. Pauvre Bubi ! Tuer, c'est trop. Je le vois assez bien avec une jambe en moins. Ça lui donnerait un petit genre, à Bubi, de n'avoir plus qu'une jambe. Il est trop symétrique. Je m'ennuie avec cette beauté régulière. Ah cela, lui, Bubi, il est direct, au moins, il est direct. Il m'a envoyé de très jolies choses d'Odessa. Il a beaucoup de goût, il faut lui laisser cela. Peut-être pas assez de fantaisie. Au fond, il me faudrait quelqu'un qui ne soit ni tout à fait Bubi, ni tout à fait Puppchen. Et voilà, il me tombe M. von Lüttwitz-Randau... Il y a de quoi rire. Mais je m'ennuie tant.

Je ne demanderai pas son avis à Bubi. Je vais me laisser faire la cour par le Commandant. Par exemple, il faudra qu'il apprenne à être plus direct. Une femme a le droit d'être un peu bousculée. Sans ça, à quoi bon les hommes ? Je m'ennuie avec les Silésiens et la France, et Puppchen n'écrit pas de Paris. Quel genre ! S'il y avait seulement un peu de musique...

Je ne peux tout de même pas user tout mon temps libre chez le coiffeur à me faire verser sur la tête tout ce qu'il leur reste d'un peu cher, et à me faire passer sur le visage des vibromasseurs, des crèmes et les doigts du garçon qui est un Arménien. Cela manque de musique à crier. Essayons le Commandant. Il a un certain genre. Après tout, l'âge... c'est surtout important chez les femmes. Les hommes... on n'a qu'à fermer les yeux.

*

Le tribunal allemand est logé dans une bâtisse immense, disproportionnée à tout, à ce qui s'y passe, au siècle, à la ville. Une demeure des temps passés, dont, n'ayant pas son Baedeker, l'auteur ne peut dire l'histoire. Une demeure noire et haute, qui fait autour d'elle les rues étroites plus qu'elles ne le sont. Des murs noirs avec des ravines blanches de pluie, une maison zébrée d'ombres et d'avalanches. Couverte de figures sculptées qui furent symboliques sans doute, quelques Cérès, des Junons de pierre sombre, des Hercules ou des Satyres, et d'énormes fruits de paniers débordants. Cela écrase tout ce qui l'entoure. Un mélange de poutres à la pierre révèle la survivance du Moyen Âge dans cette Renaissance, la tradition locale plus forte que les architectes italiens. Il y a des nids sous le toit avançant. Des nids déserts, dont on n'a vu jamais s'échapper des oiseaux, de mémoire d'homme.

Mais, à l'intérieur, les salles, trop hautes même pour les lumières modernes tant bien que mal installées, ont plusieurs mètres de refuge pour les chauves-souris devinées. Il y a dans ces fuites éperdues de ténèbres vers les plafonds des palpitements d'ailes, des souvenirs accrochés de drames anciens. Les couloirs hésitent tous à s'enfoncer dans le plan baroque de ce logis bizarre, et pas un ne continue la ligne amorcée, ils tournent ou dévient, et se morcellent de portes lourdes et usées sur des gonds criards où l'on voit d'inutiles grillages sur des judas condamnés.

Des escaliers monumentaux, des balcons de bois surplombent les pièces noires, d'où ont disparu les tapis volés laissant les dalles froides. Dans quel frémissement tout ceci jadis s'est-il immobilisé, dont il reste des plis aux tentures élimées, un reflet aux vitres obscures ? Il est permis d'imaginer que ce fut ici un repaire de grands fauves, qui ont pensé leur antre à la taille de leurs appétits. Sans doute cela se passait-il aux jours de l'occupation espagnole, la seule, la vraie, quand M. de Valentinois, fils du Pape Alexandre, errait ici de pièce en pièce, maigre et noir, fiévreux et jaune, scrutant les recoins aux meurtriers propices, et dans cette ville qui lui appartenait, mais qui n'était pour lui qu'une halte entre Rome et l'Espagne, essayait les poisons qui devaient lui donner l'Italie. Ici ses hommes liges s'exerçaient *in anima vili* à la pratique du stylet ou du lacet étrangleur. Ici un peuple bâtard tout mélangé de Suisses et de Maures, de montagnards et de soldats, faisait les frais de l'expérience de celui qui s'appelait César ; avant qu'il ne la portât, cette expérience, sur le théâtre romain où elle prendrait une lumière universelle, elle n'avait ici que la valeur d'une répétition sanglante, dont jamais l'histoire ne serait écrite. En ce temps-là, la vie humaine était peu de chose, à côté d'une parole grandiose ou d'un tableau de Florence ou de Sienne. En ce temps-là, des dogues aux cuisines mouraient d'avoir dévoré les restes d'un homme empoisonné, et on faisait aux dogues des funérailles publiques.

Tout cela rayait la nuit des plafonds à l'espagnole, tout cela et bien d'autres souvenirs, comme de cette maîtresse royale marchant ici nue à cinquante-huit ans devant sa cour assemblée, sans autre honte que ce léger pli au cou, qu'elle bridait d'un velours portant une topaze. Comme des débats entre lieutenants généraux plus tard, dans leurs costumes justes au corps avec une infinité de boutons, gris et noirs, achevés de dentelles blanches, quand la contrée était en proie à un pillage qui n'était pas le fait du prince ou de l'étranger, mais d'un beau bandit sorti de la terre même des balmes et des combes, et qu'enfin l'on roua sur la grande place, en criant dans des porte-voix à tous les échos le nom damné de Louis Mandrin. Il avait sans broncher subi la question de l'eau, on lui avait brisé les membres, on avait porté dans sa chair le fer rouge pour voir si elle venait ou non de l'enfer, et on le fit écarteler par quatre chevaux.

Vous voyez que rien ne nous effraye, que nous connaissons tout cela, qu'il y a chez nous fort à faire avec des traditions à l'échelle de nos bâtisses d'ombre, vous voyez que vous n'avez rien inventé, misérables, petits petits, dans le coin d'une des salles, perdus autour d'une table, avec des dossiers, deux soldats armés automatiquement, gris et rasés sous le casque peint par peur des oiseaux, torturant des marchands de fruits, des ménagères, des ouvriers de l'Arsenal, des paysans... misérablement petits Boches, faisant encore on se demande pourquoi les simagrées de la justice sous un portrait de votre Chef qui remplace le Christ de César Borgia, gris et verts, l'homme avec ses besicles (son lorgnon ne lui suffit pas pour lire), la femme qui prend des notes à côté, une souris comme on les appelle dans leur uniforme gris à col blanc, et on introduit un nouveau prévenu, le soldat qui l'amène tend le bras en criant : *Heil'er!* la plume se remet à gratter sous le nez appliqué de la souris, une fille bien grasse, sans fard, les lèvres blanches, les yeux sournois, Fräulein Müller, Lotte pour le Commandant von Lüttwitz-Randau, l'homme aux besicles, quand ils sont seuls, sans prévenus, sans soldats à mitraillettes, sans l'apparat des jugements simplifiés, les rapports de l'Oberleutnant qui parle le français d'une façon si cochonne, sous le regard noir des siècles dans toute la hauteur des salles avec les chauves-souris réfugiées sous le portrait d'Hitler pudiquement voilé avec la combinaison-culotte de Mademoiselle Lotte Müller qui ferme les yeux pour ne pas voir les yeux qu'a M. von Lüttwitz-Randau quand il a quitté son lorgnon, ses besicles...

*

Où ai-je donc encore mis mon lorgnon? Je ne vois plus rien sans mon lorgnon. C'est pour cela que toutes les femmes sont si exactement pareilles. Toutes des fumées. La Lotte comme les autres. Ah, voilà mon lorgnon. Je me demande si les myopes voient toutes les femmes si exactement pareilles. Alors une vaut l'autre. Aussi bien la Lotte que ma Trude. Ce n'est que dans les romans que les femmes paraissent si différentes les unes des autres. C'est peut-être une question de dioptries. Quand j'ai mon lorgnon évidemment... mais on ne peut pas garder son lorgnon dans certaines circonstances. Fumées! Fumées! Les femmes ne sont que fumées. Il faisait encore assez froid ce matin. J'ai lu un article extrêmement intéressant dans le *Völkischer Beobachter* sur l'évolution du droit allemand. C'est très singulier, j'y ai retrouvé plusieurs vues que j'avais moi-même en 1925, huit ans avant la prise par notre Führer du pouvoir, dans ma thèse *De jure germanico*, hasardées. Ce qui prouve que j'ai beau n'être qu'un rallié, il n'y a pas moins entre le national-socialisme et moi de très anciennes et profondément troublantes affinités. Je l'ai dit à ce jeune Oberleutnant qui, à mon avis, autour de la Lotte, lui prêtant des livres, ne tourne que pour se faire de ce que je pense une idée.

Il a ricané, disant qu'il n'y a qu'une conception vraiment allemande dont on fait généralement l'honneur à Bismarck: la force prime le droit. D'abord cette conception est prébismarckienne, mais surtout elle n'exprime qu'un fait, et non pas la relation entre les faits qui, dans les mauvais cas, peut servir d'argument. Parce que ce jeune Oberleutnant ne voit pas qu'il est pour l'Allemagne profitable, non pas seulement de justifier la victoire, mais dans la défaite aussi d'avoir à sa disposition une machine de guerre contre l'ennemi, qui est ce que j'appelle le droit germanique, *jus germanicum*; et quand je le lui dis, de persifler, lui, à quoi bon envisager la défaite, si on ne la souhaite pas? Un dangereux jeune homme, je dirai à Lotte de se défier.

Notre Führer, en matière de droit, est, il faut dire, tout à fait inspiré. La suppression de toutes les lois au bénéfice de l'intérêt national tel qu'à la minute du jugement le juge en dernière analyse le conçoit, c'est une audace vraiment allemande! Elle rejoint les conceptions sur lesquelles on est si mal renseigné de la justice au temps de Siegmund et Sieglinde, quand pour sauver la race l'inceste était conforme à la morale. Mais il s'agit maintenant d'élaborer un vocabulaire juridique, permettant aux seuls Allemands d'appliquer les règles favorables à notre patrie, qui, le cas échéant, pourraient se retourner contre elle. C'est là notre tâche, à nous, juristes de la vieille école, ralliés aux idées nouvelles. Naturellement ne comprennent pas cela des jouvenceaux de la police d'État, qui ne savent pas le pouvoir des mots, et la nécessité de les détourner au profit de la cause allemande, comme d'ailleurs notre Führer l'a toujours fait depuis des années et des années.

Son exemple, tout le monde doit le méditer. Il y a même des Français qui le comprennent. C'est machinalement ce qu'on oublie quand on fait le métier que nous faisons, je le disais à Lotte. Naturellement, nous ne voyons guère que la racaille au tribunal! On croirait peu à peu que tous les Français se dressent contre nous. C'est tout à fait faux. Le Dr Grimm nous l'a dit dans la jolie conférence qu'il nous a faite. J'ai beaucoup aimé cette conférence. J'aime beaucoup les conférences. On pense plus clair après une conférence. Cela vous décrasse le cerveau. C'est comme si j'avais soudain retrouvé mes lorgnons.

J'ai été sans Lotte à la conférence du Dr Grimm. Il faut bien un peu me surveiller. Les filles étaient toutes ensemble, et nos soldats ont été amenés en rangs. Très réussie, cette soirée franco-allemande. À côté de l'Ortskommandant von Treischke et des officiers de l'aviation, il y avait des Français sur l'estrade, ceux-là justement qu'on ne voit jamais au tribunal. Nos amis. Le Préfet, le Maire, les Conseillers municipaux, le Chef de la Milice, le Chef de la Corporation Paysanne... Le Chef de la Corporation Paysanne m'a beaucoup plu. Il n'avait pas l'air du tout d'un paysan. C'était un homme grand et blond, pas jeune. Il a un nom double, comme moi. Mais sans particule. Un nom fait de deux noms très français. J'ai oublié. Un nom très français. C'est ce qu'ils appellent la noblesse républicaine: Waldeck-Rousseau, Leroy-Beaulieu, Panhard-Levassor, etc. La conférence du Dr Grimm était vraiment très, très jolie. En français. Il parle un français tout à fait châtié, sans aucun accent. C'était excellent pour la pédagogie. J'aime beaucoup entendre le français très pur. Cela aura été très utile pour tous nos hommes dans la salle. Le Dr Grimm a travaillé à Paris, avant la guerre, au rapprochement des deux pays. On n'a pas osé l'expulser, quand le Front Populaire a poursuivi de sa haine S.E. Otto Abetz. Il nous a dit combien nous étions aimés par les vrais Français, ceux qui ne subissaient plus l'emprise juive.

Le Chef de la Corporation Paysanne lui a répondu. Très joliment aussi. C'est un vétéran de l'amitié franco-allemande: déjà avant la guerre, il a été à Nuremberg, au congrès national-socialiste et il a eu l'honneur d'être présenté à notre Führer. Ce qui prouve combien notre Führer a eu de l'intuition pour ce qui est des hommes de valeur, car, le croirait-on? alors cet homme remarquable n'avait aucune fonction, et végétait dans de petits emplois avec son grand beau nom républicainement noble. Nous avons tous compris en l'écoutant, que la vraie France était avec nous contre le bolchevisme et l'Angleterre. Il paraît même qu'il y a un évêque de l'Académie française qui voulait aller se battre dans les neigeuses plaines russes pour les délivrer, mais son âge l'en a empêché. Ce qui prouve que tous les évêques ne sont pas comme ces mauvais prélats que nous avons en Allemagne qui font des prêches contre notre Führer, l'euthanasie, et beaucoup des principes de notre Troisième Empire.

Le Dr Grimm est un peu le cousin de ma Trude, alors je ne pouvais vraiment pas, même si la discipline déjà... Je l'ai dit à Lotte, elle était furieuse. Elle s'ennuie avec les autres filles. Et puis elle m'adore, elle m'appelle Kätzchen. Je ne croyais plus que cela m'arriverait encore. Depuis 1917, plus personne ne m'avait appelé Kätzchen. Trude n'aime pas les diminutifs. Elle me dit *mein Schatz*.

*

« Kätzchen ! dit Lotte Müller en se penchant pour tirer ses bas de fil gris, tu vas aller me chercher un petit verre de fine ? »

Il faisait beau, mais il y avait du vent. Ils étaient tout en bas du paysage comme un léger détail pittoresque autour de la table de bûches croisées dans le jardin du restaurant. Le restaurant était assez loin et la serveuse n'entendait pas quand on appelait dans ce pavillon à trois marches avec un estaminet, et une aile rajoutée pour les banquets, fermée depuis la guerre, et un appentis de jardinage de l'autre côté. C'était un jardin touffu, désordre, drôlement compartimenté par des ifs jadis taillés, avec des plantes vivaces dont personne ne sait le nom comme des sagaies vertes, des sortes de joncs aux feuilles frisées montant à hauteur d'épaule. Toutes les tables étaient vides, sauf la leur, sauf là-bas, à l'écart près d'un caillebotis bleu, passé la table ronde, où s'étaient assis côte à côte, trop grande pour eux, deux Français dont l'un avait posé à terre une serviette de cuir ; l'autre avec des bottes noires et une vieille culotte beige de démobilisé ; le premier, on voyait mal derrière la table.

Mais tout ça, c'était simplement un détail en bas du paysage. Et que Lotte, grise, avec sa chemisette blanche, ses bas de fil, louchait sournoisement vers les deux gaillards qui buvaient du vin blanc, et faisaient un peu semblant de la reluquer, parlant d'autre chose. Et que le Commandant von Lüttwitz-Randau jouait avec le grand chien roux en allant vers la cuisine pour commander deux verres de fine. Un détail au bas du grand paysage français, dans le fond de la vallée où coule une large rivière dauphinoise, grise même l'été, sévère avec ses îlots de pierre, ses détours brusques, ses ponts de fer. D'un côté par des fouillis d'herbages, des champs secs, une perspective trompeuse, la vallée, en face, au-delà de ce torrent démesuré, abordait les pentes rapides de la montagne. Et il fallait lever haut les yeux pour en voir les bords dentelés, éperdus, sur le ciel, comme un feston irrégulier, avec ses créneaux d'usure, et des ruines qui semblaient singer les pierres des hautes carrières, une tour sur une avancée de terre, en éperon, étrangement percée à jour sur l'air vide. Un panorama surplombant de pierrailles et de crêtes, avec des allures d'immense ossuaire où l'on découvrirait soudain à la faveur d'un jeu solaire les restes d'animaux antédiluviens, de monstres calcaires. Depuis les temps glaciaires, ces pentes décharnées ont vu passer des catastrophes, ont éprouvé des séismes, assisté aux batailles du ciel et de l'homme. Elles ont connu les avalanches de peuplades, les invasions, les fuites des tribus paisibles, elles ont vu grimper à leurs flancs des poursuivis, des criminels et des innocents. Combien de fois par cette coulée des Alpes sont descendus des charrois étrangers, remontés de grands hommes blancs avec des couteaux et des piques ? Quelles chansons sont mortes au fond de la vallée de siècle en siècle ? Et il y a eu des guerres de religion, la bataille des hauteurs et de la plaine qui n'avaient pas la même idée de la Vierge Marie ; et il y a eu la grande ivresse des montagnards pour le mot Liberté, quand là-bas vers Grenoble les paysans et les bergers juraient sur des épées croisées à des houlettes un serment qui précéda tous les Jeux de Paume et tous les Droits de l'Homme. Par ici, par ces hauteurs arides et blanches, a retenti la clameur d'un peuple contre la tyrannie, le cri du guetteur au guetteur quand dans les villes des coalitions obscures méditaient de rejeter au servage ceux qui avaient répondu à l'appel des montagnes.

Un immense paysage aveugle comme l'histoire, avec tout en bas, sur la rive droite de la vallée, derrière les palissades, ce jardin à tonnelles du restaurant où un chien roux sautait pour avoir du sucre d'une main allemande, et deux compères faisaient mine de s'intéresser aux bas de fil gris d'une souris.

Derrière eux, tout le coteau remontait mollement vers un plateau à étages par des potagers, des champs plantés de pêchers, des routes aux haies vert sombre. On y sentait l'approche de la ville, la banlieue avec ses postes d'essence, ses guinguettes fermées, le cheminement de camions poudreux qui toussaient. Et puis, vers l'ouest, commençaient les maisons, enserrant le parc, se nouant d'avenues, formant des pâtés blancs aux toits gris et rouges, les quartiers neufs où passe en cornant l'autocar bleu, les magasins qui croissent avec les immeubles jusqu'au building de l'Uniprix où l'agent de la circulation force les voitures maraîchères à un détour par le sens unique, jusqu'au cœur mystérieux de la vieille ville, suante et sale, où glapit une marmaille noire. L'œil qui cherche à déchiffrer ce paysage vainement s'y perd, et à peine remarque ces voitures qui courent comme le vent parce qu'elles marchent à l'essence et emportent des officiers casqués de vert avec des dessins bruns. L'œil qui fouille cette tapisserie n'y aperçoit qu'à grand-peine les W, les K, les Z, écrits à des pancartes de bois découpé, clouées au pied des platanes, ou à l'angle des édifices. L'œil regarde au loin flotter des fumées, révélant de petits villages au bout du monde, où l'envahisseur n'a point eu accès encore, et où Dieu sait quelles pensées mûrissent, quelle conjuration de houlettes et d'épées...

« Kätzchen ! » cria Lotte Müller, plus par coquetterie et pour dire aux deux polissons de se dépêcher de se rincer l'œil, que par envie de voir revenir à toute vapeur M. von Lüttwitz-Randau qui avait laissé tomber son lorgnon en jouant avec le chien roux.

Des deux gaillards, l'un, celui qui avait une culotte beige et des bottes, et qui ne perdait pas la souris de l'œil, faisait à l'autre un rapport qui nécessitait de temps en temps qu'il consultât un petit carnet, dont il décollait les feuillets avec son pouce léché. L'autre approuvait, l'interrompait pour une question. Il avait repris sa serviette de cuir sur ses genoux, il y fouillait.

M. von Lüttwitz-Randau revenait apportant lui-même le plateau de métal blanc avec les minuscules verres à double fond où la fine était dorée. Du haut des trois marches, la serveuse, les poings sur les hanches, s'étonnait de l'esprit démocratique de cet officier. Des paroles allemandes et les rires de Lotte vinrent à travers l'espace semé de petit gravier et de tables en rondins jusqu'à la table où les deux hommes parlaient à voix presque basse.

« Regarde », dit soudain le deuxième.

Et sous la serviette de cuir luisait le canon d'un revolver.

« ... Regarde, tu sais que je suis un tireur de première... »

L'autre se tourna vers lui en fronçant le sourcil.

Je ne suis pas bien sûr qu'il ait froncé le sourcil, c'était un si petit détail de l'immense paysage avec la rivière et les montagnes, et la légende et l'histoire, et les guerres de religion, et celles de la liberté.

« Tiens-toi tranquille, Philippe ! » dit-il, en frappant du pied le petit gravier blanc.

Et le soleil joua dans sa botte noire.

« Cela ferait, dit Philippe, deux si beaux macchabées, tu peux me croire...

— Nous ne sommes pas ici pour cela, Philippe, pensez-y un peu. De la discipline. Cela pourrait faire échouer tout. Une autre fois.

— Dommage », soupira Philippe, refermant sa serviette.

Et il leva les yeux vers les châteaux en ruine sur les crêtes, comme pour fuir la tentation de ce couple qui folâtrait à portée de balle, et se jetait des fines derrière la cravate, avec toute sorte de glapissements et de rires, tenant de M. le Chcf de la Corporation Paysanne qu'au fond on les aimait bien dans le pays.

*

Ah, je m'ennuie dans cette petite ville française !

Comme nous sortions du « boui-boui », Kätzchen avait laissé tomber son lorgnon. C'est bien son genre ! C'est lui pourtant qui a vu Willi le premier. Il ne peut pas le souffrir, cet Oberleutnant qui m'a prêté ce livre français... oh, je me rappelle le nom de l'auteur ! Ludwig... Ludwig-Ferdinand Tséline! Willi était en civil. Très bien habillé. Où a-t-il trouvé ce tissu anglais? Si c'est ici, il faudra que je lui demande: je pourrais me faire faire un tailleur, ce n'est pas mon genre, mais ça a tout de même du chic, ces tissus anglais. Kätzchen est devenu tout pâle. Il a peur de la Gestapo, c'est plus fort que lui.

Willi, avec ses yeux très spéciaux, nous a demandé ce que nous faisions là. Et lui? Il guettait des terroristes. Nous devrions prendre garde, dans les lieux isolés, avec les terroristes. Kätzchen n'a pas marché dans cette histoire de terroristes. Il a dit que c'était clair, Willi le surveillait. Les gens d'ici ne nous veulent aucun mal. Le Dr Grimm l'a dit. Les terroristes, il y en a peut-être dans la montagne, qui se cachent. Ici, ce n'est pas le genre. Moi, je n'ai rien dit. Je sais bien que Kätzchen a raison. Seulement, ce n'est pas du service, de la part de Willi. Il tourne autour de moi, voilà tout. Je m'ennuie tellement que je vais peut-être me laisser faire la cour par lui. Que Kätzchen n'en sache rien! Il en ferait une maladie.

Il est insupportable à la fin. L'autre fois, pour la conférence du Dr Grimm, il n'a pas voulu être avec moi. À cause de sa Trude qui est la cousine... S'il savait ce que je me fiche de sa Trude! Il refuse obstinément de m'inviter à déjeuner à la *Cloche d'Or* où il y a les officiers de l'aviation. Cette Hilda qui n'est pas la plus jolie d'entre nous m'a raconté l'autre jour sous la douche: elle a été invitée à la *Cloche d'Or* et il y avait les officiers de l'aviation, et l'un d'eux lui a offert une broche en or. Elle m'a montré la broche en or. Ce n'est pas une belle broche en or. Mais enfin, de l'or, c'est de l'or. Un bijou provincial. Il doit venir d'une femme de notaire. Je ne sais pas qui écrirait à Trude que j'ai déjeuné à la *Cloche d'Or*, mais Kätzchen ne veut pas en entendre parler. Il a tort. Je finirai par me faire faire la cour par Willi. Ses yeux spéciaux m'intéressent.

Je m'ennuie dans cette petite ville ! Pour une fois qu'il se passe quelque chose, lundi matin on a exécuté cinq otages, j'aurais pu aller voir ça et je n'en ai rien su ! J'ai fait une scène à Kätzchen. Willi m'a dit qu'il m'emmènerait la prochaine fois. Je n'étais pas faite pour vivre comme ça. Ce n'est pas du tout mon genre. Rien que comme nous sommes habillées, ces chemisettes empesées, cette jupe droite, ce genre homme... Mon genre à moi, ce sont les falbalas, les chichis, les frous-frous, la dentelle. Quand je rêve, je me vois comme ces actrices des films qui brusquement chez des gens très bien relèvent leurs jupes et se mettent à faire des claquettes. Avec beaucoup d'hommes autour d'elles. Et puis en robe de soie avec un chapeau haut de forme et une cravache. Ou dansant avec une longue robe qui monte en tournant, montrant les jambes (j'ai les cuisses un peu fortes), et des bottes molles et pas de bas. Mais tout ici manque terriblement de musique. Musique, musique, musique ! Peut-être que l'Amérique serait mieux mon genre.

Le jazz, c'est tout à fait dégénéré, négroïde : n'empêche. Dommage que notre armée n'aille pas jusque-là. On nous avait tant parlé de la France. Ce n'est pas du tout mon genre. Enfin, j'espère que la guerre durera assez longtemps pour que nos savants inventent un moyen de transporter notre armée en Amérique. En attendant…

S'il y avait un endroit où aller écouter la musique, Kätzchen ne m'y mènerait pas pour ne pas se faire remarquer. À quoi cela sert-il, un homme, je vous prie, si ce n'est pas à vous tenir la main pendant qu'on écoute la musique ? Mais il n'y a pas d'endroit où aller écouter la musique dans ce pays mortel, mortel.

Le seul amusement décidément, c'est le tribunal. L'autre jour, j'y ai eu un petit frisson. On avait amené une femme. Affreuse. Tout à fait vulgaire. Comme on en voit au marché, sur le boulevard. Entre deux âges. Quand Kätzchen l'interrogeait, elle ne répondait pas. Elle avait été arrêtée en liaison avec un sabotage, la voie ferrée à la sortie de la ville. À la fin Kätzchen s'est fâché. Alors elle a ouvert la bouche et elle nous a montré sa langue. Au cours d'un interrogatoire, elle se l'était coupée pour ne pas parler. Je ne comprenais pas pourquoi elle n'en était pas morte, ça saigne affreusement une langue. Bubi m'a dit. Une histoire du front oriental. Willi m'a expliqué : nous l'avons très bien fait soigner tout de suite, par le chirurgien, pour la punir, qu'elle vive avec sa langue coupée. Cet imbécile de Kätzchen l'a fait fusiller.

Il y a eu aussi quelques coups de feu la nuit : des voitures qui circulaient malgré le couvre-feu. Il y a des gens stupides. Ils ne connaissent pas les Allemands, ou qu'est-ce qu'ils croient ?

Tout cela ne nous donne pas de musique. J'ai besoin de musique. La radio de l'*Hôtel Métropole* ne me suffit pas. À Lyon, au moins, on danse. Je m'ennuie trop. Kätzchen m'a surprise parlant avec Willi, il a fait une scène ! C'est devenu son genre, les scènes. Je le lui ai dit, cette fois Willi me parlait... c'est tout... Mais si on ne fait rien pour me désennuyer, je ne promets pas... Kätzchen a dit de très gros mots, puis il s'est radouci. Il m'a promis de m'emmener faire un petit voyage, à la campagne. Le temps est devenu très beau. Il paraît que du côté de... je ne sais plus comment... le paysage est tout à fait romantique. Une heure de train, une heure et demie.

Évidemment, là-bas, ni Willi ni Trude ne sont à craindre. En attendant, un peu de musique ne me ferait pas de mal.

*

Fräulein Lotte Müller, un peu de musique ne vous ferait pas de mal... Fräulein Lotte Müller, êtes-vous sourde que vous n'entendez pas la musique ? Il y a des jours où elle se lève de la terre et parcourt la ville et le ciel comme un grand vent, et les portes claquent, des papiers s'envolent, vous tenez vos jupes, et vous n'entendez pas la musique ? Il y a des jours où c'est un simple filet de chant, une corde pincée qui vibre, un souvenir qui meurt. Le soleil de mai déjà fait bourdonner le grand paysage paisible, des insectes sortent avec les fleurs, et les mouches, invinciblement attirées par les êtres humains comme si déjà elles en sentaient le cadavre, murmurent les premiers accords d'une marche funèbre. On ne fait encore qu'accorder les violons dans la fosse...

Fräulein Lotte Müller, êtes-vous sourde que vous n'entendez pas la musique qui vient ? Il y a des jours où la musique est plus forte que le bruit raisonnable de la vie, plus forte que le train-train de la petite ville où vous vous ennuyez si fort, Fräulein Lotte Müller... écoutez, écoutez la musique...

Il y a d'abord le *lamento* sourd des prisons d'où s'élèvent les plaintes déchirées d'instruments inconnus qu'on appelait des hommes... Il y a le bruit des os broyés, le grésillement noir des chairs, le concert des tortures, les cris de la douleur morale si différents de ceux de la douleur physique, la basse rythmée des coups, le chant du sang clair qui jaillit, les larmes, les larmes, les larmes...

N'entendez-vous pas la musique, Fräulein Lotte Müller, et prenez donc la main de votre amoureux pour l'écouter, comme dans les petites villes allemandes, le dimanche, quand à la Bierstube vous vous enivriez de l'orchestre de femmes devant un grand verre guilloché de Münich brune et froide...

C'est un nocturne maintenant, le nocturne

de l'inquiétude, où dans les demeures noires on n'ose pas même raviver les brasiers, on écoute les pas des rondes dans la rue, les craquements de l'escalier, on attend, à chaque bruit de la porte, la police. Un nocturne où les battements du cœur sont l'accompagnement mal éteint de l'attente... Que va-t-il se passer, que va-t-il sourdre de ce nocturne sourd, quel chant qui ne se décide pas ? Dans l'ombre, des ombres ont glissé. Les volets sont clos comme des bouches. Les soldats repassent dans la rue.

Oh ! n'entendez-vous pas, n'entendez-vous pas la musique ?

Il éclate des coups de feu, et des voitures à toute allure forcent le passage devant l'Uniprix où il y a sens unique. Les vantaux d'un garage volent en éclats, des autos se sont évadées dans la nuit. À la porte de l'hôpital, des inconnus se sont présentés réclamant un détenu, blessé, et ils ont abattu les deux miliciens de service. On a fait sauter le siège du S.T.O. Les viandes gardées par des gendarmes pour Messieurs les Occupants ont disparu du frigidaire municipal. Le train de munitions qui stationnait à deux kilomètres de la gare a lancé trois wagons en l'air, et toute la nuit et tout le lendemain des projectiles ont fusé sur les champs. Dans le mystère des maisons, des hommes traqués ont trouvé asile. Malgré les affiches, les avis tambourinés, les placards dans les journaux, les otages fusillés. Vers une heure du matin, dans des prés choisis, de grands oiseaux noirs ont lâché des paquets et de petits hommes soutenus sous les épaules par de grands parapluies de soie rose, verte, bleue, rouge ou blanche. L'aube trouvera sur les maisons des traîtres une potence dessinée, et des phrases aux carrefours que les musiciens n'avaient pas prévues dans la douce, vieille musique allemande...

N'entendez-vous pas la musique, Mademoiselle la Souris, n'entendez-vous pas...

Ce professeur du lycée qui plus que la France aimait l'Allemagne, ou du moins le disait voulant devenir Dieu sait quoi par le truchement de ces organisations nouvelles dont les initiales s'écrivent aux vitrines au milieu de photographies représentant la joyeuse et belle vie des ouvriers français à Düsseldorf ou à Stettin, ce professeur du lycée imprudemment s'est avancé sur la route dans la direction de Trois Étoiles où il était connu d'anciens élèves, et on lui a tiré dessus si maladroitement qu'on l'a manqué. Il habite désormais à l'*Hôtel Central*, où il n'y a plus d'Italiens, mais où la Gestapo a des chambres, et il n'en sort qu'habillé d'un uniforme du régiment de Silésie, ils n'oseront pas, pense-t-il, tirer sur un Allemand, et comme cela tout le monde comprend la musique. Mais le garagiste à l'entrée du faubourg, à côté vous savez de l'épicerie bleue, eh bien, comme il fermait ses portes vers le soir, un jeune homme s'est avancé qui a tiré avec une arme noire, et la balle est entrée par un œil, on ne sait pas encore s'il va survivre, il sera aveugle en tout cas, et fou sûrement. On a mis devant les immeubles occupés par la Milice des chevaux de frise entortillés de barbelés, les sentinelles qui ont dans les seize ans se dandinent de peur, l'oreille au guet, tâchant d'entendre les premiers la musique, la musique, la musique...

Le marchand de peaux de lapins agitant sa cloche, un petit rouquin avec des bleus, qui traîne une bécane, raconte qu'il passait dans la rue, vous savez, celle où il y a la maison de rendez-vous, et voilà pan pan, la musique, des P.P.F. qui se battent avec des dissidents, une bataille rangée, cachés derrière une borne, un à plat ventre qui tirait... Le patron du claque, un père de famille, un homme très bien, qui sortait par hasard, pour voir enfin, une balle en plein cœur... La vitre de la pharmacie a été brisée, et le liquide bleu du bocal a coulé... Oh la la... Le marchand de peaux de lapins agite sa cloche...

La musique, la musique, Fräulein Lotte Müller, ne fait que commencer dans cette ville bourrée de soldats verts et gris, de souris aux chemisettes empesées, aux bas de fil. Mais déjà elle emplit tout autour de la ville le vaste paysage immobile et muet, elle y tourne, elle y monte, elle s'y déverse, avec les vents subitement levés d'un printemps tardif, elle ébouriffe la campagne où s'éveillent les maisons abandonnées, où les ruines se peuplent de jeunes fantômes et d'écoles à feu, où les pylônes sautent par miracle, les voies sont à tout instant coupées, l'autre jour on a attaqué le champ d'aviation, déjà vos gens n'osent plus aller chercher les bœufs chez les paysans, du bois à gazogène au village trop voisin du maquis, ni les garçons marqués pour être emmenés en Allemagne, et qui se moquent de vous, qui se moquent de vous... ils n'osent pas de peur d'entendre la musique... la musique... la musique...

Allez, allez, ce n'est qu'un petit prélude encore... le grand orchestre ailleurs exercé se rassemble et la musique, la musique va jaillir!

*

Il faut bien faire les quatre volontés de Lotte. Puisqu'elle avait décidé que nous devions aller à la campagne, comme on m'avait indiqué un petit hôtel, tout à fait convenant à des amoureux, alors je n'avais plus qu'à m'exécuter. C'est ce professeur de mathématiques qui a eu des ennuis parce qu'il a trop bon cœur et qu'il dit ce qu'il pense, qui m'a donné l'adresse. Il porte notre uniforme maintenant: on dirait qu'il l'a toujours porté.

Elle faisait exprès, la Lotte, de m'irriter avec cet Oberleutnant. Cela m'agace qu'elle l'appelle Willi. Il a des yeux que je n'aime pas. Naturellement, c'est lui qui lui a raconté cette histoire. Elle faisait comme si c'était quelqu'un d'autre. Mais qui lui aurait dit, sinon ce Willi, puisque c'est lui qui, étant entré chez ces Juifs, le matin, alors qu'ils étaient l'homme et la femme, dans leur cabinet de toilette, le verrou mis, a tiré à coups de revolver dans la porte sans rien demander d'abord?

On n'a pas retrouvé le mari qui se rasait et qui a dû partir en pyjama avec la mousse au menton par la fenêtre et les toits. Mais si ce n'était pas son Willi, qui aurait pu donner à Lotte tous les détails sur la femme dans sa baignoire tuée ? Ce petit Oberleutnant a la main heureuse avec les Juifs.

Nous avons décidé de partir après la séance du tribunal. Séance tout à fait banale. Deux condamnations à mort. Un seul incident. Ce cas que je n'avais pas compris. Quand on a devant moi amené cet homme, hideux à voir, avec ces meurtrissures sur le visage, et qui ne tenait pas sur ses pieds, j'ai lu le dossier, un peu pressé, craignant de manquer le train. Il avait été pris pour avoir fait feu sur le maire d'un petit village qui pratiquait une réquisition. En quoi est-ce que cela nous regardait ? Les Français n'ont qu'à se débrouiller entre eux ! Du moment que ce n'était pas un de nos hommes... Mais on me fit remarquer que c'était un Alsacien. Cela changeait tout. Je lui ai demandé pourquoi il levait la main contre sa Patrie ? Il m'a répondu en français, quelle audace ! en français : « Ma Patrie, c'est la France... » Le soldat qui était à côté de lui lui a craché au visage.

Avec tout cela, nous avons failli manquer le train. J'ai, en arrivant à la gare, laissé tomber mon lorgnon. Lotte a dit que c'était mon genre, l'a ramassé, nous avons couru, elle m'a heureusement guidé. Nous sommes montés juste quand le train partait. Ces petits chemins de fer d'intérêt local sont très curieux, bien français, mesquins. Dans notre compartiment de première, *nur für die Wehrmacht*, nous étions seuls. De temps en temps, à un arrêt, quelqu'un ouvrait et refermait précipitamment la porte. Nous avions emporté un poulet, parce que la séance du tribunal se terminait à midi et le train était à midi quinze. Et du fromage de chèvre, et des fruits. Juste une collation. Lotte avait reçu une lettre de son fiancé qui est sur le front oriental avec les armées européennes. Alors elle ne parlait plus de Willi, mais c'est avec son Bubi qu'elle m'agaçait. Il faisait chaud. C'était la première journée de vraie chaleur. Je me suis mis à somnoler. Lotte était là, à relire sa lettre.

Tout à coup, je me réveille avec l'idée : si je laisse passer la station ! Je dis à Lotte : fais attention, la station s'appelle... je lui dis le nom, elle est incapable de le répéter, je le lui écris sur un petit bout de papier, je me rendors.

Je ne dormais pas vraiment. Je rêvais au droit romain. J'ai été professeur de droit romain. Mais, pour faire primer le droit germanique, il faut, c'est mon point de vue, effacer dans le monde moderne toute trace du droit romain. Le droit romain comme base des lois modernes, c'est une absurdité révoltante et contraire à l'esprit allemand. Je ne parle pas du Code Napoléon : qu'il y ait des subsistances dans les lois allemandes du Code Napoléon juge ces lois. Le Führer a été tout à fait inspiré d'anéantir toutes les lois, ce qui permet de rebâtir dans des conditions vraiment allemandes un droit qui n'a pas besoin de code. Il n'y aura jamais de Code Hitler. Parce que la pensée du Führer ne peut être codifiée, elle.

Il faisait chaud. J'avais déboutonné mon col. Les mouches tournaient autour de nous. Nous étions arrêtés dans une petite station. On ne repartait pas. Je demandai à Lotte si elle était sûre que nous n'avions pas laissé passer la bonne gare. Elle dit que non, elle avait le papier à la main, elle n'avait pas vu ce nom-là.

Cependant, il était plus de trois heures. Je m'inquiétais. Le train ne repartait pas. Si j'allais voir ? Je descends. Je fais tomber mon lorgnon, cette fois je le ramasse tout seul. Une petite gare au pied des grandes montagnes. Une sorte de village sur une colline... Je demande à un employé. Il ne me comprend pas. Il me dit quelque chose avec un accent si fort que je ne comprends pas non plus. Ah, il ne parle pas comme le Dr Grimm le français !

Enfin, je vais voir le chef de gare. Il me fait répéter trois fois le nom de la gare où nous allons. Il regarde mon billet. Ah, bien ! Nous nous sommes trompés de train. C'est une autre ligne. Ici nous sommes à N... Non, pour aller où nous allions, il faut revenir au point de départ. Il n'y a de train que demain matin. C'est le terminus. Et même pas demain matin, après-demain. Parce qu'avec les dernières restrictions imposées par les Autorités Occupantes, il n'y a de trains que les mardis, jeudis et samedis dans ce sens-là.

Je retourne auprès de Lotte, je lui explique. Elle descend. Elle n'est pas fâchée du tout. Il y a bien un hôtel ici. Oui, mais... J'avais pris un jour, parce que le mercredi il n'y a pas Tribunal. Mais nous ne serons pas là-bas le jeudi matin... Et puis N..., c'est près de N... qu'il y a eu cette échauffourée l'autre semaine. Il y a des terroristes par ici. Sept otages exécutés.

Elle dit que je parle comme Willi.

Moi, ça ne fait pas mon affaire qu'on remarque notre absence. Elle, elle s'en fiche. Mais moi. Je vais demander au chef de gare. On peut peut-être avoir une voiture. S'il veut téléphoner.

Le chef de gare avait des joues rouges, une moustache noire et les épaules voûtées. Une casquette de chef de gare français. Lotte n'a pas eu beaucoup de succès auprès de lui. Il devait avoir peur. Elle lui posait des questions. Il répondait oui et non. Je lui ai demandé s'il ne pouvait pas téléphoner aux autorités allemandes. Aux autorités allemandes, non. Mais aux autorités françaises, oui. Qui communiqueraient la commission aux autorités allemandes. Leur dire, n'est-ce pas, que le Commandant von Lüttwitz-Randau... ? Le chef de gare me fait écrire mon nom sur un bout de papier et le déchiffre avec beaucoup de peine : won Lüte... Lüte... wisse-Randô... c'est cela ? Vous demanderez une voiture, qu'on vienne nous chercher.

Il avait encore un de ces téléphones qu'avec une manivelle on tourne. Allô... allô... Cela prit quelque temps. Je l'entendis dire qu'il avait là un commandant allemand avec une dame, sa secrétaire. Si on voulait venir les chercher avec la voiture...

Il sortit de la cabine et dit :

« Ils viendront vous chercher avec "la voiture"... »

Lotte bâillait. Il faisait très chaud. Il y avait des mouches. Au moins une heure et demie à attendre. Ce voyage n'était vraiment pas réussi. Le chef de gare était très poli. Il insistait pour que Lotte et moi nous nous asseyions dans son bureau. La gare était déserte, à part l'employé, le chef et nous. Lotte s'ennuyait visiblement. Qu'est-ce que j'y pouvais ?

« La prochaine fois, dit-elle, j'emmènerai Willi avec nous... »

Je préférai ne pas répondre.

*

« Vous vous appelez Lüttwitz-Randau, vous êtes juge militaire avec grade de commandant ; membre du parti national-socialiste...

— Laisse-le parler ! » dit le grand brun.

Quand les gens du maquis étaient arrivés à la petite gare, ils n'avaient eu aucune peine à se rendre maîtres de l'officier et de sa souris, d'enlever son revolver au Commandant, de les pousser dans la voiture, une traction avant noire. Des gars solides, avec des blousons de cuir provenant du coup de main fait à une usine de Voiron qui avait alimenté presque toute la Drôme. Pas du tout des Français comme Lotte se les représentait. Le grand brun qui ne disait pas un mot lui parut très beau garçon. Il y en avait un blond tout jeune, avec des épaules très larges ; et un trapu, qui pouvait avoir trente ans. Elle avait eu peur quand le petit avait flanqué son pied quelque part à Kätzchen, tout à fait ahuri, et qui regardait autour de lui dans l'espoir que l'armée allemande allait surgir à leur secours. Mais vite, elle s'était rassurée : ils étaient presque polis avec elle. Elle se rappela ce SS qui avait couché avec une Juive, et se dit : « Alors, pourquoi pas ? »

Maintenant ils étaient dans cette maison vide, sur la montagne, après avoir roulé une demi-heure, trois quarts d'heure, lâché la route, marché droit à travers un champ. Il faisait encore grand jour, mais déjà c'était la lumière du soir, les rayons qui rasent la terre. On entendait formidablement chanter les cigales, chaque fois que les hommes se taisaient. Cela se passait sur une sorte de balcon-terrasse, au-dessus d'une réserve, avec un escalier qui descendait au-dehors pour aboutir sur l'aire de la ferme abandonnée, où le poteau de meule portait un chiffon tricolore amené au bout d'une corde. Le paysage de partout découvert, sans arbres, avec des bruyères coupées d'une terre jaune, et la corniche d'un chemin à cinq cents mètres décrivant un double lacet qui avait l'air d'un W couché.

Le chef du maquis était un géant à la tête ronde, avec une petite bouche enfantine au-dessus d'un grand menton. Il devait peser dans les deux cent vingt livres. Il avait l'air d'un gardian de Camargue. Il enseignait le latin et le grec du côté de Saint-Flour, en réalité. Assis derrière la table, il présidait l'interrogatoire. Le grand brun qui avait été à la gare et qui plaisait à Lotte se tenait à sa gauche, debout, les bras croisés. À sa droite il y avait un prêtre en soutane, la soutane ouverte sur une culotte de chasse avec des bottes et un fusil en bandoulière. Lotte était dans la maison. Deux ou trois fois, on l'avait entendu nerveusement rire.

« Je suis membre de la Parti, dit avec application le Commandant von Lüttwitz-Randau, cherchant bien tous ses mots en français, depuis juillet 1934, juste après le 30 juin...

— C'est l'assassinat de Röhm qui vous a décidé ? ricana l'interrogateur.

— Laisse-le parler, Jean-Pierre ! » dit le grand brun avec reproche.

Le Commandant regardait les trois hommes comme un soldat qui mesure le terrain. Il assura son lorgnon sur son nez et respira profondément.

« Je suis entré dans la Parti, au lendemain de l'exécution de Roehm et de ses complices, dit-il en se donnant du temps par une diction lente, parce que j'ai alors tout de suite compris qu'il fallait des juristes pour, à la lumière de ce fait d'une importance historique... *wie sagt man?* réviser entièrement, *wiederaufbauen*... réédifier le droit allemand. »

Le prêtre, un maigre avec un grand nez et des bras noueux, sifflota d'un air ironique et se mit à se curer les ongles avec un bout de branche qu'on lui avait vu d'abord soigneusement tailler. Le prisonnier se tourna vers lui :

« Peut-être ceci n'a-t-il pas d'importance pour des terroristes... mais le Droit est le Droit...

— Qui sont les terroristes ? demanda Jean-Pierre avec un très beau mouvement de la tête, d'où ses yeux eurent l'air de sortir, bleus à la manière du plomb. Je suis le capitaine Jean-Pierre, de l'Armée française, et...

— Laisse-le parler, dit le grand brun.

— Excusez-moi, reprit le Commandant, vous êtes pour nous des terroristes qui, contrairement aux lois de la guerre et aux conditions de l'Armistice...

— Pour vous ? Qui, vous ? Quel Armistice ? Nous faisons la guerre à l'Allemagne depuis septembre 1939. Les lois de la guerre... depuis quand y a-t-il des lois de la guerre qui autorisent l'exécution des otages ? Vous êtes, vous, les terroristes, et c'est comme tels, comme contrevenant aux lois de la guerre, que vous serez, ici, régulièrement jugé...

— Laisse-le donc parler, dit le grand brun.

— Excusez-moi, dit le Commandant, on nous a toujours dit que vous étiez des terroristes...

— Et vous le croyez, naturellement, comme vous croyez tout ce qu'on vous dit... et quelle sorte de terroristes a mis feu à votre Reichstag, alors ?

— Les communistes, dit Lüttwitz-Randau très fâché, Van der Lubbe, Dimitrov... »

Cette fois, ce fut le grand brun qui l'interrompit :

« Dimitrov ! Mon Commandant, vous nous prenez pour qui ? Voilà que vous accusez un homme que vos tribunaux ont reconnu innocent, que vos tribunaux ont acquitté...

— C'est justement, dit Lüttwitz-Randau, en ce temps-là nos tribunaux étaient encore infectés par le droit romain, le Code Napoléon, les lois juives... Aujourd'hui, jamais nous n'aurions laissé repartir Dimitrov, il aurait été condamné... selon le droit allemand. »

C'était une étrange scène. L'abbé avait à peine fini de passer sa brindille taillée sous le dixième ongle, qu'il reprenait le neuvième, le huitième... Il dit :

« Mon Commandant, pourquoi voulez-vous que nous reconnaissions votre droit allemand, si vous trouvez que le Code Napoléon est un code de lois juives ? Mais la question n'est pas là : combien avez-vous fait mourir d'êtres humains selon votre droit allemand ? »

Le Commandant détourna la tête et ne répondit pas. On entendait, dans la maison, la voix de Lotte, sans pouvoir distinguer les mots. On l'interrogeait séparément. Le Commandant pensa qu'elle était capable de le charger pour s'en tirer :

« Je n'ai jamais tué personne... protesta-t-il, à la réflexion... Je suis un magistrat qui applique les lois...

— Quelles lois? rugit Jean-Pierre. Votre Führer a aboli toutes les lois...

— Notre Führer, dit l'accusé, considère comme la loi l'intérêt de l'Allemagne...

— Ce n'est pas, coupa le grand brun, l'avis du Maréchal von Paulus.

— Le Feldmarschall von Paulus est mort. Notre Führer a dit que le Feldmarschall von Paulus était mort... »

L'abbé jeta sa brindille et éclata de rire :

« Il est mort suivant les lois allemandes, hein? Et ceux qui disent le contraire sont des terroristes? »

Le Commandant prêtait de plus en plus nerveusement l'oreille aux bruits qui venaient de la maison. On avait entendu d'abord une sorte d'engueulade violente, puis des pleurnicheries, et maintenant Lotte parlait, parlait, parlait... Qu'est-ce qu'elle pouvait bien leur dire? Il y avait entre cet homme et ses juges un mécompte fondamental : c'était que lui considérait l'obéissance et la fidélité à son Führer comme la justification de tous ses actes, comme le point de droit qui le soustrayait à l'examen de toute justice. Tandis qu'eux considéraient cette inféodation, cette passivité, comme une aggravation de cas, comme une preuve de culpabilité. Tandis qu'eux, au fond, ils lui donnaient sa chance en lui permettant de dire que tout cela, tout ce qu'on pouvait reprocher non pas seulement à lui, Commandant von Machin-chouette, mais aux Allemands, tous les Allemands, c'était en fait leur

Führer et, comme il disait, la Parti, qui en étaient responsables, tous les crimes, les otages fusillés... Ils le lui permettaient d'une façon sans doute abusive, cela aurait été si simple pour lui s'il avait seulement compris de quoi il s'agissait, de s'en tirer simplement d'un mensonge. Le mensonge ne l'effrayait pas. Si c'était son intérêt, ce qu'il appelait l'intérêt de l'Allemagne. Le mensonge faisait partie du système. Mais le malheur, pour Lüttwitz-Randau, était qu'il ne sût pas comment il fallait mentir. Il était pris au piège de son propre système. Il le jouait à la grandeur, à la fidélité nationale-socialiste. Il ne pouvait pas comprendre qu'il aurait sauvé sa peau en désavouant le national-socialisme. Sa peau à laquelle il tenait tant, et qu'il croyait mise en danger par ces paroles indistinctes d'une femme, là-bas, dans la maison, tandis qu'en réalité, c'était lui-même, c'étaient ses propres paroles qui le condamnaient, qui le perdaient. Sa défense. Ce système juridique qu'il préparait pour les mauvais jours, pour sortir l'Allemagne d'affaire dans les mauvais jours. Et qui faisait que l'Oberleutnant Willi, de la Gestapo, le tenait pour un défaitiste. Le système qui donnerait à l'Allemagne vaincue l'allure qui en impose au vainqueur, la dignité du combattant qui n'abdique pas. Etc.

Pour l'instant, seul, Lüttwitz-Randau était dans un mauvais cas, et il faisait l'essai de son système. Mais il y avait la Lotte, là-bas. Et l'inquiétude qu'elle lui donnait gâchait beaucoup de son attitude, creusait des trous dans ses réponses, des manques dans sa logique, qui faisaient doucement rigoler l'abbé.

*

« Inguérissable, dit Jean-Pierre.

— Inguérissable », dit l'abbé.

Et le grand brun reprit, décroisant les bras : « Inguérissable. »

Lüttwitz-Randau frémit. Cela lui rappelait quelque chose. Dans le Troisième Empire, si des médecins hochaient comme cela la tête, et tous déclaraient le malade inguérissable, quelque temps après la famille recevait une petite urne avec une lettre disant qu'on n'avait pas eu le temps de prévenir, mais que le cher malade avait trépassé... Cette fois pourtant, il craignait bien que ce ne soit pas l'euthanasie.

Ils l'avaient enfermé dans une petite pièce sans fenêtre où il y avait de la paille à terre, et une ouverture en as de carreau dans la porte par laquelle on voyait le ciel très jaune et très calme.

Ce qui paraissait le plus inconcevable au commandant allemand, c'était que, depuis tout ce temps, les terroristes avaient pu le garder, le promener, l'interroger sans une alerte. Que faisaient donc les Miliciens, les G.M.R. ? Sans parler de notre armée. Très souvent, on avait parlé, devant lui, de ces bandes réfugiées dans les montagnes. Il avait vu de ces forcenés au tribunal. Il en avait condamné à mort. Mais jamais il n'avait imaginé leur vie de tous les jours, comme cela, libre. Avec l'espace pour eux, de grandes étendues du pays. Parce qu'enfin il était clair que la Wehrmacht, elle, n'occupait que des lignes, des voies de communication, des points stratégiques dans le pays. Mais dès qu'on s'en éloignait, le pays, le pays lui-même était entièrement aux mains de ces hommes. Ils avaient bien laissé une sentinelle aux abords de la route. Ils ne se cachaient pas. Ils ne semblaient pas se cacher. Ils avaient des voitures, de l'essence. L'essence surtout lui paraissait insensée.

Il attendait Lotte, qu'on jetât Lotte avec lui. Lotte ne vint pas. On entendait des voix au-dehors, dans la nuit tombée. Il y avait là une dizaine d'hommes. Ils mangeaient en plein air. Au dessert, une voix jeune chanta une chanson en provençal. Les cigales emplissaient le soir. Le cri doux des crapauds. Puis, dans l'as de carreau, clignotèrent les étoiles. Il y avait du va-et-vient au-dehors. Qu'avaient-ils fait de Lotte ? Il ne pensait pas un instant à Lotte avec attendrissement. Une femme comme toutes les femmes, le lorgnon retiré. De la fumée. Mais, bien qu'elle fût, elle aussi, du Parti, il n'était pas sûr de sa fidélité. Pas sûr de sa loyauté. Pas sûr du tout. Si en dernière analyse elle considérait qu'il était perdu, et qu'elle pouvait s'en tirer. Même dans un cas douteux. Aussi quand la porte s'ouvrit, et le grand brun lui cria : « Allez, là-dedans, sortez, mon Commandant ! », il assura son lorgnon sur son nez, se plia pour passer la porte sans se cogner où ses cheveux moins épais cachaient un début de calvitie, et demanda :

« Est-ce que je puis savoir... ce qu'il, de ma secrétaire, advient ? »

Il avait, malgré lui, pris le ton qu'on a dans un couloir d'hôpital pour parler du malade en train d'être opéré dans la salle voisine. Le grand brun perçut vaguement la note fausse et haussa les épaules.

« Votre secrétaire... Je n'ai jamais vu quelqu'un se mettre à table comme ça.

— Se mettre à table ?

— Oui, jaspiner, quoi. On n'a pas besoin de lui demander les renseignements, elle les donne. Elle ne sait plus quoi faire pour nous plaire, ta petite fille. Il a fallu que je lui fasse attacher les mains, parce qu'elle était trop familière avec mes hommes. Et moi, je n'aime pas ça. L'abbé non plus. »

Le Commandant murmurait : se mettre à table, jaspiner... ce n'était pas de son vocabulaire. On le poussait vers un cercle éclairé assez théâtralement avec des flambeaux de résine, placés bas, qui jetaient une bizarre clarté sur tous les hommes du maquis, debout. Le Commandant eut peur. Il parla pour se rassurer.

« Lotte... ma secrétaire... est toujours là ? »

Il voulait gagner la sympathie du grand brun, en ayant l'air de trembler pour Lotte et non pour lui. L'autre répondit.

« T'en fais pas... Elle pionce maintenant...

Une jolie chienne... Comme toutes les femmes de chez vous... je sais... J'ai été prisonnier près de... »

Le Commandant n'avait pas entendu près d'où. Pour se faire bien voir, il demanda, avec un air d'intérêt hypocrite :

« Près de quelle ville ?

— Breslau... Des chiennes... Toutes vos femmes ! »

Le jugement allait commencer.

Jean-Pierre aimait la solennité. Il voulait frapper l'imagination de ses hommes. Satisfaire aussi leur passion de justice. Il y avait un acte d'accusation. Lotte avait parlé. Elle avait dit les deux condamnations à mort de la veille au matin : deux garçons pris sans armes, mais dont l'un avait une Croix de Lorraine. La femme à la langue coupée, l'autre jour. Des communistes de la gare, qui renseignaient sur les convois. D'autres. D'autres. Lüttwitz-Randau ne se souvenait pas d'avoir autant condamné à mort, tant d'hommes, des femmes, et encore d'autres, d'autres. Quelle mémoire, cette Lotte. Quel besoin avait-elle d'en dire tant. Il écoutait avec la sueur froide qu'on a la nuit.

« Alors, dit Jean-Pierre, accusé, vous avez entendu ? Qu'avez-vous à dire pour votre défense ? »

On ne voyait pas le visage blond avec les petites rides près des yeux. Des reflets des torches s'accrochaient pourtant dans les verres. L'homme était pris de court. Il n'avait pas imaginé cela. Sa défense. La défense de l'Allemagne... Une vieille phrase qui lui avait, qui leur avait à tous beaucoup servi en 1940-41 lui revint seule aux lèvres comme un hoquet : *Wir sind doch keine Barbaren...* »

Tous les assistants se taisaient. Il n'y eut que le rire si reconnaissable de l'abbé. Et Jean-Pierre :

« Ah ! vous osez, vous osez encore dire que vous n'êtes pas des barbares ? Après ce que nous avons vu et que vous avez fait ? Après ce que nous avons souffert et que vous prétendez nier ? Et vous pourriez, là-dessus, mourir, et mourir après tout comme les nôtres, fusillé, en soldat, sur cette petite phrase, avec l'avantage de cette petite phrase : nous ne sommes pourtant pas des barbares ? Ce serait trop simple, ce serait trop beau ! Avant de mourir, Commandant von Lüttwitz, il vous faudra voir, il vous faudra avouer... »

Le Commandant respira : on n'allait donc pas le tuer tout de suite. Il sourit, d'un sourire que ne révélèrent pas les flambeaux. S'il n'avait pas trouvé la défense juridique cherchée, du moins il avait par mégarde déclenché une procédure dilatoire... Mais vraiment la Lotte était une chienne.

*

Avec la mitraillette dont le canon luit sous la lune, la traction avant, noire, sans phares, bondit dans la nuit. Le paysage pelé s'infléchit, repart, une longue route droite ; puis les zigzags d'une descente où la route a l'air d'argent. Des arbres isolés. Des bâtisses. Et le désert de pierre et d'herbes courtes qui reprend, on monte, on monte, sans que la vitesse faiblisse. Le Commandant a peur de cette marche folle dans la nuit. Qu'a-t-il pourtant à craindre, un accident ? Dans les maisons croisées, les gens se disent au passage du bolide : « Ah ! le maquis... » Le maquis, toutes les nuits, ainsi roule. Toutes les nuits, Jean-Pierre et l'abbé et l'autre, le grand brun, éprouvent cette ivresse de la vitesse dans un monde entièrement, uniquement à eux.

Ils sont tous les quatre dans la traction avant : le Commandant serré derrière entre l'abbé et Jean-Pierre, et, devant, le grand brun à la mitraillette à côté du chauffeur. Le chauffeur vient d'une région toute différente, c'est un Basque. Il a de belles dents blanches, une chemise de soie marine aux manches collantes, et une plaque d'identité qui est un véritable bracelet d'argent. Un athlète, un joueur de chistera... Il prend les tournants comme on ramasse une balle coupée...

Où va-t-on ? Les crêtes dansent. Des montagnes sortent des montagnes comme les pigeons d'un chapeau. La lune est si claire surtout que tout semble un danger mortel. Où va-t-on ? Dans la voiture d'abord, il n'y a que le silence, couvert par le bruit de l'engin : on marche à échappement libre. Ils semblent ne rien craindre, ces gens-là.

La lune, les pierres, la lune, le défilement noir des crêtes, à un tournant soudain blanchies, comme si le paysage virait au négatif... La lune, la lune... La voix de Jean-Pierre d'abord basse... Le Commandant ne saisissait pas bien ce qu'il disait... puis s'élevant, précipitée, pleine de mots qu'elle charrie comme un torrent les pierres, et on n'a pas le temps toujours de les reconnaître au passage... le Commandant ne connaît pas tous les mots français, et on ne lui a pas appris cet argot que parlent les professeurs de latin et de grec, mais non pas le Dr Grimm... mais non pas le Dr Grimm...

Il parle d'un monde inconnu, le Capitaine Jean-Pierre, où tout un peuple conspire, où le péril de mort n'arrête ni la femme ni l'enfant, les hommes arrachés à leurs maisons ne réapparaissent qu'à l'heure haletante des poursuites, plus humble est la demeure et plus insensé le courage... d'un monde inconnu de souffrances et de privations, de fatigues jamais mendiées, avec pour pain quotidien les alarmes, l'atroce dépliement du journal du matin, qui sait ce que l'on va y lire? l'espionnage autour de soi, la délation, mais aussi l'exaltation muette, cette lueur dans les yeux pour la première fois rencontrés... les camarades... celui-là qui vient des pays du houblon qui n'a jamais su ce que c'était qu'une combe, ou la chair sucrée des pognes... celui-là qui n'était jamais sorti des fumées et des sirènes, un garçon des villes noires... ce fils de famille à qui c'est nouveau de cuire un œuf... l'autre qui a fait la guerre d'Espagne avec les Brigades légendaires... et même un Allemand, oui un Allemand qu'ils avaient torturé, les tiens, dans l'énorme fabrique à cadavres de Dachau, battu, écorché vif, et pourtant se sauva... un Allemand qui parle tristement de l'Allemagne... une autre Allemagne... Commandant von Lüttwitz, une autre Allemagne...

« On arrive », dit le grand brun.

Point d'orgue.

Avec le revolver dans les reins, le Commandant von Lüttwitz-Randau descend. On le promène. Il est au théâtre. On lui fait visiter le décor. C'est un village en pente où la route s'élargit pour former une place ravinée, avec une fontaine pas tout à fait au centre, un bassin de pierre au-dessus duquel monte une vasque moussue, et l'eau chante. Tout est blanc, mais d'ici les maisons partent. Et d'abord on ne leur voit rien d'étrange, à ces maisons. Elles sont comme si... Elles ont des façades, elles ont presque des toits. Allons, marche. Brusquement, ce ne sont plus des maisons : c'est de la dentelle, l'alignement des murs se troue sur la lune, il n'y a rien derrière, rien, ou si, l'amoncellement des gravats, des poutres écroulées, le fer rouillé, l'enchevêtrement des étages confondus, de grandes excavations, la terre remuée. Et une fenêtre sans vitre, par miracle encore on ne sait comment suspendue, grince. Toute la place, allons, marche, l'autre côté de la place qui est blanc de la lumière avec ses abîmes noirs... et la rue, longue, étroite, elle tourne sans être épargnée...

« Il y avait huit cents habitants, ici, dit l'abbé.

— Les avions, un jour. Non, non pas les Américains, mon bonhomme. Tes avions. On ne sait pas pourquoi. Un dimanche soir. Tout le monde était à la maison. Sauf les joueurs de boules sur la place. Les avions qui se sont approchés si près, si près, que, pas possible, ils devaient être myopes. Tes avions. Et quand ils eurent détruit tout cela, ou presque tout cela, il se passa trois mois : comme des fourmis, les hommes d'ici, les veuves, les enfants qui n'avaient plus qu'un bras, qu'un pied, avaient ramassé les débris d'un lit, une tenture, déblayé sous les pluies cette maison ouverte, refait un toit, barricadé des fenêtres brisées... La vie, peu à peu, reprenait. Alors, cette fois, ils vinrent de la terre. Par les routes d'un côté, et de l'autre, cernant ces ruines que personne n'en put sortir... et mirent le feu, regarde, juge allemand, regarde les traces noires aux murs détruits... le feu... Et cette femme a préféré sauter dans le feu à ce qu'ils exigeaient d'elle... C'était en 1942... En septembre dernier, on a fusillé, là-haut, trois garçons qui n'avaient pas dix-sept ans...

— C'est la guerre... la guerre une chose triste... » dit le Commandant von Lüttwitz.

Il y eut le rire de l'abbé. Le singulier abbé, qui avait relevé les pans de sa soutane, et son fusil luisait. Le Commandant vit, pour la première fois, qu'il portait une grande croix d'acier bleu sur sa poitrine.

Ils étaient revenus à la voiture, la fontaine chantait son petit refrain clair. La traction avant frémit et bondit dans l'épaisseur de la nuit.

À nouveau des routes et la lune. Des arbres noirs. Des morceaux de forêts. Des huttes, avec des troncs coupés, comme des allumettes abattues. Des champs. Des maisons. Le bruit apocalyptique de l'auto. La vitesse. Jean-Pierre qui parle. De temps en temps, on s'arrête. Encore un village, des ruines, des maisons éventrées, des maisons anéanties, de longs espaces incendiés... Ici l'on a vécu, ici il n'y a pas eu la guerre, mais le passage d'une horde, d'une horde, m'entends-tu ? Les filles violées, les yeux d'un blessé arrachés, qui pendaient, là, là sur la joue. M. l'Abbé s'est approché du Commandant et d'un doigt délicat, il a touché l'endroit, près de la commissure droite des lèvres de M. von Lüttwitz, où l'œil pendait. Encore un village, où était-il, ce village ? Cherche-le, cherche-le. On va te faire visiter l'école. L'école a toujours sa porte, mais c'est tout ce qu'elle a, et bizarrement le tableau noir sur un chevalet, où de petites mains traçaient à la craie des lettres. Là, vois-tu... Qu'est-ce qu'écrit ici, pour M. von Lüttwitz, la lune, avec la craie de ses rayons ? Il soupire :

« C'est la guerre... »

Ah ! l'abbé encore a ri.

Ils l'ont amené dans cette région de hauteurs, où les maisons nulle part ne forment un hameau, mais surgissent à droite ou à gauche de la route, sur les pentes du ravin, tous les trois ou quatre kilomètres. Pas une, pas une n'a été épargnée. Ils sont venus avec le fer et le feu...

« Tu as été élevé dans la religion réformée ? » demande l'abbé. Le Commandant opina de la tête.

« Et ça ne te rappelle rien ?

— Si. »

Des versets de la Bible viennent des profondeurs de l'enfance à sa mémoire. Il hausse les épaules, il dit d'un ton très chagrin :

« C'est une terrible chose, la guerre... »

La chevauchée noire continue. Toute la nuit, ils le promèneront donc ainsi sans épuiser l'horreur, la dévastation ? Toute la nuit. Ils ont traversé une petite ville où des sentinelles ont crié. « Les G.M.R. ! » a dit le chauffeur. Ils allaient si vite. Un coup de feu s'est perdu derrière eux. De brusques crochets dans la montagne. La lune a maintenant baissé. On passe, dans des cratères de ténèbres, des lieux de massacre, dont la voix furieuse et précipitée, un peu chantante, de Jean-Pierre dit sans relâche l'histoire saignante encore, avec ses mots de toutes les couleurs, crûment, si bien qu'on croirait entendre encore râler les mourants. Mais ce n'est que l'écho de la voiture dans les ruines. Von Lüttwitz s'est fatigué de murmurer son *c'est la guerre*, comme une politesse inutile. Jean-Pierre raconte :

« ...Et quand j'ai dû partir, les policiers venaient chez ma femme, et lui faisaient mille vexations, alors un soir elle n'est pas rentrée... elle a été chez ma mère qui habitait une grande ville à trois cents kilomètres de là... Comment vouliez-vous qu'elle ne travaillât pas, quand j'étais au maquis, et tous, tous nos amis faisaient quelque chose... Je la comprends, moi, Marie... Le malheur est... si j'avais été là... Il suffisait qu'on lui parlât de la France pour qu'elle eût les yeux pleins de larmes... c'était facile, elle avait trop facilement confiance... Il y avait beaucoup de gens imprudents, et puis jamais ils n'auraient refusé une chose un peu dangereuse, ils auraient eu honte... alors Marie... J'imagine ma mère, je l'entends d'ici grondant Marie, mais l'aidant... Est-ce qu'on pouvait faire autrement. Et puis si longtemps pour certains il y avait eu la chance, l'impunité. On dit que ce sont les voisins... ce ne sont peut-être pas les voisins... mais on les a tous pris chez Maman... tous... Maman avait soixante-dix ans quand elle est morte, dans le train, étouffée... Marie... on dit qu'elle est en Allemagne... Il n'y a jamais eu de lettre... »

Von Lüttwitz comprit qu'il fallait absolument dire quelque chose :

« Madame votre mère... je comprendrais si elle avait été juive, mais... »

Le rire de l'abbé. Il riait toujours quand il ne fallait pas. On venait de s'arrêter dans une cour de ferme. La nuit n'était pas si noire qu'on ne vît que c'était une grande ferme abandonnée. Il y avait une grande remise à fourrage, beaucoup plus haute que les bâtiments d'habitation, qui formaient un côté de la cour. En face, des écuries ouvertes, on devinait les auges vides. Les murs, les toits ici étaient intacts. Devant la grande porte de bois, les trois hommes avaient poussé le prisonnier. Il se dit : « Ça y est... c'est ici, pour une raison à eux, qu'ils vont me tuer... » et il retira son lorgnon, pour moins bien voir ce qui allait venir...

« Écoute, dit Jean-Pierre, touche ce vantail de bois, là, là... tu ne peux pas voir, dans le jour il y a encore une grande tache... Écoute : dans cette ferme vivait la famille d'un de nos hommes... ils avaient trois fils... l'aîné était mort en Syrie... oui... avec les hommes de Pétain... il n'avait pas compris, on lui avait dit... Mais les deux autres... le petit était trop jeune, celui du milieu, eh bien, je t'ai dit qu'il était dans mon groupe, ça suffit... Il y a un mois, un mois et demi environ, ils sont venus ici le réclamer, ils ont dit que s'il ne se livrait pas, ils prendraient le père... le père a pu s'enfuir... Alors ils sont revenus. Et devant la mère, tu m'entends ? devant la mère, le petit, sur cette porte, touche la porte, juge allemand, touche la porte ! ils l'ont cloué comme une chouette...

— Ce n'est pas possible, protesta le Commandant, on vous a raconté... Ou bien ce jeune homme avait commis un crime... »

À nouveau retentit le rire de l'abbé. Un rire glaçant, presque fou. Et comme il avait réajusté son lorgnon, von Lüttwitz vit très bien que l'abbé touchait, lui, la porte ; et l'abbé dit :

« Quel crime, mon bon monsieur, quel crime ? Le jeune homme avait six ans... et je l'ai décloué moi-même... Bernard... six ans... »

Il ne riait plus. Il pleurait. On voyait le fusil sur son dos qui bougeait. Le grand brun dit très bas :

« C'était son frère... »

Alors le prisonnier eut très peur, et il dit, la gorge serrée :

« Tuez-moi tout de suite. »

Mais la voix de Jean-Pierre répondit, coupante :

« Pour que tu crèves en pensant que nous nous vengeons ? Ah non, par exemple ! »

Encore une fois, la traction avant roulait dans la nuit maintenant tout à fait noire. Le silence était tombé entre eux. Une fois, ils s'égarèrent, le chauffeur arrêta la voiture, ils se consultèrent. Le grand brun et Jean-Pierre avec une lampe anglaise, une de celles qui servent à faire les signaux aux avions, lisaient la carte étalée sur le talus. Le chauffeur se dégourdissait les doigts en se frappant les épaules. L'abbé fumait sans arrêt. Le point rouge de sa cigarette faisait que von Lüttwitz pensait tout le temps à la flamme des fusils. Il regardait le fusil que l'abbé portait en bandoulière. Un instant encore, il avait cru le moment venu quand on s'était arrêté. Il avait peur de la torture. Un Français dans des mains allemandes, on l'aurait sûrement torturé après l'histoire de l'enfant... Il n'imaginait pas possible d'en réchapper, sans quoi il se serait empressé de trahir les siens. L'idée ne lui en venait pas, voilà tout. La voiture repartit.

C'était l'aube quand ils arrivèrent.

« Que veulent-ils encore me montrer? » se demanda le prisonnier épuisé par la nuit. Il y avait de petits nuages déchirés, le soleil n'était pas là encore, mais par une sensation singulière, la blancheur commençait du côté que le Commandant avait cru être l'ouest : il eut cette impression qu'on a en se réveillant dans une chambre étrangère, avec un lit tourné autrement qu'on en a l'habitude. Ici, il y avait des êtres vivants. Un coq chanta. Une fumée montait d'un toit à trois cents mètres. C'était un dos-d'âne de la colline : d'un côté cela tombait sur une vallée embrumée avec des arbres séparant des champs, et un bois en face, mais sur le côté gauche de la route, c'était un hameau avec une chapelle couverte de feuillages, sans cloche. Les maisons basses et frileuses dans le petit matin s'appuyaient les unes sur les autres : on devait y dormir.

Cette fois, ce fut le grand brun qui prit la parole :

« Ici, tu peux retirer ton calot, mon Commandant. Ici, tu sais où tu es? »

Le silence fut si insupportable que von Lüttwitz dit : « Non... » presque malgré lui.

« Bon... tu vois ce mur? Il n'a rien de particulier. Le dos d'une grange, hein? »

Le mur n'avait rien de particulier. Le dos d'une grange.

« Ici... Ils étaient sept. Sept qui ne se connaissaient pas. Une femme du village avec son mioche de dix-sept mois dans les bras. Qu'est-ce qu'elle leur avait fait ? On l'ignore. Trois hommes amenés d'en bas. Un inconnu dont on n'a jamais rien su. Et le docteur. Et le docteur. Un jour, ici, on viendra voir l'endroit où le docteur est mort. Il y aura un monument de marbre ou de bronze. Et on viendra voir... Moi, vois-tu, je ne crois ni à Dieu ni à diable. Mais s'il y avait un Dieu, cet homme-là, il avait beau ne pas y croire non plus, ce serait un saint.

— Peut-être, dit l'abbé, qu'on en fera tout de même un saint, un jour.

— Va, reprit le grand brun, tu peux courir la contrée. Parle-leur du docteur, pour voir. Il n'y a personne qui ne lui doive quelque chose. Pas un enfant n'a pu naître sans lui. Pas un vieux qui soit mort, sans que lui se soit levé la nuit, l'hiver, par la neige, n'importe. Il a traversé ce pays dans tous les sens, pendant vingt ans. Sans repos. Partout, dès qu'on avait besoin de lui... Il connaissait tout le monde. Puis il y a eu la guerre. Puis il y a eu les réfractaires, le maquis. Le docteur n'a jamais rien refusé à personne. À N..., il n'y avait pas les Allemands. Mais il y avait le propriétaire de l'hôtel qui était doriotiste, et le fabricant de meubles... Enfin les Allemands ont su. Ils sont venus à N... Ils ont arrêté des gens. C'est le docteur qui leur a ouvert. Ils l'ont battu, battu, devant sa femme. « Je n'ai rien à vous dire. » Ils l'ont battu toute la nuit. Et le matin, à cette heure-ci, comme ça, à l'aube, ils l'ont amené ici. Avec trois hommes d'en bas, au hasard. Et cette malheureuse avec son petit dans les bras. Un type on ne sait d'où... Devant ce mur. Un mur qui n'a rien de particulier. Le dos d'une grange... »

Un mur qui n'a rien de particulier, le dos d'une grange. Alors M. von Lüttwitz-Randau enleva son lorgnon pour ne pas voir. Il espérait vaguement aussi, par ce geste, en imposer ; l'idée enfin lui vint que si on lui en donnait le temps, il pourrait se rendre utile à ces Français, leur refiler des renseignements que Lotte ignorait... Il ne sut dire que : « Tirez vite... » Parce que la peur était la plus forte. La peur de la torture. La peur de la mort tout court. Il ne pensait plus à l'Allemagne. Il répéta d'une voix haletante :

« Tirez vite. »

Mais l'abbé rit de son sale rire, et le Capitaine Jean-Pierre, de l'Armée française, déclara :

« Tu ne voudrais pas qu'on profane la terre où a coulé le sang de nos héros... »

Alors ils l'entraînèrent et, à cent mètres de là, au bord du chemin, comme une poule, ils l'abattirent.

*

NOTE DE 1964

Il est difficile à l'auteur de relire cette dernière nouvelle, écrite dans la colère d'un temps où les faits parlaient plus haut que le sens humain. Les personnages du Droit romain n'est plus *demeurent et parlent comme ils furent et parlèrent. Les combattants de la patrie avaient-ils raison dans chaque mot employé? Cela n'était pas possible, et difficile au moins d'imaginer que* tous *ces hommes qui portaient les armes n'étaient pas les complices de ceux dont ils exécutaient les ordres. Qu'on se souvienne pourtant que, rappelant les mots mêmes d'une de leurs victimes, le Manouchian de* l'Affiche rouge, *l'auteur a écrit ce vers :* Je meurs sans haine au cœur pour le peuple allemand. *Mais la justice rendue à un peuple n'implique pas l'oubli des souffrances de l'autre.*

Et que ceci se termine sur la haute figure d'un pays, à tous autres que ses fils impénétrable, tel qu'en lui-même enfin *l'avait fixé Paul Cézanne.*

Les rendez-vous romains [1]

C'était une femme, ni très jeune, ni très belle, peut-être. Elle devait bien avoir dix-huit ou vingt ans de plus que lui. Pourtant, Pierre-Jean ne la regardait jamais sans un certain trouble. Elle était plus grande que lui, elle devait se surveiller pour ne pas forcir, éviter cette lourdeur naturelle aux femmes allemandes. Sous ses cheveux blonds qu'elle portait serrés d'un large ruban amande, d'où sortaient les boucles, elle avait parfois des yeux de statue : immobiles, comme vides, légèrement saillants. Tout cela s'exagérait aux chandelles, qui donnaient à ce jeu entre eux une teinte de mystère. Qu'en savait il, après tout ? Qu'elle avait un époux anglais, et le fuyait, une brute... Les bribes d'elle-même qu'elle lui abandonnait chaque fois... c'était quoi ? leur troisième rencontre... il semblait que cela tînt, toujours au dernier moment, à

1. Ce fragment constitue le premier chapitre d'un roman en cours d'écriture et qui n'a pas encore de titre.

ce qu'il fallait bien nourrir les rêveries du jeune homme jusqu'au rendez-vous suivant. Son prénom, pour l'instant cela suffirait, elle ne le lui avait avoué qu'à la seconde entrevue, quand elle avait tenu à le mener au cimetière protestant. Cela datait la chose: le Jour des Morts... il soufflait du sud un vent de pluies, brutal et chaud. En sortant des vieux cyprès, des tombes anglaises où elle était venue porter des fleurs, près de la pyramide de Cœstius, le long du mur d'Aurélien, dans ce lieu désert envahi d'herbes, que l'automne trouvait toujours vertes, comme rafraîchies des rafales étouffantes venues de la mer, elle lui avait parlé de ce mari qu'elle avait à Londres. De la façon indigne dont il l'avait traitée, arrivant de son pays, toute jeune, et pleine d'une sentimentalité peut-être stupide... tenez, vous avez lu *Les Souffrances du jeune Werther*?... D'énormes cactus avaient poussé çà et là dans la campagne délaissée. Comme si l'Égypte poursuivait son architecture exotique jusque sous le ciel de Rome. Ce mari, tout le monde savait qu'il avait une maîtresse, une femme de rien, et n'avait-il pas voulu lui en imposer la compagnie?... Est-ce que c'était le crépuscule ou la honte? Les couleurs que cela lui faisait la rendaient presque belle. Une femme qui s'empourpre, il est difficile de ne pas penser à l'amour. Pierre-Jean lui avait pris la main. Elle lui dit qu'elle s'appelait Caroline.

Pour l'instant, de l'auberge où ils dînaient, sur la terrasse couverte, l'on apercevait, entre les pins du Janicule et les cyprès du Monte Mario, le château Saint-Ange au-dessus de la couleuvre jaune du fleuve, et les dômes des églises, là-bas Santa Maria-in-Aracœli, et si l'on se retournait vers la gauche, le Mont Palatin, le Quirinal, tout cela baigné d'une espèce de brume légère et bleue, dorée encore par moments, aux dernières échappées du jour dans la grande cavalcade des nuages, comme un Claude Lorrain, où l'on ne distinguerait plus les petits personnages s'agitant, là-bas, dans les rues, la ville lointaine, devant quoi s'oubliait la proximité des jardins étagés, de toute cette verdure fraîche malgré la saison, et les oranges chargeant les arbres contre le mur, de petites housses cachaient déjà les citrons... il y avait une floraison nouvelle des arbousiers... il faisait incomparablement plus doux, plus odorant que l'autre soir au cimetière... Et Caroline eut un moment de bonheur. Elle se laissait aller. Elle oubliait qui elle était. Elle regardait son compagnon, avec un mélange d'ironie et de tendresse, une tendresse maternelle sans doute. Quelle drôle d'idée! Pourquoi se plaisait-elle ainsi en la compagnie de ce Français, qui avait sans doute quelques années de plus que sa taille n'amenait à penser, la tête un peu grosse, les cheveux comme de la paille, assez en désordre, avec des mèches sur les tempes, petit, ne perdant pas un pouce de sa dignité, dans sa redingote bouteille, bien serrée, ses bottes noires, et la cravate blanche entortillée trois fois autour du cou, dans le parement de velours du col? On voyait à sa moustache tombante, assez faible, qu'il ne devait pas être bien méchant. Elle faisait partie, sans doute, de cet air qu'il se donnait d'être un homme... comme ce petit stick qu'il avait toujours à la main. Il pouvait avoir vingt-cinq ou vingt-six ans, pas plus. Lui ne cachait pas à Caroline qu'il était un pensionnaire de l'Académie de France, là-bas, au Pincio... Un sculpteur. Si les gens les avaient vus ensemble, qu'est-ce qu'ils auraient été penser?

Il parlait tout seul, pour l'instant. De Canova, de Michel-Ange... Caroline souriait, les yeux mi-clos sous ses grandes paupières. Elle le revoyait tel qu'il surgit devant elle, pour chasser ces garnements qui l'avaient entourée, comme elle descendait les escaliers de la place d'Espagne, sortant de la Trinità dei Monti, pour regagner sa voiture qu'elle avait laissée plus bas, voulant être seule, un peu importunée après tout de la présence continue de cet homme... elle l'aimait bien, mais tout de même, il s'ennuyait quand elle regardait de vieilles pierres. C'était là, près de la Barcaccia, la fontaine du Bernin, au milieu des fleuristes, des vendeurs de lacets, qu'avait commencé cette persécution. Ce n'étaient pas que des enfants, il y avait avec eux une espèce de ruffian, un de ces gaillards en haillons dont la beauté lui faisait peur, et les rues de Rome en 1814 n'étaient pas sûres pour les étrangers, on eût dit, depuis le départ des Français, le retour du Pape, que le couteau avait repris ses droits... Alors, quand le petit homme, qui baragouinait un italien insensé, les avait dispersés, si facilement, et il se redressait, fier de son exploit, dans sa redingote vert sombre, quand le petit homme lui avait offert son bras, elle l'avait bien volontiers accepté, peut-être habitée d'un certain démon de plaire encore... ah, elle était folle ! Pourquoi, au lieu de se laisser ramener à la voiture, avait-elle préféré se promener avec son sauveteur, dans les jardins du Pincio ? Il sortait de chez Dominique, un ami à lui, un peintre qui habitait via Gregoriana quand il l'avait rencontrée, il s'apprêtait à rentrer à la Villa Médicis...

« Comment pourriez-vous comprendre, disait-il. Vous êtes, Madame, d'un monde si différent du mien. Vous êtes partagée entre deux patries. Pour l'heure, alliées et triomphantes. Vous récitez des vers allemands, mais vous portez des fleurs sur des tombes anglaises. Vous êtes libre, malgré ce méchant homme à qui vous avez pu échapper. Vous ne parlez que de voyages projetés, de paysages à voir, ailleurs. Tenez, l'été dernier, j'étais à Venise... dans les lagunes du Lido, et on m'a montré un homme qui passait, un cavalier, forçant son cheval parmi les roseaux, dans des lieux sans chemins tracés, sautant les eaux dormantes... Il respirait la violence, il avait l'air d'être le maître de cette terre étrangère, toute mêlée à l'eau... On me dit que c'était lord Byron... et je ne sais pourquoi, quand je vous regarde, je pense à lui... »

Elle dit, un peu sottement, prouva-t-elle aussitôt : « En quoi donc croyez-vous que je ressemble à cet Apollon boiteux ? » Il parut trouver la question naturelle : « Vous êtes, dit-il, des gens qui n'ont point d'attaches... comment pourriez-vous comprendre le désarroi qui est le nôtre ? »

Le nôtre ? Que voulait-il dire ? Caroline devait avoir laissé passer des phrases, toute à sa rêverie. Le serveur apportait un assortiment de choses vertes. Il n'y a qu'à Rome qu'on sait ce que c'est que manger des herbes. Et la diversité des assaisonnements... « Tout dans le même temps. Cette année terrible. À vrai dire, si j'avais accepté les facilités qu'on nous donne, ce voyage à travers l'Italie, c'était déjà pour finir tout cela... Je ne sais si vous étiez à Rome en janvier, quand les hommes du roi de Naples occupèrent d'abord la ville : Murat, comprenez-vous, pourquoi fallait-il plutôt avoir foi en le général Miollis qu'en Murat, roi de Naples ? Miollis, bien sûr, c'était la garnison française... mais nous n'étions pas si fiers avec nos amis italiens de cette situation d'occupants. Et le roi de Naples, c'était tout de même Napoléon qui l'avait fait roi. Or, les Romains avaient confiance en lui, semblait-il. Lui, disait qu'il allait jeter les Autrichiens à la mer, les nouvelles de France se faisaient mauvaises, les lettres rares. À l'École, avec qui parler ? La plupart, tout leur est raison de ricaner. Mon Dieu, quand on nous a dit que l'Empereur allait résister sur la Marne...

— Et votre ami ? Celui de la Via Gregoriana ?

— Ingres ? Vous savez, il a toujours vécu en dehors de ces choses. Il appelle cela la politique. Nous sommes des gens très différents, lui et moi. Bien qu'il soit mon aîné, il m'arrive simplement de penser que ce qui me tient à cœur n'est pas de son âge. Un grand peintre, voyez-vous, et on ne lui rend pas justice. Peut-être que pour lui, Napoléon, l'Empire, c'est un peu l'Atelier David, où nous nous sommes connus en 1810. Lui, il va, par un autre chemin... À l'École, ils suivent tous l'exemple du directeur. Vous le connaissez, l'Américain ? Toujours à suivre les puissants du jour, Guillon-Lethière. Il avait commandé une statue de l'Empereur à notre camarade Cortot... Il faut vous dire qu'avant 1814, je n'étais guère bonapartiste... »

Caroline le regardait avec amusement, elle n'entendait pas grand-chose à tout cela, et pourquoi n'était-il pas, comme il disait, bonapartiste ? Alors, le retour des Bourbons devait avoir...

« Les Bourbons ! s'exclama Pierre-Jean. On n'y croyait pas, on ne pouvait pas y croire. Que se passe-t-il en France ? Est-il vrai qu'on les a accueillis comme des sauveurs ? Non, cela est impossible... »

La nuit était tombée. Il ne faisait pourtant pas encore frais, à cette mi-novembre. Sur la terrasse flottait un restant d'été, alors que dans les maisons déjà, qui sont mal chauffées à Rome, l'hiver était là. Pierre-Jean David parlait d'Angers, des siens, qu'advenait-il des siens ? Son père était un républicain, comme lui... Ils avaient ensemble, quand lui n'était encore qu'un enfant, été dans l'armée de Kléber contre les Vendéens... Elle levait ses yeux surpris sur ce petit Jacobin.

« Quel âge pouviez-vous avoir ? » demanda-t-elle.

Cinq ans... oui, cinq ans. Il avait été perdu au cours d'une bataille, son père fait prisonnier, lui ramassé par des femmes, assis sur un caisson d'artillerie de l'armée vendéenne, suivant le général de La Rochejaquelein... C'était en quatre-vingt-treize...

« La Terreur ! » dit-elle.

Il s'agissait bien de la Terreur ! « Voyez-vous, Madame... voyez-vous, il n'y avait pas le choix alors : nous étions de pauvres gens, qui ne mangions pas à notre faim, et quand l'étranger grossièrement menaça la République, mon père... Avez-vous jamais entendu parler du Manifeste de Brunswick ? »

Elle s'était rejetée dans l'ombre, sa main jouait avec le verre où il ne restait plus guère de vin blanc. Il ne vit pas l'expression de son visage : « Oh, excusez-moi, dit-il, c'est moi qui suis grossier, je vous laisse mourir de soif ! »

Elle avait entendu parler du Manifeste. Elle croyait savoir à peu près... C'était une terrible chose que la guerre civile. Il dit que c'était une terrible chose. Surtout quand elle vient doubler la guerre étrangère. Son enfance, une longue misère. Quand son père n'était pas encore revenu chez eux, à Angers, sa mère et ses sœurs avaient dû aller dans les fermes, mendiant leur pain. Et ensuite, pour ce que le père David gagnait !

« La République était pauvre, dit Pierre-Jean, il fallait la servir par amour pour elle... »

La phrase retentit profondément en Caroline, était-ce l'accent du jeune homme ? Cela ressemblait si peu à l'idée qu'elle s'était toujours faite de ces gens-là. Elle essayait de s'imaginer le père de ce petit, ce sculpteur sur bois qui avait fait pour sa ville un Autel de la Patrie... la mère mendiant dans les fermes... ce petit peuple angevin...

« Cela ne m'explique pas pourquoi vous détestiez M. de Buonaparte ? »

Il protesta. Ce n'était pas qu'il le détestait. Mais la République... « Voyez-vous, à Angers, il y avait beaucoup de républicains qui se voyaient secrètement, par petits groupes... J'avais connu, par exemple, l'un d'eux, qui avait rendu des services à mon père, autrefois... il était de ceux qui suivaient les idées des Égaux... Ils se réunissaient chez lui... moi, je suivais mal ce qu'ils disaient, étaient-ils pour ou contre Robespierre ? Chez nous, le nom qu'on disait tout bas, c'était toujours Robespierre. Et Saint-Just. Babeuf, cela ne me disait rien alors. Moi, un de mes camarades, le fils d'un imprimeur, m'avait entraîné à la Loge du Tendre Accueil... Oui. Mais un jour, ils nommèrent devant moi l'un des leurs. J'avais peut-être dix-huit ans, je travaillais déjà chez mon maître Delusse, et tout ce qui était de l'art me brûlait, positivement. Or, voilà que ces babouvistes parlaient d'un des leurs qui s'appelait Buonarroti... À mes questions, ils dirent qu'en fait, ce Buonarroti-là était un descendant de Michel-Ange..

Qu'est-ce que cela venait faire dans le récit du jeune sculpteur? La lueur des chandelles sur la table lui faisait le visage rêveur, il passait doucement son doigt sous sa moustache tombante, il était décoloré par l'éclairage. Mais il reparlait de 1814, de Murat... Les bandits qui surgissaient un peu partout à l'entour de la ville, on ne pouvait plus, du moins des Français, se promener dans la région des lacs albains. Quand Fouché avait signé la convention qui laissait toute l'Italie au roi de Naples... il y avait à Rome des gens qui exultaient, et ceux comme David qui avaient le respect du patriotisme italien se disaient: Murat, c'est encore la France... Puis les troupes françaises demeuraient là tout de même... treize cents hommes..

« Mais quand on a vu le départ de la garnison du château Saint-Ange... Tenez, je ne peux plus jamais descendre du Pincio, de ce côté-là, me trouver à la Porta del Popolo... Toujours, je les revois, c'était aux premiers jours de mars... vous souvenez-vous comme le printemps a été précoce cette année? Le général Miollis sortant avec sa poignée d'hommes, les trois couleurs amenées — nous étions descendus de l'École, quelques-uns, vers les sept heures du matin... Nous avons entendu s'éloigner les tambours, les drapeaux disparaissaient maintenant sur la Via Flamima... En remontant, j'ai vu dans les jardins les fleurs pourpres des arbres de Judée. Il y avait là mon ami, Hérold, le musicien, il me dit : « Qui a-t-on trompé ? » Je ne savais pas... les Romains regardaient partir les Français sans joie particulière, ils ne leur crièrent point après... On a appris le retour des Bourbons à Paris... La statue que Cortot faisait, le directeur a donné l'ordre de la descendre à la cave, puis il s'est mis à parler de l'Usurpateur, du bonheur de la France et du repos de l'Europe... Alors nous avons aussi commencé à penser tout différemment de Napoléon... »

C'était après le retour du Pape que Pierre-Jean avait quitté Rome. On disait que le Pape, c'était un tour de Napoléon, justement. Pour empêcher Murat de faire l'unité italienne, David avait à Rome des amis italiens. Bien sûr, le peuple s'était précipité dans les rues, les places. La même porte par quoi étaient partis les Français vit le retour du Souverain Pontife, dans un carrosse doré dont les chevaux à peine entrèrent dans la ville que les dételèrent des jeunes gens comme ceux qu'on voyait les jours de Carnaval habillés en femmes et provoquant les passants, des fils de famille, des bandits et des déserteurs du château Saint-Ange. Pie VII rentrait à bras d'hommes, et on chassait les Juifs du Corso, on ouvrait les prisons... Où est le bien, où est le mal ?

« Pour moi, dit Caroline, je suis protestante... mais vous ? »

David avouait son trouble. Il n'était pas croyant. Ou tout au moins, si quelque divinité existait... mais pas le Pape, en tout cas, pas le Pape, ces prêtres puissants et leur valetaille qui courait la ville, séminaristes, moines, religieuses... Elle le regarda. Caroline se dit : voilà, voilà sa vraie passion. Parce qu'enfin un jeune Français, elle se demandait bien...

C'est alors qu'il se mit curieusement à parler de Santa-Cecilia. Caroline avait encore dû manquer une transition, à cause des fromages qu'on apportait, des *scamorze*, du *cacio cavallo*, du parmesan. Une des chandelles fuma. Le serveur la moucha directement avec ses doigts. Il montrait dans cet éclairage le visage rusé du Jean-Baptiste de Leonardo. Il dit quelque chose tout bas à la dame. Elle rit un peu, le chassant.

« Qu'est-ce que c'est ? » demanda David, tout interloqué. « Rien, fit-elle... je n'ai pas voulu de son vin rouge, un Velletri... Mais que disiez-vous de Santa-Cecilia ? »

Il parlait de la statue de Maderno qui est à Sainte-Cécile-du-Transtévère. Elle gît, sur le côté, de son long, dans une sorte de chemise, les cheveux rabattus dérobant sa figure. Telle qu'on l'a trouvée dans les Catacombes, plusieurs siècles après qu'on l'eut mise à mort : « C'est une très belle statue, disait-il, mais pour moi, je rêve d'une Cécile vivante... la musicienne, vous savez... debout, tenant sa lyre, et cette foi qu'elle ne reniera jamais, trouver simplement un geste qui nous en donne la certitude, sans grandiloquence... elle pourrait simplement tenir dans ses doigts, de façon comme machinale, la croix de son collier. L'essentiel, ici, c'est la concision des moyens. Même, surtout, dans le travail des draperies, si l'artiste comprend le moral de son art... »

Caroline l'interrompit :

« Vous ne croyez pas en Dieu, mais vous croyez en ses saints, il semble ?

— Ce sont, dit-il, des hommes et des femmes de chair et d'os. Leur idéal n'est peut-être pas le mien. Mais ils ont un idéal. Les représenter, c'est déjà, de principe, introduire l'idée dans l'art, le sérieux de la conception, le moral de l'art...

— Je vous suis mal. Vous ne croyez pas ce qu'ils croient, et pourtant qu'ils le croient, déjà, pour vous donne à votre travail sa moralité...

— *Une* moralité, dit-il. Je n'ai pas l'envie de passer ma vie à modeler des saints. Ici, dans cette ville, j'ai compris quels seraient mes modèles, pour quoi j'étais fait. Jusqu'ici, je n'ai guère passé l'étude, la connaissance du corps, du visage, des cheveux. J'ai fait poser mes camarades, ou des gens du peuple. Je sais déjà que ma matière, à moi, ce n'est pas cette copie de rencontre. Il me faut des héros, il me faut des génies. Je ne veux pas inventer. Le sculpteur, voyez-vous, Caroline, le sculpteur est l'avenir... les hommes meurent, il immortalise : il raconte, il est le témoin. Je ne veux pas n'avoir été le témoin que de choses misérables. Il me faut des héros... »

Non, pensa-t-elle, c'est cela plutôt sa passion... Des héros? Et alors pourquoi cette sainte à la lyre?

« Je vous ai dit que cette année aura été terrible... J'ai quitté Rome, dans le bruit du retour de Pie VII. Je ne fuyais pas devant le Pape, croyez-moi. Mais en même temps, la défaite de la France, le retour des Bourbons, Napoléon exilé... il fallait entendre déjà comme on affectait à l'École le mépris de toutes les idées de la Révolution, la République. Je serais pourtant resté. Il y avait des Romains qui étaient mes amis. Nous nous voyions, comme jadis à Angers les Égaux. Les Autrichiens venaient de rentrer dans Milan, le prince Eugène sur qui l'on avait fondé quelque espoir était parti, laissant l'anarchie dans le Piémont. Il ne manquait pas de gens que cela rassurait, ces Impériaux de retour, pour tenir le peuple italien en respect. Même parmi les Italiens. Moi, j'avais quitté Rome, pour autre chose... Elle s'appelait Cecilia, imaginez-vous... »

C'est une chose amère pour une femme à qui son miroir commence d'être une souffrance, que de passer la soirée avec un homme, fût-il malheureux, qui lui parle d'une autre, et cette fois Caroline voyait bien que David agonisait du besoin de parler, de raconter ce qui ne pouvait se dire à ses camarades narquois, même à son ami Dominique, ce M. Ingres, de la Via Gregoriana, bien qu'il fût plus âgé, et qu'il sût peut-être, après tout, ce que c'est que de souffrir : ou n'avait-il que la peinture dans le cœur ? Ces rencontres, qui n'étaient qu'un jeu, qu'ils avaient facilement décidé de poursuivre. Ce jeune homme et cette femme mûrissante, ni l'un ni l'autre n'en attendait rien que le plaisir de la compagnie, et cette couleur d'intrigue. Caroline un instant imagina ce garçon à ses pieds, ou bien... et elle haussa les épaules. Alors, pourquoi cette Cecilia lui pinçait-elle ainsi le cœur ?

Elle avait laissé s'écouler comme une eau des doigts, tout le début de l'affaire, comment les jeunes gens avaient fait connaissance, la crainte d'abord qu'ils avaient de se regarder, de rester seuls ensemble. Voyons : c'était que la Cecilia avait un de ses frères dont les idées n'allaient guère avec la situation patricienne de leur famille. Où avait-il, lui, rencontré le sculpteur ? « Quand je rencontre une belle tête dans la nature, j'en fais une étude... Il y a danger à se borner à l'étude de l'antique, si l'antique est le contrepoison du mauvais goût de la nature... C'était pendant le Carnaval de 1813, et j'avais joué de malheur. D'abord, cet homme dont je faisais une figure, un modèle à barbe, vraiment superbe. Le lendemain du jour où il avait posé pour moi, il a succombé je ne sais à quel mal subit. Et en même temps, une jeune fille, qui avait un profil grec, d'une perfection ! j'étais à modeler sa tête, je travaillais au pavillon San Gaetano... vous n'êtes jamais entrée à la Villa ? Le pavillon, où

Ingres avait son atelier quand il était encore à l'École, c'est tout au bout du jardin, on y arrive par les ombres, et cela s'ouvre en plein sur la ville, le Vatican. Si vous aviez vu vers le soir, dans mon atelier, comme le soleil couchant vous enflammait tout, cette fille...

— Cecilia ?

— Mais, non, ce n'était pas Cecilia ! Celle dont je parle, un modèle, une fille d'artisan, voilà que je m'étais enthousiasmé, une véritable Néréide ! le soir suivant, sur le Corso, jonché de fleurs, les tapis aux fenêtres, dans le bruit des carrosses, la bousculade de la foule, les lazzi des masques, elle a été poignardée... C'est alors qu'Emilio eut l'idée d'amener chez moi Cecilia, sa jeune sœur, pensant, comme je vous le disais, que je trouverais en elle une passable Néréide. Ah ! Seigneur ! »

Qui était cet Emilio ? Il y en avait assez, dans cette société romaine, des jeunes gens, des cadets de famille, que le mirage de la Révolution entraînait. Un Carbonaro, sans doute. Caroline en avait rencontré deux ou trois de ce genre. Cela n'était pas bien sérieux. Tiens, pourquoi, *pas bien sérieux* ? Est-ce que ça l'ennuyait de penser que Pierre-Jean pût avoir des liens *sérieux* avec le carbonarisme véritable ? Elle se força d'écouter attentivement le roman des jeunes gens, comme le racontait le petit sculpteur. Il avait donc été même question de mariage. Mais cela ne dépendait pas que d'Emilio. David n'avait guère plu à la famille. Ces grands hommes noirs qui avaient derrière eux dans la nuit des temps des condottieri et des cardinaux ne pouvaient voir d'un bon œil ce petit Angevin qui était venu copier l'antique à Rome. Pas besoin d'ailleurs d'être très malin pour flairer en lui la plèbe, et la plèbe française, la pire, la régicide. La raison principale de leur hostilité était pourtant ailleurs. Il ne fallait pas que le palais qu'ils avaient via Quattro Fontane, ni le château de lave, au bord d'un lac des Monts Albains, fussent dispersés avec l'héritage, l'argent nécessaire à maintenir le rang de la famille, il fallait que tout fût concentré aux mains de l'aîné, on n'avait que faire de doter la fille : pour elle, sa mère, dès l'enfance, l'avait vouée au culte marial, elle serait religieuse, et il n'en irait pas autrement.

Même Emilio semblait s'être fait l'auxiliaire du complot. N'avait-il pas engagé Pierre-Jean à s'éloigner, puisque Guillon-Lethière le lui proposait ? Et qui, d'ailleurs, avait soufflé au directeur l'idée d'envoyer son pensionnaire dans le nord de l'Italie ? Emilio espérait que l'absence arrangerait les choses, que la famille oublierait ses projets... Florence, Venise... Il était revenu plus vite qu'on ne l'attendait, il faisait une chaleur accablante. Cecilia n'était pas à Rome. On l'avait emmenée dans ce château, près de Castel Gandolfo, dans cette région de brigands, où un Français ne pouvait se risquer. David alla donc passer trois mois à Naples, à Pompéi, un peu partout sur les rives tyrrhéniennes...

Était-elle si vieille, Caroline, qu'un homme

lui parlât d'une autre ? Elle aurait voulu se lever, aller vérifier sa déchéance dans un miroir. Le récit la clouait, là, sur cette terrasse ouverte sur la ville : c'était un soir de lune, et que voulez-vous qu'on dise d'un soir de lune à Rome, à qui ne l'a jamais vu ? Caroline le voyait-elle ? Le ton de David avait changé :

« Croyez-vous, disait-il, que Cecilia devait être une sainte ? et pouvez-vous douter qu'elle en soit une, si la sainteté se mesure à la douleur, au martyre ? Vous me demandiez si je crois aux saints ? En 1808, quand j'ai quitté Angers, les miens étaient dans un dénuement affreux, et c'est mon maître Deleusse qui me donna quarante francs pour me rendre à Paris. Avec cela, je ne pouvais payer la poste, et la nourriture. Arrivé à Chartres, je quittai la diligence, décidé de faire le reste du chemin à pied. Vous ne connaissez pas Chartres ? Il n'y a rien de plus beau au monde que la cathédrale, pas même à Rome. Les sculpteurs des porches croyaient-ils aux saints qu'ils y mettaient ? Je ne sais, mais pour moi j'avais comme honte devant ces statues : pouvais-je les regarder avec les yeux d'un homme qui doute ? Et pourtant... J'ai regardé Cecilia, avec les yeux d'un homme qui aime... comprenez-vous ? comprenez-vous ? Je l'ai regardée une dernière fois : c'était le neuf septembre de cette année, vous voyez qu'il n'y a pas longtemps, pas quatre mois ! Emilio m'avait transmis son message. Nous nous rencontrions pour des raisons politiques. Cecilia s'approcherait de la fenêtre allumée, de la rue, une dernière fois... Le lendemain, elle entrait au couvent. Je venais d'arriver de Naples, j'étais comme fou, la retrouver pour la perdre ! Et que faire ? Elle était enfermée dans le palais des Quattro Fontane. C'est un Maderno, pas celui de la statue, un autre, l'architecte, qui a construit cette bâtisse semée d'abeilles. J'étais là, dans la rue, il faisait diablement noir. La fenêtre qui s'était éclairée s'ouvrit sur la terrasse. Ô mon cœur, mon cœur ! Si le cœur alors ne se brise pas, il n'y a pas d'espoir qu'on puisse s'arrêter de vivre de soi-même. Je la voyais, elle était debout, dans une robe droite, plissée. Elle se dessinait sur le ciel. Elle prit dans ses doigts la croix qui pendait à son collier, comme pour jouer avec. Toute la lumière était pour elle, et je me confondais avec les ténèbres, avec la terre, avec la nuit. Je n'ai d'elle qu'un dessin ébauché la première fois qu'elle vint à l'atelier de San Gaetano. Un jour, un jour, je ferai cette sainte Cécile, il n'y manquera que les pleurs ! »

Pierre-Jean n'avait pas vu le serveur, à la dérobée, s'approcher de la dame, ni comment celle-ci avait payé le dîner.

C'est le propre des jeunes gens de s'élancer devant eux sans rien voir : ils sortent de l'enfance avec leurs rêves et le goût de l'enivrement, ils comprennent mal ce monde où les voilà jetés, souvent qui les gêne, qui prétend les conduire ailleurs qu'où ils se précipitent. Leur affaire personnelle, la passion qui les habite, cela prime tout. Ceux qu'une condition sociale immédiatement enserre, sans laisser choix, ni jeu, sont mûrs avant les autres et tiennent langage d'homme les premiers. Je le dis aussi bien de ceux-là à qui s'impose ce travail quotidien qui ne peut céder le pas qu'à la misère, que pour ceux-là à qui incombe une fortune qu'ils craignent de perdre. Les uns et les autres ont à compter d'emblée avec leur temps, et l'histoire. Mais il y a cette foule flottante que l'étude semble d'abord préserver, pour qui l'étude prolonge la grâce de l'enfance... Ils sont déjà des hommes, ils n'en mesurent pas la responsabilité. Et s'ils ont la passion de ce qu'ils apprennent... tels sont ces artistes qu'une sorte de paternalisme d'État envoie à Rome, comme pour des vacances, le voyage payé et cent francs par mois...

Non que David fût de ces enfants aux yeux dorés qui ne connaissent de l'existence que les demeures entretenues par des mains servantes et ne s'interrogent point sur le prix du drap qu'ils portent. Dans ce Paris où il était arrivé à pied de Chartres, il avait vécu de tâches nouvelles, trop heureux encore quand il pouvait être l'un des ouvriers dans les échafaudages de l'Arc-de-Triomphe du Carrousel qui s'élevait devant les Tuileries. Mais Paris, c'était déjà son art, le tourbillon de sa pensée et de ses ambitions. L'histoire, si elle intervenait dans sa vie, c'était pour l'en arracher : en ces temps de la guerre d'Espagne qui demandait sans cesse des hommes nouveaux, quand sur ceux de vingt ans planaient la crainte de la conscription, la menace du départ du contingent, jeté sans exaltation à cette bagarre, où les soldats n'étaient plus sûrs de jouer le rôle français au milieu d'un peuple révolté, dans les embuscades des guérillas, David s'écriait, et c'était l'expression plus que de son sentiment isolé, déjà d'une génération qui n'est ni celle de Marengo, ni celle de Wagram : « Les hommes sont malheureux d'être nés dans un tel siècle ! » C'est de notre part, peut-être venue de nos lectures, de Musset comme de Stendhal, une erreur de croire que ce déchirement a suivi les désillusions de l'Empire écroulé, que vingt années l'odeur de la poudre avait grisé la jeunesse.

Ceux qui n'avaient pas trente ans au seuil de 1815, comme leurs aînés qui eurent l'âge des armes à l'orée du siècle, Ingres par exemple, combien d'entre eux avaient le goût de la gloire militaire ? Il suffit de voir comment tomba l'Empire pour le mesurer. La France était pleine d'une grande rumeur, mais celle-ci ne l'assourdissait pas. Il y avait des millions d'hommes qui essayaient de se soustraire à la gloire : et pas seulement des peintres, des sculpteurs, mais aussi des paysans qui gagnaient les forêts, les montagnes, parfois pour tomber dans des bandes de hors-la-loi, et eux, enfants du peuple, se mêlaient aux hommes de main des Bourbons. De même, ceux-là qui conspiraient, toutes ces années d'Empire, le secret des intrigues politiques, les nécessités de leur sauvegarde, les faisaient se retrouver avec des hommes et des femmes dont les buts étaient à l'encontre des leurs. Dans presque tous les complots d'alors, le Républicain qui risque sa vie regarde soudain avec étonnement son compagnon de destin : et il n'est jamais sûr que ce ne soit pas un émissaire de Londres, un Chouan déguisé. Les hommes du Comte d'Artois se rencontrent avec ceux de Babeuf : ils portent les uns comme les autres des prénoms à l'antique, et qui est cet Alexandre ? Les prêtres ne portent point la soutane ici, à qui diable a-t-on affaire ? Jusque dans l'armée jusque là-bas, à Vienne ou en Prusse, ou même dans les quartiers gelés de Vitebsk ou de Moscou, la conspiration aux mille formes s'étend, des cavaliers arrivent, dans leurs manteaux portant la missive qui vient de Bordeaux ou d'Angers, de Montauban ou de Poitiers... Les maréchaux eux-mêmes autour de l'Empereur entrent déjà dans cette ombre... pour le compte de qui ? Ney est-il un Républicain ou un traître ? Et Murat qui déjà s'était allié aux Anglais et à l'Autriche... était-ce un traître ? C'était lui qui avait chassé les Français de Rome. Mais peut-être savait-il, avait-il voulu du moins conserver l'Italie... sauver cette part de la grandeur impériale... Quant à Marmont, personne n'y avait pris garde.

C'est qu'il est par-dessus tout malaisé de définir la ligne de démarcation du bien et du mal, du patriotisme et de la trahison, où commence le travail de l'étranger, où s'arrête la République... Brutus devant César, je ne sais pas trop ce qu'il faut en penser. Mais c'est plus difficile encore à démêler pour cette jeunesse, élevée dans le bruit des trompettes et l'agitation des aigles. À quel moment est retombé l'esprit de la levée en masse, à quel moment Valmy devient-il le passé ? Thermidor... non, Thermidor n'est pas une explication : fallait-il quand Robespierre tombe, la gueule fracassée par un gendarme, ouvrir les frontières aux armées de l'Autriche et de la Prusse ? Pitt et Cobourg perdaient-ils leur signification sur l'heure à ces oreilles pleines encore du *Chant du Départ* ? Non, non... et derrière Bonaparte, longtemps, blessée qu'elle fût, la Liberté suivit comme une vivandière sur les caissons d'artillerie... Où commence le mal ? où le bien finit-il ? Ils ne connaissent pas leur bonheur, ceux pour qui tout est clair, et le monde bien tranché en deux par l'épée ! ceux qui peuvent mourir certains d'eux-mêmes... donner leur vie sans le doute qui habite ces générations par quoi débute l'homme du XIXe siècle. Fallait-il que le général Mallet triomphât... que les miettes sanglantes de la Grande Armée apprissent quelque part, au loin, que ce petit homme parmi eux n'était plus l'Empereur ? Là-dedans, où était la France ?

Et pourtant la voilà abattue, envahie, dépecée... Bien sûr, en 1814, quand les Alliés avancent vers Paris, si Pierre-Jean David à Rome réunit ses camarades sous la Loggia, avec ses niches aux divinités blanches, et cherche à les convaincre que maintenant, maintenant tout est clair, puisque la Coalition envahit la Patrie et que leur devoir à tous, c'est de quitter Rome, l'École, l'art, pour se faire citoyens, soldats, en France, sur le sol de France, en chasser l'ennemi... et ceux-là qui, hier, suivaient l'Empereur, l'applaudissaient, et les conspirateurs, ceux qui n'ont pas oublié le sang du peuple aux marches de Saint-Roch, ceux qui veulent la Constitution de Robespierre, le partage des biens, comme ceux qui peuvent croire aux lys peut-être, mais non pas dans les fourgons de l'étranger, ne vont-ils pas l'entendre ? Il a raison, l'Angevin à la face ronde, au visage grêlé, blême, qui parle seul, seul, dans le silence des autres, leur attitude polie, leur façon de se détourner, et il est vrai que par la triple ouverture sur la grande cour d'entrée, dans l'à-contre-jour des deux couples de colonnes en marbre cipolin, derrière les balustres à boules de l'escalier double qui y donne accès, et sa vasque centrale où danse le Mercure, entre les bâtiments flanqués de statues, la pierre ocre et les briques jaunes, les encadrements de travertins blancs, on voit sur le fond des arbres lointains alternant les fuseaux des cyprès et les parasols des pins, les masses de verdure au-dessus des murs, on voit la statue de Rome assise, si tranquillement assise, un peu en arrière du bassin de la Vénus aux dauphins, entre les lignes hautes des bois taillés. Et l'un songe à ce livre qu'il a laissé ouvert sur la table et louche vers la porte de la bibliothèque, l'autre a hâte, au fond du jardin, dans la logetta Vélasquez, d'aller jeter un coup d'œil à l'Écorché de Houdon... Le temps passe. Comme ils ont eu du nez de ne pas écouter David ! Rome assise est toujours là, derrière le jet d'eau du bassin, et en France tout a si singulièrement tourné...

Est-ce que vous croyez qu'il n'a pas pleuré de rage, le soir dans sa chambre, le petit David d'Angers, alors... devant cette indifférence... Sans doute qu'il s'exagère les choses quand il croit que c'est sur quelque démarche des parents de Cecilia, que ce créole de la Guadeloupe, Guillon-Lethière, lui a proposé de voyager un peu en Italie ! il est plus probable que le directeur voulait éloigner cet agité et son patriotisme intempestif.

Peut-être que pour lui les choses sont devenues claires, sans nuances. Peut-être qu'il sait enfin ce qui vaut de vivre et de mourir. Et qui seront ces héros dont il a soif. Peut-être. Mais qu'en pense Dominique à la Via Gregoriana ? Parce que pour ce qui est du trouble, ni Cortot qui a accepté de retailler le marbre de sa statue de Napoléon pour en tirer un Louis XVIII, ni le Directeur qui lui a conseillé de le faire, ne sauraient vraiment donner le *la*... Ils sont à la température de Rome, où cela fourmille comme jamais de robes, de frocs, de moines déchaussés, de cordes aux reins de barbus bizarres, de prélats violets, de séminaristes habillés de rouge, quand ils sont hongrois, comme les soldats de François II, que l'Empereur d'Autriche vient d'envoyer au Saint-Père pour sa sauvegarde. Cela sautille partout, la bure, la tonsure, les mines hâves, des gens parfois qu'on reconnaît pour les avoir vus au Carnaval, dans les vêtements civils, ou chez le général Miollis, léchant les bottes des Français. Par là, on peut se faire idée de la France, cet hiver. Cette France dont il reste ici les traces séculaires, le passage de François Ier, la munificence de Louis XIV, mais ne dites plus que la promenade du Pincio est l'œuvre de Napoléon : une plaque atteste qu'elle est due à la générosité du Souverain Pontife, comme si là-bas, où jusqu'à présent paissaient les vaches, au *Campo vaccino*, le Forum dégagé par les soldats du Buonaparte l'avait été par la largeur de conception de Pie VII.

Pourtant, c'est maintenant, dans cette nuit du siècle, que les hommes sont vraiment malheureux d'être nés.

Maintenant il était tout à fait impossible de rester dans les maisons pendant la journée. Les demeures romaines sont inchauffables, au moins avec le genre de combustible dont on prétend user. David, à la Villa Médicis, avait tout le temps les pieds gelés, parce que pour comble on ne recevait plus le sou de France, et que c'était en général la panade chez Guillon-Lethière. On battait la semelle dans les ateliers. Les approches de la Noël gardaient pourtant dans les rues, sur les places, leur douceur alcyonienne. Il suffisait de quelques heures de soleil pour qu'on se trouvât presque avoir trop chaud. Les bouffées de pluie entretenaient partout la verdure, et les gamins jouaient aux fontaines. En cette saison, la campagne prend un attrait singulier, on a l'envie des promenades, du plein air, plus qu'à tout autre moment, parce que c'est comme quelque chose de volé, je ne sais pas. Même les chênes, les châtaigniers montrent encore des feuilles jeunes au milieu des masses de verdure perpétuelle... Il y avait peut-être bien de la part de Caroline une certaine perversité à emmener David dans sa voiture du côté de Castel Gandolfo... Allait-elle à la recherche de ce château de lave où Cecilia n'habitait plus? Les brigands étaient pacifiés depuis le départ des Français.

Ce ne fut pas encore à cette promenade que le masque tomba. Bien qu'il eût semblé à Pierre-Jean que le cocher, quand il avait ouvert la porte de sa voiture, eût dit à Caroline un mot singulier. Il en était presque sûr: *Votre Altesse*... Il se reprochait son imagination emballée. Puisque Caroline ne voulait pas qu'il connût son nom, après tout, c'était la règle de leur jeu... Elle avait mis un toquet jaune à marabouts blancs, bordé de lingerie tuyautée, dont le panache semblait répéter le mouvement de ses cheveux au-dessus du ruban. La robe grise, avec sa taille haussée, et les manches longues serrées au poignet par les manchettes de blonde, était d'une de ces étoffes qui ne se froissent pas, et qui ont toujours l'air froissées. Caroline s'habillait long, plus que ce n'était la mode, si bien qu'à peine on voyait sa chaussure, et le manteau-cape qu'elle jetait là-dessus était d'un alpaga brillant, jaune et gris, à grandes rayures. « Je ne peux pas vous dire combien j'aime l'herbe verte à Noël... » Dans la voiture, au retour, qu'attendait-elle, si rêveuse ? Je crains bien que David n'ait été qu'un niais, au sens des dames. Et malgré une période, à laquelle il n'aimait guère repenser, tiens, c'était justement vers la Noël, mais il y avait de cela six ans ! notre sculpteur tenait la chasteté comme une règle de la vie des artistes. À vrai dire, il était distrait. Pas tant qu'il ne remarquât, le mutisme du cocher à leur retour, et le regard de Caroline à ce serviteur, apparemment imprudent. Il y avait bien de la décision chez cette femme : on ne lui ferait pas faire autrement qu'elle ne voulait. Comme de toute façon cela n'était pas dans les intentions de David...

Là-dessus, le temps se gâta, et l'on ne put sortir de trois jours. La première fois qu'il fit beau, un commissionnaire porta un mot à la villa au nom du sculpteur. Caroline le priait de venir la prendre devant l'Albergo dell'Orso. Celle-ci se trouve au bas de la via del Monte Brianzo, sur une petite place presque au Tibre. Est-ce que Caroline, enfin, lui permettait de connaître sa résidence ? À vrai dire, non : elle l'attendait là, sur la place pavée en face de cet édifice avec ses loggias superposées. C'est au bord de ce quartier populeux aux rues étroites, où en toute saison le linge claque aux fenêtres. Il n'y avait pas alors de quai le long du Tibre, si bien que la rive y était surtout un dépotoir. Les deux compagnons suivirent la via di Tor di Nona, prirent une rue ou l'autre où grouillaient des gamins en haillons, et des chats vous filaient au pied, tournèrent et se perdirent... Caroline avait un visage bouleversé. Elle n'avait pas tellement l'envie de parler, que de n'être pas seule. Quelque chose avait dû se produire dans sa vie. L'Auberge de l'Ours? Pourquoi? Parce que Goethe avait habité là. Elle récita des élégies...

... Saget, Steine, mir an, o sprecht, ihr hohen Paläste!
Strassen, redet ein Wort. Genius, regst du dich nicht!
Ja, es ist Alles beseelt in deinen heiligen Mauern,
Ewige Roma; nur mir schweiget noch Alles so still[1]...

Elle avait l'air de penser à autre chose.

« C'est ici, à Rome, dit David, qu'il a écrit *Egmont*... »

Elle sembla sortir brusquement d'une rêverie : « *Egmont* ? ah oui... *Egmont*, et d'autres

1. Abattez pour moi, pierres, votre jeu, ô parlez, vous palais élevés. Rues, dites une parole. Génie, ne te mets-tu point en mouvement ? — Oui, tout est animation dans tes murs sacrés,
Rome éternelle ; ce n'est qu'à moi que tout se tait d'un tel silence... *(Goethe — Élégies romaines.)*

choses... *Iphigénie... das Schmerzenskind...* l'enfant de douleur... » Et elle cacha ses yeux dans ses mains, ses gants longs.

« Qu'avez-vous, Caroline ? » demanda David.

Rien. Elle n'avait rien. Elle parlait assez sèchement. Chacun tire du côté de ce qui le préoccupe. Ainsi Pierre-Jean... on lui parlait de Goethe, tout de suite *Egmont*... peut-être qu'il y avait quelques mois encore *Egmont* était de *notre* côté, quand Buonaparte, en Italie comme en Espagne... comme *chez nous*... demain vous réciterez M. de Kleist... Elle mêlait tout. Enfin, aujourd'hui, la fin d'*Egmont*, c'est vous autres, Français, qu'elle fait rêver. Et brusquement :

« Moi, c'est l'*Iphigénie*... parce que dans Goethe on choisit toujours où l'on a le cœur blessé... *Weh dem, der fern von Eltern und Geschwistern — Ein einsam Leben führt! Ihm zehrt der Gram — Das nächste Glück vor seinen Lippen Weg*[1]. »

Ils marchèrent silencieusement, et Dieu sait comment ils se trouvèrent devant le Pasquino. David adorait cet antique mutilé qui se tient comme un pauvre sur son socle appuyé au mur du Palais Braschi. Ce tronc sans bras, l'amorce de la tête sans visage, une jambe coupée avec un semblant de chlamyde dont les bretelles croisent sur le poitrail, on ne sait pourquoi le peuple de Rome le prend pour lui-

1. Malheur à qui loin des parents et des frères et sœurs — Mène une vie solitaire ! Le chagrin lui consume — Le bonheur immédiat sur les lèvres...

même, pour sa gaîté dans la misère. David avait dit *le peuple...* ce mot lui revenait souvent. Elle le releva, cette fois, avec une voix irritée :

« Le peuple, le peuple..., il n'y a pas que le peuple qui soit misérable ! »

Il la regarda, elle avait dans les yeux une apparence de larmes. On ne peut pas dire qu'elle pleurait : c'étaient des larmes sèches. Alors, elle avoua.

Élisabeth-Caroline de Brunswick-Wolfenbüttel avait reçu la veille au soir une lettre de sa fille, Lotte... cette enfant à qui l'on avait appris à haïr sa mère, cette enfant, la seule qui lui eût été donnée... Elle parlait du ciel, et non du père, son cousin Georges de Hanovre, Prince de Galles et Régent d'Angleterre...

« Vous êtes... » dit David. Elle vit bien qu'il ne voulait pas dire la Régente d'Angleterre, mais... parce que c'était comme pour Goethe, quand on a une fille on choisit Iphigénie, lui, le petit jacobin d'Angers...

« Oui, dit-elle sèchement, je suis la fille de Charles-Guillaume, duc de Brunswick, généralissime de la Coalition contre votre République, celui du *Manifeste*... oui... »

Elle n'avait pas besoin de raconter son histoire. David la connaissait. Ils s'éloignèrent du Pasquino et parvinrent sur cette place démesurée, tout en longueur, où les jeux du cirque ont cédé aux fontaines et aux églises, avec son parement de dalles. Des nuées de mendiants les entourèrent. C'étaient de pauvres mouches tournantes, deux essaims concurrents qui nichaient au portail des deux églises, mais au plus loin qu'ils voyaient des étrangers aborder la Piazza, ils se précipitaient, tournoyant, vers cet espoir. La Piazza Navone est belle et triste comme la mort d'Agnès qui, jetée en pâture aux yeux des Romains, fut miraculeusement enveloppée de ses cheveux, nue et pudique... Pourquoi faut-il qu'elle soit encombrée de ce marché grouillant et sale, et l'on glisse sur les feuilles de chou, la chicorée foulée, des matrones vous offrent des oignons... encore, encore l'herbe de Noël, cette verdure dans les pierres et sur les tréteaux, ce printemps des légumes...

La Piazza Navone n'avait alors que deux fontaines, dans son étroite nef antique, prise entre deux prières, Santa-Agnese-in-Agone, à gauche au centre, avec son dôme, et plus au fond, à droite, San-Giacomo di Spagnoli, où les soldats de César Borgia venaient se confesser... mais déjà, et c'est assez, elle avait en son cœur la Fontaine du Bernin, les Fleuves, que l'étrange couple de *forestieri*, le petit homme à la houppelande longue, son chapeau trombone et sa badine, et la grande dame avec un galurin empanaché, très ridicule et très cher, n'atteignit qu'à grand-peine... la Fontaine du Bernin, dont, à l'un des flancs de rochers baroques autour de l'obélisque, cette figure de paysan robuste et barbu qui représente le Nil, était l'un des pèlerinages de Pierre-Jean, surtout à cause du mouvement de la jambe droite, par-dessus le roc le pied nu tendu vers le nez du passant, avec une familiarité singulière. Il ne put s'empêcher de dire : « Voyez-vous, Michel-Ange, vous lui auriez donné tout le marbre de la terre, il n'en avait jamais assez pour les pieds de sa statue, tant il voyait grand... alors que le Bernin... »

Elle ne l'écoutait pas. De sa part à lui, ce n'était pas indifférence. Prudence plutôt. Ils ne regardèrent plus Rome. Il lui prit la main et la baisa. Elle laissait faire. Ils savaient que, lentement, par là, ils remontaient vers le Corso. Là-bas, aussi, Goethe avait habité. Et c'était dans la maison du Corso qu'il avait terminé *Iphigénie*.

« Lotte, dit-elle... *Dieses Schmerzenskind*... J'ai eu cette enfant de cet homme. Il y a longtemps. Elle a l'âge de votre Cecilia. Il ne m'avait épousée que pour payer ses dettes, il buvait, il... Quand ils ont machiné cette histoire contre moi, pour se débarrasser de moi, que j'ai dû quitter la Cour, m'enfermer à Blackheath... ils ont gardé l'enfant, ils l'ont tournée contre moi, élevée dans le mensonge... Je n'avais jamais de nouvelles. D'abord, j'étais une très jeune femme, je croyais pouvoir... je ne l'avais pas connue, la petite, après tout. Puis les années. L'âge. Cette idée intolérable. Qu'est-ce que cela me fait de ne jamais être reine ? Mais mère ! »

Ils ne regardaient plus Rome. Ils marchaient lentement. Iphigénie... Ils remontaient le Corso, ils avaient oublié Goethe. Caroline avait reçu la veille au soir une lettre. Un messager...

« Ils m'ont entourée d'espions, ils me surveillent. Ici, comme à Blackheath. À quoi croyez-vous ici que sert l'ambassadeur ? À peine j'ai un domestique qu'on le soudoie... une fille de chambre qu'on lui pose des questions sur les choses intimes... Je ne sais jamais à qui j'ai affaire. Peut-être déjà a-t-on porté au Régent un rapport sur la liaison coupable que j'ai évidemment pour eux avec un petit sculpteur français de Rome ! Cette lettre... »

Lotte avait dix-huit ans. Dix-huit ans, on l'avait tenue à l'écart de sa mère. Le moment était venu de la martyriser, de martyriser sa mère en elle. Cette mère qu'on avait au bout du compte laissée partir, voyager... cette année même... Cela semblait d'abord une générosité : c'était la raison d'État... écarter la mère pour marier la fille à son gré ! La raison d'État avait exigé qu'Élisabeth de Brunswick fût jetée aux vices du gros Georges, et sa dot aux tripots, à Mrs Fitz-Herbert. La raison d'État avait fait accuser Caroline d'adultère et de Dieu sait quelles autres saletés ! Aujourd'hui, la raison d'État exigeait que Lotte... Oui, Iphigénie aussi, la raison d'État exigeait qu'on la sacrifiât pour que se levât le vent dans les voiles d'Argos. Lotte, la raison d'État exigeait qu'elle épousât le prince d'Orange... l'héritier de Hollande... Elle ne l'aimait pas, Lotte. Mais ce prince était l'adjoint de Wellington dans l'armée de l'Europe... alors... Elle avait refusé, prié, supplié. Son père l'avait battue, pas brisée. Maintenant, la rebelle, il en avait fait une recluse, à Windsor. Oh, c'est beau, c'est grand, Windsor, une belle, une grande prison ! Alors, maintenant, elle avait pensé à sa mère... c'était, bien sûr, une lettre pleine de retenue, une lettre à une étrangère... mais enfin... Seulement le messager avait dit que désormais, de Windsor, impossible... elle était condamnée au secret. À dix-huit ans ! Lotte retrouvée et perdue.

Ils s'acheminaient vers la Piazza del Popolo. Élisabeth-Caroline de Brunswick remontait au plus profond de sa vie, son enfance : quand, dans le palais ducal, entre les armures, dans les chambres peintes, avec des devises gothiques aux fenêtres, le cuir doré sombre comme le fond d'un Dürer, elle attendait aux pieds de sa mère, avec ses poupées, le retour de ce soldat en coup de vent, son père, général du Grand Frédéric, dont le cheval faisait dans la cour ce bruit d'argent sur les pierres, entre deux victoires sur les Français, deux traités draconiens par quoi le Roi de Prusse imposait ses volontés à Versailles, à la corruption de Paris...

« Comme ce monde, aujourd'hui, semble étrange et lointain ! Il y a eu tant de tempêtes, je me demande parfois si j'ai rêvé alors, ou si je rêve aujourd'hui... »

Parce qu'enfin, ce roi de France, l'ennemi, c'était lui ensuite qu'il fallut défendre, et déjà l'on voyait arriver des familles entières, les hommes polis, parlant bien, des dames emportant leurs belles malles bourrées de robes... Une jeunesse de musique, et de vers lus en secret. Il se faisait alors les plus belles mélodies du monde dans cette Allemagne divisée entre les Princes... C'était une émulation d'oratorios et de lieder; Mozart avait remis Bach à la mode, d'une cour à l'autre, où les vieilles gens semblaient des pièces montées. Les perruques, la poudre, l'engoncement, les face-à-main, avez-vous vu les gravures de Chodowiecki? Tout cela qu'on allait défendre contre ces folies de Paris, où la corruption avait passé de la Cour à ce peuple insolent, des favorites royales aux idées de la populace... Le Duc de Brunswick vieillissait avec le crépuscule de ses armes, héritier de toute la gloire ancienne, grand stratège élevé à l'école du feu Roi, et il y avait un bruit énorme dans les salles de la vieille demeure, le va-et-vient des courriers, les consultations des Alliés, la Coalition... Il fallait à l'Europe coalisée une armée unie, disciplinée, un chef... pour lutter contre ce peuple aux mains sanglantes, les sans-culottes, la canaille armée de piques et de couteaux. Élisabeth-Caroline ne voulait point se marier. Comme Lotte aujourd'hui. Peut-être à cause d'un Français... oh, Dieu juste, il tournait les feuilles de sa musique, elle le regardait par la fenêtre, sur le pavé de la place, levant ses yeux chercheurs... Combien de fois s'étaient-ils parlé? Le mariage anglais constituait une figure de la partie d'échecs: c'était pour le bonheur et l'unité de l'Europe... et Caroline arriva dans les brumes de la Tamise, avec ce cœur presque neuf, des robes comme une émigrée de Coblence, on ne comprenait plus rien à ce qui se passait en France, c'était si compliqué... Pour la corruption, la cour des deux Georges, le vieux roi, ce fou, et son fils, le mari de Caroline, le Prince de Galles, le débauché... Alors la tragédie personnelle avait pris le pas sur la tragédie de l'Europe, et des villes là-bas tous les jours tombaient aux mains de ce jeune général avec un nom italien... Toutes ces années de Blackheath, cette retraite forcée, cette solitude anglaise.

Ils remontaient vers le Pincio. Le ciel était presque bleu, et il y avait partout des prêtres. Caroline parlait de Dieu. Le Dieu de Johann-Sébastien Bach, pas celui des Indulgences. Ce Dieu dépaysé dans la Rome catholique, comme un paysan du Rhin, ou Goethe au premier jour... Des moines sales et mal rasés dévisageaient en riant ce couple bizarre, le jeune signor et la Madama... Il y en avait d'espagnols, il y en avait qui sortaient des couvents du Liban comme en pleine Croisade, il y avait les petits séminaristes hongrois habillés de rouge... Et Pierre-Jean pensait à sa mère et ses sœurs, dans le Maine-et-Loire, le fichu sur la tête, avec leurs robes noires, mendiant de ferme en ferme, pendant qu'à Brunswick un jeune chevalier tournait les pages de Bach pour Caroline, pour Élisabeth, fille de l'homme au Manifeste, de ce duc dont le père parlait avec horreur, à cause duquel on se battait à Nantes, et jusqu'aux murs d'Angers, entre Français... Où est le mal, où est le bien?

Élisabeth-Caroline avait dit une fois, cela devait être quand il lui avait raconté le départ de Rome des Français : « La *Piazza del Popolo*... pour vous naturellement, c'est la Place du Peuple... vous aimez tant ce mot ! *Popolo*, c'est le peuplier, vous savez, pas le peuple... » Pourquoi repensait-il à cela, traversant les jardins, les cyprès, cette anormale verdure d'hiver, et l'on sentait les orangers dans le vent humide. Élisabeth-Caroline disait :

« Tout ce qui a été ma vie s'est dispersé, tout ce dont nous sommes sortis... je n'ai pas reconnu mon Allemagne, cette année, enfin, quand ils m'ont laissée partir seule, de Blackheath... Je l'ai vue, maintenant, cette Europe pour laquelle il fallait mourir. C'est comme un grand manteau déchiré, avec des pièces qui viennent de partout... mais quand on le soulève, dessous, il n'y a plus qu'un corps de mendiant, crasseux et sombre... »

Ils passèrent devant la Villa. La fontaine chantait à son habitude, sur la place, le jour tombait déjà. Il y avait des figures inquiétantes qui rôdaient. Tout à l'heure, ici, à nouveau, ce serait le règne des voleurs et des coupe-jarrets. Eh bien, naturellement, comme un imbécile, il n'avait pas compris, Pierre-Jean, qu'elle le menait par le bout du nez ! Leur promenade semblait si peu concertée. Cette grande femme aux yeux secs savait toujours ce qu'elle voulait. La mélancolie est une arme, un masque. Elle avait donné ordre à sa voiture de l'attendre au bas des escaliers de la place d'Espagne, elle l'y menait tout droit, et lui qui avait cru à de l'égarement ! Elle s'était fait cette vie-là, et pas une autre : « Mon père, disait-elle, celui qui m'avait vendue aux Anglais, pour l'Europe, une balle française l'a frappé entre les deux yeux à Auerstedt, en 1806... On dit qu'il a beaucoup, longtemps souffert... »

Eh, qu'est-ce que cela faisait à l'enfant qui suivit Kléber contre les Vendéens, la souffrance de Brunswick, que sa fille n'avait pas été voir mourir ? Pour elle, son père la ramenait tout naturellement à Lotte, arrachée d'elle comme son cœur.

Mais près de la voiture, il y avait un grand homme très brun, avec un peu d'argent dans cette nuit, des yeux de charbon, un peu comme ceux de Dominique... Il était d'une extraordinaire élégance, on ne savait pourquoi, bien que son maintien, et cet habit de velours noir, lui donnassent vaguement un air de domestique. Il s'avança vers le couple, ignorant David, et salua profondément Caroline, parlant très vite dans une langue qui n'était ni l'allemand, ni l'italien... C'était du grec moderne, et déjà Pierre-Jean ne savait que les rudiments de l'ancien. Caroline l'interrompit, avec une sorte de hauteur, tout en lui tendant sa main qu'il baisa, et répondit en français, avec un mouvement de tête impératif vers son compagnon de promenade : « Je vous présente M. David, un pensionnaire de l'Institut de France.. M. David, le Comte de Francini... »

Le Comte avait eu très peur : ce matin, en

quittant la maison, Son Altesse semblait si triste, peut-être était-elle malade... toujours quand elle avait eu des nouvelles de Londres... Il avait attendu tout le jour près de la voiture : « Vous n'avez pas mangé ? » dit-elle. Il ne devait pas avoir mangé. Il aurait paru tout à fait beau, n'était ce regard... À cause de ce regard, David pensa : non, ce n'est pas un modèle pour moi...

Quand ils partirent, le jeune sculpteur suivit la voiture des yeux. Son majordome, ou son amant ? Les deux peut-être. Il avait sur le bras une palatine de chinchilla, qu'il avait gardée comme cela des heures, attendant. Pour jeter sur les épaules de Son Altesse, à la tombée du jour. Le moment est traître, à cette époque de l'année, et Son Altesse...

Où est le mal ? où est le bien ? David monta jusqu'à la terrasse devant la Trinità dei Monti, et il se retourna, regarda la ville qui s'enfonçait dans les ombres, les torches qui s'allumaient, des fenêtres... La tragédie de Caroline ! Je vous demande un peu, pendant que toute l'Europe, et l'Afrique, et la proche Asie, retentissaient des chevaux de Bonaparte ! Et il songea encore une fois à Angers, aux petites réunions clandestines, dans une rue près de la cathédrale... Un jour, là-bas, dans la cathédrale, il y aura la statue de Cécile, et elle tiendra dans ses doigts, machinalement, la croix de son collier, comme cette nuit de septembre Via Quattro Fontane...

Où est le bien ? où est le mal ? Toute la grandeur de Napoléon a passé comme un drapeau qui a trop servi. Les marchands et les moines emplissent l'escalier de la place d'Espagne. Là-bas, dans le Vatican, Pie VII est gardé par ses Suisses. Les soldats de François II patrouillent. Que serait-il advenu de ses compagnons, si David les avait entraînés là-bas, pendant la campagne de France ? Ah, les nouvelles de Paris valent bien celles de Londres ! Il s'agit bien d'une petite princesse de plus ou de moins qu'on enferme dans sa prison dorée, parce qu'elle croit avoir un cœur ! On ne comprend plus rien à ce que les gens écrivent. On dirait que la Charte de Louis XVIII, c'est tout l'héritage de la Révolution... Et Murat ? Murat, lui qui en juin dernier disait à ses soldats : *L'empereur ne veut que la guerre. Je trahirais les intérêts de mon ancienne patrie, ceux de mes États et les vôtres si je ne séparais sur-le-champ mes armes des siennes pour les joindre à celles des puissances alliées*... Pourtant l'on disait qu'à Vienne Louis XVIII demandait au Congrès sa déchéance, et si l'on en croit les Italiens... ceux-là que David rencontre, comme à Angers les Égaux... Ô Italie, Italie ! si un jeune Français peut contribuer à ton indépendance, patrie d'Emilio et de Cecilia ! Cet automne, quand ils ont compris tous les deux qu'ils relevaient l'un comme l'autre du même serment, le *Tendre Accueil* d'Angers aussi était du rite écossais... C'était que le Pape venait d'interdire la Maçonnerie. David alors pouvait-il se dérober ? L'honneur ! Mais Murat ? Où est le bien, et où est le mal ? Ils disent que Murat est l'espoir de l'Italie... Certains d'entre eux, jadis, avaient bien cru en Napoléon...

David se sentait confusément jaloux du beau cavalier de velours, grand, avec ce feu qui plaît aux femmes... Je n'aime pas ses yeux. David était petit, lui, laid... Pas si petit que son ami Ingres, toutefois. Peut-être, pensa-t-il avec amertume, y avait-il là, pour lui, une raison des sentiments qu'il portait à son ami... allons, des sottises !

Un dernier regard sur Rome, et il tourna du côté de la Via Gregoriana. Les cloches sonnaient partout dans la ville. À cette heure-ci, Dominique était sûrement chez lui.

Chproumpph

En ce temps-là, où le café qui fait le coin de l'avenue Matignon et du Rond-point des Champs-Élysées s'appelait *Les Gaufres*, les candidats au bachot n'étaient point tenus de savoir ce qu'était le langage *chproumpph*, cela n'avait point passé dans l'histoire de la littérature et le programme, et sans doute les voisins m'entendant saluer de ce mot bizarre un jeune homme, qui griffonnait des hiéroglyphes sur le buvard rose d'un sous-main noir et or ne pouvaient-ils croire qu'à un éternuement. Car, bien que j'eusse quitté le groupe vers mes trente ans, j'avais, au moins quand il m'arrivait de rencontrer l'un de ses membres, gardé l'habitude de le saluer de ce mot de passe qui, pour nous, s'écrivait de trois lettres: 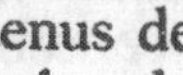, dont la première était la consonne *chora*, la seconde la voyelle *oum*, la tierce la consonne *pphi*. Aujourd'hui, l'on se ferait recaler comme un malpropre pour peu que l'on ignore que les tenants de ce langage se réunissaient au *Canon de Grenelle* avant d'émigrer à *La Vielleuse*, à

Belleville, et que parmi eux faisait la loi Martin Doré, en qui l'on voit le théoricien du groupe, au détriment de sa réputation de poète. Ce jour-là, j'étais entré aux *Gaufres*, dans l'idée d'y apprendre ce qui se mijotait. Je dis donc : 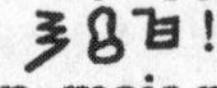 ! à Jacob Duval, qui me tendit la main, mais ne m'invita pas à m'asseoir à sa table. Craignant peut-être que Martin l'apprît.

Il faisait un temps magique pour la saison, les arbres au-dehors tressaient sur le bleu pâle du ciel des filets de branches nues. Il y avait pas mal de monde dans le café, des hommes debout formant des groupes. « Qu'est-ce qu'on dit ? demandai-je à Jacob. Qu'est-ce que tu crois qui va se passer ? » Il fit un geste évasif, apparemment ayant la tête ailleurs. Non, il n'avait pas de nouvelles de Madame de Zuniga, du moins pas de nouvelles récentes. Elle devait être aux Açores, avec son mari. À moins que... *Chproumpph !* Dans la porte tournante, je faillis me heurter à une très belle personne, mais de dimensions inusuelles, une sorte de Rubens brun, qui aurait suffi à soutenir le plafond. Où avais-je déjà vu ça ? Probablement au Louvre, ou dans un rêve. Le soleil de cinq heures encore haut, il régnait au-dehors une douceur déconcertante, comme les allées et venues dans les bas-côtés des Champs-Élysées, vers Marigny.

*

La dame s'assit et fit tomber son manteau de fourrure beige. Jacob Duval ne l'avait pas vue entrer, mais relevant le nez il aperçut sur une taille haute et mince le surprenant massif des seins. Ainsi, sans préambule. Il en resta bouche bée. Il n'avait jamais de sa vie eu *comme cela* vertige d'une floraison semblable. Il ne remarqua pas tout de suite que la femme avait cet éclat de la peau, ni qu'elle était seule. Il y fallut la venue du garçon. « Garçon ! » Jacob avait eu un geste si impératif que le serveur se tourna vers lui, sans prendre la commande : « Vous ne pourriez pas vous pousser un peu de côté ? Vous me cachez Madame... » Elle ne se fâcha pas et montra trente-deux dents blanches. « Un parfait au café », dit-elle.

Après quoi, il n'y avait plus d'entrée en matière. C'était elle maintenant qui détaillait Jacob, avec un sans-gêne parfait. Comme elle aurait découvert un singe sculpté dans la boiserie. Les hommes parfois regardent ainsi les femmes : c'en était gênant ! Surtout avec la taille qu'elle avait... Le jeune homme eut le sentiment qu'on le déshabillait. Mais avec une parfaite indifférence. Il en rougit et baissa les yeux. C'est alors qu'il vit le chien. Une chose longue et soyeuse entre le roux et le blond, et un museau mobile qui cherchait déjà sous la banquette. Évidemment, on aurait pu lui tendre un demi-sucre, mais c'est un peu simplet. Quand Duval releva les yeux, ceux d'en face étaient encore sur lui. Alors il se renversa en arrière, étendit sa jambe gauche, le pied pointé s'appuyant sur le talon, croisa les mains, le menton dessus, et rendit œil pour œil à l'effrontée.

Elle ne déplaça pas ses yeux d'un cheveu. Le voyait-elle ? ou lui était-il transparent ? Qui eût pu le dire ! Mais cette poitrine énorme et légèrement animée par le souffle, avait quelque chose d'hallucinant. D'indécent d'ailleurs. De captivant. À part cela, vraiment, l'inconnue pensait à autre chose... à quoi ? Pas à ce pauvre Jacob, en tout cas. Il décida de ne pas la lâcher de la prunelle.

Le garçon servait le parfait. Avec une crêpe roulée, qui s'émietta tout de suite dans le poil doré du toutou.

Il n'y avait pas de raison pour que ça cesse. Peut-être la dame était myope, et ne le voyait-elle pas ? Il esquissa un vague sourire, sans amener la moindre modification d'expression de son vis-à-vis. Son orgueil exigeait qu'il continuât de fixer cette belle personne, mais il y avait du vexant à le faire sans offusquer l'objet d'une si directe attention.

Il y a des femmes, le temps passe très vite à les regarder. Cette géante devait être quelque étrangère pour se permettre ainsi de soutenir les yeux d'un inconnu. Il faut dire plus : l'attention qu'on lui donnait lui semblait naturelle comme l'eau aux fleurs. Elle avait seulement porté un petit mouchoir à ses narines, si bien que Jacob se prit à imaginer la bouche que maintenant la main lui dérobait, il l'avait jusqu'alors mal remarquée : une bouche saignante, un peu molle, qui respirait pour ainsi dire, tout le temps au seuil d'on ne sait quelle parole.

Il avait dû passer une bonne demi-heure à rien d'autre, quand on alluma les lumières, révélant la plénitude, la splendeur des épaules. *Chproumpph!* se dit Jacob. Jacinta de Zuniga était moins belle, plus classique sans doute, pour Paris. Et d'ailleurs d'ici les Açores... Attendez, Jacob, ça lui faisait vingt-cinq, vingt-six ans, et une faim de cannibale de ce côté-là. Maintenant ni l'un ni l'autre ne prétendait plus avoir les yeux par hasard ainsi tournés. C'était une conversation immobile, voilà tout, que ni l'un ni l'autre n'eût aimé briser d'un geste. Lui fasciné, elle... mais est-ce qu'elle faisait toujours ainsi avec les hommes? Peut-être. Non. Si c'était la première fois... Comment peut-on savoir?

Il n'y a rien de plus étrange que d'être dévisagé par une femme. On a beau lui rendre la pareille, ce n'est pas pareil. Le soleil pâlissait, de dehors, sur les épaules. Elle eut un petit frisson, ouvrit son sac, se remit de la poudre et, rangeant sa glace, reprit le jeu, les lèvres à demi ouvertes. Elle devait être terrible, au lit, prendre toute la place. Jacob se sait pas trop vilain, mais enfin, tout de même, cette insistance.

Une sorte de brouhaha emplissait *Les Gaufres*. Des gens entraient et sortaient. Tous à peu près de la même sorte, et du même gabarit. Qu'est-ce que c'était? Des gens de cheval ou quoi?

Quand je le préparais, moi, mon bachot, je me souviens des devoirs de vacances du dernier été, avant ma première, l'attention que je portais aux problèmes tenait du sacré, cela ressemblait à la fois à l'obligation des galères et à quelque passion défendue, rien ne poüvait me distraire de la page blanc et noir, des ratures, des chiffres, des figures... il y avait pourtant des mouches. Ainsi, ce soir-là, Jacob et le monde extérieur.

Peut-être que tout dans cette femme était artifice, corset, pièce montée... encore que la chair en semblât si proche de l'étoffe, et cette chair pleine, immobile, soudain qu'un léger mouvement l'animât, on eût juré que c'était trahison de l'âme. Un vertige emplissait Jacob comme une coupe, il eut peur de lui-même. Aucune femme jamais, ainsi, pourtant, je ne sais, l'impossible. Elle avait la beauté des montagnes, des sommets au loin, la lumière où les arbres renoncent, des lieux d'inaccessibilité. Rien ne s'opposait à la parole, au premier geste, sauf une bizarre paralysie en quoi le jeune homme retrouvait un sentiment des songes, quelque chose d'une enfance évanouie. La peur d'un charme rompu. Il lui semblait que toute sa vie alors se jouât, sur un refus de l'œil, un très léger détournement du regard. L'échec cette fois... Il tressaillit si profondément à cette pensée que cela dut se voir. Il y a des femmes devant lesquelles tu es toujours à cette minute, à ce coup de poker. Non, ce n'était pas cela. Simplement, la peur de perdre, mais une fois pour toutes. Le banco de ta vie. Non pas *une* femme, la féminité : un refus mortel.

Jacob ne vit pas comment elle s'était levée. Debout, sans avoir repris son manteau, ni appelé le garçon avec ce regard qui cherche une direction. Lui ne se demandait même pas ce que cela pouvait signifier, médusé par la révélation de la statue. Voilà, voilà ce qu'elle était : cette beauté de blancheur dans les parcs déserts. Plus grande encore qu'il n'avait cru, plus belle. La majesté du cou, et quand elle le tourna, la nuque... D'un geste doux de la main, elle s'était comme assurée de ces petites mèches frisées derrière l'oreille, presque bleues aux lumières. La chose la plus vulgaire du monde : elle allait aux toilettes.

Les femmes au café, quand on les dévisage, si ça ne leur déplaît pas trop, et qu'elles ont de la compagnie, feignent ainsi d'avoir à s'éloigner, pour qu'on les suive, ou voir au moins si on les suit. Cela peut être favoriser la conversation, ou dire rapidement monsieur, cessez ce petit jeu, je vous prie. Jacob se souleva, enfin fit mine. Elle, déjà s'éloignait entre les tables, la fumée, et des hommes agités, entrant, sortant. Soudain quelque chose à terre, ce n'étaient pas ses gants, son sac, une écharpe, mais le chien... Faire connaissance du chien. Il venait, frétillant, vers le sucre. Un chien de soie, avec une grande langue rose, tout de suite familière à la main d'un inconnu. Comment on t'appelle, toi ? Un basset à longs poils ? Non, ça se dit... un mot anglais... jeune gentleman, hein ? Je me vois d'ici, si je m'étais laissé faire, nous deux avec ta maîtresse, sortant dans la rue, et toi avec : les gens auraient ri sous cape, disant, regardez son basset, non pas celui-ci, l'autre, à poil ras... Je vais filer avant qu'elle revienne. Jacob faisait toujours le contraire de ce qu'il avait décidé. Il se leva, et prit le chemin du sous-sol.

La statue emplissait la cabine vitrée du téléphone, comme dans un emballage pour changer de musée. On entendait son bruit, mais non ses paroles. Jacob, l'œil en dessous, se donna la contenance de feuilleter l'annuaire, sous la surveillance de la dame du lieu qui tricotait du vert pomme derrière la soucoupe aux cinquante centimes engageants. Ferret, Ferret, Ferret... Ferrete, Ferrette, Ferretti... Ferrex, Ferrey, Ferreyrolles, Ferrez, Ferri, Ferrié, Ferrié, Ferrier... il y a un tas de Ferrier doubles... une, deux pages passées, et le doigt descend les Fouéré, les Fouet, les Fouga, Fougasse, Fougea, Fougeat... Dans sa cloche éclairée, la femme de pierre poursuivait son silencieux monologue. Elle eut un geste de la main qui résumait un monde, avec la grâce immense du poignet rejeté en arrière... Se savait-elle suivie ? Jacob, inconséquent, regagnait sa table.

Le chien l'accueillit comme toute une forêt d'automne, le vent dans le tapis des feuilles, il s'agissait bien du chien. Tout d'un coup, le jeune homme avait éprouvé un sentiment sur lequel, pour s'interroger, il lui fallait échapper à la fascination directe. Avec les loisirs que lui laissait Jacinta, un jour à Venise, l'autre à Stockholm, il n'avait que trop pris le goût et l'habitude des rencontres sans lendemain. Il n'aimait guère des femmes que la minute du consentement. Se dire, et celle-là ? Il ne voyait de chacune, avant la réponse, que la lumière. Après... Mais cette fois. Ah, il aurait voulu se jeter à celle-ci comme un fleuve à la mer ! Pour ce qu'elle avait de surnaturellement sans mesure. Une pareille créature ne pouvait, ne devait qu'envahir sa vie. C'était pour penser à sa vie, un peu, qu'il s'en était retourné à sa moleskine. Le garçon traînait aux environs, comme pour se faire payer le verre depuis longtemps vide. « Garçon ! dit Jacob. Un parfait au café... » Le verre enlevé, la cuillère, mais à supposer : je l'imagine, cette géante, au *Canon de Grenelle*... ou chez Martin Doré. Comment est-ce qu'*ils* la recevraient ? *Chproumpph*. D'abord, leurs femmes à eux, tout d'un coup, comme des objets dépareillés. Il aurait toutes leurs femmes contre lui. Mais ça, encore ! La question, c'était Martin. Je l'entends, dans mon dos, dire aux autres : « Et qui paiera les fauteuils, si elle les casse ? » Jacob se mit à haïr Martin, de toute sa violence, pour ce propos et dix autres comme le nez au milieu de la figure. Par exemple, mon petit Jacob, tu as les yeux plus gros que le ventre. Ou, quand on vous voit ensemble, tu as l'air d'un gosse qui a mangé toute la crème... Il était en pleine révolte, quand la dame apparut.

Elle ne faisait pas si grande que tout ça. Évidemment, la poitrine. Elle s'assit, et acheta un journal du soir au gamin qui se glissait entre les consommateurs. Cela devait être pour ne plus affronter les yeux importuns de Jacob. Non. Elle avait posé le journal, plié, sur le marbre, ne songeant pas à le lire. Ils se regardaient à nouveau. Cela pouvait durer longtemps.

*

C'était le printemps en plein hiver. La chose plus sensible à la nuit tombée, une espèce de douceur qui faisait qu'il y avait encore des gens à la terrasse, et la valse des garçons avec les plateaux argentés qui s'en reviennent dans le tambour de verre, des conversations entre eux, des clins d'yeux, l'épaule qu'on hausse. Il devait se passer quelque chose au-dehors, parce que des clients se levaient pour aller voir, et revenaient comme si la lumière des Champs-Élysées avait mis des reflets à leurs vêtements. Parfois, il en arrivait des chants, des bouffées de *Marseillaise*. Quelqu'un demanda au garçon qui lui apportait un demi: «Qu'est-ce qui se passe?» Et l'autre: «Je ne sais pas... Des Anciens Combattants qui reviennent de l'Arc de Triomphe, probable...» Tout ce qui pouvait se dire avait à peu près l'importance de la buée aux vitres, des rêves après le réveil. Jacob s'acharnait à dépouiller cette femme devant lui de tout ce qui en faisait la tentation. Il forçait ses yeux à la cruauté, il notait le nez trop court, une certaine lourdeur des bras, et puis comment était-elle habillée ? Il avait vu cette robe dans un étalage de soldes, ou si ce n'était pas elle... Un peu de sueur à la narine. Histoire de se défendre ? Trop tard. C'était comme un soulèvement de village dans un pays déjà conquis.

Maintenant la femme ne cachait plus même son jeu, si cela s'appelle un jeu. Elle était accoudée à la table, du coude gauche, l'avant-bras droit posant sur le marbre. La main, qu'elle avait potelée, sortant du gant long, défait, avait un geste de fumeuse, où faisait défaut la cigarette. Le buste, un peu de travers, mais carrément tourné vers Jacob, de temps en temps elle passait un doigt sur ses lèvres. Elle avait l'air de s'étonner de l'intérêt qu'elle portait à ce jeune animal, si peu à sa taille. Ses mouvements, je veux dire ces légers déplacements de l'épaule, ou... enfin cette respiration rendue sensible, afin qu'on ne se trompât guère à ses airs monumentaux, tout avait pris insensiblement sens d'appel, de promesse, d'épanouissement. Il y avait chez elle de la pivoine blanche encore fermée : on peut s'en imaginer le cœur. Elle s'appuyait du corps au rebord du marbre, et cela rendait sensible l'élégance de ses flancs, comme d'une très jeune pouliche, avec la contradiction de cette gorge haute et palpitante un peu, comme un cadeau fait aux yeux de l'homme. Sa robe n'était pas tout à fait jaune, éteinte comme il arrive à ces étoffes qui hésitent entre la laine et la soie, demi-montante, avec des parements blancs, soudain Jacob comprit ce que les manches étroites représentaient d'art, non pas du couturier, mais de la femme. Il comprit qu'il tombait dans un piège longuement étudié, non pour lui, mais à la fin pour lui tout de même. Il adora ce plaisir de chute. Il se laissa aller à la tentation. Elle était plus jeune qu'il n'avait d'abord cru, mais avec une maîtrise de soi déconcertante, comme on ne voit généralement qu'aux approches de la maturité. Avec elle, il comprit que le désir n'était qu'un prologue. Il s'enflamma d'y songer si bien, qu'il lui parut infâme de croire épuiser ce vertige d'un jour ou d'une nuit, puis ni vu ni connu... Cette fois, c'était la vie, toute la vie, l'inépuisable. Le reste, avant, de la petite monnaie. Cette femme, il n'en voyait plus que la perfection. Il l'imagina dans une chambre, et soudain tout, dans le café, s'assombrit, s'éloigna : elle tardait exprès à se défaire, elle regardait des objets sans intérêt, promenait ses doigts sur le papier à fleurs. Il éprouva soudain l'impatience de voir ses jambes, la force de ses jambes, et comment les ouvrir... Est-ce qu'elle allait lui faire signe de venir s'asseoir près d'elle, oui ou non ? On aurait dit qu'elle se plaisait à lui suggérer que ce serait pour l'instant suivant... jouer avec son verre comme avec une ombrelle, pousser du doigt le journal qu'on allait prendre, et ce sourire absent, à tout moment qui pouvait devenir présence ou parole.

Comment aurais-je de tout cela pu savoir quoi que ce fût ? Même par la suite. On ne garde pas mémoire de ce menu-menu des pensées, et Duval eût bien été sans doute incapable de m'apprendre ce que je suis fort capable d'inventer. Par exemple, sur le fait d'avoir laissé Jacob aux *Gaufres*, et croisé dans la porte cette personne de taille héroïque. Mais j'avais la tête prise d'autre chose, et il y avait eu ce soir-là sur mon chemin un chproumpph de genre inédit. Les Champs-Élysées... je veux dire cette part de l'avenue qui garde encore souvenirs champêtres... peut-être y a-t-il des gens qui sont tout prêts à y voir s'y produire n'importe quoi, parce que le décor n'en tient pas à leur passé, l'enfance, un ensemble de songeries, les jeux. Moi, entre 1900 et 1904, on m'y menait pour les après-midi, il y avait la voiture à chèvre, les deux théâtres d'Anatole et de Guignolet, ce jour où j'ai perdu le petit col d'hermine que ma Marraine avait apporté pour mes œufs de Pâques... et puis le manège aux anneaux, qu'on enfilait au passage sur une barre de fer pour avoir droit à un sucre d'orge. Clemenceau vert à pied devant le Petit Palais n'existait pas de mon temps, et j'avais un jean-bart ciré noir, l'élastique à quoi je faisais des nœuds, les mordillant. Rien de tout cela ne pouvait se marier au spectacle qui m'y était offert tandis que vraisemblablement Jacob Duval et sa géante finissaient tout de même par lier conversation.

Comment, je donne ma langue aux chats.

De toute façon, à la nuit tombée, alors non plus, il n'y avait pas de marchand d'oublies, criant le plaisir-mesdames. J'aurais encore pu inventer Jacob et sa conquête sortant des *Gaufres*, tournant vers la rue de Ponthieu, où il y a des hôtels pas très regardants sur le livret de famille. J'aurais pu m'étaler mentalement entre eux, dans ce lit de chêne clair Louis XV-1900, avec un édredon rose, ou suivre discrètement leurs ébats dans les biseaux de l'armoire à glace même style. Vous m'auriez cru sur parole, à vous décrire les rideaux à fleurs dont un anneau décousu manque à droite, sur la grosse tringle à pommes de pin de cuivre creux. Les noms que se donnent dans leurs bras réciproques ces jeunes amants de rencontre, après si longuement ne s'être pas soufflé mot, vous auraient paru nature. Comme le cabinet de toilette, la moquette à petits losanges rouge et rose. Quant à l'anatomie des partenaires... J'aurais très facilement tout inventé. Avec ces yeux innocents du mensonge à qui donner le bon Dieu sans confession, et qui font les vrais romanciers.

Mais jamais, par exemple, jamais je n'aurais imaginé tout seul les Champs-Élysées de ce soir-là, ce piétinement sombre, et comme la circulation se faisait à rebours, à gauche et à droite, le peuple qu'il y avait, une foule sans femmes, quelle drôle d'idée ! L'éclairage, en ce temps-là, était plutôt médiocre : pourtant j'aurais pu m'expliquer ce concours d'hommes, si j'avais même songé à le faire, si je n'eusse été plutôt saisi de cette uniformité baroque, de l'âge, de l'allure, des gens petits ou grands, c'était surtout la différence, le plus généralement des maigres, enfin des carcasses avec rubans au revers, des chapeaux, mous et melons, des cannes, les voix éraillées, de brusques impatiences... J'aurais pu me l'expliquer, mais je n'y songeais pas, pris d'une sorte de pitié je ne sais pourquoi, une abominable pitié, devant de grands diables qui toussaient dans leurs moustaches, de petits bonshommes desséchés peut-être qui ne se rendaient pas très bien compte de l'âge qu'ils avaient. Enfin ce parfum de rancœur et d'inquiétude, personne très sûr de ses raisons d'être là. Moi non plus, qu'on avait envoyé jeter un coup d'œil, pour le cas où il se passerait quelque chose. Et que se passait-il au vrai ? Sinon que vers la Concorde il y avait grand lumière et confusion, un bruit comme si c'eût été la chasse, et la police devait arrêter plus haut les voitures que la chaussée demeurait vide. Les gens parlaient à voix basse, et s'examinaient les uns les autres, pas sûrs d'à qui l'on pouvait avoir affaire. On s'était bagarré sous le Cheval de Marly qui est du côté de la rue Boissy-d'Anglas, une sorte de fier-à-bras montrait ses poings tout bruns de sang, les manches relevées. Et cet autre qui me regardait sous le nez, méfiant, qui c'était ? Un courtier d'assurances peut-être... ou est-ce que je sais ? il y a de si pauvres métiers, des représentants de commerce, de ceux-là qui se lèvent avant six heures du matin, avec une valise bien lourde, pour prendre leur tour chez les commissionnaires du Sentier, où les acheteurs arrivent vers les huit. Des hommes de poussière et de patience, des hommes d'escaliers, d'antichambres, juste le temps d'un sandwich, pour aller au réapprovisionnement, livrer eux-mêmes un truc qu'ils avaient promis à la toute-puissante Mrs Smith, de Smith and Smith, à l'Hôtel Crillon, où on les fait passer par le service... Leurs conversations, ah je connais ça, je connais ça, comme leurs mains sèches, la cicatrice en fleur dans le cou, cette odeur de tabac froid, les dents, j'aime mieux ne rien dire des dents... Et tout de même les souvenirs, ce qui se vendait juste après la guerre, mais surtout l'époque héroïque, le temps sans enfants à habiller, ni femme malade, où on pouvait s'y tromper, ils étaient comme les autres... Ah, vous aussi, vous avez été aux Éparges? Ça, il y a des choses, les gens qui n'y ont pas été ne peuvent pas savoir... Rien à m'apprendre, il n'y a qu'à regarder les chaussures.

Ce que je n'eusse jamais, jamais imaginé de moi-même, alors, c'est que. Encore au point de le dire, j'hésite, vous allez croire que tout ça, ce sont des menteries. Comme Jacob et cette grande femme dans son manteau beige, où bombaient les seins, sortaient des *Gaufres*, et le petit trésor bas sur pattes, de l'autre côté de la dame (attends un peu, que je te mette ta laisse... une laisse verte à petits clous d'or), il y avait une sorte de charge de police, une bousculade au Rond-Point, qui les arrêta. À la terrasse, une terrasse couverte qu'il y avait alors au café, les gens regardaient ce spectacle, comme des voyageurs les poissons d'une cabine de bateau. Soudain quelqu'un, et quelqu'un de si rapide que personne ensuite ne put le décrire, avait couru sus aux vitres de la terrasse et tiré son revolver. Un client dans son fauteuil de paille s'effondra sur lui-même, les mains au ventre. Les gens ne sont pas très courageux, il y eut un reflux, et bien sûr on ne trouva plus ensuite que la victime, le meurtrier s'était évanoui. « Mais qu'est-ce que c'est que tout ça ! » s'était exclamé Jacob. Il n'y comprenait rien. Il n'y voyait que le désordre. La personne qu'il avait à son bras le tira un peu de côté : « Laisse... dit-elle. On est en train d'en finir avec leur République... »

Je connais très bien mon Jacob. Quand il avait vingt ans et qu'il avait fichu le camp de chez son père, il était venu camper chez moi. Il parlait des nuits entières. C'était à se boucher les oreilles. Je peux très bien me faire une idée de ses réactions, dans toute sorte d'occasions, un accident de chemin de fer, un enterrement, un incendie, est-ce que je sais ! Si je lui mettais des paroles dans la bouche, elles seraient tout ce qu'il y a de vraisemblable, de cohérent avec ce qu'on connaît de lui, et même Martin Doré me croirait, bien que ce soit tout de mon cru, de a à z. Mais qu'il n'ait rien dit, là, pas un mot, laissant tomber le bras de la dame, et qu'il lui ait de la main fait un petit salut cavalier (chproumpph) avant de pivoter sur ses talons et sur le sens même de toute sa vie, pour se diriger vers la Concorde, voilà, ce qu'il est demeuré pour moi de parfaitement incompréhensible dans cette soirée du 6 février 1934 où l'on voyait au loin l'Obélisque de Louqsor embrasé par les autobus en feu.

L'inconnue du printemps

« Moi qui me croyais en retard et puis je suis en avance, ça alors ! » La petite était entrée en trombe avec beaucoup de paquets blancs rayés bleu et son sac noir, brillant, qu'elle posa en tas sur une table. Adorable, avec son nez en l'air et sa queue-de-cheval bai. Il pensa : « Une provinciale... » et sourit, puis se rappela ce pli amer qui lui était poussé au coin de la bouche, récemment. Le temps n'était plus où, tout de suite, elles se faisaient coquettes pour lui... « Votre pendule va bien ? J'avais rendez-vous à cinq heures, et voilà que je suis la première... C'est bien l'heure, non ? » Puis, avec un coup d'œil circulaire : « C'est joli chez vous, garçon... »

Il avait l'habitude qu'on lui dît « barman », avec « garçon », pas de doute, aucune chance, mon pauvre vieux. Une fille qui te dit garçon, elle ne couchera pas avec toi. Le bar était presque vide, ce petit genre vieillot que lui donnait la panne bleue, si ce n'avait été l'appareil américain qui s'allumait à droite et à gauche, et cette gouape, avec son cuir, les cheveux beurrés, épais, à te vous le secouer, que ça faisait des cascades de billes. Le barman était sorti de derrière son acajou sans que la cliente l'eût remarqué, il se tenait devant elle, respectueux, attentif. Elle avait tiré de son sac, au milieu des paquets, une petite glace, et se mettait de la poudre sur ce nez qui n'en avait pas le moindre besoin, tournant comiquement sa bouche, les lèvres en bouquet, à droite à gauche, comme pour apercevoir quelque inimaginable horreur au détour de la frimousse. « Qu'est-ce qu'il faut servir à Mademoiselle ? — Madame... » rectifia-t-elle, en baissant les paupières, de côté. Ça ne devait pas être depuis bien longtemps, pensa-t-il, et il le dit, sortant de son personnage : « Ça ne doit pas être depuis bien longtemps... » Elle leva les yeux sur lui, secoua sa queue-de-cheval, et répondit très sérieusement : « Tout de même, ça va faire deux mois... Ah oui, qu'est-ce que je pourrais bien prendre ? » Il eut le geste évasif, classique devant cette question qui n'en est pas une, à laquelle il ne faudrait jamais s'aviser de répondre. « À cinq heures moins le quart, — dit-elle, — Gilbert, lui, il se prendrait un petit scotch... Gilbert, c'est mon mari... » Ah. Au fond, il préférait avoir affaire au mari, dans la conversation, puisque de toute façon... Mais il ne s'agissait pas de ce que le mari prendrait. « Donnez-moi... voyons... un thé, après tout, pourquoi pas ? Il est bon, le thé, chez vous, garçon ? » Brusquement, elle lui plut tellement qu'il s'appuya d'une main sur la table, et s'imagina qu'elle admirait la largeur de ses épaules. « Madame ne voudrait pas que je lui dise que le thé ne vaut pas pipette... » Elle avait retiré ses gants, ouvert ce manteau comme on en voit dans toutes les vitrines cette année, il lui regardait les seins, qu'il craignit qu'elle le remarquât. « C'est vrai, — fit-elle, — qu'il est mauvais, votre thé ? Si mauvais que ça ? — Mais non, mais non, c'est du thé comme partout, voilà, je veux dire, rien d'exceptionnel... — Vous êtes drôle, garçon, — dit-elle, — vous alors... à débiner comme ça la marchandise... Tout de même je serai pour le thé ! » Elle refourrait tout dans son sac, il vit qu'elle avait des mains... eh bien, quoi, tout le monde a des mains ! Mais ça dépend lesquelles.

« Ce sera lait ou citron ? » Elle leva les yeux comme si elle n'avait pas compris la question. Tiens, se dit-elle, il n'est pas mal, ce garçon. Pour un garçon. Bien soigné. Quel âge peut-il avoir ? Oh, bien trente ans. Il a dû être pas mal, dans le temps. Qu'est-ce qu'il lui avait donc demandé ? *Léoucitron*... ça fait un mot drôle... Elle plissa son petit nez : « Pour moi, ce sera Chine... » C'était à cause de Simone, qui était si snob de ce qu'elle ne buvait que du Chine... depuis qu'elle en avait reçu dans un petit coffret de toutes les couleurs... cet ami qu'elle avait qui était aux *Amitiés franco-chinoises* ou comment ça s'appelle ? Et de remarquer soudain, étant à penser qu'elle ferait aussi bien de l'épouser, Simone, le garçon qui secouait la tête avec un petit clappement de la langue dans ses superbes dents : « Qu'est-ce qu'il y a ? Vous ne voulez pas me donner du Chine ? Moi, vous savez, c'est une habitude... une amie à moi... À sa place, je me marierais. C'est vrai, vous ne pouvez pas savoir ! — Non, — dit le barman, très sérieux, — je ne peux pas savoir, mais ce que je sais, c'est qu'ici, on ne sert que du Ceylan... Je n'y suis pour rien, c'est comme ça, ils n'achètent que du Ceylan... alors, moi, je le sers... — Oh, — fit-elle, très fâchée, — le Ceylan, c'est foncé, c'est fort, c'est comme fumer du caporal... Soyez gentil, donnez-moi du Chine... »

Tout ce qu'on peut mettre dans un geste évasif y fut mis. La petite fit sauter sa queue-de-cheval du dos de la main, et elle remarqua : « Je parie que vous jouez au football, vous... Bon, va pour le Ceylan, si vous n'avez pas mieux... Gilbert aussi joue au football. Il est à peu près comme vous, le châssis... en plus jeune, seulement, bien entendu... »

Il s'éloignait, Gilbert il s'en foutait, et elle allait, c'est sûr, lui dire son tour de mollet. Elle le rappela : « Hep ! hop ! » Il se retourna : « Quoi donc ? J'ai oublié de fermer ma portière ? — Mais non, — dit-elle en renversant ses mains à droite et à gauche, — simplement ce sera citron... » Il n'eut tout d'un coup plus du tout envie de s'éloigner. Cela aurait été si gentil de s'asseoir près d'elle, sur la banquette, pour rien, comme ça, être près, même si elle lui parlait de Gilbert... Qu'est-ce qu'il pouvait inventer... « Vous le voulez coupé en deux, ou en tranches, le citron ? » demanda-t-il contre toute vraisemblance, abandonnant la troisième personne. Et elle : « Ça, je m'en fiche... mais, comment il est, votre thé ? C'est du thé, qu'on met l'eau dessus, ou un de ces petits sachets à faire trempette, je ne sais pas pourquoi mais, cette lessive, ça me rappelle quand j'étais petite, la bonne chez nous, elle suspendait toute sorte de trucs mouillés dans la cuisine...

— Quand vous étiez petite... ça doit bien faire dans les deux mois, de ça aussi...

— Vous êtes drôle, vous. Vous me donnez tout de suite quel âge ?

— Oh, je ne suis pas généreux, pas généreux.

— Eh bien, j'ai vingt ans. Depuis un mois et demi. Gilbert... »

Elle est enquiquinante, avec son Gilbert. Je le vois d'ici, ce joueur de football qui se prend un scotch à cinq heures. Le même châssis : il se jetait un regard dans la grande glace au-dessus de la banquette... Il demanda : « Il est client, ici, par hasard ? — Qui, Gilbert ? Oh, ça se pourrait bien, il avait un petit air en me donnant l'adresse... je ne sais pas, il ne me dit jamais rien... et puis, c'était avant moi ! Alors, vous le connaissez ? — Peut-être, j'en connais plusieurs, des Gilbert... Mais ce ne sont pas forcément celui de Madame... »

Elle avait mis son menton dans sa paume, le

coude sur le marbre, et un air de confidence: «Le mien... comment vous dire? Il est brun comme vous, à peu près votre taille... Mais il ne vous ressemble pas... il a de toutes petites oreilles... c'est curieux pour un homme! Il est plutôt joufflu, il devient facilement tout rouge, le front, le cou... Il est fort, vous savez, et puis la tête près du bonnet, faudrait pas trop l'asticoter... Il a une très gentille gueule, très gentille... vous voyez ça?

— Oui... enfin, j'imagine... mais pour le reconnaître dans la rue... Madame m'excusera, le thé de Madame...

— Oh, — dit-elle, — le thé peut bien attendre, quand on parle de Gilbert! Il a une dent en or, mais ça ne se voit pas. C'est en jouant contre Sochaux... C'est des terribles, les types de Sochaux, pour un peu ils me l'auraient abîmé...»

Il s'éloignait. Elle le rappela: «Si vous voulez le reconnaître, alors, c'est les yeux, chez lui, le particulier. Des petits yeux bruns, tout ronds, comme des raisins, et rieurs avec ça, rieurs!» Qu'est-ce qu'il n'aurait pas donné, à ce moment-là, pour avoir des petits yeux bruns comme Gilbert, lui qui les avait grands, et pâles, que toutes les femmes en rêvaient, il n'y avait pas encore si longtemps. Allons lui chercher son Twinnings, et qu'on n'en parle plus!

Comme il était derrière le bar, à tourner le robinet à eau chaude de la machine, la théière sur le rebord, elle l'appela: «Garçon! Vous ne pourriez pas lui dire, au jeune homme, de faire un peu moins de bruit, là-bas, avec son truc? On ne s'entend plus!» Mais l'autre l'avait entendue, elle, il s'était retourné, et dit inimitablement: «Poupée!» après quoi il te vous déchaîna une de ces bourrasques, et son appareil en clignotait de toutes les couleurs. Alors, elle cria comme si ça avait été dans la rue, au milieu des automobiles, à quelqu'un de l'autre côté. «J'y pense, garçon, arrêtez! Au temps, pour le thé! Il est moins dix... Il faut vous dire, j'avais demandé au *Printemps* un pull, pour Gilbert, ils n'avaient pas la couleur là, mais ils disaient qu'à la réserve... Moi, je craignais d'être en retard, c'est ma montre qui avance, je ne sais pas ce qu'elle a, alors je leur ai dit: je ne peux pas attendre, j'ai mon mari, je fais un saut au bar et je reviens, vous aurez eu le temps, parce que je craindrais qu'il reparte... enfin, vous comprenez... et puis j'étais en avance, et maintenant je me dis, si je faisais un saut? Comme ça, il aurait son pull, Gilbert! Ce serait gentil: on se donne rendez-vous, et puis voilà, j'arrive, et le pull! Il adore les cadeaux, Gilbert, vous pouvez pas imaginer! On lui en ferait rien que pour lui faire plaisir, pour le voir, ce joufflu, avec ses petits yeux rieurs... Mais je bavarde, moi. Je laisse mes paquets, hein. Vous aurez l'œil dessus. Je reviens...»

Elle arrangeait son petit manteau, secouait sa queue-de-cheval, passait son sac noir à son bras. Elle allait sortir. Le mec, à l'appareil, la regardait en douce, appréciateur. Elle fit volte-face: «J'y pense, garçon, si mon mari arrivait avant que je revienne, vous le retenez, il pourrait croire que je suis partie... Vous lui direz, ce sont ses paquets, là... — Bon, — dit le barman, — mais à quoi je le reconnaîtrai, votre mari?» Elle s'esclaffa: «Vous êtes drôle! Voilà une heure que je vous le décris en détail, Gilbert, et vous me demandez... Un joufflu qui a votre taille, des petites oreilles, c'est un sportif, quoi! Et puis vous le connaissez... Remarquez, je suis discrète, je ne vous ai pas demandé avec qui il venait chez vous, hein? Il vaut mieux ne pas savoir... j'ai une amie, elle me dit toujours...» Elle agita la main qui n'avait pas de sac, comme on fait au cinéma, les reines, pour dire bonjour à leur peuple du haut d'un balcon, et les petites mignonnes en montant en chemin de fer...

Quand elle eut passé la porte, le gars au cuir, avant de se remettre à sa tempête, il dit avec une conviction profonde: «Salaud de Gilbert...»

Il était bien dix-sept heures quinze ou seize, quand elle revint. Essoufflée, avec un sac de papier sur son cœur, le pull évidemment, le pull. Il y avait un consommateur au bar, un barbu, ce n'était pas ça. Elle jeta un œil circulaire: «Pas encore là? Moi qui me suis tant pressée! Et puis, imaginez-vous, garçon, ils n'y avaient pas été, à la réserve! Alors, j'ai fait un foin! Oh, c'est que vous ne me connaissez pas! Quand je m'y mets! J'étais furieuse. Mais tout est bien qui finit bien, je l'ai, le pull, et Gilbert n'est pas encore là... Mais quelle heure il est? Dix-sept, presque dix-huit! Vous êtes sûr qu'elle marche, votre toquante? Gilbert qui est l'exactitude même! Vous lui avez bien dit au moins...»

Le barman lavait des verres derrière son acajou. Impassible. Il ne répondait pas.

«Mais je vous parle, garçon! Vous lui avez bien dit, à Gilbert...»

L'appareil américain ne se connaissait plus. Le joueur l'avait pris à bras-le-corps, et ça faisait un grand rire et des tapes sur les cuisses...

«Tout de même, vous ne l'avez pas laissé partir comme ça!» criait la petite. Le barman posa devant lui un verre, puis deux, puis trois. Il la mangeait froide, sa vengeance, contre tout, le temps qui file, les femmes qui regardent ailleurs, le pli amer, là, où il passa son pouce. Elle était jolie, cette môme, mais à quoi bon? Je le vois, son Gilbert, je le vois comme si j'y étais...

«Enfin, garçon, je vous l'avais si bien décrit! Tous les détails, ses petites oreilles... vous ne pouviez pas lui dire?»

Il leva les yeux et la regarda longuement. Le client au bar, s'amusait comme un fou à détruire une paille, ce qui est difficile maintenant qu'elles sont en nylon, il buvait une chartreuse verte, le barbu, ça devait être un décolonisé... ce petit ruban improbable à la boutonnière...

« Vous ne pouviez pas... vous ne pouviez pas... gémissait-elle, et moi qui arrive avec le pull comme une idiote ! Pourquoi ne lui avez-vous pas dit ?

— Je ne l'ai pas reconnu », avoua-t-il, en retroussant ses poignets et se caressant les poils de l'avant-bras, qu'il avait fournis, et faisant une sorte de dentelle noire.

« Vous ne l'avez pas reconnu ! Comment est-ce Dieu possible ! Il n'y a pas foule ici... il entre un jeune homme, comme je vous ai dit, un joufflu, avec des petits yeux rieurs, et vous ne le reconnaissez pas ? Ah, vous ne me ferez jamais croire ! Et lui, il a pensé que j'étais partie, bien entendu ! Il me connaît, je suis comme la soupe au lait, je file ! Vous ne dites rien ?

— Excusez-moi, dit le barman, je vous ai répondu que je ne l'avais pas reconnu, Albert.

— Gilbert !

— Albert, Gilbert... enfin, je ne l'ai pas reconnu, voilà tout.

— Malgré ses petits yeux rieurs ? »

Alors il perdit tout à fait patience, et dit avec une méchanceté d'homme qui ne parle jamais à la troisième personne, et qui ne demande pas ce que Madame veut qu'on lui serve, et qui s'assied quand ça lui fait plaisir à côté des femmes, et diverses choses assez grossières que je pense, comme s'il avait été lui-même l'appareil américain, avec des feux orange, verts, violets et bleus : « Malgré ses petits yeux rieurs.. parce que, voulez-vous que je vous dise, eh bien, ils ne riaient pas du tout, ses yeux de moustique, à Gilbert, alors comment se serait-il pu que je le reconnusse, car il était d'une humeur massacrante, votre joufflu, Madame, à cinq heures deux, si vous voulez savoir ! »

« Brigitte ! » avait crié le jeune homme, de la porte. Alors, le barman levant les bras au ciel, dit au barbu, parce qu'il faut bien s'adresser à quelqu'un sur cette terre, même à un Belge qui revient du Congo : « Et elle s'appelle Brigitte avec ça ! Non, ce monde n'est pas possible ! »

Histoire de Fred et Roberto

La plage était si peuplée à cette heure qu'on y devinait seulement çà et là le sable, quelques serviettes jetées sur les visages, une extraordinaire innocence de nombrils dans la respiration des ventres incendiés, avec là-dessus ce couvre-théière bleu du ciel, et au bout des pieds le petit vagissement de nouveau-né de la mer. Les deux garçons étaient sensiblement du même format, mais l'un d'un marron d'Inde luisant et poli, l'autre encore avec du blanc par bouts, cloqué rouge, sa blondeur parsemée de son, comme s'il s'était renversé du soleil sur le front, les bras et les cuisses. Il s'assit brusquement parce que l'ombre d'une fille était passée sur lui : « Nom de Dieu, dit-il, elle est atomique, celle-là... » Ça ne devait pas être que pour le bikini, l'autre fit seulement retomber son menton sur sa poitrine, pour voir et, après un petit bruit appréciatif, mais réservé, il remarqua : « Quel langage, Fred ! Tu dates. On dirait ma grand'mère qui, pour se rajeunir, dit *sensass* ou *formid*... — Tu ne la trouves pas... » Ça fit un silence, et puis Fred : « Tiens, elle rapplique ! — Qui ça, interrogea négligemment le jeune phoque sombre, dont la tête s'était rejetée dans le sable... — Eh bien, la... » Fred avait perdu tout vocabulaire. Des pincettes joliment patinées l'enjambèrent. Ça, pour le culot... « Cette belle enfant, rigola doucement le voisin, nous traite comme des plates-bandes... Mais pour l'atome, tu repasseras... »

En attendant, c'était elle, qui repassait. Fred essaya bien de se feindre concerné, ça n'avait pas la moindre vraisemblance : « Tout de même, tu diras ce que tu veux, mais elle a le mollet... » L'adjectif étranglé dans la gorge, il grogna : « Tu me fous des complexes... je sais plus où j'ai mes mots... Ah mais, toi, tu la trouves comment ? » Ceci parce que Roberto s'était mis sur le ventre pour voir la chatte zigzaguer sur les spécimens mâles comme si on était dans un self-service. Roberto, parce que ça vous ferait mal aux dents d'être appelé Johnny, et puis les Italiens, pour la chaussure et le cinéma, ces jours-ci... Roberto donc, se palpant les biceps chocolat, suivait les va-et-vient de la gazelle, il te vous psalmodiait quelque chose qui faisait Europe-flash, comme Fred s'exprimerait s'il n'avait mal entendu : « Qu'est-ce que tu chantes ? » demanda-t-il, pas très sûr que ce fût du Prévert. Et Roberto :

D'où ce coloneseau ?
Lord Kestre-d'Œuf eut Zo...

L'abbé le devant voue,
Se sent laid, Jambepur!

— De qui c'est?» demanda Fred. Plus ballon de football que nature, l'autre rebondit dans la poudre de coquillages blancs, au lieu de répondre à cette question bien polie, et fixa la Corse au loin, qu'on voyait mal à vrai dire d'ici, psalmodiant: *L'amer toujours l'amer l'amer recommencé!*... «Je te cause, dit Fred, mais des fois si ça t'écorcherait de répondre...» Ça ne devait pas être Prévert. En tout cas, drôle de juke-box... «Tu pourrais pas mettre un autre disque?» Roberto, c'est un fait, disait des vers. C'était mathématique, quand il voyait les genoux d'une fille comme ça, en dessus de son nez, avec le petit pli derrière, qu'on en mangerait. «Ah, dis donc, dis donc, c'est moi qui l'ai vue le premier! — Et après? Je l'ai vue le second...» Fred se sentit accablé par cette logique. Il gémit: «T'as pas besoin de bomber le torse, c'est pas toi qu'elle cherche, c'est ses lunettes!» Elle venait de les piquer, effectivement, sous les fesses de Roberto, et s'éloignait maintenant avec la majestueuse indifférence de dix-sept années nues comme ma main. Des lunettes noires sur quoi tombaient les mèches beiges, et le plus joli, c'était ces petits creux mauves qu'elle avait dans les joues. «Si c'est pas malheureux, dit Roberto, ça n'attend même pas l'hiver pour se décolorer la fourrure! — Tu crois?» Fred était tout désappointé, il ne l'aurait jamais deviné tout seul, que c'était une brune, alors... « Qu'est-ce que tu veux, dit Roberto, le soleil c'est menteur... Puis, les femmes, on n'a pas le temps de se retourner la crêpe qu'elles sont déjà dames patronnesses... Je te parie ton transistor, que celle-là, dans trois ans, tu ne lui verras plus les seins sous le vison... Il faut se presser ou on les rate, tu parles d'un slalom... T'arrache pas les peluches, c'est dégoûtant à voir... J'en ai connu une, j'étais content de moi, du poussin, tu aurais juré qu'elle allait appeler sa mère, et moi je me regardais dans la glace, après, eh bien, qu'est-ce que tu crois qu'elle m'a dit ?..

— Pardon... pour les œuvres de... et que Notre-Seigneur vous le rende ! »

Le drap bleu foncé, avec le passepoil rouge, l'homme et la femme, un tronc chacun, des chapeaux, qu'on leur voyait à peine un bout de peau par personne entre le gant blanc et la manchette... Ah, maladie alors, l'Armée du Salut... « Vous voyez bien que j'ai pas mon carnet de chèques sur moi ! » C'étaient des pas trop bêtes, ils n'insistèrent pas. « Et alors, qu'est-ce qu'elle t'a dit ? » demanda Fred, avec la voix toute éraillée par le suspense, et Roberto : « Qui ça ? Ah oui... Eh bien, tu me croiras si tu veux, elle m'a regardé, faut croire, et elle a soupiré, que c'était d'un casarès, mon petit, à se taper le T.N.P. : *Du nouveau, du nouveau, n'en fût-il plus au monde !* C'est plutôt humiliant pour un homme... » Cette fois, Fred n'y tint plus : « Et ça, interrogea-t-il, de qui c'est ? — Aznavour... » fit

Roberto, et il tourna d'un coup tous les muscles qu'il s'était faits dans le dos à secouer le billard électrique.

« J'ai l'impression que je vous ai rencontrés quelque part, dit l'ingénue, en s'asseyant entre les deux garçons, vous pourriez pas me ménager une petite concession dans votre cimetière ? »

C'était bien elle, pas du tout décolorée, il fait le malin, Roberto, mais tu peux courir, c'est du vrai. Ils ne demandaient qu'à se desserrer pour lui en laisser entre eux, de la place, seulement c'était plutôt encombré, le balcon. « Quand vous aurez fini de me faire du pied ! » cria la voisine à Fred, qui en piqua un soleil de dedans, c'était pas ça qui arrangerait ses brûlures. « Je ne m'en rendais pas compte, Mademoiselle ! » dit-il, on ne peut plus cinq à sept, et voilà que le type qui la tenait sous son aile, tous deux à plat ventre, à se dorer le revers, tourne la tête et gueule : « Vous pourriez au moins être poli avec le sexe ! » C'est d'un mêlé, cette Côte d'Azur ! Naturellement ce gangster de Roberto en a déjà profité pour lui raconter sa bio, à l'autre, la première communion et tout... « Et le petit là, demande la visiteuse, en le montrant du gros orteil qu'elle a mignon mignon, qu'est-ce qu'il vend dans le civil ? » Elle s'en fout d'ailleurs, et puis aussi de Roberto, l'imbécile qui croit que c'est arrivé, comme de son troisième soutien-gorge. Lui, Fred, qui avait trouvé une réponse, là, le temps de saliver... elle lui est restée dans les incisives, parce que la poupée, déjà tout à fait maternelle, c'est vexant, lui disait : « Pour vos ulcères, mon petit, les feuilles de salade, c'est une idée, mais faudrait pas trop de vinaigre... » Et cet abruti de Roberto qui rigole comme un cachalot ! Attends un peu, que ça soille ton tour, et d'ailleurs ça ne rate pas : « Vous ne seriez pas de Marseille ? » qu'elle lui fait, l'innocente, et lui avec les yeux ronds : « J'ai l'accent, ou quoi ? — Non, qu'elle en remet, c'est que vous bouchez plutôt le port, avec votre sardine... » Alors, elle est vulgaire ! Eh bien, Roberto, ça ne lui déplaît pas. Allez les comprendre, ces poètes ! Moi, cette petite, ce n'est pas mon genre de milk-bar. Dommage à cause des pattes. Non mais, il est ridicule, il s'est mis sur les genoux, il te vous joue des épaules, il y parle Joyce et Proust, histoire de tâter, peut-être bien, mais... « Oh, vous savez, dit-elle, moi, la littérature... dès qu'on me sort du lettrisme... » Tiens, je connais ça, elle doit être fleuriste. Tu la retrouves dans la boutique, à tortiller le papier glacé, et qui coupe la ficelle verte avec les dents. Surtout qu'elle doit être beaucoup moins bien, habillée.

« Ou bien des timbres-poste, qu'elle continue, reprenant plus haut les choses, à l'adresse de Fred... Il y en a de jolis, des Américains, avec Christophe Colomb... ça serait toujours plus décoratif que vos géraniums... » Ce veau de Roberto ! Et depuis quand ça glousse, les veaux ? D'abord, c'est même pas drôle. Justement ce qu'elle pense : « Pour des garçons, on en fait de plus spirituels, je suis là depuis cinq minutes et vous n'avez encore rien trouvé de cochon à me dire... Oh, la jeunesse d'aujourd'hui ! » Ça, elle la copie, Arletty... « Vous nagez ? » qu'elle questionne Fred. Lui, déjà, il se rengorge... Un peu qu'il nage ! « Et la mer ne vous les pique pas, vos... là ? » Après tout, si je lui montrais mon crawl ? « Si je vous montrais mon crawl... — C'est ça, mon petit, montre-le-nous, ça nous fera un peu plus de place, à moi et Monsieur... Monsieur comment ? — Roberto », dit Roberto sans l'ombre d'imagination. Il est là qui avance un doigt gourmand dans le dos de la fille, comme s'il allait le tremper dans la crème, et il a la bouche ouverte on croirait un jars... « Alors, Fred, qu'est-ce que tu attends ? Mademoiselle t'a proposé de le lui montrer, ton crawl... tu nous rapporteras des oursins ! — Ah ça, alors, grince-t-elle, d'un air sinistre, vous, vous êtes rien drôle ! » Il est arrivé à lui toucher l'omoplate, plus rien de ce qui se raconte ne l'intéresse, il se laissera traîner dans la boue, j'aime mieux pas voir ça.

Fred déjà marche vers la mer comme le cavalier au jeu d'échecs, il saute des cases, et il a failli éborgner de l'ongle un vieux dans les trente ans.

« Comment on vous appelle ? » demande tout simplement Roberto qui, après une petite hésitation, a résisté à l'envie de faire du charme avec Hölderlin, et tire des plans pour mener le bibelot dans un endroit un peu moins fréquenté. « On ne m'appelle pas, dit-elle, je viens... mais, Roberto, vous ne trouvez pas que ça fait tarte ? » Ça il était un peu désarçonné, il parla avec les sourcils, parce qu'il ne pouvait pas dire non, enfin pas lui-même... « Je vous appellerai Johnny, moi, comme ça, ça m'évitera les confusions... j'en ai connu plusieurs... Oh, je ne vous dis pas que ce soit très original, mais ça vaut bien Popol ! Vous pourriez pas aller m'acheter des pastilles de menthe ? Pas de chewing-gum, hein, j'aime pas ça... De la verte, ça fait plus champêtre... Puis, si sur le chemin vous rencontriez un sandwich pain mie jambon ? Allez, allez ! Vous n'êtes pas leste pour votre âge ! » Qu'est-ce qu'il aurait pu faire, Roberto ? Il s'est levé, il a demandé pardon à la dame hollandaise sur laquelle il avait un peu cafouillé, et il s'est éloigné, lui, vers les dunes, en biais, comme le Fou, ce qui lui permettait de regarder par-dessus sa large épaule la créature qui s'était allongée, occupant la place à eux deux Fred, avec des petits seins insolents et les bras croisés sous la nuque, de là où il arrivait il ne pouvait plus la repérer qu'à ses lunettes... et à ce pied qui battait l'air.. Attends un peu, que j'y fasse échec, à la Reine !

Elle l'avait suivi un instant des yeux et, dans un grand effort d'impartialité, s'était concédé qu'il n'aurait pas été mal du tout, pour un groom... Puis elle creusa machinalement de la main le sable brûlant avec un vague espoir d'atteindre le mouillé, se plaignant à mi-voix, pour soi seule : « Ah non, tout de même, qu'est-ce qu'il ne faut pas faire pour avoir où s'allonger dans ce bas monde... et puis c'est qu'il est fichu de me rapporter de la menthe, le dadais, moi qui déteste ça... »

Damien ou Les confidences

« Quand j'étais enfant je me lavais les dents avec un bout d'os tout droit, des crins drus et durs comme un champ, jusqu'à ce que ma mère, ayant passé le doigt dessus, me dise avec reproche : "Damien, c'est dégoûtant, tu pouvais bien le dire que ta brosse était devenue toute molle !" et la lançait dans un tiroir du bahut peint. Puis, à l'époque où je portais encore des caleçons longs rayés, on a eu des ustensiles légèrement arqués, le manche, les poils en bouquets espacés, une plantation, au dos ça avait des petits trous dans des rigoles et des traits de couleur minces comme aux caleçons... Ça pelait très vite, maman me reprochait maintenant d'en changer tout le temps. Je ne sais pas pourquoi on ne jetait pas les brosses, chez nous. Il y en avait plein le tiroir des hors d'usage, un cimetière. En général, le bahut peint par la Tante Cécile était un camposanto d'objets : on y mettait tout ce qui était cassé, hors d'usage... Alors ont commencé les métalliques. C'était après mon retour du régiment. Elles étaient tristes. Les autres, l'os, ça jaunissait, maintenant on avait beau dire que c'était de l'inoxydable, ça vieillissait mal...

— On peut vieillir bien ? » dit étourdiment Caroline, et elle se mordit la lèvre en tournant vite vers son oncle un regard d'innocence. Il lui sourit, à cause de cette pureté du visage, il ne l'avait pas entendue, tout à ses brosses à dents.

« J'ai connu, poursuivit-il, une... personne qui en avait de Louis XV. Comme de l'argenterie... Mais c'était en fait du ruolz, ça a fini par jaunir... »

Caroline ne savait pas ce que c'était que le ruolz. Il le lui expliqua. Elle était vraiment ravissante, cambrée comme un garçon, avec ces tout petits seins, et une longue, longue robe de chambre en pain de sucre. Lui, il avait devant les yeux les taches jaunes que cela fait à la longue sur le manche des brosses, même si ce n'est pas du ruolz, et autour de la brosse proprement dite, ce cercle fendu en haut, qu'on écarte pour mettre le rechange...

« Parce que tu comprends, le grand bouleversement dans la vie, c'est quand on a eu l'idée des rechanges... C'était la fin des cimetières, tu saisis... Les petites têtes de brosses quand elles perdaient leur poil... eh, c'est un moment désagréable, tous les jours tu t'en sens dans les gencives, comme si tu avais mangé du poisson... alors on les lançait tout naturellement dans la corbeille à papier... c'était comme une brosse neuve, et toujours le même manche, des années et des années! D'un côté, c'était un peu triste, toujours le même, tu comprends... il avait perdu son éclat, on en aurait bien acheté un autre, mais pourquoi? c'était prévu pour resservir, il y a des choses, ce n'est pas la dépense... mais comme une idée du gaspillage. Jusqu'à ce qu'au lieu de longues et rectangulaires, on se mît à les faire rondes et courtes, les brosses. C'était juste à la veille de la guerre. Je m'en suis payé une, il faut bien se moderniser. Ça coïncidait avec l'emploi du poil de sanglier. Dans ce temps-là, leur idée, aux dentistes, c'était de vous faire saigner les gencives pour les renforcer. Brosser fort... Cette brosse-là, je l'ai perdue à Dunkerque... Celle que j'ai rachetée en Angleterre, en débarquant... qu'est-ce que tu as à te marrer doucement, comme ça?»

Caroline s'était jetée sur lui et l'embrassait. «Mon petit oncle, mon petit oncle! Je t'aime bien, va, raconte-les-moi, tes brosses à dents!» Il la regarda, légèrement désorienté. Se moquait-elle de lui? Il remit sa cravate en place, regarda la tache de tabac sur son index gauche, et pensa un tas de choses d'un coup comme quand on tombe du sixième étage. Il se raccrocha avant la chute à sa brosse d'après-guerre. Elle était en oxydé bleu électrique. C'était le retour du sanglier, on en avait manqué pendant l'occupation. Soit que les Ardennes dévastées... ou peut-être les Allemands qui envoyaient tout à leurs épouses... «Enfin, bref, je me souviens: ma première sanglier extra-dur, c'était juste pour le retour des déportés. Et puis on s'est mis à les refaire, presque comme avant 1914, plus longues, seulement pas en os cette fois, l'introduction des matières plastiques, naturellement! Avec le développement de ce genre de production, il fallait bien que les objets usuels se missent au pas... C'est joli, la mienne est d'un violet clair, enfin, mauve, zinzolin... c'est transparent, et il y a une fossette au milieu du manche où tu appuies le doigt quand tu te frottes les dents, ça s'incurve un peu... Non, maintenant, on a abandonné le système de rechange, toute la mode est dans le manche, et on recommence à les jeter, les brosses, il faut dire que c'est meilleur marché que les en métal... Quand tu auras fini de glousser? On a pris l'habitude de jeter le manche avec la cognée. Tu comprends, c'est le caractère de l'industrie contemporaine... rien n'est fait pour durer... Le bon marché des objets n'est qu'une prime au changement. On a tout de suite l'air d'un vieux monsieur parce qu'on a un pantalon avec un pli, mais enfin, les costumes, c'est plus une affaire. Les brosses à dents...

— Tout cela ne m'explique pas, — dit Caroline, — pourquoi tu ne t'es jamais marié?... »

Il tourna la tête, bougea un peu dans le fauteuil dont le bras craqua doucement, regarda vaguement ce que sa belle-sœur appelait stupidement la *salle de séjour*, dont il ne put s'empêcher de penser que les meubles en tubes dataient comme une brosse à dents de 1950, son œil passa d'un haut-parleur à l'autre de la Hi-Fi, et se porta vers la fenêtre qui ne pouvait pas s'ouvrir comme une honnête fenêtre, mais qu'on levait avec un tourniquet, pour se perdre dans le jour d'hiver où déjà, d'en dessous, montait le reflet de l'enseigne lumineuse du chemisier.

« Et comment crois-tu, ma Caro, qu'on va les faire, les suivantes ? Parce qu'il faudra bien inventer quelque chose... à la fois pour faire marcher le commerce, et puis pour amuser un peu les gens... Écoute, Mademoiselle, quand je te parle, tu pourrais bien ne pas te coller le transistor à l'oreille ! »

Mon Dieu, qu'elle est jolie, cette petite ! Elle s'est levée dans les coussins qu'elle avait jetés par terre et c'est sur le ton de l'indignation qu'elle s'est écriée : « Tu es un monstre, Monsieur, si tu veux savoir, un monstre ! » Il vit une fois de plus comme elle avait ce drôle de petit espace entre les incisives médianes d'en haut. Juste comme la fente sur les brosses à rechange, dans le cercle qu'on écarte... Il pensa aux garçons avec lesquels elle sortait. Et justement elle dit : « Mon oncle, quand tu étais jeune homme... c'est vrai qu'on portait des bretelles, comme tout le monde maintenant ? »

Alors ils parlèrent bretelles et Damien fronça le nez, disant que la jeunesse d'aujourd'hui était réactionnaire : la suppression de cet ustensile ridicule, il la tenait pour un *progrès*, avec l'emphase sur ce mot, mais Caro disait que pas du tout, d'abord il y a bretelles et bretelles, et quand c'est sobre, ça fait *homme,* avec l'emphase en réponse sur ce mot. « Et ça te plaît, toi, que ça fasse *homme,* comme tu dis ? » Il croyait peut-être la faire rougir, elle répliqua : « Cette idée ! » Elle n'était tout de même pas pour les fixe-chaussettes ? Ça non, mais elle eut un regard vers les pieds de l'oncle, dont les « Derby » s'affaissaient toujours mollement vers le soulier, et commenta : « Du moment qu'il y a le lastex ! Bien que tu sais, ça manque dans le strip-tease messieurs... » Pure provocation de sa part : l'oncle se rassurait de l'idée que la petite parlait de ces choses-là par ouï-dire. Il prit un ton sarcastique, et légèrement protecteur : « Justement, mon petit, si tu fréquentais les boîtes de Pigalle, tu saurais que ces instruments du fétichisme fin-de-siècle y retrouvent un regain d'actualité... — Oh ! s'exclama Caro, tu ne vas pas me faire croire que c'est là que tu finis tes soirées, Damien ! Je ne t'y ai jamais vu... » La petite garce. Elle le rassura : « Oh, tu sais, on fait plutôt ça en famille... je veux dire avec les copains... d'abord les vêtements d'homme, c'est trompeur, il n'y a pas que nous qui trichons sur les seins... alors, ce jeu-là, ça permet mieux de choisir... »

Cette conversation, il n'y avait pas l'avantage. D'une part, il ne marchait pas, et de l'autre il ne voulait pas avoir l'air scandalisé. On se coupe si facilement de la jeunesse. À son âge, les jeunes filles, si on avait l'air de trop s'y intéresser, pour quoi est-ce qu'on passerait ? Aussi tenait-il à ses rapports avec sa nièce, sans pourtant y trouver la désinvolture qu'il aurait eue avec une fille qu'on n'a pas connue enfant. C'est tout de même une curiosité naturelle : le temps passe, mais on garde en soi le goût de la fraîcheur. Alors, il ne faut pas trop se regarder dans les glaces. Je suis plus à l'aise dans les brosses à dents... Il y revint.

« Tu sais... les brosses à dents... j'ai peut-être tort de tout expliquer par la production, la concurrence des marchandises... Il y a aussi là-dessous les théories qui se combattent... la stomatologie...

— Bien sûr, — dit Caro sur le ton le plus sérieux, — il vaut mieux ne pas mêler le marxisme à tout... »

Shakespeare en meublé

J'en ai marre des chambres d'hôtel. Il n'y a de place pour rien. Quand ce ne serait que mon Shakespeare. Treize volumes in-8, si vous les mettez dans l'armoire à glace, il faut tout le temps ouvrir et refermer, surtout que les pièces, on ne sait jamais dans quel tome elles sont. Alors, sur la cheminée, mais on trouve de moins en moins de chambres d'hôtel avec des cheminées. Et puis il y a les patrons. Pour les visites, souvent ce sont les voisins. Enfin ça dépend. On ne sait jamais, quand on prend une chambre, la catégorie. Tout d'abord, c'était à mon père la faute. Des idées fausses qu'il nous avait données, nous deux François, à Saint-Brieuc. Professeur d'anglais qu'il est, Papa. L'anglais, j'ai jamais pu l'apprendre, moi quand j'ai dit : les water-closets, if you please ? ou bien à une fille : Votre pull-over, Mademoiselle, il est vachement sexy ! je suis au bout de mon rouleau, mais paraît que j'ai une prononciation excellente. Aussi, j'ai été plutôt content quand, Paul, il m'a laissé le

Shakespeare... je l'aurais jamais lu dans le texte... Que voulez-vous qu'il en fît, Paul, du Shakespeare au régiment, surtout avec cette guerre ? Oui, François, lui, il en avait sa claque de Poitiers, de Papa, de ses explications comment il fallait s'y prendre pour n'avoir pas de gosse. Le vieux, il voudrait bien qu'on croie qu'il a été un Don Juan. Non mais, tu vois, il disait, François, Don Juan prof d'angliche ! Le gênant avec mon père, il me ressemble c'est fou, on croirait que c'est moi qui l'ai fait. Je m'imagine à son âge, avec ce petit bedon... la moustache, je risque rien, j'ai horreur de ça. Comme avec le major, un brave homme après tout, qui m'a réformé pour le cœur, paraît que je n'ai qu'un ventricule. Je ne m'en étais pas aperçu, alors. Il m'avait écouté avec son truc en ébonite, puis il a dit que Dieu avait donné l'oreille à l'homme pour entendre, et quand il m'a appliqué sa joue sur le sein, ça m'a chatouillé, la moustache, on ne devrait pas leur permettre, aux médecins, après tout j'étais bien content, parce que moi l'armée ! Le ventricule, tant que je ne suis pas mauvais pour le cent mètres, et l'été le tennis, le ping-pong à Paris... François, il dit, le service c'est pas la mer à boire, mais il est bon, lui, c'était avant le casse-pipes. Il n'avait qu'une marotte, ne plus entendre parler de Saint-Brieuc, alors il s'est mis dans l'assurance-vie et il rayonne de Toulouse, je la lui souhaite bonne et heureuse. Moi, Paris, j'en avais tant entendu parler, et Maman, elle disait qu'avocat, ce n'était pas mal et puis que, substitut, le cas échéant, ça fait une vie agréable. Son mari, lui, sous le prétexte que je suis tout son portrait, il craignait bien que je sois un peu trop porté sur les filles... Remarquez, Papa, il m'attendrit. Mais il nous a donné des idées fausses, Maman me le répétait toujours : « Si tu crois tout ce que ton père raconte ! » Il avait tort, en tout cas, de nous fourrer ce préjugé-là dans la tête, qu'il ne faut jamais amener une femme chez soi, c'est des idées d'avant le déluge. D'abord, ça fait de la dépense, et ce n'était pas le poids de l'argent de poche qui m'empêchait de dormir. Surtout quand j'étais encore à la Faculté. Avec les bouquins de Droit international, d'Économie politique et Shakespeare, tu parles d'encombrement sur le mantle-piece ! Encore un mot de mon vocabulaire, vous voyez. Peut-être bien que pour le genre de personne, alors, Mme Simpson par exemple... Oh, qu'est-ce que vous allez croire ! Rien à voir avec la duchesse : née à Marseille, et son mari, un enfant de l'amour, dans l'autre guerre, que le père, un Américain, avait reconnu tardivement. Ça vous fait une belle jambe ? Affaire de dire que pas besoin de dictionnaire pour parler avec Clotilde. Elle prétendait qu'à cause de son mari, elle ne voulait pas aller chez un étudiant, alors un endroit où je n'habiterais pas, même si c'était un hôtel... C'est comme ça que j'ai transporté mes pénates du Quartier latin dans une rue près des Folies-Bergère, ce qui peut-être n'était pas très pratique pour les cours, mais quoi : j'avais pris logement dans une maison, où la plupart des gens ne venaient qu'à la journée, avec un joli cosy-corner assez pratique pour le Shakespeare, sans en rien dire à Clotilde. Je l'y amenai, ayant fait disparaître les bouquins de Droit, tout fourré dans un placard, comme si... vous me comprenez. Elle trouva l'endroit très gentil, et drôle qu'on loue la chambre avec Shakespeare sur l'étagère du cosy. Là, je me suis un peu inquiété, surtout qu'elle se saisit du tome où il y avait *Macbeth*, m'avouant qu'elle aurait voulu être tragédienne, et elle se mit à faire la lecture avec les gestes, la voix changée, elle était Lady Macbeth en personne, elle descendait dans le palais endormi, elle se frottait les doigts pour y faire disparaître le sang. Je voyais bien que si elle tournait la page... alors je me suis permis une plaisanterie assez douteuse, je lui ai dit que si elle voulait, j'irais chercher une pierre ponce. J'ai eu le droit à une crise de nerfs, mais elle a laissé tomber Shakespeare. Je ne l'ai plus revue par la suite. C'est comme ça, les femmes, ce sont elles qui me quittent, et moi, je serais plutôt porté à faire durer pourtant...

Il faut expliquer que j'avais pris l'habitude pour que le valet de chambre ne la lise pas, de ranger ma correspondance amoureuse dans la traduction de François-Victor Hugo. Non pas d'après les femmes, mais d'après le sujet, par exemple, les scènes de jalousie dans *Othello*, les demandes d'argent, ça arrive, dans *Le Marchand de Venise*, tout à l'avenant. En ce temps-là, j'aimais surtout les dames déjà épanouies... *Macbeth* contenait une lettre très compromettante pour une personne qui... enfin, ce sont ses affaires, je ne vais pas vous raconter : vous allez vous faire de moi une idée fausse. J'étais bien obligé de changer, puisque mes amies, au bout d'un mois ou deux, parfois moins, trouvaient que cela suffisait comme ça. Je ne suis pas de l'espèce qui se cramponne, et je ne pouvais pas prendre du véronal à cause d'elles. Je me dis que, Papa, au fond... c'est probablement ce qui se passait avec lui, cette ressemblance qu'on a, et voilà pourquoi quand il se raconte, ça fait Don Juan. Au fait j'aurais pu mettre un Molière chez moi, ça tient moins de place... mais d'abord Shakespeare m'était arrivé sans arrière-pensée, puis tout de même, dans deux volumes, les lettres, ça se verrait trop. Après Mme Simpson, je suis tombé sur une fille beaucoup plus jeune : elle faisait sa pharmacie, elle me jouait le grand amour, je l'appelais Ophélie, alors elle se mettait des fleurs dans les cheveux, et moi, je glissais ses lettres dans *Hamlet*. Bon. Il n'y avait pas trois semaines que ça durait, qu'elle m'a dit d'un air tout à fait désappointé : « Comme tu as les mains petites ! » D'abord ce n'est pas vrai, j'ai des mains comme tout le monde, quoi ! Et puis comme prétexte, ça m'a paru un peu court. Je l'ai rencontrée à quelque temps de là, au Pam-

Pam de l'Opéra, avec un gaillard, le genre garçon boucher, elle s'est retournée, et m'a cligné de l'œil vers lui, comme pour dire : « Hein ? Tu comprends ! » Ça, qu'est-ce qu'il se payait comme battoirs !

Paraît que c'est un grand écrivain, il est édité chez Julliard. Alors la série a continué... je ne vais pas vous les détailler, d'autant que peu après il y a eu cette Yvonne.

J'avais émigré dans le 7e arrondissement, côté militaire. Le cosy-corner était un peu cher à la semaine, et là-dessus justement l'argent de poche. C'est drôle, Papa n'est pas ce qu'on appelle radin, un peu près de ses sous peut-être, mais c'est comme pour la prophylaxie, pas, il avait des vues dans ce domaine, que faut pas trop leur donner, aux jeunes gens, ou bien ils s'habituent, et c'était quelque chose dans le genre ne pas mettre de tricot en hiver histoire de durcir. Il disait la vache enragée, le paternel, ça lui forme l'estomac, à la jeunesse. Mais parfois il se laissait amollir, surtout que je lui disais, moi, les picaillons, ils ne me collent pas aux doigts, alors je n'ai pas le temps de m'habituer. Il s'était presque décidé à me payer une vespa, si bien que je passais le plus clair de ce que la Fac ne me bouffait pas à compulser des catalogues, à comparer des prospectus. C'est même là qu'Yvonne, indiscrètement, ayant ouvert *Les Joyeuses Commères de Windsor*, a découvert une lettre de Mme Simpson assez explicite, pas datée, et elle a demandé, furax, qui c'était, cette Clotilde. Il a bien fallu lui raconter Mme Simpson, pour la calmer et elle n'a jamais voulu me croire quand je lui ai juré sur l'honneur que je n'avais pas fait cocu l'oncle de la Reine d'Angleterre. Où en étais-je ? Ah oui, voilà que les journaux, en fait de serpent de mer, commencent tout un truc sur la jeunesse, et ci et ça, les surboums, les tricheurs, les appareils à sous, le strip-tease, est-ce que je sais, ils montent la tête aux gens, que tous les garçons de quinze-seize ans se font regarder de travers au coin des rues, on se met à parler blousons noirs, il y a deux ou trois types qui passent pour avoir coupé des filles en morceaux, on se met à dire que c'est la faute aux parents, parce qu'ils leur refilent trop de pèze aux mômes, on interviewe une mère ou deux, qui te vous débitent là-dessus des choses à ne pas croire, ça devient un lieu commun, et Papa il m'écrit que je peux me mettre la ceinture pour la vespa, parce qu'après quand on me guillotinera tout le monde lui tombera dessus. J'étais si frappé qu'un homme intelligent comme ça donne dans un panneau de cette taille que j'ai eu l'imprudence d'y montrer la lettre, à Yvonne. Dans les quarante-huit heures, elle avait trouvé un godelureau avec une vespa, et ils pétaradaient tous les deux entre la rue César-Frank et Cambronne que ça m'a dégoûté du quartier, j'ai pris une piaule légèrement sur le côté, dans le 15e. Comme j'étais tout seul, j'ai ouvert le Shakespeare au hasard, et je suis tombé sur le Roi Lear : eh bien, j'ai salement sympathisé avec ses gosses, à ce vieil emmerdeur. Mais aussi, je ruminais comment faire, si pour m'endurcir il se mettait, l'autre, à me couper les vivres. En attendant, j'avais écrit une lettre à *France-Soir* pour engueuler le zigoto qui s'était spécialisé dans le crime infantile. Une lettre chiadée, avec quelques citations de Shakespeare, pour avoir l'air d'avoir l'air : Henry V, première partie, avec Falstaff et le reste, c'étaient des blousons noirs ou quoi ? Eh bien, imaginez-vous qu'ils l'ont publiée, et que ça vous a déclenché toute une correspondance : les jeunes, ça leur donnait des idées, il y en avait qui disaient : « Mon Roi Lear à moi... », et bien que l'un ait mal pris une plaisanterie un peu risquée de ma part (*toupie or not toupie*), ça donnait du ton à la jeunesse, de connaître comme ça la poésie britannique.

Le gérant de mon hôtel d'alors, un grand bonhomme plutôt gras, une face de beignet, assez pâle, avec un foulard et des pantoufles, nichait dans le bureau à l'entresol et faisait le soir pisser sur le trottoir un clebs tout à fait disproportionné dans le genre basset à long poil, qui ne lui allait pas à la cheville. Il m'est tombé dessus comme j'accrochais ma clef au tableau, et il y avait une lettre de Saint-Brieuc, ma mère. C'était pour me faire des représentations que son établissement était honorablement connu dans le quartier, et que mon genre de vie pouvait passer quand l'attention n'était pas attirée sur ma personne, mais que maintenant que j'écrivais dans les journaux. Qu'est-ce qu'il avait, mon genre de vie ? Je ne comprenais pas. Simplement que je recevais chez moi des personnes, il dit d'abord, le taulier. Et alors ? Je ne m'étais pas inscrit chez lui comme moine, et puis des personnes, justement, ce serait pourtant mon droit, mais ce pluriel, je me trouvais dans une période de stabilité, depuis Yvonne, il n'y avait eu que Joséphine, ça faisait trois mois. Pendant que je lui parlais, j'eus comme une démangeaison pour une fois de la quitter, cette petite, rien que pour me prouver que les choses n'allaient pas toujours de même, mais ce n'était pas la question. « Vous vous êtes inscrit chez moi, qu'il me disait avec son chien dans les bras, ça a le ventre attendrissant ces bestioles, comme étudiant en Droit et pas comme journaliste... Et puis mes clients, ils ne sont pas obligés de la reconnaître, cette personne, quand elle vient, ça pourrait être une autre... » C'était un être subtil pour son apparence. Il courait, clairement, deux lièvres à la fois. Il finit par me l'avouer, la police s'était intéressée à mon existence à cause de ma lettre à *France-Soir*, ça n'avait pas paru naturel, ma défense des mômes. On voulait savoir qui je fréquentais, s'il venait des blousons noirs chez moi. Ça, c'était le lièvre numéro un : parce que mon voisin s'était plaint qu'un soir il y avait du bruit, par exception, on était rentré ensemble avec une bouteille et des chips, à quatre ça ne faisait pas bien lourd, parce qu'Agénor flanqué de sa souris, voulait nous lire des vers, évidemment ça fait du bruit quand il imite le wagon-restaurant avec des mots inventés, surtout à cause du tigre, je ne comprends pas très bien pourquoi dans ses poèmes il y a toujours un tigre qui passe, il dit que c'est une métaphore. Enfin, ça n'avait pas le plus petit rapport avec les blousons noirs ; et tout à coup elle a percé, l'oreille, au lièvre n° 2, dans le saindoux qui lui tenait lieu de face, au gérant : il me suggérait de me mettre en ménage, remarquez qu'il n'insistait pas spécialement pour Joséphine, mais enfin si la personne habitait là en plein, alors on ne pourrait pas dire que je recevais des femmes, des locataires, et du même coup la police se verrait couper sous le pied l'herbe des insinuations malveillantes, enfin il prenait de ma réputation, cet homme, un souci à en avoir les larmes aux yeux. Je me sentais devenir quelque chose comme son saucisson de chien dans ses bras. Remarquez, j'y avais pensé : la gosse, elle était à Sciences-Po, et elle n'avait qu'une grand' mère à la campagne, elle se serait bien passée de se payer une chambre, c'était plutôt moi qui tenais à mon indépendance, toujours à cause des préjugés briochains. Ça n'aurait pas rendu plus discrets les poèmes d'Agénor... mais le wagon-restaurant, c'était une exception, tout à coup j'ai compris le lièvre second : ce gros malin, il voulait simplement me louer la chambre pour deux, avec une majoration. Alors je n'ai pas marché, dans mon indignation j'ai raconté la chose à ma petite amie, elle m'a giflé, et c'est encore elle qui m'a quitté cette fois, Joséphine. Et moi qui avais espéré avec ce nom-là...

Mais c'est comme ça que l'astuce m'est venue, puisque les femmes il n'y avait pas mèche, de lâcher au moins la Faculté. Le succès de ma lettre sur les blousons noirs, l'intérêt qu'on y avait porté dans la police... pourquoi ne pas essayer? C'est ainsi que je devins journaliste, sans l'avouer tout d'abord rapport l'argent de poche, dans un quotidien qui se fondait pour d'obscures raisons politiques, d'autant qu'on y parlait guère que des starlettes, de Brigitte et de Soraya. À un prix de famine, faut dire, mais un débutant. L'homme à la face de crêpe me regardait de travers. Il osa même me dire, d'un air détaché: «On ne la voit plus jamais, Mademoiselle...» Qu'est-ce que ça pouvait lui fiche? J'étais justement dans une crise de chasteté. Ça, je le gardais pour moi. Mais pour couper court, je lui ai dit, à la gaufre: «Nous ne nous voyons plus...» Il n'a pas pu faire la pâle gueule, parce que déjà, mais il l'avait mauvaise *because* la petite majoration. Après, il cherchait un prétexte, c'était du tout cuit avec le grouillot, quand j'ai fait ce reportage sur la prostitution en Jaguar dans le quartier de la Madeleine. Ça partait en flèche, les deux premiers papiers (cinquante lignes, faut être plutôt concis, c'est le genre du journal, faire court pour ne pas fatiguer le public, avec tous ces événements...) : alors on m'avait demandé une double page, tabloïde s'entend. « Tu peux l'écrire chez toi, mais il me faut ça de bonne heure le matin, — il m'avait dit, le rédacteur en chef, — parce que ces sujets-là, c'est trop grave, je peux pas les passer sans le coup d'œil de Fantômas... » Au journal, on appelait Fantômas le commanditaire qui avait déjà transpiré un petit milliard dans l'affaire, et qui avait pour règle de ne jamais mettre les pieds à la rédaction l'après-midi, quand on y était. Alors, il s'amenait le matin, à cheval, avant d'aller faire un tour au Bois, à cause de sa ligne. Donc, le grouillot s'aboule pour la copie, tout le monde dormait encore, le clebs aboie, le gérant se lève en pyjama gris et rose, un vrai pâté de tourterelle, il demande ce que c'est. Ce petit imbécile, on était en juin et il faisait chaud par hasard, n'avait rien trouvé de plus intelligent que de s'habiller en short avec toute la panoplie de Davy Crockett. Il me demande, et il mâche du chewing-gum. Le bouffi se fait répéter. Pas de doute, je reçois des blousons noirs maintenant ! Qu'est-ce que j'ai entendu ! « Le grouillot de votre journal... dites donc vous me prenez pour qui ? Il n'y a pas de grouillot qui tienne : depuis quand que vous avez un journal ? Vous êtes inscrit chez moi comme étudiant en Droit... je ne connais que ça, et puis je n'ai pas envie d'avoir tout le temps les inspecteurs parce que je loge des faux étudiants. Des fois que vous seriez communiste ? »

Je veux bien que les femmes me quittent, mais que les hôteliers me flanquent dehors, ça, c'est trop : je vais me chercher un atelier à Montparnasse. Où je laisserai traîner mes lettres, tant pis pour la femme de ménage ! et il y aura une soupente pour Roméo et Juliette. Il n'y a plus qu'à la trouver. Je veux dire Juliette.

Les histoires

Une histoire, une histoire, tout finit en histoire !

Henry Bataille

C'était un pauvre petit sans épaules, sans menton qui, faute de plaire, inventa de s'acheter une motocyclette afin de faire du bruit.

C'était une fille qui n'était ni belle ni laide, alors personne de longtemps ne la remarqua dans la poussière des jours entre son domicile et son bureau jusqu'à ce qu'elle eût passé l'âge pour lequel il se rencontre parfois des brutes !

C'était une ville où tout ressemblait à de la quincaillerie avec des étiquettes rouges. Un quartier sans cinéma ni putains, comme un vieux filet à provisions abandonné sur une chaise.

C'était une époque où l'algèbre avait fait des progrès fous, mais les mœurs en restaient à la preuve par neuf. Une époque de piétinements à attendre l'autobus, d'affiches pour des savons qu'on n'achètera jamais, de petites inventions ménagères à vous faire pleurer d'attendrissement dans des mouchoirs en papier, une époque où l'épingle était pour quelque temps encore à donation, quand déjà les sentiments dépassaient nos moyens. Et depuis longtemps les spécialités pharmaceutiques ne pouvaient plus être remboursées par la Sécurité sociale.

C'était un monde où rien ne vous isolait du vacarme extérieur, rien ne résistait aux clous enfoncés, rien ne supportait plus le lavage ou la reprise, et le cérémonial de mourir était si coûteux qu'on préférait tout de même vivre. Fût-ce comme une pince à linge sur un fil de fer.

Vivre à petits pas, avec l'ascenseur en réparation, le toit qui coule, tout qui tient par des bouts de ficelle, et des gens dans la rue à croire que les hôpitaux sont pleins. Des paquets partout, des paquets qu'on porte.

Les matins toujours en retard, le temps ouvrable à crier de longueur, les soirs hors de prix, pas le plus petit hasard la chance, et pour se dégourdir les yeux on aurait bien repeint les volets à la peinture abstraite, mais voilà, fallait l'autorisation du propriétaire.

Ô xxe siècle sur le retour, où les mots changent de sens comme de chemise, et pourtant n'arrivent pas à rattraper les faits, ô soixante centimes d'avant le millénaire, menue monnaie d'une existence qui ne ferait pas de quoi t'envoyer un schnaps à supposer que tu en aies l'envie ! Ô xxe siècle ébréché, chère soupière qui survit aux assiettes creuses ! Un jour on le mettra dans les musées comme un ticket de métro, un jour il sera plus incompréhensible aux nouveau-nés qu'un fixe-chaussette à la patte d'éléphant, et son vide-ordures sera le Scamandre d'une Iliade à fermeture Éclair. Ô XXe siècle... Une histoire! Mon cheval pour une histoire!

Après quoi, ce gamin crut remédier à la misère du menton par le collier de barbe, mais bernique: et le poil s'en allait avec le maxillaire. Il se frottait tout justement la désillusion des mâchoires, lorsqu'il aperçut la demoiselle sur le point de se laisser couler vers la cinquantaine, et la trouva touchante, et se mit à espérer qu'elle ne chicanerait pas sur l'épaule, n'ayant elle-même rien, la cuisse ni le sein, qui pût valablement retenir le regard.

Mais comment eût-elle compris que ce gamin, dont il serait indécent de dire qu'il eût pu être son fils, parce que pour être le fils de quelqu'un il faut que celui-ci pendant un petit quart d'heure ait été deux... comment eût-elle compris que ce gamin pouvait brusquement réduire à sa pointure ses prétentions d'escarpin? Elle n'entendit que la moto, et rien de ce divin vacarme d'un instant dans l'œil au bout du compte désespéré qui se posait sur elle, rien de ce calcul sans données, de ce banco du malheur, de ce quitte ou double de la solitude, rien de ce poker aux mains vides, de cette enchère au laissé-pour-compte, qui faisait d'elle un déchirant prêt-à-porter, rien de cette résignation de l'homme qui change en rêve l'abandon de son rêve, rien de leur tragédie à eux deux, pas même sa petite lueur d'obscénité passagère ne pouvait l'atteindre, elle... et lui déjà tournait la tête, habitué, mon Dieu, habitué comme on s'écorche à cette sensation d'éclipse, une fois de plus, d'avoir regardé une femme pour rien. Vous demandiez, je crois, qu'on vous dise une histoire ?

Puisqu'il avait acheté, longuement payé des miettes de sa vie, ce triste moineau, après avoir bien hésité sur la marque et le prix, les modalités d'échéances, et la phrase imitant ce qu'elle décrit rejette au bout d'elle-même le complément direct et dérisoire, sa moto... puisqu'il s'était comme on dit sans l'entendre *fendu*, verbe atroce et pareil à la bouche sans dents, fendu de cet engin, qu'on m'en passe l'argot pathétique, il serait, n'est-ce pas, naturel que cet objet puant ici, dont j'ai de longue main dans ces phrases de désordre, au bord d'un trottoir, à l'arrêt d'un tram, ou peut-être, ô destinée, entre les clous, combiné la rentrée, fît, l'objet, sur cette chair inutile au rabais habillée à l'Uniprix symbolique des économies quotidiennes, le bond de bête carnassière qui mord la carcasse ou la fesse à défaut de baiser la colombe, et réduisît à l'involontaire assassinat ce vague souhait indistinct qui soulève la mendicité déçue, et tout de suite résignée à l'échec, de notre jeune mal-barbu dont le désir fout le camp comme le menton ?

Ou, pour me résumer, ne faudrait-il pas, afin que ceci soit une histoire, à défaut d'écraser Madame, que notre héros, comme dit de Julien Sorel Stendhal, la renversât dans le ruisseau, et qu'elle en eût au moins du péroné fêlure ? Et ce n'est peut-être ici que l'entracte où, dans votre innocence anthropophage, vous allez demander à la vendeuse un eskimo-framboise afin de donner air de fête à cette un tantinet languissante soirée, où qui sait le grand film en seconde partie...

Mais non, vous qui passez cette ligne dantesque, ici perdez, lecteurs, toute espérance ! La moto de ce garçon mesquin d'épaule et peu prognathe a fait la nécessaire et stupide embardée réflexe, évitant sa proie, qui en est quitte pour la peur. Il est passé, le jeune homme sans charme, et si tapageusement que la logique y perd son latin, ces pages leur sens, et même cela, pauvre fille, lui aura donc été refusé. Elle n'aura même pas été bousculée par ce vieux mioche pâle et peureux qu'elle n'a pas vu. Si j'apprêtais déjà la plaie et la boue, et la panique dans ce ventre de puceau d'avoir jeté la passante à terre, si je faisais converger toute cette banlieue des choses, et ce calendrier de nos douleurs, et la mesquinerie énorme des bibelots et marchandises, si... ah ! si...

Or, vous n'en avez pas plus que moi plein la tronche de l'automatique déclenchement des propositions circonstancielles, ni du balancement obligatoire des compléments dito, dans le vide bavard de la bouche, ah vous n'en avez pas plus que moi la moustache irritée et la gencive torve, enfants qui m'écoutez et subissez ma prose!... Une histoire, une histoire!... Vous ne demandiez rien que cet enfilement de gestes, de pensées, par quoi se déroule entre d'imaginaires personnages le film des événements imaginés. Et s'il n'en reste qu'une à la fin, que ce soit cette histoire, ainsi que des prémisses découle à la satisfaction de l'esprit un raisonnement et un seul, et que ce garçon de peu de menton à cette demoiselle défraîchie au moins casse la cheville, à défaut de plus viril exploit! Non pas que vous n'eussiez préféré un hold-up, un crime parfait, ou la musique sérielle de quelque aventure où soit réinventé de fond en comble le plaisir de l'homme et de la femme, non, certes, et lassés que vous soyez pourtant des récits de surhomme, vous auriez peut-être, à la rigueur, accepté de moi dans quelque terrain vague que je tinsse la chandelle à six ou huit gaillards s'envoyant l'ingénue...

Mais que je vous aie en ce lieu fait venir de la banalité contemporaine, y disposant au coin des propositions principales, au creux poplité des parenthèses, à la charnière des diversions, le bric-à-brac d'un couple anonyme et des ustensiles que met l'industrie à la portée variable des bourses, là, je vous vois venir, ainsi qu'à la fin d'un spectacle au-delà des forces humaines supporté par un public qui garde malgré tout respect des acteurs, disant de leur mieux le rôle insane qu'on leur assigna, des musiciens qui jouent en mesure la cacophonie du compositeur, des danseurs dont la jambe innocente ne saurait répondre de la chorégraphie démentielle... et vous allez me tuer de clameurs, de noms de protozoaires, de trousseaux de clefs et de transistors si je n'invente pas sur-le-champ la justification de ce qui précède, si je ne fais pas feu d'artifice de la moto, des rêves déçus et de l'absence de menton, si je n'en lie pas avec le fil de fer de l'anecdote les tiges hypothétiques en un bouquet classique au trou du souffleur qui vient saluer et mourir. Mais qu'importe! J'aime les hurlements d'une salle indignée, et le pompier s'élance et l'ouvreuse frémit. Une histoire, une histoire, n'en fût-il plus au monde!

Je me suis laissé dire qu'au Maroc les enfants faits à pleine lune sont cuits à point, rubis sur l'ongle et bien ourlés. N'avez-vous pas remarqué par la fenêtre ouverte la lumière de cette nuit qui règne? Tout a pris la beauté parfaite du macadam, le poli du plexiglas, un air de youggourth à minuit. Nous sommes passés par la porte suburbaine du rêve en plein slalom de l'imagination. Impossible de reconnaître, entre les mots évités, ce jeune homme aux épaules vastes comme la connerie, dont le menton péninsulaire prend un tour scandinave aux sports d'hiver et l'effronterie enfin ne se pourrait comparer qu'aux Grandes Invasions. s'il n'était monté sur une motocyclette dont le bruit est si doux que je m'en retrouve à Charabotte au pied de la cascade, s'il ne chantait pas un air d'ukelele qu'un dimanche d'antan j'avais déjà rencontré sur un terrain de football, s'il ne s'était pas mis à la boutonnière la ravissante fleur de la timidité, je n'aurais jamais en lui deviné le Don Juan mental dont la fille qu'il n'a point écrasée attend sous l'organdi bleu pâle de l'alcôve chaque nuit que Dieu défait l'hypothétique visite. Vous voyez bien, Seigneur, que rien n'est comme il paraît, les pieds vont nus, tout leur est mousse, les lits ne sont faits que d'aimer, les mains qui cherchaient se rejoignent. Il n'y a plus nulle part de stylo dont soit le capot tombé sous la table. Il n'y a plus de gants impairs, plus d'écriteau *complet* à la caisse de la vie. Tous les miroirs sont mûrs pour le portrait d'un autre, tous les cheveux sont pleins d'oiseaux, les bras chantant d'une eau de Seltz, les baisers ininterrompus. Voici l'heure où toute chose s'ouvre en fruit partagé... Le commissionnaire aussi redégringole quatre à quatre l'escalier de service une fois le carton déposé.

Comment ? On ne s'entend plus. Vous dites ? Vous disiez ? « Une histoire, une histoire ! » Il n'est d'histoire qu'à se perdre et si c'est ainsi, bon, je brise la lampe pigeon d'Aladin, je troue le tapis volant, je mets le feu à la guitare. Allez-vous-en, allez-vous-en, vérificateurs des poids et mesures qui sous la dent craquez mes paroles pour en découvrir le noyau : l'histoire, je me la raconte, et tous je vous renvoie chez vous, oreilles de singes ! perceurs de songes ! mireurs d'œufs ! Que pourriez-vous obtenir de moi, sauf que je me taise, et quand je me tais, je vous trompe encore, je mens comme jamais dans ce que j'entends seul. Et tes ratés couvrent leurs cris, mon beau vacarme, ô ma moto, mon âme ! Il n'y a pas besoin de fées pour qu'il y ait des fées. Il n'y a pas besoin de forêts qu'en moi le rossignol chante. Il n'y a pas de marteau qui plus que mon sang cogne fort. Et toute histoire est mon histoire, où mon cœur se mange à belles dents.

La machine à tuer le temps

Il y avait encore en France, en plein milieu du XXe siècle, des villes et des régions qui étaient comme les meubles d'arrière-grands-parents oubliés dans le grenier, lavabos d'avant l'eau courante, paravents désossés, vélocipèdes avec une grande et une toute petite roue... On y avait mis l'électricité, dans les villes, pas dans le grenier, et c'était tout, encore qu'il se fût ouvert dans la rue centrale deux ou trois magasins de radios et de sous-vêtements *actuels*, deux ou trois dépositaires de frigidaires et machines à laver... les postes d'essence de la sortie, les panneaux-réclames très vite déchirés et maculés par le vent et la pluie, une affiche nouvelle faisant révolution le temps de se défraîchir. À part ça, c'était le Second Empire, et s'y remarquaient à peine quelques maisons, pierre jaune et briques neuves, style Reconstruction, remplaçant d'anciennes molaires de 1944, on y avait oublié cette guerre comme celle de 70. Toujours quand on disait la guerre, il s'agissait ici de 14-18. Et le monde des ruraux, châtelains, industriels, entrepreneurs et fonctionnaires, se répandait par le territoire circonvoisin, personnages d'une tapisserie sur tambour, reprise quand on n'a rien de mieux à faire. Avec vieilles laines et sujets classiques. Des gilets chamois, des chiens de chasse, des garnements motorisés, quelques voitures déjà sans changement de vitesse. Telle était Ombreville, 13 630 hab., faïences et spécialité de berlingots, où jamais un roi de France ne passa la nuit, ne prit son petit déjeuner, un Président de la République, qui eut garnison sous Louis-Philippe et sous-préfet sous Mac-Mahon, mais ne conservait de ce glorieux passé que deux maisons du XVIe siècle sur la grand-place, et la demeure d'enfance d'un Maréchal de Napoléon Ier, devenue le siège de la Banque populaire des Familles et de l'Agriculture, dont est encadrée la porte d'un robuste faucheur aux bras nus et d'une jeune personne à l'air rêveur dans sa longue robe de pierre où s'abrite un enfant à col marin.

On s'emmerdait à Ombreville, on s'emmerdait à dix nouveaux francs l'heure. Je mets les bouchées doubles, car on n'en était quand cette histoire — commence qu'à l'époque du franc Meyer. Vous avez oublié ? Tant pis.

Remarquez que pour être compris en 1967 ou 70, déjà, l'auteur doit s'exprimer avec la monnaie que le lecteur donne pour le métro, la viande ou l'impôt sur le revenu. En 1955, on disait encore, à Ombreville, s'ennuyer à cent sous l'heure, par routine, et maintenant il y avait vilaine lurette que ça ne signifiait rien de rien pour personne. On venait tout juste de sortir de la guerre d'Indochine, dont le nom même avait été dévalué. Par la suite, on a eu beau changer les signes monétaires, on n'arriva jamais à masquer ainsi la nécessité de bisser ce qu'on avait déjà centuplé. Le jeu des équivalences, avec deux guerres mondiales, entre 1914 et nous, demeurait difficile en matière de prix. On pourrait s'en rendre compte au taux de la volaille, un beau poulet en 1913 ne valait-il pas précisément une thune, mais l'ennui, lui, ne saurait être truqué par la spéculation. Il avait alors enchéri d'un tiers de plus que le cinéma. C'est qu'il n'y a pas de régulation administrative pour le marasme comme pour les salles de spectacle. Encore que si l'on tenait compte des introductions successives du parlant, puis de la couleur dans cette industrie... Ce sont là des considérations bien dépassées maintenant qu'Ombreville... Mais n'anticipons pas. Le mot mutation n'empêchait pas encore les provinces de dormir, on ne savait pas ce que c'était que la promotion, les promoteurs auraient paru dans le langage relever de l'industrie automobile, il n'y avait pas encore menace d'autoroute à péage dans les environs, enfin le progrès n'était pas de nature à empêcher de dormir les Ombrevillois. Où nous en étions de la guerre d'Algérie n'inquiétait personne. Une opération de police dans trois départements français, pas vrai ? On n'avait pas eu de morts localement, alors. Et donc, quel qu'en fût le prix de l'heure, on s'emmerdait comme toujours à Ombreville. La société pourtant y était faite de gaillards aimant à rire, dont plusieurs avaient des femmes assez belles, il y avait du gibier de passage, avec les gens quittant la Normandie pour la Provence, qui, ruinés à Deauville, allaient secrètement se refaire à Monte-Carlo. On possédait un club de crocket pour les dames que le golf effarouche, une école de rock'n' roll tenue par un professeur de gymnastique dont l'épouse avait précisément l'air d'un ongle coupé trop court (ça n'a pas de rapport, vous me direz). Bref, la vie était moderne, l'adultère ayant peu à peu disparu pour faire place à la partouse, pratique qui avait déjà ses lettres de noblesse depuis les années vingt. Et puis les secrets à plusieurs sont mieux gardés que les autres. Les hommes, ici, généralement de bonne humeur et de haute complexion s'habillaient toujours comme si la chasse était ouverte et ne crachaient pas sur le bon vin, d'abord parce que c'est sale, n'étaient pas ennemis d'un feu d'artifice par-ci par-là, de quelques grosses farces, dont on se tapait longuement les cuisses l'hiver (Tu te souviens, en 54, quand on a...), ce qui réchauffe. On se passait des livres polissons, qui voisinaient sur les tables avec la *Bonne Presse*. Enfin, on s'emmerdait à Ombreville que ça ne se chiffre pas avec des pincettes.

Aussi quand arriva ce jeune homme, dont le nom polonais était si compliqué qu'on l'appela par raccourci le prince Stanislas de Cosy-Corner, toute la ville, et les campagnes autour, furent saisies d'un espoir, comme il leur en poussait un de temps en temps, lorsqu'un cirque forain s'installait sur la grand-place, ou qu'il y avait un crime dans le journal à moins de cent kilomètres de là. Comment cet étranger s'était-il introduit dans la société de la ville après tout ne revêtait guère d'importance, sinon qu'il fût naturel à lui de s'être d'abord présenté, avec une certaine générosité pour ses pauvres, à M. le Curé Petit-Treillis ; je dis naturel, eu égard à l'Église souffrante de Pologne. Et, à son tour, présenté par ce digne homme un peu partout, par lui logé chez Mme Combre, une vieille dame paralysée se contentant du second étage de sa maison, dont elle avait déjà abandonné le rez-de-chaussée au commerce... et qui racontait à son locataire tous les scandales de la ville depuis 1910. Quelle chance d'être tombé sur ce jeune homme si bien élevé, qui avait l'oreille complaisante, riait au bon moment. D'ailleurs le nouveau venu avait tout de suite plu aux maris d'Ombreville, lesquels souhaitaient de temps en temps laisser ces dames faire leurs confitures pour essayer de rire ailleurs. Parce que c'était un garçon si pâle, si pâle, d'une pâleur slave, vous comprenez, qu'on avait peine à imaginer qu'il relevât du sexe masculin... Célibataire, serviable, attentionné, d'une discrétion à toute épreuve, le Polonais ne restait jamais chez personne une minute de plus qu'on n'en pouvait éprouver l'envie, et, s'il jouait, paraît-il, du violon, Chopin bien entendu, il avait le bon goût d'avoir laissé le sien chez les Bolcheviks (*un violon, vous savez, c'est comme un amour, ça ne se remplace pas !*), si bien qu'il n'hésitait pas à sacrifier des soirées aux personnes d'âge, et vous connaissait toutes sortes de tours de cartes et jeux de patience. Partout les enfants l'adorèrent dès le premier jour. Il leur apportait des chatteries. Enfin, chaque fois que quelqu'un avait à s'absenter, ces choses-là arrivent parfois, même aux époux les plus soupçonneux, il venait, j'entends le quelqu'un, chercher Stanislas au Café de la République, où le Prince prenait sa camomille très régulièrement entre vingt et vingt heures trente. À qui lui disait : je vais à la pêche, ou je suis juré à la Cour d'Assises, venez donc tenir compagnie à ma femme qui a la migraine, il ne refusait jamais ce service. Compréhensif. Serviable.

Ces dames ne voyaient pas d'inconvénient à s'ennuyer avec lui plutôt qu'avec quelqu'un d'autre. Il les changeait de leur mari, parce qu'il avait la voix douce, et avouait les trouver tellement exotiques, quand il pensait aux personnes du sexe à Varsovie, qu'elles se sentaient auprès de lui un peu chinoises, un peu florentines, est-ce que je sais ? Son grand mérite était d'écouter bien. Ah, ça change ! Avec ses airs de voyageur mieux lavé que les gens d'ici. Il apportait des bonbons de marque, du chocolat hollandais, des sucreries turques, toujours de l'inattendu, et en mangeait d'ailleurs sa bonne part. Enfin on n'avait aucune raison de se méfier. De sorte que, lorsqu'en grande confidence, après avoir un peu toussé, il disait à Mme des Eaux-et-Forêts, ou à la légitime de ce lapin de substitut, qu'il aurait bien aimé lui raconter quelque chose, comment eussiez-vous voulu qu'elles pensassent à mal ? Le Prince de Cosy-Corner, il faut le dire, ne variait pas à l'infini les manières de s'y prendre. Mais comme cela ne se faisait qu'une fois avec chaque interlocutrice, pour elle c'était toujours nouveau nouveau. Il s'amenait donc un beau jour, comme un souvenir des temps de Deschanel, tout parfumé aux *quelques fleurs* d'Houbigant et, après préambule sur les histoires locales, montrait d'évidence qu'il préférait parler d'autre chose. C'était d'une invention qu'il avait faite et dont, dans cette ville, il ne pouvait s'ouvrir à personne. S'ouvrir, s'ouvrir... il avait une façon à lui de dire ça, qui faisait baisser les yeux aux dames, et peut-être pas tellement par pudeur.

Mais, comme il en était tout agité, il sentait le besoin de se débonder et auprès de qui, sinon de la personne présente, une âme délicate, et qu'il avait bien compris souffrir d'un milieu, mon Dieu, comme tous les milieux ! Ombreville n'est pas pire que Villefranche ou Pont-Audemer... mais enfin... Ah, si vous deviez vivre à Lódź ou à Cracovie ! la province est partout la province, chère Madame. Il s'agit d'autre chose. Ce qu'il disait de cette invention ne s'entendant pas d'emblée, la curiosité vous en prenait. Je ne jurerais pas que toutes ces dames ne l'eussent que de l'objet décrit, mais le Prince faisait fermer les portes, baissait la voix. Il s'agissait donc d'une machine à tuer le temps. Vous pensez, si c'était ici de saison! La description de l'engin exigeait des précisions et des approches. Facilement équivoques. Stanislas avait peur d'être surpris... il devenait lyrique dès qu'il parlait mécanique. Avec une brusque digression sur la théorie des quanta, pile interrompue, un peu gêné, s'apercevant que son interlocutrice n'y pigeait goutte. Mais, avec un sourire, songez donc la bonne affaire que cela sera, car pour tuer le temps il y a plus de clients que pour le rouge à lèvres ou le papier à polycopier, peut-être! D'ailleurs le côté mathématico-physique de l'affaire était loin, fort loin, de constituer l'essentiel de la confidence: il y avait encore la théorie, la philosophie de la chose, pour ne point encore aborder la pratique. Il promettait, la *prochaine* fois, d'apporter avec lui sa «maquette», et imaginez-vous que, quand il parlait de cela, il en devenait presque rose, comme de s'être permis un mot vraiment osé... Avec ces yeux rêveurs qu'il tournait lentement sur vous. J'imagine qu'il tenait alors de l'Ange au jour de l'Annonciation. Le sourire de l'Ange, sur son petit nuage, hein...

C'était en général à la seconde séance qu'après s'être beaucoup fait prier, il allait chercher le paquet laissé dans l'antichambre avec les gants. Ça, les gants, il en avait une collection, ce garçon, des daims tendres, des chevreaux glacés à s'y mirer... Et, avant de développer la maquette, il demandait à prendre ses aises, retirait son veston, retroussait ses manches... Enfin, cela ne lui faisait pas un mois d'Ombreville que toutes les femmes y étaient secrètement folles de lui. Ah, ce n'était pas comme les Messieurs de par ici qui ont l'air toujours de brouter le pré, ce qui vous coupe un peu le lyrisme, ma chère! Le malheur était qu'il leur faisait des enfants comme on respire et non qu'il fût particulièrement maladroit, mais c'était là tout ce qu'il aimait, le pendard! Il s'en excusait, disant que, pour la religion, du moment que la reproduction de l'espèce était le but, il n'y avait pas de péché. Le péché se faisait bien plutôt dans le mariage, avec tous ces trucs des maris à n'avoir en vue que leur plaisir égoïste, n'est-ce pas?

Bon, pour les trois, quatre, cinq premières, passe encore: les époux sans trop de mal endossèrent le lardon. Tu sais bien, c'est ce soir où tu es rentré légèrement éméché, hein? C'était vrai, il leur était arrivé de regagner le foyer conjugal, un peu gais, et aussi pas mécontents de prouver... vous saisissez? Mais quand tous les ventres de la ville commencèrent à s'arrondir, cela se mit à se remarquer, à prendre un tour d'épidémie, on n'avait jamais vu une année comme celle-là! Vous parlez de vendanges... Personne n'imaginait que la machine-à-tuer-le-temps pût en porter la responsabilité, d'autant que cette machine-là demeurait un secret dont on ne parlait que sur l'oreiller. Notre Prince se refusait d'ailleurs à la remettre en marche tant que l'enfant ne serait pas venu : cela était contraire à sa religion. La merveille était qu'il vécût comme il faisait, la Révolution l'ayant absolument dépouillé, mais là, dépouillé de Pologne, il n'avait emporté que sa brosse à dents. Et encore il avait fallu plusieurs fois en changer! Personne, je veux dire pas une de ces dames, ne pouvait imaginer que le peu qu'elle lui donnait pour poursuivre ses expériences, pût lui suffire à lui procurer les moyens de cette vie qu'il menait. Et le Général Beson de Lamothe qui se tenait pour assuré que le Prince avait des mœurs contre nature... d'abord on ne lui connaît pas de liaison... ayant remarqué d'ailleurs, le Général, que Stanislas le regardait à la dérobée, ce qui était fort compréhensible, car le Général était bâti comme un chien qui serait un diable, le Général Beson de Lamothe disait que ce Polack ne pouvait pas avoir choisi place plus éprouvante qu'Ombreville, parce qu'il était de connaissance commune que cette ville comptait plusieurs goitreux, des aveugles et des sourds, mais pas un seul *antiphysitique*, comme ce militaire appelait la chose, en ayant appris l'existence par les Mémoires de Canler. Du moins disait-il.

Aussi encourageait-il ces Messieurs à avoir

quelque pitié de Stanislas et, par exemple, à lui donner leur photographie. Ce sont des malades, ces gens-là, il faut les plaindre. Pour un peu, il aurait dit les aider. Si bien que le Prince avait chez lui le portrait des pères légaux de tous ses enfants. Certains avec dédicace. Et peut-être arrière-pensée. Parce qu'entre nous deux ou trois de ces messieurs... peut-être plus.

À la longue, pourtant, la vie à Ombreville commença de lui paraître monotone. Finalement, faire des enfants à ces dames, c'était un peu comme aller au bureau. À la différence qu'au bureau on se met des manches de lustrine. C'est ce que disait un certain Marcel Duchamp, dont le nom n'a qu'après sa mort connu la célébrité d'Ombreville, lequel était l'inventeur d'une martingale qu'il exploitait, l'ayant mise en actions, gagnant ainsi de façon régulière à la roulette, mais somme toute petitement. Aussi notre Stanislas en vint-il à penser fort sérieusement que tout le mal du monde résidait en ce qu'on ne possédait pas de véritable machine à tuer le temps. Ça, ce serait une martingale ! Et pas limitée pour le gain. Mais c'est vite dit, *tuer le temps* ! Il faut faire vite, je vous l'assure, avant que ce ne soit le temps qui vous tue. Comment le prendre à la gorge ? Et faut-il vraiment l'étrangler, ou le noyer, ou lui donner quelque toxique à la longue qui vous en débarrasse ? Il se mit à le trouver si long, le temps, à Ombreville qu'il en pleurait la nuit, et songea même à prendre femme pour de bon, afin d'avoir quelqu'un à battre quand ça n'allait vraiment plus et que ledit temps se mettait en travers dans sa gorge, comme une arête de poisson. De poisson balte, bien entendu. Il n'était guère fait pour le mariage. Ayant trop le goût de la diversité. Et puis faire un enfant à une femme mariée, c'est une chose. Les faire à sa femme, comme ça, chaque fois, en était une autre. Ah, si seulement il l'avait eue, la machine! La nuit, il se réveillait pour écouter l'horloge, le tic-tac, mais surtout la sonnerie des demies: on se dit, la demie, mais de quelle heure? Avec ça qu'il y a des distractions qu'on ne peut pas se permettre, avec ce métier plutôt fatigant.

Enfin, tout de même il y a des choses à quoi l'on songe, et qu'on ne fait pas. De quoi aurait-il vécu d'ailleurs s'il s'était marié? On ne donne qu'au célibataire. Et puis, il y aurait les robes à payer. Sans compter, évidemment, que, s'il avait dû engrosser toute la ville, il y en aurait eu pour quelque temps. Mais il ne s'agissait jamais avec lui que de travail rentable. Alors, il se trouva assez vite au bout du rouleau. Il dut songer à une seconde tournée.

(*J'ai un peu peur qu'on se méprenne sur mon Prince: qu'on se mette à le tenir pour un professionnel de la plus basse espèce. Je vous jure que c'est fort loin de mon esprit. Stanislas, tel que je l'imagine, est un joueur, avec toutes les folies des joueurs, et d'ailleurs, il n'a vrai plaisir des femmes que s'il leur perd la tête de paroles, s'il se trompe lui-même avec ses propres tromperies... mais, comme tous les joueurs, il lui faut donner réalité à son jeu, et peut-on le faire autrement qu'avec l'argent ? On n'est pas amant pour du beurre, tout de même !*)

Il advint ici que les choses se gâchèrent. Non que ces dames fussent rebelles à recommencer, et d'ailleurs assez sottes pour ne point comprendre qu'elles auraient à nouveau un enfant, croyant voir s'ouvrir devant elles une période de plaisirs romanesques... Elles imaginaient des fugues, je ne sais pas, moi, en Italie, les Lacs, l'amour en chemin de fer, le contrôleur qui vous surprend. Dommage qu'on ne puisse aller en Pologne, les châteaux... Mais c'est qu'avec Stanislas la *machine* se mit à fonctionner dans le vide. Tout ce qu'il aimait était de séduire, il avait perdu l'habitude de ne pas changer à chaque fois de chemise, ce revenez-y l'écœurait. Les châteaux de la famille, il en parlait souvent pour faire joli, parce qu'entre nous... Il s'était mis à s'ennuyer comme tout Ombreville réuni. Il s'ennuyait pour les femmes de tous et de chacun, comme chacun de temps en temps de la sienne, pris dans le réseau des familles, les obligations des fonctionnaires, les préjugés des nobliaux, la piété des dames patronnesses, ce qu'en dira-t-on des rentiers. Il s'ennuyait parfois si fort qu'il en voyait rouge, se sentait l'âme d'être un révolutionnaire. Il décida une bonne fois de tuer le temps. Je m'en souviens : c'était une nuit d'automne, il faisait anormalement chaud, on avait beau rejeter la courtepointe... Tuer le temps ? Mais comment allait-il s'y prendre ? Il s'en faisait une représentation sauvage, sanglante... Le temps sous lui comme une bête qu'on égorge, lui courber la nuque... Cela grondait en lui, une méchanceté des entrailles, puis doucement il se rendormait, retrouvait un rêve bizarre interrompu, où il se promenait dans un village de là-bas, ce pays à lui qu'il ne connaissait pas, mais qui s'était peu à peu reconstitué en lui dans les songes, un village de montagne, dont les habitants étaient habillés comme des danseurs de folklore, et lui passait dans les rues à la façon des vitriers, agitant une clochette ; mais criant : *Horloger, horloger !* et les gens sortaient sur le pas des portes lui donnant des pendules à remonter, et un verre de vin blanc dont il mouillait sa moustache, car il portait moustache en rêve, toujours, pour mieux plaire. Après quoi, cric-crac, tout en faisant mine de tourner le remontoir, il *cassait* le temps, et s'enfuyait plus loin pour y porter le crime... Ah, le plaisir de détraquer ces machines infernales que les gens gardaient chez eux depuis des générations ! Tuer le temps, tututtutt, tuer le temps... Mais comment au vrai s'y prendre ? Comme pour les limaces ?

D'autant que l'ennui poussait les paisibles citoyens d'Ombreville à de nouvelles passions que la radio, les journaux ne faisaient que trop alimenter. Déjà les sports à la télé rendaient des personnes jusque-là modestes dans leurs désirs, difficiles, sur les pectoraux, les biceps, la machinerie mobile du dos, la cuisse mâle. Et si maintenant les femmes, à l'instar de leurs maris, se mettaient à avoir la tête politique ! Cela risquait de leur enlever le goût de la volupté, ou tout au moins de le détourner vers je ne sais quels beaux parleurs dont il faudrait emprunter le vocabulaire, tout un baragouin à réapprendre ! La mi-temps, le sprint, est-ce que je sais ?

*

Entre-*temps*, les enfants du Prince étaient nés, à une ou deux fausses couches près, ce qui dans l'ensemble avait ramené beaucoup de maris d'Ombreville au bercail, et n'avait causé le divorce que d'un seul mauvais coucheur lequel obtint de la Faculté un certificat d'impuissance. Celui-ci, en général, l'opinion ne lui donna pas raison : on comprenait sa femme, sans en percer le secret, mais cela fit du vilain quand on s'aperçut que l'enfant ressemblait terriblement à celui d'un professeur au lycée Jules-Ferry, un bellâtre, qui eut des drames avec son épouse. Plus pour la forme sans doute, qu'autre chose, la dame sachant à quoi s'en tenir, mais qui passait sur son mari le dépit qu'elle avait de l'inconduite évidente du Prince. Surtout que ses amies te vous prenaient de ces airs apitoyés ! Comme elle étouffait de rage de ne pouvoir parler de la chose, elle vint s'en ouvrir à sa rivale, dont par bonheur l'époux n'avait rien remarqué, lui disant, après quelques propos aigres-doux, quand elles eurent pleuré un coup ensemble: «Ma chérie, notre position est cornélienne, si tu veux savoir, proprement cornélienne!» Cela fit comme le commencement d'un syndicat, et Stanislas s'en trouva grandement inquiet: voyez-vous que toutes les personnes qu'il avait honorées d'une progéniture princière se missent à donner des fêtes enfantines? Et, qui sait, peut-être organiser des grèves? Il y avait encore le temps jusque-là. Mais fallait aviser. Surtout qu'il était lancé et que, comme cet empereur romain, quand il n'avait point procréé, il se reprochait d'avoir perdu sa journée. Il y avait bien eu un petit regain, en raison de quelques familles, sentant les choses mal tourner, qui avaient quitté leurs vignobles d'Algérie pour se fixer dans la région. Mais là, il s'était heurté à deux ou trois vertus solides, lesquelles à vrai dire, se suffisaient de leurs sept ou huit marmots, et à des maris se promenant avec le fusil dans leurs nouvelles propriétés, et cela déplaisait plutôt à Stanislas, étant le dernier des Princes de Cosy-Corner, sans l'ombre d'un rejeton légal à qui transmettre le nom et la couronne. Il alla, d'inquiétude, jusqu'à rêver à nouveau huit jours au conjugo: mais il éprouvait une répugnance physique pour les jeunes filles, avec ça que, pour se mettre en train, il lui fallait songer au tour joué au mari. L'émulation, quoi. Et puis, quand on n'a plus ni terres ni paysans, c'est tout de même plus commode que quelqu'un se charge des suites. Avec les habitudes qu'il avait prises, s'il eût agi pour son propre compte, il n'aurait pu que se restreindre. Vous le voyez, le dimanche, avec toute sa marmaille allant à l'église? Après tout, Ombreville, il n'entendait pas s'y fixer *adaeternum*: il avait fini, à lire ces journaux qu'on trouve ici dans les familles, et les revues de l'émigration, par se mettre à croire à des bouleversements prochains dans sa patrie, il parlait à tout bout de champ de l'Aigle de Jagellon et se voyait déjà dansant la mazurka sur la Vistule, avec des patins à glace qui se retournent en boucle, bien qu'en réalité il n'eût jamais mis les pieds en Pologne, ses parents étaient des fourreurs établis derrière la République, arrivés en France pendant l'autre guerre, dont il était le sixième rejeton. Sa principauté lui était née de la chevalière qu'il portait et tenait d'une relation mondaine à Saint-Ouen, dans le Marché Vernaison. C'était, il faut dire, un rêveur par nature. Pour se délasser de ses travaux de population, il aimait s'imaginer le passé des siens, leurs propriétés, les chasses à l'ours dans les Tatras, les randonnées à cheval, les guerres contre Tatars et Russes. Les amours d'un de ses aïeux avec la Grande Catherine... Et, histoire de nourrir matériellement ses songeries, il se ruinait à se faire des souvenirs de famille, achetant chez les revendeurs tout ce qui pouvait à la rigueur passer pour venir de Pologne. C'est ainsi qu'il fit la connaissance d'un ex-légionnaire, lequel, étant originaire de Zelazowa-Wola, prétendait devoir, à son grand regret se débarrasser d'une boucle de cheveux de Chopin à sept ans dans un cadre ovale, noir à filet or. Et bien qu'il eût à tout prendre préféré quelque relique de Jean Sobieski, voire de l'un des tout derniers Rois, auxquels il avait secrètement dû s'apparenter, Chopin du moins présentait l'avantage que son nom disait tout de suite quelque chose à la *gentry* d'Ombreville, surtout avec la radio, laquelle, ces années-là, se payait des *Nocturnes* plus souvent qu'à son tour de bête.

D'ailleurs, le Légionnaire était devenu garde-chasse chez les Comtes d'H... (de vieilles connaissances à moi depuis 1815) où Stanislas avait ses entrées, la Comtesse venait de mettre au monde une ravissante fillette et on voyait très souvent les deux compatriotes ensemble, ce qui était bien naturel, avec le mal du pays. Et l'occasion de parler patois. Le Général Beson de Lamothe s'était fait mal voir, toujours avec ses propos de popote sur les deux exilés. Et puis sa femme se trouva enceinte pour la deuxième fois en moins d'un an, et l'on convint dans tous les salons que c'était un vieux dégoûtant : pauvre petite générale, il ne pouvait pas la laisser un peu souffler ? Curieusement, ces temps-là, le Général se mit à fréquenter le Café de la République, et on les y voyait ensemble sur le coup de vingt heures, le Prince, le garde-chasse et lui. Seul, Stanislas buvait de la camomille, il faut dire. Il en exigeait un pot, et de temps en temps avec sa cuillère en agitait les têtes, qui lui semblaient des crânes, quelque part, du côté d'Elseneur.

Il en faut si peu qu'une ville s'amuse. Pendant quinze jours, les commentaires sur le trio allèrent bon train. Mais tout s'use... On recommença à s'emmerder à Ombreville, on n'avait jamais cessé d'ailleurs, alors là d'une de ces merdes épaisses, et pesantes, comme certains sols de marécage, d'où s'exhalent à la fois la puanteur de la décomposition et une brume à couper au couteau. Les tournées de Paris étaient mauvaises, mais mauvaises, cette saison-là, on ne s'en fait pas une idée, même en province. Cela donnait un sujet de conversation, il s'éteignit très vite dans l'année 1957, parce que l'indignation a tout de même besoin de plus forte pâture pour s'entretenir entre gens bien élevés. On pensa à tout, pour s'en sortir, jusqu'à faire venir des blousons noirs.

C'est où l'on touche le côté moralisateur chez mon Stanislas. Cet homme, comme je vous le présente, qui semble au fond n'avoir guère de scrupules, et à bien des égards ne ménager que ses plaisirs et ses intérêts, d'ailleurs, le plus souvent mêlés, avec le genre de vie qu'il s'est choisi, en réalité n'envisage ceux-ci que dans le cadre de certaines conventions, d'un équilibre social, où bien entendu, comme tout le monde, il cherche à se ménager une certaine liberté personnelle... Cet homme n'envisage pas sans effroi les écarts possibles, les égarements que peut entraîner un certain développement historique. C'est ainsi que, si j'en avais *le temps* et peut-être le goût, je devrais vous faire assister à diverses conversations qu'il eut vers cette époque, avec des personnages, comme Beson de Lamothe, qui semblaient pourtant les défenseurs de l'ordre établi, mais qui de *temps en temps*, quand ils trouvaient précisément que l'histoire est bien lente à tourner sur des talons de beurre, n'hésitent pas à souhaiter le pire, la politique du pire, et se prennent à dire qu'il faut pousser le mal par les épaules sur l'avant-scène afin de préparer la victoire du bien par l'excès du mal. Ce qui est, je vous l'avoue, à mes yeux discutable, comme toujours un certain emploi de la dialectique, même remise sur ses petits petons. Donc, quand l'idée commença à courir dans Ombreville, j'entends chez les gens de la bonne société, que ce qu'il aurait fallu pour sortir du marasme, y réveiller à la fois l'audace et le civisme, c'était d'y introduire des éléments douteux dont le comportement eût pour ainsi dire fouetté les énergies... euh, euh... le Prince de Cosy-Corner se fit voir sous un jour que j'ai sans doute eu le tort de ne pas vous montrer plus tôt, une espèce de grandeur stoïcienne, un pathétique de l'âme, qui relevait d'une pureté morale comme de nos jours on n'a plus l'habitude d'en rencontrer.

Et sans doute qu'il y avait là chez lui l'approche de ses trente-cinq ans, moment à la fois trouble et pathétique, qu'on a le tort de ne pas souligner dans les romans, à cause, me semble-t-il, d'une certaine religion qu'on se fait des changements de dizaine dans l'existence de l'homme, enfin je ne sais pas.

Il y mit, Stanislas, une telle fougue, il s'exprimait avec une telle indignation, que le Général s'arrangea pour organiser une petite soirée entre hommes, où les citoyens les plus actifs et, à la fois, les plus représentatifs de la ville, purent entendre ce noble étranger défendre la loyauté des moyens contre le machiavélisme qu'on commençait à voir poindre dans les esprits de ceux qu'indignaient à la fois l'inefficacité de nos dirigeants, la situation du pays, et le peu d'initiative qui régnait dans le peuple lui-même pour rendre à la France un certain panache, tout uniquement qu'il était attaché, celui-ci, à ses intérêts de caste, ses revendications matérielles, assez misérables, ne trouvez-vous pas ? Enfin vous m'entendez. Je ne peux pas dire que Stanislas convainquit tout le monde. Il y a des préjugés qui ont de si profondes, anciennes racines, d'abord. Bien des gens se font des choses une représentation classique, oui, c'est le mot. On pourrait peut-être dire, de préférence, routinière. J'hésite à choisir... Mais peut-être aussi est-ce qu'il y avait parmi la bonne société, alors comme jadis, avant 1789, des éléments qui espéraient amener une sorte de convulsion de la santé par des infusions microbiennes à Ombreville, j'en suis persuadé, des esprits assez pervers pour souhaiter secrètement que l'introduction d'éléments dangereux dans la cité, et je n'ai plus en vue ici les blousons noirs auxquels on avait pu penser, leur permît de satisfaire des désirs qu'ils dissimulaient depuis toujours. On trouvera sans doute étrange qu'en cette occasion je présente notre personnage comme le vrai champion de la vertu, mais si bizarre que cela paraisse, il en fut ainsi : Stanislas n'avait pas tendance à chercher ses plaisirs dans le trouble des bas-fonds, lui. En tout cas, que je sache. Notre âme nous réserve de telles surprises... Enfin, pour ce qui est de Stanislas, ce qu'il m'en semble tout au moins, il préférait pervertir *les gens bien*, sachant déjà d'expérience que le genre de complicité qui pouvait s'établir entre eux permettait à quelqu'un comme lui, le cas échéant, de trouver des alliés à sa semblance, parfois dépassant un peu la légalité, les mœurs établies, mais pas trop, sans jamais l'entraîner à des situations dangereuses, où ceux qu'on pouvait tenir pour des complices se défilent, et vous laissent payer les pots cassés, quand ils ne vous dénoncent pas.

Enfin, inutile d'insister, parce que ce moment de vertige collectif dans la société ombrevilloise fut de courte durée et des événements imprévisibles accélérèrent cette année-là et au début de la suivante, des modifications profondes de la société française que l'on n'avait pu aucunement prévoir, et pour le plus grand nombre même pas souhaiter. Mais peut-être bien, qu'on avait d'autant mieux prévues en haut lieu, qu'elles trouvaient certaines complaisances, certains appuis matériels, sans lesquels il est bien difficile de gouverner.

Là-dessus, de toute manière, les nouvelles de l'Afrique du Nord se firent inquiétantes (elles l'étaient à vrai dire depuis quelque temps, mais on ne s'en était pas rendu compte d'emblée dans cette région française où Stanislas tenait plus à ses propres combinaisons qu'à des bouleversements sociaux d'une certaine ampleur et par là, il faut bien le dire, partageait assez le point de vue qu'en avaient bien des citadins d'Ombreville ou de ses environs). Mais, soudain, ce fut comme une flambée : on revit toute sorte de gens qu'on avait perdus de vue depuis dix ou douze ans, il y eut des conciliabules, des banquets. La multiplication des banquets, dans notre pays, est généralement le signe de grands changements politiques ou, tout au moins, d'un désir de ces changements qui se fait jour.

Le difficile ici était évidemment qu'on arrivait mal à incarner l'adversaire, à le cerner. Ombreville était une cité heureuse, au fond, à l'emmerdement près : elle n'avait que peu d'ouvriers, dont les agitations étaient passagères, rarement suivies d'effet. La campagne alentour, coupée de grandes et belles propriétés, avec ses parties domaniales, comportait bien une plaine, pas trop fertile, laquelle pas plus que des hormones ne nécessitait une spéciale main-d'œuvre saisonnière... enfin bien qu'aux élections ces gens-là eussent toujours quelques voix qu'on n'arrivait guère à localiser, dans l'ensemble c'était une ville sans communistes, où l'on tenait les radicaux de droite pour des rouges. C'est vous dire que le 13 mai passa comme une lettre à la poste, qu'on eut quinze jours d'exaltation et qu'on vota comme un seul homme pour le nouveau régime, quand celui-ci fit encore cette concession au passé de demander son avis, circonstancié sans doute, au suffrage universel. Après quoi, les destinées du pays étant entre bonnes mains, on se remit à bâiller discrètement, pendant trois ans et plus. Il y avait eu un mouvement de fonctionnaires, qui avait un peu animé les choses. Les visites faites, tout était retombé comme par le passé. Il naquit encore chez les nouveaux venus quelques mioches de source secrètement princière, et il y eut quelques incidents au lycée Jules-Ferry, dont le Général disait, je veux dire Beson de Lamothe, évidemment, qu'il en eût fallu changer le nom sans attendre pour apaiser les esprits.

Quand les Russes avaient tiré sur la Lune, les sentiments avaient été partagés : mais d'abord il y avait cette pauvre petite chienne à qui on n'avait pas demandé son avis pour lui faire faire le looping-the-loop, et puis quand on irait dans la Lune, je vous demande un peu si l'on s'emmerderait moins à Ombreville ?

Au fond, le seul événement sérieux avait été l'introduction du twist, vers la fin de 1961. Cela m'entraînerait trop loin de raconter comment cela s'était produit... Bien que l'étrange ressemblance de la plupart des enfants nés depuis 1956-57 commençât à faire sérieusement parler. Même à l'échelon national de la science...

Le docteur Motu, qui avait chez lui un produit de ce cru singulier, songeait même à en faire communication à l'Académie de Médecine. Il allait chez l'un, chez l'autre, demandait à examiner la progéniture et laissait dire que sa thèse porterait le titre: « Des influences extraordinaires sur la morphologie humaine à la fin de la IVe République. » Prétendant que tous ces bébés ressemblaient au Général... pas Beson, vous voulez rire, l'autre, bien sûr. Stanislas ne trouvait pas. Mais Motu lui répliquait qu'il avait vu des photos du petit Charlot, et que c'était criant. Le mot avait tout à coup inquiété notre Prince, non que l'expression lui fût nouvelle, mais il arrive qu'on entende un lieu commun du langage sans y attacher d'importance: et puis, si on a une bonne raison pour, hein! L'idée qu'une ressemblance puisse crier... ce concert en ville, des fois!

Au Café de la République, qui s'appelait maintenant *La Cinquième*, la petite compagnie autour du Prince s'était multipliée: elle recevait d'ailleurs des visiteurs qui n'étaient point de la ville, le substitut s'y mêlait parfois, des jeunes gens qui préparaient les grandes écoles. Le commun sujet de conversation, pour autant que les voisins de table pouvaient l'entendre, était *la machine à tuer le temps*, dont Stanislas, tout en en parlant à mots couverts, faisait de moins en moins cachotterie. En quoi elle consistait, et combien il fallait d'hommes pour qu'elle fonctionnât, tout cela n'était pas très clair, vous comprenez, tant que le brevet n'est pas déposé ! Mais, par contre, tout le côté Einstein, vitesse de la lumière, du truc, donnait lieu à des conversations véhémentes, telles qu'on disait déjà qu'à Ombreville, il y avait au moins un endroit où le temps était moribond, c'était à *La Cinquième* ! Si l'affaire n'avançait pas plus vite, c'est qu'elle demandait des calculs extrêmement compliqués, exigeant, avant d'aborder la confection de la machine même, que l'on mît, si j'ose dire, sur pied *une mémoire* comme on n'en avait pas encore fabriqué une, et tout cela parlait cybernétique à tue-tête sous les palmiers en pots, avec les garçons autour qui époussetaient les tables pour mieux entendre, et ce n'était question que de radars et de bezoukhas... enfin un langage d'un moderne ! Justement un spécialiste venu à Ombreville, parce qu'il était le cousin d'une de ces dames, s'était taillé un grand succès à expliquer l'état de cette science nouvelle. On n'y comprenait rien, avec ses histoires de Tortue et tout le saint-frusquin : le Général, déjà l'idée qu'on pouvait extraire les racines cubiques, comme ça, presse-bouton, il ne voyait pas plus loin dans l'affaire. On n'y avait pas trop cru quand le cybernétiste de passage avait dit au Prince : « Je vois ce qu'il faudrait à Votre Altesse, si je pouvais vous l'obtenir... » Encore un de ces hâbleurs ! Sa cousine disait de lui dans l'intimité qu'il était cybernétiste comme mes fesses. Alors, ça ne devait pas être vilain...

Le seul vrai délassement qu'il trouvait, Stanislas, dans cette vie agitée entre ses clientes et maintenant la science, tous ces trafics... c'étaient les moments passés au chevet de Mme Combre, sa propriétaire. D'abord, il pouvait y paraître presque à n'importe quelle heure, elle était contente de le voir, même quand elle somnolait déjà. « Retapez-moi mes oreillers, je m'étais laissée aller... là, merci mon Prince ! » Elle aimait l'appeler comme ça, et par deux ou trois expressions un peu discordantes pour Ombreville, trahissait, sans trop se hâter, certains côtés de sa jeunesse. Qu'est-ce qu'il avait été M. Combre ? Dont le portrait au-dessus de la cheminée ne nous apprenait pas grand-chose. Mais, de deux ou trois semi-indiscrétions, le locataire de l'entresol s'était cru autorisé à certaines déductions sur le passé de la dame. Vous serez gentil, mon petit, réchauffez-moi ma tisane... Elle avait été dans les colonies. Lesquelles, on s'en fout. Les colonies. D'ailleurs, il n'y en a plus, alors les unes ou les autres ! Elle ne regrettait qu'une chose, c'était que ce M. de Cosy-Corner fût trop bien élevé. Pour elle, vraiment, elle n'aurait pas vu d'un mauvais œil qu'il ramenât chez lui une de ces poulettes qu'elle imaginait... Elle avait même insinué, une fois ou deux. Après tout, il était chez lui, hein ? Et ce qu'il y faisait. Même de vous savoir comme ça, là, ça me rappellerait des choses. Il détournait pudiquement les yeux. Oh, Mme Combre ! Vous ne croyez pas que je pourrais... Même une fois, elle lui demanda : « Mais, alors, vous devez aller où ça ? Parce qu'à Ombreville, en fait de dalles chauffées ! » Peu à peu, toujours avec cette pudeur des mots, cet air d'adolescent à rougir, qui commençait à paraître bizarre chez un homme fait, le Prince s'était laissé aller à des demi-confidences. Vous savez, j'ai mis longtemps à me payer une petite voiture, mais à la longue, il fallait bien faire comme tout le monde, cela aurait paru étrange. Maintenant que même des gosses en exigent de Papa. Alors, quelques petites anecdotes... Il mentait comme un arracheur de dents. S'attribuant des histoires que des jeunes gens lui avaient racontées. Parce que raconter ce qu'il faisait au vrai ne l'amusait pas, lui. C'était des histoires qu'il connaissait, lui, et puis, entre nous, ses aventures, c'était toujours un peu bonnet blanc et blanc bonnet ! Il préférait inventer, faire romantique... des rencontres dans les bois, ou bien un petit voyage dans une grande ville où on s'est donné rendez-vous, une aventure qui n'aura pas de lendemain... des choses qui font joli quand on y repense après, un peu mélancoliquement... des étrangères par hasard... et puis, peut-être, au fond de tout ça, un grand amour dont il ne disait rien... L'explication de son séjour ici, Paris abandonné... Une femme dont il ne voulait pas briser la vie, elle avait déjà un grand enfant, oui. Non pas de lui, hélas. Un enfant adorable, vous savez. Bien que Mme Combre, le genre platonique, elle. Remarquez, il ne manquait pas de détails à donner dans un autre ordre de choses, le Prince. Suffisait de les attribuer à des personnes impossibles à reconnaître. La propriétaire, un jour, lui avait dit, ouvrez donc la petite armoire, là, à droite... non pas ça... la boîte avec des coquillages. Et elle lui avait montré des photographies. Celui-là, mon cher, personne ne pouvait lui donner des leçons. Monté comme il était... Stanislas regardait innocemment ses ongles.

Tout de même, une des choses les plus singulières de sa vie, en tout cas c'est ainsi qu'il se la formula, pour lui seul, ce fut la nuit où il eut un de ces rêves, comme l'existence qu'il menait lui en laissait pourtant fort rarement le loisir, se retrouvant dans un hôtel de Paris, où il allait quand il habitait encore chez sa mère, et où Mme Combre l'attendait dans une alcôve du genre classique, avec un miroir au plafond. Mais la personne qu'on voyait dans la glace était très différente de celle qu'il tenait dans ses bras, et cependant le plaisir qu'il eut lui vint, incontestablement non point d'elle, mais bien de Mme Combre, ou enfin la Mme Combre du rêve : c'est drôle ça.

Il s'était produit un singulier changement en Stanislas : dans les débuts qu'il avait inventé cette histoire de machine-à-tuer-le-temps, comme on a pu le comprendre, ce n'était guère qu'un système de séduction, par quoi il surprenait la naïveté plus ou moins feinte des femmes, qui au fond ne demandaient qu'un semblant pour se laisser entraîner par ce charmant personnage, et ni l'un ni l'autre ne savait trop lequel des deux croyait dans cette histoire. Mais le Prince s'était pris au jeu, et peu à peu il avait fini par s'enivrer de ses paroles, des détails nouveaux chaque fois ajoutés à son histoire à quoi se mêlaient maintenant les considérations scientifiques qu'y avait apportées le disciple de Norman Wiener, avec lequel tout avait pris un caractère nouveau. Et pas seulement du fait des connaissances cybernétiques de ce nouvel ami, mais aussi de conversations auxquelles il ne nous a pas été donné d'assister entre Stanislas et lui, pendant lesquelles avait surgi une autre sorte d'utilisation possible de la « machine », qu'il était sans doute préférable de ne pas rendre publique, et en tout cas qui ne concernait pas ces dames. Le temps, il faut dire, étant devenu plus politique, tout naturellement l'invention revue et corrigée du Don Juan d'Ombreville s'était adaptée au tour nouveau de la vie nationale, et avait perdu de son caractère érotique pour devenir plus profitable, d'autant que Stanislas s'était un peu lassé de ces dames, lesquelles d'ailleurs devenaient moins facilement généreuses en raison de l'accroissement de leur petite famille.

Quand il y avait eu les élections présidentielles aux États-Unis, pour vous donner idée comme la ville avait les yeux sur le groupe de *La Cinquième*, le bruit avait aussitôt couru que le Prince de Cosy-Corner était apparenté, oh, de très loin, et par les femmes, avec Jacqueline Kennedy. Puis cela avait été démenti. Par Stanislas lui-même, qui avait dit chez les Comtes d'H... que sa famille était de race très pure... juste une petite histoire au XVIe siècle, quand Henri III était à Varsovie... et encore ce n'était pas sorti d'un groupe de jeunes gens... « Henri III était à Varsovie ? » demanda le Général intéressé. Mais on ne lui répondait jamais : la jeunesse d'aujourd'hui...

Enfin, cela s'était dit à la Préfecture, l'histoire de la machine, il y eut un papier dans le quotidien régional, et on vit apparaître en ville des gens qui ne connaissaient personne, et réciproquement, et qui tournaient, semble-t-il autour du Prince et de son groupe ! L'espionnage industriel, peut-être, les pays de l'Est... Le garde-chasse qui parlait le français d'Algérie, disait que c'étaient des barbouzes, mot qui n'avait pas encore pénétré à Ombreville, si depuis...

Et, comme le harem secret du Prince le voyait fort peu, le temps qu'il fît sa tournée, les têtes féminines marchaient bon train, elles imaginèrent, l'une de ces dames ayant jeté l'idée au hasard, que le seul moyen pour les gens y intéressés de s'introduire dans les petits papiers de Stanislas était de lui envoyer une jolie femme, toute la ville se mit à attendre l'espionne. Il s'agissait de la dépister d'emblée. On surveilla la gare, les arrivées de train, les voitures de tourisme qui s'arrêtaient à l'*Hôtel*

Beauséjour et des Trois Écus. On suspecte une chanteuse de genre, qui avait donné un spectacle, vous savez ? Comment dit-on... *Un show !* C'était une idée du Docteur : il l'appelait déjà Mata-Hari... Enfin, on tomba sur une personne seule qui fit son apparition à *La Cinquième*, un soir, et qui lisait trop ostensiblement *Aspects de la France*, pour n'être pas... oh, une fille ravissante, d'ailleurs, des bras, des dents ! Blonde... de nos jours les espionnes sont blondes, c'est Hitler qui leur a appris, même les... oui. On la signala tout bas à Stanislas, il se pencha pour voir, mais elle se dissimulait derrière son journal. Quand elle l'abaissa, le Prince fit entendre un sifflement prolongé qui en disait long. « Eh bien, dit le Général Beson de Lamothe, moi qui vous prenais pour une... ! — Tuttuttut... » persifla Stanislas. Le lendemain, la ville était aux cent coups. Ces dames n'en revenaient pas de la grossièreté du Prince : il a sifflé, comment ça ? Mathilde, il faudrait le sauver de lui-même ! Il a perdu la tête, ma parole, une espionne... Il y eut des mères qui pleurèrent auprès des berceaux, d'autres qui rêvaient de se sacrifier, montrant au grand jour leur passion coupable. Ombreville, enfin, était à deux doigts de sa perte, les scandales affleuraient, on ne prêtait même pas attention aux nouvelles de la radio. Quand on fut sauvé par M. Michel Debré en personne. Ce soir-là, c'était le putsch... encore un mot, ça doit être la cybernétique.. et le président du Conseil en exercice, comme on l'appelait chez les Comtes d'H..., nous ayant tous appelés aux aérodromes, on oublia l'espionne, qui d'ailleurs n'avait fait que passer, sans se douter qu'elle risquait diablement de prendre un gosse dans cette petite ville qui suait l'ennui... « Voyez-vous, qu'il disait, ce Cosy-Corner de mes deux, une poulette comme ça, et je l'ai laissée passer... on vieillit... » Parle toujours, mon bonhomme, pensait le Général, mais il était bien vrai que la responsabilité de M. Debré dans l'affaire était grande. En attendant, le mot putsch s'était glissé dans le langage courant. Cela avait l'air de quelque chose de culinaire, un putsch béchamel... ou de sportif : les équipes ont égalisé à la mi-temps du deuxième putsch... ou d'un peu obscène, ah dis, cache ton putsch... Justement, *pour la première fois en ville*, selon l'affiche, il allait être présenté un spectacle de strip-tease. Remarquez, ça, on en parlait depuis des mois et des mois, mais jusqu'à présent c'était seulement dans *France-Dimanche* ou *Ici-Paris*.

Tout Ombreville était à la première. Eh bien, voulez-vous que je vous dise, c'est dégoûtant, et puis assez monotone. D'ailleurs on a ça chez soi, pas besoin de sortir, s'habiller, pour le voir. Au fond, on se torture les méninges pour inventer de nouvelles distractions, de nouveaux plaisirs, puis finalement c'est toujours Ève et la pomme... rien de nouveau sous le soleil... et si on y va, dans le soleil, vous croyez que ça fera une différence ? Il y fait un petit peu plus chaud, voilà tout, mais, comme le disait l'autre jour M. le substitut, tout ça ne vaut pas Baudelaire ! Ah, c'est bien vrai ce que vous dites là, et puis ça fait tout de même plaisir de voir comment, combien sur terre il s'est fait des progrès dans les rangs mêmes de la magistrature.

Baudelaire d'ailleurs, un succès toujours pour Stanislas : il s'en était procuré une traduction polonaise, et quand il la lisait dans l'intimité, avec tout ce bruit de soie froissée, d'envolées de jupes que fait sa langue natale, les femmes croyaient comprendre le polonais comme si elles eussent compris le français des *Fleurs du mal*. La femme du docteur avait eu un mot ravissant, après lecture de *Femmes damnées* : « Ce Baudelaire tout de même, avait-elle dit, ça devait être une affaire ! » C'était le vocabulaire de son mari. Elle ne devait pas trop savoir ce que ça signifiait cette damnation-là, mais enfin

Le cadavre adoré de Sapho qui partit
Pour savoir si la mer est indulgente et bonne...

Stanislas lui dit que Sapho, n'est-ce pas ? avait des mœurs saphiques. Cela parut aller de soi à cette charmante personne, mais elle voulait des explications touchant ces mœurs-là. « Demandez-les à votre époux, Chère Madame... » Elle ouvrait des yeux ronds. Naïve. Charmante. Le Prince la trouvait très drôle. Et puis pas mal faite du tout. Au fond, c'est pour elle qu'il aurait eu facilement un faible, s'il se l'était permis. Mais il avait des préoccupations d'autre sorte, depuis qu'avaient commencé les colloques. D'autant que mieux valait ne pas irriter le docteur, s'il s'était aperçu... Avec les études qu'il faisait sur la jeune génération ombrevilloise, il aurait pu découvrir le pot aux roses. Au fait, les colloques... de quels colloques s'agit-il ? Eh bien, avec tous ces gens maintenant, qui apparaissaient et disparaissaient, venant de Belgique ou d'Espagne, racontant ce qui se passait dans les Landes ou en Corse, et pour lesquels Stan (diminutif qui avait l'avantage de faire américain) s'était mis à ramasser de l'argent, en gardant un peu pour lui-même, juste de quoi rendre le jeu intéressant. Le piquant était, après tout ce temps, de se mettre à recevoir directement les fonds des maris, les uns à cause de leurs sentiments civiques, les autres parce qu'ils commençaient à avoir la venette, avec tout ce que glapissait la radio, de Paris comme d'Alger. Pas tant pour eux-mêmes que pour leur progéniture, l'avenir... et le Prince trouvait ça, pas seulement piquant, mais touchant au bout du compte de les voir ainsi entre ses mains se saigner aux quatre veines pour que la vie reste douce à des enfants qu'il avait faits, lui.

L'embêtant était que son compatriote, le garde-chasse, un peu trop mis dans le coup, mais comment faire autrement ? avait la prétention de partager ce que, dans la langue américanisée du jet, on appelait les *rackettes*.

Le nombre de mots qui deviennent comme ça du langage courant ! De ce train-là, il faudra bientôt changer les dictionnaires. Et puis vite, parce que c'est comme le twist, qui tout de suite a pris, ici, dans cette province profonde, au point que la cuisinière des d'H... l'a dit l'autre jour à Mathilde : « Et comment qu'elle la veut, Madame, la sauce ? Je vous la twiste ? » Naturellement, c'est la télé. « Ah, cette télé, je ne donne pas dix ans pour qu'on ait le communisme ! » C'est probablement ce qu'il pense le Général. Pas Beson, l'autre. Voulez-vous mon avis, il n'y aura pas le communisme dans dix ans, mais pour le cas où d'aventure... Le devoir des gouvernants est de prévoir le pire, et de préparer le moindre mal.

En attendant, à Ombreville, quelqu'un avait volé la dynamite des grandes carrières. Quelqu'un... mais qui ? Eh, quelqu'un qui en avait besoin. Tout de même pas un architecte ou un entrepreneur de travaux quelconque ! L'un d'entre nous ? Parce que, à *La Cinquième*, on se disait bien les choses à mi-mot mi-raison, mais les gens pourtant se méfiaient l'un de l'autre. Au bout du compte, on commençait à ne plus tant s'ennuyer. Le substitut, quand il commandait sa consommation, disait au garçon : « Alors, tu me l'apportes, ce pousse-au-crime ? » Des gens qui, jusque-là, vous semblaient timides, peu bavards, maintenant vous parlaient comme de rien faire de mettre en l'air la baraque... quelle baraque importait peu... il circulait des listes de suspects, où figuraient des gens que vous auriez juré des nôtres, pas vrai, Stan ? Ils avaient refusé de raquer, par exemple. Ah, raquer ! Voilà d'où ça vient, *rackett* ! Ou cette famille qui avait rappliqué ici, de Soukh-Ahras, eh bien, justement ! Des déserteurs. Ils disaient n'avoir pas emporté de là-bas le peu qu'ils avaient pu pour le distribuer fût-ce pour la bonne cause, pas vrai ? Stanislas n'était pas mécontent de les voir ainsi mis à l'index, il y avait là une mijaurée qui lui avait plutôt battu froid. Quand ça s'est mis à sauter à la Préfecture, puis à droite et à gauche, et pour la première fois à Ombreville, chez ce professeur du lycée où il avait un fils des tout premiers temps, le Prince se prit à penser que cela dépassait un peu la mesure. D'autant que les « inspecteurs », qui se faisaient de plus en plus fréquents maintenant, lui demandaient des comptes.

Évidemment, il avait songé prêter de l'argent au vitrier, enfin à s'associer avec lui, parce que si ça continuait cela ferait de bonnes affaires... Pensez donc, en une nuit, cela avait bien sauté trois fois ! Une librairie, un conseiller municipal U.N.R. ou comment ça s'écrivait alors ? Un marchand de tapis... Une de ces effervescences ! Comment vous écrivez cela, le plastic ou le plastique ? Comme le mastic ou l'encaustique ? Voyons, ce n'est pas comme les poses toujours ! Le nouveau d'ailleurs n'est pas le mot, mais le verbe qu'on en fait, je plastique, tu plastiques, il plastique, nous plastiquons... Ah, vous plastiquez ! Quel sujet de plaisanterie.

Excusez-moi, il faut bien rire un peu. Et, en fait, on ne s'ennuyait plus à Ombreville, les femmes devenaient moins exigeantes, on avait arrêté un moniteur de la Société sportive locale, on portait des paquets à sa veuve... enfin, sa veuve! Vous m'entendez! Une personne très compréhensive. D'ailleurs les pétards continuaient, probablement les gosses de propédeutique... Vous croyez? À mon avis, ça en gagne de plus jeunes... Dans tout ça, on avait un peu oublié la machine-à-tuer-le-temps. Le Prince était soucieux: les nouvelles s'en faisaient rares. Je dirais rarissimes.

Elle se rappela bien d'elle-même, c'était un peu avant qu'on ne fît la paix. À Évian, imaginez-vous. Un jour, on avait apporté chez Stanislas une grande boîte en bois blanc, qui avait l'air assez lourde. Un après-midi. Le Prince paressait sur son lit, demi nu, et il se caressait rêveusement comme un collégien. À qui pensait-il? Nous ne le saurons pas. Il ne descendit pas voir ce qu'il en était, ayant envoyé la bonne qu'il avait pris la précaution de choisir au-delà de l'âge de résipiscence. Voyez un peu ce que c'est, madame Poirot... La femme du Professeur, qui avait des lettres, trouvait que, ce nom-là, ça faisait Agatha Christie. Mme Poirot, donc, était redescendue, on l'avait entendue avec les hommes qui avaient posé la caisse à terre, et se refusaient à la monter, ils n'étaient pas payés pour ça. Stan regardait entre les volets, cachant instinctivement ses seins de la main et du bras gauches:

« Alors, madame Poirot, qu'est-ce qu'il y a ? » La brave femme remontait : « Ils disent — rapporte-t-elle, essoufflée de l'escalier — que c'est la *mémoire* que Monsieur attendait ! » Bon Dieu, il se précipitait vers la porte, mais se souvint qu'il était court vêtu. La mémoire ! Ce devait être ce que ce cybernétiste lui avait promis ! « Dites-leur qu'ils la montent sur le palier, madame Poirot. Et que je ne les oublierai pas... Je m'habille ! »

Ils n'avaient pas attendu le pourboire. Et tout le monde, Mme Poirot, Mme Combre, le Prince, les voisins, les vitres, cette fois-là a sauté d'un coup.

Car, pour tuer le temps il n'y a rien de mieux que la mémoire. Et toutes les femmes d'Ombreville, j'entends dans la bonne société, depuis ce jour-là regardent leurs maris comme des assassins. On a remarqué que plusieurs d'entre elles se sont mises à appeler leur enfant *Mon petit Prince* ! Car Stanislas, assez curieusement, n'avait laissé sur la terre, à une ou deux exceptions près, que des garçons. Mais ce qu'on s'emmerde à nouveau dans ce patelin, c'est peu de le dire !

De l'ennui naissent les légendes, et puis quand ont commencé tous ces troubles, je ne parle pas des plastiquages, mais de ces manifestations intempestives, comme on n'en avait jamais vu ici, on s'est mis à douter de tout ce qui s'était produit. Trop facile vraiment d'accuser toujours l'O.A.S. ! On se rappelait soudain que ce Prince n'était point un Français de souche. Et pourquoi l'O.A.S. s'en serait-elle prise à lui plus qu'à un autre? Le Général Beson de Lamothe qui connaissait bien la victime, éclaira tout lorsqu'il dit que c'était une barbouze. Ah, comment n'y avait-on pas plus tôt pensé? Toute la bizarrerie princière s'expliquait. Barbouze, je veux bien, mais pourquoi, pour qui, barbouzait-il? Ces gens-là sont toujours à deux ou trois... « C'est bien ce que je disais! » triompha le Général, mais, non, mon Général... il était polonais, voyons... il travaillait pour l'Est, c'est d'évidence! Alors, je ne sais pas qui c'est, mais celui qui l'a fait, a bien fait. Comment, ce Cosy-Corner était un bolchevik? Ah, je n'irai pas jusque-là, peut-être le tenait-on avec une vieille mère au pays, un frère qu'on torturait, une cousine de temps en temps violée. Mais la mémoire, mon Général, mais la mémoire dans tout ça? C'est vrai, j'oubliais la mémoire. Une mémoire de barbouze, c'est explosif, forcément. Suffit d'une erreur de clavier... Comment, de clavier? Bien sûr, de clavier. Le registre américain, le registre hungero-mongol, le registre chinois, le registre hollando-britannique... On se brouille, là-dedans, tenez, moi, dans l'autre guerre, à Salonique... Qu'est-ce que je dis là? À Salonique, moi? Je n'y ai jamais mis les pieds. Ah oui, c'est Beson de Machin qui parle... À Salonique... Une mousmé, il faut dire... ah si seulement j'avais pu la rencontrer, Mata-Hari! Mais, de nos jours, il fait l'effet d'un jeu de loto notre Deuxième Bureau d'alors ! Nous n'avions pas de radars, nous, nous ne dansions pas le twist, c'était le bon temps ! On l'a tué ? Qu'est-ce que vous dites là ? Qui ça, le temps ? Mon cher, tout a commencé avec cet Einstein, et comment vous l'appelez, celui des complexes, enfin peu importe... Croyez-moi, nous n'aurions jamais dû ouvrir Ombreville à ce Stanislas Leczinski... Cela commence avec du Chopin, cela finit par des éclatements de mémoire. Il paraît que, pour tout comprendre, il faut lire Clausewitz et Mao Tsé-toung : tutt-tutt, tutt-tutt, tutt ! comme vous vous en souvenez ? disait parfois ce charmant garçon qui n'aurait pas tiré l'échelle... Je ne connais que ça. Vous dites que ce n'est pas la guerre ? Alors pourquoi vous échinez-vous à remettre des pieds Louis XIV à l'État ? En ce monde où le désarmement menace, c'est malsain, la vie de garnison. Voulez-vous que je vous dise, il n'y a pas trente-six moyens d'en sortir, et les vieux remèdes sont toujours les meilleurs. Un clou chasse l'autre, ces histoires d'Indochine et d'Algérie, ce sont campagnes de sous-officiers ! Il nous en faut une bonne, bien en France, et comme dit le poète dont le nom m'échappe, que le temps se refasse beau comme un feuillet de mobilisation !

À propos, quelle heure est-il ? Le temps passe, c'est pas croyable, on dirait une couleuvre. Il n'est pas mort, je vous jure, c'est du vif-argent, voilà tout : il se casse, se divise en petites boules qui courent sur la table, pour se heurter, se reformer en cloques coalescentes, de grosses gouttes qui s'échappent, tombent à terre, foutant le camp sous le piano, sous le lit, est-ce que je sais ? C'est pas facile à balayer, le mercure, pas facile du tout. Et puis ça prend la poussière comme nous tous. Comment ? Vous dites que pas du tout ? Mais regardez-vous dans la glace, voyons, les rides, les taches, le poil, tout ça...

Ça se salit, le mercure. La poussière. Ça prend diablement la poussière. On ne peut pas le frotter avec un torchon. C'est ça, la vieillesse. C'est ça, le temps. Pas tué pour deux sous. Le temps qui me reste en travers de la gorge. Une sorte d'arête. À ne plus manger de poisson... À ne plus dormir, à ne plus se réveiller, et en fait de berceau, où sont les sorcières ? Je les entends, marcher dans le mur, mais je ne les vois pas. Je ne veux pas de leurs cadeaux. Je n'ai même plus le *temps* de les ranger. Je ne réponds plus aux lettres. Les plus touchantes, et ça, pour le touchant, mon courrier, qu'est-ce qu'il se paye !

Il y en a des tiroirs et des tiroirs. Avant de s'y retrouver. J'ai peut-être bien toujours été comme ça. Ah, brûlez, brûlez tout. Sans enlever la lettre ou le carton de l'enveloppe. Si seulement on pouvait bien fermer les yeux une bonne fois. Et puis ça commence à se peindre sous les paupières. Les couleurs, on en est déjà à la télé couleurs. S'il pouvait bien faire une bonne fois tout noir, à tout jamais tout noir.

L'aveugle

Cela faisait deux jours que ces lettres traînaient, Marseille et le Japon. J'ai soixante-dix ans ou presque, je suis sourd et je lis des poèmes dans des langues que je ne comprends pas. C'est comme si on me parlait au téléphone : je peux bien deviner le sens des phrases, mais pas mèche de reconstituer les noms propres. Ce qui fait que je ne sais ni qui parle ni d'où. Surtout depuis qu'il y a l'automatique dans un tas de patelins et que Kléber se dit 553, Wagram 924. Pour dater mon histoire. Qu'est-ce que je disais ? Ah, oui : on n'a pas idée d'être amoureux à cet âge. *Passe encor de b...* Eh bien, je le suis. Mais non ! Amoureux sourd. « Ça vaut mieux, — me dit M., — que si tu étais aveugle ! » Ça se discute. En attendant, ces lettres, c'étaient des lettres à elle, qui traînaient depuis deux jours, donc. Hier soir, elle m'a dit : « Tu sais pourtant bien que ce sont des lettres pressées... Marseille, j'attends une réponse, et Tokyo, avec les vacances... »

Alors ce matin. L'histoire était qu'à la

rigueur Marseille. On timbre à trente francs, anciens s'entend. Le Japon, d'abord c'est par avion, donc il faut passer à la poste, peser, et faire dire combien, puis, ce qui complique, ce sont les quatre bons internationaux pour la réponse : ils étaient là, sur l'enveloppe, comme quatre reproches. Je n'utilise jamais ces coupons-là, même si le port pour le Massachusetts, ou le Cachemire, est hors de prix. J'ai toujours l'impression que c'est volé. Je les laisse dans un coin, j'envoie ou pas ma réponse et, un beau jour, quand je range, une de ces journées qu'on range, enfin vous voyez, je fous les bons au panier avec le sentiment d'être un sagouin. Mais ça, c'est pour mon courrier personnel. Il fallait me décider. À soixante-huit ans, perdre son pucelage en matière de bons postaux ! Pour le Japon ou le Kenya. Pas plus extraordinaire que d'être amoureux.

Ce matin donc. J'ai filé en catimini. Avec les lettres. Et les quatre bons. Dans l'escalier, j'ai failli les laisser tomber, les bons. Je me suis arrêté, j'ai pris de la main gauche mon portefeuille. Ce n'était pas commode, avec les bons glissant, les deux enveloppes. Je suis descendu dans la rue, le portefeuille comme ça.

Ça n'y était pas plus facile. Ouvrir le portefeuille, y glisser les coupons, sans jeter les lettres par terre. Dans le portefeuille, à part les poches à revers, et les poches fentes, il y a d'un côté des petits casiers, vous savez ? pour mettre les timbres, ou je ne sais quoi, dont je ne me sers jamais. D'ailleurs, ils sont trop petits pour les bons, que j'ai voulu glisser dans le casier-fente d'au-dessus, il en est tombé quelque chose. C'était la photo de M., une petite photo très charmante. Je l'ai ramassée, j'ai ramassé le tout entre les deux soufflets du portefeuille, avec les billets de banque. Un vrai pêle-mêle, tant pis.

Quand j'ai tourné dans la rue de Grenelle, il y a encore tout un bout pour arriver à la poste... Ça m'a travaillé, pour les bons. Je ne savais plus où j'avais Dieu-t-il pu les fourrer. J'avais mes deux lettres à la main. Dans le portefeuille, ah oui. Je l'ai sorti voir. Il y avait les sous, j'ai flanqué mille balles, anciennes balles, par terre, je les ai ramassées. J'ai remis les billets. J'ai gardé les bons dehors. Avec les lettres. Ce portefeuille, il te vous accrochait pour le rempocher à l'intérieur du veston... Toute la vie, ça a toujours été comme ça : j'enfile les choses entre doublure et gilet, je perds des timbres, je confonds la monnaie, j'oublie de poster les lettres, enfin c'est mon caractère. J'oublie ce que je fais, j'ai la tête tout de suite ailleurs.

Je voyais venir à ma rencontre, depuis quelques instants, c'est-à-dire de la direction Bourgogne, du côté pour moi gauche, un type d'un certain âge, enfin, soyons poli. Il marchait assez lentement, et tâtait avec une canne le bout du trottoir. Je n'ai pas tout de suite compris que c'était un aveugle, et puis la canne était blanche. Ça m'a toujours fait de l'effet, surtout depuis que je suis sourd. Parce que, sourd, passe : mais si je devenais aveugle par-dessus le marché ! À le voir, celui-là qui ne me voyait pas, l'affaire se renversait : et j'imaginais déjà tout un roman, dont le principal personnage, ou peut-être pas le principal, serait aveugle, mais un de ces aveugles qui, l'étant depuis si longtemps, depuis toujours peut-être, ont pris l'habitude de leur infirmité... Enfin, toute sorte d'autres sensations, le flair, l'odorat, peut-être, mais surtout l'oreille... se sont mis à suppléer à la vue, si bien qu'ils reconnaissent les gens, s'orientent sur un tas de choses que nous ne percevons pas, *voient* même des choses que nous ne voyons pas, nous, avec nos bons yeux. Le roman serait celui de cette vue qui n'est pas la vue, de ce que l'aveugle sait que les gens autour de lui ignorent, etc. Enfin la cervelle me marchait. En un rien de temps, je m'étais mis aux péripéties. Il ne faut pas beaucoup me pousser que j'invente. Sa femme, à l'aveugle, il avait une femme, bien entendu, lui disait : « Il vaut mieux être aveugle que sourd » et ça lui paraissait l'évidence. Puisque, sourd, il n'aurait pas entendu battre trop fort le cœur d'un homme dans le voisinage de sa femme, par exemple. Et les yeux, qu'est-ce que ça vous apprend de plus ?

Mon bonhomme avançait vers moi, battant le rebord du trottoir avec sa canne blanche. Il était mal rasé, un pointillé gris-blanc.

Moi, mes lettres, et les bons internationaux,

à la main, je poursuivais mon histoire : j'ai la tête c'est fou. Ce qu'il peut y défiler en deux minutes ! Depuis le premier moment, je sentais bien où j'allais, dans le roman, bien que. La péripétie. Oui. C'est qu'il devient sourd, un matin d'août, la péripétie. Un matin d'août, parce qu'on était un matin d'août d'abord et encore, parce qu'à Paris, en août, il n'y a pas tant de voitures, pas tant de bruit, si bien qu'il croira d'abord que c'est la saison. Mais, ça, la tragédie. Aveugle, devenir sourd ! C'est une fois sourd qu'il se sentira vraiment aveugle. Il ne saura plus rien de ce par quoi, toute la vie, il a comme distingué les choses, les gens. On ne s'imagine pas ce que c'est, la nuit de l'oreille. Quand ça ne se borne pas à perdre, par exemple, le sens de l'orientation des sons, ou à bafouiller dans les noms propres... Pan, pan. Il frappait le rebord du trottoir. Pas le sourd-aveugle du roman, non : l'aveugle de la rue de Grenelle... il m'a dépassé, je me suis retourné pour le voir s'éloigner, pan pan, la canne blanche. J'arrivais à la poste.

En réalité, on se fait un monde de ce qui n'en est pas un. Les bons internationaux, par exemple. Eh bien, c'est tout simple. Je me demande pourquoi je m'en suis fait tout un monde jusqu'à ma soixante-neuvième année. Je me demande, je vous le demande. On est bête, ça, on est bête. Pour envoyer une lettre par avion au Japon, eh bien, on s'adresse au guichet *Poste aérienne*, naturellement. La préposée prend la lettre, la pèse, là il y a un court moment où on se dit: qu'est-ce qu'elle lui trouve, au poids de cette lettre? Puis elle fait un petit calcul sur le papier. Parce que les bons, vous les lui avez donnés, avec la lettre. Tiens, je n'ai pas regardé en quoi c'est compté, dans nos francs à nous, nos centimes, ou dans leur comment donc? J'ai fait collection de timbres-poste entre 1905 et 1910, dans ce temps-là, c'étaient des *yens*, leurs timbres, au Japon. En tout cas, la dame, elle a l'air on ne peut plus familière avec les yens, anciens ou nouveaux. Elle me dit: «Il suffit de trois bons, le quatrième, je vous le rembourse avec des timbres?» Un éclair, j'ai pensé: mais je n'en fais plus collection! Puis j'ai remarqué dans ma main gauche la lettre pour Marseille, je me suis dit. Remarquez, ce n'était pas mal raisonné, parce que la dame m'a rendu deux timbres de trente francs, trente centimes enfin. Un seul suffit pour Marseille. Là, j'avais le temps, et puis le rebord du comptoir: aussi j'ai très proprement mis le timbre de trop, dans le petit casier du portefeuille où les bons internationaux n'entrent pas. Le Japonais avait mal calculé son coup, tout ne servait pas à la réponse, mais tant pis! Après tout.

Dans la rue de Grenelle, en sens inverse, j'essayais de me représenter le point où j'en étais venu de mon roman. On ne sait pas si les cigales voient. En tout cas, elles entendent. J'ai souvent fait cette expérience, en Provence, dans un jardin ou dans un champ. Il y a une cigale qui chante quelque part. On peut bouger, avancer vers elle, elle continue. Elle ne vous voit pas venir. Puis, à une certaine distance, toujours la même, voilà qu'elle se tait. On peut recommencer dix fois l'expérience. Marquez l'emplacement de vos pieds : ce sera toujours au même point que vous la ferez taire. À cette distance-là, elle entend... Quel rapport avec mon roman ? Ça ne se *voit* pas tout de suite, mais il suffira d'y réfléchir pour *entendre*...

L'aveugle de tout à l'heure revenait vers moi, de la direction Bac. Enfin, ça aurait pu en être un autre. De loin, la canne n'était pas blanche. Mais quand il fut arrivé à portée de cigale, je reconnus de certitude la canne et l'homme, j'entendais battre, ou je *devinais* battre la canne sur le rebord du trottoir. Ce même bruit que tout à l'heure, presque régulier. Si la canne avait parlé, je n'aurais pas distingué les mots, mais le rythme du battement, deux coups égaux, un troisième plus faible, deux coups égaux... à cela, mon bonhomme était reconnaissable, comme à une moustache, à un bouton sur le nez. Remarquez, ce n'est pas moi, l'aveugle, seulement je m'étais pris à penser cécité, vous me suivez ? Maintenant, sourd, il ne le saura plus, si sa femme le trompe. Les gens n'ont plus de cœur pour lui. Peut-être encore l'odeur... ou quelque variation d'électricité dans l'air...

Je venais de dépasser mon aveugle, quand j'eus la sensation qu'il m'appelait. Parce que je l'avais dépassé, je n'avais pas vu, pas pu voir, son geste de la main, à peine entendu s'arrêter le battement de la canne, je pouvais m'y tromper. Je me suis retourné. Il s'était retourné vers moi. Et il me parlait *comme s'il me voyait* : « Monsieur ! Monsieur !... est-ce bien vous ? Il me semble vous reconnaître... »

Je n'eus pas le temps de m'étonner, je sens peut-être le café au lait, il s'expliquait, il tendait vers moi quelque chose comme un bout de carte : « C'est bien vous que je viens de croiser, il y a quelques minutes, dans l'autre sens ? oui ? Alors, c'est vous je suppose... regardez vous-même... qui avez perdu ça ? » Il me tendait la photo de M. que j'avais dû laisser tomber en tirant les bons internationaux du portefeuille. J'étais brusquement ahuri. Mais comment, un aveugle... et lui, qui ajoutait : « Une femme charmante... c'est votre amie ? À votre âge, vous avez de la chance ! »

Et il était reparti, battant le rebord du trottoir de sa canne blanche, je le regardais s'éloigner. Quand il fut à distance de cigale, le bruit cessa, à l'inverse des nuits de Provence, ou tout au moins cessa de m'être perceptible. Tout d'un coup, je me rendis compte de la bizarrerie de toute cette affaire, je tirai le portefeuille de ma poche, moins pour y remettre la photo que pour vérifier une chose...

Eh bien, oui, le timbre *en plus* y était.

1965

Le feu mis

Par où commence l'histoire. C'est comme la casserole : la poignée ou le truc où ça cuit ? C'est-à-dire l'homme ou le feu ?

À propos du feu. Trois ans qu'on cherchait à se débarrasser d'un contrat d'assurance contre l'incendie. Pour la maison de campagne. Parce qu'on en avait passé un autre, de contrat, lui tous risques avec une autre compagnie. *Les Pare-feux réunis*, la première.

D'abord on oubliait d'écrire. Puis on ne savait plus. Laquelle garder. Où on l'avait mis, le contrat... Le temps passait, les feuilles pleuvaient. Finalement, et d'ailleurs pas si finalement que ça... Je veux dire qu'on payait encore une fois, puis. Alors. On est passé chez le notaire. Un notaire de là-bas. Par qui on l'avait achetée, la maison. Je vais vous arranger ça. Encore une note, on se dit il faut ce qu'il faut, de temps s'entend. Les trimestres. Les feuilles. On est retourné chez le notaire. Il a consulté ses papiers. Je vais vous arranger ça. Arrange, mon bonhomme. De fil en aiguille... ça n'a pas fait deux ans, mais trois.

Et puis voilà la lettre. *Police «Incendie» n° 9 427 452: Nous avons l'honneur de vous informer que sur la demande de Me* INFANTICIDE, *Notaire, et en accord avec votre Assureur Conseil... etc... nous acceptons de résilier la police en cause à compter du... Par la présente lettre,* TENANT LIEU D'AVENANT, *nous venons vous en donner acte. Néanmoins vous restez redevable du solde de la prime du 6 janvier 1965 au 6 janvier 1966, de F. 3,41. Nous vous prions donc de nous adresser cette somme sous quinzaine* AU PLUS TARD...

Bon. En tout cas l'histoire commence par là.

*

Je suppose un Personnage, de quel âge? roux, poivre et sel? En tout cas qui a une police d'incendie et voulait s'en débarrasser. Deux ans qu'il n'y parvient pas. Non, trois. Ne croit plus à l'efficacité de Me Infanticide. Commence à se demander si ce n'est pas un système pour le faire continuer à payer les feuilles trimestrielles.

Mais F. 3,41, ça le révolte. Ce sont les F. 3,41 de trop. Depuis trois ans qu'il ne veut plus payer. Et dans les quinze jours encore, sous *quinzaine* (tu parles de véranda!). Avec ça, au mois d'août. Les vacances. On aurait le droit d'être en Engadine, ou beaucoup plus loin, un de ces pays où les lettres ne parviennent pas quand on les fait suivre. Une île, et il n'y a que le courrier par avion qui arrive.

Le Personnage, il n'a pas envie d'écrire un chèque de F. 3,41. Il demande par téléphone l'envoi d'un encaisseur qui toucherait sur place cette somme.

Les *Pare-feux réunis* s'étonnent, mais ne réagissent pas. On ne va pas déplacer un encaisseur pour F. 3,41... des fois! Ils les attendent, leurs francs trois virgule quarante et un (probablement centimes). Ne les reçoivent pas. Sous quinzaine considèrent alors que leur lettre ne tient plus lieu d'avenant. Réclament leurs F. 3,41. Signifient qu'à leur défaut la résolution n'a pas lieu. Trois mois se passent. Un avis pour la prime suivante parvient au Personnage. Il se fâche. En étouffe. Téléphone: son interlocuteur n'y comprend rien, je veux dire goutte, lui passe quelqu'un d'autre qui n'est pas au courant, ne comprend pas plus, je veux dire que goutte, enfin pas moins, et le transmet à une Haute Personnalité de la Compagnie. Celle-ci, la Haute, avec une grande politesse, mais une certaine fermeté, résume la situation, la position juridique des *Pare-feux réunis*: ou nos F. 3,41 ou vous restez assuré chez nous. Et d'ailleurs il ne s'agit plus seulement de F. 3,41, vous nous devez la prime suivante plus F. 3,41.

Alors le Personnage explose. Il dit n'importe quoi, et par exemple: « À la fin, j'en ai assez, je n'ai pas été condamné à cotiser chez vous. Et supposez simplement, j'en ai bien le droit, que j'aie l'envie de foutre le feu à ma cabane, hein ? Je ne veux pas être traîné devant les tribunaux comme ayant cherché à toucher les indemnités de l'assurance... »

Ce sur quoi, la Haute Personnalité raccroche.

*

Une série de phénomènes anormaux. Le téléphone qui se détraque. Des gens qui appellent un faux numéro en quantité peu vraisemblable. Le passage chez la concierge de deux gaillards inquiétants, qui posent des questions sur l'éventualité de visite chez le Personnage de ressortissants marocains ou tchécoslovaques, je ne sais plus trop. Un réparateur qu'on n'avait pas convoqué, un plombier qui te vous roule des hanches, envoyé, paraît-il, par le gérant pour vérifier les conduites d'eau. Il s'attardait. Sentait le patchouli ou autre chose. Le Personnage n'ayant plus le temps sort pour des affaires à lui, comme on en a à son âge. Quand il revient, il voit, dans sa chambre, une paire de pieds qui s'agitent dépassant sous le lit, le pantalon remontant, si bien que ça montre les mollets. Rasés. Probablement un cycliste. Non, c'est le plombier. « Qu'est-ce que vous foutez là, mon garçon ? » Lui s'indigne : « Monsieur, je ne fous rien du tout, ce n'est pas mon genre... » Ah, bon, mais encore ?

Il prétendait déboucher la canalisation. Sous le lit ? Vous vous payez ma gueule ? Allez, allez, déguerpissez ! Il a déguerpi en maugréant. Le Personnage d'abord, n'a pas songé à regarder sous le lit. Il était fatigué, il s'est jeté sur le pieu, à peine ayant laissé tomber son veston, les manches à demi retournées... C'est au réveil qu'il s'est dit, et alors, il s'est mis à plat ventre, a regardé sous le sommier : pas eu de mal à dénicher le micro. Nom de Dieu, quel intérêt a ce plombier à savoir ce que je pense dans mes draps ?

Les représentants de commerce se multipliaient. On n'avait jamais tant offert à notre homme d'appareils à crédit ou de collections reliées des œuvres du Cardinal de Retz ou de Casanova de Seingalt. Des occasions mirifiques. Des trucs électroniques. Des objets dont l'attrait résidait dans leur inutilité parfaite. Des albums illustrés avec de charmantes personnes qu'on pouvait ouvrir pour voir les organes. C'est éducatif, vous n'avez pas d'enfants ? Si ça ne vous plaît pas j'ai aussi des modèles masculins ! Non ? Tant pis. Dites donc, ça va. Mais si vous préférez, j'ai aussi des trucs en caoutchouc, très commodes en voyage. Mon petit, je vous conseille paternellement de remballer votre marchandise, et puis vous la voyez, la porte ? Ah bien, bien, si vous êtes si susceptible, Monsieur, je m'excuse.

La porte claquée.

Tout de même quand ce mal rasé s'est amené, poussant le Personnage, pour regarder dans les coins, on ne sait pas ce qu'il cherchait, et qu'il a montré sa carte de police, les choses sont devenues un peu plus claires. Dites donc, à la fin des fins, qu'est-ce que vous voulez tous ?

Lui furetait. Tous, il dit, je ne sais pas... il y en a eu d'autres ? Ah, c'est toujours la même chose, on me coupe mes effets. Et là-dessus, voilà qu'il s'exclame : « Ah, je la tiens ! » Qui ça, l'autre demande. Le quidam avait poussé son pouce et son index, je ne vous dis que ça comme spatule, dans un petit pot de cloisonné bleu, cadeau d'une dame assez brune, avec des dents irrégulières. Le détail importe peu. Mais l'intrus avait retiré de là une simple boîte de suédoises, et il l'élevait en l'air : « Ah, je la tiens ! » Il la tenait, oui, et puis après ? Ce sont des allumettes. Il triomphait : « Des allumettes ! parfaitement, eh bien, mon gaillard ! »

Le Personnage n'arrivait pas à comprendre, mais quand l'homme a prétendu s'en aller avec la boîte, tout d'un coup ça l'a flanqué en rogne. Le sens de la propriété, pas. Dites donc, vous, posez-les sur la cheminée, MES allumettes ! L'autre ne voulait rien entendre, il a écarté le maître de maison d'un revers puissant de son bras droit, les allumettes dans la main gauche, et ne s'est retourné qu'une fois sur le palier, gouailleur : « Je la tiens ! » *La,* qu'est-ce qu'il voulait dire ? Il descendait déjà l'escalier. Le Personnage s'est penché sur la rampe, *la* quoi ? qu'il gueulait. Et le bonhomme déjà un étage plus bas se retourne, brandit la boîte entre le pouce et l'index : « La pièce à conviction, mon gaillard, la pièce à conviction ! »

*

Le développement de l'histoire veut que le Personnage soit appelé d'abord au commissariat du quartier. Où le type qui l'a fait longuement attendre, s'étant fait les ongles, les ayant taillés, derrière sa balustrade, se tourne vers lui, et lui montre quelque chose qui traînait sur son bureau : « Vous reconnaissez ça ? » Les suédoises. Mais qui prouve que ce sont les mêmes ? Des suédoises, on en trouve dans tous les tabacs. Le fonctionnaire plisse un nez soupçonneux : « Vous fréquentez les bureaux de tabac ? — Ça dépend ce qu'on appelle fréquenter, parce que... — Dites donc, vous, pas de cochonneries, hein ? Quand je dis *fréquenter*, je dis fréquenter, il ne s'agit pas des poules... »

Pourquoi, des poules ? Ça se dit plutôt d'une jeune fille, ou enfin presque.

« Je vous demande si vous reconnaissez ça ? Répondez par oui ou par non ! »

Alors, c'est comme un plébiscite ? Il aurait fallu savoir ce qu'il appelait reconnaître. La nature de l'objet, son usage, ou tout simplement *une* boîte d'allumettes précise, celle-là et pas une autre, précisément celle que l'autre jour, l'autre... Mieux valait avouer. Et si je la reconnais, cette boîte, alors...

« À partir de ce moment, chaque mot que vous direz pourra être utilisé contre vous, prenez garde à ce que vous... À moins, c'est votre droit que vous exigiez la présence d'un avocat ! » Puisque c'était son droit, il l'a exigée.

*

Quand il eut été mené au Palais, avec les menottes, et rien ne servait de protester, le Personnage comprit peu à peu qu'une plainte avait été déposée contre lui, par qui ? Rien ne permettait de le dire, mais enfin ça devait avoir affaire (à faire ?) avec le plombier. Ou avec le placier en coupe-cigares. Ou le mal rasé. Ah mais, j'y suis. Cependant il ne peut avoir aucun éclaircissement avant de se trouver dans le cabinet du juge ; avec son avocat. L'avocat lui disait, vous feriez mieux d'avouer, et comme lui n'arrivait pas à comprendre, il soupirait : « Des clients comme ça, quelle misère ! Parce qu'enfin, qu'on ait trouvé chez vous une boîte d'allumettes, ce n'est pas très grave. Il y a un tas de gens dans ce cas-là. On dit des suédoises, mais c'est de la régie française... alors ! Vaut mieux reconnaître tout de suite. » Le Personnage, ça lui paraissait drôle. Au vrai, il n'était pas sûr que c'était la même boîte, mais puisque ça leur faisait plaisir. Une boîte neuve d'ailleurs. Quand on la lui tendit, elle était bien légère. Il l'ouvrit. Il ne restait plus que deux ou trois allumettes. La mienne était pleine, dit-il.

« Il faudrait le prouver, dit l'enquêteur, et puis quand vous l'auriez prouvé, qu'est-ce que ça prouverait ? »

C'était vrai, qu'est-ce que ça prouverait : « Le hic est là, dit le grand inquisiteur, dans notre métier, il ne suffit pas de trouver des preuves, faut encore savoir ce qu'elles prouvent, ces preuves. Si vous croyez que c'est facile. Par exemple, si la boîte était pleine, on pourrait se dire ou bien, c'est qu'elle n'a pas encore servi, ou bien qu'on l'a remplie, *après*, pour empêcher qu'on sache combien d'allumettes ont été employées ? Vous voyez ce que je veux dire. Remarquez, j'ai très bien connu M. votre Père, quand vous étiez tout, tout petit, ça m'incline à l'indulgence, mais. »

Là, le Personnage a fait une gaffe. Il a dit : « Vous avez connu mon père ? Dans ce cas, vous seriez gentil de me le présenter, parce que ma pauvre mère n'a fait que l'entrevoir... » Alors l'enquêteur se fâche. Si ce n'est pas une honte *dans votre situation* d'aggraver ainsi votre cas par des propos indécents concernant Mme votre Mère qui a pu avoir une erreur de jeunesse, mais qui, à l'heure qu'il est, pleure dans son petit village du Morvan sur le déshonneur de son fils.

« Un petit village du Morvan ? » dit le Personnage. Mais on ne lui laissera pas prétendre que sa mère dort depuis dix ans au cimetière de Thiais. Cela dépasserait la mesure !

*

Si je comprends bien ce qui s'est passé, le Personnage après une période de surveillance a été arrêté et inculpé d'incendie volontaire. Mais qu'a-t-il donc incendié ? Quand il le demande, on lui rit au nez, il a vraiment du toupet ! Ce n'est que très longtemps après le début de l'instruction qu'il finira par apprendre que c'est à sa propre maison qu'il a mis le feu, dans les Yvelines. D'abord sa maison est dans l'Essonne, mais là n'est pas la question. Si sa maison a brûlé, il faut qu'il y aille voir les dégâts... d'ailleurs il est assuré.

« Nous y voilà, dit le juge d'instruction, vous voulez estimer vous-même ce que vous doit l'assurance... »

Ce magistrat est plein d'arrière-pensées. En quoi nous y voilà-t-il ? Il ne dit pas. Cela va de soi pour lui, tiens. Et si le Personnage a l'air de ne pas comprendre... Je n'entrerai pas dans le détail.

En gros, la police a été saisie d'une plainte de la Cie d'Assurances *Les Pare-feux réunis*, touchant l'aveu inconscient qu'un de ses clients lui avait fait d'incendier sa propre maison de campagne dans l'Essonne... mais non, dans les Yvelines... afin de toucher la prime. On avait surveillé le suspect, mais il faut croire, pas assez sérieusement, puisqu'une nuit la bicoque avait flambé. Aussi le Personnage avait-il été arrêté au saut du lit. Ah, ah, on vous tient. Mais pourquoi ? disait-il.

S'il avait lu les journaux du soir, il aurait appris qu'il était un pyromane. Mais voilà : on ne lui avait pas donné les journaux du soir.

*

Ici, l'affaire va s'envisager tout autrement.

Parce que, si le Personnage ignore qu'il a mis le feu à sa maison de campagne, il y a quelque chose qui ne colle plus.

Or *on* a mis le feu à sa m... et alors qui? Cherchez à qui le crime profite. Il est évident qu'en dehors de lui cet incendie n'est de l'intérêt que des *Pare-feux réunis*. Comment? Comme ça.

Le juge est à cent lieues de songer que le coupable pourrait être l'indicateur qui l'a mis sur la piste du Personnage. C'est-à-dire la Haute Personnalité de la Compagnie. Ou sinon ladite, du moins quelqu'un de son entourage, de sa maison, agent, comparse, téléguidé ou jouet de sa propre imagination: parce que, si l'on y réfléchit, l'Assurance-Incendie pourrait bien faire naître dans ceux de qui elle a envahi les préoccupations, la vie quotidienne, une certaine obsession du feu — mais une perversion criminelle. On sait déjà qu'un grand nombre de pyromanes ont été découverts parmi les pompiers: comme des généraux qui pour un rien déclencheraient bien une guerre, ces braves gens *brûlent* de se distinguer, de se dévouer, d'être héroïques et les incendies ne sont pas assez nombreux pour meubler tout leur temps d'une réalité, aussi rêvent-ils à des exploits, qui peu à peu les envahissent au point d'en provoquer la chance.

Mais qui pourrait donner corps au soupçon,

faire naître l'hypothèse dans l'esprit un peu ingénu d'un magistrat ? Il y a plusieurs possibilités. Un pompier par exemple, raisonnant par analogie avec les troubles dispositions qu'il découvre en lui-même, et peut-être pour se détourner, alors qu'il en est encore temps, de la tentation qu'il sent croître. Ou n'importe qui. Un romancier, un pourquoi pas ? Un philosophe. Une dame qui avant l'âge a passé l'âge d'aimer... un professeur de grec dans une petite ville de province qui voit venir l'époque où ses connaissances ne seront plus sollicitées par l'État... que sais-je ? Le désœuvrement moral peut faire fleurir dans des têtes diverses les solutions hypothétiques de problèmes disparates. Il y a des bricoleurs de l'esprit, qui n'ont pas besoin du dimanche pour tomber dans l'étude, et la pratique, des monstruosités.

L'idée que la maison du Personnage dans les Yvelines, non dans l'Essonne à moins que ce soit le contraire a été réduite en cendres par quelqu'un d'autre que son propriétaire n'est-elle pas, d'ailleurs, toute naturelle ? Et, comme le génie, elle peut pousser où elle veut. Souffler, on dit.

Cependant, ce qui réduit le nombre des pyromanes à cet attentat contre la propriété rurale, c'est qu'il faut encore, premièrement, qu'ils aient eu connaissance des faits, je veux dire de l'incendie, de l'arrestation et de l'inculpation du Personnage, de l'origine de la dénonciation, de toute évidence la Haute Personnalité des *Pare-feux réunis*, laquelle a seule entendu le propos imprudent du client irrité au téléphone... mais encore ! S'il a fallu que la Haute Personnalité ne garde pas ce propos pour elle seule, elle ne s'en est pas nécessairement empressée de le transmettre au juge d'instruction ou à la police : elle a pu s'en soulager auprès de n'importe qui. Et ce n'importe qui-là, aussi bien que quelqu'un de la Compagnie, peut être un ami, sa femme, une vague connaissance, un voisin de table au café, enfin le champ des incendiaires s'élargit...

Il s'agit donc de faire un choix.

*

Une autre donnée ici s'impose.

Le suspect a dû se déplacer dans la nuit de l'incendie pour se rendre dans l'Essonne ou les Yvelines, et déjà le doute qui existe dans notre esprit sur l'exacte situation de la maison incendiée, rend difficile aussi de situer le pyromane. Si c'en est un. Parce qu'après tout si les probabilités plaident pour un maniaque qui n'en est pas à son coup d'essai, il faut tout de même reconnaître que le boutefeu pourrait avoir, à cette occasion, cédé pour la première fois à un penchant auquel il avait jusque-là résisté, ou même qu'il ne pourra être considéré comme un pyromane qu'après son éclatant début, par la répétition de l'acte, tout à fait de hasard, qu'il aurait initialement commis dans les Yvelonnes, je veux dire dans l'Essine. Toute chose a un commencement. Un jour notre mystérieux criminel sera peut-être appelé à reconnaître sa culpabilité, à l'occasion d'un bureau de tabac en flammes, ou d'un théâtre, ou d'une bâtisse quelconque, et ceux qui auront reçu sa confession auront beau faire hâte, ils n'arriveront pas à temps pour innocenter le Personnage, qui se sera la veille ou le jour même pendu dans la cellule où l'auront confiné un jugement rendu sur les apparences, et une accusation un peu forcée dans ses termes à partir d'une simple boutade téléphonique.

Ce qui nous ferait pencher pour attribuer la responsabilité de cette horrible tragédie à la Haute Personnalité et ainsi de suite, c'est que cela réduit les possibilités d'erreur. Primo, la H.P, a entendu directement la phrase imprudente. Secundo, elle possède toutes les données du problème ou peut se les procurer sans éveiller l'attention: le dossier de l'assuré, les correspondances qu'on lui a adressées, et par conséquent sa ou ses adresses, à Paris et à la campagne. Tertio, une H.P. ne peut pas ne pas avoir une voiture automobile. Sans doute, cela pourrait supposer la complicité du chauffeur. Mais n'arrive-t-il pas que, pour des raisons diverses, l'adultère par exemple, ladite H.P. préfère conduire elle-même sa voiture ? En tout cas, rien ne s'y oppose.

Cela devient de plus en plus vraisemblable. D'abord parce que l'impunité assurée constitue une tentation comme irrésistible aux infractions de la morale et de la légalité. La situation de P.-D.G. d'une compagnie d'Assurance-Incendie donne au pyromane, débutant ou invétéré, le maximum de chances de n'être pas soupçonné. Je sais bien que si par système on se met à soupçonner tous les gens insoupçonnables, on n'en a pas fini. Il faudrait commencer par le Président de la République. Mais permettez-moi de me faire l'avocat de celui-ci : il a sans doute tous les moyens de connaître les dessous d'une affaire qui est entre les mains de la police ou à l'instruction, et le personnel nécessaire à débrouiller l'adresse, même compliquée par le découpage récent des départements, de la maison incendiée. Mais, outre qu'il peut s'amuser à des feux plus spectaculaires, il y a une difficulté sérieuse : ses déplacements ne passent pas inaperçus, et pour une fois qu'il a réussi à s'esquiver sans qu'on sache où il était allé jouer aux billes avec d'autres petits garçons, sa disparition avait amené quelques réactions dans le pays, on ne peut pas croire qu'il recommencerait si facilement que tout ça. Évidemment le Grand Chancelier de la Légion d'Honneur, l'Archevêque de Paris, plusieurs académiciens de ma connaissance sont si parfaitement au-dessus de tous soupçons qu'on pourrait les soupçonner. Il y en a qui feraient de si jolis pyromanes qu'il me faut bien de la vertu pour ne pas jeter leur nom dans la conversation. Enfin ! (*soupir*).

Nous nous en tiendrons donc à M. le Président-Directeur Général des *Pare-feux réunis* qui représente à la fois toutes les caractéristiques nécessaires pour être soupçonné, et un caractère non officiel à la fois et anonyme ou presque, qui enlève, tout en lui laissant peut-être un vague soupçon d'anticapitalisme, l'aspect politique désagréable que prendrait ce récit s'il se mettait à faire, par exemple, du Chef de l'État ou d'un prélat guetté par la pourpre cardinalice, l'auteur d'un petit incendie de rien du tout dans la grande banlieue parisienne.

Nous restons ainsi dans les limites du vraisemblable qui est, on ne le répétera jamais assez, le domaine et la matière même du roman.

Policier ou pas.

*

Mais précisément parce que nous nous en tenons au domaine du vraisemblable, il va sans dire que, si tentant que cela soit, le dénouement heureux de cette histoire, c'est-à-dire l'innocence du Personnage reconnue, la pyromanie de M. le P.-D.G. des P.F.R. établie, son arrestation ou son suicide préalable, relèveraient dans la société où nous vivons du pur et simple fantastique. Genre dont nous faisons tout notre possible pour demeurer à l'écart. Il faut donc y renoncer. Que la Haute Personnalité dorme en paix !

Dans ces conditions, l'auteur devra accepter sans chicanerie l'issue seule acceptable de son histoire : l'erreur judiciaire, laquelle depuis un siècle et plus a ses lettres de noblesse dans la littérature. Il est évident que c'est là une conclusion bien pessimiste, et contraire aux bonnes mœurs des romanciers. Qu'y peut l'individu nommé *l'auteur*? Il est tenu dans les strictes limites du « nouveau réalisme », cette école d'aujourd'hui si prospère, si peu « contestée ». La mode de cette nouveauté-là veut que le roman finisse mal, ce qui est d'une nouveauté, j'en conviens, toute relative ; mais nous repose, au moins pour l'instant, de l'optimisme régnant d'hier, qui ne pourrait d'ailleurs aujourd'hui se terminer par ils se marièrent et eurent beaucoup d'enfants, ou, de nos jours, ce serait la catastrophe.

Dans le domaine du vraisemblable... (*Ici on frappe à la porte, qui s'ouvre sans attendre la réponse, et c'est Maria, l'air inquiète, Monsieur... c'est la police ils disent ils viennent arrêter l'auteur... Un instant, j'arrive.*)

Dans le domaine du vraisemblable, je disais, une solution aurait l'avantage de ne pas comporter d'implications sociales et politiques : ce serait que le pyromane soit l'inventeur de toute cette histoire, de la maison à brûler, de l'incertitude même de son adresse, des considérations destinées à détourner de lui les soupçons, à les égarer sur divers individus *infiniment*, je vous prie de remarquer l'adverbe, *infiniment* respectables, ou non.

Après tout, comme cela n'a pas de raison plausible de finir, autant, pendant qu'on y est, autant vaut *arrêter* l'auteur.

18 novembre 1968

Prénatalité

Ce magasin de mille couleurs n'avait pas arrêté la petite fille aux cheveux épars comme des cendres. Elle avait promené un regard ennuyé sur les robes semblables à celles que portait sa sœur aînée comme toutes ses amies, avec sangles de cuir par-ci, par-là, roux d'œuf dans des éclaboussements d'ecchymose. Toutes pareilles, ces énormes armoires de Barbe-Bleue qui se sont ouvertes un peu partout dans Paris depuis que les vêtements ont raccourci de moitié, où saignent les défroques des épouses promises au couteau, les manteaux préparés de l'assassinat, et toute sorte de bottes, botilles, bottillons, bottines, botules, une expo de jambes coupées, quoi, avec vestiaires souterrains pour les sous-vêtements, balcons de foulards multicolores qu'on dirait un môle pour l'arrivée des régates.

La petite fille, elle pouvait bien avoir dans les treize ans, moins peut-être. Elle portait une cape virevoltante qui ne lui léchait pas les hanches, les houzeaux, mais laissait juste le genou dehors. Elle tenait sous le bras, inexplicablement, un tome d'annuaire du téléphone, le bleu, celui des rues, édition de 1968. Ça la vieillissait déjà. Elle fit une grimace au passant à bruns favoris, habillé en ramoneur des neiges, qui la suivait depuis un moment d'un œil équivoque. Et comme il semblait s'avancer vers elle, à peine eut-elle dépassé le bar où, droite gauche, des épaules, des hercules disproportionnés secouaient des machines à sous comme de pauvres petites putains, la gosse se précipita dans la boutique suivante, rose ciel, apaisante et stupide l'enseigne qui promettait *tout* aussi bien au poupon hypothétique qu'à la future maman.

Une grande et belle boutique, aérée, spacieuse, avec ses salons d'essayage au fond, ses comptoirs luisants où reposait le monde hétéroclite des naissances, de la diversité des farines à l'émerveillement des hochets, les langes à la dernière mode, le dernier mot de l'asepsie en fait de biberons. Les vendeuses, toutes, ayant l'air d'appartenir au harem du Barbe-Bleue d'à côté, avec leurs bas à mailles géantes, brodés de dessins gris pâle ou jaune d'or, pour la personnalité, les chandails à faire valoir la diversité des seins, la jupette qui semble n'aimer qu'à te vous grimper la cuisse, des cils, avec ça, kilométriques... les vendeuses somnolaient doucement ou bâillaient dans l'absence de clientes, si caractéristique des débuts d'après-midi. Elles s'empressèrent vers la nouvelle venue, puis s'étonnèrent un peu :

qu'est-ce que cette môme pensait faire ici? Mlle Ambigüe, dont on connait le caractère caustique, s'était avancée, très pince-sans-rire, et demanda : « Qu'est-ce que Madame désire ? »

La mioche haussa les épaules, sérieuse, l'air légèrement vexée, mais dit sur le ton le plus naturel du monde : « D'abord, c'est Mademoiselle... et puis un peu tout que je voudrais voir. Parce que, quand on attend un enfant, mieux vaut se renseigner, s'y prendre à l'avance... »

Il n'y avait pas que Mlle Ambigüe pour l'entendre. Et machinalement une vendeuse avança une chaise à la cliente. « Vous attendez un... » dit Mlle Ambigüe, assez déconcertée. « Oui, dit la gosse — à moins que ce soit une... qu'est-ce que cela a de... et vous, v'z en attendez ? — Oh, moi, dit Mlle Ambigüe — moi, vous savez les... et puis je ne suis pas mariée ! — Moi non plus, vous ferai r'marquer, — dit la gamine, et puis à la réflexion — mais vous croyez ça nécessaire pour avoir des petits ? » Mlle Ambigüe, très jeune fille, murmura, un peu pointue : « Vous savez, je ne suis pas encore très au courant de ce qui se fait dans ce commerce-là... » Et le bout-de-chou, en se tapant les cuisses, s'exclama dans un gros rire de charretier : « Alors, celle-là ! Vzêtes un peu en retard pour votre âge, on vous fera un dessin... »

Le corps de ballet s'était rapproché, se marrant en douce de l'Ambigüe, qui crut devoir faire montre d'autorité : « Mon enfant, — dit-elle — ici c'est un commerce, de quoi avez-vous besoin ? Parce que, nous, on est là pour vendre... »

La petiote la dévisagea, puis plissa le nez, méprisante : « Si je le savais, je vous le cacherais pas... Seulement, imaginez-vous, moi, c'est le premier. Après ça sans doute, ça ira tout seul. Enfin, quand j'aurai votre âge, je ne demanderai plus rien à personne. Si je savais quoi acheter, je ne viendrais pas chez vous, j'irais chez la mercière ou le laitier. Alors, vous ne voulez pas me montrer ?

— Vous montrer quoi, Mademoiselle ? Pour vous ou pour le petit ?

— Bien, commençons par moi. Bien que, si vous ne la faites pas voir plus vite, la marchandise, j'accoucherai avant d'avoir rien acheté...

— Heu, cela n'a pas l'air si avancé...

— Tâchez d'être polie. Bien sûr, ai pas attendu la dernière minute. Seulement, dans ma situation...

— Vous êtes tout à fait sûre d'être...

— Enceinte, vous insinuez ? On peut toujours se tromper, il y a les grossesses nerveuses. Mais enfin, s'il vous faut les grandes douleurs pour prendre vos précautions... Finissez de me regarder le ventre comme ça. Ma mère, elle avait l'air d'une première communiante jusqu'après le huitième mois...

— On vous l'a dit, ou vous l'avez vu ?

— Vz'êtes drôle, vous : j'étais dedans. Pouvais pas voir. Alors, cette marchandise, oui ou merde, on la montre ?

— Mademoiselle, si c'est ce langage que vous allez apprendre au nouveau-né...

— Oh, v' savez, de nos jours, les nourrissons, ils sont déjà syndiqués. C'est pas la question. Qu'est-ce que vous avez à m'offrir. »

Mlle Ambigüe rougit et tira un peu sa jupe vers le bas. Elle ne s'habituait pas. Puis, reprenant de l'audace, répéta : « Mais... vous êtes tout à fait sûre...

— On n'est jamais sûre que de soi-même. Le père, v' savez... Enfin, moi, si j'avais l'air d'en douter. Alors, vcomprenez, je viens chez vous.. quand ce serait qu'histoire de vsachter un petit truc. Encore faut savoir quoi. N'auriez pas des forceps ? »

Les épouses de Barbe-Bleue frémirent. Mlle Ambigüe reprit de l'assurance : « Nous ne tenons pas cet article-là — qu'elle dit — c'est plutôt les quincailliers... » Le harem s'amusait. « Qu'est-ce qu'elles ont ces poules ? — demanda-t-elle, la môme — ça glousse sans savoir ! Peut-être qu'a croient que le forceps, c'est hune espaice de muscle olympique, ou quoa ? Mais v' nenavez pas, bon montrez-moi aut' chose... ou c'est pour la frime, c'te boutique ? À propos, vous n'auriez pas des fraises ? »

La rigolade générale de ces demoiselles fit froncer le nez à la petite : « Qu'est-ce que ça a de drôle des fois ? » Et Mlle Ambigüe d'expliquer : « À cette époque de l'année, mieux vaudrait s'adresser à un marchand de primeurs. Nous, les fruits, même en saison, vous savez...

— Ah, vous, alors. Vzécrivez sur la rue: *Tout pour la future maman*... et si j'ai des envies, vous me renvoyez au fruitier... Y a de l'abus. Mais si tout ce que je vous demande, vous ne le vendez pas, alors qu'est-ce que vous vendez? C'est plus à moi de vous dire ce que je veux. Proposez-la, vot' marchandise... »

Le type à favoris s'était rapproché de la porte et, appuyant sa bouche à la vitre, y faisait une auréole de buée: «Ce jeune homme est avec vous?» demanda Mlle Ambigüe, et la mioche: «Dites donc, vous êtes indiscrète, vous... Ça se pourrait, bien sûr, mais... qu'est-ce qui vous fait croire?»

L'autre haussa légèrement son décolleté: «Rien, mais... c'est peut-être le père, non?»

— Ça je me le demande. Autant lui qu'un autre, d'ailleurs. Mais je ne suis pas très sûre. Ça pourrait aussi être un autre.

— Enfin, Mademoiselle, je ne vous comprends pas. Vous ne savez pas de qui il est, votre bambin?

— Ça ne se sait pas d'avance, ces choses-là, si je l'avais déjà vu, le moutard, peut-être que la ressemblance... un air de famille... mais comme ça! D'ailleurs, lui ou un autre, hein!»

Ce cynisme fit frémir l'assemblée dont cependant l'intérêt se porta vers le mâle du seuil, dans un murmure de réprobation, qui fit que la cliente crut bon de s'expliquer:

— Je veux dire qu'on ne peut pas savoir qu'on ne peut pas savoir. Rien ne s'y oppose, notez. Mais à quoi on reconnaît que c'est le père ? Si on savait d'avance, votre truc, il péricliterait, pas ? Tout ce que je peux dire, c'est que j'attends un enfant, d'où qu'il vienne.

— Eh bien, qu'elle fit, l'Ambigüe, — la jeunesse d'aujourd'hui ! Mais, au point où nous en sommes, je me permettrai... Entre nous, si ce n'est pas celui-là, combien y en a-t-il dont vous pourriez penser...

— Combien ? Ben, je n'ai pas compté, moi. Et puis même cela pourrait être quelqu'un d'autre... »

Alors là. D'autant que le ramoneur, il faisait de l'œil à l'une après l'autre de ces demoiselles. Et quand je dis de l'œil, c'est pour éviter les termes risqués. Elles, on aurait dit un pensionnat, à comme elles pouffaient, se poussaient du coude. L'intérêt s'était tout à fait déplacé. La gamine le remarqua : « Mes petites — dit-elle —, faudrait pas vous gêner. Je vous l'abandonne, celui-là. Il n'est pas mal, vous savez. Vous pourriez tomber sur pire... Mais pas toutes à la fois, hein ! Vous pourriez l'abîmer. À supposer que ce soit le papa... mais je ne suis pas si certaine que tout ça. Il y en a des, ksavez, ils ont l'air porté sur la chose, et puis. Les vrais, font pas tant de manières. Moi, les exhibitionnistes, j'en suis bien revenue... »

Cette plaisanterie, elle fait long feu. Mais le ramoneur, c'est comme les mouches. Quand il y en a une sur la vitre, il en rapplique de tous les côtés. Ce gars-là, qu'est-ce qu'il regarde ? s'est dit le chevelu rouge et jaune, et dès qu'on est deux on est trois. Un petit vert pomme, les tifs à l'hérissé. Et tout de suite un colosse genre babouin, la frange bouffant les yeux, qui te vous les écarte, pas les yeux les curieux, et met ses pattes de meurtre sur le verre. Les demoiselles, dedans, en sont devenues pâles. Et leur acheteuse, entre haut et bas, rêveusement : « Celui-ci, il me plairait bien, remarquez, comme père. Mais des pareils, c'est trop fort, ça casse la porcelaine... » Un hippie qui s'est joint, série blond blême, un ruban dans les cheveux. Et un chapelet de nougats.

Mlle Ambigüe éclate. La conversation pouvait encore aller, mais ce rassemblement, ça va compromettre le magasin : « Si c'est vous qui les amenez, jeune fille, vous feriez mieux de leur dire de circuler, à ces spécimens masculins... parce que, chez nous il n'y a pas pour eux de sucres d'orge. Ici, ces dames et moi, nous exerçons, imaginez-vous, une manière de sacerdoce, enfin une fonction, pour être plus modeste : nous avons la charge de préparer, d'entourer la naissance de toutes les conditions de confort, d'hygiène, d'ingéniosité qui favorisent à la fois physiquement et moralement le développement harmonieux, tant de l'enfant que de la jeune mère, ou pour mieux dire de former préventivement autour du petit être une atmosphère douce et songeuse où se préparent et sa venue et son avenir... enfin, ce n'est pas l'endroit pour ameuter la rue ni, dedans, jeter le trouble parmi ces sortes d'hôtesses de la vie que nous sommes, vous saisissez ?

— Non, dit la gamine, — je ne saisis pas. Mais vous êtes drôles, vous, pour des marchandes. On vient vous demander ce qu'il y a dans votre bazar et vous, on se croirait à l'Armée du Salut ! »

L'une des hôtesses de la vie, une toute jeunette, avait cessé de suivre la conversation, et s'était insensiblement retournée vers les spectateurs du dehors, dont l'un, habillé en Thierry la Fronde, faisait des signaux qu'elle prenait pour elle. C'était une sentimentale qui avait déjà eu des malheurs côté cœur. Une de ses voisines la tira par la manche. En vain.

« Alors, quoi ? — reprit Mlle Ambigüe. — C'est des berceaux que vous voulez que je vous montre ? Nous en avons des bleu ciel, avec de la guipure blanche, comme des petites vagues au bord de la mer. Vous désireriez un modèle à rideaux, ça ne se fait plus beaucoup, de nos jours, à cause des psychanalystes, mais il y a encore de jeunes mamans qui, je ne sais trop pourquoi, semblent y tenir. Alors, nous, vous comprenez. Ou si ce sont déjà les biberons qui vous préoccupent ? Ou si peut-être déjà que vous ne vous intéressez encore qu'à l'habillement prénatal, des robes de chambre un peu comme des nuages, un tailleur flou, ou bien la taille Empire qui est si favorable à...

— La poésie m'emmerde... — dit l'enfant, catégorique, — et c'est donc tout ce que vous avez imaginé dans votre bordel ? »

Là, elle exagérait. Les vendeuses exhalèrent un murmure de réprobation qui les parcourut comme une houle de mauvais temps la Côte d'Azur. Mais l'autre n'eut pas l'air d'en tenir compte et poursuivit : « Enfin, vous n'auriez pas pour les filles dans mon cas, des bouquins susceptibles de les éclairer sur ce qui leur arrive, hein ? Parce qu'avec la connerie des familles !

— Non, — dit sèchement Mlle Ambigüe —, l'éducation sexuelle ce n'est pas notre rayon.

— Ah, bien, je commence à voir, vous, votre emploi, par hasard, c'est après le fait accompli ? Remarquez, ça m'intéresse aussi, seulement je pensais... l'éducation, au fait, vous savez, moi, les professeurs... mais enfin, on aime s'instruire... Je crois pourtant m'être trompée de pâtisserie. Entre nous, votre truc, il gagnerait à se faire un peu plus pop... Sans entrer vraiment dans le détail, tout ce qu'ici j'aperçois, ça m'a bien l'air d'être la grossesse de papa... »

Sur quoi l'une des demoiselles est prise d'un fou rire hystérique. Tout le monde se retourne que ça fait invinciblement penser à une vieille chaussette et la regarde sévèrement. Elle, baisse le nez, et se met à se gratter de l'ongle une petite tache d'on ne sait trop quoi sur son sweater mauve.

« Je ne voudrais pas vous attrister, après tout, — dit la cliente —, mais un commerce tenu comme ça, dans le temps où nous sommes... vous êtes en bon chemin pour la faillite. Vous prenez le chemin des antiquaires, ça crève les yeux. Pourtant, pas faute qu'on vous le répète, qu'on est en pleine mutation ! Remarquez, moi, la politique... Je suis plutôt pour les hold-up, c'est plus gai, et puis c'est peluche... mais il ne s'agit pas de ça. Je tiens, avant de nous séparer, à vous dire que j'apprécie votre accueil, votre sens de la conversation, même si je vous trouve un peu bornées, mes filles, pour ce qui est des perspectives. Enfin, quand vous aurez des soldes, des prix de catastrophe, peut-être si je passe par là... »

Elle allait sortir puis se ravisa : « Mais, j'y songe : un cigare... vous ne vendez pas de cigares, ici ? Vous manquez vraiment d'imagination, faut croire. Les personnes dans ma position, il n'y a pas que les fraises... avez pas lu Freud ? Seulement votre enseigne, faudrait la changer : *Tout pour la future maman*... Je vous demande un peu. L'idée ne vous est jamais venue que toutes les femmes sont de futures mamans, enceintes en puissance, si j'ose dire ? Non ? Alors, si une gosse de dix ans, une petite enfin, vient un jour vous demander des conseils, avant de lui proposer la pilule, tâchez de comprendre ce qu'elle a dans le crâne, la mignonne, pas ? Et bien le bonjour ! »

Elle ouvrit brusquement la porte, genre cyclone, et, tombant dans la meute accrue des curieux, qui avaient eu le temps de se monter le bourrichon, au sens étymologique du mot, leur cria, très vite : « Dites donc, les garçons, vous pouvez entrer, c'est plutôt pour vous que pour moi, ce genre de drugstore, avec ces filles là-dedans qui s'ennuient : elles n'ont pas la moindre idée de comment on fait les enfants ! »

Ô vocabulaire des années soixante-dix où déjà plus personne ne sait ce que c'est une pièce de vingt sous, mis à part les vieillards et l'ex-Zouave du Pont de l'Alma s'il pouvait parler ! Donne-moi la main, discours éphémère qui ne sera point perpétué par les inscriptions tombales, histoire de traverser le temps à pieds joints avec ce visage que j'ai dramatiquement pour en finir, et l'air d'en rire.

Et l'air d'en rire.

Tuer n'est pas jouer

Pendant le festival d'Avignon, à l'heure où le spectacle va commencer aux Cordeliers, pendant Télé-Soir, un message personnel est transmis, priant M. Hector Pellegrini, 47 ans, voyageant sur une Opel verte, immatriculée j'ai oublié, de revenir d'urgence à son domicile du Petit-Musc, Paris 4e. Le message est répété en fin d'émission. Un jeune homme qui s'exerce à retenir les choses les plus absurdes pour se préparer aux jeux radiophoniques remarque cette répétition, et tout d'un coup se souvient d'avoir vu ce numéro écrit sur la plaque d'une voiture effectivement verte, garée dans l'avenue, sur le terre-plein, non loin du théâtre. Quittant le bar où il écoutait les nouvelles, il se précipite, constate qu'il ne s'est point trompé, que l'Opel grenouille est bien au pied d'un platane, en conclut que M. Hector Pellegrini doit se trouver au théâtre, obtient non sans peine qu'à l'entracte le message entendu soit répercuté avec un haut-parleur, et constate qu'un spectateur se précipite vers la sortie, dans la direction de l'Opel verte et met son moteur en marche.

Comme le jeune homme s'approche et informe l'automobiliste du rôle qu'il vient de jouer, comptant sur une récompense, l'autre démarre brutalement, et bondissant de telle façon que le serviable informateur n'a qu'à se jeter de côté, et à le regarder s'éloigner avec stupeur, criant après le quadragénaire une paire d'injures du genre fils de pute ou enfant de cocu, sans que cela trouble le personnage.

Tout ceci est accompagné d'une description d'Avignon par une nuit chaude, dans l'atmosphère des soirées théâtrales d'août, et entremêlée d'une histoire destinée à égarer totalement le lecteur, par le moyen d'une conversation entre des gangsters préparant un hold-up dans une banque à Bordeaux. Sans compter diverses digressions théâtrales, où se mêlent l'idéologie hippie et la dramatique japonaise.

Nous retrouvons M. Pellegrini sur la route en train de chiffrer sur ce qui a bien pu se passer rue du Petit-Musc, où sa femme habite avec deux enfants en bas âge. Il ramasse un auto-stoppeur anglais, histoire de faire la conversation à quelqu'un. Mais ce personnage ne parle pas le français. Hector le dépose à Orange. Il conduit son Opel à une allure pour laquelle à vrai dire elle n'est pas faite. À plusieurs reprises, il rate de peu un camion, une Jaguar, un platane. Et traverse au milieu des coups de sifflet vers Montélimar un accident où trois voitures embouties et des blessés sur des brancards ne ralentissent pas son train. Si je savais seulement ce qu'Élisabeth a pu foutre ? dit-il en appuyant sur l'accélérateur.

Bon. Je ne décrirai pas la route de Montélimar à Paris.

Il y a tout ce qui peut passer dans la tête d'un homme, lequel, pour des raisons qui m'échappent, se trouvait au Festival d'Avignon, pendant que sa femme dont il est follement épris est restée avec ses jeunes enfants rue du Petit-Musc, et doit, vraisemblablement, être la personne qui a donné à la télé le message dont il a été atteint de façon inattendue. Une conversation à ce sujet avec le garçon d'un poste d'essence lui met en tête qu'il a dû y avoir un incendie à son domicile.

Il arrive à l'aube à la Porte d'Orléans, descend droit jusqu'au boulevard Saint-Germain, y tourne à droite, passe le pont Sully, écrase un clochard dans le Square Henri-Galli, et, ni vu ni connu, s'amène rue du Petit-Musc. Ceci n'est pas un film. On pourrait y adjoindre un couplet sur le lever du jour rive gauche, mais non, somme toute : puisque nous voilà déjà rue du Petit-Musc, c'est-à-dire sur la rive droite. Mieux vaut s'en tenir aux faits. Seulement les faits ne sont pas très solides. La concierge a vu passer M. Pellegrini qui lui a demandé : « Qu'est-il arrivé ? », n'a pas attendu la réponse et a grimpé l'escalier à une vitesse grand V. Elle en était encore toute étourdie, quand le locataire est redescendu, et lui a crié : « Vous ne pouviez pas me dire que ma femme était absente ? » Elle lui aurait bien dit qu'elle ne le pouvait pas, parce qu'elle l'ignorait. Mais il court déjà en direction de... Au fait, en direction de quoi ? Il faut croire qu'il avait quelques données sur ce qui avait bien pu se passer, puisqu'il n'avait pas repris sa voiture, s'était cassé le nez au bureau de poste, encore fermé à cette heure matinale, et s'était précipité au commissariat de police où on l'avait très mal reçu, à cause du caractère incohérent des propos qu'il tenait. Impossible de savoir de lui si les deux enfants sont toujours bien rue du Petit-Musc, ni s'il a trouvé à son domicile un message de Mme Pellegrini. Dans ces conditions, comment faire un rapport ? Sur quoi ? D'autant que la journée s'annonce chaude et les émissions météorologiques ne nous laissent aucun doute à ce sujet. Les propos que M. Pellegrini tient sur sa femme sont plutôt incohérents, mais ne permettent aucune déduction sur l'emploi du temps de cette dame. Le sergent de ville de garde qui est attendu chez lui, et n'a pas encore bien décidé s'il allait faire des jumelles à sa femme, marque quelque impatience à l'égard de ce particulier de qui on ne peut même pas tirer le nom de ses père et mère, non plus que leur lieu respectif de naissance. Il semble qu'il suspecte son épouse d'être parti pour Mers-sur-mer avec un individu doué, semble-t-il, d'un certain tempérament. Mais même cela n'est pas très clair, et surtout n'explique pas qui a envoyé le message-radio, à la suite duquel M. Pellegrini a quitté son fauteuil d'orchestre et s'est livré à des excès de vitesse. Ce ne peut pas être la concierge, les enfants ne sont pas encore d'âge pour une telle initiative, et ni l'un ni l'autre des compagnons d'escapade n'ont raisonnablement pu éprouver l'envie de mettre le mari au courant. Celui-ci d'ailleurs, saisi d'on ne sait quelle idée, s'est tout d'un coup jeté dans la rue avec une telle violence que l'agent de police en est persuadé que ce M. Pellegrini va commettre un meurtre. N'écoutant que son courage, il se lance sur ses talons...

On le retrouvera baignant dans son sang, à une faible distance du commissariat, sur la chaussée, mais il ne s'agit pas d'un accident d'automobile : un examen superficiel suffira à prouver qu'il a été tué par plusieurs balles de revolver tirées à bout portant sur la région cardiaque. Or, personne ne connaît l'identité du personnage qui vient de faire une brève apparition au commissariat, dont personne n'a entendu la conversation avec la *victime*, et dont on ne sait même pas où naquirent les parents. On aurait encore la donnée que tout ceci est consécutif à la transmission d'un message à la fin du journal parlé sur *France-Inter*, on pourrait remonter la piste, si pas tout de suite, du moins quand la presse locale du Vaucluse, arrivée à Paris, quelqu'un aurait pu y dénicher le fait qu'en Avignon la veille au soir quelqu'un ayant repéré la voiture décrite à la radio avait fait prévenir au micro du théâtre, un certain M. Pellegrini qu'il devait rentrer d'urgence à son domicile parisien, rue du Petit-Musc. Mais même alors toutes les questions se seraient à nouveau posées, y compris l'absurde supposition suivant laquelle l'agent de police tombé victime de son devoir était l'amant de Mme Pellegrini, partie pour Mers avec quelqu'un d'autre... Il est évident que le malheureux agent, à la dernière minute de service, avait dû être plongé dans une perplexité d'autant plus grande, que surmené par une nuit sans sommeil il ne songeait guère qu'à l'accueil conjugal auquel il pouvait s'attendre. Quelle idée avait alors pu le traverser ? L'inspecteur appelé sur les lieux essaye de se représenter les dernières pensées du défunt : celui-ci n'avait sans aucun doute rien compris à toute cette affaire, et donné sa langue aux chats...

SA LANGUE AUX CHATS ! L'inspecteur, ne voulant négliger aucune supposition, écarte les lèvres du mort, lequel a les dents serrées. Mais notre homme est doué d'une force herculéenne. *Il les desserre,* parvient à écarter les mâchoires, attire à lui la langue morte. Ah mais, ah mais ! Quelque chose, comme une inscription semble avoir marqué le muscle lingual dont il est de fait que les chats n'ont pas voulu. Qu'on me donne une loupe ! Cela prend un petit temps pour en trouver une : l'inspecteur alors, qui s'est montré perspicace, déchiffre une sorte de tatouage en creux sur l'organe considéré. Mais il tirait trop fort le muscle, ce qui déformait les lettres. Il se rend compte de son erreur, relâche légèrement sa prise, et voit dans le verre grossissant se reformer peu à peu les caractères, les mots, la phrase : *En cas de décès suspect, arrêter aussitôt pour meurtre M. Georges Simenon, l'écrivain bien connu.*

Ce qui est fait au saut du lit. Reste à prouver la culpabilité de l'homme de lettres. Il aura du mal à s'en tirer, car on ne peut pas oublier que l'accusateur était assermenté.

Tout s'est encore compliqué avec l'enquête, quand il a été établi que le message personnel transmis au Festival d'Avignon ne parlait pas d'une Opel verte, mais d'une Alpine bleue, dont le propriétaire habitait, non pas à Paris, rue du Petit-Musc, mais à Enghien, rue du Général-de-Gaulle, s'appelant d'ailleurs Levillain et non Pellegrini, confusion qu'il fallait d'abord s'expliquer, avant de remettre en liberté provisoire le coupable présumé. On n'a pas retrouvé la voiture, et on ne pouvait plus mêler à cette affaire le nommé Hector Pellegrini, qui était reparti, semble-t-il, en Italie. Le seul élément irrécusable était le cadavre, dont il eût fallu s'expliquer pourquoi et comment il s'était taillé cicatriciellement dans la langue une accusation qui ne semblait pas du tout fondée, l'écrivain ayant fourni trois alibis indiscutables, d'après lesquels il se trouvait simultanément à l'heure du meurtre à Biarritz, Montreux et Bourges. De toute façon, on ne pouvait guère s'en tirer qu'en classant l'affaire, et en considérant l'assassinat lui-même comme une erreur judiciaire, la victime comme un mystificateur ayant poussé un peu loin la plaisanterie.

Mais l'affaire prit soudain un tour politique, où était mis en question un haut fonctionnaire d'une puissance africaine. Dans ces conditions, on n'avait qu'à rapidement l'oublier. Ce qui se produisit, le temps de fatiguer les journalistes.

Malheureusement, sur la tombe de l'agent, dans un cimetière sururbain, voilà qu'un beau matin on découvre que pendant la nuit, une main inconnue a gravé, diront les spécialistes, au moyen du même instrument qui servit à inciser la langue du défunt, une inscription mystérieuse, susceptible de faire tomber le gouvernement : *Tuer n'est pas jouer*, si celui-ci n'en avait pris les devants dans un escalier de service. Et vous pensez, si l'on en fit des gorges chaudes !

Mini mini mi

Je vais te manger, dit-il et tint parole. Un vrai cannibale. Elle, promit de revenir, enfin les restes, pour son petit déjeuner. Mais, quand elle se pointa sur les onze heures, onze heures dix, ça dépend des montres, il était sorti, crevant la faim, sans même laisser un mot à la porte de son studio, avec une punaise, comme ça se pratique dans le beau monde. Qui c'est alors que tu as dévoré, demanda-t-elle, repentante, quand il revint vers le soir. Et lui : j'y ai pas dmandé s'nom. Parce qu'il bouffait aussi les syllabes quand la nourriture se faisait attendre. Prétendant qu'il pratiquait la grammaire génératrice. Une expression comme ça qu'il avait entendue. Mais ça date l'affaire.

Comme il ne lui avait encore chipoté qu'une épaule, elle était toujours très appétissante, avec cet air de faiblesse que ça lui donnait, d'un côté. Mais, puisque tout de même elle lui faisait reproche de ne pas l'avoir attendue, il dit, tu vas pas être jalouse, des fois ? Cte fille, j'en ai p'même gardé l'goût. Toi, t'es hâ croquer.

Mais, ce jour-là, se contenta des restes de la veille.

Tout de même, quand il prétendit la téter, elle le repoussa sous le prétexte qu'il en avait passé l'âge, et ça lui fit un sale effet, à lui, comment on dit? Ça lui coupa la chique. Il courut se regarder dans la glace en silence, puis, je suis encore très jeune pourtant, qu'il protesta. À vrai dire, pas si jeune que tout ça, il courait sur les trente ans.

Tout cela est naturellement très relatif. L'âge qu'on a. Ce qu'on aime. La fringale qu'on y met. Lui, il ne pouvait pas rester vingt-quatre heures sans *manger*. On s'amène, décidé à se tailler une bonne côtelette, en route seulement il y a eu des occasions qu'on n'a pas su se refuser. Et du bourratif.

Remarquez, les femmes, ça rêve toujours d'un ogre. Je sais bien qu'il y a un pas entre le rêve et la réalité. Puis si on en rencontre un. Après, ça se plaint. Pas nécessairement, mais... Faut pas trop les croire. Elles y reviennent, ou c'est l'ogre qui y. Enfin.

Ce n'est pas tant du dégoût qu'elles se plaignent, mais que ça se voie. Heureusement il y a les couturiers.

Ça, les couturiers, c'est des gens extraordinaires! Mieux même que les coiffeurs du grand genre. Et je ne parle pas des médecins, de la chirurgie esthétique. Tout ça, c'est du moyen âge, des palliatifs, du provisoire. Mais les couturiers, maman ! Pas simplement dans nos petites histoires de cannibalisme, seulement ça nous entraînerait trop loin, et puis on leur ferait arriver des ennuis, parce que pour être clair il faudrait entrer dans les cas personnels, et ça, ça nous mènerait loin, je vous assure. Eux aussi. Enfin, certains...

Leur art, à ces gens-là, c'est qu'on ne s'aperçoive pas de la dissymétrie, d'un dos un peu rond, d'une jambe plus courte, ça te vous les rend indispensables. Dans les derniers temps, ils ont même lancé des modes qui font que si une femme n'a plus de seins, personne ne dit son amant il est rien gourmand, non mais, je me demande comment font les femmes, par exemple. Demain, on le leur dirait, elles se crèveraient les yeux.

Il paraît que c'est délicieux, les yeux de femme. Il y a même des restaurants pour ça, qu'on prétend. Je n'en ai jamais tâté, moi. Je vous en parle par ouï-dire. J'ai un ami, un amateur, un homme très raffiné dans toute sorte de domaines, bibliophile, spéléologue, champion de go, n'en jetez plus, pour lui, de tous les plaisirs, les yeux de femme, c'est hors concours. Il dit que, bien sûr, si on n'a pas mieux, l'œil masculin n'est pas mauvais, à condition de savoir l'accommoder, il prétend qu'il a tâté du globe de jeune garçon, mais ça, je crois qu'il se vante... Enfin, tout de même, il dit que ça ne se compare pas avec l'œil d'une fille de vingt ans, ou même un peu plus. Il faut tout de même savoir l'assaisonner. Lui, il y met du citron pour le voir se rétracter. Mais un jour, il m'a avoué qu'à son goût, seize ans, c'est le meilleur : mais c'est difficile à se procurer, la paire surtout. À seize ans, ça n'a pas trop vu, vous comprenez, c'est encore tout rêveur. Enfin, chacun a ses goûts. Les miens, je ne les raconte pas à n'importe qui. Ça se répéterait, et me ferait du tort. Et puis ces dames préfèrent n'être pas prévenues d'avance, découvrir, pas tout de suite, avoir peur sans trop savoir de quoi, d'où. Je les laisse chiffrer. Elles cherchent à deviner. Je ne me presse pas. Je leur confie même certaines limites de mes goûts : par exemple, que je n'aime pas du tout percer les seins de mes compagnes avec des épingles, comme encore au début du siècle on faisait avec celles dont les nourrices assuraient l'équilibre de leurs bonnets. Enfin, je tiens des propos plutôt rassurants, quitte à ce qu'elles me prennent pour un benêt, un type sans grande expérience, quoi. Je ne déteste pas les laisser se méprendre, d'abord, me mépriser, même, un bon moment. Et puis, han !

Une, une fois, j'ai gardé comme ça le souvenir de la chambre, le sofa, les tentures... il y avait au mur une estampe, *La cruche cassée* de Greuze, je crois bien... une belle personne, vous savez, qui avait l'air intacte à première vue... Elle m'a fait, comme ça, je croyais déjà que vous n'en aviez pas. De dents, elle voulait dire. Et puis, tout de suite, me tutoyant, j'étais déjà furieuse, tu sais. Tu la veux, mon oreille ?

Moi, je ne saute pas nécessairement sur ce qu'on me propose. J'aime les approches. D'abord un petit sein, et puis... Savoir dire, ce sera pour un autre jour. Faut pas s'envoyer tous les petits-fours d'un coup. D'ailleurs, c'est mal élevé. On les écouterait, parfois, ensuite on les entendrait. . ah, prudence, prudence. Une que j'ai connue, il y a déjà quelques années, elle se faisait grignoter les pieds, sous prétexte que ses souliers étaient trop petits. Elle n'avait déjà plus beaucoup d'orteils lorsque je l'ai rencontrée, mais ce qu'il me restait, un vrai régal ! Quand j'y pense, toutes les nourritures me paraissent fades. J'ai pourtant goûté à des morceaux de roi. Ce qu'il y a, avec les gourmands dans mon genre, c'est qu'ils ne savent pas se borner. L'art, c'est de s'arrêter à temps, qu'ensuite si on le rencontre dans le monde, ce petit souper fin qu'on s'est envoyé, ça reste comme un secret entre nous, et même les regards qu'on échange, tu ne m'en veux pas ça signifie, et elle, tu es fou, tu sais bien qu'il y a quelque chose que je ne peux plus voir sans penser à toi, comment tu avais l'air, la faisant...

Ah, les inconnues qu'on ne reverra plus jamais. Pas possible de leur poser certaines questions. Comment elles auront expliqué la chose à leurs hommes, leurs maris le plus souvent, hein ? Si elles avaient dit, j'ai rencontré un ogre, tu comprends... personne ne les croirait, ou alors quelqu'un qui en est, quoi ! J'en ai eu une, d'amie, elle m'a avoué, mais longtemps après, très longtemps, qu'avec moi elle avait d'abord cru que je ne savais pas, qu'elle était la première, alors elle me provoquait, et puis à comme j'avais fait ça, tout à coup elle a compris que ce n'était diable pas un pucelage, alors elle avait été pleurer à la cuisine, elle avait même pensé que je m'étais moqué d'elle. Nous nous rencontrons de temps en temps, ça finit par être des anniversaires bien qu'elle ni moi ne sachions si c'était en décembre ou en août. On se dit : tu es libre samedi ? Ah, ne dis pas que non : parce que cette fois, tu te souviens tout de même, c'était l'épaule... En tout cas, ce dont je me souviens, c'est qu'elle était juste à point, même pour moi qui les aime bleues.

C'est drôle, il n'y a pas du tout de littérature pour ce genre de goût. Cela tient sans doute à ce que, dans la partie, on considère le secret comme une affaire d'honneur. Et ça crée des liens, de se taire, pas vrai ! Il m'arrive de deviner, voyant un monsieur et une dame qui se rencontrent n'importe où, un quai de métro, un self-service, ou à une messe de bout de l'an... Cette façon de se reconnaître sans s'être jamais vu, la nature du regard, du sourire, un intérêt tout particulier de part et d'autre, c'est comme une danse immobile, une fascination réciproque, sans un mot, mais cette palpitation des lèvres de l'homme, et puis tout de suite... mais motus ! Enfin c'est le cinéma muet, vous savez ce bouquet des doigts devant la bouche pour dire comme vous êtes jolie, mais en même temps le genre fasciné qu'elle prend, des airs de ramener un châle d'abord, une absence de châle, puis par exemple la main qui semble offrir un sein ou l'autre, et lui qui semble choisir entre l'autre ou l'un, même une façon discrète d'allumer une cigarette pour la jeter tout de suite à terre, l'écraser. On comprend bien à certains gestes. Je n'ai pas oublié, pourrait-elle dire, ou lui, c'était rien bon, vous savez. Des gens qui ont déjà... oui ? Mais non, non, non. Pourtant je ne m'y trompe pas. La bouche de l'homme. Comme il se souvient, touche ses lèvres furtivement, pour y retrouver la trace d'une autre fois, et cet air de férocité qu'elles adorent. On dirait, à l'entrouvrir des dents, l'apparaître furtif de la langue, assister à je ne sais quelle cérémonie votive. Tout le visage qui se rappelle, et un certain balancement de lenteur peu à peu qui gagne tout le corps, à peine perceptible, mais qui s'amplifie lentement, et le désir qui ressemble diablement à l'angoisse. Comme si l'être profond, chez l'un et chez l'autre alors retrouvait ce qui fut, avec des narines de fumée. Dans les sciences modernes, on dit de je ne sais pas trop quoi, des fils embrouillés, un jeu de traces, que c'est une *mémoire*. Mais alors, les lèvres, regardez-les frémir, avec leurs petits sillons, c'est ça qui en est une, de mémoire.

Cette fois, il dit, je vais te manger tout entière, tout ce qu'ils m'ont laissé de toi, ces cochons. Je dis il dit. Il ne dit rien. Mais, moi, j'imagine, sans paroles c'est pis encore. Et puis, elle qui le connaît, elle sait que ce n'est pas de la frime, je vais te.

Il a tenu parole. Ou presque. Pour ce qu'il en reste. Avec les jupes qu'on fait maintenant. Les femmes d'aujourd'hui c'est un déjeuner de soleil. Laisse-z-en, disait-elle, ne mange pas tout. Montre comme tu as les dents blanches. Ça, je le connais, le truc des dents blanches. Toutes les petites rusées qui essayent comme ça d'en garder pour le lit conjugal. Mais, cette fois, je n'ai rien laissé du tout. Pas une miette. Tu me fais mourir, elle gémissait. Parfaitement vrai. Je l'ai fait mourir. J'avais dû mettre les bouchées doubles. Quand je me suis retrouvé dans la rue, je m'ai senti pas satisfait, comme un repas trop vite avalé, l'estomac qui crie encore, on ne lui a pas servi tout le programme... On se dit, j'aurais dû prendre du saumon sur toast... Dans la rue, il n'y avait que des mochetés. Faut pas se montrer trop difficile, et puis voilà, ventre affamé... Mademoiselle, vous n'auriez pas un petit moment pour moi... Elle m'a tiré la langue, une malélevée, mais elle ne savait pas ce qu'elle faisait là. J'en avais une envie folle. La langue d'une fille qui ne vous a même pas dit pour qui vous me prenez, Monsieur... Tout de suite, à peine on touchait cette bouche fraîche et brûlante, crac. Elle ne parlera plus jamais à personne. Elle se souviendra toujours de moi.

J'en étais là de cette description d'un vice imaginaire, inventé de toutes pièces, quand il me prit de relire ces pages, et d'y être frappé des manques d'observance à la syntaxe courante, du peu de souci de la vraisemblance, du passage incessant de la première à la troisième personne et vice versa. Et de la substitution répétée du *je* à *l'on*, ou l'inverse. Il n'y avait là de ma part le fruit d'aucune décision, l'invraisemblance tenant d'une forme singulière de la *faute de français*. Et de ses conséquences. L'esprit m'errant en vint à sauter les articulations de la phrase, la logique de l'écrire comme du parler, si bien que je ressentis l'inutilité de poursuivre la « nouvelle » entreprise qui me semblait devoir désormais se borner à des fragments de vitrail où la vie d'une sainte, à moins que ce ne soit le martyrologe d'un apôtre, ne pouvait plus se lire dans sa cohérence, mais seulement flamber ici et là des couleurs d'un mythe incohérent. L'auteur...

Voyez avec quelle aisance on passe ici de la narration réaliste à son contraire, si le lecteur peut y comprendre goutte. Mais ce n'est pas de cela qu'il s'agit, car, à corriger ce qui précède et çà et là plutôt y renoncer, *je* s'est trouvé verser dans des réflexions sur la littérature érotique.

Où commence dans l'écriture, c'est-à-dire non dans la pratique mais dans le discours, le *genre* érotique ? Je souligne le mot *genre* pour qu'au lieu de persister à s'en servir pour désigner une *manière* d'écrire, *on* l'entende à proprement parler au sens du genre féminin ou du genre masculin, comme une manière d'être, laquelle se caractérise par ses attributs sexuels (son orthographe) et leur emploi. Toute la confusion établie entre l'érotisme comme conduite et l'érotisme de description tient à une prétention policière de régenter la vie privée, c'est-à-dire par définition d'annexer un domaine qu'aucune loi ne peut donner à l'état, ou l'État, ainsi qu'on en est arrivé à s'ennoblir d'une lettre capitale (tenant sans doute sa dignité de rappeler fort à propos *la peine capitale*, comme on désigne la forme d'assassinat dont ledit état prétend s'arroger le monopole). Mais il faut perpétuellement revenir sur les pas de ses mots, voyez-vous.

Ce que je me proposais de définir, c'était ou, plus précisément, c'est la limite entre ce qu'une sorte abusive de critiques, lesquels opèrent non sur la qualité de l'écriture mais sur la prétention qui est la leur de régenter tout discours au nom de ce qu'ils considèrent comme relevant non plus de la création romanesque ou toute autre forme de poésie, mais d'un délit, voire d'un crime, qualité du nom d'obscénité... Ce que je me proposais au début de cette phrase de définir, c'est la limite entre le pouvoir de dire et le pouvoir d'interdire, par l'invention purement abstraite du concept d'obscénités pour abréger les choses et sortir du labyrinthe où nous nous croyons enfermés en tête à tête avec ce qui est la forme moderne du Minotaure. Mais le cheminement de la pensée suit des ruelles obscures, ou soudain détournées par une lumière aveuglante et l'on se heurte le front aux murs comme on tombe dans un trou masqué de feuilles... ah, je n'en sortirai pas, ni vous. Je cherche le chemin d'un langage simple, linéaire, et tout m'en détourne dans cet empire obscur où j'entends ricaner des gens à me voir battre mes ténèbres! Il faut répondre pas à pas ce que j'*entendais* dire, à reculons de ce que j'écris.

L'érotisme au sens policier du mot... bon, c'est précisément cet usage du terme que je refuse, et voilà que je suis forcé par une étrange main de fer, à considérer cet emploi du mot, à me débattre de la langue contre son acception répressive, en l'employant pourtant comme on a fini par faire que le plus grand nombre l'entende... Non, je n'achèverai pas plus cette phrase que toutes celles que j'ai entreprises depuis que, quittant la narration à personnage, j'ai commencé de me proposer d'abattre une certaine citadelle verbale où se cache le pouvoir abusif du Bœuf qui prétend ériger en loi suprême la castration de ce qui lui fait, à lui, défaut.

L'érotisme donc, dans son acception de noblesse humaine, se caractérise, non par de tels ou tels mots, plus ou moins déformés dans leur emploi comme, dans les jurons, le nom de Dieu déguisé en *bleu*, mais par sa liberté d'appeler les choses par leur nom. Cela n'est pas sa seule caractéristique. Il est une forme du lyrisme et ne se contente pas de donner image de ce que les gens de nos jours comme toutes les espèces animales font à leur gré dans la mesure où ils n'ont pas entièrement perdu ce sens d'innocence qui caractérise les temps d'avant le péché. Non. Ils peuvent, nous devons regarder en face, sans en ressentir de honte, et l'image de ce que nous faisons, et les possibilités de ce corps nôtre dont nous avons disposition dans un temps inégalement limité pour chacun, certes... mais est-ce bien cela seul qui relève de l'érotisme? Où commence-t-il? Voilà la question qu'on recule à se poser, confondant la pure et simple constatation d'une activité sans laquelle on serait réduit à la vie des castrats, avec cette vue lyrique, qui ne se contente pas, dans ce domaine moins qu'ailleurs, de l'énumération de ce qui est, mais invente, et doit être considérée comme une modalité profanatrice du regard que le génie scientifique porte sur la nature pour la violer dans sa marche, ouvrir à la rêverie le chemin de la réalité.

Je voudrais dire qu'à mon sens il n'y a d'érotisme... que l'érotisme vrai, dans sa nature grandiose, ne commence qu'au-delà de l'imitation, qu'il ne mérite son nom magnifique qu'à partir du moment où il dépasse ce qui est déjà, pour ouvrir à l'imagination des domaines qui ne sauraient connaître de limites, introduire dans les esprits le sens de l'illimité, jusqu'à donner le vertige de l'impossible. Plus encore: que l'impossible est son royaume, et qu'il n'y a d'érotisme véritable qu'où toute mesure est outre passée, dans la force et la chute, le plaisir et la douleur, ce que peut aussi bien supporter l'âme que le corps, ou pour même exprimer une pensée secrète, que l'érotisme a pour but de reculer exemplairement par les champs de l'impossible, l'accès des possibilités futures, dont en chacun de nous dort l'indéfinissable défi.

Ô mes semblables, vous, par millions, qui, sans le savoir, êtes les Jules Verne en puissance des aventures extraordinaires de l'Homme ! Je ne parviendrai jamais à vous dire la diximillionième partie du savoir interdit que nous portons, vous et moi, sur ce chemin de la mort qu'on appelle du nom inextinguible de la vie... ô vous qui détournez les yeux de ce que vous savez pourtant !

Le contraire-dit

Dans le lit, mais comme il est grand, elle s'est éveillée, petite fille, perdue. Pas tout de suite, traînant encore un rêve à demi éteint, des paroles enlisées. C'est extraordinaire, un grand lit, comme ça, lentement, à bouger, chaud, tendre et pourtant comme si on était dehors, une prairie ou quoi, quelque part pour jouer, ou s'enfoncer dans l'herbe, quel moment de l'année, un mois d'été, lequel, un de ces étés comme il n'y en a plus, paraît-il. Tout le monde dit qu'il n'y a plus d'étés, plus de saisons. Un grand lit comme ça, doucement s'y étendre, s'y détendre, les draps tout fins fins fins fins, la joue y est chez elle, je ne comprends pas ce qui est arrivé à ce lit d'être devenu si doux, si grand, on y enfonce, on y est si bien qu'on se rendort. Pas tout à fait, parce que tant de douceur aussi ça réveille. Peu à peu. Le plaisir de tarder à. De s'enfoncer. Mais ce n'est pas le même que toujours, ce lit. Pourtant. Oh, quand on se réveille, c'est comme après un voyage. Les écharpes qu'on a sur le bras, le voile autour de la tête, le petit mouchoir, sur le coussin du train, cette grosse broderie qui vous écrit le visage. La nuit est encore profonde, on n'entend plus la rue, où est-ce que j'ai été hier ? Drôle. Peut-être que je dors encore. Je ne me souviens plus, à cause du rêve. Et le rêve pour tant, je l'ai oublié, à part une couleur rose sau mon. Tout était dessiné noir ou gris, mais il y avait cette couleur rose saumon, je ne sais pas la fenêtre, ou la chambre, ou n'importe, un bout de couleur tombé, en dehors des choses. Le grand fauteuil de cuir avait perdu ses reflets blonds : comme quelqu'un qui cherche l'air d'une chanson et ne le retrouve plus.

La petite fille est dans la nuit muette, un grand grand manteau de loutre. Ou peut-être simplement de velours. Elle étend son bras d'enfant comme si elle cherchait ses jouets, ses pensées, ses songes. Elle sait qu'elle a un très joli petit pli à son poignet, au dos du poignet. Comme les poupées. Quelqu'un lui a dit. Qui, — ça ! Elle aime ses cheveux blonds, bouclés. Une peur tout à coup : et s'ils avaient changé tandis qu'elle dormait, et qu'elle allait les trouver bleu corbeau quand Maman tirerait les rideaux ? Oh, pas noirs, tout de même : à la rigueur, châtains. Pas mal aussi, châtain. La nuit respire. C'est à une heure où la chambre a dans le miroir au-dessus de la cheminée un point d'or. Comme un grain de beauté. Dans le coin gauche, près du petit pot de fleurs. Ce point d'or qui est son secret à elle dans la glace. Personne ne l'a jamais vu. Qui l'aurait vu, d'ailleurs, puisqu'il ne s'allume là que vers... bon, elle n'est pas sûre de l'heure, mais quand, par la porte ouverte sur la pièce voisine, il vient un peu de jour, au petit matin, pendant quelques minutes le point d'or brille brille, puis s'éteint. Impossible, après, de savoir ce qui le fait, ce point-là. Elle a imaginé que c'était, dans la pièce voisine, la plaque de propreté en cuivre, sur le placard, parce qu'elle sait la porte ouverte, à gauche du lit, mais ce n'est pas sûr, et pour vérifier il faudrait se réveiller à temps, se lever, à une heure où les petites filles ne se lèvent pas. Qu'il est doux, ce drap, ou si c'est elle ? Qui se soulève pour mieux voir. Il doit être très tôt parce que, ce point, il n'a pas encore le plein éclat du matin. La nuit respire. D'une respiration calme et profonde, à peine perceptible. Pourtant proche. On pourrait la toucher, là où elle respire, la nuit. La petite fille étend la main. J'étends la main pour me soulever, mieux voir le point d'or. Je m'appuie sur la main, doucement, je n'ai pourtant pas peur de réveiller quelqu'un. Ça me fait rire tout bas. Tout bas ? Eh bien, oui, pour ne pas le réveiller. Le réveiller, qui ? Le quelqu'un. La nuit respire, on dirait qu'elle est couchée dans le lit, tout près, mais plus loin. La nuit dort. Elle a peut-être des grands cheveux noirs, défaits sur ses épaules. Elle respire un peu plus fort, puis ça s'efface. Et je m'aperçois que j'ai tout à fait oublié ce qui remplit la chambre, les meubles, le tapis, les jouets. Tout d'ailleurs n'est que jouets, il faudrait se souvenir, on ne sait plus lesquels on a sortis, quel livre est sur la table, quelle table, où, il n'y a plus pour meubler la pièce qu'un point d'or.

La petite fille s'est soulevée et roule un peu, son petit corps tendre et peureux, du côté gauche : les fenêtres ouvrent de ce côté-là. Deux fenêtres. Rien ne filtre encore à travers les volets. La nuit ne sera pas dérangée de sitôt. Elle dort, une grande fille aux cheveux noirs, dans une chemise sans manches, et un petit ruban qui passe dans le trou-trou en haut, bleu je suppose. Enfin c'est comme ça que la petite fille imagine la nuit, quand elle a fermé ses étoiles. La nuit dort. Elle respire doucement. Ça doit être mon oreille. La petite appuie sur son oreille, la ferme, l'ouvre. Oui, ça devait être ça. Elle n'entend plus le souffle de la nuit. Elle pose doucement sa tête sur son épaule, elle se caresse le bras de sa joue. Tiens ? Voilà que la nuit, profondément, a repris cette respiration comme en rêve. Je ne veux pas dormir. Je veux voir le point d'or.

La nuit respire. Elle rêve, probable. Ne pas bouger. Ne pas réveiller la nuit. Je me sens près d'elle comme une grande sœur qui évite de l'éveiller. Je lui dis des choses sans les dire. Les lèvres bien fermées. Parce que sans ça les mots pourraient m'échapper, faire leur bruit d'oiseau, réveiller la nuit. Je vais faire comme si elle était dans le lit, un peu plus loin, il est si grand, à côté, là, j'étends ma main pour toucher, légère, légèrement, la nuit qui dort, une petite caresse à la nuit, comme si on était dans le chemin de fer ou sur la plage en plein midi ou ou ou... La nuit respire, et j'étends la main vers mon rêve. Je sais bien que la nuit on ne peut pas la toucher. Mais on peut rêver qu'on la touche. J'aimerais lui mettre un petit baiser silencieux sur le front, à ma chère nuit, ma nuit imaginaire. J'étends la main. Qu'est-ce que c'est ? Rien. Les idées. La petite fille a pourtant un peu retiré sa main.

La nuit dort. Profonde. Profondément. Sans savoir qu'il y a dans la glace un point. Elle a son poids de nuit qui pèse dans l'obscurité, comme si le lit, là, plus à gauche, s'enfonçait sous ce poids. Elle respire, et même la respiration fait une plainte, enfin une plainte, un soupir. La nuit soupire... qu'est-ce que je dis ? Depuis quand la nuit respire-t-elle ? Ce sont les personnes qui. Soudain la nuit s'est retournée dans le lit, son grand corps pesant, et s'enfonce, et la petite fille ne sait plus ce qui se passe en elle-même, elle a eu peur, elle a eu peur de la nuit, c'est trop bête, elle étend la main vers la nuit... La nuit qui n'a jamais vu le point d'or.

*

Je dors. Je dors sans rien savoir d'autre. Je dors. Qu'est-ce qui est le rêve et qu'est-ce qui est le contraire du rêve ? On croit facile de répondre à cette question, quand on n'y a pas réfléchi. Par exemple, on dira : le rêve, c'est le contraire de la vie. Comme si les morts rêvaient ! Remarquez, ils rêvent peut-être, mais nous, quand nous rêvons, sommes-nous des morts ? Ou bien on pourrait le dire à l'envers, cela semblerait plus juste : la vie est le contraire du rêve. Ça ne serait pas plus juste, il y a des rêveurs éveillés d'une part, et puis, quand on rêve, est-ce qu'on ne vit pas ? D'ailleurs qu'est-ce que c'est qu'une chose qui serait le contraire d'une autre sans que l'autre soit son contraire ?

Quelque chose est le contraire du rêve dont le rêve est le contraire, mais quoi ? Il faudrait avoir le mot qui s'oppose ainsi au rêve. Peut-être y a-t-il des gens qui connaissent ce mot-là. Moi pas. Je n'ai pas de mot pour dire le contraire du rêve, qui en soit le contraire-dit. Je n'ai pas de mot en moi pour... J'en cherche un. Ceux qui paraissent d'abord convenir, il suffit de jouer un peu avec, ça ne colle plus. Je trouve d'autres mots : les uns qui ressemblent à quand ce n'est pas le rêve, *mais on peut les rêver*. D'autres comme des objets lourds ou des billes qui s'en vont rouler sur le plancher, sous l'armoire. Quand il y a une armoire, parce que, je m'en souviens, dans cette chambre-ci, où je dors, où enfin je m'étais endormi ! il n'y a pas, il n'y avait pas ombre d'armoire. Des mots légers, insaisissables. D'ailleurs, j'ai beau essayer, je ne peux pas lever ma main, attraper des mots sans poids ni les mots lourds, qui roulent Dieu sait où, sans bruit sans bruit : des moutons. Je suis roulé dans l'obscur, moi, et est-ce qu'un aveugle rêve tout le temps, parce qu'il ne voit pas la lumière et ce que la lumière fait de ce qu'il ne voit pas ? Je suis roulé dans l'obscur avec ma respiration qui ne trouve pas les mots pour dire ce qu'elle aurait à dire ou qu'elle voudrait à tout prix éviter de dire. J'ai le sentiment d'être prisonnier de ce que je dis si je n'en puis dire le contraire. Comment savoir ce qui se passe, sans avoir notion de ce qui ne se passe pas ? Par exemple aujourd'hui. Cette nuit enfin. Avant de m'endormir, j'ai su quelque chose. Quoi, par exemple !

Il s'est passé quelque chose de terrible. Et je ne sais plus quoi. Si je pouvais en dire le contraire, je retrouverais ce qui s'est passé. Quelque chose de terrible. Et je ne sais plus quoi. J'essaye de reconstituer la chose par le terrible. Je n'y parviens pas. Seulement à faire trembler mes lèvres. Je voudrais porter mes doigts à mes lèvres pour en faire cesser la sécheresse, et ce sentiment de la peur. Je n'y parviens pas. Il faudrait savoir à propos de quoi c'était terrible. Et puis quand j'en approche, voilà que je tremble, les lèvres. Il faudrait jeter mes bras à droite à gauche afin de retrouver le chemin de mes pensées. Tout se passe comme si mes bras étaient morts, que les ordres que je leur donne ne sont pas obéis, comme si l'homme qui dort était une masse confuse au fond du lit, où rien ne se distingue, les jambes, les épaules, et cela se passe comme dans ces dessins pour expliquer les mouvements de gymnastique, il y a la position de repos, à l'encre, le corps noir, puis ce qui se lève, les bras, les mouvements du cou, de la tête, tout enfin, marqué en pointillé, tous les gestes, des moulinets, l'extension, le repli…

Je dors. La masse. Il n'y a que le pointillé sans bruit qui fait des gestes. Transparents. Avec des flèches. Les positions successives. Un coude plié. Un genou. Où ça ? Une nuit qui ressemble au jour. Une étrange nuit claire où il n'y a personne entre les pointillés, et pourtant les pointillés seuls délimitent les mouvements de la pensée. Mais quand je ne dors pas, qu'est-ce qu'il se passe ? Qui suis-je ? De quoi ai-je l'air ? J'ai le sentiment d'être aveugle. Pas maintenant. Non, non. Je vois tout dans son détail gymnastique. Les mouvements. Les poses. Les numéros pour distinguer les exercices. Je vois tout avec une précision, une précision presque douloureuse. Le contour athlétique des muscles que me prêtent forcément les schémas. Mais quand je ne dors pas, qu'est-ce que je vois ? est-ce que je vois ? Ah, si ça pouvait être toujours la nuit, dormir, ne pas savoir, ne pas ouvrir les yeux, ne pas découvrir que je suis aveugle. M'en tenir au contraire-dit.

Je traverse un pays qui monte. Et qui descend. Qui monte et qui descend tout le temps, un pays aussi mal éclairé dans ses hauts que dans ses bas, un pays sans couleurs ou plus précisément sur toutes les choses une couleur terre ou ciment. On m'attend quelque part. Des gens. Je vais être en retard. Parce que parfois, je m'en aperçois ou je ne m'en aperçois pas, après avoir monté le pays descend en arrière alors ça fait deux fois le trajet. Ou plus. Il y a très peu de monde, c'est l'hiver, les passants ont dû tomber des arbres avec les feuilles. Pourtant de temps en temps quelqu'un me salue. Je réponds. Je ne sais qui c'est, mais je réponds. Ici, cela ne doit pas être poli de croiser quelqu'un sans le saluer. Comme un enterrement. J'ai oublié chez qui je vais, mais quelle importance ? L'essentiel est d'y aller. Cela sera seulement difficile quand je serai très près déjà et qu'il me faudra demander mon chemin, la maison de Mme X..., s'il vous plaît ? Sans son nom comment arriver chez la dame ? Je ne suis même pas très sûr que ce soit une dame, une institution peut-être, un musée, cela vraiment je n'ai pas de mémoire ! En traversant cette contrée vide, avec si peu, si peu de piétons, jamais une automobile (cela c'est drôle, je ne l'avais pas remarqué, jamais une automobile ? peut-être qu'elles ne sont pas encore inventées...), voilà qu'un homme m'a bousculé, que me veut-il ? Rien, il n'a pas l'air d'avoir remarqué. Je suis son absence d'automobile. Alors moi, je devrais lui courir après, lui demander ce que ça veut dire : mais puisqu'il ne l'a pas remarqué, c'est inutile de chercher une histoire. Surtout qu'il a l'air d'un gaillard, pas la peine d'aller au-devant des coups. En traversant un village, ou plutôt une grosse bourgade, je remarque le caractère pétrifié de tout. Comme si on avait eu très froid, il y a longtemps, qu'on ne s'en remette pas. Pourtant une silhouette bouge, qui a une robe, ça doit être une femme. Pas jeune, maigre et grise. En cheveux, une sorte de tablier lourd, plissant à la taille. Des mèches dans le visage. Ce n'est pas la coiffure, mais l'effet du travail. Elle les remet en place. Elle vient de laver, ça se devine. La brouette à côté d'elle avec du linge encore mouillé, elle en avait mis sur la ficelle tendue entre deux arbres, ce ne sont peut-être pas des arbres, des poteaux (en cette saison!), des chemises, des draps, que le vent a de la peine à balancer. Tout cela toujours du ciment. À gros plis. Cela coule encore. Une pauvre femme, qui a mal à ses mains, à ses chevilles gonflées. J'ai envie de lui parler. Alors, comme ça, Madame, vous êtes venue laver? Elle ne s'étonne pas, elle répond: «Vous voyez... j'en ai les mains gercées, tout ce linge...» Je lui aurais bien dit une bonne parole, mais déjà elle me tournait le dos, toute à sa tâche. D'ailleurs, j'avais fait quelques pas, il aurait fallu revenir. Ça montait et ça descendait, aussi ce qu'on a dépassé, très vite, on ne le voit plus. L'idée me vient que c'est comme ça, la vie. Ah oui, c'est comme ça la vie. C'est en rêve qu'on le comprend.

*

La petite fille est si contente de son lit qu'elle ne peut se décider ni à se réveiller ni à se rendormir. Elle n'entend plus la respiration de la nuit. Comme quand le vent est tombé. Ne voulant pas trop bouger ni dans le lit par peur d'en choir, qu'il finisse, ni dans les rêves, parce qu'ils pourraient l'entraîner n'importe où, elle n'a de refuge que dans le passé. Ou l'avenir. Quand elle était toute petite. Ou quand elle sera grande. Mais elle ne se souvient que très vaguement de ce qui fut, et n'arrive pas à imaginer ce qui sera. D'ailleurs le présent demeure tiède et doux, on n'a pas envie de s'en écarter. Puis, peut-être, pourrait-on dormir sur place. Toutes les horloges arrêtées. Sans retomber en enfance, mais aussi sans vieillir. Elle frémit de ce dernier mot. Elle n'avait jamais songé qu'il en allait ainsi, qu'on vieillit tout le temps, sans cesse, on ne fait que vieillir. La bouche qu'on a sous les doigts vieillit. Les doigts aussi. La petite épaule. Vous voyez ça, qu'on dorme assez pour se réveiller déjà grande, ou pire, tout à fait vieille. Elle rit tout de même un peu, silencieusement, à cause de l'invraisemblance : se réveiller dans la chemise de nuit, toute vieille. La chemise serait toute courte, trop étroite, et moi, grosse ou maigre ? En revenant un peu en arrière, elle serait encore ma petite jolie, comme on lui dit, son père, pour un peu plus longtemps. Par exemple en retournant en Suisse, au-dessus de ce lac capricieux qui faisait toute sorte de détours, de grandes poches, pour monter la rampe des bois, à l'hôtel, aux hôtels qui forment une rue soudain au milieu des champs dans un haut creux des montagnes, les sapins dessinés un à un, les troupeaux qu'on voit dodeliner sur les pentes... et là-bas très loin, on ne me permettra jamais d'y aller, les noirs rochers coiffés de neige où le soleil s'assied parfois pour souffler. Quand il ne pleut pas... Ou bien cette grande ville où je ne vais plus jouer dans le haut de l'avenue, sur cette place avec la statue d'un général... on a changé de maison, et je vais prendre des leçons de piano dans une école de musique, sur une autre place, plus petite, et plus fermée, qui s'appelle la Place aux Chiens. Je ne m'étais jamais demandé pourquoi. Elle s'appelait comme ça, et puis une fois j'ai vu un petit chien, qui avait dû s'échapper, qui ne retrouvait pas sa route, et qui courait, s'arrêtait, s'étonnait, revenait sur ses pas... Alors j'ai remarqué que c'était la première fois depuis que je faisais les exercices de Czerny, la première fois qu'il y avait un chien sur la Place aux Chiens. Cela me faisait bizarrement désordre.

Tout d'un coup je me suis dit : mais comme ça fait longtemps depuis la Place aux Chiens ! Qu'est-ce qu'il s'est passé depuis, je ne pouvais pas le savoir puisque c'était l'avenir, mais maintenant que c'est le passé... Quand je rêve, c'est le passé ou l'avenir ? Ça dépend dans quel sens je penche la tête. Maintenant il me semble que le chemin de la maison à la Place aux Chiens est devenu immense, interminable, parce que, quand j'allais à l'école de la Place aux Chiens, j'y allais *vers l'avenir*, c'est comme l'eau qui coule vers la mer. Allez lui faire remonter le courant ! Maintenant quand je rêve de la Place aux Chiens, c'est un de ces voyages ! Avant d'y arriver. Je ne peux pas toutes les fois. Pourtant j'aurais aimé y retourner toutes les nuits. Peut-être à cause de ce petit roquet qui s'était perdu.

Je vais essayer de rêver que je suis une grande fille. Enfin, une pas trop grande. Je ne trouve pas ça joli, les filles qui ont la taille des hommes. C'est bon pour eux. Rêver que je suis une grande fille, ça permettrait un tas de choses agréables, tout ce qui est défendu aux petites. Voilà qui est bizarre, je ne puis plus retrouver ce qui m'est défendu. Tant pis, d'abord devenir grande, et puis ça se présentera. Comme ça doit être différent, un monde où les choses ne sont pas partagées en deux, ce qui n'est pas défendu, ce qui l'est ! C'est-à-dire qu'il y a toujours des choses défendues. Ce serait trop beau. Mais quand on est grande, on ne fait pas les choses qui étaient défendues et qui ne le sont plus, on en fait aussi d'autres qui sont défendues même alors, peut-être pas toutes, mais. Les choses défendues, c'est bon. Ce serait dommage s'il n'y en avait plus quand on est grande. Il y en a sûrement, et qu'on fait. Faire les choses défendues, c'est rêver. Ou même dormir. Parce que dormir n'est pas défendu, mais quand on dort qui vous défendrait ceci ou cela... Quand je serai grande, il y aura encore des gens pour me dire ma petite jolie, mais ce ne sera pas mon père. Je n'irai plus Place aux Chiens, parce qu'au fond ça me fatigue les doigts, le piano. J'aime bien la musique. Mais j'aimerais surtout qu'on me la joue. Pas seulement au concert. Il y aurait un grand garçon qui viendrait me voir et qui s'assiérait au piano. Ou bien j'irais chez lui. Il jouerait des choses si belles que j'aurais envie de lui baiser les mains. Peut-être c'est lui qui baiserait les miennes, et moi je toucherais ses cheveux, il aurait des tas de cheveux: naturellement, un pianiste. Je ne sais pas quand ce sera, au moins dans deux ou trois ans. Tout ce qui peut se passer d'ici là, le lit est si grand, les draps sont si doux, je suis si petite, on m'a raconté tant d'histoires tristes. Dans deux ou trois ans, tout aura changé, les yeux, les couleurs, il y aura tant de gens dans la rue qu'on ne pourra plus s'asseoir nulle part, on dira des mots différents des mots, on aura perdu son temps, puisque rien ne ressemblera plus aux choses apprises, tout sera comme une bouteille éventée, la musique et la géographie. Je me demande ce que je fais dans ce lit comme une forêt. Penser à l'avenir, c'est bête. Il faudrait d'abord savoir pourquoi je suis dans ce lit, et si c'est un lit, comment on en sort ou si c'est pour toujours, le présent pour toujours. On m'a donné une montre il y a quelque temps, et puis elle s'est arrêtée. Peut-être que tout est comme ça, que moi aussi je suis arrêtée, aussi c'est pourquoi le lit me paraît si démesurément grand, je n'y avance pas, c'est toujours aujourd'hui... Mon Dieu! qu'est-ce qui respire ainsi ? Est-ce le temps qui s'est remis à battre ? Il faudrait retrouver mon chemin. Je ne retrouve pas mon chemin. Je ne sais pas si je ne tourne pas le dos à où je vais, ou si ce n'est pas où je vais qui me tourne le dos. Qu'est-ce qui respire comme ça dans la forêt ? Une bête, un troupeau peut-être, une source, un chien qui cherche son maître, quelqu'un qui attend depuis vraiment trop longtemps quelque chose qui ne se produit pas, ou j'ai manqué mon rendez-vous, ou je me suis trompée de route, ou j'ai laissé passer l'heure, ou j'ai oublié ma leçon, je n'ai plus ma tête, on m'avait bien dit de me souvenir, mais de quoi ? mais de quoi ? je ne me souviens pas même de moi, d'elle, celle qui me souriait parfois dans les miroirs, elle ne se souvient plus d'elle, elle ne se reconnaît plus, elle se sent comme un air perdu, une chanson qu'on croyait savoir et puis, elle retourne sur ses pas pour se retrouver, et puis ce ne sont pas les siens, le monde est tout brouillé par les traces des autres, des grands pieds marqués sur la terre, entre lesquels comment savoir marcher, courir, où seulement poser ses pieds nus. Par moments, on a les épaules qui chavirent dans de la plume. Tout se brouille, jusqu'à savoir si c'est de plaisir ou de peur.

*

Je dors. Je dors sans rien me demander ni comprendre. Je dors. J'ai seulement conscience de tenir une place disproportionnée. Je ne peux en demander pardon à personne. Je dois être à plat, la tête renversée en arrière, ou de côté, les narines ouvertes sur le ciel. Je suis énorme. Non pas énorme, ça se dit autrement. Si je bougeais, cela ferait trembler le monde. C'est une chose inexplicable qu'une telle force qui dort. J'ai le sentiment indistinct de mes jambes, elles bougent là-bas, sans moi, d'elles-mêmes, comme dans une eau très bleue, faisant la planche, on se sent peu à peu envahi de sommeil. Les membres en dernier s'assoupissent. Ou peut-être les cheveux portés par le mouvement d'écume des vagues, l'enfance des cheveux. Légères herbes des pensées. Déjà le corps appartient à l'immobilité des songes, qui le fait pareil à des dieux comme il y en a dans des parcs abandonnés, tombés de leurs socles et mangés par la mousse du temps. J'imagine les passantes. À quoi pensent-elles, devant ces brutes de pierre aux yeux blancs? Les unes... mais d'autres, la solitude, ou du moins le croient-elles, leur donne champ libre, et distraitement leurs mains caressent, la tête ailleurs, ces Hercules et ces Narcisses déchus. Toutes les passantes de ma vie, peu à peu semblables devenues, qui se confondent avec le déroulement machinal des saisons. Leur souvenir à peine m'effleure. D'une main ou l'autre. Longue histoire de l'homme, et il n'en finit plus de s'effriter. Les passantes, si mal maintenant l'une de l'autre distinguées. Quelque chose pourtant s'est produit dans cette poitrine où cela souffle et s'éteint. Souffle et s'éteint. Toute ma vie au moins celle d'avant. Celle d'en arrière flottant comme les cheveux. D'avant e. rencontrée, ma petite e., et rien n'est plus que souvenir qui n'est cette lettre minuscule, sur toute chose écrite.

Voici que je suis étendu sur ce dos, ce vaste dos pareil au passé, dans les fines toiles d'araignée du sommeil, fines fines et pourtant fortes assez que toute la violence de mon corps me suffise à les briser, Gulliver assourdi par la forge de son cœur. Je voudrais me lever, me nettoyer de ces fils transparents, verre ou larmes, retrouver le ciel de mon front, traverser les nuages, et voir la lumière en ce domaine où les regards sont purs. Je voudrais retrouver l'aisance d'être et bouger, se mouvoir, la puissance des reins, la marche, hier encore qui n'était pas une question. J'irais par les campagnes, les faubourgs, les avenues aux grands yeux de vitre et de tulle, mais comment me mouvoir ainsi, nu, parmi les foules et les lieux dépeuplés, même en allant trop vite pour laisser le temps du scandale ? Où d'ailleurs me *rendre*, et soudain de ce mot je me sens comme une place assiégée, une armée vaincue... où chercher celle qui était là tantôt, mais que les vents, les gens, l'usure des jours ont sans doute trouvée en des parages sans adresse... et le doute surprend la gorge, de ce qu'il est advenu d'e., l'a-t-on, comme une feuille, entraînée parmi les pailles, les poussières, les venelles, sans nom, les granges de la mémoire, les haltes d'autobus à l'aube, les chemins de fer dans la nuit? Comment la rejoindre, le décor à tous les pas change, tourne sur lui-même, ouvre d'autres perspectives, comme un jeu de cartes postales noires qu'on laisse tomber, ramassé, et dont les vues prennent toujours un sens inattendu? Je monte des rues qui ressemblent à la fois à Lyon et à Versailles, mais c'est autre part, les tournants me ramènent sur mes traces, j'évite, aux croisements, d'emprunter les voies déjà parcourues, il y a des dénivellations soudaines, des pans de murs écroulés, des terrains vagues, des palissades où les affiches déchirées pleurent on ne sait quel départ, un montreur d'ours qui s'est trompé de siècle, les petits ramoneurs dans un film d'avant le cinéma, la course en sacs au Musée du Louvre, le Satyre du Métropolitain... Il est à remarquer que les paroles ne sortent pas des bouches qu'on voit s'ouvrir un peu partout, sur le parcours, dans le visage des comparses aussitôt oubliés: les paroles cette nuit sont comme le texte d'une pantomime, écrit peut-être il y a très longtemps, ou enregistré dans une boîte à musique, qui s'est remise en marche au fond d'un tas de ferraille emporté à la décharge, le bord d'une route de banlieue, où l'on a découvert une femme coupée en morceaux, il y a de ça combien, douze treize ans, je ne sais plus compter, mes doigts ont perdu la tête.

Mais si je tourne par ici, jamais jamais je ne retrouverai la petite e., mon amour, et je perds en vain mon temps et ma course, personne n'a vu passer ici, ni plus loin, ni plus près, ma petite e., personne ne comprend de quoi je parle, on me rit au nez, on ne me répond pas, c'est un haussement général des épaules : que vais-je devenir si je ne la retrouve pas, si je me trompe de direction, si elle était dans cette voiture fermée à deux chevaux, qui m'a croisé sans que je la remarque, mais il y avait des rideaux vert sombre derrière les vitres, une main les a soulevés, j'ai cru reconnaître la bague d'améthyste au petit doigt, ce qui est tombé sur le pavé n'était que pelure d'orange et rien n'y était écrit, pas une plainte, pas un rendez-vous...

La dernière fois que nous étions ensemble, il devait être de très bonne heure, et rien n'indiquait que nous allions nous séparer. Évidemment, e. m'écoutait avec un peu d'impatience. Il fallait marcher très vite, et je tenais des propos que l'on ne peut guère entendre que dans une chambre où la lumière est tamisée, les fauteuils profonds et tendres, et sur le bord de la table une tasse dont on ne boira plus la tisane à jamais refroidie. Pourquoi donc étions-nous si pressés d'arriver sans savoir où ? Il y avait des bancs où l'on aurait pu s'asseoir, pour laisser les mots prendre sens dans la douce oreille transparente qu'ils traversaient sans laisser d'ombre. Ou bien je me serais tu pour mieux en moi sentir s'étendre le rayonnement que faisait dans ma paume et mes doigts le toucher du bras féminin si faible et si fort sur mon âme. Ce que je ne puis comprendre, c'est comment nous nous sommes séparés, ce qui nous a séparés, et me voilà qui traverse le monde, à tout instant en proie au mirage d'e., dans toutes les femmes dont le visage m'est caché, dans toutes les portes qui s'ouvrent, dans un cri soudain qui me glace, dans les bras insolents d'un amoureux, à des balcons, à travers les glaces d'un café, au fond d'un jardin public, sur l'escalier mobile d'un grand magasin, descendant à sens inverse, tandis que je monte et l'aperçois déjà qui disparaît à l'étage inférieur, et je lis devant moi : *Prenez garde : cet escalier peut abîmer les pattes de votre chien*. Ah, je suis épuisé d'erreurs, d'illusions trop vite déçues.

En réalité (... l'étrange mot !), depuis que je cours en tous sens à la recherche d'e., je ne fais que m'éloigner d'elle. Un instant, j'ai bien pensé qu'il suffirait de prendre toujours la direction opposée pour la rencontrer, la voir venir à moi, ou la surprendre, et puis l'insensé de ce raisonnement m'est apparu, bien que je ne puisse aucunement comprendre en quoi il pèche, en ressentir la fausseté logique. Alors je continue à cheminer n'importe comme, et je m' sens las, d'une lassitude amère, à parcourir des scènes de genre dans les tableaux dérisoires qui me sont offerts à chaque pas, hussards quittant une ville de garnison sous Napoléon Ier, dames des Halles offrant des fleurs au président Deschanel sur le perron de l'Élysée, enfants de chœur surpris par l'évêque à boire le vin de messe...

Ou bien je retrouve des images du passé qui n'étaient pas dans ma mémoire comme des cartes postales qu'on avait mises de côté pour l'album, vous savez l'album de toile brune avec une dame préraphaélite qui lit son livre d'heures au bord d'un parc, dans une robe cramoisie à fleurs jaunes... et jamais le temps de les ranger, de toute la vie, le jour où on s'y décide, on le prend, l'album, et il y a les pages vides, les fentes dans le carton, ce n'est pas tout à fait du carton, comment dire, avec les obliques aux quatre coins pour les coins des cartes postales, et puis où sont les cartes postales ? Elles se sont dispersées dans les tiroirs, il faudrait tout mettre sens dessus dessous, et les retrouverait-on même ? Des neuves qu'on avait, parce qu'elles étaient artistiques, et celles qu'on a reçues, le désordre des gens qu'on connaissait, qui c'est, Micheline ? Ou Joseph. Même celles qui étaient timbrées se sont égarées. On ne les a pas fait suivre, certaines. Que de *Bons baisers* se sont perdus à des adresses passagères ! Des paysages d'Italie. Une pêcheuse de crevettes. Et celles des farceurs, qui tirent la langue ou se déculottent. Il y avait toute la famille royale de Roumanie, on se demande pourquoi. Si on avait tout gardé, quelle compagnie on aurait ! Pas pour les sujets des cartes, mais pour les données que leur choix nous aurait laissées, des amis d'alors, de la famille, quelle compagnie les jours où l'on s'ennuie des gens en chair et en os ! Des voyages aussi, dans des pays qui n'existent plus.

— J'essaye d'entrer dans la vie des autres, puisque je ne trouve plus e. dans la mienne. Par la porte des cartes postales, par cette vulgarité révélée en eux, qui me met à l'aise, me permet d'imaginer d'eux n'importe quoi. Mais, ma petite e., qui sait dans quel logis aux confins du faux et du vrai, du tragique et de l'absurde, elle se dissimule quand elle croit m'apercevoir, car je me suis mis à penser qu'elle me fuit, que son chemin a tout le temps croisé le mien, mais à toute allure, profitant de mon attention détournée par un aiguiseur de couteaux, une automobile qui capote dans la devanture d'une bijouterie, un marchand de marrons. C'est ce qui peut-être explique ce bruit d'oiseaux à mes oreilles, comme si on jouait à ce jeu dont j'ai oublié le nom, si je l'ai jamais su, où il faut changer de place pendant que celui qui s'y colle a le dos tourné. Vous ne l'avez jamais joué avec un oiseau? Moi non plus. Mon interlocuteur me considère d'un air hébété. C'est un homme gras et rose, avec très peu de poils partout, de ce qu'il montre enfin, un beau gilet brodé qui représente le sac du Palais d'Hiver à Pékin, et des façons à lui de se prendre pour une horloge, il sonne tous les quarts d'heure. Sans oiseau. Puis il met ses lunettes noires, ce qui indique chez lui de la perplexité. J'allais lui parler d'un écriteau que j'ai vu dans une boucherie, quand il me devance, me *brûle* c'est-à-dire, avec ce ton d'excuse des gens qui vous ont deviné: «Vous êtes à la recherche de Mme É.?» dit-il. J'ai la présence d'esprit de lui répondre: «De Mme É., du tout? C'est e. que je cherche, l'auriez-vous vue dans le quartier?» Il s'explique précipitamment, il n'avait pas cru m'offenser, il lui semble que *Mme É* pourrait m'avoir parlé, histoire de me mettre à mon aise il disait Mme É, le degré d'intimité qu'il avait pu avoir avec elle ne l'autorisant guère à l'appeler e., tout petit, comme si... Je me fâche, appeler e., e., ne signifie pas qu'on ait avec elle dépassé les bornes de la familiarité. Tandis qu'afficher de lui mettre une majuscule, cela, c'est suspect. Il doit y avoir dans ma voix quelque chose de menaçant, parce que le quidam s'excuse avec une gomme qui l'efface mal, il reste des traces du gilet dans l'air, une chaussure à élastique, et puis la main droite, naturellement, qui ne peut se nettoyer elle-même.

Je ne le vois plus. Dans mes yeux, il n'y a qu'e. qui danse, e. qui sort de derrière un fauteuil, e. qui échappe et rit de ce rire à personne, e. qui change en feu tout ce sur quoi sa main se pose, tout ce qui porte un instant son parfum, e. e. e. e., qui se multiplie plus qu'e.lle ne se répète, e.bleu e.jaune e.blanc e.noir... je la vois sans la voir, elle saute dans mon œil, elle descend la rampe de l'escalier, mais il n'y a pas d'escalier, elle se moque de moi, parce que je ne puis la rejoindre, il n'y a pas d'escalier, pas de rampe, ni pour monter ni pour descendre, *il n'abîmera pas les pattes de mon chien.*

*

La petite fille ne peut plus se rappeler *qui* elle a quitté tout à l'heure, il y a de cela un temps infini, juste celui de cligner de l'œil, elle l'a quitté Dieu sait comment : peut-être en se penchant pour voir un sou neuf tombé de la fenêtre, ou plutôt en se renversant dans le foin, c'était cette année ou l'autre, en tout cas dans la saison des foins, des fourches, des greniers, des échelles. Et qui que ce soit qu'elle ait quitté, elle l'a quitté comme un gant, et on sait plus où il est tombé, si c'était sur le plancher, brillant ça se verrait tout de suite, il a dû glisser sur le tapis, avec ses dessins compliqués ou rester dans un coin du fauteuil, imitant la malice des mouchoirs. Il disait qu'il ne pouvait pas lui lâcher la main, qu'il la retiendrait par sa robe, qu'il ne se passerait jamais de ses yeux pour dormir, ça elle ne comprenait pas comment il fallait l'entendre, de ses yeux à lui, de ses yeux à elle, tant pis, mais il disait cela comme on s'évanouit. De quoi avait-il l'air, était-il vieux, était-il jeune, et que lui demandait-il parfois si instamment, qu'elle aurait pu se prendre pour la Sainte Vierge à Lourdes, quand on suspend des béquilles autour d'elle. Le plus difficile était de se rappeler de quoi il avait l'air, presque aussi difficile que de savoir combien il y a de bleuets dans un champ de blé : toujours il s'en trouve un qui se cache. Frappe frappe dans tes mains, mon petit ami il est parti mon petit ami, parti parti je ne sais où, pêcher la truite ou chasser le loup, et je ne sais plus de quoi il a l'air, mais là plus du tout, il est parti, mon petit ami, peut-être à la guerre... ah tant pis pour lui ! s'il ne revient pas, et s'il revient même, il sera très vieux et je lui dirai : grand-père, grand-père, entrez vous asseoir... et lui me dira regarde-moi bien, mais moi j'aurais trop à faire déjà, de ces yeux que j'ai, pour voir tous les autres. Il sera jaloux, mais je lui dirai, pourquoi si longtemps avez-vous couru dans d'autres pays grand-père grand-père ? Ce nom le fera doucement pleurer, et qui sait s'il pleure il pourra me plaire... ah le lit est doux, et frais, comme sont sans les voir les fleurs.

La vie a été si longue et si courte ainsi que parfois un dimanche amer. Je n'en dirai rien à ceux qui m'entourent. Je n'en dirai rien tout bas qu'à moi-même. Et de ce qui fut autre qu'on le vit. Personne d'autrui ne sait rien vraiment ni ce qu'on devient ni ce qu'on rêva. Et n'importe qui prétend vous connaître. Ah, laissons qui veut s'imaginer qu'on l'aime ou ne l'aime pas ! Est-ce de cela vraiment qu'il s'agit d'une année à l'autre ? Si quelqu'un jamais on pouvait le suivre au fond du sommeil... On pouvait *vous* suivre.

C'est drôle combien dans si peu de temps, la durée à peine ou moins de l'enfance, on apprend souffrir, aimer et se taire. Il y a des jours où je me rappelle soudain tout ce que des autres j'oublie. Tout ce que j'ai surpris qu'on me cache. Et vous qui me regardez comme on joue à la poupée !

Moi j'ai ce visage lavé de la pluie et personne jamais n'y surprend les larmes.

Pourtant, si vous touchiez mon cœur parfois de vos doigts indiscrets, peut-être les retireriez-vous par peur d'avoir à partager mes secrets. Peut-être ne pourriez-vous plus dormir de l'avoir senti battre. Il y a des enfants qui meurent de ce qu'ils ont tu. Et, jeunes ou vieux, combien sans qu'on sache à quoi cela tient, pour qui vivre après tout n'est jamais que survivre. Cette nuit par exemple. Un peu plus noire mais. Une nuit on dirait comme une autre, et s'il me fallait vous expliquer pourquoi je ne saurais. Cette nuit d'août comme une autre douce. Comme une autre atroce. Et ni plus ni moins.

Je ne raconterai pas cette nuit où mes songes ne sont après tout pas très différents d'une autre nuit. Mes mains cacheront mieux que l'ombre mon visage. Il n'y a rien d'imaginaire dans les aventures du sommeil. Pour les uns seulement, comme elles sont venues, elles s'effacent. D'autres en gardent la plaie et le souvenir. D'autres comme moi, je le sais, entendent au loin la rumeur dont ils vont désormais se faire l'écho. Dites, si vous voulez, que ce sont là paroles vides. J'aimerais bien.

Tu ne reconnais pas ma voix, toi qui me cherches ? Tu ne sais pas ce que je sais, aussi tu bats inutilement pour m'atteindre les ténèbres de cette nuit. Et moi qui garde la douleur tant qu'elle n'a pas été nommée à voix haute. Tu me tiens toujours pour une enfant ? Mais serait donc la peine enfantine moins cruelle qu'une autre ? Ah, comme vous êtes tous enfantins !

(*Je ne sais pas si la petite fille entend ses paroles muettes. Je ne sais pas si cette nuit à l'aube va lui donner impitoyablement raison. Je ne sais pas la millième partie de ce que ces mots tus signifient. Ou signifieraient. Nous sommes dans un pays tranquille où tout sommeille. Qu'est-ce après tout qu'un crime ou deux dans les parages ? De ceux-là qui font dans les journaux quelques lignes de sept. Il n'y a pas même eu d'incendie ou, si pourtant, on ne peut guère l'appeler qu'un feu... Les drames en cours même, pour la plupart, se sont éteints cette nuit, dans les âmes folles. Il n'y a pas de lune, à peine ici ou là quelques sanglots épars. Tout se passe comme si l'univers préparait pour demain quelque étrange et caressante symphonie. Comme si nous tous à la fois nous nous trouvions envahis d'une inspiration divine, et déjà montait une musique ébauchée à nos lèvres frémissantes... Déjà préludent les violons.*)

*

J'ai cherché partout sans jamais trouver comme un poisson d'or l'e. de ma jeunesse. J'ai cherché partout, je n'ai rien trouvé que les longs malheurs dont le temps guérit. Pourtant nous étions tous les deux ensemble, hier ou tout à l'heure, et rien n'ai trouvé, rien que ce cœur lourd que je porte en moi qui me parle d'e., qui me parle d'elle. Ce cœur tout meurtri qui dort sans dormir et meurt sans mourir. Comment se peut-il qu'on survive à vivre ? Quand rien ne ressemble à ce qu'on songea, à l'amour qu'on a, à la douce espoir qu'on chantait dans l'ombre, et le vain soleil ne ressemble plus qu'à la cruauté des autres nous-mêmes.

J'ai si longtemps cru que le jour viendrait où tout serait fête. J'ai si longtemps cru qu'enfin tomberait le château des plaintes... Et m'était garant tout l'amour que j'ai du temps et des choses. J'attendais du seul destin physique alors la dégradation de mes yeux. Jamais je n'avais imaginé que pût m'être arraché ce cœur extérieur, dénoués mes doigts de ces doigts d'elle, effacé de ma route le bruit de son ombre, et chassée par le vent de la distance la chère voix égarée.

Qu'est-ce que je dis ? Quels mots chèvres me broutent, m'habitent l'oreille ? Il n'y a qu'à me réveiller, me lever nu sur ces pieds de ma puissance, écarter les rideaux, laisser entrer la lumière sur la géographie intérieure de notre vie. Si e. n'est pas là dans les replis du sommeil, c'est qu'elle se trouve n'importe où, dans une pièce ou l'autre de notre vie. Elle lave ses cheveux, elle compte les draps rangés dans l'armoire, est-ce pour choisir celui qui s'y colle ? elle a ses yeux de quand elle s'habille, elle hésite devant la couleur de ses robes, ou bien, comme je fais souvent, elle s'est réfugiée où elle peut sans m'éveiller tourner les pages d'un livre, et toute l'eau du ciel est dans ses regards bleus. Je n'ai qu'à surgir, à étendre le bras, elle va me dire oh tu m'as fait peur... fermer autour d'e. ces bras de parenthèse... mais où la chercher ? Il fait un temps gris qui rend tout à soi pareil, les gens, les paysages : je suis entré dans un grand magasin, de rayon en rayon, croyant la retrouver parmi les robes de chambre qui sont cette année si légères, ou dans la porcelaine, elle aime follement regarder les porcelaines, ou... Partout, je demandais aux vendeuses, aux inspecteurs : *Vous n'avez pas vu e. ?* Ils me faisaient répéter, elles riaient ou s'effrayaient parce que je dois être d'un aspect assez effrayant, à cause de l'angoisse... Non, personne n'avait vu ma petite e., la plupart semblaient ne pas comprendre de quoi je parlais, de qui, quelques-uns hochaient la tête et me regardaient avec pitié.

Peut-être que je suis un fou. Elle me le disait, e., si souvent, avec ces yeux graves qu'elle prend : « Je t'assure, je ne plaisante pas, tu es un fou... » J'ai peut-être fini par le croire.

Et si je suis un fou quelle est donc ma folie ? Peut-être d'éviter ce qui m'a fait trop peur, ce que je savais un instant, tout à l'heure, et j'ai fui, oublié, oublié... Il avait dû quelque part se passer quelque chose et moi pourtant, de toutes mes épaules, de mes reins arc-boutés, mon dos qui fait voûte, et l'assise, l'écart de mes cuisses, mes genoux ployés, mes pieds crispés en terre physiquement, je retardais, j'écartais, je croyais retarder, écarter l'événement. Quel événement ? quel... ah, la sueur du ciel est sur moi, le vent claque les portes... Que s'est-il passé que je ne sais plus ? Sans doute, elle a raison, ma petite e., *je suis fou*, de cette terrible sorte de folie, celle qu'on n'enferme pas.

J'étais venu l'attendre dans une gare, une grande gare, encore toute noire depuis le Second Empire. À tout hasard, parce qu'enfin rien ne me prouvait qu'elle allait y venir ou qu'elle y était. Traverser le hall arrivée-départ. Qui sait, elle était venue pour prendre un train ou pour en attendre un autre, attendre quelqu'un d'autre, ou non, elle arrivait par l'express d'une ville étrangère... je n'étais sûr de rien. Toute sorte de voyageurs, des dames avec des bagages à main, des jeunes gens se précipitaient vers moi pour me demander les renseignements les plus divers, je n'avais pourtant pas la casquette de la compagnie, mais c'est comme ça partout toujours..., c'est vers moi qu'on se tourne, à moi qu'on demande son chemin, l'heure, où prendre les billets de quai. Il devait y avoir un très grand bruit, amplifié par une arrivée de train de banlieue, la course des usagers vers la sortie, le chahut des chariots, les cris des porteurs, mais je n'entends rien, c'était le cinéma muet, une jeune femme avec un boléro et un manchon que les photographes assaillaient, qui est-elle ? Une vedette ou l'héroïne d'un fait divers ? Tout d'un coup j'aperçois e., de dos, sa robe de taffetas, sa façon de marcher, je cours, je la dépasse, déjà je la prenais par l'épaule, et ce n'est pas elle, je murmure des excuses indistinctes. Ah! la voilà! Mais un militaire s'est interposé entre nous, qui l'embrasse. J'allais hurler. Pas un son ne sort. Et ce n'était pas ma petite e.! Seigneur Dieu merci, ce n'était pas e.! Ni une gare, d'ailleurs. Il fait un soleil fou, si bien que tout ne se définit plus que par ses ombres, sur la plage, avec les grands parasols rouge et blanc, les gens demi-nus dans le sable, je cours d'illusion en illusion, nulle part quand je m'approche, les femmes qui se retournent l'œil étonné, ou le sourire accueillant, aucune d'entre elles de près ne ressemble plus à e. J'aurais dû prendre mon panama, cela cuit le front, les yeux. Mon panama? J'ai donc un panama? Depuis belle lurette, personne ne porte plus de panama, voyons, je ne l'ai pas plutôt pensé que tous les baigneurs en costume rayé comme un seul homme portent la main à leur panama. Qui saluent-ils? Je n'ai pas pu la voir, à cause du tourbillon que font autour d'elle ces messieurs en vacances... je n'ai pas pu la voir: était-ce e., cette fois, oui ou non?

*

J'étais assise au milieu d'une grande salle bleue. Elle était bleue aujourd'hui parce que l'orage qui la faisait jusque-là noir et or avait chassé tous les nuages. C'était une école où l'on apprend à être heureux, tous les plafonds et tous les murs en sont de verre, il n'y règne que l'humeur du ciel. J'étais assise tout en bas, tout au milieu, comme une poupée abandonnée, et sur les gradins circulaires... non, cela ne suffit pas de dire circulaires, parce qu'il n'y avait pas un rang, puis un au-dessous, un au-dessus, les rangs étaient ininterrompus... ça ne suffit pas de dire ininterrompus, ils se déroulaient insensiblement de l'un dans l'autre, par une longue spirale continue... ça ne suffit pas de dire continue, parce que la spirale jouait sur elle-même, jouait, ça ne suffit pas de dire jouait, ce n'était pas un jeu, mais comme la respiration des juges, car tous ceux qui siégeaient dans cet énorme escargot, mais l'escargot ne respire pas, il s'enroule dans le silence, il disparaît en lui-même, ce n'était pas un escargot, plutôt un orgue, ou un accordéon gigantesque, tous ceux dont l'accordéon était la respiration étaient là pour me juger, il n'y avait pas de musique, il n'y avait que le fait que je passais en jugement. De quel droit me jugent-ils tous ? De quoi, pourquoi me jugent-ils ? Cela se déroule au-dessus de moi, les yeux, une chaîne d'yeux, qui me regardent, et cela tourne, et cela se tourne vers moi, comme une interminable interrogation, une question qui ne m'a pas été posée à quoi l'on veut que je réponde... Je ne comprends ni ce qu'on me veut ni ce que je me veux. De quoi s'agit-il ? Évidemment, il y a quelque chose que j'ai fait, que je n'aurais pas dû, mais tout le monde semble au courant, je suis seule à ne pas comprendre, et tout l'espace au-dessus de moi, un cornet renversé, bourdonne de murmures, de reproches. Il y a quelque chose qui s'est passé que tout le monde sait, excepté moi. Personne ne veut le croire, personne ne songe imaginer que je ne le sais pas, que je ne le sais pas quand tout le monde le sait, je ne passerai pas mon examen, honteusement, honteusement... J'ai fermé les yeux pour ne pas voir ma honte, mais ça ne sert à rien parce qu'elle est au-dedans. Il y a très longtemps que je la porte comme un enfant trop lourd pour moi, qui remue ses jambes, qui me bat de ses poings. Et quand je rouvre les yeux, je vois au-dessus de moi la grande coupole transparente, et le ciel bleu bleu bleu bleu comme une accusation. Comme le silence. Une mise en demeure. Mais de quoi se tait-on ? de quoi m'accuse-t-on sans mot dire ? que me reproche-t-on par signes, sans faire même de signes, rien que de l'immobilité des juges, qui ne sont pas vraiment des juges, qui ne sont pas vraiment immobiles, on dirait qu'ils se balancent insensiblement, ou ce n'est peut-être pas eux, c'est la salle, c'est le ciel, et moi aussi j'oscille, seulement moins, parce que je suis au centre, par terre, assise, les mains à terre des deux côtés, l'une appuie un peu plus, et puis c'est l'autre, et puis l'autre, l'une je veux dire, l'autre, je veux dire l'autre. Alternativement. Je n'apprendrai jamais ici à être heureuse, à cause de l'oscillation, pas seulement l'oscillation de mes épaules, ma tête, mes bras, non, l'oscillation intérieure, le doute qui est l'enfant que je porte, les petits pieds du doute, ses poings désespérés. Il a dû se passer quelque chose. On me le cache, ou je l'ai oublié, je ne sais pas. Ou peut-être que c'est maintenant seulement qu'il se passe quelque chose, et que je le comprendrai après, c'est trop tôt pour que cela prenne sens en moi, trop tôt ? Ou trop tard, qui sait. Peut-être que cela va seulement se passer, que cela se prépare, comme un orage, et tout à l'heure mes yeux vont se dessiller, tout sera noir et or en moi, tout sera déchiré, pantelant, compréhensible. Compréhensible ? Drôle de mot. Incompréhensible.

Incompréhensible.

Attendez, cela sourd en bégayant un peu comme une eau dans le sable, cela balbutie le langage des sources quelque part, on ne me l'a pas appris, à l'école on ne m'apprenait que l'anglais. Pourtant combien y a-t-il d'Anglais en ce monde, et combien de sources ? Je parierais pour les sources, il y a plus de sources dans le monde que d'Anglais pour y boire, et d'ailleurs ils préfèrent le stout, il n'y a pas à plaindre les Anglais. Mais moi, moi qui suis assise en bas, tout en bas du monde, où sont les choses secrètes, qui font des bulles juste le temps de faire des bulles, juste le temps qu'elles crèvent, comme quand on desserre les lèvres, et la bouche fait pa, pa, pa... j'écoute crever les bulles, j'essaye de comprendre le drame qu'elles expriment, avec leurs mots d'une seule syllabe toujours la même, mais dont peut-être le sens varie suivant la rapidité et le nombre des répétitions *papapapapapapapa*... ou pah-pah-pah-pah... j'écoute crever les bulles, j'essaye de deviner ce qu'elles disent, d'un événement qui s'est produit tout à l'heure, et personne encore n'en sait rien que leur épouvante po-po-po-po — pap-pap — apapap — papa-papapapapapa...

Mais comment pourrais-je avoir responsabilité d'une chose dont je ne sais rien, si ce n'est cette panique des paroles profondes, ce partage de peurs pépiées, ces pertes d'une pensée souterraine ? De quoi me faites-vous procès ? Soudain...

Soudain, d'ailleurs, je ne sais d'où, comme une porte cède, me vient pressentiment d'une présence proche, ou plus proche, d'une approche imprécise et pressante, d'une menace d'autant plus difficile à fuir que j'ignore *d'où* elle vient, que tout autour de moi s'est enténébré, et que je retrouve devant moi le souffle dont j'avais cru m'éloigner, cette palpitation d'un être inconnu à ma rencontre, et je tourne dans un passage étroit, j'emprunte Dieu sait quel couloir, quels paliers, quels étranglements sans parvenir dans la demi-lumière à deviner si mon seul effroi l'engendre, ce mouvement d'ombre dont je me crois poursuivie... Ce sont ces entrailles des maisons dégradées d'autrefois, où l'on a grignoté les hautes salles pour créer des loges, cloisonné des salons aux boiseries fendues pour ménager ces corridors qui tournent à tout bout de champ, et les murs suintent de soufre, comme si ces coulisses des commerces de gros préfiguraient les abords d'un enfer moderne. Et brusquement la silhouette amplifiée du poursuivant m'apparaît à un détour de ce chemin minable, où deux marches ont failli me faire tomber dans les bras d'une ombre gigantesque... j'ai couru dans le premier boyau de ténèbres qui s'est ouvert sur ma gauche, et je me suis trouvée dans un office sans jour où les murs étaient tous des placards entrouverts. Des deux côtés à la fois, les portes en ayant bougé avec la lenteur des miroirs, j'allais m'évanouir sans doute de terreur, quand une voix m'appela par mon nom, que je crus reconnaître...

J'ouvris les yeux dans un univers si obscur qu'à peine j'ai pu comprendre être dans ce grand lit dont je m'étais étonnée pour sa douceur et sa démesure, plus tôt, me semblait-il, dans cette nuit. C'est alors que je compris d'où venait ce souffle, ce halètement dont je m'étais cru poursuivie dans les corridors d'un songe. Et cette respiration *réelle* de quelqu'un dans mon lit même me glaça de frayeur.

Je ne pouvais plus bouger. J'étais comme un oiseau fasciné dans ces draps qui remuaient, me sembla-t-il, d'un corps sans hâte, bougeant vers moi. Dont je sentais s'aggraver la pesanteur. Le poursuivant du rêve venait au-devant de moi dans le monde mal éveillé où j'avais cru m'échapper de lui. Et comme je perdais à la fois et je reprenais le sens de tout ceci, j'eus tout à coup le sentiment étrange que je tombais *dans le temps*.

Je tombais, je tombais. Je tombais au travers de mon existence comme dans un puits, je m'étais défaite de mon enfance ainsi qu'on dénoue ses cheveux, je sentais les transformations étranges de mon corps et l'on eût dit que l'être obscur qui venait à ma rencontre traversait entre moi, vers moi les époques de sa vie. Comment est-ce que je devinais en lui ces mutations du corps et de l'âme, comment éprouvais-je en lui à la fois les battements du cœur et le halètement de l'âge, et par lui commençais-je ainsi à ressentir les changements de ma chair, et le désespoir de vieillir? Je savais qu'il allait me toucher de sa main, je pressentais là-bas ses jambes, je ne pouvais pas même crier, j'étais sa proie. Je rejetai ma tête sur les oreillers, je pensai : c'est la mort, voilà, c'est la mort, et dérisoirement dans cette nuit épaissie j'écarquillai mes yeux sur la fin de ma vie.

C'est alors que je reconnus la voix qui disait tout bas comme toujours : « e. ma petite e., tu dors ou tu ne dors pas » et je vis qu'on avait tourné le bouton du transistor dont la lumière pâle et incertaine, à côté du lit, tombait sur moi. Mon Dieu, mon Dieu, c'est toi, c'est toi? Il ne répondit pas, posa un baiser sur mon front, et relevant les cheveux de mon oreille, écoute, disait-il...

La voix prit un peu de temps à me parvenir, à se faire distincte, puis s'amplifia, envahit ma conscience et la chambre, une voix pâle, mettant entre les mots un espace de pas, une espèce de poussière, l'irrévocabilité de l'événement. Des paroles qui ne sont ni à l'heure ni à la place accoutumée. Une nouvelle pourtant déjà qui dut être annoncée. Qu'on répète comme si l'on avait peur qu'elle m'ait échappé. Qu'on ne peut faire autrement que reprendre, parce que tous ceux qui ne l'auraient pas entendue se réveilleraient sans plus jamais comprendre le monde où ils vont rouvrir les yeux. Je n'avais plus peur, ou plutôt j'avais peur *d'autre chose*. Pas de ce corps vivant qui partageait mon lit, dont maintenant m'était la présence naturelle, à cause de la voix, de ce qu'elle disait à l'un comme à l'autre de nous. Lui, l'homme, il me tenait le poignet dans ses doigts, et par eux je savais tout ce qu'il pensait, comme un écho de moi-même. J'avais peur, et lui comme moi, des mêmes choses, de comprendre. Nous étions à ce dernier instant où l'on peut encore souhaiter se tromper, être la victime d'un mirage de l'oreille, pas très sûr de ne pas inventer ce qu'on entend, croit entendre. On a manqué deux ou trois mots, le début de la phrase, et peut-être ce qui précédait... peut-être est-on le jouet d'une équivoque, d'une négation sautée, et ce serait le contraire-dit. Oui, oui, ce doit être le contraire-dit. Comme les rêves qui sont le contraire de ce qui n'est pas rêvé, ou l'inverse. Si on en avait la force, rien ne serait jamais ce qu'il va être, ce qu'il est, ce qu'il a déjà sans doute été..

Mais voilà que je sais par tes doigts serrés que ton angoisse est la mienne, que tu as entendu comme moi, que par là les chances de s'être trompé diminuent, que l'espoir se fait improbable. Tes doigts qui font sur mon poignet le compte, le calcul des improbabilités. Je me demande qui bat ainsi ton cœur ou le mien, ton cœur et le mien ? Ce souffle qui me dit entre le monde et l'oreille, *ma petite e.*, et je me serre contre toi, comme une minuscule au bout de la ligne, à déborder du papier... voilà donc ce qui arrive, nous arrive, à nous deux, je me blottis le long de toi pour être sûre que tu es là, comme toutes les nuits, je t'aurais bien dit : *prends-moi dans tes bras*, mais déjà tu m'y as prise, tu me serres dans tes bras, on pourrait s'imaginer que tu me fais de tes bras, de tes épaules, un abri pour quand sur nous va s'écrouler le plafond. Une ombre passe devant mes yeux dans la pâleur des mots, ta main qui tourne à la recherche d'un autre poste, pour vérifier les phrases dites, répétées, reprises... passant par des miettes de musique, des chants dérisoires, écœurants soudain... puis l'indicatif des sinistres, deux fois, repris après un arrêt, comme si, le speaker doute-t-il de sa parole ? le silence brisé, les phrases, les mêmes :

C'est à 23 h 30, hier soir 20 août, d'après Radio-Prague, que les troupes soviétiques, est-allemandes, bulgares, polonaises et hongroises ont franchi sans avertissement les frontières tchécoslovaques. L'armée, les corps de sécurité n'ont pas reçu l'ordre de s'opposer à leur avance... Les chars soviétiques sont entrés dans Prague aux premières heures du 21 août...

Communiqué Tass du 21 août 1968.

Des hommes d'État et du parti communiste tchécoslovaque ont demandé à l'U.R.S.S. et aux autres États alliés de venir en aide au peuple tchécoslovaque frère en lui apportant une aide militaire...

Pravda *du 22 août.*

1970.

La valse des adieux

« Depuis des mois et des mois, je savais à quoi m'en tenir, je connaissais le fond de l'abîme... »

Qui parle ? Mais qui vous voudrez. J'ai l'habitude de parler à la première personne. Pas vous ? De toute façon, dire *je*, dire *moi*, est le plus simple : le lecteur, ensuite, en dispose.

Laissons là les guillemets : depuis des mois, je connaissais... Une amie à moi me disait ces jours-ci au téléphone : *Ah quelle invention que la solitude*... Oui. Mais encore on peut la tenir pour un progrès sur ce silence qu'on promène avec soi parmi les gens bruyants et bavards. Ou pire : dans leur compagnie, la nécessité des propos comme de feuillages à cacher le fond noir du puits. Il y a diverses façons de se taire. Il y a diverses façons d'être seul.

Ces dernières semaines, j'étais isolé du monde. Par le mal qui se niche ici ou là dans l'homme, et en devient la grande affaire, si bien que le temps n'a plus de poids, que les jours passent, et les nuits. Tout prend le caractère équivoque des rêves. Des rêves ? Il n'est même pas si sûr qu'il s'agisse des rêves. Cela ressemble à la vie. Une longue histoire. Et puis pas seulement : à la vie en général. À la mienne. À ma vie, cette vie dont je sais si bien le goût amer qu'elle m'a laissé, cette vie à la fin des fins qu'on ne m'en casse plus les oreilles, qu'on ne me raconte plus combien elle a été magnifique, qu'on ne me bassine plus de ma légende. Cette vie comme un jeu terrible où j'ai perdu. Que j'ai gâchée de fond en comble.

Quoi ? Voilà les protestations qui recommencent. À la fin, je sais de quoi je parle. Je le sais mieux que vous, je ne suis pas le personnage que vous prétendez m'imposer d'être ou d'avoir été. J'ai gâché ma vie et c'est tout.

*

Cette espèce de douleur que j'ai, que je promène au plus profond de moi, parfois s'éteint, s'endort : on dirait que je ne sais quelle chanson la berce, la vainc, la surmonte, une chanson pourtant oubliée, mais qui se réveille, une chanson de mon enfance, et j'essaye d'en retrouver les mots, la musique... D'où vient-elle ? À quels souvenirs accrochée ? Je l'entends dans ce décor ancien, où dort la caisse noire d'un piètre piano droit, à quoi ma grand'mère, parfois, aimait s'asseoir, montrer qu'elle en avait su jouer, et elle avait retenu deux ou trois rengaines de son temps à elle, qu'elle avait gardées dans ses doigts. On aurait cru vraiment..

Plus tard, quand je fus d'âge à lire Nerval, c'est machinalement à l'une de ces chansons toujours que je pensais, tombant sur, vous savez, ces vers :

Il est un air pour qui je donnerais
Tout Rossini, tout Mozart et tout Wèbre,
Un air très vieux, languissant et funèbre,
Qui pour moi seul a des charmes, secrets !

Et pourtant, lorsque le piano m'en revient, cela ne ressemble aucunement à l'air dont il est ainsi parlé. J'entends se reformer en moi une mélodie comme des demoiselles en jouaient ou chantaient sans doute aux années soixante de l'autre siècle, quand Gérard s'était pendu déjà depuis une dizaine d'années. Je revois sur le pupitre du piano la chanson imprimée, avec sa couverture, où une gravure montre deux jeunes filles, jouant l'une, et l'autre derrière elle chantant, des demoiselles du monde de Mme de Ségur :

Il est un air à la fois doux et tendre,
Qu'on nous jouait avant de s'endormir.
Et nous aimions chaque soir à l'entendre :
J'en ai gardé le lointain souvenir.

Je n'en sais plus les paroles qu'on chante
Et nous chantions jusqu'à fermer les yeux.
C'est une valse à l'allure entraînante :
Nous l'appelions « La Valse des Adieux ».

Ça doit être à peu près comme ça, ou est-ce que je reconstitue les mots à ma manière? Qu'importe! Le dernier vers, au moins, je ne l'invente pas: *Nous l'appelions la Valse des Adieux...*

*

Pourquoi, ce soir-là, *l'air,* mais l'air vraiment de cette valse m'était-il revenu, me possédait-il comme j'allais à force de le répéter m'endormir en ce lieu si peu fait pour le sommeil, où je me trouvais par hasard, amené là je ne sais comment, avec toute l'inconséquence des rêves, l'égarement des mots, une sorte de sentiment de me perdre, et ce n'était point une forêt, j'étais en plein Paris, en plein cœur, en plein ventre de Paris. On ne peut pas mieux dire, puisque j'étais dans un bistro, non loin de la pointe Saint-Eustache, ou du moins me semblait-il, je ne sais trop quand, accoudé au zinc, en raison de l'aspect des gens que j'y voisinais, et qui semblaient le carnaval d'un autre temps. À commencer par ce grand gaillard blond dans sa blouse à mille raies bleu et blanc, son casque à mèche, et le fouet qu'il tenait comme s'il y avait encore des chevaux dans le quartier des Halles. Voilà, voilà pourquoi j'avais tout à l'heure Nerval en tête: c'est ici, plus ou moins, qu'il a dû venir dans la nuit du 25 au 26 janvier 1855, Paris était sous la neige comme un décor du Châtelet, cela gelait ferme et Gérard ne pouvait pas toujours rester dans ce cabaret où il avait dîné... où était-il allé errer par cette nuit de dix-huit degrés au-dessous de zéro, à en croire ceux qui avaient consulté le thermoscope? Cela devait avoir longtemps duré avant d'arriver à la rue de la Vieille-Lanterne, on ne se tue pas si facilement que cela. Même si on a profondément ancré en soi le sentiment d'avoir gâché sa vie...

D'ailleurs, ce soir, nous sommes en septembre, par un bel automne doux, où l'on a l'envie de marcher sa nuit, de laisser ce peuple du cabaret se manger des gratinées ou des moules, avec des airs de masques, qui tiennent peut-être autant de la mode nouvelle des hommes, ces derniers temps, leur façon de porter le poil, les cheveux plus ou moins longs, tombant parfois jusqu'aux épaules et souvent sous des chapeaux baroques, les favoris, enfin tout ce romantisme qui n'est peut-être qu'une idée que je me fais des choses... *Tout Rossini, tout Mozart et tout Wèbre*... Qu'est-ce que c'est que ces obsessions? Une fois dehors, le Paris que je vais retrouver sera bien celui de cette année 72... le Paris éventré des Halles, dans le massacre de Baltard, ses palissades couvertes de peinture, comme une exposition d'enfants, de peintres conventionnels, de contestataires (ainsi qu'on dit ces jours-ci), et une traîne du pavé qui ne ressemble à rien d'avant... les restes, les vestiges d'un quartier abandonné, avec ses maisons aux fenêtres murées, de brusques coins éclairés, ses longues rues d'ombre... J'ai beau savoir : en quelle année sommes-nous ? S'il ne faisait pas si beau, si doux, si tendre...

« Où tu t'en vas comme ça, grand-père ? » me dit une voix jeune, mais forte, et je lève le nez sur ce gaillard déjà si familier. C'est le type de tout à l'heure, dans le bistro, le garçon au casque à mèche avec son fouet. Nous avions échangé quelques mots à propos des moules, on n'est pas des inconnus. Je réfléchis : où est-ce que je vais ? Voilà une question à laquelle il est bien difficile de répondre. Je ne vais pas rue de la Vieille-Lanterne, d'ailleurs elle n'existe plus, cette rue-là... quelle drôle d'idée ! Il dit encore, le gaillard, et j'ai l'impression quand il parle qu'il va faire craquer ses vêtements. « ... peut-être, mon camarade, que je pourrais te donner un coup de lift... si tu vas un peu loin, et pas trop hors de mon chemin... »

L'idée me vient qu'il a dû attacher son cheval quelque part et qu'il veut me prendre en croupe, et tout d'un coup, je sens en moi monter le fou rire, je dis : « Ça, mon garçon, je ne voudrais pas te détourner de ta route, et puis... » Remarquez que je ne sais pas et puis quoi... L'autre a, je le vois bien, l'impression que je me fais prier, qu'en réalité... alors il fait claquer son fouet et en rattrape la mèche dans sa main, puis demande : « Peut-être que je suis indiscret, et d'ailleurs si tu rentres chez toi, tu habites peut-être le quartier... » Là où nous sommes, l'idée d'y habiter me fait franchement rire. Qu'est-ce que je vais inventer ? Parce que, d'ailleurs, ça m'amuserait, le cheval. « Non — je dis —, je n'habite pas du tout par ici, et puis je vais ailleurs... c'est peut-être ton chemin, après tout ? Je vais à Rungis... » Qu'est-ce qui m'a pris d'inventer Rungis ? Comme si tout naturellement des Halles, pas... Là, le voilà tout joyeux, Rungis... c'est précisément à Rungis qu'il doit aller, viens, mon camarade, je vais détacher mon canasson, et puis je t'emmène dans mon petit deux-places...

En fait de canasson, on a été de l'autre côté du pavillon qui subsiste, et mon compagnon m'a fait monter dans un énorme camion bleu ciel (autant que j'en ai pu juger avec la lune), il a crié *hue, cocotte!* et nous avons démarré.

Je manque d'expérience pour ce genre de locomotion, il faut dire, mais il m'a semblé, dans une ville absolument vide, être le roi de la création. Avec ça que mon compagnon s'était lancé, sur la vie des camionneurs, sur les dangers de la route, les incidents nocturnes, les particularités syndicales du métier, dans un flux de propos tel que je me croyais en train de faire un reportage dont je sentais bien, hélas ! que je n'allais retenir que trop peu... jamais je ne pourrais faire mon papier, d'autant que mon chauffeur mêlait à tout cela des détails personnels sur sa vie privée, les aléas du voyage, les rencontres, les rapports avec ses collègues, les dangers de la nuit... Il y ajoutait d'étranges anecdotes sur des meetings de camionneurs dans des lieux de rencontre, des clairières de forêts : tout cela avait une lumière bizarre que l'éclairage variable de la route rendait irréelle, d'autant que dans ce désert qui avait commencé par être bleu tout s'était mis en approchant de Rungis à prendre une couleur orange, je ne sais pour quel jeu de rime où commencèrent à se croiser quelques monstres de la taille du nôtre, allant en sens inverse et qui semblaient au passage nous faire des signes de complicité.

*

Je m'attendais à trouver dans les nouvelles halles une sorte de survie de ce que j'avais bien connu à Paris dans les années trente, quand j'étais journaliste et remontais chaque nuit de la rue Montmartre vers Plaisance, dans un de ces taxis collectifs où nous étions des habitués qu'un chauffeur ramassait tous les soirs près du Châtelet. En réalité, il n'y avait là rien de pareil, dans cette énorme lumière où se faisaient les échanges et les achats, et tout semblait de ce fait même, plongé dans un silence surnaturel, qui n'était peut-être pas du tout du silence, mais une sorte de stupéfaction du bruit, comme l'orangé de la lumière n'était qu'un aveuglement de violence.

Mon conducteur m'avait montré une singulière discrétion, touchant mes raisons d'aller à Rungis ; ce que j'y venais diable faire et nous nous étions séparés, je l'avais bien vu, avec quelque hésitation de sa part : qu'est-ce que je pouvais bien être venu trafiquer ici, semblait-il, n'ayant aucune raison de me mêler à la vie des halles, m'engageant sur la route au-delà de l'agglomération de Rungis, et il devait être largement plus de deux heures du matin. Je me le demandais aussi, et dans quelle aventure je me jetais, où j'allais terminer ma nuit, cesser de marcher, dormir, ou quoi ? J'ai toujours été un noctambule, mais ceci passait vraiment la mesure, sans pourtant que je prisse une décision ou l'autre d'y mettre fin. Je n'avais même pas eu garde à ce fait que, débarqué du camion bleu, je m'étais tout naturellement dirigé à l'inverse de la raison, m'éloignant encore de Paris, sans pour autant avoir un but conscient dans ma tête où tournaient mille et une fantasmagories. Car j'avais été repris par la solitude à une rêverie indistincte et triste où murmurait par moments comme un bruit de source l'air confus, et parfois faussé, de *La Valse des Adieux*.

Je ne sentais aucune fatigue. Ce qui était au moins singulier si l'on songe à l'état de mal où j'avais été confiné pendant les deux semaines précédentes. Aucune fatigue du corps, et même un sentiment extraordinaire de disponibilité physique. Je savais bien que cela viendrait plus tard, mais ne voulais pas y songer, gardant toute ma capacité de souffrir pour autre chose, pour cette affaire qui me tracassait et dont je ne parlais pas *depuis des mois et des mois*. Allons, bon, je ne vais pas recommencer mon histoire de ses premiers mots. J'essayais même d'effacer en moi ce sentiment de *l'abîme*, dont j'ai parlé, à l'aide d'un plaisir que m'avait fait dans la fin de l'après-midi une amie qui m'avait téléphoné de la foire de Francfort. Un plaisir de vanité sans doute, mais un plaisir. J'ai écrit, enfin commencé d'écrire, il y a cinquante-quatre ans de cela, au Chemin des Dames, une manière de roman qui depuis ce temps-là n'a guère eu de succès. Voilà qu'à Francfort, paraît-il, la traduction allemande de ce livre semble être reçue comme jamais nulle part le texte original ne l'a été. Il paraît que les jeunes gens, les étudiants dans le champ de vente croyant me trouver, venaient au stand de mon éditeur et me réclamaient constamment. Je songeais au temps où j'écrivais ce bouquin de malheur, dans la petite sape où mon colonel m'accusait de m'être fourré pour éviter qu'il vînt faire avec moi sa partie d'échecs, en raison du danger du lieu. Je songeais aussi à ce livre de chansons que j'avais un peu plus tard trouvé sur un jeune Allemand mort, dont les yeux grands ouverts, depuis, m'ont toujours poursuivi dans mes rêves, des yeux comme une protestation de ce qu'ils voyaient sans doute en lui à la dernière minute. Et moi qui n'avais pu que continuer d'écrire ce livre, après tout inutile, puisque personne ne s'y intéressait... toute la vie ainsi passe, et un beau jour en Allemagne, imaginez-vous, en Allemagne... J'y repensai marchant dans la nuit en direction de Fontainebleau. Pourquoi Fontainebleau ? Je pourrais aussi bien dire Avignon... Et voilà que j'avais perdu l'air *à la fois doux et tendre*, que je n'arrivais plus même à murmurer *juste La Valse des Adieux.*

« Voyons, grand-père, qu'est-ce que tu fais là sur cette route ? D'abord elle est interdite aux piétons, et s'il y avait des types de la police, hein ! Tu n'es vraiment pas raisonnable : où vas-tu ? C'est à Paris que tu as ton dodo, non ? »

Le camion bleu s'était arrêté presque sur moi, avec un dérapage encore, et de la porte ouverte, mon gaillard me parlait. Allons, monte. De toute façon, je m'en vais dans ta direction, puisque tu ne t'en retournes pas vers Paris. Regarde, un peu de plus et je t'écrasais ! Où tu vas, tu peux bien me le dire, je ne le raconterai pas. Puis il s'est arrêté parce que je riais, je riais comme un fou : « Et de quoi tu ris ? C'est sérieux comme un pape ce que je te dis. Un peu de plus et je t'écrasais ! »

Il ne pouvait pas comprendre, évidemment, que c'était de ça que je riais, de ça précisément. Eh bien, je lui dis, gamin, je suis un pas de chance : un peu de plus et tu m'écrasais... Et lui : « Non, mais tu es pas cinglé ? Ça te fait rire ? — Il frissonne — Tu vois l'effet que ça me fait à moi, j'en ai des trucs dans le dos, tiens, que ça frise. Allez, grimpe ! »

Pas de raison de ne pas grimper, je me retrouvai sur mon siège, le coussin y avait gardé la forme de mes fesses. On rentre à la maison, pour ainsi dire. Quand, pour en avoir la paix, je lui eus dit que j'allais à Fontainebleau, ce qui vous avait un air d'évidence, bien que je n'allasse nulle part, jeune homme, nulle part que devant moi... mais ça, pour le lui faire comprendre ! Alors, Fontainebleau, et puis encore Fontainebleau, pour le faire avaler, il fallait trouver un prétexte, une invention. Tu n'auras pas besoin d'entrer dans la ville, tu me laisses à l'obélisque, c'est à trois pas.

« Qu'est-ce qui est à trois pas ? » il dit, le casque à mèche, « tu me racontes encore des histoires ! »

Bien non, c'est-à-dire que si, pour t'expliquer maintenant, mon petit... à Fontainebleau, il y a une dame, une jeune dame, qui est très gentille avec moi, elle ne me laissera pas à la rue. « Tu crois ? — dit l'autre, et il se gratte le casque à mèche, parce que à cette heure-ci, on ne lui ouvrira pas, au grand-père, même une jeune dame ! Elle dort, et puis tu dis que sa maison, c'est immense (Moi, je n'ai rien dit, je vous fais remarquer !), alors elle ne t'entendra même pas venir. Comment tu vas faire pour entrer ? » On roulait, et moi je dis : « Eh bien, j'amènerai mon cheval à la porte, et quand elle verra que son fer est détaché. » Mais, lui, il n'y comprenait rien. Ton cheval ? Mais oui, gamin, chez cette dame-là, un cheval, c'est un passeport. Elle est plutôt petite, je veux bien, mais c'est une grande écuyère... les chevaux, elle... Tu m'en racontes, il disait, et d'abord, où il est, ton cheval ? Il devait avoir oublié comment un peu plus tôt il parlait du sien. Tout d'un coup, il arrête sa bagnole. Tu permets ? J'ai une de ces envies de pisser, ça va être le déluge ! Il a sauté à bas, et avec une espèce de pudeur couru un peu en avant dans le fossé. Moi, je descends de mon côté, histoire de me dégourdir les jambes. Et puis, tout d'un coup je m'enfonce dans le fourré, je m'y terre, j'ai l'envie de la solitude. J'entends l'autre revenu à son camion qui s'étonne, et m'appelle, où tu es, grand-père ? ne fais pas l'idiot ! Il bat les alentours quelque temps. Il a passé pas très loin de moi, j'entendais sa respiration, puis ça lui a pris comme une rage. Après tout, si ça te chante ! J'en ai jamais vu, des vieux comme ça ! Et il est remonté sur son siège, il a crié encore une fois quelque chose, puis claqué sa portière, le monstre a bondi comme si d'un coup il voulait être à Lyon, à Marseille, est-ce que je sais ? Le silence, la splendeur du silence...

*

C'est une maison merveilleuse, tout de suite dans Fontainebleau, une maison comme il n'y en a pas. Je ne vais pas la décrire dans la nuit, dans son parc. Tout le monde s'était réveillé pour nous accueillir, mon cheval et moi... Isidore, en attendant d'avoir un maréchal-ferrant pour son pied, on lui avait jeté dessus une couverture à grands carreaux jaunes qui lui donnait l'air d'un vieux gentleman, dans son fauteuil, en train de lire le *Times*, les lunettes qui glissent, et de temps en temps un de ces *ouimphs !* qui vous font, quand on est cheval, de brusques nuages aux naseaux, comme sur les bandes dessinées. Isidore, tiens-toi bien, tu es dans le monde.

Nous étions dans la salle à manger qui a plein de tableaux de maîtres sur ses hauts murs, mais je n'avais d'yeux que pour le portrait de la mère de notre hôtesse, par Balthus, un portrait tout simple, dans une pièce nue. C'était une femme extraordinaire, je l'avais bien connue, elle était très généreuse, et en 1939 elle nous avait aidés, ma femme et moi, quand nous avions voulu aller à New York par le *Normandie*. Sa fille ne lui ressemble pas du tout, elle est comme un poisson d'argent, d'une vivacité surprenante. Sa folie des chevaux lui va, comme on le dit d'un tailleur. Elle avait fait apporter un picotin à Isidore, et elle s'assurait tout le temps qu'il était bien au chaud, tout à fait comme s'il se fût agi d'un vieil ami de la maison qui s'était perdu dans les bois. J'étais un peu confus, à une heure pareille, d'avoir réveillé tant de personnes, mais je n'avais pas eu le choix. Tout cela, avec Isidore dans son rocking-chair, fumant un gros cigare, avait l'air d'une image tirée de Grandville. Pourtant tout le monde semblait trouver nos péripéties naturelles, et c'était moi qui devais expliquer à chacun ce qu'il y avait de bizarrerie dans notre aventure, on m'écoutait gentiment, bien que le récit de ma nuit, les Halles, Gérard de Nerval et le reste... mais moi, j'étais saisi d'un sentiment: cette maison, encore qu'elle fût d'un siècle au moins plus ancienne, c'était la maison de *La*

Valse des Adieux, pas comme la jouait ma pauvre grand-mère, mais sans doute comme elle l'imaginait, enfin la maison des grandes petites filles qu'on voyait sur la musique-papier, et par une rencontre étrange je m'apercevais pour la première fois de la parenté qui régnait entre ce monde pervers des enfants dans la peinture de Balthus et celui des *Petites filles modèles*.

Tout de même, j'avais le sentiment d'avoir introduit le désordre dans cette demeure Louis XV, toute chargée d'objets merveilleux sur les rebords des bibliothèques, les tables, partout, comme s'ils incarnaient le silence qu'Isidore rompait de son parler cheval. Il fallait que j'explique à tout le monde que tout ceci n'était qu'un rêve, comme en général la vie, l'absurde vie des nuits et des jours, mais personne n'attachait d'attention à ce que je pouvais dire, et j'entendis même quelqu'un demander à Isidore s'il ne voulait pas une tasse de thé, léger léger, ou au contraire foncé, presque noir...

*

Ah, Dieu des enfers! je perds ma belle vieillesse à vouloir expliquer quoi que ce soit aux gens. Tour à tour leur disant que rien n'est qu'un rêve, ou soudain, tout au contraire que les rêves mêmes sont le monde où nous vivons, la vie, en un mot, cette chienne de vie. À qui est-ce que j'essaye ainsi de donner le change? Aux autres ou à moi-même? Ni à eux, ni à moi. Mais à ce qui est devant nous tous, *à l'inévitable*. J'essaye de détourner mes regards, les vôtres, de ce qu'au bout du compte j'ai lu jadis aux yeux d'injustice de ce grand enfant mort dans les fossés autour du fort de la Malmaison. Mais lui, il n'avait vu la chose qu'à la dernière minute, celle dont on meurt. Ce dont j'essaye de me, de vous détourner, n'est pas l'affaire d'un instant. Cela ressemble à ces longues maladies qui tout au contraire font appeler la fin à ceux qui en sont frappés. Rien n'est plus normal au bout du compte que la douleur. L'étrange est parfois qu'on l'oublie. D'avoir goût à cet état d'inconscience donne à la plupart des gens le sentiment qu'il est naturel, et que la conscience du mal qu'on porte en soi tout au contraire est une maladie qu'il faut chasser. D'où ces cris, ces protestations que je rencontre quand je parle suivant mon triste cœur, cette prétention qu'on a de m'imposer comme un devoir un perpétuel optimisme. Je ne connais rien de plus cruel en ce bas monde, que les optimistes de décision. Ce sont des êtres d'une méchanceté tapageuse, et dont on jurerait qu'ils se sont donné pour mission d'imposer le règne aveugle de la sottise. On me dit le plus souvent que l'optimisme est un devoir, parce que si nous voulons changer le monde, il faut croire d'abord que c'est possible. Il me semble que ce raisonnement rentre dans l'une des catégories de fausseté depuis longtemps dénoncées par Aristote. Je ne vais pas me donner la peine de chercher à quel faux syllogisme ici j'ai affaire. Je sais cependant que si *vous* voulez changer le monde, vous ne le ferez pas sans l'aide puissante de ceux qui ne se sont pas fait pour règle de conduite la pratique d'avance décidée de l'aveuglement. Je crois au pouvoir de la douleur, de la blessure et du désespoir. Laissez, laissez aux pédagogues du tout va bien cette philosophie que tout dément dans la pratique de la vie. Il y a, croyez-moi, dans les défaites plus de force pour l'avenir que dans bien des victoires qui ne se résument le plus souvent qu'à de stupides claironnements. C'est de leur malheur que peut fleurir l'avenir des hommes, et non pas de ce contentement de soi dont nous sommes perpétuellement assourdis.

Quelle cohérence, ne manquera-t-on pas de me dire, y a-t-il entre ce que j'avance là, et ce qui l'a précédé ? Si vous ne le voyez pas, cherchez pourtant à le comprendre. Ce qui me reste à vivre est trop court, j'en suis sûr, pour vous persuader de l'atroce nocivité qu'il y a dans l'esprit de contentement de soi et des autres. Comment vous détournerais-je de cette illusion d'aller de victoire en victoire ? Pourtant rien n'est plus nécessaire que d'en voir la fausseté. Si je n'ai ni le temps ni la force indispensables pour vous en persuader, pardonnez-le-moi mais songez que ma faiblesse peut servir à dénoncer les apparences mensongères de la force, du vertige qui vous prend au moindre succès. Pour ma part, j'ai regardé en moi et j'ai vu le fond de l'abîme. Je ne vous dis rien d'autre dans ces jours où la beauté de l'automne risque de nous faire croire au printemps. Je ne vous dis rien d'autre qu'il faut savoir regarder en face le malheur, et ne pas le déguiser en son contraire. Je vous le dis à vous qui avez encore le temps de profiter de cette leçon de ma vie et de mes rêves. Je vous le dis, mêlant les rêves et la vie, pour mieux apprendre à les séparer ensuite. Parce que, dans la vie, il y a certes un dangereux quotient de rêves, mais dans les rêves aussi il faut savoir lire sa vie, voir plus loin qu'elle. Voir plus loin que soi.

Je sais d'expérience que c'est difficile, et que souvent cela fait mal. Mais si vous voulez qu'au moins en une chose je me vante, je vous dirai que, de cette vie gâchée qui fut la mienne, je garde pourtant un sujet d'orgueil : j'ai appris quand j'ai mal à ne pas crier.

Cela m'a beaucoup servi ces jours-ci.

Le mentir-vrai 9
Le cahier noir 61
Le mauvais plaisant 97
La sainte Russie 141
La souris rouge 149
Un roman commence sous vos yeux 171
Les rencontres 181
Les bons voisins 211
Pénitent 1943 233
Le mouton 249
Le collaborateur 269
Les jeunes gens 297
Le droit romain n'est plus 337
Les rendez-vous romains 395
Chproumpph 437
L'inconnue du printemps 455
Histoire de Fred et Roberto 467

Damien ou Les confidences 477
Shakespeare en meublé 485
Les histoires 499
La machine à tuer le temps 509
L'aveugle 551
Le feu mis 559
Prénatalité 577
Tuer n'est pas jouer 589
Mini mini mi 597
Le contraire-dit 611
La valse des adieux 651

DU MÊME AUTEUR

Poèmes

FEU DE JOIE (*Au Sans Pareil*).

LE MOUVEMENT PERPÉTUEL (*Gallimard*).

LA GRANDE GAÎTÉ (*Gallimard*).

VOYAGEUR (*The Hours Press*).

PERSÉCUTÉ PERSÉCUTEUR (*Éditions surréalistes*).

HOURRA L'OURAL (*Denoël*).

LE CRÈVE-CŒUR (*Gallimard-Conolly*).

CANTIQUE À ELSA (*Fontaine*).

LES YEUX D'ELSA (*Cahiers du Rhône – Conolly – Seghers*).

BROCÉLIANDE (*Cahiers du Rhône*).

LE MUSÉE GRÉVIN (*Bibliothèque française – Éditions de Minuit – Fontaine – La Porte d'Ivoire – É.F.R.*).

EN FRANÇAIS DANS LE TEXTE (*Ides et Calendes*).

NEUF CHANSONS INTERDITES (*Bibliothèque française*).

FRANCE, ÉCOUTE (*Fontaine*).

JE TE SALUE, MA FRANCE (*F.T.P. du Lot*).

CONTRIBUTION AU CYCLE GABRIEL PÉRI (*Comité national des écrivains*).

LA DIANE FRANÇAISE (*Bibliothèque française – Seghers*).

EN ÉTRANGE PAYS DANS MON PAYS LUI-MÊME (*Éditions du Rocher – Seghers*).

LE NOUVEAU CRÈVE-CŒUR (*Gallimard*).

LES YEUX ET LA MÉMOIRE (*Gallimard*).

MES CARAVANES (*Seghers*).

LE ROMAN INACHEVÉ (*Gallimard*).

ELSA (*Gallimard*).

LES POÈTES (*Gallimard*).

LE FOU D'ELSA (*Gallimard*).

LE VOYAGE DE HOLLANDE (*Seghers*).

IL NE M'EST PARIS QUE D'ELSA (*Robert Laffont*).

LE VOYAGE DE HOLLANDE ET AUTRES POÈMES (*Seghers*).

ÉLÉGIE À PABLO NERUDA (*Gallimard*).

LES CHAMBRES (*É.F.R.*).

LES ADIEUX (*Messidor*).

Proses

ANICET OU LE PANORAMA, ROMAN (*Gallimard*). (Folio nº 195)

LES AVENTURES DE TÉLÉMAQUE (*Gallimard*). (L'imaginaire nº 370)

LES PLAISIRS DE LA CAPITALE (*Berlin*).

LE LIBERTINAGE (*Gallimard*). (L'imaginaire nº 9)

LE PAYSAN DE PARIS (*Gallimard*). (Folio nº 782)

UNE VAGUE DE RÊVE (*Commerce*).

LA PEINTURE AU DÉFI (*Galerie Goemans*).

TRAITÉ DU STYLE (*Gallimard*). (L'imaginaire nº 59)

POUR UN RÉALISME SOCIALISTE (*Denoël*).

MATISSE EN FRANCE (*Fabiani*).

LE CRIME CONTRE L'ESPRIT PAR LE TÉMOIN DES MARTYRS (*Presses de « Libération » – Bibliothèque française – Éditions de Minuit*).

SERVITUDE ET GRANDEUR DES FRANÇAIS (*É.F.R.*).

SAINT-POL ROUX OU L'ESPOIR (*Seghers*).

L'HOMME COMMUNISTE, I & II (*Gallimard*).

LA CULTURE ET LES HOMMES (*Éditions sociales*).

CHRONIQUES DU BEL CANTO (*Skira*).

LA LUMIÈRE ET LA PAIX (*Lettres françaises*).

LES EGMONT D'AUJOURD'HUI S'APPELLENT ANDRÉ STIL (*Lettres françaises*).

LA « VRAIE LIBERTÉ DE LA CULTURE » : RÉDUIRE NOTRE TRAIN DE MORT POUR ACCROÎTRE NOTRE TRAIN DE VIE (*Lettres françaises*).

L'EXEMPLE DE COURBET (*Cercle d'Art*).

LE NEVEU DE M. DUVAL suivi d'UNE LETTRE D'ICELUI À L'AUTEUR DE CE LIVRE (*É.F.R.*).

LA LUMIÈRE DE STENDHAL (*Denoël*).

JOURNAL D'UNE POÉSIE NATIONALE (*Henneuse*).

LITTÉRATURES SOVIÉTIQUES (*Denoël*).

J'ABATS MON JEU (*É.F.R.*).

IL FAUT APPELER LES CHOSES PAR LEUR NOM (*Parti communiste français*).

L'UN NE VA PAS SANS L'AUTRE (*Henneuse*).

ENTRETIENS AVEC FRANCIS CRÉMIEUX (*Gallimard*).

LA SEMAINE SAINTE (*Gallimard*). (Folio nº 3099)

LA MISE À MORT (*Gallimard*). (Folio nº 314)

BLANCHE OU L'OUBLI (*Gallimard*). (Folio nº 792)

LES COLLAGES (*Hermann*).

JE N'AI JAMAIS APPRIS À ÉCRIRE OU LES INCIPIT (*Skira*).

HENRI MATISSE, ROMAN (*Gallimard*).

THÉÂTRE/ROMAN (*Gallimard*). (L'imaginaire nº 381)

LE MENTIR-VRAI (*Gallimard*). (Folio nº 3001)

ÉCRITS SUR L'ART MODERNE (*Flammarion*).

LA DÉFENSE DE L'INFINI suivi de LES AVENTURES DE JEAN-FOUTRE LA BITE (*Gallimard*).

POUR EXPLIQUER CE QUE J'ÉTAIS (*Gallimard*).

PROJET D'HISTOIRE LITTÉRAIRE CONTEMPORAINE (Collection « Digraphe »).

« LE TEMPS TRAVERSÉ. » Correspondance 1920-1964. Louis Aragon, Jean Paulhan et Elsa Triolet (*Gallimard*).

J'ABATS MON JEU (*Lettres françaises*).

LA DÉFENSE DE L'INFINI. Nouvelle édition (*Gallimard, « Les Cahiers de la N.R.F. »*).

Cycles romanesques

LE MONDE RÉEL :

LES CLOCHES DE BÂLE (*Denoël*). (Folio n° 791)

LES BEAUX QUARTIERS (*Denoël*). (Folio n° 241)

LES VOYAGEURS DE L'IMPÉRIALE (*Gallimard*). (Folio n° 120)

AURÉLIEN (*Gallimard*). (Folio n° 1750)

LES COMMUNISTES (*É.F.R. – Messidor, nouvelle édition en deux volumes*)

I. Février-septembre 1939.

II. Septembre-novembre 1939.

III. Novembre 1939-mars 1940.

IV. Mars-mai 1940.

V. Mai 1940.

VI. Mai-juin 1940.

Œuvres complètes

L'ŒUVRE POÉTIQUE, *en quinze, puis en sept volumes* (*Livre Club Diderot*).

ŒUVRES ROMANESQUES CROISÉES D'ARAGON ET ELSA TRIOLET (*Robert Laffont*).

ŒUVRE ROMANESQUE COMPLÈTE, *en cinq volumes* (*Gallimard, « Bibliothèque de la Pléiade »*).

ŒUVRE POÉTIQUE COMPLÈTE, *en trois volumes* (*Gallimard, « Bibliothèque de la Pléiade »*).

En collaboration avec Jean Cocteau

ENTRETIENS SUR LE MUSÉE DE DRESDE (*Cercle d'Art*).

En collaboration avec André Maurois

HISTOIRE PARALLÈLE DES U.S.A. ET DE L'U.R.S.S. (*Presses de la Cité*).

LES DEUX GÉANTS, édition illustrée du même ouvrage (*Robert Laffont*).

Traductions

LA CHASSE AU SNARK, de Lewis Carroll (*The Hours Press – Seghers*).

DJAMILA, de Tchinguiz Aitmatov (*É.F.R.*)

COLLECTION FOLIO

Dernières parutions

6743. Les sœurs Brontë	*Autolouange* et autres poèmes
6744. F. Scott Fitzgerald	*Le diamant gros comme le Ritz*
6745. Nicolas Gogol	*2 nouvelles de Pétersbourg*
6746. Eugène Dabit	*Fauteuils réservés* et autres contes
6747. Jules Verne	*Cinq semaines en ballon*
6748. Henry James	*La Princesse Casamassima*
6749. Claire Castillon	*Ma grande*
6750. Fabrice Caro	*Le discours*
6751. Julian Barnes	*La seule histoire*
6752. Guy Boley	*Quand Dieu boxait en amateur*
6753. Laurence Cossé	*Nuit sur la neige*
6754. Élisabeth de Fontenay	*Gaspard de la nuit*
6755. Elena Ferrante	*L'amour harcelant*
6756. Franz-Olivier Giesbert	*La dernière fois que j'ai rencontré Dieu*
6757. Paul Greveillac	*Maîtres et esclaves*
6758. Stefan Hertmans	*Le cœur converti*
6759. Anaïs LLobet	*Des hommes couleur de ciel*
6760. Juliana Léveillé-Trudel	*Nirliit*
6761. Mathieu Riboulet	*Le corps des anges*
6762. Simone de Beauvoir	*Pyrrhus et Cinéas*
6763. Dōgen	*La présence au monde*
6764. Virginia Woolf	*Un lieu à soi*
6765. Benoît Duteurtre	*En marche !*
6766. François Bégaudeau	*En guerre*
6767. Anne-Laure Bondoux	*L'aube sera grandiose*
6768. Didier Daeninckx	*Artana ! Artana !*
6769. Jachy Durand	*Les recettes de la vie*
6770. Laura Kasischke	*En un monde parfait*

6771. Maylis de Kerangal — *Un monde à portée de main*
6772. Nathalie Kuperman — *Je suis le genre de fille*
6773. Jean-Marie Laclavetine — *Une amie de la famille*
6774. Alice McDermott — *La neuvième heure*
6775. Ota Pavel — *Comment j'ai rencontré les poissons*
6776. Ryoko Sekiguchi — *Nagori. La nostalgie de la saison qui vient de nous quitter*
6777. Philippe Sollers — *Le Nouveau*
6778. Annie Ernaux — *Hôtel Casanova* et autres textes brefs
6779. Victor Hugo — *Les Fleurs*
6780. Collectif — *Notre-Dame des écrivains. Raconter et rêver la cathédrale du Moyen Âge à demain*
6781. Carole Fives — *Tenir jusqu'à l'aube*
6782. Esi Edugyan — *Washington Black*
6784. Emmanuelle Bayamack-Tam — *Arcadie*
6785. Pierre Guyotat — *Idiotie*
6786. François Garde — *Marcher à Kerguelen.*
6787. Cédric Gras — *Saisons du voyage.*
6788. Paolo Rumiz — *La légende des montagnes qui naviguent.*
6789. Jean-Paul Kauffmann — *Venise à double tour*
6790. Kim Leine — *Les prophètes du fjord de l'Éternité*
6791. Jean-Christophe Rufin — *Les sept mariages d'Edgar et Ludmilla*
6792. Boualem Sansal — *Le train d'Erlingen ou La métamorphose de Dieu*
6793. Lou Andreas-Salomé — *Ce qui découle du fait que ce n'est pas la femme qui a tué le père* et autres textes psychanalytiques
6794. Sénèque — *De la vie heureuse* précédé de *De la brièveté de la vie*
6795. Famille Brontë — *Lettres choisies*

6796. Stéphanie Bodet — *À la verticale de soi*
6797. Guy de Maupassant — *Les Dimanches d'un bourgeois de Paris* et autres nouvelles
6798. Chimamanda Ngozi Adichie — *Nous sommes tous des féministes* suivi du *Danger de l'histoire unique*
6799. Antoine Bello — *Scherbius (et moi)*
6800. David Foenkinos — *Deux sœurs*
6801. Sophie Chauveau — *Picasso, le Minotaure. 1881-1973*
6802. Abubakar Adam Ibrahim — *La saison des fleurs de flamme*
6803. Pierre Jourde — *Le voyage du canapé-lit*
6804. Karl Ove Knausgaard — *Comme il pleut sur la ville. Mon combat - Livre V*
6805. Sarah Marty — *Soixante jours*
6806. Guillaume Meurice — *Cosme*
6807. Mona Ozouf — *L'autre George. À la rencontre de l'autre George Eliot*
6808. Laurine Roux — *Une immense sensation de calme*
6809. Roberto Saviano — *Piranhas*
6810. Roberto Saviano — *Baiser féroce*
6811. Patti Smith — *Dévotion*
6812. Ray Bradbury — *La fusée* et autres nouvelles
6813. Albert Cossery — *Les affamés ne rêvent que de pain*
6814. Georges Rodenbach — *Bruges-la-Morte*
6815. Margaret Mitchell — *Autant en emporte le vent I*
6816. Margaret Mitchell — *Autant en emporte le vent II*
6817. George Eliot — *Felix Holt, le radical.* À paraître
6818. Goethe — *Les Années de voyage de Wilhelm Meister*
6819. Meryem Alaoui — *La vérité sort de la bouche du cheval*
6820. Unamuno — *Contes*

6821. Leïla Bouherrafa — *La dédicace.*
6822. Philippe Djian — *Les inéquitables*
6823. Carlos Fuentes — *La frontière de verre.* Roman en neuf récits
6824. Carlos Fuentes — *Les années avec Laura Díaz.* Nouvelle édition augmentée
6825. Paula Jacques — *Plutôt la fin du monde qu'une écorchure à mon doigt.*
6826. Pascal Quignard — *L'enfant d'Ingolstadt. Dernier royaume X*
6827. Raphaël Rupert — *Anatomie de l'amant de ma femme*
6828. Bernhard Schlink — *Olga*
6829. Marie Sizun — *Les sœurs aux yeux bleus*
6830. Graham Swift — *De l'Angleterre et des Anglais*
6831. Alexandre Dumas — *Le Comte de Monte-Cristo*
6832. Villon — *Œuvres complètes*
6833. Vénus Khoury-Ghata — *Marina Tsvétaïéva, mourir à Elabouga*
6834. Élisa Shua Dusapin — *Les billes du Pachinko*
6835. Yannick Haenel — *La solitude Caravage*
6836. Alexis Jenni — *Féroces infirmes*
6837. Isabelle Mayault — *Une longue nuit mexicaine*
6838. Scholastique Mukasonga — *Un si beau diplôme !*
6839. Jean d'Ormesson — *Et moi, je vis toujours*
6840. Orhan Pamuk — *La femme aux cheveux roux*
6841. Joseph Ponthus — *À la ligne. Feuillets d'usine*
6842. Ron Rash — *Un silence brutal*
6843. Ron Rash — *Serena*
6844. Bénédicte Belpois — *Suiza*
6845. Erri De Luca — *Le tour de l'oie*
6846. Arthur H — *Fugues*
6847. Francesca Melandri — *Tous, sauf moi*
6848. Eshkol Nevo — *Trois étages*
6849. Daniel Pennac — *Mon frère*
6850. Maria Pourchet — *Les impatients*
6851. Atiq Rahimi — *Les porteurs d'eau*
6852. Jean Rolin — *Crac*